PLAZA & JANES
P&J
EDITORES

Los JET de Plaza & Janés

BIBLIOTECA DE

Eileen Goudge

EILEEN GOUDGE

DESTINOS COMPARTIDOS

PLAZA & JANES EDITORES, S.A.

Título original:

SUCH DEVOTED SISTERS

Traducción de

JESÚS PARDO DE SANTAYANA

Portada de

LÍNEA PUBLICIDAD

Primera edición en esta colección: Noviembre, 1993

Enric Granados, 86-88. 08008 Barcelona

Printed in Spain — Impreso en España

ISBN: 84-01-46226-6 — Depósito Legal: B. 32.576 - 1993

Impreso en Romanyà Valls, S. A. — Verdaguer, 1 — Capellades (Barcelona)

A mi querido agente, y marido aún más querido, Albert Zuckerman, que puso en pie este libro y a mí me dio fuerzas para escribirlo.

Y también a mi abnegada hermana, Patty Goudge.

AGRADECIMIENTOS

¿Hay acaso algo más divertido que investigar el chocolate? No toda la información que reuní pudo ser usada en estas páginas. He de confesar que me comí parte de ella. Pero, por lo que se refiere a la que usé, he de dar las gracias a las siguientes personas:

Robert Linxe, de la Maison du Chocolate, por el tiempo que me dedicó y por sus deliciosas trufas. La tarde que pasé en la cocina del sótano de su tienda de la rue du Faubourg St. Honoré fue para mí una experiencia verdaderamente celestial.

Beverly Levine, de Le Chocolatier Manon, que tan generosa se mostró, dándome arcana información sobre la venta del chocolate al por menor... y una buena razón para no ponerme a régimen.

Martha Saucier, de Li-Lac Chocolates, por mostrarme su tienda de Greenwich Village, con su cocina en la parte de atrás, que lleva más de medio siglo produciendo delicioso chocolate, amén de otras golosinas.

Bernard Bloom, de Teuscher Chocolates, que hace la mejor trufa al champán del mundo.

Deborah Marsicek, mi colega en chocolatofilia, que tan generosamente me brindó las montañas de información sobre chocolate que ha ido coleccionando a lo largo de los años.

Lora Brody, asesora en chocolate y alma intrépida, para quien producir cientos de tartas de chocolate e inspeccionar plantaciones de cacao con un calor de cuarenta y tres grados es cosa de nada. Gracias por revisar este libro y por ponerme en contacto con el mejor pastel de chocolate sin harina que he degustado en mi vida.

El rabino Ralph Shain, por echarme una mano en terminología hebrea.

John Robinson, ex aduanero norteamericano, y Nancy McTiernan, vicedirectora del Departamento de Delitos Comerciales, por ponerme al corriente de los peligros que acechan al importador de productos de confitería.

William y Emily Mobley, por la caja antigua de bombones que inspiró la ilustración de la cubierta de la edición norteamericana de este libro.

Catherine Jacobes, mi fiel ayudante, cuya energía, entusiasmo, buen humor y destreza en salir al paso de mis distracciones, me permitieron terminar este libro en dos años en lugar de en cinco.

Pamela Dorman, mi editora, por su sagacidad en la revisión del manuscrito y por vigilarlo en todas sus fases, de mero esbozo a obra publicada.

Y, en último lugar, pero no menos que los demás, Dale Stine, mi estupendo e implacable profesor de gimnasia, que me hace agitar hasta consumir todas las calorías sobrantes.

PRÓLOGO

Dios ayude al hombre que se interponga entre mi hermana y yo, y Dios ayude a mi mujer que se interponga entre mi hombre y yo.

De Hermanas, *de* IRVING BERLIN

Hollywood, California
Setiembre de 1954

Dolly Drake bajó del autobús en el cruce de Sunset Boulevard y Vine. En el aire resplandeciente de calor, la acera parecía moverse bajo sus pies con un vaivén de columpio, como si Dolly Drake estuviera sobre la cubierta de un barco en alta mar. El estómago se le revolvía, la cabeza le palpitaba. Delante de ella, el gran flanco curvo del edificio de la NBC reflejaba el sol como un estallido de luz blanca, hiriéndole los ojos como agujas calientes.

«Debe de estar a punto de darme algo –pensó Dolly Drake–, gripe... o quizá la regla.»

Pero no, no era eso, se dijo con angustia. No era el virus de la gripe... Era algo mucho peor. Se sentía enferma del alma. Había estado despierta toda la noche, y su mente fatigada daba vueltas y más vueltas, como un perro enloquecido por la luna, sin decidirse a tomar una dirección.

Dolly pensó en la carta que llevaba en el bolso. Fijando la mirada en el bolso de charol reluciente que le colgaba del brazo, con la correa algo deshilachada por el uso, vio la carta con la misma claridad de la visión de rayos X de Supermán: un largo sobre comercial doblado y vuelto a doblar para hacerlo más manejable.

Dentro había una sola hoja de papel fotocopiada, las minutas de una reunión de la «Sociedad del Hombre Corriente». Estaba fechada el 16 de junio de 1944, hacía exactamente diez años.

«Bueno, ¿y qué?», pensó Dolly. Un traidorzuelo que había abandonado el club hacía años, llevándose consigo a un grupo de miembros de los que nadie sabía ni los nombres, con una sola excepción: un garabato ya borroso, pero aún legible, en la última línea. Un nombre que millones de buenos norteamericanos conocían casi tan bien como el suyo propio. Un nombre que el senador Joe McCarthy, allá en Washington, D.C., querría sin duda coger por su cuenta. La última línea rezaba:

Respetuosamente presentado por
Eveline Dearfield, 1233, Bulevar La Brea, Los Ángeles, CA.
Secretaria de Actas.

Pero eso, claro está, había tenido lugar mucho antes de que Eveline empezase a ser conocida como Eve y se mudara de La Brea a Bel Air. Mucho antes de que ganara el Oscar y se casara con un director importante llamado Dewey Cobb. Mucho antes de que dejara de tomar en serio a su hermana Dolly.

Dolly aspiró, hasta llenarse los pulmones, un aire que sabía a alquitrán fundido. Pensó en el Cadillac descapotable con aire acondicionado que usaba Eve ahora para desplazarse, blanco como una esposa virgen y con asientos tapizados color rojo cereza. Dolly se imaginó lo que sería ir ahora en aquel cochazo por Sunset Boulevard con el pelo todo revuelto por la cálida brisa y la gente mirándola boquiabierta de admiración y envidia y maravilla, y diciéndose: «Pero, ¿quién será? Alguna famosa, sin duda.»

Sonó un claxon y esta imagen se disolvió bruscamente en su mente. Un grupo de aspirantes a actrices –chicas demasiado jóvenes y rubias y de ojos demasiado intensos para poder ser otra cosa– pasaron por su lado empujándose y cotilleando en voz baja, mientras la luz del sol rozaba las medias de seda de sus piernas. Una de ellas las llevaba ligeramente desparejadas, sin duda, consecuencia de un obsesivo ahorro. Dolly sonrió cruelmente, pensando en la lata de sopa de pollo y fideos que le esperaba en su casita de Westwood. Disuelta en dos latas de agua en lugar de una, y con una buena cucharada de salsa de tomate y un puñado de galletas saladas, una lata de sopa da mucho de sí, te pone a punto. Bueno... casi. Y a lo mejor hasta se permitía el lujo de comerse una chocolatina. El chocolate ya era casi lo único que le levantaba el ánimo.

Pero en aquel momento pensar en comida sólo servía para revolverle el estómago. ¿Daría a Eve la bofetada que se merecía? ¿Tendría ánimos para hacerlo? ¿Cómo iba a poder hacer daño, quizá destruir deliberadamente, a su hermana pequeña?

Su memoria, remontándose años y kilómetros atrás, hasta llegar a Clemscott, llevó de nuevo a sus oídos la voz del predicador Daggett tronando desde el púlpito con su dulzón acento de Kentucky: «Poneos la armadura del Señor si queréis defenderos del diablo...»

«Claro –pensó Dolly–. ¿Y quién me defendía a mí mientras la pequeña Evie me quitaba todos los papeles de lucimiento que yo me buscaba, e incluso mi novio...? En una ciudad llena de hombres, tuvo que quedarse precisamente con el mío.»

Las lágrimas le atascaban la garganta. Lágrimas ardientes como ácido. Dolly se secó las comisuras de los ojos con el borde de la mano y aspiró profundamente. Nadie iba a verla llorar en público, y no tenía intención de aparecer delante de Syd con los ojos enrojecidos e hinchados. Una cosa que Mamá-Jo le había enseñado era precisamente eso: que los trapos sucios no se deben lavar en público.

Dolly cruzó la calle y enfiló Vine. El aire caliente parecía tirar de ella, y no daba la impresión de ir andando, sino *abriéndose camino* por algo duro y viscoso. ¿Acabaría por llegar a donde iba? Protegiéndose los ojos del sol, pasó junto a Castle's Cameras, echó una ojeada al reloj de Gruen, en lo más alto del edificio de la ABC, y vio que ya casi eran las dos y cuarto. Tenía cita con Syd a las dos. «Vaya, otra vez llego tarde», pensó. En fin, ésa era la historia de su vida, ¿no? Siempre perdiendo el autobús, por uno u otro motivo.

Apuró el paso, sus zapatos de punta abierta golpeaban la acera, la cabeza le palpitaba como el tambor de una banda militar. Syd se enfadaba mucho cuando llegaba tarde, no le gustaba nada que le hiciesen esperar. De pronto, Dolly se dijo: «Bueno, que le den morcilla a Syd; después de todo para eso le pago.» Bien mirado, el diez por ciento de un agente que no cobra nada es eso: nada. Su última película, *Mujeres liberadas*, ni siquiera había sido proyectada todavía, y desde entonces sólo había tenido un par de papeluchos nimios, y un anuncio en televisión.

«Ése es el destino de Dolly Drake –pensó–: acabar en el olvido, mientras Evie tiene una estrella de bronce y las huellas de la mano impresas en la acera, a la entrada de Grauman's.»

Y ahora, encima, Val.

Dolly ya había llegado al hotel Century Plaza, cuyas ventanas el sol convertía en espejos. Se vio un instante reflejada en ellos: una mujer bonita al borde de los treinta (los cumpliría en mayo), con el pelo rubio revuelto entre las peinetas que se lo sujetaban a la nuca. Quizás un poco tirando a rolliza, y con un vestido de rayón rosa floreado, el mejor que tenía. El sol hacía relucir el imperdible que sostenía la vuelta del dobladillo. Se alarmó. «Se ve –pensó–, por mucho que trates de ocultar tu miseria, siempre asoma por alguna parte.»

Volvió a pensar en el sobre que llevaba en el bolso, y sintió que el estómago le daba un vuelco. Le había llegado en el correo de ayer, junto con la nota de Syd: «Pensé que te interesaría. Me lo ha mandado un viejo "amigo" de tu hermana. Telefonéame.» Ésta era la primera carta que recibía de Syd, que se pasaba la vida pegado al teléfono. Pero esto era distinto. Syd también tenía sus pequeñas cuentas que ajustar. Seis años antes, Evie le había mandado a paseo, y no sólo como agente, exactamente una semana antes de casarse con él. Syd pilló una cogorza de dos semanas, y durante todo este tiempo se lo pasó sin ver a nadie, ni contestar el teléfono siquiera, y esto para él era como cortarse la lengua. Y desde entonces se notaba en su forma de ser como un nuevo filo de amargura.

Dolly sabía que derrocar el Gobierno de Estados Unidos era lo último que se le podría ocurrir a Eve. «Es tan comunista como Mamie Eisenhower», pensó. Seguramente lo que había pasado era que algún director o viceproductor la había llevado a un mitin de ésos, y ella, por encargo suyo, había tomado notas. Y al día siguiente, sin duda, ya ni se acordaba del asunto; de lo contrario se lo habría mencionado a Dolly, aunque fuese de paso.

Pero ahora las cosas no eran como en los años de la guerra. Ya no se tenía aquella maravillosa sensación de estar todos unidos, trabajando codo con codo por la victoria. Cualquiera podía darte una puñalada trapera, sobre todo aquí, en Hollywood. Cualquiera que tuviese el más ligero matiz de rosa en su forma de pensar, o con que sólo se le acusara de ser un poco rojillo, incluso si era un gran director o productor, pasaba a engrosar la lista negra y se le despedía, y ya no encontraría quien le diese trabajo. Era como una muerte silenciosa. Pero la muerte de verdad tenía que ser mejor; al menos la gente solía decir cosas buenas sobre el muerto en el funeral.

Y ahora, si se decidía a llevar a cabo su plan, Eve podía convertirse de la noche a la mañana en una de esas almas completamente borradas del mapa.

Una cosa innegable era que a McCarthy le gustaba salir en los periódicos. Y cuanto más importante fuese su víctima, tanto más salía. Eve era una pieza importante, de eso tampoco cabía duda. Y cuanto más importante la pieza, tanto más dura la caída.

Dolly sintió un amago de amargura. «Le estaría bien empleado, ¿verdad? Así sabría lo que es encontrarse en la puta calle, como los demás. Y, entonces, ¿qué pensaría de ella Val Carrera?»

Dolly apretó el bolso con la mano, como temiendo que el explosivo documento intentara escabullirse. Se había pasado toda la noche pensando qué hacer, y ahora comprendía por qué: no quería enfrentarse con la verdad. Pero la verdad estaba ahí, delante de ella. «¿Acaso vaciló Eve antes de darme una puñalada trapera?»

Dolly, con los labios siniestramente apretados, dio la vuelta y enfiló Hollywood Boulevard, y no tardó en verse en el fresco vestíbulo de mármol del bloque de oficinas de la esquina. Bueno, no tomaría ninguna decisión hasta hablar del asunto con Syd. El día anterior, cuando habló con él por teléfono, Syd le dijo que tenía algo que contarle, algo realmente importante. Pero, Dios mío, ¿es que podía haber algo más importante que aquello?

—Sería como... como un asesinato —dijo Dolly.

Sentado en el sofá bajo, de diseño escandinavo, que había delante de la mesa de trabajo de Syd, y cuya forma recordaba la de un riñón, Dolly sentía que el sudor se le secaba rápidamente gracias a la corriente de tibio aire acondicionado del aparato que zumbaba bajo el alféizar de la ventana. Tocó, nerviosa, el sobre que había sacado del bolso, y lo miró como quien mira a un perrito antipático y capaz de darte un mordisco si te descuidas. Allí, no sabía ella por qué, la situación parecía más real —y más absurda—, que en la calle. El corazón le latía agitadamente, como si acabara de subir a toda prisa los cuatro tramos de escalera en lugar de coger el ascensor.

Dolly echó una ojeada al escueto despacho de Syd, maravillándose de la ausencia de desorden. No se veían estantes llenos de guiones sin orden ni concierto, ni bandejas rebosantes de cartas sin contestar, ni ceniceros atiborrados de colillas. Lo único que se veía eran paredes color verde claro, enteramente cubiertas de fotos enmarcadas... casi todas de Eve Dearfield. Eve, la mano contra la cadera, delante del castillo de la Bella Durmiente en la recién inaugurada Disneylandia. Eve, agachada delante de Grauman's, con las manos sobre el cemento húmedo. Eve, con su sonrisa publicitaria, al volante del reluciente Bel Air descapotable que acababa de regalarle la Universal.

«Maldito museo», pensó Dolly. Eve había dejado plantado a Syd, pero saltaba a la vista que él seguía enganchado a ella.

Dolly miró a Syd. Era el tipo de hombre apuesto y bien parecido al que Mamá-Jo solía llamar «suave como aceite de serpiente», aunque, la verdad sea dicha, estaba empezando a resecarse un poco por los bordes, a agrisársele el pelo en las sienes, a arrugársele la piel muy ligeramente a lo largo del labio superior. En aquel momento, con los pies descansando sobre un cajón abierto de su mesa de trabajo, las piernas largas enfundadas en pantalones tropicales grises, los ojos pardos fijos en ella, Dolly se sintió como si estuviese mirando al interior de los cañones gemelos de un Winchester del 12. Los ojos de Syd, a ambos lados de su nariz romana, parecían casi regocijados.

Sin duda era un agente de segunda, a lo mejor ni siquiera de segunda; sin embargo, Dolly no podía culparlo a él de lo mal que iba su carrera cinematográfica, a pesar de que *Mujeres sometidas* había tenido un éxito de taquilla casi aceptable. Pero, como hombre, Syd, desde luego, no tardaría en pasar a segunda división.

Lo que Dolly sentía por él en aquel momento era mucho más que simple desagrado. Con el horrible documento que Syd le había confiado, y que ahora estaba en sus manos, Dolly miraba con verdadero odio al bastardo que tenía delante, cuyo rostro sonreía como el de un perro pelado en una peluquería canina. Le odiaba porque conocía su corazón como un niño conoce las callejas más recónditas de su pueblo natal. Y también le odiaba por haberle planteado una alternativa que ella habría preferido rehuir.

¿Por qué no levantarse y, sin más, dar un portazo e irse?

Syd le había dicho por teléfono que tenía algo importante que comunicarle. Así pues, lo mejor era esperar a oírlo todo.

—¿Pero por qué me elegiste a mí? —insistió Dolly—, ¿por qué me enviaste este papel *a mí*, cuando tú mismo pudiste hacer el patriota y mostrárselo personalmente al senador McCarthy... ya que tanto odias a Eve?

—Lo has entendido todo mal, Dolly, esto *es* cosa de negocios, no un asunto personal, al menos por lo que a mí se refiere —contestó él, sin alzar la voz; sólo un ligero destello de sus ojos traicionaba su agitación–. De modo que, vamos a ver, ¿estás dispuesta a hablar? ¿Quieres que hablemos de este asunto aquí y ahora?

Dolly se inclinó hacia delante, temblando un poco, apoyando los codos sobre las rodillas. El estómago volvía a rebelársele.

–Bien, de acuerdo, ¡pero no olvides que es *mi* hermana, por el amor de Dios!

Dolly, al decir esto, pensó también en su sobrina, Annie, la hijita de Eve. Después de todo, las dos eran carne de su carne.

–Lo primero que tienes que hacer es escucharme –dijo él con voz razonable, tranquilizadora incluso–; y luego, tomar una decisión. –Esperó a que Dolly se arrellanase en el mullido sofá–. Así me gusta, Dolly, cariño. ¿Quieres que te diga lo que te pasa? Pues te pasa que eres una buena chica, y en este mundillo ser buena es lo mismo que ser tonta. Siendo buena no sacas ni para llamadas telefónicas, y, desde luego, ser buena chica no te servirá para que te den un papel en *Que el diablo tiemble*.

Dolly le veía mover los labios, oía sus palabras, pero tardó un tiempo infinito en comprender lo que estaba diciendo. Y, de pronto, lo sintió como se siente un bourbon doble apurado de un solo trago. *Que el diablo tiemble*, Maggie Dumont, el papel que todas las estrellas de Hollywood soñaban con conseguir... y que Evie tenía en el bolsillo.

Se sintió llena de ira. ¡Maldito mamón! ¡Mira que empezar poniéndole ese cebo por delante! ¿Cómo se atrevía a *insinuar* siquiera que tal guinda pudiese ser para ella?

Y entonces se dio cuenta de que Syd hablaba en serio.

–¿Pero qué estás diciendo? –le preguntó.

–Lo que estoy diciendo es que, si te apetece, es casi seguro que puedo conseguirte el papel.

Dolly sintió que algo saltaba en su interior, como una liga que se rompe, una esperanza casi muerta que volvía de pronto a la vida. Y entonces lo comprendió. El director del filme era Preminger, y el año anterior Eve había interpretado el papel principal de la película que había dado a Preminger el Oscar a la mejor dirección.

–Bueno, pero, aunque Eve quedase descartada, ¿qué te hace creer que podrían pensar en mí para el papel? –preguntó–. También me propusiste para *La calleja de la tormenta*... Llegaste incluso a negociar las condiciones, y al final fue Eve quien se lo llevó, no sé cómo, y seguro que le pagaron cien veces más de lo que me habrían pagado a mí.

–A eso iba, precisamente. Preminger haría cualquier cosa por Eve Dearfield. Está loco por ella. Para Preminger, Eve *es* Maggie Dumont. *Piensa* un poco, querida Dolly. Ponte en el lugar de Otto. Si no puede contar con Eve, ¿quién es la segunda candidata?

¿Podría ser verdad?, se preguntó Dolly. Pues sí, desde luego. No cabía duda de que Eve y ella se parecían mucho, pero si a algo podía achacar su caída, era precisamente a eso. Sólo se llevaban dieciséis meses de diferencia, y casi eran gemelas, excepto que Eve era bella, y ella, en cambio..., bueno, sólo bonita. En una foto enmarcada que colgaba a espaldas de Syd se veía el pelo de Eve, rubio natural, casi rubio platino. El de ella, en cambio, bajo el tinte color miel, era pura y simplemente deslavazado. Y mientras los ojos de Eve eran de un desconcertante añil profundo, los suyos recordaban el azul desteñido de unos viejos tejanos. Era como si un pintor hubiese hecho un boceto rápido, y luego, esforzándose por mejorarlo, lo hubiera transformado en un retrato exquisito. «Más me hubiera valido ser fea... porque entonces a nadie se le ocurriría compararnos.» Lo único que tenía mejor que Eve eran las tetas, un par perfecto. Recordó que hasta el final de la escuela secundaria, en Clemscott, era a ella a la que los chicos perseguían sin parar, como machos cabríos en celo.

«No –se dijo–, ni hablar. A un hombre como Preminger nunca se le ocurriría contentarse con una mala copia si podía tener el original.» Ahora bien, si Eve se retiraba de la competición...

Pero, ¿y si Syd tenía razón? No iba a decirle una cosa así sin haber hecho antes un par de docenas de llamadas telefónicas, tanteado el panorama, conseguido algo sólido en que basarse. ¿Por qué razón, si no, iba a perder con *ella* su valioso tiempo? No era que Syd fuese un agente en la cresta de la ola, pero tenía clientes trabajando en la radio y la televisión. Así y todo, un negocio como ése, además de darles dinero –dinero de verdad–, a los dos, sería noticia de primera plana, y para ella podría ser el momento decisivo de su carrera. Syd tenía una buena lista de clientes y le sobraban nombres que sonaban, pero le faltaba una estrella.

Sí, de acuerdo, Syd estaba siempre tratando de ganarse unos dólares, de llamar la atención... Pero también era cierto que no olvidaba que Eve le había dejado plantado, arrojándole a un lado como un objeto inservible.

—Podría desentenderme de este asunto, hacer como si no hubiese visto esto en mi vida. —Dolly tragó saliva, golpeando el sobre contra la rodilla. El renacuajo que saltaba en su estómago se había convertido en una rana mugidora, enorme e irritable—. ¿Qué tiene que ver conmigo, después de todo, que Eve se hiciera socia de algún club de rojillos, quién sabe cuándo y por qué? A lo mejor pensaba que iba a salvar al mundo pasándose las horas muertas en alguna habitación llena de humo, entre izquierdosos de pacotilla, y acabó cansándose y dejándoles plantados. —Dolly sintió que el corazón se le congelaba al pronunciar estas palabras—. Eve, a fin de cuentas, sólo piensa en sí misma, y de eso sí puedes estar completamente seguro.

Recordó a Val, y le sorprendió mucho el agudo dolor que le producía este recuerdo. No había pasado casi un año, y apenas se habían tratado unas pocas semanas... Desde luego, no lo suficiente para ir ella por ahí gimiendo y con el corazón destrozado.

Era Eve la que la había herido, se dijo, no la hiprocresía de Val.

—De nada serviría —respondió Syd, como si lo hubiese pensado a fondo.

El sillón giratorio en que estaba sentado rechinó al reclinarse él aún más contra el respaldo, enlazando sus largas manos por detrás de la cabeza, cuya cabellera era tan tupida y lujuriante que daba la impresión de que la cultivaba con boñiga..., lo cual, conociéndole bien, no parecía imposible.

—Pero —añadió— tengo la impresión de no te vas a desentender.

Dolly sintió que el estómago se le encogía.

—Hay algo que no entiendo. ¿Para qué mezclarme a mí? ¿Por qué no lo mandas a Washington tú mismo, sin ayuda de nadie? No me necesitas para nada.

—Te equivocas, cariño. Y además lo entiendes al revés. Eres tú quien me necesita a mí.

Dolly, sin darse cuenta de lo que hacía, se levantó, y el sobre cayó sobre la alfombra beige. Al diablo con Syd. Para lo que hacía por ella, mejor estaría sola.

—Mira, Syd, te necesito tanto como necesito que me despellejen viva.

Syd volvió a sonreír, pero esta vez su sonrisa fue tan fría que Dolly se estremeció. Syd se inclinó hacia delante, con las manos abiertas de par en par y los dedos en abanico sobre la superficie de su mesa. El calor que despedía la punta de sus dedos empañó el cristal impoluto que la cubría.

—Mira, Dolly, guapa, veo que sigues sin enterarte. —Ahora Syd hablaba con voz suave, pero cada una de sus palabras era como una gota de agua helada que desprende un trozo de hielo—. Tú piensas que Eve es el no va más, ¿verdad? Que Eve es más guapa y tiene más talento que tú, ¿verdad? Pues no es así, monada. Lo que tiene Eve y a ti te falta es colmillos. Eve sería capaz de *matar* por conseguir un papel. Y tú, Dolly, eres demasiado suave. En este negocio hay que ser un tiburón. Y ahí es donde se te presenta una oportunidad. Mierda, no pensarás que Jane Russell jodía con Howard Hughes porque le gustaba su polla, ¿eh? —Syd hizo una pausa, esperando a que Dolly asimilase sus palabras; luego se levantó y fue a recoger la carta. Se la devolvió. Syd llevaba un sello de oro en el dedo, y Dolly tuvo a la luz dorada y polvorienta que entraba oblicuamente por las persianas, la fugaz impresión de que estaba haciéndole guiños—. A ver, hazme ver lo mucho que te interesa esto, querida, demuéstrame que harías *cualquier* cosa por ese papel, y sólo con eso ya lo tienes medio conseguido. Y luego... —Volvió a sonreír—. Luego, si le ocurre algo a Eve, si de pronto la despiden, o se larga a Acapulco con su macho... o, bueno, si de pronto aparece en una lista negra, dime, ¿qué crees que diría Otto si te viera entrar en su despacho, tan idéntica a Eve que casi parecéis hermanas gemelas?

Pero Dolly sólo le oía a medias. Sus pensamientos estaban en otra parte. Con la claridad de una película en tecnicolor vio de pronto, a dos niñas delgaduchas y de ojos legañosos que se bajaban de un autobús... Doris y Evie

Burdock, que llegaban de Clemscott, Kentucky, llevando entre ambas una maleta muy vieja de cartón piedra, riendo como tontas, borrachas de fatiga y optimismo. Oyó claramente la voz aguda y dulce de Eve a través de los años: «A partir de ahora, Dorrie, tú y yo estaremos solas contra el mundo, solas. Y siempre nos tendremos la una a la otra, y nada ni nadie nos separará.»

Las cosas eran muy distintas entonces, aunque entre ambas no reunían cien dólares. Eran mejores, pero lo eran de una forma que ella ahora no sabía explicar. Dolly recordó el apartamento agobiante, de una sola habitación, en el que ambas vivían apretujadas, y desde el que se veían los yacimientos de alquitrán que apestaban todo el verano como los flatulentos tubos de escape de un autobús en marcha. Ni siquiera tenían teléfono; usaban el de la encargada.

Y luego, cuando por fin consiguieron reunir bastante dinero para instalar un teléfono, la primera llamada que sonó fue de Syd, para decir que había encontrado a Eve un papel en una película de bajo presupuesto titulada *Mrs. Melrose*. Eve, tan emocionada que casi se salía de su propia piel, compró dos botellas de champán rosado, y las dos se pasaron la noche en vela, abrazándose como niñas, charlando, enhebrando ebrias fantasías sobre lo estupendo que iba a ser todo dentro de dos años, convertidas en grandes actrices de cine, con sus nombres en todos los rótulos luminosos del país.

Incluso cuando las cosas no les iban bien, seguían juntas, luchando codo con codo. Una semana, por ejemplo, reuniendo la calderilla que Dolly había ganado como camarera y el sueldo de Eve como dependienta de Newberry's, se compraron un vestido para las dos, y se lo ponían cuando tenían alguna entrevista importante con gente de cine.

Pero, se recordó de pronto Dolly, era Eve la única que se ponía el condenado vestido.

Cerró los ojos y sintió que una vena le palpitaba en un ojo.

«Sí –pensó–, Eve sabía ser divertida, y dulce... y a veces hasta generosa.» Lo malo era que siempre exigía el doble de lo que daba. Y lo que más exigía era precisamente cosas que estaban fuera de su alcance. Eve era tan incapaz de resistir un desafío como las mareas de resistir a la luna llena.

Dolly abrió los ojos y vio que Syd la estaba mirando con una expresión casi comprensiva. Eso, decidió Dolly, era peor que la hostilidad. Se levantó.

—De acuerdo —dijo—, lo pensaré.

—Querida Dolly, piensas demasiado. En fin, te aseguro que no será el fin del mundo —le dijo, levantando perezosamente del sillón giratorio su largo y desencuadernado cuerpo. Cogió la mano de Dolly y le dio un húmedo apretón que llenó a ésta de impaciencia por secarse la palma en la falda—. Todo este pánico a McCarthy probablemente terminará en un par de meses. Quizás Eve pierda algunos papeles, pero, conociéndola como la conozco, te aseguro que volverá otra vez al candelero en lo que se tarda en distinguir un diamante de un rubí.

«A lo mejor tiene razón», pensó Dolly. Pero, ¿y si no era así?, ¿qué pensaría Dolly de sí misma si arruinaba la carrera de Eve, quizá la vida entera de Eve? No, lo mejor sería que Syd se buscase otra persona para dar aquella puñalada trapera.

Sólo cuando se encontró de nuevo en la calle, Sunset Boulevard abajo, reparó en que todavía tenía la carta en la mano. Pensó en romperla, tirarla a un cubo de la basura, pero no había ninguno cerca, de modo que la guardó en el bolso y siguió andando.

—¡Tía Dolly!, ¿cómo apareció esa grieta?

Annie estaba sentada en un taburete alto, en la casita que tenía Dolly en Westwood, agitando los piececitos entre las largas patas de cromo enmohecido.

Dolly, cuidando de la cacerola que estaba en la cocinilla, miró a su sobrina de cuatro años, luego miró a donde señalaba, a la dentada línea de una grieta cubierta de yeso que cruzaba el techo. En el centro de la grieta, una bombilla desnuda arrojaba una luz desigual sobre la abarrotada cocina, que ocupaba un rincón del salón comedor.

—¿Cuál?, ¿ésa? Pues sí que tiene historia. Esta vieja casa es un mapa donde están registrados todos los terremotos que han sacudido el Condado de Los Ángeles desde que se derrumbó la muralla de Jericó.

Con los ojos fijos en el techo, Annie se lamió los labios con su lengüecita rosa como la de un gato.

–¿Y ahora se nos va a caer encima?

–Sí, si respiras demasiado fuerte –le dijo Dolly, riendo bajo y centrando su atención en la cocinilla, pero cuando levantó la vista vio que la carita de Annie expresaba una honda inquietud.

Dolly se acercó a ella y le dio un abrazo.

–No lo dije en serio, cariño. Claro que no se nos va a caer encima, qué cosas dices. Lleva mucho tiempo ahí arriba y yo creo que aguantará por lo menos hasta después de cenar.

Mirando ahora a Annie, Dolly ya no vio a una niña, sino a una persona mayor en un cuerpo de cuatro años, una seria y solemne señorita con los ojos color añil de su madre y la piel olivácea y el pelo oscuro y liso de su padre. Llevaba un delantal de lunares, cuello blanco almidonado, duro como si fuera de cartón, y calcetines blancos que contrastaban extrañamente con los grandes zapatos ortopédicos negros cuya misión era corregir un pie torcido. «Pobrecilla, con lo que ya le ha caído encima, bastante tiene con aprender a defenderse.» Su padre se había matado en un accidente de aviación el año anterior, y Eve hubo de ir a México a trabajar en la película *Bandido* antes incluso de que las flores de la tumba de Dewey tuvieran tiempo de marchitarse. Annie había crecido entre institutrices: ya había tenido seis, ¿o eran siete? Dolly, la verdad, ya había perdido la cuenta. La última se había largado hacía dos días con un ayudante de cámara que se iba a filmar a Río de Janeiro. Eve, entonces, le telefoneó llena de pánico: ¿le haría el favor de cuidar de Annie esa noche? Ahora Eve sólo la llamaba cuando necesitaba algún favor.

Dolly estuvo a punto de negarse, pero luego pensó en la pobre Annie, sola con alguna extraña canguro en la casa grande de Bel Air, y se compadeció de ella. Quería muchísimo a Annie, y se le desgarraba el corazón de sólo pensar en la soledad en que vivía la pobre niña.

—¿Cuándo vuelve Dearie? —preguntó Annie de pronto. Así es como llamaba a Eve, nunca mamá o madre.

—Pues no me lo dijo, guapita.

—¿A dónde fue?

—Dijo que a una fiesta. —Annie puso expresión de tristeza, y ella añadió—: Una gran estrella como tu madre tiene que asistir a muchas fiestas. Es como..., bueno, como parte de su trabajo.

—¿También Val es parte de su trabajo?

Annie dejó de mover los pies y se quedó mirando a Dolly con sus grandes ojos azules.

A Dolly se le atascó el corazón en la garganta. «Dios nos ayude. Los niños sueltan las verdades a bocajarro.»

—Bueno, no, no del todo —vaciló Dolly.

—A mí no me gusta Val. —El rostro de Annie aparentó tensarse, y en su expresión apareció un fulgor implacable.

Dolly recordó que Annie no podía tener mucho más de un año el día en que la llevó a dar un paseo por el muelle de Santa Mónica y un desconocido se inclinó sobre el cochecito y le dio un súbito beso en la mejilla. Pero Annie ni se inmutó. Poniéndole ambas manecitas en la cara, lo empujó enérgicamente, alejándole de ella, chillándole, con su voz clara, que ya entonces parecía de persona mayor: «Fuera de aquí.»

—Pero, cariño, Val te quiere mucho... aunque no sea tu padre —la tranquilizó Dolly, tratando de quitarle hierro al asunto, pero en absoluto segura de conseguirlo.

Suspiró y añadió:

—Mira, recuerdo muy bien cuando mi padre trajo a casa a Mamá-Jo después de morir mi verdadera madre. ¿Sabes lo que hice? ¡Pues la mordí!

Annie sonrió a medias y dejó escapar una risita.

¿En la pierna? ¿Igual que *Toto*?

—No, en la mejilla, justo cuando iba a besarme. Y fue como pegarle un mordisco a una manzana.

—Seguro que se enfadó mucho.

—Sí, claro que sí... Y papá me dio una buena tunda. Pero, mira, te diré una cosa, no me arrepentí de haberla mordido. Después de que Mamá-Jo y papá se casaron, Mamá-Jo fue y me quitó todas mis muñecas y me dio una Biblia, diciendo que las manos ociosas son instrumentos del demonio. –Dolly movió la cabeza–. ¡Dios mío!, ¿por qué te cuento estas cosas? Hala, ven, ayúdame a poner la mesa. Ya está la sopa, ¿te gustan las galletas saladas con mantequilla?

–Sí, sí –dijo Annie, bajando de un salto del taburete.

Se dirigió al aparador bajo, donde se guardaban los platos, que estaba cubierto por una cortina raída sujeta con chinchetas.

–Pues mira, chica, lo siento, pero no tengo mantequilla.

Luego, cuando hubieron terminado de comer y lavado los platos, Dolly acostó a Annie en el pequeño dormitorio y se dispuso a dormir en el sofá-cama que había en el cuarto de estar. Lo mejor era dormirse lo antes posible. Quién sabía a qué hora llegaría Eve, quizás al amanecer.

Dolly se puso un viejo quimono de seda y se medio echó en la butaca coja junto a la ventana delantera, que estaba entreabierta esperando disfrutar de un poco de brisa a medida que iba anocheciendo. De pronto se sentía muy cansada. Un instante después estaba dormida.

La despertó el ruido de una puerta de coche. Abriéndose camino a través de capas y capas de sueño, Dolly trató de distinguir el reloj que había sobre la vieja gaveta que le servía de mesita de café. Eran las seis y cinco. ¡Dios santo! Tenía el cuello entumecido de descansar sobre el respaldo, y las piernas le dolieron al estirarlas.

Abriendo la gastada cortina de nilón, Doly miró la calle. Eve acababa de llegar. Se acercaba al portal por la agrietada senda de cemento con el paso incierto de quien ha bebido más de la cuenta. A la luz lechosa que precede al alba, su vestido largo de satén sin hombreras parecía casi líquido, y su cabellera de platino relucía como plata bruñida. Al llegar a la puerta de la casita de Dolly, Eve vaciló, apoyándose contra el batiente para no caerse.

–¡Jamás lo adivinarías, por mucho que lo intentases! –gritó. El aliento le olía, dulce y como efervescente, a orquídeas y champán; sus ojos, a la sombra del umbral, eran enormes charcas oscuras–. ¡Me he casado!

–Pero, ¿qué dices?

–Bueno, la idea fue de Val. En la fiesta de Preminger,

pues nada, de pronto se le ocurrió y dijo: «Hala, a casarnos, ¿por qué no?» Nos montamos en el coche y... ya lo ves. –Rió, y su risa más que ebria, sonaba potente y febril.

Dolly se quedó de piedra. Escuchando el enloquecido tictac de una polilla que chocaba contra el foco de luz del portal, su rostro ardía al aire fresco de la noche como si acabasen de abofetearla.

Eve agitó una mano delante de sus ojos, y Dolly vio que el dedo que antes llevaba el oro de Dewey Cobb ostentaba ahora un arito de oro rematado por un reluciente diamante piriforme.

Eve se mecía en el vano de la puerta como un relucir de azul y plata; a la luz de la luna, su piel era blanca como leche fresca.

–¿Sabías que en Las Vegas las joyerías no cierran en toda la noche?

–¿Te imaginas lo que diría Mamá-Jo si lo supiera? Pues seguramente diría que el demonio acecha así a los pecadores para que vayan más de prisa al infierno. –Rió e hipó–. Pero lo que ella no sabe es que ese camino me lo he encontrado yo sola, sin ayuda de nadie. Yo y Tommy Bliss lo encontramos juntos detrás del gallinero, cuando yo tenía catorce años.

Dolly recordó la imagen de Eve, abierta y de espaldas sobre la hierba, con el vestido recogido. Sólo que, en su mente, no era Tommy el que estaba arrodillado sobre ella, sino Val. Sintió náuseas.

–Mamá-Jo está muerta –fue lo único que se le ocurrió decir.

–Lo *sé*, so tonta. ¿No recuerdas que mandé a su funeral una furgoneta llena de lirios? A fin de cuentas, la vieja zorra se lo merecía. En su vida no hizo otra cosa que contar los días que le faltaban para ir a cobrar su recompensa al cielo.

En la esquina sonó una sola vez, impaciente, el claxon del Cadillac blanco de Eve. Val asomó la cabeza por la ventanilla del conductor, gritando:

–¡Hala, muñeca, tienes que estar en el estudio dentro de dos horas!

Dolly evocó su primer recuerdo de Val. Cruzaba el patio

de la RKO, camino del estudio sonoro, donde en aquel momento se filmaba *Mujeres liberadas*. Y, de pronto, pasando por una calle de un poblado del lejano Oeste, por el rabillo del ojo atisbó un súbito movimiento. Levantó la vista justo en el instante en que un hombrón con grandes zahones de cuero de vaca saltaba del tejado de un bar de mentirijillas. Mientras Dolly miraba, con las manos contra el pecho (exactamente, se diría más tarde, como la heroína muerta de amor de una película del Oeste), el hombrón, un especialista de escenas peligrosas, cayó justo en el centro de un carro lleno de heno.

Al ver a Dolly a su lado, se levantó con agilidad y se acercó a ella, sorteando cámaras y equipamiento y saltando sobre los gruesos cables que surcaban el suelo. Era alto y fornido, y llevaba tejanos polvorientos, camisa a cuadros de vaquero, botas altas muy gastadas y sombrero de ala ancha manchado de sudor; el cabello que escapaba del sombrero era blanco como la nieve. Su aspecto en general era bastante raro. No tendría más de treinta años, y era tan atezado que casi parecía extranjero. Al acercarse a ella, Dolly vio que sus ojos eran negros. No pardos, o gris oscuro, sino negros, negros como la medianoche.

Val Carrera le pareció el hombre más guapo que había visto en su vida. Le vio repetir el salto para dos tomas más, y luego, cuando el director estuvo satisfecho, Val se dirigió a Dolly y la invitó a tomar un café en la cafetería.

Dolly no vaciló un instante, aun cuando sabía que iba a llegar tarde a su toma.

Luego se volvieron a ver, y tomaron copas y cenaron juntos, y después fueron al apartamento que tenía Val en Burbank. Y allí pasaron un fin de semana entero en la cama. Cuando Dolly, finalmente, se levantó, se sentía como si le hubiesen dado una paliza en las corvas con un bate de béisbol. Apenas podía ir de la cama al cuarto de baño. No estaba segura de si aquello era amor, pero desde luego era *algo*. Val debió de pensar lo mismo, porque pasó con ella casi todos los días durante un mes, y cuando estaban juntos no le quitaba las manos de encima.

«Pero eso fue hasta que conoció a Eve», pensó Dolly.

Observando a su hermana bostezar y estirarse lánguidamente como una gata siamesa que acaba de rebañar con la lengua un cuenco lleno de nata, Dolly sintió una extraña debilidad en todos sus miembros. Sin habla, temblorosa, se la quedó mirando, incapaz de moverse. «¿Es que piensa que yo no tengo sentimientos? ¿Que su felicidad es más importante que la mía?» Quizás era eso. Quizás Eve pensaba que Dolly debía compadecerla y hacerse a un lado generosamente, porque ella, la pobre Eve, había perdido a Dewey... o quizá ni siquiera por eso, sino simplemente porque ella, Eve Dearfield, era una estrella, era *alguien*.

En la mente de Dolly irrumpió violentamente el recuerdo de la noche en que les sorprendió a los dos en el apartamento de Val. Dolly, chillando a Eve, diciéndole que era una zorra malvada y egoísta; y Eve, llorando y repitiendo que lo sentía infinito, que no había querido que ocurriese nada entre ella y Val, que había sucedido *sin querer*. Sus palabras describían lo ocurrido como una fuerza de la Naturaleza, como un huracán, como un terremoto. Y, en cierto modo, a pesar de lo airada y ofendida que se sentía, Dolly acabó por perdonarla, por consolarla incluso.

Ahora volvía todo aquello a su memoria, y vivía de nuevo todo el dolor y toda la amargura y todo el resentimiento. A Eve, la verdad, siempre le había tenido completamente sin cuidado herirla, entonces tanto como ahora. «Mírala, encendida como un árbol de Navidad, sin pensar siquiera que yo puedo sentirme celosa o herida», pensó.

–Fuimos a Las Vegas, ida y vuelta. –Eve arrojó sus brazos al cuello de Dolly y le estampó un beso en la mejilla–. ¡Tienes que sentirte feliz por mí, Dorrie, por favor, siéntete feliz por mí! –Cuando se apartó, Dolly vio que Eve tenía las mejillas húmedas y los ojos brillantes–. ¿Annie está despierta? ¡Qué impaciencia siento por contárselo!

–Son las seis de la madrugada –replicó Dolly.

–Deja, la despierto yo. –Eve pasó rápidamente a su lado y volvió un minuto después con la niña, aún medio dormida, cogida de la mano.

Annie pestañeaba hoscamente, mirando a su madre como en sueños. Se llevó el dedo gordo a la boca. Llevaba el cabello oscuro recogido a un lado, y aún tenía roja la mejilla que había apoyado contra la almohada.

Dolly las observó mientras bajaban juntas por el camino de cemento entre los chorritos de los aspersores. Eve era fina como una reluciente hoja azul, y Annie una niña erguida y valiente, envuelta en un camisón de algodón, con abultados zapatones ortopédicos y con su ropita bien cogida bajo el brazo. Dolly sintió que el corazón se le desgarraba en medio de un dolor terrible y candente. En su cabeza se agitaba una neblina roja.

Eve se paró de pronto, dio media vuelta, y obsequió a Dolly con su sonrisa más brillante, la que reservaba para reporteros y admiradores.

—Ah, se me olvidaba. Otto me ha prometido el papel de Maggie en *Que el diablo tiemble*, pero hay un papel secundario para el que todavía no tiene a nadie, el de hermana pequeña de Maggie. Le dije que tú eras la persona adecuada. Di a Syd que le telefonee.

Dolly sintió que en su interior se rompía algo: el último vestigio de lealtad.

Esperó a que las luces traseras del Cadillac desapareciesen en la oscuridad. Luego corrió a la cocina y vomitó en la pila.

Andando como una sonámbula, fue a su diminuto dormitorio, que aún conservaba el dulce olor de Annie, y buscó en la cómoda hasta encontrar un sobre. Le puso la dirección del destinatario y el sello y lo llevó al cuarto de estar, donde buscó y encontró la hoja fotocopiada, en su bolso, cuidadosamente doblada.

Fuera los pájaros gorjeaban en el aire fresco, y de la casita vecina llegaba olor a café recién hecho y el ruido apagado de una puerta, y una voz de mujer que gritaba: «¡Querido, no gastes toda el agua caliente!, ¿me oyes?»

Dolly, en quimono y zapatillas, con la carta bien cogida en la mano, fue al buzón de la esquina y la echó en él.

El sobre estaba dirigido al senador Joseph McCarthy, Capitol Hill, Washington, D.C.

Hasta que oyó el ruido de la tapa del buzón al cerrarse, Dolly no recobró el uso de sus sentidos, súbitamente, como una bofetada. Se dejó caer contra el metal fresco del buzón y sintió que la neblina roja se retiraba de su cabeza, que toda la sangre de su cuerpo parecía escurrirse hacia las suelas de sus zapatillas.

—¡Dios mío, Dios mío! —gimió, entre susurros sofocados—. ¿Qué he hecho, oh Señor? ¡Por el amor de Dios, ¿qué he *hecho*?!

PRIMERA PARTE: 1966

Cada uno de ellos llevaba una linterna, pero temían encenderlas por miedo a ser descubiertos. Brillaba la luz de la luna, aunque a veces quedaba oscurecida por las nubes.

A mitad de camino del barranco, Nancy se detuvo de repente y susurró: «Alguien sigue nuestros pasos.»

De Nancy Drew Mysteries:
The Clue in the Old Stagecoach

CAPÍTULO PRIMERO

Annie estaba echada en la cama, mirando al dragón que había en la pared de su habitación.

En realidad no era un dragón, sino sólo la sombra de un dragón. Cada poste de su cama china estaba tallado en forma de dragón, el rabo empezaba a la altura del colchón, y subía poste arriba, retorciéndose y llegando incluso a contorsionarse, hasta terminar, en la punta, en una cabeza airada con la boca abierta y la lengua bífida. Annie se acordaba del día de su quinto cumpleaños, cuando su madre le había enviado aquella cama de regalo, nada menos que desde Hong Kong, donde estaba filmando *Barco a China*. Estaba segura de que a Dearie ni siquiera se le había pasado por la cabeza que aquella cosa tan aterradora pudiera dar pesadillas a una niña pequeña. Pero a Annie no le daba ninguna pesadilla. Desde el momento en que la vio desempaquetada, entre grandes montones de paja, la encontró encantadora. Los dragones no se asustaban de nada ni de nadie, y así quería ser también ella.

Pero, en este momento, mirando al vacío oscuro de la habitación, Annie no se sentía tan valiente. Estaba más cerca de los siete que de los diecisiete años, y era una criatura pequeña, asustada, encogida bajo las mantas como un conejo en su madriguera, temerosa de que ocurriera de pronto algo malo.

Escuchó, muy quieta. Lo único que oía era el rápido latir de su corazón. También los habituales crujidos nocturnos de Bel Jardín. De pronto lo oyó con toda claridad: era el ruido real que un momento antes había pensado, no, *esperado*, que fuese una simple imaginación suya, el gruñido bajo del Alfa Romeo Spider de Val, subiendo a toda velocidad por Chantilly Road. El ruido del motor se fue haciendo más alto, exhaló de pronto un leve hipido al reducir la velocidad, y finalmente fue apagándose contra el crujido de la grava que cubría la calzada.

Poco antes, a punto de acostarse, Annie al oír a su padrastro salir de casa, había sentido un gran alivio. Pidió a Dios que tardara mucho en volver, a lo mejor toda la noche. Pero no, ya estaba de regreso. Un frío puño de espanto se apretó en su estómago, comprimiéndose hasta volverse una densa y pesada pelota.

Annie se incorporó en la cama apretando la almohada contra el pecho, mordisqueándose la uña del dedo pulgar, a pesar de que ya no le quedaba uña de tanto mordisquearla. Siempre se había sentido muy segura allí, en aquella habitación, y ahora le parecía una jaula, o un corralito de bebé. Miró alrededor, a las paredes con calcomanías de personajes de cuentos, al tocador con su faldón de percal, a la casa de muñecas, que era una réplica exacta de Bel Jardín en miniatura. Lo único pasable era la cama de dragón en un cuarto de niña pequeña lleno de cosas que ya no estaban a su medida. ¿Se habría dado cuenta Dearie de que ella había crecido, o era que, cuando bebía, le daba todo igual?

Annie se quedó mirando su estantería blanca –a la luz de la luna parecía blanca–, donde estaban todos sus libros infantiles favoritos. ¡Cuánto solía envidiar a sus heroínas! La intrépida Eloise, la ingeniosa Madeline. La fanfarrona Pippi Calzaslargas. Laura Ingalls, la exploradora. Y su ídolo, Nancy Drew.

Nancy Drew, se dijo Annie, sabría la forma de actuar en una situación como la suya. Si Val trataba de propasarse con ella, Nancy Drew le daría un buen golpe en la cabeza, le denunciaría a la policía para que le detuviesen, o cogería su bicicleta y escaparía a todo pedal.

Bueno, sólo que Nancy Drew no tenía una hermana de

once años. Una hermana por la que Annie había hecho todo cuanto estaba en su mano desde que llevaba pañales, y a la que quería más que a nada o nadie en este mundo. La idea de abandonar a Laurel a solas con Val le daba más dolor de estómago del que ya sentía, que era mucho, y la inducía a mordisquearse aún más la desaparecida uña de su dedo pulgar. Ya había llegado a hacerse sangre, y la sangre tenía un sabor cálido y salado.

Para calmarse, Annie volvió a meditar en el plan que había estado preparando. La próxima vez que Val saliera a una cita o a un trabajo, Annie prepararía dos maletas, una para ella y la otra para Laurel, y las dos se fugarían de allí. Tenía carnet de conducir desde el año pasado, y el viejo Lincoln de Dearie seguía aparcado en el garaje. Y tenía el collar de perlas y los pendientes de diamantes que le había dado Dearie, que eran de clip; todo estaba cuidadosamente escondido, para que no lo encontrase Val. Podía venderlo y usar el dinero para comida y gasolina.

Pero ¿para qué quería la gasolina?, ¿para ir a dónde? ¿Y qué harían las dos cuando llegasen a un lugar? ¿Quién las escondería para que no las encontrase Val? Además del tío Rudy, que no contaba, porque era hermano de Val y, si cabía más siniestro que éste, el único pariente que conocía Annie era la tía Dolly, a la que llevaba diez o doce años sin ver. Annie recordaba muy vagamente haber estado en una playa soleada, Santa Mónica, o Pacific Palissades, no estaba segura, en compañía de una señora sonriente de cabello color limón y labios rojos y fulgurantes que la ayudaba a hacer un túnel para ir a China.

La tía Dolly.

¿Qué habría sido de ella? Hacía mucho, muchísimo tiempo, Annie recordaba haber oído a Dearie decir a Val, con un tono de amargura, casi de odio, que su hermana Dolly había encontrado un marido rico y se había mudado a la Gran Manzana, ¡enhorabuena! Annie se había imaginado entonces a su tía como un gusano metiéndose en una gran manzana, y hasta que llegó a sexto o séptimo grado no se enteró de que la Gran Manzana era Nueva York. ¿Seguiría tía Dolly en Nueva York? ¿Y querría ver a sus sobrinas? Lo más seguro era que no. Porque Dearie se había enfadado muchísimo con ella, y tenía que haber alguna buena razón.

Pero, además, aunque tuvieran a donde ir, ¿qué haría Val? Desde luego, ella no pertenecía a Val, porque Val no era su padre. Su verdadero padre había muerto en un accidente de aviación hacía tanto tiempo que Annie ni siquiera recordaba cómo era. No, Val no la perseguiría si se fugaba, porque nunca se habían llevado bien. Ni siquiera se tenían simpatía. Pero el caso de Laurel era distinto, porque Laurel era hija suya, sangre de su sangre. Aunque, la verdad, apenas le hacía caso. Para Val, Laurel era como un juguete, y jugaba con ella diez minutos o así todos los días hasta que se cansaba y se la pasaba a otra persona. A veces transcurrían semanas enteras sin que reparase en ella, y luego, de pronto, la cogía en brazos y la sentaba en su regazo y se ponía a hacerle cosquillas hasta que la pobre rompía a llorar, o le daba helado y más helado hasta hacerla vomitar. Legalmente era su padre. Que Annie se fugase de casa podría pasar, pero, si se le ocurría llevarse consigo a Laurel, la cosa cambiaba, Annie estaba convencida de que Val diría que era un secuestro.

Tal vez Val llegaría incluso a hacer que la detuviesen y la metiesen en la cárcel. El corazón le dio un vuelco de pánico.

Pero, ¿qué otra cosa podía hacer? A ella le encantaba aquella casa grande y vieja, con su tejado y su hierro forjado al estilo español, y sus paredes de estuco amarillo claro enguirnaldadas de buganvillas. Bel Jardín era un nombre español, en inglés se decía Beautiful Garden. Incluso dentro de la casa, con todas las ventanas cerradas, olía a jazmín y a madreselva y a las flores en forma de estrella del limonero que crecía bajo su ventana.

La embargaba el dolor al pensar en abandonar, no sólo Bel Jardín, sino a sus amigas Beth Jenkins y Mallory Gaylord, y no poder empezar la universidad la semana próxima como tenía previsto. Desde el parvulario, Annie estudiaba con gran diligencia y asiduidad, siendo siempre la primera de la clase, hasta el punto de que la maestra del cuarto grado la había enviado al quinto grado a mediados del curso. La idea de entrar en la universidad, y de la vida que le esperaba después, lejos de Dearie y de Val, había sido el principal estímulo de Annie en todos aquellos largos años, como un fabuloso espejismo reluciendo tentadoramente al final del interminable desierto. A los diecisiete años, Annie era la alumna más joven del último curso de Green Oaks. La universidad de Stanford, la había aceptado pero ella prefería entrar en la UCLA.[1] Esto, en parte, porque sabía que no tenía dinero suficiente para sufragar una universidad de la Ivy League,[2] pero también por no alejarse mucho de Laurel.

¡Pero, seguir viviendo con Val! No, Dios mío, antes morir.

Annie recordó la noche anterior y se sobrecogió, apretándose el pecho con ambas manos. Val la había seguido por las escaleras y se había sentado en el borde de su cama, diciéndole que no quería más que charlar. A Annie le daban escalofríos sólo de mirarle, allí sentado, como un gran oso polar. Val no encajaba en aquella habitación, ocupaba demasiado espacio, parecía consumir todo el aire.

–Mira –comenzó Val, yendo al grano–, no voy a andarme por las ramas, tú ya no eres una niña. –Alargó la manaza y le cogió la muñeca, y luego, ante el horror de Annie, la sentó a su lado–. La verdad es que estamos arruinados.

Annie, desconcertada, se quedó de una pieza. Val estaba tan cerca que casi le podía oler. Bajo su loción de afeitar, Val olía a calor y a sudor, como después de hacer gimnasia. Y su manera de mirarla la hacía sentir escalofríos.

–Tuve que despedir a Bonita –siguió Val–. Bueno, fue ella la que se fue. Llevaba tres meses sin pagarle.

Annie se sentía muy acalorada, ardía de ira.

–¿Te *gastaste* todo lo que teníamos?

Val apartó la mirada.

–No, no fue así, no ocurrió de pronto. Además, ya no entra dinero en esta casa. Tu madre... llevaba doce años sin

1. Universidad de California en Los Ángeles. *(N. del T.)*

2. Asociación de ocho universidades selectas del nordeste de Estados Unidos. *(Nota del traductor.)*

hacer una película. Y cuando la academia fracasó... –Se encogió de hombros–. Bueno, ya me entiendes.

Val, que era cinturón negro, había abierto una academia de kárate hacía un par de años, pero, como todo lo que él hacía, compra y venta de casas, venta de coches importados, etc., acabó fracasando.

–¿Y qué vamos a hacer? –preguntó Annie.

Le horrorizaba sentirse tan impotente, tener que depender económicamente de Val.

Val se encogió de hombros:

–Supongo que tendremos que vender la casa. Rudy dice que nos darían bastante dinero por ella, pero también tenemos muchas deudas, de modo que apenas nos quedaría nada.

Rudy, el hermano de Val, un par de años mayor que éste, era bajo y feo, pero mucho más listo: era un importante abogado especializado en divorcios. Val solía mencionarlo en todas las conversaciones, y no hacía nada sin consultar con él, pero a Dearie nunca le había caído simpático, ni se fiaba de él, y menos mal que tuvo el tino de poner en buenas manos el dinero que dispuso para Annie y Laurel, alrededor de cincuenta mil dólares para cada una. Lo malo era que Annie no podría cobrar su parte hasta cumplir los veinticinco años, y eso, ahora, le parecía muy lejano.

–Podemos ir a vivir a una casa más pequeña –decía Val entretanto–, más cerca del centro... desde donde se pueda ir a trabajar en autobús.

–Yo tendré que ir al colegio –le recordó Annie, tratando de no alzar la voz–. A lo mejor encuentro algún trabajo en la universidad. En la cafetería o en las librerías.

–Bueno, sí, a eso iba precisamente. Rudy piensa que te podría encontrar trabajo en su bufete. Jornada completa. Tú sabes mecanografía, ¿no?

De pronto, Annie lo comprendió todo. Ahora que se había gastado todo el dinero, Val quería que *ella* ocupase el lugar de Dearie. Que fuese a trabajar, que renunciase a la universidad, que les mantuviese a los tres. ¡Bien claro estaba diciéndoselo! Sintió deseos de pegarle, de romperle a golpes aquella cara de hombre pagado de sí mismo. Pero no consiguió moverse, y siguió allí, inmóvil, temblorosa, muda.

Val, tomando por dolor su ira impotente, la abrazó, acariciándola torpemente como para consolarla.

—Sí, también yo la echo de menos —murmuró.

Annie trató de apartarle de sí, pero él la apretó más fuerte aún. Y, de pronto, el abrazo cambió de tono... Convirtiéndose en una caricia. Val estaba acariciandole la espalda, las caderas, su áspera mejilla se apretaba contra la suya, su aliento cálido y agitado le quemaba la oreja.

Annie sintió náuseas.

Con gran esfuerzo, le dio un fuerte empujón y se puso en pie de un salto. Sentía en la boca un sabor agridulce. Estaba segura de que iba a vomitar de un momento a otro.

—Perdona, tengo que lavarme los dientes —fue lo primero que se le ocurrió decir. Fue corriendo al cuarto de baño y se encerró allí. Abrió el grifo del agua caliente y estuvo bañándose una hora entera, hasta que los dedos de los pies se le pusieron como uvas pasas.

Cuando volvió a su habitación, Val ya no estaba allí.

Hoy había conseguido evitar a Val todo el día. Pero ahora regresaba a casa, y si se le ocurría acudir a su habitación, no había cerradura que se lo impidese.

Como si fuera un eco de sus pensamientos, Annie oyó la puerta de la calle, y a continuación ruido de pasos en los azulejos del vestíbulo. Contuvo la respiración hasta que empezó a ver puntitos rojos por todas partes.

Oyó a Val subir las escaleras. Eran pasos fuertes, amortiguados por la gruesa alfombra. Al acercarse a su puerta, los pasos se hicieron más lentos..., de pronto cesaron. El corazón de Annie latía tan precipitadamente que estaba segura de que Val lo oiría.

Al cabo de un tiempo que a ella le pareció una eternidad, oyó a Val seguir pasillo adelante, el susurro de sus zapatos contra la alfombra se hizo más tenue y acabó desapareciendo. Val había ido a su cuarto, al extremo del pasillo.

Annie respiró con alivio. Se sentía agitada y débil, como con fiebre. Y toda pegajosa de sudor. Lo que necesitaba era bañarse. La piscina estaría estupenda, fresca y serena.

Se obligó a sí misma a esperar otra eternidad hasta estar

completamente segura de que Val se había acostado. Luego salió de puntillas y, en camisón, enfiló el pasillo en dirección al patio.

Annie se detuvo ante la puerta entreabierta de la habitación de Laurel; al cabo de un momento entró. Mirando a su hermana, que dormía boca abajo, con sus puños diminutos bonitamente cerrados sobre la colcha que la cubría, Annie pensó en un grabado que su profesor de dibujo, el señor Honeick, le había enseñado en clase el año anterior. Se trataba, le dijo, de un cuadro famoso del pintor Millais, que representaba a Ofelia ahogada, de bruces en el río, con el largo cabello flotando como algas en torno al rostro pálido.

A Annie se le atascó el corazón en la garganta y, siquiera sin darse cuenta de lo que hacía, se puso a escuchar la respiración de Laurel.

Se la oía respirar, pero tan suavemente como una brisa que soplase por la ventana abierta. Annie se sintió más tranquila. «No te preocupes, Laurey, no te abandonaré, yo me ocuparé de ti», pensó.

Annie recordó la vez que Laurel tuvo escarlatina, a los dos años de edad, y el recuerdo fue como una ola de aire caliente. Nunca olvidaría aquella mañana, cuando, mirando a su hermanita en la cuna, la vio esforzándose por respirar, con el rostro violáceo, agitando los bracitos. Annie, que entonces no tenía más que ocho años, se asustó muchísimo, cogió a Laurel en brazos y fue corriendo por la casa, llamando a gritos a Dearie. Sentía el frágil pecho de Laurel jadear desesperadamente, con un terrible ruido ronco. A pesar de lo pequeña que era, Laurel pesaba demasiado para Annie, y se le resbalaba de los brazos. Annie acabó encontrando a Dearie, que se había quedado dormida en el sofá del cuarto de estar, con la botella de coñac vacía delante, sin duda agotada tras haber pasado la noche despierta con Laurel. Annie, sollozando, más asustada que nunca, la zarandeó, le pegó, la empujó, le gritó al oído, tratando de que despertara. Pero Dearie no se movía. Y no había nadie más, porque Bonita tenía el día libre y Val no estaba en casa. Annie, aterrorizada, se dijo: «Soy una criatura, no puedo hacer nada, no puedo salvar a Laurel.» Y entonces, una voz interior le ordenó: «Piensa.» Annie recordó que hacía muchísimo tiempo un fuerte ataque de tos le había congestionado el pecho y Dearie la había metido en una bañera humeante, con lo que pudo respirar mejor. Cogió a Laurel, la llevó al cuarto de baño de su madre y abrió el grifo del agua caliente. Luego, sentándose en el retrete, con Laurel boca abajo sobre sus rodillas, comenzó a darle golpecitos en la espalda, rogando a Dios que lo que la ahogaba acabase saliendo de ella. El vapor que salía de la bañera envolvió a Laurel, pegándosele al pelo en grandes nubes húmedas, y su respiración comenzó a mejorar y acabó normalizándose, y su rostro recuperó el color natural. De pronto, con un sonoro estertor, Laurel rompió a llorar. Se iba a poner bien. Annie sentía una humedad en la cara y pensó que sería el vapor, pero luego reparó en que estaba llorando. Y se dio cuenta de algo más, se dio cuenta de que ella era la verdadera madre de Laurel, de que Dios quería que fuese ella quien cuidase y protegiese a su hermana, y no solamente en aquel momento, sino siempre.

Se inclinó sobre su hermana dormida y besó su frente seca y fresca. Curiosamente, Laurel nunca sudaba, por mucho calor que hiciese. Siempre tenía ese aroma fresco como de polvos de talco o de los ramilletes de flores secas que Bonita metía entre las sábanas del armario de la ropa blanca.

Annie, en cambio, sudaba mucho en la clase de educación física, o jugando a baloncesto, y esto la preocupaba mucho, porque la camiseta se le pegaba a la espalda a los dos minutos de empezar el juego. Y cuando tenía examen, por ejemplo, de matemáticas, la palma de las manos y los zapatos se le empapaban de sudor. Hasta el pelo le sudaba. En una ocasión, en cuarto grado, los padres de los alumnos fueron al colegio a hablar con los maestros, y en el momento mismo en que todos, cogidos de las manos, cantaban *America, the beautiful*, Joyce Leonardi soltó la mano de Annie con asco, y chilló: «¡Me está empapando!»

Incluso en un momento como aquél se sentía toda sudada. Annie se pasó los dedos por el pelo, sorprendiéndose de lo corto que lo tenía todavía. Se lo había cortado la semana anterior con las tijeras de coser de Dearie, y todavía no se había acostumbrado a la idea de haber perdido su larga cabellera. Pero, pensándolo bien, no la echaba de menos. Por la razón que fuese, se había alegrado de ver aquel montón de pelo oscuro a sus pies. Era como cambiar de piel, como convertirse en una Annie nueva, una Annie fuerte, reluciente, valiente. Siguió su camino hacia la piscina.

Abajo, en el solario que daba al patio, la luna brillaba a través de los palmitos que, en sus enormes tiestos de terracota a ambos lados de la puerta acristalada, arrojaban sus sombras largas y finas sobre el suelo de azulejos españoles. Saliendo al frescor de la noche de setiembre, Annie vio la piscina oscura y reluciente, cuya superficie cristalina parecía emitir chispas color naranja a la luz de las farolas.

Se quitó la bata y se metió en el agua.

El agua fresca, lamiendo su cuerpo desnudo, estaba deliciosa. Annie buceó un rato, y luego volvió a salir a la superficie, envuelta por el aire nocturno, que olía a madreselva y a humo de un fuego de matas que llegaba de los cañones. Annie sentía la brisa y oía el susurro del seto de hibisco que rodeaba el patio, donde la hierba del prado se erguía entre los tiestos rebosantes de plantas. Era una hierba moteada de hojas secas, pardas. Hacía muchísimo que nadie la cuidaba. Héctor, el jardinero, se había marchado tiempo atrás, y Val no se molestaba. Val tenía ahora algún proyecto, y estaba tratando de convencer a un grupo de inversores de abrir un balneario. Fracasaría, igual que habían fracasado sus otros proyectos de negocios.

A Annie se le encogió el estómago. Asiéndose al borde de la piscina, se serenó. Tenía que hacer algo... y pronto; de lo contrario, se vería obligada a aguantar a Val en una casita pequeña, sin sitio para moverse o esconderse de él, y amarrada a un empleo de mecanógrafa, escribiendo las estúpidas cartas de aquel tipo repulsivo, Rudy.

Recordó a Rudy mirando fijamente a Laurel con aquellos ojos saltones, como el sapo que mira a la libélula de alas iridiscentes. Casi nunca se acercaba a Laurel, pero sus ojos... siempre estaban fijos en ella, siempre observándola. Annie sintió un escalofrío. ¿Qué quería Rudy de Laurel? ¿Acaso lo mismo que Val parecía querer de ella?

No, no; era demasiado sucio, demasiado increíble... Pero aun así, las dos tenían que irse de allí cuanto antes.

Annie oyó en su mente la voz de su madre, aquella voz clara y cristalina que recordaba de su infancia: «Dios está bien para rezar, hija mía, pero cuando las cosas se ponen mal, lo mejor es hacerlas uno mismo y no perder el tiempo en rezos.» El acento suave y perezoso de su madre parecía vivo, y Annie, oyéndola decir esto, se sintió llena de ira: «¿Ah, sí? –pensó–. ¿Pues, entonces, ¿por qué te suicidaste?»

Annie se soltó del borde, se sumergió de nuevo y comenzó a nadar furiosamente. La natación era el deporte que mejor se le daba. Para nadar no hace falta ayuda de nadie, ni es preciso trabajo de equipo. Y, además, si sudas nadando, nadie se entera.

Poco a poco, Annie sintió que su ira se disolvía en tristeza. Si Dearie hubiese hablado con ella antes de tomar aquellas píldoras..., por lo menos para despedirse. Salió de la piscina y mientras se ponía el camisón (¿por qué no se le habría ocurrido traer una toalla?), se dijo, como quien descubre de pronto algo completamente nuevo, que estaba verdaderamente sola en el mundo.

¡Si por lo menos pudiera cobrar su dinero! A lo mejor valía la pena hablar de ello con el señor Melcher, de Hibernia, explicarle lo importante que era para ella. Mañana le llamaría y quedaría en ir a verle lo antes posible.

Tiritando de frío y goteando, Annie entró en el vestíbulo. Por el rabillo del ojo entrevió una forma que se movía. Se quedó inmóvil, como petrificada, levantó la vista. Val estaba en el vano del arco que comunicaba el cuarto de estar con la escalera que bajaba al solario. Las sombras que la envolvían cambiaron de negro a gris y por un instante Annie pensó que se iba a desmayar. No se oía más sonido que el gotear de su cabellera sobre los azulejos del suelo.

Val, moviéndose con cierta gracia sinuosa, bajó los cuatro escalones que le separaban de ella. A la luz naranja de las farolas que se filtraba por la puerta acristalada, su rostro grande y atezado, listado de luz y sombra, hizo pensar a Annie en el de un tigre. Llevaba pijama de satén, con sus iniciales bordades en blanco: V. C.

—Deberías ponerte algo —le dijo—, te vas a resfriar.

—Iba a acostarme.

El sonido de su propia voz le hizo el efecto de un resorte que salta, como si algo se abriese en su interior. Fue a toda prisa hacia el arco. «Dios mío, que me deje en paz», rogó. Sentía los ojos de Val como taladros, y se dio cuenta de que, con el camisón empapado pegado al cuerpo, era como si estuviese desnuda. Se sintió acalorada de nerviosismo y embarazo.

En la amplia y desierta sala, a unos pasos de la chimenea, una cueva ennegrecida lo bastante grande para asar un búfalo entero, Annie sintió la manaza de Val, desagradablemente cálida y seca, sobre su hombro. Annie se apartó con brusquedad, dándose con la rodilla contra una pesada silla de madera tallada y con asiento de cuero repujado. Una oleada de dolor le subió por el cuerpo, golpeándole el corazón, que comenzó a latir agitadamente. La sangre se le agolpó en el rostro y sintió su pulsación.

Y entonces se dio cuenta de que lo único que hacía Val era ofrecerle la chaqueta de su pijama, que se había quitado al volverle ella la espalda. Annie se sintió confundida, sin saber cómo reaccionar. A su manera algo tosca, Val trataba de ser amable... pero con ello sólo consiguió que Annie le cogiera aún más repulsión. ¿Por qué no la dejaba en paz?

Se quedó inmovil, mirando la mano tendida de Val, hasta que éste acabó bajándola y dejando caer la chaqueta del pijama sobre la alfombra. Sus ojos negros se entrecerraron y la expresión de su rostro, grande y como alisado con cepillo de carpintero, se volvió mezcla de hosquedad y furia.

Annie trató de seguir su camino, pero Val la cogió bruscamente y la atrajo hacia sí, cogiendo su cabeza en el hueco de su mano y acariciándola toscamente.

—Ten un poco de consideración, chica, tampoco ha sido fácil para mí.

Annie captó en el aliento de Val el olor habitual a alcohol, y esto la asustó aún más. Val no era un alcohólico empedernido, como Dearie, pero no le hacía ascos al whisky, sobre todo si era doble... y cuando había bebido dos o tres solía volverse desagradable y hasta un poco transtornado.

La mirada de Annie se fijó en un viejo baúl de barco que Dearie había encontrado en alguna tienda de antigüedades. Grande y pesado, con enmohecidos flejes metálicos sujetando el cuero, olía a vejez y a grandes fondeaderos de barco mercante. Annie recordó que, en una ocasión, siendo ella pequeña, se había metido en el baúl para saber cómo se estaba allí dentro, y la tapa se había cerrado, dejándola en una terrible y apestosa oscuridad. Annie se puso a gritar como una loca, hasta que Dearie, finalmente, abrió el baúl y la rescató.

En aquel momento Annie se sintió de nuevo en el interior del baúl: cogida en una trampa, ahogándose. Y se dijo, con un terrible retortijón de estómago, que Dearie ya no estaba allí para salvarla.

Sintió una violenta cólera y se liberó del brazo de Val. Abrazándose con ambas manos, temblando tan fuertemente que tuvo que sujetarse la mandíbula con los dientes bien apretados para que dejase de tiritar, Annie siseó, como una serpiente:

—¡Todo es culpa tuya! ¡Nunca la quisiste! ¡Sólo te casaste con ella porque era rica y famosa! ¡Y luego, cuando... cuando ya no pudo seguir trabajando, la trataste como... como si ni siquiera existiese!

—Era una alcohólica —gruñó él, con un destello de moral ofendida en los ojos inyectados en sangre—. Ya lo era mucho antes de conocerla yo. Ya sabes, el borracho siempre es borracho.

Por encima del hombro de Val, sobre la repisa de la chimenea, la luz se reflejaba en un reluciente objeto metálico: el Oscar de Dearie a la mejor actriz, ganado por *La calleja de la tormenta*. Annie recordaba lo orgullosa que se había sentido aquella noche, ya tan lejana, al ver por la televisión a Gregory Peck abrir el sobre y pronunciar el nombre de Dearie, y luego a Dearie en persona, flotando por el escenario y envuelta en un rutilante vestido de lentejuelas, dar las gracias a todo el mundo, con su gloriosa estatuilla en la mano, radiante de triunfo.

A los ojos de Annie afloraron lágrimas, pero consiguió reprimirlas. No quería llorar delante de Val. No tenía la menor intención de darle ese gusto.

–Si mi madre bebía era por culpa tuya.

Quizás esto no era verdad del todo, pero Annie no se arrepintió de decirlo.

–So zorra. –Val la cogió por el hombro y le hincó los dedos en los brazos–. Nunca me diste la menor oportunidad, siempre fuiste una niña mimada, te creías la mejor, perdiendo el tiempo en un colegio de señoritingas, donde lo único que aprendías era a distinguir entre el cuchillo de carne y el de pescado y a montar a caballo como una mariquita inglesa. Me tuviste rabia desde el primer día. Sí, la princesita Annie, mirándome como si yo fuese un cagarro pinchado en un palo.

Los ojos de Val chispeaban en la oscuridad, como prismas negros reflejando toda una gama de viejos rencores.

Annie se sintió desconcertada. Nunca había visto a Val tan enfadado, ni siquiera el día en que golpeó a Dearie. Intuyó un peligro estático, tenuemente crujiente en el aire quieto y fragante.

–Me voy a mi cuarto –dijo, temblando, mordiéndose el labio para evitar que los dientes le castañetearan–. Tengo muchísimo frío.

Los labios de Val esbozaban una gélida sonrisa. Se agachó y, con un grueso dedo, cogió la chaqueta del pijama, que seguía sobre la alfombra. Se la arrojó a Annie.

–Póntela –le ordenó.

Annie cogió el rebuño de tela como si fuera una serpiente. De pronto, lo dejó caer al suelo y dio un paso atrás.

Con un gemido sordo, Val se abalanzó sobre ella.

Al principio, Annie pensó que iba a pegarle. Tuvo la sensación de que ya le había pegado un fuerte golpe en plena boca. La oscuridad era total, y la cabeza le daba vueltas. Sintió un agudo dolor y sabor a sangre donde sus dientes habían cortado la parte interior del labio. Y entonces se dio cuenta de lo que ocurría: Val estaba besándola.

Trató de chillar, de soltarse, pero Val la tenía cogida

fuertemente. El olor dulzón de su loción de afeitar, mezclado con el whisky rancio que exhalaba su aliento, se volvieron abrumadores y asfixiantes. En su cabeza estalló de pronto una tonada publicitaria: «El hombre que usa Aqua Velva es un conquistador...»

La garganta de Annie se vio invadida por una risa histérica.

«¡No es posible que me esté pasando una cosa así! –rogó para sus adentros–. ¡Dios, por favor, haz que no me pase!»

–Sólo esperaba que me quisieras –dijo él, con voz petulante de niño–, lo intenté, pero tú... te negabas. Yo habría sido un buen padre... Te habría... Te habría querido.

Annie, aterrorizada, forcejeaba para librarse.

–Por favor..., déjame. –Se le ocurrió algo–: ¡Podría despertarse Laurey!

–Me utilizó –prosiguió él, sin prestar atención a sus palabras–, me quiso porque yo, a su hermana... ¡Dios! Debí casarme con Dolly. ¿Piensas que *yo* quería que esto acabase así? No tienes la menor idea de lo que he pasado...

–Val... –rogó Annie, aterrada.

Val la tenía bien sujeta con un solo brazo, mientras con el otro empezaba a sobarla. Le cogió un pecho, acariciándoselo con extraña e insoportable ternura. Annie se sentía al borde de la muerte.

–Lo único que esperaba era que me quisieses –insistía Val con voz triste.

Haciendo acopio de toda su fuerza y revolviéndose violentamente, Annie consiguió, sin saber cómo, desasirse. Se agachó y salió corriendo, burlando a Val y sintiéndose extrañamente ligera, como un cometa que da vueltas y más vueltas cruzando una galaxia, y sus brazos parecían alargarse más y más, hasta que finalmente consiguió cerrar los dedos en torno a algo frío y duro... el Oscar de Dearie. Durante un enloquecido segundo, Annie volvió a ver a su madre en el escenario, el día de los Oscars: «...y, sobre todo, quiero dar las gracias a mi hija, que ha estado despierta hasta estas horas para poder verme...».

Dando media vuelta, a ciegas, Annie blandió la pesada estatuilla dorada como si fuera una maza. Por el rabillo del ojo vio a Val hacerse a un lado para evitarla. Annie comprendió más tarde que, si Val no hubiese hecho este movimiento, no le habría dado; Val era muy ágil y ella muy mala tiradora. Pero el caso es que le dio. El golpe le sacudió el brazo como una descarga eléctrica, y repentinamente se sintió tan atontada como Val.

Le manaba sangre por una herida sobre la ceja derecha. Quedó como congelado, su rostro se volvió blanquecino como queso de oveja. Lentamente, como en un sueño, se tocó la frente con la punta de los dedos:

—Oh... —dijo, y pareció ligeramente sorprendido de verse la mano teñida de rojo.

Se derrumbó bruscamente sobre el amplio sofá de cuero. Sus brazos y piernas se agitaron espasmódicamente, en ángulos extraños, como los de una marioneta cuyas cuerdas se han cruzado. Un momento después se dejó caer de costado y se quedó inmóvil. Aterradoramente inmóvil.

«Le he matado», pensó Annie.

El terror esperaba, agazapado en algún rincón de su mente, pero en aquel momento sólo sentía una especie de atontamiento, como si acabase de administrarle una fuerte inyección de novocaína. Mirando el cuerpo de Val ensangrentado, grotescamente inerte, Annie pensó, con serenidad y buen sentido: «No haré mucho equipaje. Un poco de ropa, ropa interior, cepillo de dientes. Bueno, y las alhajas de Dearie. Todo cabrá en un maletín, y mejor, porque así no pesará casi.» De llevar el coche ni hablar, era una estupidez sólo pensarlo. Y si Val no estaba muerto, sino sólo herido, pues peor, porque tendría detrás a la policía en cosa de minutos.

Hacer el equipaje fue fácil, pero no despertar a Laurel, que estaba profundamente dormida. Cuando Annie lo consiguió, por fin, Laurel la miró con los ojos vidriosos y expresión confundida. Permaneció unos momentos mirando a Annie, sin comprender nada, luego miró los tejanos y la camiseta que Annie acababa de ponerse.

—Vamos —le dijo Annie—, tenemos poco tiempo.

Laurel pestañeó exactamente como una muñeca de esas que cierran los ojos cuando se las tumba hacia atrás. Una muñeca de mejillas sonrosadas y ojos azules que no tenía la menor idea de lo que estaba diciéndole Annie.

—Tengo que irme —le dijo su hermana, más suavemente—, y no regresaré. ¿Quieres venir conmigo?

Los ojos vidriosos se aclararon y el ceño se arrugó de inquietud.

—¿Y a dónde iremos?

El «iremos» animó a Annie.

Trató de pensar, pero no encontró una respuesta. Quizás ése había sido siempre su problema, tratar de explicarlo todo minuciosamente cuando era mejor improvisar sobre la marcha.

—Vamos en autobús —fue lo único que se le ocurrió—, de modo que será mejor que te des prisa y te vistas... antes de que él despierte.

Y entonces, en vista de lo asustada e inquieta que parecía Laurel, Annie la abrazó y la estrechó contra sí.

—Todo irá muy bien —le dijo—. Ya verás, será muy divertido.

Oyendo su propia voz, Annie pensó que aquello sería tan divertido como navegar por las cataratas del Niágara en barril sin remos.

En primer lugar, tendrían que ir a la parada del autobús. Ni siquiera sabía dónde caía, ni qué autobús les convenía. En fin, ya lo averiguaría.

—¿No necesitamos dinero? —Laurel ya estaba en pie, quitándose el camisón—. Para los billetes.

Annie no había pensado en esto. No podría empeñar el collar y los pendientes hasta por la mañana, cuando abriesen las tiendas, y para entonces prefería estar a muchos kilómetros de Bel Jardín.

Entonces intervino Laurel:

—Yo tengo dinero, Annie. Casi cien dólares. ¿Te acuerdas, después de la fiesta de Navidad de Dearie, cuando el señor Olivier pensó que se le había perdido la cartera llena de dinero? Bueno, pues yo la encontré debajo del sofá. —Se ruborizó—. Ya sé que debí decírtelo, pero...

—¡Laurel! No te quedaste ese dinero, ¿verdad?

Las palidas mejillas de Laurel se sonrojaron:

—¡No, claro que no! Lo que pasa es que no te mencioné

la recompensa que me dio. Lo guardaba..., lo guardaba para comprarte un regalo de cumpleaños. Y luego, pues, Dearie... –Dejó de abotonarse la blusa–. Annie, ¿estás enfadada conmigo?

Annie volvió a abrazarla y sintió que el alivio la limpiaba por dentro.

–Laurey, qué tonta eres. Vamos, vístete, no saldremos nunca de aquí.

Laurel la miró. Sus ojos parecían más elocuentes de lo normal en una niña de once años.

–Te vas por... por Val, ¿no? –susurró–. ¿Es por algo que ha hecho?

No dijo papá o padre. Desde que sabía hablar siempre llamaba Val a su padre.

Annie asintió y la garganta pareció encogérsele de pronto.

–Annie –susurró Laurel, como avergonzada, cuando salían las dos de la casa–, ¿te importa que me lleve a *Boo*?

Boo era su vieja manta de niña, ya muy rota y gastada. A Laurel no le gustaba admitir que seguía utilizándola a su edad, pero Annie sabía perfectamente lo mucho que su hermana quería a *Boo*.

–Sí, claro, llévala –le dijo.

En el portal, Annie se detuvo, recordando otra cosa importante: el Oscar de Dearie. No podía dejarlo allí, pero tenía miedo de volver a por él. ¿Que ocurriría, por ejemplo, si Val estaba en pie y la volvía a atacar? Sin embargo, no podía marcharse sin una cosa que había sido tan importante para su madre.

–Espera un momento –susurró.

Annie, con el corazón latiendo violentamente, volvió al cuarto de estar sin hacer ruido y cogió el Oscar, que estaba caído sobre la alfombra. Apartó los ojos de la forma inmóvil que seguía en el sofá. Cuando regresó al portal, Annie notó una expresión de horror en el rostro de su hermana. Miró la estatuilla que tenía en la mano y vio que estaba manchada de sangre. «¡Oh, Dios mío!», pensó.

Sin pronunciar palabra, con los ojos tan grandes y oscuros como agujeros taladrados en su rostro blanco como la cal, Laurel cogió el Oscar de manos de Annie, y lo limpió cuidadosamente con su preciosa *Boo*. Luego se lo devolvió a Annie, que lo guardó en su maletín atiborrado. Mirando los ojos llenos de confianza de su Laurel, Annie encontró la fuerza necesaria para abrir la puerta.

Minutos más tarde, mientras cruzaban en plena oscuridad la larga calzada curva que llevaba a las puertas de hierro forjado, Annie se volvió para ver Bel Jardín por última vez. Al tenue fulgor de la media luna, Bel Jardín parecía levantarse como un enorme y pálido peñasco en medio de un meciente mar de madreselvas, adelfas e hibiscos. Sobre las palmeras que flanqueaban la calzada, Annie vio la primera luz lechosa del alba tocar la cima del tejado, y apartó rápidamente la vista, apresurando el paso.

En aquel momento, apretando contra sí el pesado maletín, Annie sintió el bulto del Oscar de Dearie contra su pierna, y su valor pareció flaquear de nuevo. ¿A dónde iban? ¿Y qué harían cuando llegasen? ¿Y qué pasaría si no funcionaba el teléfono de la cabina de la gasolinera del Sunset Boulevard y ni siquiera podía llamar a un taxi?

Sintió de pronto contra la espalda una mano invisible que la empujaba, mientras en su cabeza una voz dulce, algo gutural, le decía con el perezoso deje del sur: «Una vez has tomado la decisión de ir a algún sitio, no pierdas el tiempo atándote los cordones de los zapatos...»

Annie se irguió cuan alta era, levantando un poco más su pesado maletín para poder andar más de prisa. Cogió la mano de Laurel, fresca y seca contra la suya, que estaba sudorosa. El corazón le tronaba en las orejas. Nunca se había sentido tan asustada e insegura, pero lo principal era hacer creer a Laurel que ella sabía exactamente a dónde iban y no tenía ningún miedo. De pronto le pareció que esto era lo más importante de todo.

–Espero que te hayas puesto calcetines –dijo Annie con vivacidad a su hermana, que andaba a su lado a buen paso, como indiferente a todo, apretando contra sí su manta deshilachada, empapada de sangre de su padre; Laurel era una niñita rubia como el oro, con zapatillas de deporte color rosa y blusa de mangas esponjadas–, ya sabes que cuando vas sin calcetines siempre te salen ampollas. Y tenemos mucho que andar.

CAPÍTULO II

Nueva York

Laurel apartó la salchicha a un lado del plato. A lo mejor, si la escondía bajo la tostada, Annie no se daría cuenta. Se sentía demasiado asqueada para tomar un bocado más, pero no quería que Annie volviese a reñirla por lo delgada que estaba.

Además, Annie no era quién para hablar, porque tenía un aspecto espantoso: Su jersey de cachemira le colgaba como en torno a un palo, sus pómulos parecían aguijones, y tenía marcadas ojeras bajo los ojos que le daban el aire de un anuncio de una funeraria.

¿Por qué no había pedido Annie alguna otra cosa, además de tostada? Parecía bastante famélica para comerse todos los donuts de aquella cafetería.

Pero no podía ser, tenían que mirar cada centavo, repetía Annie, tenían que ahorrar para cuando encontraran apartamento. Pero, ¿cuándo llegaría ese día? Ya llevaban dos semanas en Nueva York, y seguían en aquella habitación oscura y maloliente del hotel Allerton. Laurel todavía pensaba que Annie se las arreglaría de algún modo para que todo acabase bien, pero, ¿y si no lo conseguía? ¿Qué sería de ellas si les ocurría algo malo, como una enfermedad o un accidente?

Pensando en todas las cosas horribles que podrían ocurrirles, a Laurel le parecía ir en uno de esos pequeños trenes de feria que suben cuestas tan empinadas que una no sabe si se va a hacer pis o vomitar o ambas cosas. Nunca se había sentido tan asustada en toda su vida.

Al principio, los novecientos setenta dólares obtenidos por las joyas de Dearie les parecieron el tesoro de un rey, pero ya casi no les quedaba nada. ¡Con lo caro que estaba todo! Annie no le había dicho que estaban casi sin dinero, pero la noche anterior Laurel había visto la expresión de preocupación de su hermana, cuando lo contaron cuidadosamente en recepción para pagar el alquiler de la semana al señor Mancusi. Y Laurel también sabía, por la forma en que Annie mordisqueaba su tostada, que intentaba hacerla durar, tomando largos sorbos de té entre mordisco y mordisco.

Al volver por la noche a casa, Annie trataba de fingir optimismo, aunque era evidente que nadie quería darle trabajo. ¿Cuánto tiempo más podría seguir Annie así? Vivir en Bel Air e ir al colegio de Green Oaks no era la preparación ideal para colocarse de doncella de hotel o de camarera. Pero Annie era muy lista, más lista que nadie. ¿No había convencido a Mancusi de que les dejase aquella habitación por cinco dólares a la semana a cambio de que ella fregase todos los días la entrada y la recepción del hotel?

Annie acabaría encontrando algo. Siempre se había encargado de todo, incluso en vida de Dearie. En cierta ocasión, en Palissades Park, Dearie había bebido demasiada cerveza y, cuando iban a volver a casa, fue y se quedó dormida sobre el volante. Bueno, pues Annie se las arregló para ponerla en el asiento trasero y luego condujo el coche y todas llegaron a casa sanas y salvas. Al recordarlo, Laurel se dijo que entonces Annie sólo tenía catorce años, ni siquiera la edad de conducir. ¿Cómo se las había arreglado?

A Laurel le habría gustado ser tan fuerte como Annie.

«Ojalá fuese mayor –se dijo–. Entonces también yo podría encontrar trabajo. Y Annie no tendría que hacerlo todo sola.»

Pero, ¿a quién se le iba a ocurrir dar trabajo a una chiquilla de once años, cuando Annie, que aparentaba más de diecisiete, estaba pasándolo tan mal?

Laurel observó a Annie abrir otro envase de jalea de uva y extenderla sobre lo que quedaba de tostada. Y sintió de pronto una oleada de amor por su hermana. Ella, por lo menos, tenía a Annie. ¿Qué pasaría si estuviese sola? Sólo de pensarlo se le encogió el estómago y la cafetería pareció tambalearse.

Aferrándose con ambas manos al borde de la silla, como si temiese salir despedida de ella, Laurel miró a su alrededor: las demás mesas de la cafetería estaban casi todas vacías. Aquel sitio solía estar lleno durante la semana, pero hoy era domingo. Al otro lado de la sala había un hombre vestido de color caqui y con botas altas, bebiendo café y fumando. En el mostrador había una mujer ojerosa con minifalda muy ceñida, tomando un bollo; los tacones de estilete de sus botas de charol negro parecían hincados en el peldaño del taburete. La comida no era muy buena allí, pero barata, y a nadie le parecía mal que todo oliese a panceta frita, hasta el aire, las servilletas y la leche.

Annie levantó la vista y dijo:

–Tengo la sensación de que hoy será nuestro día de suerte.

Parecía tan animada y decidida, que Laurel la creyó y comenzó a sentirse un poco mejor. Hasta que recordó que Annie decía lo mismo todos los días.

Laurel apartó su vaso de leche sobre la superficie de formica de la mesa.

–Anda –dijo–, termínalo tú.

Pero Annie frunció el ceño y se lo devolvió:

–No; tú lo necesitas más que yo. Además, estoy llena.

Era mentira. Laurel estuvo a punto de gritárselo, de suplicarle que por favor dejara de ser tan buena. Solía pedir huevos fritos y salchichas para Laurel, y cereales con leche para ella. Annie tenía buenas intenciones, pero a Laurel le habría gustado que dejase de tratarla como si todavía tuviera dos años.

«Si Annie me dejase, me encantaría echarle una mano», pensó. Pero lo único que dijo fue:

–¿Me dejas el periódico?

Una cosa a la que se obligaban era a comprar la edición extra del *New York Times*. El de aquel día 5 de octubre, estaba sobre la mesa y Annie todavía ni siquiera lo había mirado. Solía ponerse a hacer circulitos alrededor de los anuncios que le interesaban en cuanto lo compraba. ¿Querría esto decir que empezaba a perder la esperanza? Laurel sintió un retortijón en el estómago.

Algunos de los apartamentos que habían mirado eran bonitos, pero demasiado caros. O espantosos, en barrios con aceras llenas de cubos rebosantes de basura, y donde había que ir siempre con cuidado de no pisar cristales rotos y cuyos edificios eran oscuros y apestaban a pis, como el hotel Allerton. En una de ellas, en cuanto el encargado encendió la luz del apartamento, un ejército de cucarachas empezó a dispersarse por la cocina, tratando de escapar, mientras el encargado gruñía y las aplastaba con un periódico enrollado.

Nueva York era una ciudad realmente gigantesca. A lo mejor era que Annie no había mirado en los sitios buenos. En Brooklyn, por ejemplo. Allí habían crecido Val y Rudy. A juzgar por el plano, Brooklyn estaba bastante cerca y comunicaba con Manhattan por distintas líneas del Metro.

Pero lo que de verdad quería Laurel era encontrarse de nuevo en casa, en Bel Jardín.

Echaba en falta su habitación, con su bonito alféizar soleado y siempre lleno de animales de peluche. Y ahora también echaba de menos a su mejor amiga, Bonnie Pell, que se sabía de memoria todas las canciones de los Beatles y siempre escogía a Laurel la primera cuando tenían que formar equipos. Curiosamente y a pesar de que casi nunca le hacía el menor caso, Laurel hasta empezaba a echar de menos a su padre.

Se imaginaba a Val dormido en la gran cama de matrimonio que antes compartía con Dearie. Héctor estaba segando la hierba, y Bonita preparaba empanadillas en la cocina, cantando todo el rato canciones españolas con su voz aguda y gorjeante.

De pronto esta imagen se disolvía en su mente, y lo único que veía era sangre. Sangre de Val. Y oscuridad, la oscuridad que las había perseguido a ella y a Annie durante todo el trayecto por Chantilly y Tarcuto abajo, por la pista de golf, hasta el Sunset Boulevard, donde, a la luz amarilla de las farolas, Laurel había contemplado largamente las manchas de sangre de su *Boo*. Había tirado la vieja manta en el primer cubo de basura que encontró, sintiendo que era ella misma la que se quedaba allí tirada. Como si la niña que se envolvía en *Boo* para dormir fuese una amiga que ahora desaparecía para siempre y a la que ya casi ni recordaba.

Si Annie le hubiese contado lo que había hecho Val aquella noche para ponerla tan furiosa... Imaginándose a

Val muerto, caído en un charco de sangre, Laurel sintió una oleada de frío glacial.

No, se dijo, no podía ser. Val no podía estar muerto. Ella no quería que estuviese muerto.

Pero, si estaba vivo, probablemente las buscaría. Annie había dicho que tenían que andarse con cuidado, porque si Val las cogía se llevaría a Laurel consigo, por ser su padre, y a Annie la haría detener por secuestro.

¿Annie en la cárcel? Esta idea le resultaba intolerable. Y tampoco podía imaginarse a sí misma separada de su hermana. Así que tenía que andarse con muchísimo cuidado, y no contar su vida a nadie.

Pero tampoco le tentaba la idea de seguir siempre pegada a Annie como una criatura en pañales. Por asustada y rara que se sintiese, no quería esclavizar a Annie, impedirle vivir su vida. ¿No sería estupendo que las dos actuasen como un equipo, que trabajasen como socias, y que Annie recurriese a ella de vez en cuando?

«Tendré que hacerle comprender... hacerle ver que ya soy bastante mayor para ayudarla de verdad», pensó.

Laurel, obligándose a dejar de lado el malestar que sentía, cogió el periódico y lo hojeó hasta dar con la sección de anuncios de apartamentos. Buscó las columnas de estudios sin amueblar y leyó los anuncios uno a uno. Hacía dos semanas no entendía aún todas aquellas abreviaturas, pero ahora las dominaba: AC, por ejemplo, quería decir aire acondicionado, y CE cocina eléctrica. Acabó encontrando un apartamento por trescientos dólares que era lo más que podían gastar, pero, cuando se lo enseñó a Annie, ésta le dijo que la Calle 116, en Harlem, estaba llena de atracadores y drogadictos.

Laurel se sintió desanimada, y hasta un poco estúpida, como cuando empezaba a jugar a béisbol y las rivales le quitaban el balón con la mayor facilidad.

Annie, entretanto, estaba sumida en la sección de anuncios de servicio doméstico.

—Mira —dijo de pronto, leyendo en voz alta—: «Chica para todo. Empresa sombrerera busca joven enérgica para oficina con mucho trabajo.» ¿Qué te parece? ¿No te lo dije? Yo estaría pintiparada en un trabajo así.

—¿Pero sabes escribir a máquina? ¿O no hace falta?
—Yo sé escribir a máquina... sólo que no muy rápido.
—Pero si te ponen a prueba...
Annie la interrumpió, forzándose a sonreír:
—La vez anterior estaba nerviosa. Pero la próxima ya verás cómo me sale mejor. Seguro que me sale mejor. —Miró el plato de Laurel, y ésta advirtió su ceño fruncido—. No has terminado tu desayuno, ¿seguro que te encuentras bien?
—He comido todo lo que me apetecía. ¿por qué no te lo acabas tú?
Annie la miró entrecerrando los ojos, como si pensase que Laurel fingía no tener hambre a causa de ella. Pero Laurel se dijo que la única que estaba fingiendo allí era Annie. Intentaba aparentar que todo saldría a pedir de boca y que se sentía henchida de optimismo, pero tenía las uñas mordidas hasta la carne, peor que antes, enrojecidas e inflamadas y con algunas manchitas de sangre reseca.
Annie siguió mirándola hasta que, finalmente, el hambre pudo más que ella. Cogió el tenedor y comió de unos pocos bocados lo que quedaba de los huevos revueltos con salchichas. Y luego, con su última tostada, rebañó el plato hasta sacarle brillo. Laurel sintió que su estómago se tranquilizaba.
La camarera se dirigió a su mesa. Era una chica delgaducha, con el pelo muy corto y el rostro pecoso. Tendría más o menos la misma edad de Annie. El barniz rojo de sus uñas estaba tan mordisqueado que casi había desaparecido, en el uniforme azul tenía una manchita roja que parecía de mermelada de fresa.
—¿Querrán algo más? —preguntó tan rápidamente que casi sonó como una sola palabra. Y, sin esperar respuesta, dejó bruscamente la cuenta sobre la mesa y se marchó a grandes zancadas.
Annie se inclinó hacia su hermana y susurró:
—Está furiosa porque la vez anterior no le dejé propina.
De pronto, como poseída de una súbita prisa, Annie se levantó y se dirigió hacia la camarera con aire muy decidido, el dobladillo de su falda de algodón ondeando con-

tra sus piernas. Laurel la vio detener a la camarera, darle unas monedas y cruzar unas palabras con ella.

Cuando volvió, Annie sonreía.

–¿Te acuerdas del anuncio que vimos en el escaparate al entrar: «Hace falta camarera con experiencia»? Bueno, pues hoy tengo una entrevista con el propietario a las cinco.

Sus ojos azul tinta brillaban, y tenía las mejillas ligeramente encendidas.

–Pero, Annie, si no sabes nada del trabajo de camarera... –dijo Laurel–. A nosotras nos servía Bonita.

Al ver que la sonrisa desaparecía del rostro de Annie, Laurel se dijo que se había comportado groseramente.

–Bueno, y si no sé, ¿qué? Tendré que aprender, ¿no? –dijo Annie, con el mismo aire de decisión de siempre, pero ya no tan optimisma–. ¿Crees que será muy difícil servir a la gente de las mesas?

Laurel estuvo tentada de recordarle que era ella la que perdía siempre que jugaban a un juego llamado «Concentración», pero prefirió abstenerse. Para Annie lo importante no eran los detalles, sino el conjunto, lo que ella llamaba «el gran cuadro». Por ejemplo, sacar notas estupendas en las asignaturas más difíciles, y en las fáciles contentarse con un cinco. Y conseguir siempre un puesto en los mejores equipos, aun cuando no fuera tan buena como las demás jugadoras.

Pero en aquel instante, se dijo Laurel, probablemente sería mejor saber distiguir una hamburguesa de un donut que traducir latín de corrido o meter un gol brillante.

–Sí, pienso que tienes razón –acabó por decir.

Annie, con una mirada lejana, seguía contemplando el escaparate empañado, como un explorador que otea montañas distantes.

–Y encontraremos un buen lugar para vivir –dijo de pronto, volviendo la vista hacia Laurel, con ojos otra vez brillantes–, ya verás cómo encontraremos algo en el *Village Voice*. –Cogió el bolso y se levantó–. Vamos, el señor Singh, el de la confitería de la esquina, me deja hojearlo sin pagar.

Al salir, Laurel vio en el mostrador de servicio rápido un

periódico doblado sobre un taburete. Era demasiado pequeño para ser el *Times*. Lo cogió y se lo puso bajo el brazo.

Se detuvieron en la esquina de las Calles 8 y 23, y, mientras Annie entraba en la confitería a echar un vistazo al *Village Voice*, Laurel abrió el periódico que había cogido y vio que era el *Jewsh Press*. ¿Se anunciarían apartamentos allí? Bueno, con mirar no se perdía nada. Pasó cinco o seis páginas, hasta que encontró una sección titulada «Apartamentos sin Amueblar». Al leer el primer anuncio el corazón le dio un vuelco: «Midwood. Un dormitorio. Ático de casa bifamiliar con jardín. Barrio tranquilo. Doscientos noventa dólares. Shomer Shabbas. 252-1789.»

¿Dónde caía Midwood? Con ese precio, tenía que estar en Brooklyn. Pero, aunque así fuese, parecía el apartamento perfecto.

Curioso nombre, pensó, Shomer Shabbas. Pero en Nueva York todo el mundo tenía nombres raros. Como el portero de noche del Allerton, que se llamaba Tang Bo.

Ésta podía ser su oportunidad de demostrar a Annie que ella también sabía hacer bien las cosas. Pero lo primero, naturalmente, era cerciorarse de que el apartamento seguía libre. Muchas veces, cuando Annie llamaba, ya lo había apalabrado alguien.

–¿Qué tienes ahí? –preguntó Annie al salir de la confitería.

Para parecer mayor de lo que era, Annie se había puesto sus zapatos nuevos, pero su vacilante manera de andar mostraba que no estaba acostumbrada a los tacones altos. Se inclinó y se tocó dentro del zapato para asegurarse de que no se había despegado el esparadrapo con que se había protegido el talón.

Laurel aprovechó este movimiento para ponerse de nuevo el periódico bajo el brazo.

–Nada –dijo–. Oh, perdona, se me ha olvidado algo en la mesa de la cafetería. Espérame aquí un momento, vuelvo en seguida.

En la cafetería había un teléfono público junto a la entrada, al lado del guardarropía. Laurel se buscó una moneda en el bolsillo de sus tejanos (Annie le tenía dicho que llevase siempre cambio, por si se perdía y tenía que telefonearle), marcó el número que había memorizado y, al primer timbrazo, alguien contestó:

–Anda, no me tengas tan preocupada –dijo una voz de mujer, apremiante, antes de que Laurel tuviera tiempo de abrir la boca–, ¿la compraste o no? Seguro que te dijo que las neveras nuevas no se regalan.

Desconcertada, Laurel se sintió intimidada; finalmente consiguió dominarse y hablar:

–¡O... oiga!

Se produjo un breve silencio, y luego se oyó una risa: pero era una risa simpática, alegre, que recordó a Laurel la de la señora Potter, la enfermera de Green Oaks, que siempre tenía dulces para las chicas en su botiquín.

–Usted no es Faigie, ¿verdad? ¿Quién es usted?

Laurel sintió un súbito impulso de colgar, pero la voz sonaba tan simpática que hizo un esfuerzo y siguió hablando:

–Me llamo Laurel... Davis. –¿O era Davidson? Laurel había oído a Annie contar tantas mentiras a los caseros y encargados de hoteles y pensiones que ya no sabía lo que tenía que decir. Comenzó a sentir miedo. ¿Qué pasaría si sus palabras hacían recelar a aquella señora–. Es por el apartamento –tartamudeó–, el que anuncia en el periódico... ¿Podría... quiero decir, podríamos mi hermana y yo...? Bueno, claro, si no lo ha alquilado ya...

–¿Qué edad tienes, cariño?

–Doce. –Podría haber dicho trece, pero nadie en su sano juicio la creería si decía que tenía diecinueve o veinte–. Mi hermana tiene veintiuno –añadió.

–¿Casada?

–Eh... no. Bueno... no, pero es estudiante, con buenas notas, menos en matemáticas, y sabe escribir a máquina. ¿Había dicho más de la cuenta? ¿O quizá cosas que no debía decir?

–Bien. De modo que trabaja.

–Por supuesto... trabaja... en una sombrerería. En la oficina. Verá, somos de... Arizona. Y la verdad es que necesitamos un apartamento, sobre todo con jardín.

«Cuando haga buen tiempo podría bajar al jardín con

mi carpeta y mis pinturas», pensó, y entonces tal vez ya no echaría tanto de menos Bel Jardín.

–¿Jardín? Casi es una selva virgen. Con hierba a la altura de la rodilla.

–Eso no importa. Yo podría cortársela, si quiere. Héc... bueno, mi padre... me ha enseñado jardinería, y entiendo de abonos y de cómo se conservan las rosas para el invierno.

Laurel cerró los ojos y estuvo tensa un momento, recordando las correosas manos de Héctor que removían la tierra alrededor de un rosal, mezclándola con posos de café que Bonita le guardaba durante semanas.

–¿Rosas, dice? ¡Pues no pide usted poco! –La señora, ¿de Shabbas?, rió con su fuerte voz efervescente.

A Laurel le latía fuertemente el corazón. ¿Había mentido demasiado? Bueno, por lo menos lo de la jardinería era verdad. Ella entendía de jardinería. Sabía embellecer un jardín, como Mary y Colin en *Un jardín secreto*, y plantar parterres, peonías y bocas de dragón.

–¿Podríamos echar una ojeada al apartamento? –preguntó Laurel con su tono más afable.

–¿Tenéis dinero para el depósito?

–Sí, claro. –Y, justo a tiempo, se acordó de añadir lo que Annie decía siempre en estos casos–: ¡En metálico!

Se produjo una larga pausa, mientras a Laurel el corazón parecía subírsele por la garganta hasta la boca misma. Finalmente, la señora Shabbas suspiró y dijo:

–La verdad es que no sé si tú y tu hermana sois el tipo de inquilino que me gusta, pero, en fin, pareces una chica decente. Así pues, podéis venir a echar una ojeada. ¿De acuerdo?

Laurel se sintió tan feliz que, de no ser porque estaba cogida al auricular, habría salido dando saltos.

–Sí, estupendo –dijo, tratando de reprimir su emoción. ¿Cuánto tiempo se tardaba en llegar en Metro a esa parte de Brooklyn? Hizo un cálculo rápido y añadió:

–¿Dentro de una hora o así? ¿Estará usted en casa?

–¿Dónde podría estar? Estoy embarazada de nueve meses, Laurel Davi. Y el niño, Dios le bendiga, no tiene prisa por salir. De modo que por el camino rezad un poco por mí, no vaya a ser que esta vez se retrase tres semanas, como el anterior.

Laurel no recordaba haber conocido nunca a nadie tan fuera de lo corriente. Apuntó a toda prisa la dirección, colgó y fue corriendo a donde le esperaba Annie.

—¿Pero qué has estado haciendo?

—Mira, creo que he encontado un apartamento.

Laurel, conteniendo su euforia, contó a su hermana lo que acababa de pasar. Empezaba a soplar un viento frío, pero Laurel se sentía acaloradísima de la emoción.

Annie la abrazó muy fuerte:

—¡Estupendo, Laurey, estupendo! ¡A ver si tenemos suerte!

Laurel nunca se había sentido tan orgullosa de sí misma. Acababa de demostrar a Annie que era tan responsable como una persona mayor. Todo iba a salir a pedir de boca, estaba segura.

Laurel y Annie se bajaron del Metro en la parada de la Avenida J. Apenas habían andado dos manzanas cuando Laurel comenzó a sentir que aquello era un país extraño, como si hubiesen caído allí en alas de un ciclón, igual que Dorothy y Toto en la tierra de Oz.

Se fijó en un grupo de chicos de su misma edad, y algunos un poco mayores, que estaban apretujados bajo el toldo de un puesto de verduras, charlando en un idioma que a ella le pareció extranjero. Llevaban sombreros negros y trajes negros demasiado grandes, con borlas colgándoles del cinturón. Y todos tenían un largo rizo a cada lado de las cabezas.

En aquel momento, Laurel y Annie pasaban delante de una señora de piel oscura cuyo vestido parecía una sábana de reluciente color azul celeste; llevaba los antebrazos cubiertos casi hasta el codo de finos brazaletes de plata, y un punto rojo pintado en el centro de la frente. Le acompañaba una niñita con trenzas, vestida de rosa y con zapatos de charol blanco. Laurel estaba tan absorta en lo que veía que casi tropezó con una fila de párvulos vestidos de negro, capitaneados por una señora rechoncha que gritaba:

–¡Eh, Rufus! ¡Sí, es a ti a quien hablo! ¡A ti...! ¡Ponte en la fila si no quieres que te deje el trasero como un tomate!

Laurel, con sus tejanos casi nuevos y una chaqueta de punto rosa con florecillas bordadas que le había prestado Annie y con su cabellera rubia brillante de tan cepillada, parecía una extraterrestre en aquel ambiente.

Miró a su hermana. Annie, con sus grandes ojos oscuros y sus pómulos salientes, su piel olivácea y su cabello oscuro muy corto, tenía un aire más exótico y estaba como más a tono allí. Laurel la vio volver la cabeza y mirar hacia atrás con recelo. Sintió que el estómago se le revolvía al pensar en Val. ¿Las estaría siguiendo? ¿Y si las encontraba y hacía encarcelar a Annie? La culpa sería en parte suya, ¿no? Porque Laurel había deseado secretamente poder llamar a Val, o por lo menos mandarle una tarjeta postal, aunque sólo fuese para hacerle saber que se encontraba bien. Pero lo que Annie miraba era un rótulo de la calle, y eso tranquilizó un poco a Laurel.

–¿Estás segura de que no nos hemos equivocado de camino?

–Calle 14 Este, eso es lo que ella me dijo. La quinta casa a la izquierda.

Pasaron por delante de una panadería cuyo escaparate mostraba una deliciosa exposición de tartas de fruta, y por una zapatería, y luego por una tienda de *delicatessen* con quesos en forma de melón y salamis tan grandes como botas de béisbol colgando del escaparate. En la esquina, al girar para enfilar la Calle 14, vieron una tienda de modas con un anuncio: «No se admiten cochecitos de niños.» Laurel se fijó entonces en que las aceras estaban llenas de cochecitos. Daba la impresión de que todas las mujeres tiraban de cochecitos de niños, algunos de ellos dobles, además de llevar de la mano, por lo menos, otro niño más.

A Laurel le volvió la extraña sensación que había sentido en el estómago al llegar a Nueva York. Desde el momento mismo de apearse en la gran estación cercana a Times Square, le parecía haberse tragado un pez que seguía coleteando en su interior. En el autobús había estado demasiado ocupada mirándolo todo por la ventanilla: las matrículas de los coches, que, al pasar de un Estado a otro, cambiaban de azul a verde, de verde a amarillo, los campos de maíz, las vacas, los bosques, las montañas lejanas con grandes pasteles con remates de nieve que parecía azúcar, y los grandes almacenes, como Woolworth's y A & P, en la calle principal de numerosas ciudades pequeñas. Hasta empezaban a gustarle los bocadillos de atún con Coca-Cola y echarse en el asiento del autobús a dormir arrullada por el motor, que acababa sonando como una canción de cuna. O quizá fuera que en el fondo no creía lo que estaba sucediendo, como si todo lo que pasaba aquella noche –irse de Bel Jardín y tomar aquel autobús– fuese parte de un largo y enloquecido sueño del que acabaría despertando en su cama de Bel Jardín.

Por fin llegaron, y Annie señaló, al fondo, la silueta de rascacielos de Manhattan. Entraron por un túnel bajo el río Hudson, y Laurel imaginó que el túnel de pronto se inundaba y ellas se ahogaban antes de llegar a Nueva York. Se cogió del brazo de Annie con el corazón latiendo ansiosamente, mientras el pez que se agitaba en su estómago se revolvía también con frenesí.

Y ahora, después de dos semanas de vivir en Nueva York, su estómago seguía hecho un lío. A veces, como en este momento, Laurel se preguntaba si habían hecho bien en escapar. ¿Pero que hubiera pasado si Annie llega a irse sin ella? Eso habría sido terrible... mucho peor que ahora.

Val. Supongamos que se hubiese quedado en casa con Val. No era que Val la tratase mal, sino, más bien, que casi nunca estaba en casa. Y, sin Annie, ella se hubiese sentido completamente sola y muy desgraciada.

–Me parece que hemos llegado. –La voz de Annie devolvió a Laurel al momento presente.

Se detuvo y miró a donde señalaba Annie: una casa de madera de dos plantas, pintada de color gris, con un pequeño portal y un prado diminuto rodeado de un seto bien podado. Junto a la acera, bajo un gran árbol, alguien había amontonado las hojas rastrilladas en el prado. No era Bel Jardín, pero tenía buen aspecto. Laurel vio un triciclo caído, y sobre la puerta un rótulo rezaba: «Familia Gruberman.» A Laurel se le animó el corazón. ¡Una familia, allí vivía una familia de verdad!

Pero, no, el apellido de aquella familia tenía que ser Shabbas, no Gruberman. ¿Se habrían equivocado de casa? ¿O habrían dejado allí el rótulo del dueño anterior?

–No te ilusiones demasiado –le advirtió Annie, pero Laurel notó que también ella estaba emocionada–. Seguramente será como la última vez, dirán que somos demasiado jóvenes y que nos hace falta un aval.

No obstante, Laurel cerró los ojos y se puso a rezar: «Dios, por favor, haz que la señora Shabbas nos admita.»

Sintió la mano de Annie tirando de ella, llevándola por el sendero que conducía a la puerta de la casa.

–Bueno, ya verás, otro fracaso.

Annie pulsó el timbre.

–¡Ya voy, ya voy, ya voy! –gritó alguien desde dentro.

Al cabo de un largo minuto una mujer abrió la puerta. Llevaba un delantal cuadriculado sobre su abultado vientre, y un pañolón floreado ceñía su cabeza. Su rostro era redondo, y sus ojos pardos sonreían.

–¿Señorita Davis?

–Sí, soy yo –respondió Annie.

–¿Cómo...? Hum, sí –murmuró Laurel, sonrojándose y cerrando inmediatamente la boca, porque estaba claro que ahora era Annie la que tenía que llevar la voz cantante.

–Me llamo Annie... y ésta es mi hermana Laurel. Fue Laurel la que le telefoneó a usted.

–Y yo me llamo Rivka Gruberman –sonrió a Laurel–. La verdad es que por teléfono hablas muy bien, pero nunca he visto a dos chicas tan jóvenes buscando apartamento solas. Ya comprenderéis que no puedo tener en mi casa a gente que llega, lo revuelve todo y luego, ¡zas!, se vuelve a casa de su madre, y si te he visto no me acuerdo.

–No tenemos madre –contestó Annie quedamente–. Ha muerto.

–Oh..., entiendo –dijo Rivka, asintiendo varias veces y abriendo algo más la puerta–. Bien, entrad.

Rivka las observó en silencio mientras entraban en un vestíbulo en penumbras que olía a zanahorias hervidas. Subió delante, con evidente esfuerzo las estrechas escaleras. Laurel suspiró de alivio. «Me parece que no se ha creído que Annie tiene veintiún años, pero no va a darle mucha importancia a la cosa», pensó.

El apartamento era pequeño: una cocina diminuta con armaritos amarillos, un cuarto de estar con una alfombra gris descolorida, y un dormitorio no mucho mayor que su cuarto de baño de Bel Jardín. Pero todo estaba muy limpio, y las paredes recién pintadas de azul claro. Un delicioso olor a tahona atrajo a Laurel hacia una ventana abierta. Se asomó para ver de dónde llegaba, y al otro lado de un solar verde vio un gran extractor de aire que zumbaba en el tejado de un pequeño edificio.

–¿Es eso una tahona? –preguntó.

–*Bagels* –explicó Rivka–, no paran de hacer *bagels* el día entero, las veinticuatro horas seguidas, como si escasearan por aquí. ¿Qué os imagináis que me trae a casa mi marido todos los días cuando vuelve de la *shul*? –añadió, riendo y levantando las manos.

Laurel sintió deseos de preguntar qué era un *bagel*, pero Annie la miró con ojos de advertencia, y ella se abstuvo.

–El apartamento es muy bonito –dijo Annie–, nos quedamos con él. –Hablaba con la firmeza de una persona mayor, pero en sus ojos se percibía cierta inseguridad–. Quiero decir, si está usted de acuerdo.

–De Arizona la verdad es que no sé nada –dijo Rivka, mirándolas con atención–, pero imagino que antes de decidiros querréis ver nuestra *shul*, ¿no?

Allí había algo que no funcionaba. Laurel lo sentía en el estómago, que empezaba a revolvérsele. Y también por la manera de Annie de morderse la uña del dedo gordo.

Annie se ruborizó, y repitió:

–¿Su *shul*?

Rivka las miró un momento y añadió, con voz suave:

–Bueno, *shainenkes*, bajad conmigo. Manhattan está muy lejos y supongo que os apetecerá un té caliente y algo de *babka*, ¿no?

Una vez abajo, las dos comprobaron que la casa de los Gruberman era un desquicio. Había niños por todas partes. Un grupo de chicos mayores estaba en el sofá, leyendo en voz alta en un idioma desconocido. Los pequeños jugaban con camiones de juguete por la alfombra color rosa.

Un bebé golpeaba unas llaves de plástico contra los barrotes de su corralito. El ruido era ensordecedor.

–¡*Sha* todo el mundo! ¡Tenemos invitados! –gritó Rivka al tiempo que entraba en el cuarto de estar, pisando muñecas y animales de peluche, pero nadie hizo el menor caso. En la cocina, grande y alegre, una chica de mejillas rosadas que tendría la misma edad de Annie estaba pasando el rodillo sobre una masa blanca.

Aquella casa, aquella mujer, recordaron a Laurel la vieja del cuento que vivía en un zapato y tenía tantos hijos que no sabía qué hacer. Pero la señora Gruberman parecía muy contenta. Y buena.

Laurel y Annie se sentaron a la larga mesa cubierta con un mantel amarillo a cuadros. Mirando alrededor, Laurel notó algo raro: todo allí estaba por duplicado, había dos pilas, dos grupos de armarios, hasta dos neveras.

–Ya veo que miras mis neveras –observó Rivka–. ¿Sabes por qué tengo dos?

–Supongo que porque sois muchos –aventuró Laurel, sintiéndose cohibida y algo asustada. Sin duda la señora Gruberman estaba preparando el ambiente para contarle algo extraño.

–No, querida, es porque somos *kosher*. Todo lo que es carne, en una nevera; y todo lo que es leche, en otra. En eso somos muy estrictos.

Laurel iba a preguntar por qué, pero se dijo a tiempo que quizá no era oportuno.

–Ya sé lo que es *kosher* –intervino Annie–, mi madre me llevó una vez a comer perritos calientes en Fairfax Avenue. Me dijo que eran los mejores.

Rivka rió entre dientes sin dejar de atender la cocina. Puso el té a hervir. Luego se volvió hacia ellas, con las manos cruzadas sobre el grueso vientre:

–Bueno, vamos a ver, ¿qué voy a hacer con vosotras dos? Seguro que ni siquiera sabéis lo que significa *Shomer Shabbas*.

A Laurel se le cayó el corazón a los pies. *Shomer Shabbas*, evidentemente, no era el apellido del marido de Rivka. Y, lo que era peor, estaba visto que Rivka Gruberman no iba a alquilarles el apartamento.

—Es que no somos judías —confesó Annie.

Rivka suspiró, luego asintió, como con tristeza.

—Jovencitas, de eso me di cuenta en cuanto os vi. Nosotros no dejamos a nuestras chicas solas por ahí, sin marido o padre. —Súbitamente dejó de sonreír y su rostro quedó como cubierto por una de esas nubes que nublan súbitamente la faz del sol—. Lo siento; *Shomer Shabbas* significa «sólo para los que observan el Sabbath».

—Pero nosotras no haremos ningún ruido los sábados —insistió Annie—. Mi hermana y yo no tenemos televisor, ni siquiera radio.

Rivka movió la cabeza, al tiempo que ponía dos tazones de té humeante delante de ellas.

—Parecéis buenas chicas. Por favor, no penséis que es algo personal.

Les sirvió un plato de pastelillos de levadura con uvas pasas y avellanas que olían como recién sacadas del horno.

A Laurel se le hizo la boca agua, y también los ojos. Se sentía hambrienta y desesperanzada; alargó la mano y cogió el más grande de todos.

—Tengo dinero. Podría incluso darle un depósito ahora mismo —insistía Annie con un deje de desesperación en la voz—. En metálico.

—De veras, no es cuestión de dinero —replicó Rivka, triste—, es nuestra forma de vivir.

—Pero... —recomenzó Annie, mas de pronto se envaró en la silla, los hombros erguidos, los labios apretados, como si una aguja invisible acabase de pincharle en la espalda.

Laurel conocía aquella expresión. Era la forma de Annie de expresar dignidad. No iba a mendigar, por desesperada que se sintiese.

—Muy bien, de acuerdo —dijo con viveza—, me hago cargo.

Laurel bebió un gran sorbo de té caliente que le chamuscó la lengua. Tenía los ojos arrasados en lágrimas. ¿Por qué no explicaba Annie que habían mirado por todas partes y estaban demasiado agotadas para seguir buscando? ¿Por qué no admitía que tenía hambre? Laurel vio que Annie echaba ojeadas al plato de pastelillos, pero sentía demasiado orgullo para coger uno.

A Laurel el estómago se le estaba subiendo a la garganta, y por un segundo pensó que iba a vomitar. De pronto tuvo una idea.

–Yo podría hacer de canguro –dijo con voz queda–, y no le cobraría nada.

Moviendo la cabeza con pesar, Rivka volvió a la cocina y siguió con lo que estaba preparando: pollo a la cazuela.

Annie se levantó:

–Bien, muchas gracias por habernos enseñado el apartamento. Laurey, tenemos que irnos...

La interrumpió un gran berrido que resonó en el cuarto contiguo. Sarah, la chica mayor, miró a su madre con angustia, y dijo:

–Por favor, mamá, acabo de darle el biberón a Shainey, y tengo que terminar esto antes de que llegue Rachel. Viene sólo para ayudarme con el álgebra.

–Y tú piensas –respondió Rivka, levantando las manos– que a mí me han crecido cuatro manos de pronto.

Laurel, guiada por el instinto, fue corriendo al cuarto contiguo y sacó al bebé llorón de su corralito. El bebé pateaba y se retorcía, chillaba como un descosido, la cara enrojecida, mientras Laurel, sintiéndose algo embarazada, trataba de calmarle. A Laurel le habría gustado saber más de niños, pero su única experiencia había sido una vez que ayudó a Bonnie a cuidar de su hermano en ausencia de sus padres, y el pequeño Jimmy no hacía más que chillar, hasta que se les ocurrió cambiarle el pañal. A lo mejor era lo que necesitaba éste.

Mientras los chicos que estaban en el sofá la miraban con curiosidad, Laurel quitó al bebé sus bragas de plástico y vio que tenía los pañales empapados. Y entonces reparó en que chillaba tanto porque un imperdible del pañal se había soltado y se le había hincado en el trasero.

Acababa de quitarle imperdible y pañal, cuando Rivka llegó desbocada, secándose las manos con un paño de cocina.

–¡Ah, Dios mío! ¡Mi pequeño *shainenke*!

Lo levantó en vilo, poniéndoselo contra el vientre y envolviéndole el culito desnudo en el trapo. Sonrió a Laurel:

–De modo que entiendes de niños pequeños, ¿eh? ¡Pero si apenas eres más que un bebé!

–Yo sé mucho de niños –mintió Laurel, evitando la mirada de Annie.

–¡Shainey tenía un imperdible en el culo! –gritó un chico atezado, que llevaba una especie de solideo muy ladeado, lo que le daba un aire extrañísimo–, y ella se lo quitó.

Rivka cubrió de besos a la criatura y luego dijo:

–La verdad es que no puedo con todo, a pesar de que las chicas mayores me ayudan –suspiró–. Pero, claro, Sarah y Chava y Leah se pasan el día en la *yeshiva*, y luego, este otro, que está a punto de nacer, de modo que no me vendría nada mal que me echasen una mano.

Laurel miró el rostro amable de Rivka y captó en su expresión una vacilación que le dio súbita esperanza. ¿Tendrían todavía alguna posibilidad? ¿Cambiaría Rivka de idea?

Respiró hondo y pensó: «Aquí estaríamos bien, y seguras.» Es decir, a salvo de los atracadores, y de los patrones ruines, y de las cucarachas. A salvo de los policías y de Val.

–Quedaos –dijo Rivka–. Conoceréis a mi marido, Ezra, en seguida llega. Tal vez cambie de idea tras conoceros.

Laurel respiró, aliviada. Alivio al menos de momento. No quería pensar en mañana, o en pasado mañana. No quería pensar en ir al colegio en aquel extraño barrio, o en si Annie encontraría un trabajo antes de que se les acabase el dinero.

Si Rivka y su marido les dejaban quedarse en el apartamento, ya habría tiempo de preguntar quiénes eran aquellos extraños sujetos con sombreros redondos de piel y largos rizos, y aquellas señoras con puntos rojos en la frente.

Era evidente que allí había muchísimo que aprender.

CAPÍTULO III

Annie cogió el plato vacío del hombre gordo. Con el otro brazo mantenía un montón de platos sucios en equilibrio, inestable, balanceándose. Por un espantoso instante le pareció que iban a caer todos al suelo, pero se las arregló para enderezarlos.

–Dispénseme –dijo, tratando de sonar serena y cortés, mientras recogía cuchillos, tenedores y platillos de la mesa de formica. El hombre gordo y su mujer, más gorda que él, aún no habían terminado de comer.

–Dispénseme *a mí* –gruñó la mujer a Annie, que acababa de rozarle el hombro.

Annie vio que la gorda acababa de comerse una hamburguesa doble de queso, con cebolla y ensalada de col picada, tarta de queso y fresa de postre. «Seguro que toda esa comida le ha dado acidez», pensó Annie, pero no podía ser eso, pues la muy cabrona la trataba con malos modos desde antes de empezar a comer, y sólo porque Annie le había llevado tomate en lugar de col picada.

Annie sintió que la ira le subía. La frente se le perló de sudor, y la irritó no poder parar un momento para secársela. «Es culpa mía –pensó–; lo que pasa es que no valgo para esto.» Así se calmó.

Ya llevaba una semana en el Parthenon, y todavía no se había acostumbrado del todo a aquel trabajo. Y tenía la impresión de que no iba a acostumbrarse nunca. ¿Cómo se las arreglaban las otras? Loretta, por ejemplo. Era un poco mayor que Annie, pero lo hacía todo con asombrosa soltura; el trabajo, en ella, parecía tan fácil como andar y mascar chicle al mismo tiempo.

«Lo que me pasa a mí, querida –le había dicho Loretta el primer día–, es que yo nací con los pies planos. –Miró a Annie de arriba abajo y, observando sus mejillas granujientas, añadió–: Lo que no sé es qué haces tú en un sitio como éste.»

Annie tampoco se lo explicaba ahora. Pero sabía que, sin aquel trabajo, no podría comprar comida ni ahorrar dinero para el alquiler del mes siguiente.

Sin duda iba a tener que adaptarse a aquel trabajo, si ella y Laurel no querían dormir en el Metro, donde acabarían deteniéndolas y Val las encontraría fácilmente.

Un escalofrío le recorrió la espalda. Era posible que Val estuviese buscándolas en aquel mismo momento. Tal vez habría ido a la terminal de autobuses y averiguado, de la forma que fuese, que habían sacado billetes para Nueva York.

–...de modo que fui y le dije: Oiga, si no se le ocurre una excusa mejor, haga el favor de subir por esas escaleras y...

La voz quejumbrosa de la mujer gorda raspaba como uñas contra una pizarra, y Annie se sentía empapada de sudor. Aún faltaba tiempo para el mediodía y ya le chorreaban las axilas. Tendría que volver a lavarse el uniforme esta noche, y colgarlo a secar delante del horno. Y, santo cielo, ¿cómo podría quitarse de encima aquel terrible olor a grasa rancia? El pelo, los dedos, hasta las bragas le olían a hamburguesa pasada. Lo más probable era que cualquier día algún perro hambriento se le echase encima para pegarle un bocado.

Una vez despejada la mesa, Annie se volvió para irse, golpéandose torpemente la cadera contra la esquina. La taza de café que coronaba el montón de platos vaciló un momento y luego resbaló. Annie, con el corazón en un puño, trató de cogerla pero no lo consiguió. Y, mientras observaba horrorizada la catástrofe, el tiempo pareció aminorar su marcha, como en una película proyectada a cámara lenta... La gruesa taza blanca, dando vuelta tras vuelta, con la mancha rosa de los labios de la mujer gorda en el borde casi riéndose de ella, golpeó contra la mesa entre un diluvio de posos de café, y luego, de pronto, como una bola de billar que se mete en un agujero lateral, resbaló y aterrizó, junto con el poco líquido que aún contenía, en el abultado regazo de la mujer.

La señora gorda dio un grito y comenzó a limpiarse frenéticamente la mancha que se extendía por sus pantalones de poliéster verde limón.

–¡So bruja! ¡Mira lo que has hecho! ¡Me has puesto perdida!

–Lo siento mucho –dijo Annie.

Con nerviosismo, cogió una servilleta arrugada y frotó con ella la mancha, pero sólo consiguió empeorarla, añadiéndole salsa de tomate.

La señora gorda le apartó bruscamente la mano.

—¡Que venga el encargado! ¡Traedme al encargado! —Miró con ira a su marido—. ¡No te quedes ahí como un idiota, Bill, *haz* algo!

Annie tenía una vaga impresión de que todo aquello estaba ocurriendo bajo el agua. Veía los labios gomosos de la mujer abrirse y cerrarse como la boca de una carpa gorda, y a su marido levantarse torpemente. Oyó un ruido como de agua cayendo, y la luz entraba por el grueso cristal de la ventana parecía romperse en extrañas olas.

Y entonces apareció el propietario, Nick Dimitriou, y en las mesas de alrededor todo el mundo les miraba, con los tenedores en el aire. Annie pidió a Dios que la tragase la tierra. El corazón le latía violentamente, y sentía el sudor en el cuello y la espalda.

Se mantuvo firme. Ahora verían. Ella no era un pacata de esas que se derrumban por cualquier cosa. Pero Nick parecía muy enfadado, tenía las gruesas cejas muy juntas y sus ojos oscuros echaban chispas.

—Venga, márchate —silbó Nick—. Espérame en la cocina. Yo me encargo. Luego hablaremos.

Annie, con las mejillas encendidas, llevó los platos sucios a la cocina y los dejó en la gran cuba de plástico junto al lavaplatos. Las lágrimas se agolpaban en sus ojos, tratando de salir, pero ella no les dejaba, no quería llorar, al menos mientras Loretta y JJ y Spyro estuviesen mirándola. Fijó los ojos en la nube de vapor que salía de la pila, mientras JJ, con el pelo revuelto, frotaba uno de los enormes pucheros de caldo. Del otro lado de la cocina llegaba el chirriar de algo que saltaba en la enorme freidora, hiriéndole los oídos como una descarga de artillería.

Loretta se acercó a ella y le tocó el brazo; Annie se dio cuenta de que había visto todo el incidente.

—No te preocupes —le dijo, con sus ojos azul claro llenos de comprensión—, Nick se enfada mucho de pronto, pero es buena persona. Además, no fue culpa tuya. Eso podría pasarle a cualquiera.

Pero Annie sabía que no era así. A Loretta no se le habría caído aquella taza. Y, además, siempre se confundía con los pedidos. Por ejemplo, el día anterior, en la mesa número cinco: sopa de guisantes en vez de minestrone, y el bistec pasado en lugar de medio crudo. Y todo aquello hubo de tirarse.

No, Loretta no había estudiado francés ni trigonometría, pero como camarera era un genio al lado de Annie.

Annie se imaginó a sí misma sentada a la larga mesa de estilo español de Bel Jardín, sirviéndose de la fuente de rosbif que Bonita le tendía. La rechoncha Bonita, con su uniforme blanco y negro, su rostro atezado lleno de euforia, como si estuviera ofreciendo a Annie algún don maravilloso. «Y yo que ni me fijaba –pensó–. Nunca comprendí lo mucho que trabajaba Bonita.»

De pronto sintió aquella pérdida con un dolor agudo; echaba mucho de menos Bel Jardín. Las lágrimas que había contenido hasta entonces pujaban cada vez más. La abrumaba un intenso deseo de ocultar el rostro tras un trapo de lavar la vajilla y prorrumpir en gemidos. Pero de sobra sabía que no era posible. Laurel estaba esperándola en el apartamento vacío. Y lo único que había en la nevera era una botella de leche y una lata de atún medio vacía... ni para un gato bastaba. Si ese día las propinas no eran buenas, había pensado pedir a Nick un adelanto del sueldo, para poder comprar algo de comida al volver a casa.

Pero ahora, viendo a su jefe aparecer por la puerta de vaivén, Annie sintió que el corazón se le encogía. Qué estúpida había sido, qué engreída, pensando que este trabajo iba a ser un éxito.

Pero, aun cuando deseaba escapar, sin más, por la puerta trasera, se obligó a seguir allí. «Necesito este trabajo», pensó.

Se acercó a Nick, un griego delgado y recio con una cicatriz que le iba de la comisura del ojo derecho hasta al mandíbula. Loretta había contado a Annie que Nick había trabajado de estibador para ahorrar suficiente dinero para fundar su propio negocio, y un día una larga pieza de alambre de embalar, al romperse, le había cortado media cara, dándole aquella expresión de permanente malhumor.

Annie, con el corazón desbocado, miró a Nick Dimitriou a los ojos. «Nada de quejarme, nada de excusas tontas», se ordenó a sí misma. Dearie, a pesar de su mala suerte y su enfermedad, nunca había aceptado excusas de nadie, ni siquiera de sí misma.

–Siento mucho lo ocurrido –dijo Annie–. Hago lo que puedo, señor Dimitriou.

El rostro de Nick Dimitriou se distendió, y movió la cabeza comprensivamente:

–Sí, lo sé... Escuche, yo tengo un negocio. Puedo hacer la vista gorda un par de veces, pero usted. Annie... no sé, quizá se esfuerza *demasiado*, y, claro, eso empeora las cosas, y también para mí. Esa señora es cliente habitual, y quiere que le pague la limpieza de su traje, y yo sonrío y digo: «Claro, claro, Nicolas Dimitriou siempre paga lo que debe.» Pero, dígame, ¿cómo se puede ganar dinero así? No, lo siento, lo siento de verdad, pero tiene usted que irse.

Dio media vuelta y se alejó.

–¡Espere! –exclamó Annie.

No quería mendigar, pero tampoco podía permitir que la despidiese. En su pecho se agitaba un gemido reprimido, lo cual dio a su voz un tono estridente y entrecortado:

–Yo pagaré por mis errores. Cóbreselo de mi sueldo. Señor Dimitriou, necesito este trabajo. Por favor... deme otra oportunidad.

Por un instante terrible todo se volvió inseguro y caliente, y temió no poder contenerse y prorrumpir en lágrimas como una idiota.

La boca mal cicatrizada de Nick Dimitriou se contrajo en una triste sonrisa:

–Annie, permítame que le dé un consejo. Este sitio no es para una chica como usted.

Annie esperó, perpleja, pero Nick dio media vuelta y desapareció por la puerta de vaivén.

Loretta se acercó a Annie y le pasó el brazo en torno al cuello:

–Sé que no es el momento más oportuno para decírtelo,

pero sé muy bien que Nick tiene razón –dijo–. Tú eres demasiado buena para este cuchitril. Seguro que eres actriz o modelo y estás esperando tu gran oportunidad, ¿a que sí?

Los ojos azul acuoso de Loretta miraron a Annie con cierta nostalgia. Lo peor de aquel trabajo, le había dicho Loretta a Annie, era tener que perderse el culebrón de la televisión.

Annie, que siempre había puesto gran cuidado en no hablar de sí misma, no pudo menos de sentirse halagada. Y también se sentía agradecida a Loretta por distraerla con sus palabras. Pero los negros pensamientos que se agolpaban en su mente no se disiparon. ¿Cómo encontrar otro trabajo?, ¿cómo pagar el alquiler del mes siguiente?, ¿cómo iban a comer ella y Laurel?

En su cajón había exactamente cuarenta y dos dólares con setenta y dos centavos: las propinas que había ganado hasta entonces, más los últimos dólares de las alhajas de su madre. Eso, más el sueldo de la semana, les llegaría justo hasta fin de mes, si tenía mucho, mucho cuidado. Pero, ¿y después?

«¡Dios mío!, ¿qué voy a hacer?», pensó.

Completamente desmoralizada, como la vez en que, en Bel Jardín, chocó contra la puerta de cristal del cobertizo de la piscina, Annie cogió el dinero que le dio el señor Dimitriou y se fue.

En la Octava Avenida vio un puesto de verduras con lechugas, tomates y manzanas, y se acordó de la escena de *Lo que el viento se llevó* en que Scarlett O'Hara arranca un rábano y blande el puño cerrado contra el cielo, jurando: «Jamás volveré a pasar hambre.»

Pensando en lo melodramática que era su tragedia, Annie rió roncamente:

–Bueno –se dijo a sí misma–, ¿y ahora qué?

Pero era seguro que se le ocurriría alguna solución. *Seguro.*

–Baruch ata adonai, elohenu melek ha-olam...

Annie cerró los ojos y dejó que el sonido de la voz de

Rivka, salmodiando y bendiciendo sobre las velas, reverberase a través de ella. Se sentía tranquila, el drama de aquella tarde en el Parthenon se desvanecía de sus pensamientos.

Añadiendo una pequeña oración a la de Rivka, Annie murmuró:

–Por favor, Dios, ayúdame a encontrar otro trabajo.

«Algo que yo sepa hacer bien –pensó–, y en un sitio donde me encuentre a gusto.»

Annie abrió los ojos y miró a Rivka, que, con su *shaitel* castaño cuidadosamente plegado y su vestido floreado de mangas largas, ocupaba su puesto habitual en la mesa del comedor, llena de comensales, entre Laurel y Sarah. Hubo más salmodias en hebreo, esta vez dirigidas por el señor Gruberman, mientras los demás le coreaban, cruzándose constantemente sus voces: las voces dulces y agudas de Sarah, Leah y sus cuatro hermanos menores se mezclaban con el contralto acuoso y tímido de Moishe, que tenía trece años. Al lado de Annie estaba Laurel, canturreando bajo, repitiendo frases sueltas. Annie miró a su hermana, con su jersey a cuadros azules y blancos, y sintió una súbita sorpresa: ¿dónde había aprendido Laurel todo aquello?

Rivka debió de notarlo también, porque sonrió a Laurel:

–Muy bien, muy bien. *Shainenke,* ahora podrás ayudarme a decir la bendición del pan.

Laurel asintió tímidamente y Rivka le pasó el cuchillo de cortar el pan, en que Annie vio reflejadas las llamas danzarinas de las velas del *shabbas* hincadas en sus candeleros de plata sobre el aparador.

–*Baruch ata adonai...*

Rivka y Laurel comenzaron juntas, pero Rivka de pronto se interrumpió e indicó a Laurel que continuara sola. Laurel vaciló, sus mejillas pálidas se encendieron. Levantó la vista, echó una ojeada furtiva en torno a la mesa y al ver que nadie se reía de ella, respiró hondo y terminó titubeante:

–*...elohenu... melek... ha-olam... hamotzeh... le-hem... min ha-oretz.*

Sonriendo de oreja a oreja, Laurel levantó la tela blanca

de hilo que cubría el exquisito *challa*[1] y esperó a que Rivka cortara una rebanada de pan. Luego cortó un pedacito del trozo que le tendió Rivka y se lo metió en la boca, pasando el resto a Annie. El trozo de *challa* pasó de mano en mano, alrededor de la mesa, y cada uno arrancó un pedazo, hasta que no quedó nada.

Era la segunda vez que Rivka invitaba a Annie y a Laurel a la comida del sábado. El viernes anterior, recordó Annie, había sido igual: encender las velas y luego la bendición del vino y el pan, pero entonces Laurel había permanecido callada, mirando su plato mientras los demás canturreaban. Ahora, sin embargo, estaba participando. *Y en hebreo.*

Annie sabía que su hermana tenía facilidad para aprender cosas nuevas, sobre todo juegos de naipes, y que en dos semanas de observar a Rivka se había convertido en bastante buena cocinera, pero esta última hazaña suya le parecía impresionante. ¿Qué nueva sorpresa le depararía Laurel la próxima vez?

Y ahora, mientras Rivka, Sarah y Leah se levantaban y traían de la cocina grandes fuentes humeantes llenas de pollo asado y patatas y brócoli y fideos, y los chicos clarlaban entre sí en yiddish, Laurel miró a Annie y le preguntó:

–¿Te gusta el *challa*? Lo hice yo.

–¿Que lo hiciste *tú*?

–Bueno, casi; sobre todo ayudé. Rivka me dejó amasarlo y adornarlo. Lo que lo hace reluciente por arriba es que se rocía con clara de huevo.

–Clara de huevo –repitió Annie.

Miraba a su hermana, notando que ahora estaba mucho más segura de sí misma y parecía más adulta que unas semanas atrás. Hasta en el pelo se le notaba. Había dejado de trenzárselo en coletas y ahora lo llevaba recogido en la nuca. En sus ojos se notaba también una nueva vivacidad.

Annie recordó que la noche anterior, sin ir más lejos, al llegar a casa del Parthenon, empapada de sudor y apestando a grasa, hambrienta y tan cansada que apenas podía

1. Pan blanco trenzado, untado con clara de huevo, que se toma durante festividades como la del Sabbath. *(N. del T.)*

tenerse en pie, había encontrado a Laurel en su diminuta cocina con la cena ya preparada: pastel de carne, patatas cocidas y ensalada, preparado por ella sola. El pastel de carne estaba algo quemado en los bordes, y las patatas algo aguadas, pero Annie lo había comido todo en un momento, y no mintió al decir a Laurel que aquélla era la comida más deliciosa que recordaba.

Todavía no había dicho a Laurel lo de su despido, le faltaba valor. ¿Y Rivka? ¿Qué haría Rivka si el mes siguiente Annie no le pagaba la renta? ¿Dejarlas seguir por caridad? No, ni hablar, los Gruberman, con tantísimos hijos como tenían, lo pasaban bastante mal, eso Annie lo sabía, y apenas si conseguían llegar a fin de mes. Necesitaban el dinero del alquiler del apartamento.

Tenía que encontrar otro trabajo... y en seguida.

Pero entretanto... qué maravilla poder seguir ahí sentada, impregnada de los sabrosos olores de las fuentes y los cuencos que había en la mesa, y sentir la abundancia de calor y amistad y solidaridad que exhalaba aquel cuarto... Ni siquiera las disputas entre los pequeños Gruberman conseguían romper el encanto.

—Mamá, Chaim me está dando patadas bajo la mesa. ¡Dile que pare!

—¡Chaim, haz el favor de parar! —ordenó Rivka, sin alterarse ni levantar siquiera la vista de la fuente en que cortaba pedacitos de pollo para Shainey, que estaba en su silla alta, justo detrás de ella—. Y tú, Yonkie —añadió—, ten cuidado con el brócoli. Donde tiene que estar es en tu boca, no en tu servilleta.

Annie observó a Yonkie, con sus cinco años, su gorrito ladeado sobre los rizos cortados casi al rape y sus mejillas sonrosadas, desdoblar mansamente la servilleta, sacar de ella el brócoli casi hecho puré y ponerlo de nuevo en su plato.

—Yo el mío no lo como —anunció Moishe, delgado como un palo, que aparentaba menos años de los trece que tenía, a pesar de que ya le empezaba a crecer la pelusa color melocotón en la barbilla. El vapor de las patatas que estaba sirviéndose le empañaba las gruesas gafas cuadradas—. ¿Cómo sé si no tiene algún bicho?

–¿Bichos? –Rivka le miró, sorprendida.
–Bueno, no es que yo los haya visto, lo que se dice verlos... pero si me como uno por equivocación, pues eso, que son *treyf*.
–¿Quién lo dice?
–El rabino Mandelbaum.
–Escucha, si el rabino Mandelbaum quiere venir a comer a mi mesa, puede venir antes y lavar personalmente todo el brócoli; hasta entonces soy yo la que lo prepara, y tú el que lo comes, ¿entendido? –dijo Rivka con indignación, mientras sus ojos brillaban de regocijo.
–Fíjate, Yonkie, yo sí que lo como –intervino Laurel, metiéndose en la boca una gran cucharada–. ¡Está buenísimo!
Todos los que estaban sentados a la mesa, menos Laurel y Annie, rompieron a reír.
–Claro, *tú* puedes comer todo lo que quieras –dijo Leah, riendo; la pequeña quinceañera de ojos oscuros, mejillas sonrosadas y flequillo castaño, era una versión más pequeña e inquieta de su hermana mayor, Sarah–, porque no eres judía.
–Si Moishe no come no es porque sea judío –replicó Laurel con sensatez–, sino porque no le gusta el brócoli.
Más risotadas en toda la mesa.
Rivka sonrió, mirando a Laurel con ojos regocijados:
–Chica lista.
Annie sintió de pronto un gran respeto por Laurel: encajaba perfectamente en una ciudad extraña como Hungría o Islandia, con gente con la que no tenía nada en común. Y, además, aprovechaba todas las oportunidades que se le presentaban para aprender cosas nuevas. Y quizás, al mismo tiempo, enseñaba algo a aquella gente.
El agobio de tener que cuidar de Laurel, de preocuparse por ella y por la supervivencia de las dos en aquella ciudad, le pareció de pronto a Annie más llevadero que unas pocas horas antes. Tal vez no era Laurel quien dependía de ella... Tal vez, en cierto modo, era ella, Annie, quien empezaba a depender de Laurel.

CAPÍTULO IV

Dolly colgó el teléfono de golpe.

Estaba furiosa. Cuatro días enteros, pensó. Los memos de la Aduana del aeropuerto Kennedy llevaban retenida su remesa casi tanto tiempo como el que había tardado Moisés en liberar a los israelitas. Y los inspectores con que había hablado ni siquiera sabían a qué se debía el retraso, o quizás eran demasiado perezosos para averiguarlo. O las dos cosas al tiempo. Al diablo.

Dolly volvió a coger el teléfono y comenzó a marcar el número. Les diría lo que pensaba de ellos. Y esta vez no iba a perder el tiempo con los de abajo, no, iría directamente a la cima, hablaría con McIntyre en persona, el especialista en importaciones que pasaba por estar al tanto de todo. ¿Cómo se podía tolerar que dos mil dólares de delicadísimo chocolate estuvieran estropeándose en un depósito de la aduana? ¡Y sólo faltaban dos semanas para el Día de Acción de Gracias!

De pronto, Dolly lo pensó mejor. «No es eso realmente lo que te inquieta, ¿verdad? Lo que pasa es que así te desahogas...». Respiró hondo y dejó el auricular.

Recordando la llamada telefónica de Ned Olivier de hacía unas pocas semanas –¡el elegante Ned, tan angustiado, diciéndole que las hijas de Eve se habían fugado de casa!–, Dolly sintió una aguda sensación de vacío en el estómago. Ned, su viejo y querido amigo, y también de Eve, que a lo largo de los años había mantenido a Dolly informada sobre Annie y Laurel, enviándole fotos y arreglándoselas para hacer como si fueran suyas las pequeñas cantidades de dinero que Dolly enviaba para las niñas. Dolly les habría dado mucho más, pero temía despertar el recelo de Eve.

¡Pobres niñas! Tenía que ser culpa de Val. Dolly le había llamado inmediatamente después de hablar con Ned. A pesar de la poca simpatía que le tenía, le había rogado que le dijese todo lo que sabía, que no era mucho. Desde entonces, Dolly no conseguía quitarse la sensación de que allí había algo que Val no quería decirle. Era posible que no conociese el paradero de las niñas, pero Dolly estaba convencida de que tenía una idea muy clara de por qué se habían fugado en plena noche.

Aunque, ¿por qué culpar a Val? Si te parabas a pensarlo, ¿no era *ella*, Dolly, la verdadera culpable? ¿No era ella la que había dado la puñalada trapera que había deparado esto?

Dolly comenzó a notar la vieja sensación de angustia, y dejó de pensar en todo aquello. ¿De qué valía revolver una y otra vez cosas pasadas? Lo mejor era dejar de pensar, y actuar, hacer algo...

Tenía que reconstruir los hechos, como fuese.

Pensó en el detective privado de Los Ángeles al que acababa de contratar. ¡Ojalá pudiese ella *hacer* algo, además de estarse ahí sentada, esperando a que O'Brien la llamase con alguna noticia!

Impaciente, Dolly cogió el teléfono y marcó un número.

–O'Brien –dijo la voz suave, agradable, como de vendedor de seguros o ejecutivo bancario, no la voz dura y áspera de un detective privado que llevaba diez años trabajando en investigaciones en Los Ángeles.

–Soy Dolly Drake –respondió ella–. ¿Ha averiguado algo sobre mis sobrinas?

Se sentía sin aliento, como si llevase horas hablando. Las anteriores veces que había llamado a O'Brien, éste le había dicho que tuviese paciencia, que la llamaría en cuanto supiese algo. ¿Por qué iba a ser distinta la respuesta esta vez?

Pero Dolly, de pronto, se dio cuenta de que O'Brien estaba diciéndole algo que encendía una llamita de esperanza en su corazón.

–Me alegro de que me llame, porque he estado tratando de telefonearla, pero su teléfono comunicaba todo el tiempo. No se ilusione demasiado, pero creo que sé dónde están, por lo menos la zona en que están... Hablé con un conductor de autobuses de Greyhound que reconoció las fotos. –Hizo una pausa, y Dolly oyó ruido de papeles–. Me dijo que habían ido a Nueva York. Pero...

–¿Nueva York? ¡*Aquí mismo*, entonces! –A Dolly le dio un vuelco el corazón.

–...las posibilidades de dar con ellas en una ciudad tan

grande son, naturalmente, mínimas. Esas niñas podrían desaparecer en Nueva York. Créame, de eso entiendo.

–¿Quiere decir que será mejor dejarlo?

Dolly se sentía al borde de la desesperación, el corazón le latía en la garganta como un frenético pájaro enjaulado.

–Usted es la que paga. Pero, si quiere mi opinión, creo que convendría mantenerse a la espera. Esas niñas, tarde o temprano, se verán tan apuradas que acabarán llamando a casa.

«Ni hablar», pensó Dolly. A *esa* casa no llamarían. O'Brien no conocía a Val Carrera.

–No, no –le dijo a O'Brien–. Siga buscando.

Y añadió, para sus adentros: «Al diablo el dinero.» No quería perder la esperanza, pero al colgar se sintió destrozada.

No podía contar con O'Brien. Tendría que intervenir ella personalmente. Tendría que idear algo. De la forma que fuese, tendría que ser ella la que las encontrase...

«Adelante –se dijo–, adelante, quizá se te ocurra una idea genial.»

En el diminuto despacho que tenía encima de la tienda, Dolly salió como pudo del escasísimo espacio entre la mesa y la silla y fue al armario refrigerado donde guardaba sus reservas de mercancía. A través del cristal se veían las cajas alineadas sobre las baldas de alambre. Catorce grados, no lo bastante para causar condensación, sino la temperatura justa para impedir que su precioso chocolate se fundiese o se enranciase. El buen chocolate había aprendido Dolly, era como una flor frágil, como las orquídeas o las gardenias, había que mimarlo como a un bebé delicado. Pero, ¿de qué le valía tomar tantas precauciones aquí cuando su mercancía de las dos semanas siguientes se estaba echando a perder en algún depósito del aeropuerto que seguramente estaría demasiado caldeado o en punto de congelación?

Estudió la lista de reposiciones que tenía pegada con papel celo en la parte delantera del armario refrigerado. ¡Diablos!, ya casi no le quedaban *Bouchons*, y eso que eran los bombones preferidos de la señora Van Dyne, delicadamente cremosos y aliñados con coñac. Todos los jueves, lloviera o tronase, por mucho calor o frío que hiciese, el sonriente chófer filipino de la señora Van Dyne llegaba en su enorme y antiguo Packard a recoger una libra de *Bouchons*. Dolly había oído que la vieja señora ya sólo se alimentaba de chocolatinas Girod y champán. ¿Qué diría Dolly mañana al chófer filipino, siempre tan obsequiosamente amable? ¿Aceptaría *Bourbons* en lugar de *Bouchons*?

Y los *Petit Coeurs*, conchitas cordiformes de chocolate amargo, rellenas de coco y *crème-fraîche*, los bombones que mejor vendía, y todos los días del año, no sólo por San Valentín, día de los enamorados... Tenía que enviar ocho docenas al Carlyle el próximo sábado, para una boda, y no le quedaba ni siquiera una caja de ellos.

Andaba escasa de todo: de pralines *Gianduja*, de *Noix Caraque*, y hasta de aquellos bomboncitos tan encantadores, los *Escargot-noir*, en forma de caracol y rellenos de crema de café. ¡Y luego, la cita de mañana, que le había costado casi un año concertar! ¿Cómo iba a arreglárselas para meterse en el bolsillo al comprador de comestibles del Plaza sin ofrecerle un solo bombón de trufa *Framboise* de Girod?

Dolly sintió que empezaba a dolerle la cabeza, como si un dedo invisible estuviese apretándole justo encima del puente de la nariz. Y, de pronto, recordó algo distinto, algo nuevo: Henri llegaba hoy. Su avión tomaría tierra en el aeropuerto de Kennedy hacia las cinco. Debiera haberle pedido que trajese una maleta extra llena de chocolate. En su tienda de París, la original Maison de Girod –en Nueva York se llamaba solamente «Girod's»–, los bombones se hacían y se reponían a diario.

Y entonces se le ocurrió –¿por qué no matar dos pájaros de un tiro?– que podía tratar de convencer personalmente a McIntyre de que la dejase sacar su chocolate sin más demoras, y luego ir al aeropuerto a esperar el avión de Henri.

Sí, la verdad, sería estupendo volver a verle. Y a lo mejor a Henri se le ocurría una buena idea para dar con Annie y Laurel.

Se sintió más animada, y le dio la impresión de que el dolor de cabeza le pasaba. ¡Qué sorpresa, y qué alegría, para Henri! Ella acostumbraba esperarle en su apartamento con champán bien fresco, y sin otra cosa encima que un camisón de gasa negra. En fin, el champán era fácil de organizar: le diría a Felipe que pusiese en la nevera una botella de Cristal. Pero, ¿dónde encontrar el camisón negro? Tendría que conformarse con las bragas y el sostén negros que llevaba ahora debajo del vestido.

Dolly se miró en el reflejo de la puerta de cristal del armario refrigerado. El negro era un buen color para ropa interior, se dijo, pero a ella no le gustaba nada. «A mí que me entierren de color fucsia –pensó–, o de naranja, o de verde claro... vamos, de lo que sea, menos de negro.» Su vestido, de Bloomingdale, era de un rojo tomate muy vivo, con un petacho de lunares sobre el pecho que, para la noche, se podía despegar dejando un bonito escote que ponía al descubierto la honda hendedura de sus senos. De los lóbulos le colgaban los pendientes de rubíes y diamantes que le había regalado Dale por su quinto –y último– aniversario. Llevaba las muñecas ceñidas por un ancho brazalete de oro y dos más finos. Y sus largas uñas exhibían un rojo tan agresivo como el de los coches de bomberos.

Dolly creía en los colores vivos de la misma manera que otros creen en amuletos o en patas de conejo. En alguna parte había leído que en las clínicas psiquiátricas las paredes suelen pintarse de un azul claro y fresco, porque se cree que así los enfermos depresivos desisten de tirarse por las ventanas. Pero lo que mantenía a Dolly a salvo de la depresión eran los colores vivos, como el carmesí y el amarillo, el naranja, el rosa, el púrpura oscuro, que, por así decirlo, atacan la vista. A Dolly le encantaba todo lo que relucía y pestañeaba, todo lo que chispeaba, como los botones de vidrio o de imitación de diamante, los zapatos de charol reluciente, las alhajas muy grandes. El contenido de su armario ropero parecía el turbante de Carmen Miranda. Dolly se decía que, después de todo, el mundo ya era bastante gris para que lo hiciésemos más gris todavía.

Dolly se ajustó las peinetas de madreperla en el cabello color miel (Michael se encargaba de suprimir dos veces a la semana los mechones grises que últimamente empezaban a asomar), y se dio un poco más de Feyer Red en los labios. De sobra sabía que los vejestorios de pelo teñido de azul de Park Avenue cotilleaban sobre ella, y también sus mayordomos, siempre tan correctos, y hasta sus amas de llaves. «Estridente, ordinaria y vulgar –le parecía oírlas susurrar–. Su difunto marido era un don nadie, un minero clandestino, tengo entendido. Y ella era camarera cuando se casaron. Se gastó una fortuna en ella, y ya ves de qué sirvió, porque sigue pareciendo una cualquiera.» Bueno, todo eso a Dolly le daba igual. Todas aquellas viejas, con su ropa deprimente y sus perlas de buen gusto, no podían ofrecerle nada mejor de lo que ella ya recibía de Henri.

Henri.

Pensando en él, Dolly se sentía otra. Sólo de pensar en él le parecía salir del frío y estirarse perezosamente ante una chimenea encendida, para comenzar por los dedos del pie, que se encendían de un color rosa, sereno y sensual, que se le iba esparciendo por el cuerpo entero. Y ya llevaba tantísimo tiempo sin verle... casi tres meses. No podía esperar más.

Pero, al tiempo, se sentía inquieta. Esta noche tenía que darle la respuesta. Se lo había prometido.

«¿Y si digo que sí?, ¿y si accedo a irme a vivir a París?» Dolly se imaginaba noches enteras en brazos de Henri, fines de semana visitando las galerías de arte de la orilla izquierda del Sena, o yendo de merienda a Chaville. Un elegante piso cerca del Trocadero, y *croissants* frescos todas las mañanas.

Pero, demonios, Henri todavía estaba casado. «Por mucho que mires a una mula, nunca conseguirás que se convierta en caballo», solía decir Mamá-Jo, y era cierto, desde luego: por muchas vueltas que le dieses, ella sólo podía seguir siendo lo mismo que era ahora, o sea, la amante de Henri.

¿Y qué pasaría con Girod's, su tienda? Pues, nada; probablemente Gloria podría seguir llevándola, pero eso era lo de menos.

A Dolly le encantaba tener su propio negocio, sabiendo, cada vez que abría la reja de hierro del número 870 de Madison Avenue, que aquella tienda era suya, que su tienda, por ser suya, no podía despedirla, o desaparecer un buen día como cualquier oferta de un papel secundario en una película de tercera. Seguramente Dale no habría entendido esto. («Pero, querida –casi le oía decir–, ¡si puedes tener lo que quieras con sólo pedirlo!, ¿para qué quieres pasarte las horas muertas detrás de un mostrador cuando puedes contratar a alguien que lo haga por ti?») Pero Dolly sabía que su bienestar, ya que no su plato de comida, dependía, en cierto modo, de aquella tienda.

Dolly necesitaba su Girod's como necesitaba la conversación que le daban sus clientes y los recadistas y el cartero, y como necesitaba los pedidos y todo el jaleo de vender y comprar y organizar los escaparates. Pero, por encima de todo, necesitaba aquellos divinos bombones.

Recordaba el día en que decidió abrir una bombonería. Era un día lluvioso de primavera, unos meses después de la muerte de Dale, y la idea de tener que pasarse sola el resto de su vida la deprimía hasta el punto de no levantarse de la cama. Así las cosas, Dolly, llevada por una súbita inspiración, preparó una maleta, cogió su Baedecker y un viejo librito de conversación franco-inglesa, y escapó a París.

En la rue du Faubourg Saint Honoré, mirando los elegantes escaparates, se encontró de pronto ante La Maison de Girod. Se había parado delante de un escaparate de anticuario para admirar una estatuilla de Cupido, cuando de pronto vio a una joven madre en la acera de enfrente con su niño de la mano; salía de una tienda de aire antiguo cuyo escaparate estaba enmarcado en reluciente madera oscura. El niño llevaba algo en la otra mano, sus saludables mejillas estaban manchadas de chocolate y sus ojos brillaban de puro éxtasis.

Dolly, intrigada, cruzó la calle y empujó la puerta de la tienda que, al abrirse, hizo sonar una campanilla.

En menos de una hora, Dolly persuadió con su encanto personal al *chocolatier* de que le enseñara su cocina. Estaba en el sótano y olía tan bien que Dolly casi se desmayó de gusto. Probó una serie de bombones cuyo sabor era demasiado delicioso para ser obra humana, y se enteró de que a Monsieur Baptiste le parecía muy bien vender los derechos de sus chocolates a una empresa norteamericana que abriese una tienda de Girod en Nueva York. Conseguido esto, Dolly se dijo que ya sabía lo que tenía que hacer en cuanto volviese a Nueva York.

Y ahora, cinco años después, su tiendecita de Madison Avenue le resultaba más confortable y hogareña que su propio y enorme apartamento de Park Avenue. ¿Podría acaso olvidarlo, volver la espalda a cinco años de trabajo? ¿Amaba a Henri lo bastante para renunciar a lo que ella misma, con su propio esfuerzo, había creado y levantado?

«Anda, deja de atormentarte –se dijo–. Ya te decidirás cuando le veas.»

Impaciente por llegar al aeropuerto, Dolly telefoneó a su apartamento. Contestó Louella, que llamó a Felipe. Dolly le dijo que llevara a Girod's lo antes posible una botella de Cristal en un cubo lleno de hielo.

De pronto se le ocurrió una manera encantadora de ablandar la severidad del especialista en importaciones, Julio McIntyre: estrictamente no sería un soborno, sino más bien una especie de *incentivo*. Lo importante era que dejase salir su chocolate de la aduana.

Dolly abrió el pequeño almacén contiguo a su despachito. Lo mejor, pensó, era llevar bombones a McIntyre. ¿Qué otra cosa podría ofrecerle que no pareciese un soborno? Pero, ante todo, necesitaba una caja... una caja realmente especial. Primero oteó las cajas plegables de cartón, con el logotipo dorado de Girod's impreso en la tapa, que guardaba en cajones en el suelo. Arriba, en los estantes, tenía las cajas especiales que ella coleccionaba: cajas metálicas antiguas y modernistas, alegres cajitas mexicanas, cestillos cubiertos de conchas marinas, un joyero forrado de satén, etc. Gloria llamaba a este cuartito «el nido de la urraca», y no le faltaba razón, porque así era como Dolly había empezado a coleccionar sus cajas de bombones antiguas o curiosas, buscando un día por el rastro de la Calle 26. Lo primero que encontró fue una caja india cubierta de tela con espejitos cosidos. Se le ocurrió forrarla de papel dorado y llenarla de bombones; así lo hizo, y le añadió un letrerito con el precio y la puso en el estante de pino del centro de su escaparate. En una hora, ya estaba vendida.

Y ahora, buscando entre sus pequeños tesoros de urraca, Dolly se preguntó con qué podía impresionar a un agente de aduanas que ya lo había visto todo.

Acabó dando con lo que necesitaba. Perfecto. Un tarro de pastas en forma de manzana. Lo llenaría de caramelos al ron y trufas al champán..., y haría el papel de Eva con McIntyre en el de Adán. Si la cosa había dado resultado en la Biblia, ¿por qué no iba a darlo también ahora?

Con el tarro bajo el brazo, Dolly bajó por la escalerilla más estrecha del mundo –diseñada, se dijo, para enanitos–, cuidando de no darse con la cabeza en el techo del descansillo. Desde luego, allí no convenía llevar zapatos con tacón de estilete.

Abajo encontró a Gloria desdoblando cajas de cartón. Al ver a Dolly, Gloria se enderezó, agitando sus enormes pendientes de latón, sonoros como campanillas.

–¿Qué?, ¿has conseguido que se muevan de una vez los de la aduana?

–Tengo una gran idea –contestó Dolly, mostrándole el tarro en forma de manzana–, voy a atacar personalmente al jefe. Y con chocolate.

–Magnífico, adelante –rió Gloria.

Dolly nunca había conocido a nadie como Gloria. En Clemscott, a los negros se les llamaba «gente de color», y nunca se les veía, excepto cuidando de la limpieza de las casas de la Shady Hill Avenue, o trabajando en los talleres de mecánica y lavado de coches de Main Street. Pero Gloria no bajaba la vista cuando se le hablaba, ni veía razón para alisarse la cabellera, que se esponjaba como una nube indómita en torno a su cabeza. El guardarropa de Gloria reflejaba también su falta de inhibiciones: un día se ponía un vestido confeccionado con pañolones cosidos, y al siguiente aparecía con jersey de hombre de cuello alto, minifalda y pantys. Hoy, por ejemplo, llevaba jersey rosa, pantalones negros ceñidos y zapatillas planas de ballet. Todo esto acentuaba el ambiente exótico de Girod's. Pero sería estupendo, pensaba Dolly, que Gloria no recibiese tantísimas llamadas telefónicas personales en la tienda; tenía tantos amigos como maridos Zsa Zsa Gabor.

Dolly estaba terminando de llenar su tarro de pastas

cuando vio a Felipe aparcar ilegalmente en la parada de autobuses de la acera de enfrente. Cogió un bolso de la compra y se puso un chaquetón. En el bolsillo llevaba el pañolón de Cacharel que le había regalado Henri la última vez que se vieron y que era una réplica exacta en seda del vitral de la Sainte Chapelle. En el momento en que llegaba a donde estaba Felipe, un taxi, salido no se sabía de dónde, pasó a su lado, rozándola.

—¡Tiene que tener más cuidado! ¡Un día de éstos la atropellarán! —le gritó el irascible guatemalteco, mientras Dolly se acomodaba en el asiento trasero.

El ancho rostro de Felipe se reflejaba en el retrovisor, con su nariz curiosamente plana y frunciendo el ceño con afectuosa severidad.

Dolly se encogió de hombros. También Henri solía reñirla por su manera temeraria de cruzar la calle, pero la verdad era que en Nueva York no había otro modo de moverse.

El Lincoln avanzó a paso de tortuga por la autopista de Long Island, el aparcamiento más grande del mundo. De pronto empezó a llover, un torrente de gruesas gotitas resonó sobre el coche como si estuvieran cayéndole huevos. Dolly suspiró y se quitó los zapatos, poniendo los pies en el asiento. El trayecto iba a ser largo.

Sus pensamientos volvieron a Annie y a Laurel... que estaban en algún lugar de la ciudad. ¿Tendrían dinero? ¿O siquiera algún sitio donde dormir? ¿Pasarían hambre?

Hacía mucho tiempo que Dolly anhelaba compartir sus vidas. Pero hasta entonces había tenido que conformarse con migajas: por ejemplo, con las borrosas instantáneas tomadas por Ned Oliver, y con sus bienintencionados, pero dispersos recuerdos.

¡Santo cielo, lo que tenían que haber pasado durante aquellos años, con Eve bebiendo cada vez más y luego las temporadas que pasaba fuera de casa curándose del alcohol! ¡Y sin dinero, teniendo que racionarlo todo, hasta no quedarles casi nada!

Dolly siempre había querido hacer algo por su hermana. Y no pasaba un solo día sin arrepentirse de haber mandado aquella maldita carta. Pero simpre que telefoneaba a casa de Eve, se ponía una doncella hispana que se limitaba a decir: «La señorita Dearfield no está en casa.» Eve nunca contestó a ninguna de sus llamadas. Y lo mismo en Briarwood. Eve había dado instrucciones estrictas: «No quiero visitas.»

En una ocasión, Dolly se las arregló para pasar inadvertida por recepción y subir hasta la habitación de Eve sin que nadie lo notase. Eve estaba sentada sobre el extremo de la cama, fumando un cigarrillo y mirando por la ventana. Su espalda, visible a través del camisón, dio a Dolly ganas de echarse a llorar, tan delgada estaba que se veían claramente todas las anfractuosidades de su espina dorsal. Alrededor de su cabeza había una nube de humo de tabaco, y Dolly se fijó en que su cabello, en lugar de dorado, era ahora de un amarillo mate y apagado, como paja.

Pero lo que más impresionó a Dolly fue la celeridad con que su hermana se había avejentado. Pocos meses antes había rehusado, con absoluta impavidez, dar al senador McCarthy un solo nombre de supuestos cómplices. Hollywood seguía hirviendo en chismes y rumores sobre la decisión de Preminger de dar a Ingrid Bergman el papel que ya había asignado a Eve. Y Sid, por su parte, estaba claro que había exagerado mucho sobre las perspectivas profesionales de Dolly. Pero ahora todo eso parecía historia antigua. Lo que importaba de veras a Dolly era hacer comprender a su hermana lo muchísimo que sentía todo aquello. Por mucho que Eve le hubiera hecho, por egoísta que hubiese sido con ella, era evidente que no merecía aquello. Dolly estaba obsesionada con hacer comprender a su hermana lo culpable que se sentía.

Eve se volvió de pronto. Sus ojos azules, apagados y planos como papel carbón, cobraron vida súbitamente. Sonrió, pero fue una horrible sonrisa que dio escalofríos a Dolly.

–De modo que diste conmigo –dijo con voz monocorde–. Pues bien, ya me has visto, de modo que puedes largarte. El zoológico está cerrado.

Eve apagó el cigarrillo en el cenicero que tenía junto a la cama.

–Lo siento –murmuró Dolly, y sus propias palabras le

parecieron absurdas en el momento mismo de decirlas, como guijarros en un vasto océano, pero ¿qué otra cosa podía decir?, ¿qué otra cosa tenía importancia?–. ¡Querida Eve! ¿Podrás perdonarme algún día?, nunca pensé...

Eve la miró con ojos tan fríos que Dolly quedó paralizada.

–¿Es eso lo que quieres que diga? ¿Es eso lo que quieres oír? –le preguntó con el mismo tono inexpresivo–. ¿Te largarás si te lo digo? Bueno, muy bien, pues te lo diré, para que te vayas: te perdono.

Algo se quebró dentro de Dolly, y prorrumpió en llanto. De pronto se dio cuenta de que no llevaba pañuelo, ni de papel siquiera. ¡Qué situación más estúpida! Y Eve no le ofreció ninguno. La nariz de Dolly comenzó a gotear, y tuvo que secársela con la manga de la chaqueta.

–¿Cómo supiste que fui yo? –graznó Dolly.

–¿Pero es que no lo *sabes*? ¿No sabes lo de Syd? –Eve rió roncamente–. ¡Dios mío, eso sí que tiene gracia! Seguro que te prometió la luna a cambio de hundirme. Pero era a ti a quien estaba hundiendo. Bueno, en el fondo, a las dos. Durante unos minutos llegó incluso a convencerme de que todo el asunto había sido idea tuya, y de que él había hecho lo posible por disuadirte. Vamos, como el bueno de la película, leal hasta la muerte, a pesar de lo mal que yo le había tratado. Y la heroína en desgracia debía caer en sus brazos llena de agradecimiento y prometerle su mano y ser una buena esposa. Pero Syd no sabía que yo acababa de casarme con Val. Pensaba que todavía tenía una oportunidad, y que cuando todo el mundo me volviera la espalda y me convirtiera en una paria, bueno, pues él podría recogerme del arroyo y reparar mi maltrecha carrera. Gracioso, ¿verdad?

Dolly seguía en pie, tan atontada como si acabaran de darle un golpe en el estómago.

Y de pronto, como si alguien acabase de cortar la frágil cuerda que la sostenía en pie, Eve se derrumbó, dejó caer los brazos, apretando las manos contra los costados.

–¿Quieres que te cuente lo mejor? –añadió con voz áspera y apenas audible–. Pues verás, estoy embarazada. Todo aquello de que Val estaba impaciente por casarse conmigo era mentira. Y lo de Las Vegas fue idea mía. En el fondo, creo que soy una chica chapada a la antigua. –Con una sonrisa torcida, Eve se volvió hacia Dolly para que ésta pudiera ver su vientre hinchado bajo el camisón suelto; dejó de sonreír, y añadió, con un áspero y suplicante susurro–: Y *ahora*, ¿me harás el favor de marcharte y dejarme en paz?

Doce años. Eve había tardado doce años en morir, y durante todo ese tiempo no había hecho más que eso: ir muriéndose.

Y ahora, mirando por la ventanilla de su coche al cielo gris y lluvioso de la autopista de Long Island, y recordando aquella escena, Dolly se dijo: «Yo ayudé a matarla. Fui yo, no el alcohol y las drogas, lo que acabó con ella.»

Y ahora, por culpa de Dolly, las hijas de Eve andaban fugadas Dios sabía por dónde, quizá bajo aquella lluvia diluviante, quién sabe si muertas de miedo...

Dolly se cubrió el rostro con las manos y se echó a llorar. No merecía ser feliz. No merecía a Henri, como tampoco había merecido a su marido Dale, un hombre de gran corazón que la había recogido cuando era camarera en Ciro's, derrochando afecto y lujo en ella y dejándola al morir una considerable fortuna.

Al cabo de unos momentos se dijo que sus lágrimas eran como los esfuerzos por llenar un cubo sin fondo: absolutamente inútiles. Con tanta lágrima no iba a resolver nada, no iba a remediar la situación de sus sobrinas. No, tendría que pensar en algo..., algo que ni a Val ni a O'Brien se les había ocurrido, alguna pequeña pista que acabase conduciéndola hasta las chicas.

Dolly cerró los ojos y pensó. ¿Había algún amigo neoyorquino al que Annie pudiera recurrir? Dolly ya había telefoneado a todos los que habían sido amigos de Eve, y la mayoría respondieron que llevaban años sin verla, y pareció sorprenderles mucho oír la voz de Dolly. Y los profesores del colegio de Annie tampoco se mostraron muy serviciales. Una profesora vieja y amargada le dijo que ya había contado a la policía todo lo que sabía.

Dolly se imaginó en compañía de sus sobrinas, las tres juntas. Vivirían con ella, naturalmente. Pero, ¿qué pasaría si estuviesen viviendo con alguien, con algún amigo? ¿O si Eve les había hablado de su traición y las dos chicas la culpaban de la muerte de su madre, la odiaban incluso? Bueno, en ese caso ya se las arreglaría ella para hacerlas entrar en razón. Primero les haría visitas cortas, para que fuesen conociéndola y luego las invitaría a ir de viaje con ella. A París, por ejemplo. Y pararían en el hotel Lancaster. Les encantaría el jardincito, la *boiserie* de las paredes, los deliciosos *croissants* del desayuno. Se imaginó en su compañía, las tres bajo la gran bóveda de cristal de las galerías Lafayette, probándose zapatos y vestidos, escogiendo elegantes pañolones de seda.

Dolly sintió que el corazón se le esponjaba. Era evidente que no podría sustituir a Eve, pero... pero sí podría ser una especie de madre para las dos chicas, ¿por qué no? Siempre había deseado tener hijos, pero, tras intentarlo durante un año entero, resultó que la esperma de Dale era demasiado floja («la polla de un toro y los huevos de un buey», solía bromear él, aunque la verdad era que esto le hacía sufrir mucho). Nada, no podría tener hijos jamás...

Pero, ¿no sería esto casi lo mismo? Si podía hacer de madre para sus sobrinas, ¿qué diferencia habría en el fondo? ¿No compensaría, en cierto modo, el daño que había hecho a Eve?

El tráfico era menos denso ahora, y ya se veían, a través de la lluvia, las señales verdes que anunciaban el aeropuerto Kennedy. Pocos minutos después paraban ante el dado de cemento gris del Cargo Building 80. Dolly se bajó del coche y cruzó a todo correr el pavimento empapado de lluvia con su bolso bajo el brazo.

Por dentro, el edificio parecía aún más gris que por fuera, con sus paredes color sopa de guisante, su suelo de hule gastado, sus muebles que parecían de un hotelucho de antes de la guerra. En recepción preguntó por McIntyre y una mujer gorda e indiferente le señaló la puerta del fondo del pasillo, sin preguntarle siquiera si McIntyre la esperaba.

Dolly encontró el despacho en seguida. El nombre de McIntyre se leía en una placa de plástico fijada en la puerta que estaba abierta. Dolly se asomó y vio a McIntyre sentado a su mesa, ante una montaña de papeles. Era un hombre de edad mediana, de piel cacarañada y cetrina, ojos castaños en forma de almendra y pelo rojizo, color hierro herrumbroso, mechado de gris.

Dolly esperó a que McIntyre terminase de escribir, y cuando le vio dejar la pluma dio un golpecito a la puerta.

McIntyre levantó la vista sin levantar la cabeza. Al ver en el vano a una mujer atractiva a la que no conocía, se enderezó y la miró. Positivamente, se dijo Dolly.

Aunque habían hablado por teléfono muchas veces, ésta era la primera que se veían cara a cara.

–Dolly Drake –se presentó Dolly, sonriendo al ver su gesto de desconcierto como de culpable–. Imagino que sabe a qué he venido. Al parecer, su gente no quiere soltar una cosa que me pertenece, y he venido a ver si usted podía echarme una mano.

Le preguntó, tratando de no exagerar el flirteo visual, si podría robar unos minutos de su precioso tiempo, y él se puso en pie, con aire de querer serle útil. Dolly notó que la tripa le sobresalía sobre el cinturón. «Vaya –se dijo–, un hombre al que le gusta comer, eso está bien.»

Mientras McIntyre salía a buscar los documentos de su caso, Dolly sacó del bolso de la compra el tarro en forma de manzana y lo dejó sobre la mesa.

Al cabo de unos minutos, que a Dolly le parecieron una hora, McIntyre volvió con unos papeles en la mano. Parecía algo violento, como si aquellos papeles no presagiaran buenas noticias.

Dolly puso su sonrisa de los casos difíciles, y dijo con voz melosa:

–Le he traído una cosa. –Señaló el tarro–. Bonito, ¿verdad? Pues ya verá usted lo que hay dentro.

La sonrisa de McIntyre se borró por completo:

–Por favor, de sobra sabe que no lo puedo aceptar. No querrá usted buscarme problemas, ¿eh?

Dolly sintió súbito calor, como si su profesor favorito la hubiera cogido copiando en un examen. Pero ya no podía volverse atrás. «Lúcete –se dijo–. Después de todo, eres actriz.» Esbozó una luminosa sonrisa, e improvisó:

–¡Pero señor McIntyre, qué cosas se le ocurren!

–Además –dijo él, mostrándole los papeles–, mucho me temo que ha venido usted en vano. Su mercancía está retenida hasta que recibamos los resultados del análisis del laboratorio.

–¿Análisis de laboratorio?

–Sí, es el procedimiento normal. De vez en cuando hacemos un análisis de remesas escogidas a bulto para cerciorarnos de que el nivel alcohólico del chocolate no pasa de punto cero cero cinco por bombón; si pasase sería antirreglamentario.

Dolly sintió que los músculos se le tensaban de ira. ¡Diablo! ¿Quién se creía McIntyre que era ella, alguna idiota ignorante? De sobra conocía la ley, y también Henri. ¡Pero, por Dios, si en todos los bombones de Girod's juntos no había bastante alcohol para emborrachar a un gato recién nacido!

¿Qué hacer ahora? Sólo con autorización de McIntyre podría liberar su chocolate. Y necesitaba esa autorización *ahora mismo*, no dentro de una semana.

Sintió contrariedad al pensar que no iba a poder obtenerla. Y si una cosa tan sencilla no le salía bien, ¿qué esperanza podía tener de encontrar a sus sobrinas?

De pronto tuvo una idea. ¿A qué esperar a que llegaran los resultados del laboratorio? ¿Por qué no hacer el análisis allí mismo, en ese momento?

–Voy a pedirle que se haga a sí mismo, y de paso a mí, un pequeño favor absolutamente legal. A ver, pruebe uno –dijo, señalando al tarro, que seguía sobre la mesa–. Venga, pruebe uno, para ver cómo sabe. Nadie ha perdido su empleo en los Estados Unidos por haber probado un bombón.

–Por favor, estoy hablándole en serio.

–También yo. Sólo quiero su opinión sincera. Es un sabor nuevo que hemos creado. –Abrió la tapa del tarro y extrajo con cuidado un oscuro caramelo al ron–. Pruébelo y dígame qué le parece.

Cuando el receloso funcionario abrió la boca para protestar, Dolly le metió en ella el bombón.

El rostro de McIntyre se contrajo de enfado. Pero estaba chupándolo, nada de tragárselo a toda prisa o de escupirlo en el cenicero. Dolly se sentía muy nerviosa, como una principiante que está pendiente de la opinión del productor en una prueba de cine. McIntyre seguía chupando, sus ojos se entrecerraban, su rostro se distendía, parecía tan contento como una vaca en un prado. Finalmente, ¡menos mal!, sonrió.

Terminado el bombón, McIntyre pareció dispuesto a probar otro.

–Desde luego –comentó, sonriendo–, no tienen nada de alcohol, pero deberían prohibirse.

A Dolly la invadió la euforia del triunfo, pero tan intensa que casi se mareó.

Cinco minutos después salía de la oficina con el documento CF 7501 debidamente sellado, subió a su Lincoln y se dirigió al almacén de Air France a recoger su chocolate.

Y, después, a esperar a Henri.

Se acordó de sus sobrinas, y esto acabó en seguida con su euforia. En el despacho de McIntyre se había sentido muy fuerte y muy lista, diciéndose que saltaba a la vista que ella era una persona de esas que saben hacer las cosas como es debido, pero ahora se le ocurrió que para encontrar a Annie y a Laurel iba a necesitar algo más.

Iba a necesitar una especie de milagro.

–¡Dolly!

Era la voz de Henri, baja en la penumbra.

Dolly apartó la vista del televisor. Estaba viendo una película sentimentalona de Lana Turner, uno de esos filmes viejos y ramplones que le hacían a uno preguntarse: ¿Es posible que sea tan mala, o soy yo, que estoy en plan cenizo?

Henri, un hombre de baja estatura y complexión recia, estaba en el vano de la puerta del dormitorio, envuelto en una bata de seda, con el pelo revuelto de tanto dormir. Aquella bata, recordó Dolly, era regalo suyo; color borgoña oscuro, con solapas forradas y borlas en el cinturón, demasiado lujosa para Henri, que era más bien una persona sencilla. A pesar de todo, se la ponía por darle gusto a ella. La guardaba en su piso, con una máquina de afeitar, un cepillo de dientes y unas cuantas camisas. Cuando Henri estaba a miles de kilómetros de distancia, que era casi siempre, Dolly se ponía la bata para recordarle por el tenue y áspero olor a los Gauloises que solía fumar en la cama.

–No podía dormir –le dijo Dolly.

Había estado pensando en Laurel y Annie, pero ahora tenía que pensar qué hacer con Henri.

Mientras regresaban del aeropuerto, Henri le dijo, como lo más normal del mundo, que había encontrado un piso encantador, con vistas a un jardín, cerca de Ternes, a un tiro de piedra de la Maison de Girod; perfecto para ella, y el precio era muy razonable. Henri había dejado un depósito, y se lo guardarían durante una semana. Naturalmente, no tenía que quedarse con él, se apresuró a añadir, pero él pensaba que con ir y mirarlo no se perdía nada...

«¿Qué debo decirle?» La perspectiva de estar con Henri en lugar de verse de vez en cuando, entre dos citas transatlánticas, brillaba en la mente de Dolly como brilla un oasis verde en pleno desierto.

Pero lo cierto era que las cosas habían cambiado desde que le había prometido pensar en ir a vivir con él a París. ¿Cuándo podría irse ahora? No, evidentemente no podía, por lo menos hasta que apareciesen Annie y Laurel. E incluso tampoco después, porque había que tener en cuenta –¿para qué engañarse?– la mujer y los hijos de Henri...

Se mirara como se mirase, la cosa parecía incierta.

Henri se dejó caer a su lado en el mullido sofá, pasándole el brazo por la cintura. La besó en el hombro, y las puntas de su bigote le cosquillearon agradablemente. Después de Dale, Dolly había pensado que nunca más volvería a sentir ese tirón que sienten las mujeres en la tripa cuando las besa un hombre.

–¿Y *tú*, qué estabas haciendo? –preguntó Dolly.

–Soñando contigo –murmuró él, mordisqueándole el lóbulo de la oreja–, un sueño maravilloso. Y de pronto me desperté y no estabas a mi lado. ¿Será que ya te has cansado de mí?

Dolly sonrió, recordando la primera vez, hacía dos años, que habían estado juntos en París. Después, en cuanto volvió a Nueva York, fue apresuradamente al departamento de ropa interior de Bergdorf's y desconcertó a la vieja dependienta: «A ver, enséñeme algo desvergonzado.» Se gastó por lo menos mil dólares en ropa interior. Entre otras cosas, compró un conjunto muy atrevido de pura seda, un camisón precioso, tipo Jean Harlow, de satén, con zapatillas a tono y rematadas con plumas de marabú; sólo se lo ponía cuando estaba con Henri, que nunca era tan a menudo como a ella le habría gustado.

Miró a su alrededor. Si se mudaba a París no echaría de menos ese piso de habitaciones como pistas de circo. El piso de Park Avenue había sido idea de Dale, ella habría preferido una casita confortable en el West Village. Pero en cuanto Dale decidió comprar la empresa naviera Matson («Se gana más dinero con barcos que con minas, pequeña Dolly») y mudarse a Nueva York, donde estaba la sede central de Matson, la única solución posible era un piso en Park Avenue. Dolly recordaba lo oscuro y agobiante que le había parecido al principio, con sus zócalos de nogal, su papel de pared amarillento, su entarimado sin reparar desde la Segunda Guerra Mundial. Los dueños anteriores eran gente aristocrática, con dinero heredado; fue entonces cuando Dolly se enteró de que el dinero heredado tiende a pasar inadvertido. Pero era lo que ella pensaba, que si tienes dinero y no lo gastas, ¿para qué lo quieres?

También fue idea de Dale contratar a aquel decorador de interiores con cara de sátiro, Aldo, que en seguida pintó los zócalos de color madera blanqueada por el mar, y tapizó las paredes de seda beige. El entarimado quedó cubierto de moqueta de pared a pared, y, en lugar de las viejas arañas de castillo encantado, puso apliques de luz cónicos.

La mirada de Dolly se fijó en la estatuilla que reposaba sobre la cadena de música. Le había costado a Dale una verdadera fortuna, pero a Dolly le parecía una percha doblada e hincada en un pedazo de cemento. «Es el sueño húmedo de un decorador marica», bromeó Dale en cuanto el piso estuvo terminado de decorar. No obstante, él estaba muy orgulloso de su estatuilla, porque con ella podía demostrar a sus amigos de negocios y a sus abogados que, a pesar de su falta de cultura y de su tabaco de mascar del lejano Oeste, sabía distinguir una obra de arte de una percha doblada.

En algunos aspectos, Henri se parecía mucho a Dale; tenía, por ejemplo, la misma inquieta energía. Henri era incapaz de estarse quieto cuando podía hacer algo, y nunca se contentaba con nada que no fuese lo mejor.

Dolly recordó la primera vez que le vio, en la cocina del sótano de su bombonería, inclinado sobre un humeante caldero de cobre, llevándose un cucharón de madera a los labios. Dolly, rodeada de chocolate por primera vez en su vida –bloques de diez libras envueltos en papel de silicona, sábanas de chocolate enfriándose en los estantes, bandeja tras bandeja de pedacitos de *ganache*, que es, el núcleo de chocolate blando de la trufa, listos para desaparecer en su deliciosa envoltura–, se sentía como si acabase de morir y entrar en el cielo. Y, por increíble que pareciera, tenía de pronto a su lado a aquel hombre bajo y recio que no hacía más que mover la cabeza, fruncir el ceño, agitar el puño cerrado hacia el techo y gruñir en francés, traduciéndoselo a ella a continuación, galantemente, al inglés:

–¿Pero con quién se han creído esos idiotas que están gastándose los cuartos? ¡Mira que mandarme a mí, *a mí*, crema de vacas desnutridas!

Y ahora, apretándose contra ella, Henri murmuró:

–Sin ti, la cama está fría. Y echo de menos tus ronquidos.

–¡Yo no ronco!

Henri sonrió:

–Y tanto que roncas.

–Mi abuelo solía decir que un franchute, por mucho que le vistas de seda, sigue siendo un franchute. –Dolly le dio un golpecito en las costillas–. Por cierto, dime: ¿has estado alguna vez al otro lado del Mississippi?

–Siendo muy joven, mis padres me llevaron al parque de Yellowstone a ver eso que vosotros llamáis «El Viejo Fiel».

Dolly se echó a reír:

–«¿El Viejo Fiel?», eso suena a una de las medicinas que Mama-Jo solía tomar antes de dormirse para lubricarse la tripa, tú lo que quieres decir es «El Viejo Leal».[1]

Henri abrió los ojos y se echó a reír también:

–¿Sabes lo que más me gusta de ti, *ma poupée*? –dijo–, pues que me haces reír. Es raro encontrar mujeres capaces de hacer reír a los hombres. Y también –le besó la nariz– te adoro porque eres adorable y dulce y tienes un gran corazón..., y un par de tetas *formidables*.

Dolly sonrió.

–¿Sabes cómo las llamaba Dale?: «Las tetas que se comieron Cleveland.»

–Bueno, pues entonces tendré que visitar Cleveland.

A través de la fina tela del camisón, Dolly sentía el calor de su mano, ahuecada para abarcar uno de sus pechos.

Dolly se acercó más a él, se besaron. Ella sintió una sacudida casi eléctrica desde los labios hasta el bajo vientre, y se oyó gemir. Ésta iba a ser la tercera vez en una sola noche. Ya se sentía algo escocida en la entrepierna. Por la mañana se sentiría como si hubiese cabalgado a pelo por las Montañas Rocosas.

–No –murmuró, apartándose de él–, no. Henri, tenemos que hablar.

Los ojos de él color pizarra, la miraron bajo sus tupidas cejas con... ¿miedo?

–Sí, claro –dijo, asintiendo gravemente.

Y entonces Dolly pensó que había llegado el momento de tomar la decisión que llevaba toda la tarde tratando de aplazar. Y se dijo que durante todo aquel tiempo había sabido que la cosa iba a terminar así. Lo que la sorprendía era el dolor que sentía, lo agudo del dolor que le punzaba el pecho.

Dolly respiró hondo.

–No voy a París contigo –le dijo–. Al menos por ahora. No estaría bien, dado... dado cómo están las cosas. Tu mujer... –Tragó saliva, sintiendo que las lágrimas se le agolpaban en la garganta. Henri trató de hablar, pero ella levantó

1. *Old Faithful*: géiser del Parque Nacional de Yellowstone, en el noroeste del Estado de Wyoming. *(N. del T.)*

la mano, parándole en seco–. Ya sé que no quieres a Francine, y también sé todas las razones que esgrimes para no divorciarte: tus hijos, tu religión, el padre de Francine...

El rostro de Henri se distendió y su piel pareció de pronto tan gris como su cabello, como si hubiera envejecido una década en un solo instante.

–Lo que tú no sabes –dijo Henri, después de una pausa–, es lo mucho que ella me desprecia. Si no fuera por su padre, dice, yo seguiría siendo un simple pinche en Fouquet's. Eso, por su puesto, no es verdad, pero... –Henri se encogió de hombros, un ademán muy galo–, pero lo cierto es que hasta que el viejo se jubile, yo seguiré, como decís vosotros, bajo su dominio.

En una ocasión, estando en París en viaje de negocios, Dolly conoció a la esposa de Henri, una mujer sombría que daba la impresión de haber dedicado sus cuarenta y pico de años a dominar el arte de sonreír sin mover los labios. Indudablemente era guapa, o, por lo menos, lo había sido en algún momento, con su cuerpo delgado como una hoja de cuchillo, su ropa siempre elegante, su piel inmaculada, color *vichysoisse*, y su tupida cabellera retorcida sobre la nuca y sujeta por cuatro peinetas de carey. Pero, ahora, al cabo de veinte años de matrimonio, Francine se había vuelto como una silla de museo, tan retorcida y complicada que nadie se atrevía a sentarse en ella.

Dolly sintió un retortijón de resentimiento en el vientre, algo que la quemaba por dentro. «¿Cómo puede seguir con Francine si es a mí a quien quiere? ¿Por qué no se decidía de una vez a divorciarse de su mujer y de papá Girod?»

Pero Dolly sabía perfectamente que la cosa no era tan sencilla. Si Henri se separaba de Francine, tendría que abandonar Girod. Y Girod era algo más que un negocio para él: era su vida entera. Su hijo ya estudiaba en la Sorbona, pero Henri estaba loco por su hija, Gabrielle, de once años. Y además, naturalmente, eran católicos. Francine, según Henri, nunca se perdía una misa dominical o de primer viernes, y con frecuencia iba también a la iglesia por las tardes. Una vez al mes, con exactitud de reloj suizo, Francine confesaba sus pecados al padre Bonard; indudablemente, preferiría la viudez al sacrilegio del divorcio.

Bueno, muy bien, pues nada de divorcio, pero, por lo menos, separarse. Renunciar a todo este misterio, dejar de verse a escondidas y salir de una vez a la luz del día.

Pero era inútil seguir. Ya llevaban meses dándole vueltas y más vueltas.

–No es sólo... tu... situación –añadió Dolly, y le contó en pocas palabras lo de Annie y Laurel. Le cogió del brazo–. Verás, *tengo* que seguir aquí. Están por ahí, en alguna parte de la ciudad, y me *necesitan*. Aparte de Val, creo que soy su único pariente. Y tengo que dar con ellas. Eso lo comprendes, ¿verdad?

Henri frunció el ceño, como luchando con su propia, egoísta necesidad de convencerla de irse con él a París. Su rostro parecía disolverse de tanto esfuerzo, pero acabó dominándose.

–Sí, naturalmente que lo comprendo. Y darás con ellas, *ma poupée*. –Tras una breve pausa, añadió–: Pero, en lugar de buscarlas tú a ellas, ¿por qué no te las arreglas para que sean ellas las que te busquen a ti?

–¿Qué quieres decir?

–Pues estaba pensando... ¿Qué tal un anuncio en el periódico?

Dolly lo pensó un momento. La idea le interesó. ¿En la sección de anuncios personales? Si, podría dar resultado. Si Annie sabía que ella estaba en Nueva York y quería encontrarla, ésa era la solución, porque el teléfono de Dolly no constaba en la guía.

Abrazó a Henri con una nueva sensación de esperanza. Mañana mismo, por la mañana, saldría a poner un anuncio.

–Eres un genio. ¿Cómo podría arreglármelas sin ti? –Sintió un intenso deseo de envolverse en él, de desaparecer en su cuerpo.

–Ven, vamos a la cama.

En la enorme cama (hecha a la medida del corpachón de Dale, de más de metro ochenta de longitud), Henri desanudó cuidadosamente las tres cintas finas que sujetaban la delantera de la bata de Dolly. Bajó reverentemente las hombreras, tirando de ellas con suavidad brazos y codos abajo. Dolly sintió que sus pechos, libres ahora del ajustado sostén, se expandían por su cuerpo. Al aire frío y al contacto cálido de Henri, sus pezones experimentaron una súbita y casi dolorosa erección. Cruzó los brazos sobre el pecho.

Henri, con suavidad, separó sus brazos y la besó, primero, en un pecho, y luego en el otro.

–Cleveland parece muy bonito, visto desde aquí –murmuró.

Ella, mirando su torso, sonrió:

–Y el Viejo Leal también parece mucho mejor –le dijo–, desde aquí abajo.

Momentos más tarde, Henri estaba dentro de ella, y Dolly lo olvidó todo, salvo lo maravillosamente bien que se sentía, el calor que la envolvía y fluía a través de su cuerpo; era como hundirse en un baño caliente en un día muy frío. Lo besó ardientemente, saboreando la aspereza de su lengua, el cosquilleo cerdoso del bigote. ¿Había en el mundo algo más dulce que esto? Un hombre que la quería. Que la encontraba bella. Dolly se dijo que podría morir en aquel mismo instante sin perderse nada.

Alcanzó el orgasmo con una sensación de caer en el espacio exterior. Era maravilloso, pero también un poco aterrador, como si realmente hubiera *muerto*. Como si se elevase para siempre, sin volver nunca más a la tierra. Y sentía a Henri tratando de contenerse, de frenarse, hasta el momento en que ella llegó al clímax, y entonces se dejó ir, sin freno ya, en una explosión de puro placer.

Después, en brazos de Henri, oyendo su respiración, que se hacía más y más fuerte, hasta convertirse en un ruido sordo y prolongado, Dolly se sintió sublimemente dichosa.

–Te quiero, Henri –le susurró al oído, pero él se había dormido.

Dolly tenía suficiente experiencia para comprender que el amor, a fin de cuentas, no lo puede todo. Eso sólo ocurría en las películas, y en las películas todo acaba en un fundido, de modo que... En fin...

–Parece una buena idea –dijo Gloria.

–Bueno, si da resultado –repuso Dolly, encomendándose mentalmente a la suerte.

Tenía el *Times* abierto sobre el mostrador de cristal, y estaba mirando el anuncio de media página. En la parte superior se veía una selección de bombones, más las habituales referencias a los premios internacionales ganados por Girod durante setenta y cinco años, el más reciente de los cuales era de aquel mismo año: el premio anual de la feria del chocolate de la revista *Gourmet*. Y en el centro mismo, una foto de la propietaria, Dolly, reproducida de una revista de sus días de Hollywood, en la que se la veía con mucho pintalabios y agresivas tetitas cónicas, apretadas por un ceñidísimo jersey. Sin duda era el anuncio de bombones más raro de la historia del chocolate. Pero Dolly tenía la esperanza –una esperanza muy tenue, por supuesto– de que Annie lo viera y la reconociese. Y, por si acaso, su nombre constaba debajo: DOLLY DRAKE.

Llevaba una semana poniendo anuncios personales en el *Times*, el *Post*, el *News*, el *Voice*.

La idea de este nuevo anuncio se le ocurrió a Dolly volviendo de despedir a Henri del aeropuerto. Al abrazarle, le prometió pícaramente que «las tetas que se comieron Cleveland» estarían esperándole la próxima vez que volviese a Nueva York, y esto le recordó su vieja fotografía publicitaria. Pensando en sus sobrinas, se preguntó: «¿Por qué no poner un gran anuncio ilustrado con esa foto?» De esa forma, aunque Annie se limitase a hojear el *Times*, tendría que verlo.

Lo importante era dar con ellas antes de que les ocurriese algo. Dolly se estremeció, tirando de las mangas del jersey rosa que se había echado sobre los hombros.

–Si no da resultado, ya se te ocurrirá alguna otra cosa –le dijo Gloria, con su voz aguda, interrumpiendo así sus pensamientos–. Por cierto, si se te ocurre qué hacer con todos estos huevos de Pascua que recibimos por error, encontrar a tus sobrinas será cosa de nada.

Gloria guiñó el ojo a Dolly y luego se dirigió a saludar a una señora envuelta en un abrigo de pieles que acababa de entrar con un nervioso cachorro *yorkshire terrier* bajo el brazo.

¿Huevos de Pascua? ¡Ah, casi se le habían olvidado! Bueno, ya pensaría alguna solución.

Asomándose al escaparate delantero, Dolly comenzó a desmontar la exposición del mes anterior. Quitó los cestos rebosantes de hojas de arce rojas y doradas, y la vieja prensa de sidra pintada de modo que entonase con el reborde verde tirolés del escaparate. Luego quitó también el lavabo victoriano floreado, lleno de nueces doradas y manzanas de mazapán, con su jarra a juego, volcada y vomitando una inundación de trufas: agridulces, al coñac-ginger, al *café au lait*, al coñac con avellanas, de chocolate blanco moteado de pistacho siciliano, con centros de caramelo envuelto en praline pulverizado.

Le sentaba bien echar a un lado lo viejo para dejar paso a lo nuevo, aun cuando todavía no tenía la menor idea de cómo iba a ser lo nuevo. Sintió un extraño aplomo al ver aparecer y desaparecer su propio reflejo fragmentado en los cuadraditos de cristal del escaparate, sus brazos agitándose, sus manos moviéndose como pececillos.

Sacando del escaparate brazadas de hierba seca y aromática, Dolly se dio cuenta súbitamente de lo que se podría hacer con aquellos huevos de chocolate de fantasía que les habían enviado por error en lugar de los pavos de chocolate encargados. Pondría en el escaparate el *auténtico* huevo de Fabergé que le había ofrecido Dale como regalo de bodas, rodeándolo de huevos de Pascua, y luego, contra el fondo de un gran chal antiguo bordado, fotos del zar y su familia en aquellos maravillosos marcos laqueados comprados en Gump's la última vez que estuvo en San Francisco. Quizás añadiera un samovar como el que había en el Salón de Té Ruso. Se imaginaba el conjunto perfectamente, y estaba segura de que intrigaría a sus clientes, y muchos preguntarían qué era aquello. «Y yo entonces les diré que una mujer que se ha pasado el día guisando y lavando platos, o rompiéndose las uñas en el taller o en la oficina, se merece algo más que las sobras del pavo de anoche...»

Bueno, un poco *recherché*, pero, después de todo, las mejores ideas son siempre un poco *recherché*. A Henri le encantaría en cuanto se lo explicase. Dolly sintió que se le levantaba la moral pensando en esto.

Una vez tuvo el escaparate completamente vacío, Dolly se detuvo y miró alrededor, observando todo lo que había conseguido ella sola en aquellos dos años. Ahí estaba, a la vista de todos. El espacio, por sí solo, ya era una maravilla: una antigua botica que, por alguna razón difícil de entender, había conseguido sobrevivir hasta el siglo XX, con su amplia fachada y sus escaparates barrocos para exponer medicinas. Dolly había dejado intacto el suelo de azulejos verdes y azules, instalando una serie de vitrinas de roble paralelas a los escaparates, relucientes ahora bajo una nueva capa de barniz, y con sus pestillos de bronce tan pulidos que casi parecían espejos. A lo largo de los estantes, y en todos los rincones, entre las cajas de lujo de Girod y las confituras de Girod, había un batiburrillo de chucherías heterogéneas: un cuenco de cristal acanalado, un par de candeleros de peltre, un viejo espejo de afeitarse, una muñeca antigua con sombrero tirolés rematado por una desvaída pluma de avestruz. Años atrás, en tiempos menos opulentos, Dolly había decorado sus pobres apartamentos con las cosas que compraba en rastros y mercadillos, y también ahora le gustaba rebuscar por esos sitios, a la caza de tesoros ocultos.

Pero, incluso mientras estaba ocupada con el nuevo escaparate, Dolly no pudo menos de inquietarse pensando en Annie y Laurel. La radio había anunciado nieve, y Dolly se las imaginó temblando en Dios sabía qué acera, encogidas sobre un respiradero humeante del Metro...

El corazón le dio un vuelco. ¡Dios mío! ¡Al diablo con el anuncio! ¿Qué hacía ella allí en lugar de salir a *buscarlas*? Corrió impulsivamente a la trastienda y cogió el abrigo que colgaba de una percha al otro lado de la puerta.

Para cuando su taxi llegó a la estación Grand Central, ya había empezado a nevar fuerte. Grandes y gruesos copos bailaban en las corrientes de aire que creaba el tráfico atascado a lo largo de Lexington Avenue, revoloteando vertiginosamente y cayendo sobre el abrigo y el cabello de

Dolly, que se adentró en la estación, contenta de librarse del intenso frío.

Aquél era uno de los centros, uno de los ejes de la ciudad, pero Nueva York tenía muchos. Abriéndose camino por el amplio vestíbulo abovedado, lleno de gente que viajaba todos los días a Nueva York, Dolly se preguntó a qué había ido allí. ¿Qué esperaba encontrar? Toda aquella gente no tenía más que una meta: volver a sus casas, y nadie podía hacer nada por ella. De pronto advirtió que algunos no parecían tener prisa. Cerca de la escalera a uno de los andenes, Dolly vio una pareja andrajosa, los dos en cuclillas, mendigando con sendos vasos de cartón en la mano.

Alguien le tiró de la manga; se volvió. Era una chica muy joven, con chaquetón color verde guisante y tejanos muy sucios, que la miraba suplicante. El corazón de Dolly se desbocó. ¡Qué joven era! ¿Podría ser acaso...?

–¿Annie? –susurró.

–Sí –murmuró la chica; su rostro juvenil se endureció, añadiendo de pronto diez años a sus facciones. Por un instante Dolly sintió que las junturas de sus huesos se aflojaban, que su cabeza levitaba, y pensó que estaba a punto de desmayarse–. Annie, Frannie, Jannie, lo que usted quiera, si tiene veinticinco centavos me puede llamar como quiera.

Alargó una mano, muy sucia.

Dolly, temblorosa, abrió el bolso, sacó un billete. La chica lo cogió y se marchó presurosa; los talones medio despegados de sus zapatillas de deporte golpeaban contra el pavimento.

Dolly sintió un acuciante deseo de volver a casa. Aquello era una locura. Incluso si veía a Annie, lo más probable era que no la reconociese, porque la única pista que tenía eran las borrosas instantáneas de Ned. Casi involuntariamente, bajó al andén, buscando y buscando por todas partes a dos chicas juntas, y luego fue de andén en andén, por túneles donde sus tacones altos resonaban como si algún perseguidor enloquecido fuese tras de ella. Volvió al vestíbulo y escrutó a la gente de banco en banco, tan temerosa de no encontrarlas... como de encontrarlas.

«Esto es una locura –se dijo Dolly después de haber examinado mil rostros desconocidos–. *Me voy a volver tan loca como mi hermana.*»

De Grand Central fue en taxi a la terminal de autobuses del puerto. Estaba remozada y mejor iluminada, pero parecía más deprimente que antes. Dolly subió por una escalera mecánica hasta las plataformas donde los pasajeros bajaban de los autobuses, y allí vio a un negro con abrigo de pieles hasta los tobillos, anillos con piedras preciosas en casi todos los dedos, evidentemente un chulo en busca de chicas jóvenes. La idea de que chicas inocentes cayesen en aquellas manos rutilantes de diamantes le revolvió el estómago. Pero aquel sujeto, por vil que fuese, no mordería. A lo mejor hasta sabía algo.

Se acercó a él y le dijo:

–Dispénseme, estoy buscando a mis sobrinas. –Sacó del bolso aquella fotografía con más de un año de uso y que era su única pista, y se la enseñó–. ¿Las ha visto usted? Desaparecieron hará cosa de tres semanas.

El chulo echó una ojeada a la foto, luego movió negativamente la cabeza y se alejó a toda prisa, como temeroso de que Dolly fuese una policía de paisano.

Dolly le vio alejarse, aliviada y al tiempo angustiada.

Volvió tarde a su tienda, exhausta, tiritando, y con los pies entumecidos en sus botas de ante. Ahora lo único que quería era ir a casa, tomar un baño caliente y beber una reconfortante copa de coñac.

Gloria, que hubiera debido cerrar e irse a casa hacía una hora, levantó la vista del paquete que estaba haciendo y la miró.

–¿No hubo suerte? Bueno, por lo menos te has desahogado.

Dolly se encogió de hombros, casi desanimada para hablar:

–Gracias por esperar, ya puedes irte a casa.

Mañana, se dijo, probaría en la Penn Station, y luego visitaría los centros de la YMCA.[1] No cejaría en su búsqueda por desesperanzadora que resultase.

1. Asociación Cristiana de Jóvenes. *(N. del T.)*

Dos días después la nieve se había fundido a lo largo de la acera, convirtiéndose en sucia aguanieve. Dolly, deprimida por el mal tiempo, casi había perdido toda esperanza de dar con las dos chicas. Estaba comprobando los recibos del día, cuando sonó la antigua campanilla que había sobre la puerta. Levantó la vista y vio a una joven alta, angulosa, que vacilaba un momento en el umbral, y luego, respirando hondo, entraba en la tienda. La chica llevaba un abrigo ligero y zapatos que parecían empapados. Iba con la cabeza descubierta, y el pelo le llegaba hasta los hombros.

Dolly iba a volverle la espalda, dejándosela a Gloria, cuando algo captó su atención. ¡Aquel cuello largo, aquellos pómulos salientes, aquellos desconcertantes ojos color añil!

La chica miró a Dolly a los ojos y ésta sintió que el corazón le daba un vuelco.

—Annie... —susurró—. Querida, ¿eres tú?

—¡Tía Dolly!

«Si esto fuese la Biblia, ahora caería del cielo un rayo que me dejaría muerta aquí mismo», pensó Dolly.

Pero no cayó ningún rayo. Sólo el silencio suspendido entre ambas como el olor a ozono antes de una tormenta.

En su memoria surgió un chispazo de recuerdo. Un día en que llevó a Annie a la playa —Annie tendría entonces unos tres años— y las dos pararon en un figón para comer algo. Cuando llegó el camarero, la pequeña Annie, sentada muy erguida, con su delantalito cuadriculado y sus zapatitos blancos y sus calcetines fruncidos, dijo con su aguda vocecita: «Quiero una hamburguesa y patatas fritas, por favor, pero no ponga la salsa de tomate encima de la hamburguesa, sino en el plato, que es como a mí me gusta.» Ya se veía en ella a la mujer inteligente y volutariosa que acabaría siendo con el tiempo.

Ahí estaba... convertida casi en una mujer. Y bella. Como Dolly estaba segura de que tendría que ser. Quizá demasiado delgada, pero eso se arreglaría en seguida.

«¡Pero si es ella, y está aquí!», se dijo Dolly, incrédula.

—Alabado sea el Señor —susurró y luego comenzó a

gritar–: ¡Oh, querida, temía tanto por vosotras! ¡Anda, no te quedes ahí como una tonta! ¡Ven, que quiero abrazarte!

Y, sin más, la estrechó en sus brazos.

Annie seguía rígida, pero, al cabo de un momento, sus manos buscaron y ciñeron la espalda de Dolly; con un hondo suspiro, bajó la cabeza, reposándola contra su hombro, como un viajero exhausto que, por fin, se desprende de un pesado fardo.

–Vi tu foto en el periódico –dijo Annie, mientras una débil sonrisa se le dibujaba en los labios–. Bueno, la verdad... fue Laurel quien la vio. Pero yo te reconocí.

Mil preguntas saltaron a un tiempo a los labios a Dolly, pero sólo hizo una, la más importante de todas:

–¿Te encuentras bien, querida?

–Sí, sí.

Annie volvió a ponerse rígida, mirando en torno de sí, como temerosa, como si presintiese que alguien pudiese salir de detrás de una puerta y esposarle las manos.

–Eh, que no muerdo –exclamó Gloria, acercándose por detrás del mostrador. Alargó la mano y estrechó la de Annie–. Hola, soy Gloria. Supongo que las dos tendréis mucho de que hablar, de modo que lo mejor será que me vaya y os deje solas.

Dolly llevó a Annie a su despacho y enchufó el calentador que había junto a su mesa de trabajo.

–Anda, quítate esos zapatos –le dijo–. Te prepararé una taza de té. ¿Te gusta el chocolate?

Annie asintió, mirando a su alrededor con el mismo recelo de antes.

–Pues me alegro, porque chocolate aquí no falta. Y tienes aspecto de necesitar unos kilos más. Lo habéis pasado mal, ¿eh?

–Por favor... no se lo digas a Val –suplicó Annie en voz baja, y sus ojos claros, de un azul hondo, fijos en Dolly, transmitían un ruego desesperado.

Pero Dolly vio algo más en aquellos ojos: un fulgor de acero.

Y no supo qué responder. No quería hacer una promesa que luego quizá no pudiese cumplir, pero comprendió que cualquier palabra mal medida podría inducir a Annie a escapar de allí como un gamo asustado. Dolly siempre había pensado que Val no era trigo limpio. ¿Por qué, si no, se había abstenido de llamarla para decirle que las chicas estaban probablemente en Nueva York?

–Anda, cuéntame lo que pasó –dijo Dolly–, y entonces veré lo que hay que hacer. ¿De acuerdo?

Annie permaneció en silencio un momento, luego dijo:

–Sí, de acuerdo.

Dolly puso agua a hervir en la cocinilla del almacén y preparó té. Llenó un tazón de gruesa loza y se lo tendió a Annie, que se lo puso sobre las rodillas y se limitó a apretarlo con las manos. Dolly se fijó en que estaban azules de frío. Annie, al cabo de un rato, comenzó a hablar.

Al principio hablaba con vacilación; luego, poco a poco, se fue soltando. Habló a Dolly de Eve, del funeral improvisado al que acudió poquísima gente. Luego habló de Val, de las semanas que siguieron a la muerte de Eve, de lo raro que había estado, y, finalmente, de *aquella* noche, de la noche en que ella decidió escapar...

–No podía seguir allí –dijo Annie, inclinándose hacia Dolly; tenía los ojos brillantes y las mejillas enrojecidas–. Val me habría... bueno, no me paré a pensarlo a fondo. Lo que hice fue coger a Laurel...

–Él dice que la secuestraste.

El rostro de Annie palideció, excepto los dos manchones rojos de las mejillas:

–¡No es verdad! ¡Laurel quería venir conmigo!

Annie miró a Dolly con una frialdad que le provocó una súbita inquietud.

–No habría venido aquí, aun cuando hubiera sabido cómo dar contigo –añadió Annie–, de no encontrarme verdaderamente desesperada... porque creía que no querías vernos.

Dolly encajó la franqueza de estas palabras como un puñetazo en pleno estómago. «Bueno, claro, soy una completa extraña para ella, ¿por qué iba a fiarse de mí, después de las cosas terribles que Eve debió de contarle?»

–Dime, tu... –Dolly se pasó la lengua por los labios, el corazón se desbocaba contra las costillas–, tu madre te habló de mí, ¿no?

–Tuvisteis una especie de riña, ¿verdad? Nunca me dijo la razón.

Dolly se relajó de alivio. «Gracias a Dios no sabe la historia.»

–A veces la gente dice o hace cosas que hacen daño a otros y de las que luego se arrepiente. Y cuanto más quieres a una persona a la que has hecho daño, tanto más te duele luego –dijo Dolly y suspiró, el viejo dolor afloraba de nuevo a la superficie.

Annie la miraba fijamente, sus ojos azul oscuro parecían decirle: «No temas, guardaré tu secreto si te comprometes a guardar el mío.»

Pero la cuestión era: ¿podía prometérselo? Incluso después de que Annie se lo hubo contado todo, y ella la creyó, la cosa seguía siendo que Val era el padre de Laurel. ¿Era justo, se preguntó Dolly, apartar a un padre de su hija? Al fin y al cabo, todavía no había oído la versión de Val...

De pronto fijó la mirada en los ojos azules de Annie, tan parecidos a los de Eve que casi le rompieron el corazón, y se sorprendió al oír su propia voz, que decía:

–No hace falta que Val lo sepa. Déjalo todo en mis manos. Anda, tómate tu té antes de que se enfríe y ya veremos cómo arreglar este lío antes de que se ponga peor.

CAPÍTULO V

–Annie, *¿por qué* no podemos pasar las Navidades con tía Dolly? –Laurel se detuvo en la acera y se quedó mirando fijamente a su hermana.

Annie sintió un punto de irritación en el estómago. «¿Cuántas veces tengo que hablar de esto con ella? –pensó–. ¿Por qué no se fía de mí?»

Pero prefirió evitar las palabras duras. No, no era culpa de Laurel. ¿Por qué iba a querer seguir en aquel apartamento desnudo y vacío cuando podía tener árbol de Navidad y montones de regalos en el de Dolly?

Cogió la mano enguantada de su hermana y se la apretó:

—Mira, Laurel, no podemos ir a su apartamento porque no estaríamos seguras —le explicó—. La gente nos vería, y Val podría enterarse.

¿Y qué pasaría si, en este preciso momento, Val volase ya hacia Nueva York? Annie estaba convencida de que a Val no le importaba mucho Laurel, pero insistiría en llevársela, aunque sólo fuese por fastidiar a Annie.

Laurel bajó los ojos y no dijo nada. Annie se preguntó si preferiría estar en Bel Jardín, con Val, en lugar de allí. Sus entrañas se sintieron de pronto tan congeladas como sus manos moradas y agrietadas por el frío. ¿Debería contar a Laurel todo lo que le había ocurrido aquella noche con Val, es decir, la verdadera razón de su fuga de Bel Jardín?

No, era demasiado terrible para hablar de ello. Lo único que quería Annie era arrojarlo para siempre de su mente. «¡Dios mío!, ¿cómo explicarle lo asustada que estoy?, ¡si no es más que una niña!»

—Pero, después de todo, tú estás *trabajando* para tía Dolly —razonó Laurel—, de modo que ¿cómo puedes sentirte segura?

—Es que en la tienda la única persona que sabe que Dolly es mi tía es Gloria —explicó Annie—, pero su apartamento tiene porteros, encargados de ascensores, vecinos curiosos y cotillas. Si empezamos a aparecer por allí, en seguida se *enterará* todo el mundo.

La mayor parte de los días, Laurel iba al colegio con una condiscípula, Rupa Bahdreesh, que vivía en la misma manzana, pero hoy Rupa estaba enferma, con gripe. Laurel era ya lo bastante mayor para ir sola, pero a Annie le gustaba acompañarla, aunque ya se arrepentía de haberlo hecho.

Laurel miró a Annie con irritación:

—¡Pues me da igual! ¡No me gusta esto! Hace frío y está triste y... y... —Su voz se entrecortó—. ¿Y vamos a tener que pasar las Navidades solas?

—¿Y los Gruberman?

—¡Los Gruberman no celebran las Navidades! —Los grandes ojos azules de Laurel relucían de lágrimas contenidas.

Annie, que no quería que Laurel viese sus lágrimas,

apartó la vista al hablar, fijándola en la acera. Había una hilera de coches aparcados, sucios y cubiertos de sal, por la tormenta de nieve de la semana anterior, y en la nieve sucia unos hoyitos abiertos por los orines de los perros.

–Bueno, claro, es que no creen en las Navidades –dijo Annie, tratando de no alzar la voz–, son judíos.

Sus palabras formaban nubecillas de vapor congelado.

–Ni siquiera pueden pronunciar esa palabra –exclamó Laurel–, me lo ha dicho Sarah, y es porque se trata de una cosa cristiana. –Dio una patadita a un vaso de cartón arrugado y lo mandó dando vueltas al arroyo–. Pues vaya con los judíos, si ni siquiera pueden tener árbol de Navidad.

A Annie no se le ocurrió nada que responder. También ella quería tener árbol de Navidad, y no sólo por causa de Laurel. ¿Debió aceptar el dinero que le ofrecía tía Dolly? Se acordó del primer día que pasó en su tienda: Dolly extendió a toda prisa un cheque, lo firmó y le rogó que lo aceptase, pero Annie, sin saber por qué, no pudo aceptarlo. Ni siquiera cuando Dolly le propuso que lo considerase un préstamo. ¿Cuándo iba a poder pagárselo? Y si aceptaba la caridad de Dolly, ¿no estaba, en cierto modo, traicionando a Dearie? En una ocasión, su madre le había dicho de Dolly que era «una traidorzuela llena de falsedad». ¿Quería decir que Dolly, por muy bien que se portase, no era merecedora de confianza?

En lugar de aceptar dinero, Annie decidió trabajar para su tía, y aceptó una pequeña cantidad a modo de adelanto de su sueldo. Pero ya llevaba tres semanas trabajando allí y aún no tenía ahorrado suficiente dinero para comprar la mitad de las cosas que necesitaba. La lista parecía interminable: ropa interior de invierno, ropa de abrigo, botas gruesas. Y platos, sábanas, toallas.

Miró a Laurel, que llevaba un chaquetón del Ejército de Salvación cuyas mangas no le llegaban a las muñecas. El cabello brillante de Laurel se desbordaba como luz del sol bajo el gorro rojo de punto que le cubría la cabeza, pero sus labios y la punta de la nariz estaban morados de frío.

–¿Estás bien abrigada? –Annie tiritaba bajo su abrigo,

una gabardina de hombre que le llegaba hasta los tobillos.

–Estoy bien –dijo Laurel–, llevo un jersey debajo. Rivka me dio uno que ya no le está bien a Chava.

Probablemente Rivka se había dado cuenta de que Laurel necesitaba un jersey. Rivka había sido tan amable al incluirlas, más o menos, en su familia grande y bulliciosa, que Annie no podía menos que sentirse agradecida por las prendas viejas y las mantas que les daba, y el *kugel*[1] recién hecho y los panes de *challah* que les mandaba al apartamento.

–Vaya, me alegro –dijo, al llegar a la Avenida K, que era más ancha y estaba flanqueada por casas de apartamentos de ladrillo rojo.

–¿Quieres que te diga una cosa? Hoy, después del colegio, Rivka me va a enseñar a coser, y cuando haya aprendido te haré a *ti* algo...

La voz de Laurel se fue apagando. Levantó la vista y miró a Annie con ojos tristes:

–Annie, perdóname si he estado antipática contigo, pero de verdad que *estaría bien* tener un árbol de Navidad, y hasta un poco de muérdago.

–Sí, claro que sí –se forzó a decir Annie, para no desanimar a su hermana, pero en su interior se sentía muy mal. La explosión de Laurel resultaba más fácil de sobrellevar, por raro que pareciese, que esta actitud de mansedumbre. Annie ansiaba poder ofrecer a su hermanita unas bonitas Navidades, pero los abetos que vendían en la ciudad, traídos del campo, eran mucho más caros de lo que ella había pensado. Y los adornos también costaban una fortuna. No, ni hablar, no podían sufragarlo.

Annie recordó que el año anterior habían pasado las Navidades en Bel Jardín, con Dearie. Su madre estaba de bastante buen humor, cosa rara, y las tres se divirtieron mucho adornando el árbol. Dearie, cantando canciones navideñas, y Laurel coreándola con estribillos tontos que ella misma se inventaba. Enhebraban bombillitas de colores en cintas rojas, colgaban toda clase de adornos de las

1. Budín hecho de patata o de pasta que se toma durante el Sabbath. *(N. del T.)*

ramas, preparaban el pesebre, con María y José y los tres reyes y el burro y unas cuantas ovejas, y, naturalmente, el niño Jesús. Lo malo era que al niño Jesús se le había roto uno de los pies de yeso, de modo que Dearie sacó un tubo de goma y dijo: «Pues nada, tenemos que arreglarte el pie para que puedas andar sobre las aguas un día de éstos, pequeño mío. Todavía tienes que hacer tú muchos milagros...»

Annie hubiera querido ver un milagro en este momento, por ejemplo, que de pronto apareciera un árbol de Navidad caído del cielo.

En la esquina de la Avenida K y la Calle 16, atajaron por el prado de una bonita casa de ladrillo rojo que mostraba a un Santa Claus colgado de la chimenea. La hierba cubierta de helada crujía como cristal pulverizado bajo los zapatos de Annie. A la mitad de la manzana, al otro lado de la calle, Annie vio el colegio: P.S.99. Un edificio de ladrillo, grande, macizo y sombrío, rodeado por una alta valla de tejido de alambre. Muy distinto, desde luego, de Green Oaks, con sus praderas y sus campos de juego y sus pistas de tenis. En éste lo único que había era un patio de cemento y otro para el recreo. Parecía una cárcel. A Annie le repelía la idea de que Laurel tuviese que ir allí todas las mañanas.

Annie recordó el día en que fue a inscribir a Laurel. Estaba muy nerviosa por tener que mentir que ella era la tutora de Laurel, y que sus notas de colegios anteriores habían desaparecido en un incendio, pero la secretaria del colegio no dio la impresión de recelar nada, más bien parecía aburrida. Y ahora Annie sabía que era porque muchos de los niños pertenecían a familias procedentes de sitios como Haití y Nicaragua, sin documentación ni nada en regla.

Annie se dijo que Laurel se había rezagado, como quien se ve de pronto ante un trecho de hielo y tiene que buscar alguna manera de cruzarlo. «Seguro que le repele venir aquí», pensó, y se sintió al borde de las lágrimas; la opresión que sentía en el pecho la dejaba sin aire en los pulmones.

—La representación de Navidad de nuestra clase es este

viernes por la noche –dijo Laurel, mientras subían los escalones de cemento que conducían al portal, con sus puertas cubiertas de pintadas–. Yo me ocupo del escenario. Va a ser realmente bonito.

–Tengo muchísimas ganas de verlo.

Laurel tenía sensibilidad artística. Annie recordó las preciosas tarjetas que solía dibujar para Dearie en el hospital: perros, monos, ardillas, todo muy lleno de vida. Y también tenía mucho sentido del color (había rescatado un chal que Rivka iba a tirar a la basura, porque supo que su tono le sentaría muy bien al viejo sofá de su apartamento).

–¿Crees que a Dolly le gustaría venir también?

–Se lo preguntaré, seguro que le gustará –dijo Annie, y añadió con forzada vivacidad–: Oye, Laurel, a propósito de Navidad, podíamos invitar a Dolly a venir a *nuestra* casa. Verás, compramos un poco de acebo y colgamos un poco de muérdago, y cantamos villancicos.

–Nos oirán los Gruberman.

Annie vio que Laurel esbozaba una levísima sonrisa.

–Pues, chica, que nos oigan –dijo, sintiéndose más animada–, por mí ya puede oírnos todo Brooklyn.

–No, querida, ¿no ves lo arrugado que está? Mira, te voy a enseñar.

Rivka acercó una silla a Laurel, que se afanaba en una vieja máquina de coser en una esquina del cuarto de estar de los Gruberman, como siempre, lleno de niños; la tela que Rivka había dado a Laurel para hacer prácticas de costura estaba extendida sobre el regazo de la niña. Rivka iba enseñando a Laurel a medir la costura y marcarla con alfileres, y luego a tenerla firme bajo la aguja de la máquina de coser apretando al tiempo los pedales que la movían.

Laurel asintió, probó otra vez, inclinándose sobre la vieja Singer. Tenía los dedos blancos de tanto apretar la tela para que no quedasen arrugas entre las puntadas.

«Pobre *Shainenke* –pensaba Rivka, viendo los bracitos de la niña, que asomaban por una camisa demasiado grande para ella, tan delgados y rectos como los alfileres que sujetaban la tela que estaba cosiendo–. Se toma verdadero interés. ¡Como una mujercita de su casa!»

Igual que Sarah cuando tenía su edad, Laurel estaba siempre pendiente de lo que hacía Rivka en la cocina, cogiendo trocitos de masa para prepararla, ofreciéndose a romper huevos, a pelar alas de pollo, incluso a pelar patatas para hacer *kugel*. Y nunca paraba de hacer preguntas:

–Rivka, ¿por qué has tirado ese huevo?

–Querida, es que tenía sangre en la yema, y eso quiere decir que no es *kosher*.

Y ayer, sin ir más lejos:

–Rivka, ¿por qué a ti las albóndigas de *matzoh* te salen tan blanditas, y las mías, en cambio, parecen pelotas de golf?

–Un secretito mío. Mira, en la masa, en lugar de agua echo un poco de seltz. Y luego, las albóndigas, que tienes que darles forma de una en una, y con mucho, mucho cuidado, igual que cuando coges en brazos a un recién nacido.

Ahora Laurel se había empecinado en aprender a coser, y seguro que acabaría aprendiendo, de eso a Rivka no le cabía la menor duda. Tenía una espalda resistente, y mucha voluntad. Desde luego, no era tan dura como su hermana mayor ni estaba dispuesta a matarse trabajando, pero Laurel no tenía un pelo de tonta. Bien que se las había arreglado para sacar de su mutismo a Shmueli, que nunca decía una palabra, pidiéndole que le enseñara a leer hebreo. Laurel se había dado cuenta de algo que a los demás les pasaba inadvertido: Shmueli, con sus nueve años, entre el mandón de Chaim y el bullicioso de Yakov, necesitaba afianzar su personalidad siendo escuchado y tomado en serio.

Y ahora Laurel mostraba a Rivka su costura, vuelta a hacer.

–A ver, ¿está mejor ahora?

Rivka asintió:

–Perfecta. Mañana te enseñaré a cortar sobre un patrón. –Se volvió, para coger en volandas a Shainey, que se arrastraba a sus pies–. ¿Qué tienes en la boca? –le preguntó con tono de gallina clueca, cogiéndole de la boca una reluciente ficha de damas que estaba chupando–. ¡Yakov, cuántas veces tengo que decirte que no dejes tus juegos por el suelo!

Laurel tendió los brazos para coger a Shainey, que empezaba a enredar.

–¿Quieres que la acueste?

–Eres estupenda, a lo mejor incluso me lees el pensamiento –dijo Rivka, pensando en el *cholent*[1] que tenía que hacer para mañana, y en la tonelada de *latkes*[2] que tenía que preparar para el *Hanuka*, le entregó la niña a Laurel.

Observando a Laurel llevarse en brazos a Shainey, que se había tranquilizado y parecía muy contenta, Rivka sintió un fuerte afecto hacia la chica. ¿Quién habría podido pensar que, en unas pocas semanas, aquella pequeña gentil iba a encajar en su casa casi como un miembro de la familia?

Un momento después, mientras Rivka cortaba cebollas en la cocina, Laurel volvió a entrar, llevando otra cosa bajo el brazo: parecía un bloc de dibujo.

–El *cholent* –explicó Rivka a Laurel, que se había puesto a mirar por encima de su hombro– tiene que cocerse a fuego muy lento durante toda la noche, de modo que, llegado el *Shabbos*, cuando no se puede guisar, esté listo, caliente y delicioso.

–¿Por qué no me enseñas a hacerlo? Así podría dar una sorpresa a Annie, que le gusta mucho la col rellena. –Bajó la voz y añadió, confidencialmente–: No debiera decírtelo, pero Annie guisa muy mal, lo quema todo, y si no fuera por mí, nos moriríamos de hambre.

Al ver la mirada pícara de Laurel, Rivka rió. Todo lo que decía aquella *bordekeh* rubia la desconcertaba.

Laurel abrió su bloc de dibujo y lo puso sobre la mesa de la cocina.

–Rivka, como has sido tan buena –comenzó con timi-

1. Guiso de carne y verduras que se toma durante el Sabbath. *(N. del T.)*

2. Pastelillos de patata, típicos de la festividad del Hanuka. *(N. del T.)*

dez, sacando un lapiz de la espiral de alambre del bloc–, me... me gustaría hacerte un regalo. ¿Me dejas que te dibuje, una especie de retrato?

Rivka levantó las manos.

–¿Dibujarme? ¿Pero cuándo tengo yo tiempo para posar, dime?

–No tienes que posar, tú haz como si yo no estuviera aquí.

En la habitación contigua, Rivka oía a sus hijos riñendo, y a Chava chillando que hiciesen el favor de callar, que estaba tratando de hacer sus ejercicios. Suspiró, pensando que, desde el día de su boda, cuando, con dieciocho años, posó vestida de blanco ante un fotógrafo muy serio, nadie había visto en ella otra cosa que un par de manos, un cálido regazo y un hombro sobre el que llorar. ¡Y ahora aquella chica quería dibujar su retrato!

Casi una hora después, mientras cebollas y tomates hervían a fuego lento y las alubias se remojaban, Rivka se lavó las manos y se las secó en el delantal. Laurel seguía sentada a la mesa, inclinada sobre el bloc, con el lápiz inquietísimo, y tan absorta en su trabajo que no vio a Rivka mirar por encima de su hombro.

–*Vez iz mir*! –exclamó Rivka.

En aquella hoja de papel, Laurel la había reflejado con exactitud. No era como la Monna Lisa, ni hablar..., era mucho mejor. Laurel había reproducido su expresión, acosada y precipitada, con los cabellos que se le rizaban bajo el pañolón, e incluso una mancha de harina en la mejilla; la mujer del retrato, además, parecía estar *moviéndose*.

Rivka, emocionada y espantada a la vez, se quitó con el dedo la harina de la mejilla. Luego se inclinó y besó a Laurel en la frente.

–¿O sea que te gusta? –Los ojos azules de Laurel escrutaron su rostro.

–Y tanto que me gusta.

–Cuando sea mayor voy a ser pintora –dijo Laurel–, venderé mis cuadros, y ganaré bastante dinero para que Annie no tenga que trabajar.

–Vamos, toda una Picasso –sonrió Rivka.

–¿Piensas que podré?

–Querida, pienso que conseguirás todo lo que te propongas.

–Pues sería una suerte –bromeó Laurel, repitiendo una de las expresiones favoritas de Rivka.

–Lo que tienes que hacer es no volverte una vulgar *yenta* como yo –rió Rivka, recordando sus temores de que Annie y Laurel, siendo tan jóvenes, no pudieran arreglárselas sin un padre y una madre.

Pero era evidente que se las arreglaban muy bien, se dijo Rivka, y que las dos, *baruch Hashem*, iban a salir adelante a pesar de las dificultades.

Annie comprobó la lista del pedido:

Dos docenas de tortugas de praliné;
una docena de bombones de chocolate negro al ron con avellana;
una docena de espressos *de chocolate blanco;*
cuatro docenas de trufas al champán;
tres libras de corteza de almendra de chocolate oscuro
una coquille Saint Jacques.

Todo estaba en orden, cada clase de chocolate en su bandeja y todas las bandejas en la caja grande de Girod, marrón y dorada, lista sobre el mostrador, delante de ella. Todo, menos la *coquille Saint Jacques*, que se guardaba en una caja especial, más pequeña.

Annie la sacó del estante inferior. Nunca había visto una *coquille Saint Jacques* –especialidad de Girod–, excepto en el catálogo ilustrado, y se sentía llena de curiosidad. Levantó la tapa con cuidado y captó un maravilloso aroma tostado a chocolate, vainilla, café y nueces. Levantó la cubierta interior, de papel ondulado.

Era delicadísimo.

–¡Oh! –exclamó.

Una cáscara de chocolate con leche moldeada en forma de venera gigante y rellenada con otras más pequeñas. Caracoles agridulces. Conchas de almeja con espiras. Caballos de mar de chocolate con leche. Y algo que parecía salido de *Las mil y una noches*: un collar de perlas hecho con cuentas de chocolate blanco.

¡Lástima que Laurel no pudiera verlo! Annie esperaba que la persona a quien se enviaba el pedido, quienquiera fuese, lo apreciara tanto como lo apreciaría su hermana. Miró la factura: era para un cierto Joe Daugherty, y la dirección era un restaurante: Joe's Place, en Morton Street. Mala suerte. En el otro extremo de Greenwich Village. Y por allí estaba nevando muchísimo. En fin, por lo menos en el taxi estaría caliente. Y a lo mejor, como ya casi eran las cuatro, Dolly la dejaría marcharse a casa después de entregar la caja.

Fue al estrecho armario debajo de la escalera a coger su abrigo.

—¡Dios mío, vas a pillar una pulmonía! —gritó Dolly.

Su tía se abalanzó sobre ella y le quitó el abrigo sin darle tiempo de abrochárselo.

—¡Pero, querida, no puedes salir con un abrigo así! ¡Si esto calienta menos que un pañuelo! Si no me dejas que te compre uno, por lo menos coge el mío. No tengo intención de salir.

Annie, siguiendo la mirada de Dolly, vio que la acera y la calle parecían un pastel de nata después de una fiesta de niños traviesos: toda la blancura estaba pisoteada y sucia.

Dolly cogió su propio abrigo, que colgaba de una percha: precioso, de marta cebellina, largo hasta los tobillos; sin duda había costado una fortuna. A Annie se le encogió el corazón. Con él puesto se sentiría estúpida, como una mendiga disfrazada de duquesa.

—No, gracias... Será mejor que no... Probablemente lo dejaré perdido.

—Tonterías. —Dolly le tendió el abrigo—. Si tuviera que preocuparme por las manchas de mi ropa tendría que ir por ahí desnuda. Lo más importante es tu salud. Venga, póntelo.

Su tía intentaba ser amable, pero, así y todo, Annie se sintió algo abrumada. Ojalá, se dijo, Dolly dejara de darle cosas. Por ejemplo, el pañolón de la semana pasada; de acuerdo, le hacía falta, pero ¿por qué de cachemira, cuando uno de lana sencilla le serviría igual de bien?

Sin embargo, ¿qué tenía de malo tomar prestado el abrigo? «A mí, me vendrá muy bien, y Dolly se alegrará», pensó.

Annie, no obstante, se apartó un poco, fingiendo que comprobaba la lista del pedido, que estaba grapada a la bolsa donde acababa de poner los chocolates.

—Espera, tengo que mirar esto antes de salir —dijo—. Cogí el pedido por teléfono, pero había tanto ruido que no estoy segura de haberlo apuntado todo. ¿Tú crees que está bien?

Dolly se echó a reír:

—Sonaba como cuando te lavan el coche, ¿no?, pues eso es que telefoneó desde la cocina. Creo que Joe Daugherty no ha salido de su cocina desde que compró ese restaurante prehistórico.

—Das la impresión de conocerle bastante bien —comentó Annie, contenta de ver que su tía olvidaba lo del abrigo.

—Bueno, le conozco más que nada por su padre, Marcus Daugherty, que tuvo algún negocio con Dale... Dale compró una parte en un bloque de oficinas del que él era accionista. Es un tipo pomposo y terco, se enfadó mucho cuando su hijo dejó de estudiar derecho para llevar ese restaurante. Buen muchacho, lo ha sacado adelante. —Los ojos de Dolly centellearon—. Por cierto, estoy segura de que os llevaríais muy bien, Joe tiene sólo tres o cuatro años más que tú —guiñó un ojo a Annie—, y no es nada feo, te lo aseguro.

Annie la miró, sorprendida. Un príncipe azul con gorro de jefe de cocina era justo lo que le faltaba. Entre la tienda de su tía, su hermana pequeña y la inquietud que le producía Val, no le quedaba media hora libre a la semana.

¿Un novio? No podía permitirse ese lujo, al menos de momento.

—Bueno, he de irme —dijo por fin, esperando escabullirse antes que Dolly recordase lo del abrigo—. Oye...

Le dejó sin voz una ráfaga de aire frío: acababa de entrar un hombre vestido de Santa Claus, con botas cubiertas de nieve y una barba postiza lacia como la de un macho cabrío.

–¡Jo!, ¡jo!, ¡jo! ¡Felices jodidas pascuas!

Se dejó caer sobre el mostrador, apoyándose en él. Apestaba a alcohol rancio, y Annie tuvo que echarse hacia atrás, recordando súbitamente a su madre. Pero el hombre sólo miraba a Gloria, que estaba atando lacitos de tartán a un pedido de pastas escocesas de chocolate.

–Bueno, ¿qué pasa? ¿Es que no os gustan las Navidades? –Los ojos inyectados de Santa Claus la observaban con expresión perversa.

Gloria soltó el rollo de cinta y golpeó el mostrador con la palma de las manos a ambos lados del desconocido, cuya cabeza se levantó de golpe, como la de un títere.

–Ya está bien, Santa Claus. ¿Qué quieres? Estoy intentando ser amable, pero si me prefieres antipática, te echaré de aquí a patadas en el culo. ¿Vale?

El rostro de Santa Claus se frunció y echó a Gloria una mirada de recelo:

–Lo único que quiero es desear a todo el mundo felices Navidades.

–De acuerdo, tío, pero ya puedes largarte. ¿O prefieres que llame a la pasma?

El otro se irguió, tratando de mostrar indignación, pero apenas podía tenerse en pie. Alzó un dedo de advertencia:

–¡Ya vale, cojones, un momento!

Dolly, con su chaquetilla carmesí de punto y sus tacones negros de estilete, se acercó a ellos. Annie se imaginó que su tía cogería a Santa Claus por el cuello y le echaría sin contemplaciones a la nieve.

Pero Dolly cogió al intruso por el brazo y le dijo con voz amable:

–¡Hola, Bill! ¿Te acuerdas de mí? ¡Soy Dolly, Dolly Drake! Escucha, dile a los jefazos de Macy's que pienso que estás haciendo un trabajo de primera, porque tiene que ser duro, duro de verdad, pasarte las horas oyendo decir tonterías a los niños.

Annie se quedó perpleja. ¿Por qué era tan amable su tía con aquel viejo borracho?

–¡El muy cabrón del niño me mordió! ¡Fíjate que le pregunté qué quería que le regalase Santa Claus, y va y me pega un mordisco! –Bill se arremangó la manga carmesí y mostró un círculo de dientes rojos en su antebrazo regordete–. ¡Ya es bastante puñeta tener que llevar esta ropa de payaso!

Sus ojos inyectados centellearon de lágrimas al decir esto.

–¿Quieres que llame un taxi? –le preguntó Dolly, con voz de cómplice.

Santa Claus rehusó con un movimiento de cabeza; la punta elástica de la barba se le enredó en un botón, que tiró de ella, despegándosela y dejando al descubierto una barbilla grisácea y mal afeitada. –En su mejilla brilló una lágrima–. Lo único que quiero es una copa. Hace frío fuera. Joder con la nieve de los cojones... hasta en las botas, hasta por los ojos se me mete.

Dolly pensó un momento, luego le apoyó una mano en el hombro y le dijo:

–Oye, Bill, tengo justo lo que necesitas.

Entró en la trastienda y reapareció un momento después con una botella de licor de cerezas envuelta en papel de regalo, obsequio navideño de un cliente.

–Ten, Bill, y felices Pascuas –le dijo–. Y la próxima vez que te muerda un niño, ya sabes, dale su merecido.

Le guiñó un ojo.

Annie vio al viejo dirigir a Dolly una larga mirada, bastante sobria y llena de gratitud; luego se dirigió a la puerta, tambaleándose. La campanilla sonó y Santa Claus desapareció entre copos de nieve. Annie se volvió hacia Dolly:

–¿Pero de veras le conocías?

Dolly se encogió de hombros:

–Bueno, le he visto por aquí, mendigando monedas cuando no está trabajando, que es casi siempre. Simpático, lo único es que bebe más de la cuenta.

–¿Y entonces por qué le diste la botella?

Dolly miró a Annie con una triste sonrisa:

–Pues porque es verdad que ahí fuera hace mucho frío.

Sus ojos brillaron un momento, y Annie pensó que iba a echarse a llorar. Dolly alargó la mano y acarició a su sobrina en la mejilla:

–En el mundo hay toda clase de pecados, querida, pero te aseguro que entrar en calor no tiene nada de pecaminoso. Él se beberá esa botella cuando le apetezca, y es asunto suyo.

Annie sintió un inesperado respeto hacia su tía. ¿Por qué le había tenido tanta antipatía Dearie? ¿Qué pudo hacer Dolly que fuese tan malo?

Se acercó y cogió el abrigo de marta cebellina que su tía había dejado sobre el respaldo de una silla.

Dolly, al verla ponérselo, aplaudió satisfecha, y la luz se reflejó saltarinamente en los anillos que engalanaban sus dedos:

—A ver, déjame verte... justo como una actriz de ci... —se corrigió a tiempo—, como una modelo.

¿Podría ser cierto, se preguntó Annie, que se pareciera a Dearie?

Pero, antes de tener ocasión de empezar siquiera a pensar en lo mucho que echaba de menos a su madre, Dolly la abrazó con ternura, y le dijo:

—Hala, venga, zumbando, y no te olvides de darle a Joe mis recuerdos.

Annie no miró al suelo al bajarse del taxi, y cuando miró era demasiado tarde. Resbaló sobre el bordillo helado y cayó de espaldas, sintiendo un fuerte dolor en el trasero mientras la caja de bombones salía despedida.

Levantándose y recuperando el grueso bolso dorado, rogó que el chocolate no se hubiera estropeado. ¡Cielo santo!, se sentía muy estúpida, y le aterraba la idea de tener que enredarse en una serie de excusas y explicaciones.

Joe's Place era una casa de ladrillo de estilo federal, de esas que abundaban en Greenwich Village, estrecha como una chimenea, con escalones que subían hasta una puerta de madera con un óvalo de cristal biselado en el centro. Bajo una repisa cubierta de nieve se veía una flecha que conducía a otros escalones por los que se bajaba a la entrada de servicio, en el sótano.

Atravesó una puerta de hierro forjado y luego otra de madera, y accedió a un angosto vestíbulo que olía a pan recién hecho. En el fondo, al otro extremo de un pasillo apenas iluminado, se veía la cocina, toda de acero inoxidable, con cacerolas de cobre que colgaban sobre una serie de electrodomésticos negros. Se oían voces, ruido de cacharros y silbidos de vapor.

Y, de pronto, estrépito de loza que se rompe contra un suelo de azulejos.

–¡Maldita sea! –rugió una voz–. ¡So burro de los cojones!

Annie pegó un respingo.

La voz, que llegaba de la cocina, parecía reverberar hacia ella. Annie retrocedió, recordando la voz del mago de Oz gritando a Dorothy: «¿Quién eres tú para hacer una pregunta nada menos que al grande y terrible Oz?»

De pronto apareció ante ella una figura. Era una larga sombra que bailoteaba contra la puerta de la cocina. Detrás de ella venía su dueño, un joven larguirucho de poco más de veinte años, tan alto que hacía parecer baja a Annie, que medía casi un metro ochenta. Llevaba un delantal sucio sobre tejanos azules, y una camisa desteñida con las mangas arremangadas hasta los codos. El pelo, más bien largo y echado para atrás, dejaba al descubierto la frente empapada en sudor. Sus ojos parecían nadar en penumbras tras las gafas empañadas. No era, ni mucho menos, el grande y terrible Oz.

Annie se tranquilizó un poco, a pesar de que el joven no sonreía. Su rostro estaba congestionado, y ambos pómulos delineados por una línea roja como trazada con un rotulador.

–Bien, ¿qué quieres?

–Yo... –Por un instante la mente de Annie se bloqueó.

–Mira, estoy muy ocupado –dijo el joven con aspereza–. Un grupo de veinticuatro personas llega dentro de un par de horas, uno de los hornos se acaba de estropear, dos camareros están enfermos, y el suelo de la cocina parece un solar bombardeado. Así pues, dime de una puñetera vez qué quieres.

–No quiero nada –dijo Annie, fastidiada, con su voz más altiva, entregándole sin más la bolsa–. Si es usted Joe Daugherty, firme este recibo de las narices y en seguida le dejo en paz.

Él se quedó mirándola, el vapor condensado de sus gafas

comenzaba a disiparse y a dejar al descubierto unos ojos dulces, grandes y pardos, bajo pestañas tan tupidas que cualquier chica las envidiaría. Sus mejillas se distendieron:

–Por favor, perdóneme. A ver, empecemos otra vez. –Se pasó los dedos largos por el pelo castaño y obsequió a Annie con una sonrisa de disculpa–. *Soy* Joe Daugherty, y hoy tengo un día que no me creería si se lo contase. Me temo que voy a desintegrarme de un momento a otro.

Annie pensó en aquel pobre desgraciado –sin duda algún mozo de cocina que trabajaba como un negro por cincuenta centavos la hora– al que Daugherty acababa de gritar. Ni siquiera el señor Dimitriou la habría llamado burra, y si se le hubiese ocurrido... bueno, ella habría sabido pararle los pies. De modo que estaba claro que aquel sujeto no era tan amable como quería aparentar.

–Muy bien –dijo, y con un seco ademán le tendió el recibo–. Haga el favor de firmar aquí. –De pronto recordó que el chocolate podría estar estropeado; tragó saliva y añadió–: Un momento, será mejor que compruebe el chocolate, porque... bueno, pues resbalé y me caí por el camino, y tal vez algunos bombones se han roto.

Annie temía que el joven se pusiera otra vez a dar gritos, pero éste, al cabo de un momento de tensión, se echó a reír, y esto la desconcertó. Era una risa natural que la hizo sonreír a pesar de lo nerviosa que se sentía.

–Vaya, por lo visto hoy no es su día –dijo afablemente–. Siento lo de su caída... Por favor, deje de mirarme como si fuera a trincharla y servirla de cena. Siento haber estado tan brusco. Aunque no lo crea, le aseguro que soy un tío muy servicial. Tardo en estallar, pero cuando lo hago soy como una bomba.

–Estupendo. Pero eso dígaselo al pobre desgraciado al que acaba de llamar burro.

Daugherty pareció sorprendido, pero se echó a reír; al cabo de un minuto reía a carcajadas, los hombros le temblaban y tuvo que apoyarse contra una pared, levantándose las gafas para enjugarse las lágrimas.

–Fui yo el que tiró los platos, fue a mí a quien llamé

burro. –Movió la cabeza, riendo todavía–. Perdona, chica, pero no sabía que estabas aquí fuera.

Annie se sintió muy estúpida, no supo qué decir y acabó echándose a reír también.

–Ven, acompáñame a mi despacho, al fondo del pasillo, y allí podemos mirar a ver si se han espachurrado –propuso Joe, y por el pasillo en penumbras se dirigió hacia otra puerta; la abrió, y los dos entraron en un despacho diminuto y desordenado–. Por muy mal que estén no estarán peor que mi cocina después del estropicio que acabo de hacer allí.

Dejó la bolsa de Girod's sobre una mesa cubierta de papeles e indicó a Annie que se sentara en una silla que apenas cabía entre un archivador y un acuario lleno de ceniceros de cristal.

–A propósito –añadió– me llamo Joe Daugherty, pero me parece que ya te lo he dicho, ¿no?

–Sí.

–¿Y tú?

Se quedó mirándola, inquisitivo.

–Annie –dijo ella, aunque en Girod's la conocían por su segundo nombre, May.

«Vaya –se reprochó–, ¿por qué no he tenido más cuidado?»

–Llevas poco tiempo en la tienda de Dolly, ¿no?

–Una semana.

–Tiene gracia, yo te habría tomado por una universitaria de Vassar o así.

Annie se encogió de hombros:

–Pues te equivocarías –respondió sin alterarse, diciéndose que la universidad, que tanto la había apetecido en otra época, parecía ahora fuera de su alcance.

–Bueno soy yo para hablar; yo, que abandoné la facultad de derecho para abrir este restaurante. Y lo más curioso –sonrió– es que, a pesar de las pegas que tiene, me encanta. Mi padre piensa que me he vuelto loco, pero que se me pasará. Todavía sueña con poner mi nombre junto al suyo a la puerta de su bufete. «Poth, Van Gelder, Daugherty e hijo pródigo.»

–¿Tu padre es abogado? –Por lo que había oído decir a

Dolly, Annie pensaba que el padre de Joe era una especie de magnate de inmobiliarias.

–Solía serlo. Ahora es juez. Su ilustrísima señoría Marcus Daugherty. –Se quitó las gafas y las limpió con el delantal–. Ahí tienes la historia de mi vida en dos palabras, de modo que ya ves que no eres la única fugitiva.

Annie se quedó de una pieza. ¿Cómo lo sabía? ¿Se lo habría contado tía Dolly?

Sonrió, haciendo un gran esfuerzo.

–¿Pero quién habla de fugas?

Sentía que su rostro estaba a punto de desintegrarse de angustia.

Joe se encogió de hombros y apoyó una pierna sobre un sillón giratorio que había delante de la mesa.

–De una forma o de otra –dijo–, todos huimos de alguien o de algo. ¿No es cierto que esta ciudad es una ciudad de fugitivos?

Sin gafas, sus ojos ya no eran castaños, sino una mezcla de pardo y verde, con un matiz de avellana musgosa. Era casi guapo, pero no en el sentido corriente, sino guapo de verdad, impresionante, como un actor de cine. Lo malo de su rostro era que ninguna de sus facciones parecían encajar bien. Un pómulo, por ejemplo, estaba ligeramente más alto que el otro, y tenía la nariz un poco ladeada a la izquierda (¿rota, quizá?). También su sonrisa era levemente oblicua, como si no acabara de decidirse del todo a sonreír. Bueno, pensó Annie, no era la belleza de un actor de cine, sino más bien la de una estrella del rock, como Mick Jagger, o George Harrison, o Peter Noonan. Algunos de éstos le parecían a Annie feos, pero feos de verdad, sólo que exhalaban una especie de... en fin, de energía, una energía agresiva, cortante, casi *grosera*, que volvía locas a las chicas.

Annie advirtió que estaba mirándola, y apartó los ojos.

–Sí –dijo con alivio–, tienes razón, Nueva York es una especie de circo.

Joe se echó a reír:

–Sí, y tanto, como un número de cuerda floja. Un movimiento en falso, y caes de culo. –Cogió el recibo y lo firmó aparatosamente–. Al diablo con el chocolate –dijo–, incluso si hay algo que se ha roto. Qué más da, con el tiempo que hace no voy a exigirte que hagas otro viaje.

—Me gustaría que mirases —insistió ella, que no quería sentirse *demasiado* agradecida, sobre todo teniendo en cuenta que tal vez no le había pasado nada al chocolate—, y si hay algo estropeado, le diré a Dolly que te lo descuente de la factura.

Joe se encogió de hombros y cogió la bolsa.

—Bueno —dijo—, si insistes...

La primera caja estaba bien, sólo había unos pocos bombones rotos. Pero cuando Joe abrió la de la *coquille Saint Jacques*, Annie casi se echó a llorar: todas aquellas conchitas tan bellas y delicadas estaban completamente deshechas; el collar de perlas de chocolate blanco, roto, y las perlas, dispersas.

Joe contempló un momento aquel desastre y se encogió de hombros:

—*In arena aedificas*. Quiere decir que si edificas tu casa en arena te expones a que se te derrumbe. En fin, no se desperdiciará. Mi clientela lo come todo, vamos, todo menos sapos y culebras.

Dándose cuenta de que decía esto para compensar sus malos modos iniciales, Annie le sonrió, para sorpresa de su parte.

—Tú no llevas mucho tiempo en Nueva York, ¿verdad? —preguntó Joe, aunque era afirmación más que pregunta.

—¿Es que... se nota?

—Tu sonrisa es inequívocamente de la otra orilla del Mississippi.

Así pues, se *había* dado cuenta.

—¿Cómo sonríe la gente de Nueva York?

—Pues no sonríe.

Annie trató de contener la risa:

—¿Nunca?

—No, ni hablar. Y a ti también se te irá pegando. Ya verás, ya.

—Bueno, tengo que irme. —Annie se levantó—. Me esperan en casa. —En la puerta se detuvo y se volvió—: Muchas gracias.

—¡Espera! —la llamó Joe cuando ella iba por el pasillo.

¿Qué iría a ocurrir ahora?

Joe pasó corriendo por su lado, subió a toda prisa una escalera que había a la izquierda y que sin duda conducía al comedor del restaurante. Minutos más tarde regresó con una gran caja de plástico en la mano y se la tendió a Annie como si fueran las joyas de la corona:

–Ten, para que excuses mis modales –le dijo–. Y felices Pascuas.

Annie oyó un ruido tenue, como de rascar, y miró dentro de la caja. Una gran langosta, con las pinzas atadas con cintas de goma, se movía débilmente en un poco de agua y algas. Desconcertada, casi la dejó caer.

Miró a Joe. Su rostro, bello y confuso; sus ojos, verdicastaños, tan evidentemente llenos de buenas intenciones... No, estaba claro que aquello no era una broma.

Pero ¡qué iba a hacer ella con una... *langosta*, por Dios! Ni siquiera tenía puchero para cocerla. Por su cabeza pasaron las cosas que necesitaba, algunas con urgencia, pero *esto*... Tan innecesario le pareció que casi lo encontró cómico.

–Gracias –dijo al cabo de un rato, sonrojándose un poco–, estoy segura de que será... hum... deliciosa.

–Con un poco de mantequilla y limón.

–Sí, claro. Muchas gracias.

–De nada, y ya sabes, vuelve cuando quieras.

Mientras andaba entre la nieve, que seguía cayendo, camino del Metro que la llevaría a su casa, y se preguntaba cómo iba a explicar a Laurel –cuya conciencia la atormentaba cada vez que alguien pisaba una hormiga– que tenían que hervir *viva* aquella langosta, Annie vio a un hombre que vendía árboles de Navidad en una furgoneta. El corazón le dio un vuelvo.

Lástima no tener dinero para comprar uno, y lo irónico del caso era que aquella langosta, en una tienda, costaría mucho dinero. Suficiente, se dijo Annie, para un arbolito de Navidad. Y entoces tuvo una idea.

Se acercó a la furgoneta. El hombre era recio y barbudo, y llevaba camisa roja de leñador. Estaba clavando una crucecita al tronco de un abeto contra la trasera del vehículo. Saludó a Annie agitando el martillo en el aire.

–¿En qué puedo servirla, señorita?

«Venga –se dijo Annie–, díselo.»

–Eh... ¿Le interesaría cambiar uno de sus árboles por... por...?

–Veamos qué tiene ahí –dijo él, soltando el martillo.

Annie abrió la caja y se la tendió.

El hombre la miró como si Annie acabase de ofrecerle una rebanada de queso verde recién traído de la luna. Pero después de comprobar que la langosta estaba viva, le propuso cambiársela por el más pequeño y canijo de sus árboles, por el que sin duda apenas le habrían dado nada. Annie aceptó.

Al llegar al Metro, Annie bajó hacia el andén mostrando su árbol de Navidad, pensando en lo contenta que se iba a poner Laurel, y en lo bien que iban a decorarlo con cadenitas y estrellitas de papel de plata.

A lo mejor, después de todo, resultaban unas buenas Navidades.

CAPÍTULO VI

«Hasta en Los Ángeles –pensó Val– diciembre es un mal mes.»

Cruzando toda la longitud de la piscina, Val trató de no pensar en lo fría que estaba el agua, en lo mucho que le palpitaba la cabeza, ni en la agente de propiedad inmobiliaria y sus clientes de mierda que pasaban revista a la casa en aquel momento, mirando todos los cuartos y rincones y señalando los desconchados de pintura y las pequeñas fisuras de las paredes.

Val trató de pensar en Annie. La condenada zorra. ¡Lo que le había hecho! ¿Y por qué? ¿Acaso él se había portado mal con ella?

«Sí, aquella noche bebí unas copas de más, pero no se puede condenar a una persona por una cosa así.» Y seguro que no había dicho o hecho nada de particular. Todo lo más, quizá le había levantado la mano, pero seguro que porque se lo merecía. En cualquier caso no tenía que haberle golpeado de aquella manera. ¡Quince puntos tuvieron que darle, por Dios!

La zorrilla de Annie estaba más loca que su madre, ¡mira que acusarle de haber matado a Eve! ¡A quién se le ocurre! ¿Qué culpa tenía él de que Eve se zampase todas aquellas píldoras?

Bien mirado, era Eve quien se había portado mal con *él*, dejándole empantanado con dos niñas insoportables de las que cuidar. Y encima, ¡casi sin blanca! Ni siquiera tenía suficiente para comprar un billete de avión a Nueva York, ir a ver a Dolly y averiguar si estaba siendo franca con él. Val recordaba la última vez que habló con Dolly por teléfono: Dolly se puso a parlotear como una cotorra sobre lo mucho que le quería, como si fuese su hermano perdido y reaparecido, en lugar del tío mierda que la había abandonado para liarse con su hermana. Val se preguntó si Dolly estaría en contacto con las chicas. A lo mejor hasta sabía dónde estaban.

Le daba lo mismo no encontrar a Annie; que se fuese al infierno. Le bastarían diez minutos cara a cara con ella para ajustarle las cuentas. Diez minutos y la palma de la mano para dejársela bien grabada en la cara, así aprendería que a él no se la jugaba nadie.

Pero Laurel era otra cosa. Si conseguía recuperar a su hija, podría encontrar la manera de apoderarse del dinero que ésta tenía en espera de su mayoría de edad. Val había hablado del asunto en el club de Karate con un abogado que le había dicho que, si estaba tan mal de dinero, podía presentar una solicitud.

Val se imaginó una casa bonita, no tan estupenda como Bel Jardín, pero elegante, en Westwood Village, o en Pacific Palissades. Y conocía a un sujeto que tenía amigos en el hipódromo, de modo que, con un poco de suerte, a lo mejor hasta se las arreglaba para doblar, o incluso triplicar el dinero.

Pero lo primero era encontrar a Laurel... sin Laurel no tendría ocasión de apoderarse de ese dinero.

Y en cuanto diese con ella, tomaría sus medidas para

que Annie no la volviera a ver en su vida. Así aprendería, la muy zorra.

Cincuenta brazadas. Val se cogió del asidero y salió de la piscina. Jadeaba un poco y el corazón le latía apresuradamente.

–¡Diablos! ¿Cómo puedes nadar en esa porquería? –una voz gangosa le aguijoneó el oído a través de la marea roja que lo bloqueaba–. Deberías hacerla limpiar.

Val fijó sus ojos turbios, escocidos por el cloro, en el hombre achaparrado que estaba repantigado sobre una tumbona. Sintió, como siempre que le veía, un pequeño picor de incredulidad. Nadie creería que Rudy era hermano suyo. Mucho más bajo, rechoncho, calvo y feo... más feo de lo que Val se veía a sí mismo en sus más terribles pesadillas.

Con camisa hawaiana y pantalones cortos, con su cara redonda y sus piernas cortas y regordetas que se teñían de rosa bajo una gruesa capa de crema contra el sol, Rudy le pareció a Val un cerdo asado en una fiesta hawaiana.

–¿Y con qué quieres que la haga limpiar? –Val cogió una toalla y se dejó caer sobre la tumbona más cercana–. ¿Es que piensas que Eve me dejó en la abundancia? –Abarcó con la mano el prado que se extendía al otro lado del patio–. El Alfa y el Lincoln, ¿cuánto piensas que me dieron por ellos? ¡Calderilla! Hasta esta casa es una broma pesada. Para cuando hayamos pagado lo que queda de la hipoteca, más las deudas y los impuestos atrasados de este mausoleo, no creo que me quede bastante para comprar un orinal. Si tuviera conmigo a Laurel, las cosas podrían cambiar, pero...

Rudy le interrumpió, levantándose de un salto y acercándose a él.

–Olvídate de ese dinero –le dijo–. Si consiguieras echarle el guante, lo que no me parece tan seguro, ¿cuánto piensas que daría de sí? Si tuvieras sentido común habrías arreglado las cosas antes de la muerte de Eve.

Val se vio reflejado en las gafas de sol de su hermano: imágenes gemelas, del tamaño de moscas.

–Vaya. ¿Y cómo crees tú que hubiera podido hacerlo?

–Siempre hay maneras. Un par de copas de más, ya me

entiendes, «Oye, cariño, fírmame este papel», y ¡zas!, ya tienes los poderes.

–Eve era una alcohólica, pero de tonta no tenía un pelo.

–De acuerdo, pero, ¿no sabes lo que es ir haciéndose una huchita en secreto? –Rudy miró ostentosamente el sello de diamante que relucía en uno de los dedos de Val–. Sí, ya veo que lo sabes. ¡Maldita sea, Val! ¿Qué has sacado de doce años de matrimonio? Un anillo de mierda y unos cuantos trajes que ningún chulo tendría el valor de ponerse. Te diré una cosa, Val: ¡das pena! –La voz de Rudy era ahora más baja, como un gruñido extrañamente tierno; se acercó y tocó a Val en el hombro–. La verdad, hay veces que me digo que sería mejor dejarte.

Val apartó el hombro:

–Hay veces que pienso lo mismo de ti, de modo que casi sería mejor que te fueras con viento fresco.

Lo que acababa de decirle Rudy le dolía, pero en cierto modo le sentaba bien: como unas gotas de yodo en una herida.

–Tranquilo –dijo Rudy–, en un par de semanas las chicas se habrán quedado sin dinero, estarán cansadas de comer hamburguesas, y un buen día te las encontrarás a la puerta, impacientes por estar en casa. ¿Cuánto tiempo piensas que van a resistir un par de niñas mimadas como esas dos?

–Pues no lo sé. –Val se tocó con la punta del dedo la cicatriz que tenía sobre la ceja; todavía le dolía, y bajo el bulto de la cicatriz se notaba una dureza–. Pero si encuentran a alguien que las hospede tal vez no vuelvan tan pronto.

–¿Por ejemplo?

–Pues Dolly.

–¿Y qué te hace pensar que irían a ver a Dolly, sabiendo lo que pensaba Eve de ella?

–No sé, es una idea que se me ha ocurrido. –Val se encogió de hombros–. Su forma de hablarme por teléfono, tan simpática... No es nada concreto, pero tengo la impresión de que sabe más de lo que me dice. –Val se golpeó una palma con el puño de la otra mano–. ¡Si tuviera dinero cogería el avión e iría a ver!

Pensó un momento en pedir a Rudy unos cientos de dólares, pero se acordó de que ya le debía casi mil. Y Rudy se lo había dicho bien claro: ni un centavo más.

La sonrisa de Rudy pareció contraerse, como si supiera lo que estaba pensado, y el fulgor de sus ojos se endureció. Al cabo de un momento volvió a poner la mano sobre el hombro de Val:

–Venga –le dijo–, lo que tú necesitas es un pelotazo. ¿Que te parece un par de *Bloody Mary*?

Luego, mientras bebían bajo la magnolia, en el bar del jardín, Rudy dijo:

–Siento haberte tratado tan mal, chico, pero es que últimamente he estado bastante nervioso.

¿Rudy nervioso? Con su clientela de lujo y su dinero, ¿qué motivos tenía para preocuparse?

–Es un caso en el que estoy trabajando –prosiguió Rudy–, llevo meses que ni respiro. –Miró a la lejanía, frotándose la barbilla–. Imperdibles para pañales. ¿A quién se le ocurre pensar en el inventor de los imperdibles para pañales? Pues, ahí donde le tienes, convirtió la caca de los niños en un negocio de cien millones de dólares. Tres ex esposas, ni más ni menos, y ocho niños. Y de pronto va y le da esquinazo a mi cliente, su cuarta mujer, por una muñequita de veinte años. Y ella, claro, clama venganza, y quiere dejarle en pelotas. No tienes idea del papeleo que hemos puesto en marcha. Ocho meses, y todavía ni siquiera se han puesto de acuerdo sobre la fecha de la causa. –Se pasó el dedo por el interior de cuello de la camisa–. ¡Maldita sea, hasta cuando hay nubes pega el sol aquí! –Miró el vaso vacío de Val–. ¿Bebemos otra?

–No, gracias. Después de un copazo como éste me apetece un poco de ejercicio.

Después de mirar durante unos minutos la piscina cubierta de algas, Rudy añadió:

–Pues te diré una cosa: es tu tipo.

–¿Quién?

–Mi cliente. La que será pronto la cuarta ex esposa. Y guapa. Y con tetas como sandías. Y te aseguro que es muy cachonda. –Bebió un largo sorbo y fijó los ojos en Val–. Y con suficiente pasta para parar un tren. Bueno, quiero decir que la tendrá cuando lleguemos a un acuerdo.

—¿Pero tú por quién me tomas? ¿Por un chulo de mierda?

Rudy seguía mirándole fijo, y esto le ponía nervioso. Finalmente, Rudy se encogió de hombros y dijo:

—No sé, haz un poco de memoria.

Val, recordando las miradas furtivas de la gente del club, las conversaciones susurradas que con frecuencia cesaban en el momento en que él entraba en la sauna («De sobra sé lo que están diciendo: que utilicé a Eve, que la exprimí»), sintió una intensa ira. Cogió a su hermano por la camisa y le levantó en vilo. Era como levantar a un niño pequeño en medio de una riña. Rudy se agitaba y se retorcía, blandiendo puños y pies, y su rostro se encendió de un rojo furioso.

—¡Retira lo que acabas de decir! —gritó Val.

—¡Déjame! ¡Por Dios, no fue mi intención insultarte!

Val acabó por soltarle, dejándole caer pesadamente sobre la silla. Rudy metió el codo en el vaso, que se volcó, derramando lo que quedaba de su *Bloody Mary* por el borde del bar, empapándole la pechera de la camisa y rompiéndose contra los ladrillos del patio. Val sintió los fragmentos de cristal contra sus tobillos como chispas, y recordó absurdamente un anuncio de la televisión: «¿Qué tal beberse ahora un buen ponche hawaiano?»

Su ira cedió, y se dijo que había sido muy duro con Rudy. A su peculiar manera, Rudy probablemente había tratado de ayudarle.

Porque la verdad era que, de no ser por Rudy, Val quizá todavía andaría por las aceras de Times Square haciendo acrobacias para ganarse unas moneditas. La idea de trabajar en Hollywood como especialista había sido de Rudy. Y también fue idea suya, después de cruzar juntos el país haciendo autostop, conseguir entrar, con mucha habilidad y mucha labia, en los estudios de la Universal y persuadirles de que le diesen un buen empleo a Val. Rudy sabía darle a la lengua, eso desde luego. Bueno, no siempre, hablar con mujeres no se le daba nada bien.

Su madre, Dios la tuviera en su gloria, nunca había hecho tanto por Val como por Rudy. Val se imaginaba a Shirley allá arriba, en el cielo quizá, mirándole desde las alturas, y le parecía oír su voz de bebedora de whisky, diciendo a quien quisiese escucharla: «¿Lo veis?, siempre dije que no llegaría a nada.»

Rudy tenía una cabeza como una enciclopedia. Entendía de flores y de árboles, sabía cómo se hacía la bomba atómica, y se sabía de memoria todas esas palabras de quince sílabas de que se sirven los picapleitos. Era socio de un bufete elegante, tenía una casa en Brentwood, un Mercedes, un chalet de fin de semana en Malibú. El único problema de Rudy, al menos según Val, eran las mujeres.

Val pensaba que Rudy sólo follaba pagando. Probablemente era demasiado bajo, feo y gordo para que las mujeres se interesasen por él. Pero, en el fondo, lo que le faltaba con las mujeres era aplomo.

Rudy se limpió la camisa con una servilleta:

–¡Maldita sea, Val, no había por qué ponerse así! –Tiró la servilleta, que parecía empapada en sangre–. ¡Mira mi camisa nueva! ¡Ha quedado para la basura!

–Empápala en leche.

–¿Y cómo sabes tú esas cosas? –Rudy le miró asombrado.

–No, es que se parece a la sangre de imitación que me echaban cuando hacía efectos especiales en Hollywood, y es dificilísima de borrar. Lo de la leche me lo enseñó Heloise. Ya te acuerdas, en el periódico.

Rudy farfulló algo entre escupitajos. Parecía un motor fuera borda que no acababa de arrancar. Val vio que se estaba riendo.

Rudy le dio un golpecito en el hombro:

–Te diré, hermanito, a veces me asombras, de veras. Pienso que tú y Roberta os vais a llevar de miedo.

–¿Roberta?

–Mira, considéralo como un acto benéfico. Le harías un favor. Ese marido suyo probablemente no la ha jodido ni una sola vez. Y si ella, a cambio, decide mostrarte su gratitud, bueno, pues ya me dirás para qué están los amigos. Si tú me rascas la espalda, pues yo voy y te la rasco a ti, como suele decirse. Es la manera norteamericana de hacer las cosas.

–Conque caridad, ¿eh? –Val, mirando el rostro escamoso de Rudy, una especie de cruce entre sapo y culebra, empezó a sentirse interesado. A lo mejor, después de tanta desgracia, le ocurría algo agradable.

–¿Y tú que ganas? ¿Por qué te muestras de pronto tan interesado en acostarme con esa fulana?

Rudy trató de adoptar un aire de inocencia, pero su hermano le conocía mejor que nadie en el mundo.

–Bueno, te diré, es que Roberta está pensando en dejarlo.

–¿Qué quieres decir?

–Pues que está tan mentalizada de que su marido es el rey del universo, que está a punto de firmar cualquier acuerdo que él quiera imponerle, y así sólo conseguirá perder millones.

–Y entonces tú te quedas sin cobrar tus honorarios, ¿correcto?

Rudy se encogió de hombros.

–Bueno, sí, la verdad es que tengo muchos gastos.

Val se dio cuenta de que había algo más en aquel asunto. Captó en los ojos de su hermano un brillo extraño y duro que le decía que allí se jugaba algo más que una jugosa minuta. Quizá Roberta ponía cachondo a Rudy, y éste pensaba que, como no podía follarla, pasársela a su hermano sería casi lo mismo. Y, además, al verse en brazos de Val, su atlético hermano, a lo mejor Roberta no se mostraba tan dispuesta a renunciar a una fortuna.

Val levantó la mano para admirar mejor el brillo del diamante en su dedo meñique; por un momento pensó que su hermano, con aquel aspecto de cerdo que Dios le había dado, tenía desde luego un buen par de cojones.

–Bueno, lo pensaré –dijo.

Pero empezaba a sentirse tentado. El dinero le vendría muy bien, de eso no cabía duda. Y, además, de momento no estaba haciendo nada útil.

–Ven a mi casa a beber una copa cuando hayas terminado de pensarlo –insistió Rudy.

–Mierda, Rudy –Val se sintió irritado de nuevo–, no olvides que también yo tengo algún que otro problema.

–Sí... claro. –Los ojos de Rudy se entrecerraron, desapareciendo casi entre los pliegues de carne que les cercaban–. ¿De veras crees que a lo mejor Dolly sabe algo?

–Ya te he dicho que no es más que una idea.

–Oye –dijo Rudy, en voz baja, casi inaudible–, pasado mañana tengo que ir a Nueva York a ver un cliente por un caso de patria potestad. Su ex mujer quiere impedirle que vea a su hijo alegando que es marica, y yo tengo que demostrar al juez que incluso con ropa interior de señora tiene derecho sobre su hijo. No me llevará mucho tiempo. Si quieres, podría visitar a Dolly y averiguar si te está diciendo la verdad.

Val se irguió:

–¿Me harías ese favor? Sería estupendo.

¿Por qué había dudado de la lealtad de Rudy? En los momentos de la verdad, Rudy siempre respondía. Val añadió con voz áspera:

–Muchas gracias.

Rudy se encogió de hombros:

–No es nada. ¿Para qué estamos los hermanos?

Dos días más tarde, una hora después de dejar las maletas en el hotel Pierre, Rudy iba en taxi por los baches de Madison Avenue, en dirección a la tienda de Dolly. ¿Tendría razón Val? ¿Sería posible que Dolly supiese dónde estaban Annie y Laurel? Rudy se sentía intrigado y esperanzado, casi se agitaba en el asiento, pero tenía el estómago hecho un nudo.

¿Y si Dolly, después de todo, *no* estaba ocultando nada? ¿Y si salía de la tienda con las manos vacías, o sea, sin saber más de lo que ya le había dicho Dolly a Val?

Val. A pesar de su nerviosismo, Rudy sonrió al recordar cómo había conseguido envolver a su hermano, haciéndole pensar que el viejo Rudy le hacía un gran favor poniéndole en brazos de Roberta, que le tendría tan ocupado en la cama que no le iba a quedar tiempo para nada, y ofreciéndose con tanta amabilidad a entrevistarse con Dolly. A

Val, que nunca pensaba más que en sí mismo, no se le había ocurrido que Rudy no hacía esto por él, sino por Laurel.

Rudy se imaginaba a su sobrina en el portal de Bel Jardín, justo fuera de su alcance: su dulce rostro, sus enormes ojos azules. De sobra sabía Rudy que Laurel le tenía miedo, pero esto no era de extrañar, cualquier chica normal se lo tendría.

Lástima que no hubiese manera de hacer ver a Laurel que él jamás le haría el menor daño. Rudy se sentía torpe, estúpido al lado de Laurel. Como la vez en que le dio una muñeca: la más cara de la mejor tienda, Bullock's, de porcelana y con un vestidito de seda muy bonito, pero no reparó en que era demasiado frágil para una criatura. Y Laurel, que sólo tenía seis años entonces, se quedó horrorizada al ver la muñeca hacerse añicos, y rompió a llorar como una descosida.

Rudy sintió grandes deseos de abrazarla, de enjugar sus lágrimas, de comprarle cien muñecas irrompibles, pero se daba perfecta cuenta de que si se acercaba demasiado a ella sólo conseguiría hacerla llorar más todavía. Y también por Val, que siempre estaba vigilándole, teniéndole pena, pensando siempre: el pobre de Rudy, incapaz de conseguirse una chica para salir los sábados por la noche, y tanto menos una mujer como Dios manda, con la que tener hijos.

De modo que tuvo que dejar que Laurel llorase todo lo que quisiera. Y después se mantuvo a distancia... siempre a distancia.

Pero ahora todo había cambiado.

Rudy recordó la frenética llamada de Val de unos meses atrás, diciéndole ininteligiblemente algo así como que «la muy zorra» lo había molido a golpes, y al recordarlo el nudo que se le había formado en el estómago se le apretó de pronto. También entonces, mientras calmaba a Val, y luego, llevándole al hospital, donde le dieron unos puntos en urgencias, se había encendido en su interior una lenta furia. Él sabía que todo aquello había sido culpa de Val, no sabía por qué, pero lo sabía. Val, que sólo pensaba en sí mismo, nunca había sentido el menor interés por aquellas chicas, ni siquiera por Laurel, su propia hija. Y aunque insistía en que no había hecho absolutamente nada por enfurecer a Annie, Rudy sospechaba que no era así, y que había tenido que pasar mucho, realmente *mucho*, para que aquella chica tan mimada escapase en plena noche llevándose consigo a su hermanita.

Y ahora, mirando las tiendas de antigüedades y de modas en las aceras, Rudy pensaba: «Val no merece a Laurel.»

Si consiguiera dar con su sobrina, la cosa sería diferente. Aquello no tenía nada que ver con Annie, cuyos ojos altivos y ademanes cortantes siempre le habían mantenido a distancia; se trataba únicamente de Laurel, la dulce Laurel, a quien él siempre había querido mucho. Si ahora la encontraba, ya se le ocurriría alguna manera de quedarse con ella, bien lejos de Val y de su codicia.

«Pero ¿y Laurel? –pensó–, ¿se alegrará de verme?, ¿o me mirará con esos ojazos suyos, como si yo fuese una especie de monstruo?»

Estaban casi parados entre el denso tráfico que embotellaba Madison Avenue: cláxones sonando, conductores chillando por las ventanillas abiertas, chirridos de frenos por todas partes. Pero Rudy estaba muy lejos de todo aquello, sólo recordaba cosas que le había ocurrido en sus días de escuela secundaria, o sea, hacía siglos, pero vivas aún en su mente como marcas talladas en una mesa.

Marlene Kirkland. Bonita, rubia, simpática. ¿Cómo pudo pensar Rudy que iba a dársele bien? Marlene parecía arrastrar siempre a media docena de chicos a su zaga, chicos con el pelo cortado al rape y zapatos de ante y jerséis estampados. Y llevaba siempre en torno a su bello tobillo una cadenita de oro, y su brazalete resonaba en el silencio de la clase, dando a Rudy vivas ganas de llorar.

A pesar de todo, con ayuda de Val, que le daba ánimos y hasta le enseñaba lo que tenía que decir, Rudy, un buen día, tuvo el valor de acercarse a Marlene a invitarla a ir a un concierto. Asustadísimo, Rudy consiguió aparentar indiferencia, incluso agresividad, acercándose a grandes pasos a la mesa de la cafetería donde estaba sentada Marlene, mientras todo su cuerpo, su metro y medio de altura, temblaba como una hoja.

–Tengo entendido que no tienes con quién ir al concierto –le dijo, olvidando todo lo que Val le había enseñado–. ¿Qué tal si fuéramos juntos?

Rudy no olvidaría nunca la sorpresa que se registró en el bonito rostro de animadora de Marlene. Las amigas que estaban con ella rompieron a reír, y Rudy sintió que le ardía la cara, que le subía garganta arriba un calor insoportable, hasta las raíces mismas de su tupé *pompadour*. Se fijó en que Marlene dirigía una rápida mirada a Val, que estaba al lado, y sus ojos se entrecerraban, y se dio cuenta –demasiado tarde– de que debió pensar que se trataba de una broma.

Marlene, mirándole a los ojos, le respondió:

–Mira, antes que ir contigo comería mierda.

Cada una de estas palabras, a pesar del tiempo transcurrido seguía siendo como un clavo que le taladraba el corazón.

¿Había sido todo una broma pesada de Val? Rudy nunca lo sabría con seguridad.

Pero había algo de lo que estaba completamente seguro, y era que haría cualquier cosa por no ver el mismo desprecio en los ojos de Laurel.

El taxi paró de golpe, sobresaltando a Rudy y sacándole de sus pensamientos. Estaban en la esquina de Madison Avenue y la Calle 18. La tienda de Dolly estaba justo un poco más abajo. Pagó al taxista y se bajó, encogiendo los hombros contra la llovizna que le roció rostro y chaqueta. Aunque era media tarde, la calle parecía ya siniestra como una cueva. Rudy había olvidado lo oscura que podía volverse la ciudad cuando el cielo se nublaba, con todos aquellos edificios cortando la luz y haciéndole sentirse como un insecto en un bote de cristal. Pasando a toda prisa ante las tiendas de lujo, cargadas de ropa cara, sombreros, antigüedades y alhajas, Rudy se preguntó por un instante si no estaría perdiendo el tiempo, si no sería otra farsa, como los dos días que había pasado en Los Ángeles ayudando a Val a dar con las chicas.

Finalmente, entre una joyería elegantísima y una tienda

de ropa de campo para hombres, Rudy vio la fachada de Girod's, cuyo rótulo colgaba airosamente, mostrando sus letras doradas contra un fondo verde tirolés. Debajo había un receptáculo para tiestos, pero sin flores, cubierto de nieve sucia, resto de la última tormenta. En el escaparate se veía un árbol de Navidad en miniatura con lucecitas blancas encendidas y bombones envueltos en papel dorado. Esto recordó perversamente a Rudy la Navidad que le esperaba en su casa: solo, durmiendo los whiskies que habría bebido en la fiesta navideña del bufete la noche anterior.

El corazón de Rudy dio un vuelco. ¿Por qué Val lo tenía todo, y él, en cambio, nada? Val, tan absorto en sí mismo y en el dinero que ni siquiera se daba cuenta de que acababa de dejar escapar el más grande de todos los tesoros

«Si Laurel fuese mi hija –se dijo Rudy–, todo sería distinto.»

Pero, demonios, estaba anticipándose a los acontecimientos. Lo primero era ver si Dolly sabía algo. En este preciso instante todo dependía de Dolly. ¿Habría dicho Dolly la verdad a Val? ¿Realmente ella no sabía nada?

En fin, si Dolly mentía, él la pillaría en seguida. Una cosa que se le daba muy bien era leer los pensamientos ajenos. Cuando un cliente no era franco con él, Rudy lo notaba con sólo mirarle a los ojos. Roberta Silver le juró que nunca había sido infiel a su marido durante el matrimonio, y Rudy no le creyó, y acertó.

A él no se la daban, y lo mismo le pasaría con Dolly. Haría que la siguiesen, y tarde o temprano acabaría poniéndole sobre la pista de Laurel. Sintiéndose animado de nuevo, Rudy empujó la puerta de cristal de la tienda.

CAPÍTULO VII

Laurel atisbó por la rendija que había entre el telón y la pared del escenario. Desde allí se veía toda la sala. Todas las sillas, que eran plegables, estaban ocupadas, y en el fondo había gente en pie, apoyada contra la pared.

Oteó una tras otra las filas de asientos, pero Annie y tía Dolly todavía no habían llegado. ¿Dónde estarían? Eran casi las seis y media, y la comedia ya iba casi por la mitad. ¿Podría ser que les hubiese pasado algo? Ayer, en las noticias, había oído lo del terrible accidente de automóvil de la Ocean Parkway, con seis muertos. ¿Podría ser que estuviesen heridas, caídas en el asfalto, sangrando, o...?

No. Era demasiado terrible. Mejor dejar de pensar en ello. Sólo iba a conseguir ponerse mala. Su estómago parecía un océano revuelto, y no tendría ninguna gracia sentirse tan mal que no le quedase más remedio que vomitar.

–Grupo cuatro –oyó susurrar a la señorita Rodríguez–. Kitty, Laurel, Jesús, os toca ahora. Poneos en fila en cuanto dé la señal.

Laurel miró alrededor y vio a su maestra, con las mejillas enrojecidas, juntando a los del grupo cuatro. Se unió a ellos muy a desgana, poniéndose al lado de Jesús.

–*¡Fut! ¡Fuuuut!* –Jesús se había metido una mano bajo el sobaco, y se tiraba del codo con la otra, haciendo ruidos de pedorreta.

Laurel sintió ganas de darle un golpe con el cetro de cartón, pero se contuvo. Ayer, en clase de ortografía, Jesús, en el primer turno, escribió mal «constitución», y, como ganó ella, trató de ponerle la zancadilla cuando volvía a su asiento. Y el día anterior le había robado el dinero que tenía para comprar leche, amenazándola con darle una torta si se le ocurría chivarse.

La maestra frunció el ceño, mirándoles, y señaló a Jesús:

–Para, Jesús, cuando necesitemos efectos sonoros especiales, ya te lo diré.

La señorita Rodríguez, gruesa de cuerpo y larga de rostro, con sus grandes ojos suaves un poco saltones, recordaba a Laurel a un pony. Pero, cuando quería, era verdaderamente simpática. Laurel se acordó de su primer día en la escuela: tan asustada estaba que vomitó en el suelo del lavabo y la señorita Rodríguez lo cerró, sin dejar entrar a nadie hasta que hubo quedado bien limpio, para que los demás niños no se riesen de ella.

–A ver, que todos y cada uno de vosotros –prosiguió la señorita Rodríguez, en voz baja y muy seria– recuerde que vuestros padres están ahí, y esperan os comportéis como es debido y lo hagáis lo mejor posible. De sobra sé que todos queréis que se sientan tan orgullosos de vosotros como me siento yo...

Mientras la señorita Rodríguez les levantaba la moral, Laurel se escabulló lo justo para volver a mirar por la rendija del telón.

Sólo vio un mar de rostros borrosos. En la semipenumbra parecían flotar como burbujas, subiendo y bajando. Laurel no tardó en distinguir unos rostros de otros, madres con niños que se agitaban sobre sus regazos, padres todavía en ropa de trabajo, viejas abuelas de negro y con pañolones en la cabeza. Pero de Annie, ni rastro. Ni tampoco de tía Dolly.

Comenzó a sentir pánico, una sensación como si algo en su interior forcejease por salir, golpeándole contra las costillas.

«¿Habría ocurrido algo? –pensó–. ¿Estarán heridas? ¿O Val ha dado con Annie y... y Annie no ha podido escapar?»

Laurel se acordó de tío Rudy, que solía *mirarla* como si se la quisiese comer. Se estremeció. ¿Estaría buscándola también tío Rudy?

Esta idea era tan terrible que comenzó a sentirse al borde del desmayo, y su cabeza parecía oscilar como un balón atado a una cuerda.

–Mi madre no está ahí –dijo Jesús quedamente, detrás de ella. Laurel se volvió–. Está en casa.

–Bueno, a lo mejor es que se ha retrasado –sugirió la señorita Rodríguez; luego se dirigió, a Laurel–: ¿Qué haces ahí...?, venga a tu sitio.

Laurel se apartó del telón, con los ojos húmedos. Se sentía muy mal. La idea de que Jesús se burlase de ella era lo único que le impedía romper a llorar.

–No, es que está durmiendo –replicó Jesús, con fingida indiferencia–, me dijo que no la molestase.

–Eso es porque sabe que la ibas a dejar en ridículo –susurró Rupa Bahdreesh, dando un golpecito a Jesús con su muleta.

Rupa hacía el papel de Tim el Pequeñín, y llevaba una blusa muy suelta y pantalones hasta la rodilla, con las largas trenzas oscuras recogidas bajo un gorro de punto.

–¡Callaos los dos! –La señorita Rodríguez dio una suave palmada–. Pedro, ponte bien la corona, que casi se te está cayendo.

–Ay, señorita R, es que así no queda elegante.

–Los espíritus no tienen que estar elegantes, Pedro, y tú haces de Navidad Anterior, no de Elvis Presley.

Mirando más allá de la pantalla plegable que separaba su grupo del escenario iluminado, Laurel vio a Andy McAllister, que hacía el papel de Scrooge, con camisón y gorro listado, paseándose por el escenario con la misma jactancia con que se paseaba por el patio durante los descansos.

–¡Eres un cagarro pinchado en un palo, eso es lo que eres! –gritaba, con su acento nasal de Brooklyn, y Laurel no pudo menos de echarse a reír, a pesar de lo angustiada que estaba.

Se mordió el labio. Su turno empezaba dentro de un minuto.

Laurel hacía de Navidad Actual. Llevaba un ropón rojo de felpilla que le llegaba hasta el suelo, y una corona de hojas de acebo de plástico. Dentro de unos instantes tendría que salir a escena y decir dieciséis frases. Pero si no hacía más que pensar en su hermana y en su tía todo el tiempo, ¿cómo iba a recordarlas?

Y los decorados... ¡los decorados eran obra suya! Se le había ocurrido hacer el llamador de la puerta de Scrooge –un león con una anilla colgándole de la boca– con papel de estaño, pegándolo a un envase grande de cartón, regalo del padre de Marta Saucedo, que trabajaba en una tienda de muebles, pintado de forma que pareciese una puerta. Para el cuerno de la abundancia del espíritu de la Navidad Actual, Laurel había acopiado manzanas, naranjas, uvas, hasta un calabacín, pintándolo todo de purpurina de oro y metiéndolo en un enorme cuenco de cristal que la escuela usaba para las fiestas de padres y alumnos. Y también el vestuario lo había pensado ella, porque se le había ocurrido pedir al señor Gruberman su sombrero negro para Scrooge, y el vestido de Belle lo había hecho con una enagua de volantes que Chava la ayudó a teñir de rosa.

Laurel recordaba cuán insegura se había sentido cuando la señorita Rodríguez le propuso que diseñara el decorado. A la señorita Rodríguez le gustaban mucho los trabajos de Laurel en la clase de dibujo, y le dijo que no se preocupara, que lo haría muy bien. Y ahora resultaba que tenía razón, y Laurel llevaba días emocionadísima, pensando en la sorpresa que iba a llevarse Annie cuando entrase en el teatro y viese el trabajo tan estupendo que había hecho.

Pero resultaba que Annie no estaba allí.

No podía ser que les hubiese olvidado, era *imposible* olvidar una cosa tan importante. A menos que...

Tenía que haber pasado algo, de eso Laurel estaba completamente segura. Sentía como un peso muerto en el estómago, como si hubiese comido helado demasiado de prisa.

–¿A quién buscas, so garbancito? –le susurró al oído una voz altiva.

¡Era Jesús! ¡Agg!

El primer día del curso, Jesús la había llamado flor de garbanzo, y luego garbanzo a secas, y después garbancito.

–A nadie –respondió Laurel, tartamudeando, sintiendo que las mejillas se le encendían. Odiaba a Jesús. ¿Por qué no la dejaba en paz de una vez?

Jesús se apretó más contra ella. Olía como si llevase mucho tiempo sin ducharse.

–Tampoco viene tu madre, ¿eh?

Por primera vez, la voz de Jesús, muy baja, como de conspirador, parecía casi... bueno, simpática.

–Mi madre ha muerto –dijo Laurel, intuyendo que decía la espantosa verdad.

–Bueno, tambien la mía. No hace más que decírmelo, para ver si yo y mi hermano la dejamos en paz. Está siempre muy cansada.

–¿Y por qué?

–El trabajo. De día, en Sal's Pizza, y después la limpieza en Sunnyview, ya sabes, en Coney Island Avenue, donde los viejos se pasan las horas sentados como momias. Y todo porque mi padre es un hijoputa.

–¿Qué tiene que ver con eso?

Los ojos negros de Jesús relampaguearon de desdén:

–La verdad, garbancito, pareces tonta, no tienes padres y no sabes lo que es no tener padres.

Laurel se apartó, mirándole con odio. ¡Qué tonta había sido al pensar que Jesús podía ser simpático!

–Vete, déjame en paz.

Jesús se encogió de hombros y se metió las manos en los bolsillos.

–Bueno, eso es justo lo que le dijo mi madre. Y él cogió y se fue. Y no ha vuelto más.

Jesús se quedó mirando al suelo, con la barbilla contra el pecho, los gruesos mechones de pelo negro abiertos en abanico a ambos lados de la frente.

Laurel le observó, y de pronto se dio cuenta de que ahora Jesús hablaba en serio. Todo lo demás, las cosas ruines y antipáticas que hacía, eran puro teatro, pero esto no, esto era la verdad.

Le tocó el brazo:

–¿Te encuentras bien?

Jesús pegó un respingo, como se le hubieran pinchado con un alfiler. Levantó la cabeza. Tenía una mancha roja de *clown* en cada mejilla, y los ojos le brillaban.

–Yo me alegro de que se haya ido –siseó como una serpiente–. Odio a ese hijoputa.

Laurel se acordó de su padre. Una vez, en el parvulario, ella le había hecho un regalo del día de los Enamorados: una cigarrera de cartulina y adornada con lentejuelas y macarrones. Había pasado horas y horas pegando los adornos, porque quería que quedase muy bonito. A Val le encantaría, y así le cogería más cariño a ella. Pareció muy contento cuando le entregó el regalo, y le dio un beso, y le dijo que le gustaba mucho. Hasta que un día Laurel encontró la cigarrera en el fondo de su armario, medio aplastada por unas cajas de zapatos. Entonces la cogió y la tiró al cubo de la basura. Tan herida se sentía que ni siquiera pudo llorar. Nunca se lo contó a Val, y él tampoco volvió a hablarle de ello.

Claro que comprendía a Jesús. Pero Jesús, probablemente, se sentiría violento si se lo decía. Le dio un empujoncito:

–Anda, vete a paseo.

–So tonta del culo, sonrió él.

–¡Silencio!

La señorita Rodríguez les miraba frunciendo el ceño, con un dedo en cruz sobre los labios. En el centro del escenario, Dicki Dombrowski terminaba monótonamente su parlamento:

–Una voz extraña le llamó por su nombre, invitándole a entrar...

Laurel miró a Kitty Abrams, que llevaba un vestido muy anticuado con mucho vuelo, y el pelo recogido en tirabuzones. Estaba sentada sobre un cesto volcado, metiéndose el dedo en la nariz con gran concentración y esmero.

La señorita Rodríguez hizo una seña a Laurel:

–¡Tu turno!

Laurel sintió que el rostro se le volvía de goma y los ojos le quemaban. De un momento a otro se iba a echar a llorar. Y con todo el mundo mirándola. ¡Dios mío!

–¡Contemplad al Fantasma de la Navidad Actual! –exclamó Dicki Dombrowski con su voz de rana.

–Contemplad mi polla –murmuró Jesús al pasar Laurel a su lado, haciéndola reír contra su voluntad y borrando de golpe sus ganas de llorar.

Al entrar en el escenario, Laurel se sentía casi agradecida.

La voz de Rudy llegaba hasta allí. Agazapada en el angosto espacio entre la mesa y la pared del despacho de Dolly, Annie no distinguía las palabras, sólo oía el acento largo y monótono como de maquinaria chirriante. Seguro que dentro de un instante oiría también sus pasos subiendo por aquella escalera tan estrecha. Y por mucho que intentara esconderse, por mucho que se metiera debajo de la mesa, Rudy acabaría viéndola. Y entonces correría a decírselo a Val... y Val vendría por Laurel y se la llevaría.

En su mente surgió un recuerdo: estaba en la clase de

gramática de la señora Pomerantz, mirando al sol, que relucía, pestañeante, sobre el prado empapado en rocío, y escuchando un disco en el que un actor inglés leía con tono pedante un poema de Poe, «El corazón acusador». Oía también la voz de Susie Bell riéndose como una idiota de los versos más aterradores del poema, que parecían bastante tontos en aquella clase tan luminosa, con aroma a hierba recién cortada entrando a raudales por la ventana abierta.

Pero, ahora, a más de cinco mil kilómetros de Bel Air, agazapada en aquel sitio estrecho y con la espalda incómodamente apretada contra la pared y las rodillas doloridas, Annie se sentía como el protagonista del poema, que escuchaba los fuertes latidos del corazón acusador... sólo que en este caso el corazón que latía era el suyo. Parecía agitar la mesa y retumbar contra las tablas del suelo. ¡Dios mío, seguro que Rudy lo oiría!

No obstante, quizá se salvaría. Menos mal que todavía estaba allí arriba cuando le oyó entrar. Había empezado a bajar, pero se paró en seco al oír la campanilla y luego aquella áspera voz que Annie tan bien conocía:

–¡*Hello*, Dolly! –Una risita–. ¿No hay una canción que se titula así? ¡Hola, vengo de visita y me alegro mucho de verte! ¡Estás estupenda, chica, estupenda de verdad! ¿Te sorprende verme aquí?

Annie, al oírle, volvió a subir corriendo y se escondió donde mejor pudo, detrás de la mesa de trabajo de Dolly.

¿Cuánto tiempo llevaba allí? Parecían horas, aunque probablemente no pasaba de quince minutos o así. Tenía muchas ganas de hacer pis, pero no se atrevía a moverse. ¿De qué podrían estar *hablando* él y Dolly tanto tiempo? ¿*Sabría* algo Rudy? ¿Sería que Val le había mandado a investigar?

En cierto modo, Annie temía más a Rudy que a Val. Porque Rudy era mucho más listo, y Val siempre le hacía caso. En una ocasión, cuando Dearie empezó a beber como un cosaco, Rudy convenció a Val de que la mandara a Briarwood, y hasta se encargó de todo el papeleo legal. Aquella vez Dearie pasó tres meses encerrada, y cuando salió parecía un fantasma; se pasaba las horas sentada, inmóvil, mirando al vacío. Seis semanas después, Annie encontró a su madre tendida en el suelo del cuarto de baño, fría como el hielo, sin respirar. En el lavabo había un frasco de somníferos vacío. Dos días después la enterraron.

Rudy, además, tenía una manera aterradora, siniestra, de mirar a Laurel. No era que hablase mucho con ella, ni que tratara de caerle simpático. No era más que eso: la miraba todo el tiempo, como una carpa gorda mira a un pececillo.

Rudy sería más difícil de engañar que Val, se dijo Annie. ¿Sabría Dolly despistarle? Ojalá Gloria no se hubiese ido temprano, porque Gloria, por lo menos, habría podido informar a Annie de lo que estaban hablando aquellos dos.

Una nueva idea aterró a Annie: ¿Qué pasaría si Dolly se iba de la lengua y acababa contándoselo *todo*? Dolly parecía buena y amable, pero Annie no podía olvidar las palabras de Dearie: no había que fiarse de su hermana.

Annie se echó a temblar, los dientes le castañeteaban como si hiciera un frío terrible, aunque en realidad estaba ardiendo, el sudor le caía a raudales por la frente, un sudor salado que le escocía. Tenía la camisa pegada a la espalda, y el sostén y las bragas le daban una desagradable sensación pegajosa, como un bañador húmedo.

De un momento a otro, estaba segura, Rudy comenzaría a subir por las escaleras, y su cabeza grande y reluciente, con algunos pelos ralos pegados al cráneo, asomaría por el descansillo.

Trataría de sonsacarle el paradero de Laurel, pero ella no diría una palabra, ni aunque la matasen. Ni aunque la amenazasen con la cárcel. Porque si Rudy se lo decía a Val, Val vendría para llevarse a Laurel.

A Annie le gustaba trabajar en Girod's, le gustaba mucho más de lo que había pensado al principio. Y Laurel, por fin, parecía adaptarse bien en la escuela. Se había pasado toda la semana hablando de la representación teatral de Navidad. «Por favor, Dios, te lo pido, ahora no... ahora que las cosas empiezan a irnos bien.»

¡Dios mío, la representación! Si no salía ahora, ahora mismo, llegaría tarde. Pero no podía ir a recordárselo a Dolly.

¿Que iba a pensar Laurel? Se sentiría muy decepcionada... y probablemente angustiadísima. «Tengo que comunicarle que no me pasa nada», pensó.

Rivka. Podía telefonear a Rivka y pedirle que fuese a la escuela a decir a Laurel que ella llegaría tarde. A Annie le resultaba violento pedir favores, pero Rivka era siempre muy amable. Y se trataba de una emergencia, de modo que seguramente lo haría con mucho gusto.

Pero, de pronto, recordó que era por la tarde, y la celebración del Sabbath estaría empezando. Rivka no podía ni siquiera encender una luz. Rivka nunca salía durante el Sabbath, como no fuese a la sinagoga. Los viernes por la noche y los sábados era imposible comunicar con Rivka, que, ya en la tarde del viernes solía descolgar el teléfono.

Los pensamientos de Annie comenzaron a derivar hacia el viernes anterior, cuando bajó con Laurel a casa de Rivka para la cena del Sabbath. Rivka encendió las velas, dos de ellas hincadas en viejos y pesados candeleros de plata, se tapó los ojos con las manos y salmodió una oración en hebreo. Annie no entendía una palabra, pero la oración parecía muy santa y venerable, muy antigua y serena, como el susurro de un arroyo que lleva cientos de años fluyendo, y seguirá así muchos cientos de años más.

Annie cerró los ojos, trató de recuperar la suave sensación de tranquilidad que le invadía al sentarse a la mesa de Rivka, con las manos plegadas sobre el mantel blanco, viendo en torno de ella a los niños de Rivka relucientes como cucharas bruñidas, todos rezando al mismo tiempo.

También Annie estaba rezando ahora.

Se sentía contenta, a pesar de lo asustada que estaba, de que nadie pudiera verla así, agazapada como un ratón aterrorizado. ¿Y si Laurel se enteraba de que esto le ocurría con mucha frecuencia? ¿Seguiría teniendo fe en ella si supiese, por ejemplo, que a veces despertaba en plena noche empapada en sudor, con el corazón desbocado, irracionalmente aterrada de que pudiera estar a punto de ocurrir algo terrible?

Annie notó de pronto que Rudy había dejado de hablar.

Y entonces oyó la voz de Dolly, armónica y dulce, con su ligero deje del norte, como música de las praderas. Y, curiosamente, en aquel momento la voz de Dolly le recordó la de Rivka rezando sobre los cirios. Esto la calmó algo, alivió un poco la contracción que sentía en el vientre.

Se levantó despacio, con gran esfuerzo. Sus articulaciones y sus músculos, agarrotados durante largo rato en postura tan incómoda, le cosquillearon de puro entumecimiento y luego empezaron a doler. Todavía temblorosa, Annie alargó la mano, cogió el teléfono de la mesa y se fue con él al diminuto lavabo donde Dolly se encerraba para hablar con Henri cuando éste telefoneaba desde París, como si Annie y Gloria no estuvieran al tanto de sus relaciones con él.

También podía llamar a otra persona, además de a Gloria o a Rivka. No le conocía mucho, bueno, la verdad era que prácticamente no le conocía *en absoluto*, pero tenía la sensación de que podía llamarle...

Recordó la cálida sonrisa de Joe Daugherty al pasar ayer por la tienda y entrar para saludarlas. Iba a las afueras de la ciudad a hablar con un proveedor, explicó, pero no daba la impresión de tener prisa. Annie al principio se había sentido un poco tensa, temerosa de que, de un momento a otro, Joe contase a Dolly lo de los bombones estropeados, pero no dijo nada. Y luego la invitó a comer, ¿sería por puro compromiso? Bueno, quizá, pero cuando se encontraron en el pequeño *delicatessen* de la esquina, donde se atiborraron de pastrami con pan de centeno, y charlaron y rieron durante más de una hora, Annie comenzó a pensar que tenía un nuevo amigo.

Probablemente Joe estaría dispuesto a echarle una mano.

De pronto recordó sus bruscas maneras la primera vez que se vieron. ¿Que pasaría si también esta vez se irritaba por verse interrumpido justo antes de la hora de la cena? Además, ¿por qué iba a querer hacerle favores a ella? Después de todo, nada le debía.

Sin embargo...

Annie encontró el número en el archivo del despacho de Dolly y marcó rápidamente, sin darse tiempo a cambiar de idea.

En el otro extremo el teléfono sonó varias veces. ¿Y si

ahora resultaba que Joe no estaba? Pero, afortunadamente, contestó una voz de mujer apresurada y chillona:

—Joe's Place.

Se oía ruido del local, gente que hablaba, vasos que tintineaban. Con la voz más serena y controlada que le fue posible, Annie preguntó:

—¿Está Joe? ¿Joe Daugherty?

—Un momento.

Transcurrió un minuto, que a Annie le pareció una hora entera. Su corazón, que se había serenado, volvió a latir con fuerza. Finalmente oyó la voz de Joe, que parecía jadeante, como si acabase de subir a todo correr un tramo de escalera, lo que probablemente era cierto.

—Soy Joe. Diga.

No parecía enfadado, sólo con prisa.

—Soy Annie, Annie Cobb —dijo ella—. Joe..., sé que te parecerá una broma, pero... necesito que me hagas un favor.

Respiró hondo y soltó de carrerilla la parte de la historia que permitiría a Joe comprender lo desesperada que estaba. Y esto le dio un extraño sentimiento de euforia, como si alguien le hubiese quitado el suelo debajo de sus pies y le obligase a abrirse a Joe, a confiarle su secreto.

Se produjo un silencio y Annie temió que Joe le contestara que estaba muy ocupado, o, peor aún, que le aconsejase hablar con Rudy y explicarle la situación. ¡Dios mío, *¿por qué* no decía algo, cualquier cosa?!

Annie sintió que el auricular resbalaba de su mano sudorosa, y el negro silencio comenzó a agrandarse, hasta casi engullirla.

De pronto, la voz cortante de Joe sonó:

—Mira, tienes suerte. Todo mi personal ha hecho acto de presencia esta noche, y lo tenemos todo listo, de modo que puedo estar en la escuela de tu hermana en cosa de media hora, si salgo con vida de tanto tráfico. La llevaré a vuestro apartamento, y esperaremos allí hasta que vuelvas.

Annie le dio la dirección y colgaron.

Annie prorrumpió en sollozos, cubriéndose la cabeza con el jersey, para que Rudy no la oyese.

Todavía no estaba segura del todo, pero el simple hecho de saber que Joe estaba allí, y que estaba dispuesto a ayudarla, le hacía sentirse como si por fin hubiese llegado al final de un largo camino.

Laurel hizo su reverencia, como los demás, bajando tanto la cabeza que su larga cabellera le cayó sobre el rostro. De esta forma, por lo menos, nadie vería que estaba llorando.

La representación había sido bastante mala, pero el aplauso fue fuerte y largo. A nadie pareció importarle que a Jesús se le olvidase la mayor parte de sus frases, o que a Ruby Donato se le cayese el ganso de Navidad de cartón piedra, que rodó escenario abajo hasta caer justo sobre el regazo de un espectador de la primera fila. Al público, compuesto de padres y madres y hermanas y abuelas, le gustó mucho.

Con la cabeza gacha y las lágrimas que le impedían ver, Laurel no distinguía a nadie del público, pero *sabía* que Annie no estaba allí.

Jesús, sin esperar a que terminase el aplauso, dio un grito salvaje y escapó del escenario. También él tenía sus razones para estar descontento. Pero un tío duro como él hubiera preferido vomitar en el escenario antes que derramar una sola lágrima. Laurel quiso seguirle y decirle que comprendía su estado de ánimo... pero pensó que tampoco eso le gustaría.

Y ahora todas las madres y los padres y las abuelas empezaban a sacar sus cámaras para tomar fotos, y los *flashes* resonaban, volviendo el aire gris y movedizo.

Laurel abandonó el escenario, bajando apresuradamente los escalones que conducían al nivel de las butacas. Los demás del sexto grado se apresuraban a reunirse con sus familias, y la sala reverberaba de exclamaciones de enhorabuena, pero nadie se abría camino entre la gente para abrazar a Laurel o sacarle una foto. Laurel vio a los padres de Ruby, los dos tan rechonchos, de baja estatura y piel morena como Ruby, eschársele encima y abrazarle tan fuerte que por un momento pareció que los ojos de Ruby iban a salírsele de las cuencas.

Laurel se enjugó los ojos y la nariz con la manga de su vestidura. Se dirigió hacia el pasillo, esperando llegar hasta el vestuario de las chicas sin que nadie advirtiese lo triste que se sentía, cuando una gran mano grande le cogió por el hombro.

Laurel se volvió, levantó la vista y vio a un hombre alto con tejanos descoloridos y camisa azul, tan lavada que casi se había vuelto blanca. Llevaba gafas, como el director Moss, gafas de montura negra y cuadrada, y lentes gruesas, que le resbalaban nariz abajo, sólo que el señor Moss era viejo y ruin y éste era un hombre joven, y, a través de la luz que se reflejaba en sus lentes, se veía que sus ojos sonreían.

—¿Eres Laurel? —preguntó.

Laurel asintió, recelosa. ¿Sería un maestro?

Era posible. Pero hasta los niños de los parvularios sabían que no debían hablar con extraños.

Comenzó a retroceder, y el joven no se lo impidió.

—Me llamo Joe —sonrió—. Tu hermana me dijo que buscase a la chica más guapa del escenario, y supongo que eres tú.

¡Mentira podrida! Laurel estaba espantosa, y lo *sabía*. Bueno, así y todo aquel sujeto parecía simpático, y seguramente le decía esas cosas por cortesía. Sin duda se había dado cuenta de que estaba llorando. Laurel resopló.

—Ten —dijo él, sacando un pañuelo doblado del bolsillo trasero.

—Gracias —dijo ella, y se sonó los mocos.

—Oye, ¿crees que podríamos coger una silla y sentarnos? Annie me encargó decirte que ella y Dolly están bien. Te lo explicará todo en cuanto llegue.

Así pues, el joven no era un extraño. Además, saltaba a la vista que no era una mala persona.

¿Joe... Joe... no sería el de la langosta? Sí, tenía que ser él, con aquellas gafas y aquel cabello entre rubio y castaño al que su dueño ni siquiera tenía tiempo de alisárselo con los dedos. Así se lo había descrito Annie.

El frío de su estómago se alivió y, de pronto, Laurel se sintió muy fatigada.

—¿No le ha pasado nada a Annie, de verdad? —preguntó—. ¿Y a tía Dolly? —Tenía que hacer un esfuerzo para no bostezar.

–Qué va... Sólo han tenido mucho quehacer. Pero nada serio. Annie me dijo que iría a casa en seguida, de modo que si quieres te acompaño y la esperamos allí juntos. ¿De acuerdo?

–Muy bien –bostezó Laurel–. Así podrás ver nuestro árbol de navidad, el que nos diste tú.

–¿Árbol? ¿Qué árbol?

–Sí, tío, el que le cambiaron a Annie por la langosta.

Joe la miró un momento y luego se echó a reír:

–¡Vaya! ¿De modo que fue eso lo que hizo? –Movió la cabeza–. La verdad, tu hermana es de cuidado. –Se agachó, de modo que Laurel pudiera verle los ojos, y le puso ambas manos en los hombros–. Ya me contó... bueno, vuestra fuga y cómo llegasteis aquí y todo eso. Me parece que sois un par de chicas valientes.

Laurel volvió a sentir frío. ¿De modo que lo *sabía*? La única persona que debía saberlo era tía Dolly.

–¿Se lo has contado a alguien? –susurró.

Joe seguía mirándola, con ojos firmes y serios, como la mirada de la señorita Rodríguez ante la clase entera para pronunciar el juramento de fidelidad.

–No –respondió–, no pienso decírselo a nadie.

Laurel le creyó.

Joe se incorporó y pareció elevarse, sin parar, más alto que antes, pensó Laurel. Levantó la vista para mirarle y sintió que se mareaba. Joe le tendió la mano y Laurel la cogió sin vacilar. Era grande y cálida y seca, y sus dedos se curvaban en torno a la suya, dándole una sensación de seguridad.

Laurel pensó en Santa Claus, un enanito gordo vestido de rojo, con una tupida barba blanca, de quien ella creía que existía realmente, y de pronto se le ocurrió que si Santa Claus existía de verdad, seguramente no sería enano y viejo y con barba blanca, sino alto y joven, no mucho mayor que Annie, con tejanos descoloridos y camisa azul tan lavada que ya casi estaría blanca, y con gafas que se le resbalaban nariz abajo, y ojos que se arrugaban en el rabillo cuando sonreía.

Viendo a Rudy salir por la puerta de la tienda, Dolly se preguntó si le habría creído.

Se apoyó sobre el mostrador, agotada, desgarrada entre el alivio y la inquietud. ¿Habría exagerado? ¿O se había mostrado demasiado servicial? Después de todo, ella no tenía la menor idea de dónde estaban sus sobrinas, ¿iba a tener que pasar revista, uno a uno, a todos los sitios a que *podrían* haber ido? Se había mostrado tan amable y servicial, casi desviviéndose por ayudarle, que tal vez le había inducido a desconfiar. Quién sabía; Rudy nunca le había caído bien... y cuando solían verse nunca se había molestado mucho en ocultarlo.

Cuando salía con Val, en una ocasión habían ido a una gran fiesta al aire libre en Beverly Hills. Y cuando Val la presentó a aquel hombre rechoncho y feo que tenía por hermano, ella pensó que debía tratarse de una broma, porque los dos no se parecían absolutamente en nada. Luego, Rudy la había arrinconado en una especie de glorieta a donde había ido para descansar un momento de todos los hombres que la perseguían. Quizá Rudy había bebido más de la cuenta, pero, aun así, Dolly notó el ladino fulgor de sus ojos de cerdito cuando le dijo con brusquedad:

–Pierdes el tiempo con Val... está enamorado de otra persona.

Dolly se sonrojó de oreja a oreja y, sin poder contenerse, preguntó:

–¿De quién?

Rudy sonrió y apuró su copa:

–De sí mismo, ¿de quién si no? Y créeme, con ese rival no puedes competir; bueno, ni tú ni nadie.

Y ahora, en su tienda, tratando de contener el temblor que la invadía, Dolly pensó: «Es tosco, pero de tonto no tiene ni un pelo. Y por eso lo ha enviado Val.» Sí, claro que era por eso: Rudy, el gran abogado... Ella había oído a Val que su hermano era un genio en el interrogatorio de testigos en el tribunal, les obligaba a contradecirse y a confesar cosas que, con otro abogado, no confesarían.

¿Se *habría* contradicho ella sin darse cuenta? ¿Rudy había reparado en que ella miraba hacia las escaleras, aterrada ante la posibilidad de que Annie apareciese de un momento a otro?

—No —concluyó Dolly—. Tuve mucho cuidado. He sido actriz, ¿no? Y aunque hubiera fracasado hasta como actricilla de segunda, bien fácil era simular que no tenía la menor idea del paradero de un par de chicas a las que llevaba años y años sin ver.

Sin embargo, las últimas palabras de Rudy seguían zumbándole a Dolly como una mosca contra un cristal:

—Cuando sepas dónde están me avisas, ¿de acuerdo?

—Sí, desde luego —le había contestado ella—. No te preocupes.

Y ahora, comenzando a subir las escaleras para ir en busca de Annie, Dolly pensó que Rudy no le había dicho «si sabes donde están», sino «cuando sepas dónde están». Eso había dicho: *cuando sepas*.

¿Lo habría dicho a propósito?

En cualquier caso, si Rudy, el gran abogado, y Val, que sólo pensaba en sí mismo, esperaban que ella les avisase del paradero de Annie y Laurel, ya podían esperar sentados. Eso, desde luego.

CAPÍTULO VIII

Joe se quedó mirando la cacerola llena de salsa *mornay* cuajada, y tuvo que apretar los dientes para no perder el dominio de sí mismo. Holt había dejado la salsa hervir *otra vez*, y ahora, naturalmente, se había estropeado.

Maldita sea. ¿Dónde había pasado aquel desgraciado los dos años que decía haber estudiado en el Instituto de Gastronomía? ¿En el retrete? Y, a propósito, ¿dónde estaba ahora?

Lástima que no estuviera allí Rafy. Pero su subjefe de cocina había tenido que viajar a Puerto Rico a cuidar de un perro enfermo. Un bulldog cachorro, nada menos. Joe no tenía idea de lo que hacían Rafy y sus hermanos con tantos perros, aparte de criarlos, pero, la verdad, cuando se trataba de preparar un *sabayón*, una bearnesa, o un *beurre blanc* en su punto, Rafy tenía mano de ángel.

Ahora, sin embargo, necesitaba algo más que la vuelta milagrosa de Rafy, necesitaba una doble racha de buena suerte irlandesa, porque arriba, en el comedor, Nan Weatherby estaba a punto de probar su sopa *navajo* de boniato.

Joe había reconocido a la gran crítica de cocina al acudir al comedor a ayudar a Marla a preparar una mesa para un grupo de ocho que había aparecido de improviso. La gran crítica, árbitro de la gastronomía neoyorquina desde su columna de la revista *Metropolitan*, iba de incógnito, pero él recordaba aquella risa que parecía un rebuzno y aquellas líneas finas donde normalmente estaban las cejas; hacía muchos años, cuando Nan Weatherby era todavía una simple reportera, había entrevistado a su padre para un artículo sobre jueces de tribunales supremos.

Y en la foto, Nan Weatherby le había sacado a él también, además de a su padre. Ella, por supuesto, no le recordaría a él, que por entonces tenía unos doce años.

Y ahora, con una sola frase, Nan Weatherby podía destruir su reputación. Y las frecuentes advertencias de su padre resultarían, a fin de cuentas, ser verdad.

Joe sentía en la tripa un hierro que le revolvía el intestino y le llenaba la boca de un gusto amargo.

«¡Por Dios, cálmate, haz el favor –se ordenó–. Soy un buen cocinero. Tal vez no soy un gran cocinero, pero bueno sí soy, bueno de verdad. Si ahora las cosas empiezan a ir bien... Si Holt empieza a hacer las cosas como Dios manda, y si Burke y Marla consiguen atender las mesas sin Nunzio, que se pone malo cuando más falta hace. Si... Si... si... bueno, a lo mejor, aunque sea por los mismísimos pelos, salgo de ésta.»

Qué diablos. No tenía más remedio que salir a flote.

Primero, la salsa *mornay*. Nan Weatherby había pedido salmón de plato fuerte. De modo que había que empezar otra vez.

Joe cogió la cacerola de la salsa estropeada, como arrancándola del fuego. El mango le quemó la mano. ¡Mierda! Haciendo un esfuerzo por no soltarla, Joe dejó la cacerola sobre la pila de acero inoxidable. Luego mojó con agua fría la palma de la mano, que le ardía.

De la nevera que ocupaba todo un lado de la cocina, Joe cogió una bandeja de huevos, que dejó en el centro de la mesa. Los manipuló de uno en uno y, sin querer, se puso a pensar en Cloetta, la cocinera de su familia, una figura sin edad, fuera del tiempo, que guisaba para ellos desde la creación del mundo y estaba siempre inclinada sobre el fregadero de azulejos de la anticuada cocina de su casa. Recordaba sus manos, ásperas, color caoba, partiendo huevos y derramándolos en un cuenco amarillo, y enseñándole a él a imitarla. Sí, Cloetta creía en él, por muy mal que le salieran las cosas una y otra vez. Y así fue como, con tiempo y paciencia, había ido aprendiendo toda la magia que aquellas grandes manos oscuras producían en la cocina en que reinaban. La pingüe, sabrosa sopa de pollo y quingombó al estilo de Virginia. Galletas batidas, ligeras como plumas. Pollo especiado, con sabor a clavo, y laqueado de miel y mermelada. Guisado de embutidos con aroma a hinojo y comino, cubierto con crujiente corteza de masa de maíz.

Y nunca se guiaba por recetas, entre otras razones porque no sabía leer ni escribir, de modo que toda la sabiduría que pasó a Joe era tanto más preciosa. Ni una sola palabra escrita, sólo el arte de medir con los ojos y el instinto de saber el momento exacto en que las salsas estaban en su punto.

Batiendo las yemas de los huevos, Joe trató de imaginarse un futuro glorioso.

Tres estrellas otorgadas por Nan Weatherby, o aunque sólo fuesen dos, «No seamos ansiosos», le atraerían toda la clientela que necesitaba. Él lo había visto en El Belgravia, y en L'Assiette, y en el Purple Broccoli. Así que, ¿por qué no también en Joe's Place?

Cuatro mil dólares de alquiler que tendría que pagar dentro de trece días, y a lo mejor para entonces hasta le sobraba dinero, por poco que fuese. Quién sabe si se encontraba con unos miles de dólares de más. Todo era posible...

Empezó a emocionarse, pero sólo le duró un minuto:

Nan Weatherby, recordó Joe con una punzada de angustia, siempre escribía críticas devastadoras. Ácido, eso era lo que había derramado sobre la reputación de Le Marais: «La iluminación era fúnebre, lo cual, teniendo en cuenta la ensalada ajada y las torpes excusas en torno a la salsa bearnesa que cubría la trucha en descomposición, resultaba un acto de clemencia...»

Y Le Marais, uno de los mejores restaurantes, tuvo que cerrar ocho semanas más tarde.

La voz de su padre, seca y medida, le retumbaba en la cabeza:

«No puedo impedirte que hagas lo que quieras, Joseph. Tu abuela dejó ese dinero a tu nombre, así que puedes disponer de él. Pero te diré una cosa: fracasarás. En menos de un año tendrás que cerrar. No es una intuición mía... es un hecho. Nos fallarás como le fallaste a aquella pobre chica de Yale. Y de forma igualmente innecesaria.»

Caryn.

Todo el día había estado punzándole la memoria con una extraña insistencia. «Hoy habría sido el vigésimo cuarto cumpleaños de Caryn», recordó.

Joc cerró fuertemente los ojos. El palpitar de su mano quemada se le extendió al pecho.

No debía pensar en Caryn. Por lo menos no en este momento.

Descolgó una cacerola y echó mantequilla diluida, que mezcló con unas cucharadas de harina. Luego añadió caldo caliente de pescado de la enorme caldera de aluminio que había al fuego. Cuando la mezcla empezó a hervir lentamente, añadió varias tazas más de caldo. Y ahora venía lo difícil: darse prisa y esperar.

Mientras lo revolvía, esperando a que la salsa se espesase, Joe miró alrededor. Su cocina era larga y estrecha, como un vagón de ferrocarril, con viejas paredes de ladrillo del color de tomates secados al sol, y suelo de azulejos negros y blancos algo hundido en el centro, y techo de aluminio. Su padre, cuando la vio por primera vez, comentó:

«Lo que esta cocina necesita es un buen mazazo que la haga pedazos.» Joe se sintió angustiado, pero sólo un instante. Ya estaba enamorado de las hondas pilas esmaltadas, de la cocina. Vulcan de ocho grandes fuegos, y del enorme hogar de ladrillo situado en uno de sus extremos. «Te equivocas, papá –pensó–, no fracasaré. Pero, si fracaso, será asunto mío. Puedes estar seguro de que no iré a pedirte limosna.»

Recordó a Annie Cobb, que lo había llamado haría más o menos una semana, y su manera algo envarada, digna incluso, de pedirle ayuda. Con un horno fuera de combate y el restaurante entero reservado, ¿por qué lo había abandonado todo para echar una mano a una chica casi desconocida?

No lo entendía. Ni a sí mismo sabía explicárselo. Pero había algo en Annie que le provocaba ternura. Aquellos ojos tan grandes que tenía, como de gato abandonado y famélico... Era una chica dura, e independiente, pero también se la veía un poco perdida.

Y ahora Annie y su hermanita le creían un gran héroe. Menuda ridiculez. Podría considerarse afortunado si se mantenía a flote.

Le sacó de sus divagaciones mentales la aparición de Holt, un hombre corpulento y de pelo color jengibre, que entraba en la cocina secándose las manos en el delantal. A pesar de lo irritado que estaba con aquel animal, Joe, al verle, sintió una punzada de pena. Holt Stetson. Dios mío, con aquel nombre de cowboy y aquella cara de besugo, el pobre era blanco constante de chanzas y chirigotas.

–¡Holt! –le llamó. Señaló la salsa *mornay*–. ¿Qué te parece que puedo hacer con esta catástrofe? ¡Maldita sea, dispongo de diez minutos para servir un milagro a Nan Weatherby, y tú vas y te pones a rascarte los cojones!

Holt se ruborizó.

–Perdona, Joe, es...

–Venga, ten –Joe le pasó el batidor–, encárgate de esto mientras yo preparo el salmón. Y no olvides el zumo de limón.

–¡Joe! ¡El lavavajillas vuelve a hacer un ruido raro! –gritó Julio desde el cuarto del fondo–. ¡Seguro que aquel gilipollas no arregló la manga como dijo!

Vaya si hacía un ruido raro. La oía perfectamente. Un

ruido metálico y molesto, entre el silbido del agua caliente y el tintinear de la porcelana. ¡Mierda!

Pero antes de que tuviera tiempo de ir a ver, llegó Marla como una cometa que se ha soltado en pleno huracán.

–¡Se acabó! ¡Me voy!

Dejó el plato que traía con la comida sin tocar, sobre la primera superficie que vio, y cerró el puño, amenazando al techo con el dedo corazón:

–¡El muy cabrón! ¡Metiéndome mano cada vez que me vuelvo y encima esto! ¿Creerás que va y me dice que quiere el bistec crudo después de haberlo pedido muy pasado?

Marla estaba furiosa y su pelo teñido de rubio estaba de punta como electrocutado.

La verdad, sólo faltaba eso. Joe sintió ganas de levantarla en vilo, con sus pechitos de Betty Boop y su culito ceñido en una falda de punto, y sacudirla hasta que pidiese clemencia.

Pero se contuvo.

–Veamos –la cogió por los hombros, pero con suavidad–, lo que quieres es que yo coja a ese tío y lo haga picadillo, ¿no? Vamos, que le dé el famoso golpe de remo de Daugherty, ¿no? En Yale había chicos que huían despavoridos en cuanto yo alargaba la mano para chocarles los cinco.

Los ojos de Marla se agrandaron:

–¿Tú eras luchador?

–No, remero –sonrió Joe–. En el sesenta y tres ganamos la regata de Heney.

–¡Bah! –Marla le miró con desdén.

–Oye, de veras, si me das un remo te baldo, o mejor todavía, le ato al mástil y le doy cincuenta fustazos con mi gato de nueve colas.

Ya casi la tenía en el bolsillo. Ya le parecía ver su sonrisa tratando de aflorar a la superficie. Marla se apartó de él.

–Bah, estos universitarios... –murmuró.

Pero la cosa se había arreglado. Las mejillas puntiagudas de Marla empezaban a teñirse nuevamente de un rosa claro.

Suspirando de alivio, Joe fue a la nevera y sacó un filete

de salmón a remojo en limón y ajo. El fuego del gran hogar de ladrillo estaba reducido a una ceniza rosa. Joe buscó una esquina de la parrilla que no estuviera muy caliente, justo lo necesario para chamuscar ligeramente el exterior del salmón, dejando el centro húmedo y rosáceo.

–¿Qué está bebiendo ese sujeto que tanto te ha hecho sufrir? –gritó a Marla sin volverse, al tiempo que preparaba otro bistec.

–Manhattans. Ya va por el tercero, y está resbalándose de la silla.

–Pues ponle otro. Invita la casa. Con un poco de suerte, para cuando esté listo su bistec ya se habrá dormido, de modo que ni se enterará. Ah, Marla, otra cosa, apunta su nombre cuando pague la cuenta, y si se le ocurre volver a llamar para reservar mesa, le dices que estamos al completo en los próximos diez años.

–Vale –sonrió ella.

Y salió de la cocina meneando el trasero.

Unos minutos después, Joe pasó suavemente el salmón a un plato caliente y vertió en derredor un pequeño foso de salsa *mornay*, añadiendo un poco de verdura frita con ajo y una colina de pastel de Santa Fe hecho con harina de maíz muy finamente molida y pedacitos de pimientos poco picante y queso de cheddar. El acompañante de Nan Weatherby había pedido asado de ciervo, y Joe se lo sirvió en un plato hondo de loza sobre otro plato, guarneciéndolo con zanahorias tiernas al jengibre y bocaditos de pastel de maíz.

Miró alrededor pero no vio a Marla ni a Burke. Estupendo. Para cuando aquellos platos llegasen a la mesa de Nan Weatherby, la comida estaría tibia. ¡Mierda!

Bueno, también podía llevarlos él, ¿no? Claro, ¿por qué narices no? Y así, de paso, podía comprobar la expresión de Nan Weatherby cuando lo probase, y quizás eso le daba la pista de si iban a perecer o a seguir con vida.

Joe subió y fue abriéndose camino entre las mesas, bastantes juntas. Había decorado el comedor en el estilo que le gustaba llamar de «cuáquero madrugador»: suelo de tablas de pino liso, mesas de madera natural y bancos con respaldo alto tapizado de percal. Sobre la mesa de las reservas colgaba una manta nupcial antigua algo desvaída que había encontrado en una subasta campestre. De las paredes de ladrillo enjalbegado colgaban muestras de bordado enmarcadas y un pequeño trineo infantil algo mellado. Y, en lugar de velas, sobre las mesas había antiguas lámparas de petróleo. Sencillez, pulcritud, lo que a él más le gustaba de la vida.

Identificó el peinado color miel de Nan Weatherby: un casco de cabello laqueado que parecía capaz de resistir un ataque nuclear. Frente a ella había un hombre tripudo de edad mediana que parecía lívido y dispéptico, como si acabase de comer algo que le había sentado mal. Joe sintió que el estómago se le revolvía.

Obligándose a serenarse, incluso a sonreír, Joe dejó los platos sobre las esterillas tejidas a mano que había ante la vampiresa y su acompañante.

Dio unos pasos atrás y oteó las otras mesas, captando todos los fallos: un tenedor caído en el suelo, una bombilla a medio fundir que pestañeaba en el candelero de artesanía de latón horadado, y una mancha de salsa de tomate en la blusa de Marla. Luego sus ojos volvieron a Nan Weatherby, y la observó en el momento de llevarse a los labios un tenedor cargado de salmón.

Jamás en su vida había deseado nada con el ardor con que deseaba ver una sonrisa en el rostro de Nan Weatherby al saborear el plato que con tanto esmero le había preparado.

La punta del tenedor de Nan Weatherby vaciló, luego desapareció entre sus labios.

Joe contuvo el aliento, esperanzado. La sangre le latía contra las orejas. ¡Mierda! Nan Weatherby no sonreía. No reaccionaba, estaba como muerta. ¡Por Dios! Joe apretó los dientes, la desesperación hervía en su interior. Recordó lo que solía decir Cloetta: «Lo único que hay blanco y negro en esta vida es el color de nuestra piel, Joey.»

Así pues, nada era negro del todo. Nan Weatherby, por lo menos, estaba comiendo. Por tanto, no había devuelto el plato a la cocina. Tal vez Joe tenía que esperar menos recompensa. Una sola estrella, por ejemplo, lo que significaba: restaurante agradable, vale la pena. Y eso, después de todo, no era una condena a muerte. Podría seguir tirando, y aumentando su clientela poco a poco, gracias al boca a boca. Hasta ahora, éste era el sistema que había dado resultado. Casi todas las noches podía estar seguro de un medio lleno en el comedor. Algo era algo.

De todas formas, en un par de semanas saldría de duda y, fuera cual fuese el resultado, por lo menos viviría sin incertidumbre. Y ahora, volver a la cocina, se dijo, y olvidarlo todo.

Mientras bajaba por la empinada escalera de servicio, Joe, sin proponérselo, pensó en Annie Cobb y en el árbol de Navidad por el que había cambiado la langosta. Pasado mañana era Navidad, ¿la pasarían solas Laurel y Annie en Brooklyn?

¿Solas? Iba a ser duro. Sobre todo para Laurel. No daba la impresión de que Santa Claus fuese a pasar por su casa más que por puro trámite, y a lo mejor ni eso.

Recordó la hora que había pasado con ella en aquel diminuto apartamento apenas amueblado de la Calle 14, en Brooklyn, esperando a que llegara la hermana mayor. Laurel, al principio, parecía hosca y sumida en sus pensamientos, pero luego, poco a poco, fue abriéndose y comenzó a hablar como si ella y Joe fueran viejos amigos. Al cabo de un rato llegó incluso a sacar una baraja muy gastada y le propuso echar una partida. Y la muy bribona con su rostro angelical y su aspecto frágil, a punto estuvo de dejarle sin blanca.

Mañana, Navidad, su restaurante cerraría. A lo mejor podía llevar a Laurel a ver los escaparates de Saks. Su viejo Dodge, aunque algo renqueante, todavía tiraba bien, de modo que ir a buscarla a su casa no sería un problema, y ella probablemente le encantaría. O podría ir a visitarlas un rato, sin más. Sí, eso sería lo mejor. A él le sentaría bien, porque le ayudaría a olvidar a Caryn.

Pero el recuerdo que Joe trataba de ahuyentar insistía en acuciarle. En el fondo de las escaleras, Joe se apoyó contra la pared, y aquella terrible noche volvió a transcurrir en su mente. Oía la voz monótona de Caryn al teléfono, y luego él salía a todo correr por York Street, por delante de los colegios universitarios, la Escuela de Arte

Dramático de Yale, la de Arte y Arquitectura, y su corazón latía violentamente. Por fin, cruzando College Street, llegó al edificio donde Caryn tenía un pequeño estudio, y subió los tres tramos de escaleras a grandes zancadas.

La encontró en el suelo, encogida, su cuerpo todavía no estaba frío, pero sí medio morado, y había sangre... sangre por todas partes, manando aún de sus muñecas cortadas.

Y luego, la ambulancia, los coches de policía, los faros destellando en la oscuridad, su resplandor rojo esparciéndose como si fuera más sangre por la calle y los rostros asustados de los vecinos de Caryn. Y todo aquel tiempo, sus últimas palabras, por teléfono, se repetían una y otra vez en su mente: «Yo me ocupo de ello, no te preocupes, Joe.»

Un aborto. ¡Dios santo, ¿qué otra cosa podía haber pensado?! ¿Qué otra cosa podía haber pensado una persona normal? Los dos habían hablado mucho de ello, y a Caryn no le entusiasmaba la idea, pero él había pensado... en fin, que con un poco de labia acabaría persuadiéndola. «Y sí que la persuadiste, cabrón, la persuadiste a despedirse de este mundo.» El embarazo de ella lo había asustado. Pero, ¿por qué?, ¿y de qué? ¿Por qué no la había escuchado? Caryn era muy divertida, y lista, y cachonda. Él la había querido, diablos, sí que la había querido. Pero casarse, hijos, una casita en las afueras, ¡a los veinte años! Le había parecido una locura sólo pensarlo.

Joe la veía ahora en su mente, dejándose caer sobre un banco de piedra, a la entrada de la Biblioteca Sterling, justo después de revelarle que estaba embarazada, su cabello negro como ala de cuervo reluciendo a la luz de mayo. Había estado llorando, y tenía los ojos hinchados, las mejillas pálidas moteadas de rojo. «¡Dios mío, Joe, ¿qué vamos a *hacer*?!» Sí, eso, ¿qué había *hecho* él? Pues, como un idiota, se había limitado a sonreír.

Al verla allí, tan poquita cosa, con su pantalón corto de marinero y su blusa blanca, Joe se quedó como atontado. ¿Cómo podía estar embarazada? No podía ser. Tenía que ser un error, un error idiota.

Y, de pronto, la noticia le abofeteó. Era una situación

grave. Las rodillas le temblaron. Hubiera querido hundirse junto a Caryn, caer a sus pies, pero se contuvo.

A partir de entonces, Joe, sin darse cuenta, había comenzado a apartarse de ella... a alejarse de ella... de *aquello*. Pero en ese momento, oyéndola, había quedado tan atontado que ni siquiera supo qué hacer o qué pensar. Sólo cuando Caryn empezó a llorar se sentó Joe en el banco, junto a ella.

–Ya lo arreglaremos de alguna manera –dijo quedamente, tratando de reconfortarla.

Pero Caryn, en aquel momento, le comprendió perfectamente: él no iba a estar a la altura de una situación como aquélla.

–¿Es eso lo único que se te ocurre decir? –le dijo, mirándole fijamente con ojos acusadores.

–Mira, no tengo la menor intención de dejarte en la estacada, si es eso lo que estás pensando.

–¡En la estacada! –repitió ella, como si aquella locución fuera algo completamente nuevo, inexistente en su vocabulario–. No, en absoluto, no había pensado eso. Lo que pensé fue... no importa, da igual...

–¿Qué piensas hacer?

–¿Es que crees que puedo elegir?

Joe se daba cuenta de que Caryn estaba esperando que él le ofreciera algo. Pero, ¿qué podía él ofrecer?

–¿Lo vas a tener o no?

Pensó en pañales, en un niño llorando toda la noche mientras él trataba de estudiar. ¡Dios santo!

Caryn tenía la vista fija en la lejanía, una mano sobre los ojos para protegerse del sol. Pero Joe vio lágrimas en sus mejillas, y sintió ganas de pasarle el brazo por la cintura. Pero al mismo tiempo se sentía acosado, cogido en una trampa, y el sol le oprimía los hombros como una manaza.

–No creo que... por lo menos en estas circunstancias... –Reconociendo la voz pomposa y altisonante de su padre en la suya propia, Joe se sintió avergonzado. Se interrumpió y recomenzó–: Quiero decir que pensaba que algún día nos casaríamos... pero no así. Caryn, por Dios, ni siquiera sé qué voy a hacer con mi vida después de salir de la universidad, tanto menos la tuya y... y la de un bebé.

Bueno, ya estaba dicho.

Caryn se levantó, alisándose el pantalón corto con movimientos espasmódicos de las manos, hasta que pareció estar lijándose la piel de las palmas contra la tela. Luego se irguió, severa como una estatua, con el cabello caído sobre el rostro, ocultándolo a medias a la mirada de Joe.

–Caryn... –Joe le alargó la mano, pero ella la apartó como si pensara que había intentado pegarla.

–Piensas que debería matarlo, ¿no? –dijo.

Demasiado aturdido para mentir, o incluso para buscar una manera más suave de decir lo mismo, Joe contestó:

–Sí, la verdad que sí.

Fue como si la cuerda que les unía se hubiera roto de pronto, y una mitad contuviera todo el amor que habían sentido hasta entonces mutuamente, y la otra sólo amargura y recriminaciones.

Durante una semana, Joe trató de hablar con ella por teléfono a todas horas, e intentó verla en clase, pero fue en vano, Caryn había desaparecido. Nadie la había visto. Joe llegó incluso a llamar a sus padres, que vivían en Plainview.

Nadie supo nunca dónde se había escondido durante aquella semana, ni cómo se las había arreglado para regresar a su habitación sin que nadie la viese. Y, entonces, una llamada, breve y tajante: «Ya me he ocupado de ello.»

Joe se dijo que podía haber amontonado sus excusas hasta alcanzar la cima misma de la inocencia, pero en lo más hondo de su ser sabías que, si hubiera hecho las cosas de otra forma, Caryn no se habría suicidado.

Joe, en el último peldaño de la escalera de su restaurante, se pasó una mano temblorosa por los ojos, como protegiéndose de una luz cegadora. Y luego, suspirando muy hondo, dominándose, volvió a la cocina.

–Eh, tío, ¿qué se cuece ahí? –bromeó Wayne.

Joe sonrió, con el auricular del teléfono cogido entre el hombro y la oreja, mientras amasaba pan en la mesa de la cocina. Era una bonita sorpresa aquella llamada de su viejo amigo. Llevaban algún tiempo sin verse, pero Wayne, uno de los redactores jefes del *Metropolitan*, tenía que saber la angustia y la incertidumbre que reconcomían a Joe. Probablemente había visto a bastantes restauradores reducidos a cenizas por una descarga de Nan Weatherby. ¿Sería Joe's Place el siguiente blanco de sus iras? Habían pasado más de dos semanas, y si el artículo iba a aparecer tendría que ser en el número próximo. ¿Acaso Wayne le llamaba para darle el pésame?

—Pues no mucho —dijo Joe con tono afable, a pesar de la angustia que le crecía en el pecho—, aquí me tienes, guardando la carcasa para que se la coman los buitres.

—¿Banquete o hambre canina?

—Sí, algo así.

—Oye, te llamo porque Weatherby ha escrito sobre tu restaurante. Sale en el número de esta semana. Estará en los quioscos hoy mismo, todo lo más mañana.

—¿Y es... ? —trató de preguntar Joe, pero la presión que sentía en el pecho y la garganta le impidió seguir.

—¿Un crimen? ¡Por Dios, hombre, espero que no! Todavía no lo he visto... sólo he oído que salía esta semana. Pensé que te gustaría ser el primero en saberlo.

—Gracias —dijo Joe.

—La próxima vez tal vez escriba yo un artículo sobre tu chiringuito. Diré que nunca llegaste a envenenarme.

Otra risita, pero esta vez Joe no sonrió.

—Bueno, pues... gracias, Wayne.

Mientras colgaba, la mente de Joe iba ganando tiempo. Preguntaría al señor Shamik, el del quiosco, tres puertas más abajo, cuándo se distribuía la revista. Si salía hoy por la tarde, pediría a Annie que le comprase un ejemplar camino de recoger a Laurel, a quien le había pedido que durante sus vacaciones escribiese una lista de menús.

Impaciente, Joe encargó a Rafy, que acababa de volver de Puerto Rico, que estuviese al tanto de todo, y luego salió, corriendo media manzana bajo la lluvia helada.

El señor Shamik, que tuvo la amabilidad de telefonear al distribuidor, le dijo que el *Metropolitan* se distribuiría al día siguiente, pasadas las cuatro. ¡Faltaban horas y horas! ¿Cómo iba a serle posible esperar tanto tiempo?

En fin, tendría que esperar. Tal vez, después de leerlo, se diría que habría sido mejor no esperar.

De vuelta al restaurante, Joe se dirigió al comedor y encontró a Laurel en un reservado del fondo, donde llevaba ya varias horas. Estaba inclinada sobre la mesa, con un montón de menús ya terminados a un lado. Joe se dio cuenta de que había hecho algo fuera de lo corriente. Él sólo le había encargado que escribiese los aperitivos, las entradas y los postres, junto con sus precios. Pero aquello...

Cogiendo a bulto uno de los menús terminados del montón, Joe vio que en cada esquina y espacio en blanco, Laurel había realizado delicados y exquisitos dibujos a tinta. Ramillas de dondiego se enroscaban a lo largo de los bordes. Un nido con diminutos huevos moteados. Una cuchara con escudo heráldico y un ratón enchisterado comiendo de ella. Joe sintió un escalofrío de placer.

Años atrás, yendo por México con su compañero de habitación de la universidad en un polvoriento tugurio camionero, mientras bebían tequilas y daban manotazos a las moscas, Joe y Bill vieron a un niño tullido con una guitarra; no podría tener más de doce años, y además era ciego. El chico empezó a tocar al sentarse Joe y Bill, y su música era la más dulce que Joe había oído en su vida: malagueñas, Villa-Lobos, y hasta un poco de Vivaldi, y de pronto el calor y las moscas dejaron de existir. Joe nunca había olvidado a aquel chico, y a veces oía mentalmente algo de su sublime música.

Ahora, por ejemplo, la estaba oyendo.

Mirando los menús, uno tras otro, casi olvidó lo del *Metropolitan*. Dios mío, ¿Laurel había hecho esto sola? Cada menú era único: un cesto de flores silvestres, mariquitas de merienda, ositos mordisqueando traviesamente hojas de eucaliptos desde el otro lado de un biombo, un anillo de hadas aladas posadas sobre un girasol, burritos diminutos contorsionándose para formar diversas letras del alfabeto, un oso polar con una familia de esquimales a cuestas.

¿Sabría Laurel el talento que poseía?

Los dibujos hicieron pensar a Joe en las recientes Navidades. Primero, en casa de sus padres, en la fiesta familiar anual, donde todo había sido como de costumbre: su madre como su caftán, tratando de dar una impresión de frágil animación, mientras su padre desgranaba interminables chistes y bromas banales a sus amigos y vecinos, y desempaquetaba todos los regalos, excepto el libro de ilustraciones de Van Gogh que le había llevado Joe. De pronto, Joe había reparado en que Sammy, el chófer de sus padres, llevaba puesta la camisa que él había regalado a su padre por las Navidades anteriores; sin pensarlo más, y antes de precipitarse a hacer o decir algo de lo que luego podría arrepentirse, Joe cogió el libro de Van Gogh y se fue, murmurando excusas, sin que su padre se fijara siquiera en su marcha.

Joe cogió el autobús para Brooklyn, pensando que daría una sorpresa a Annie y a Laurel, pero la sorpresa se la llevó él, porque, al entrar en aquel saloncito humilde y sencillo, se sintió instantáneamente invadido por el calor y el espíritu de Navidad. La mirada que le había dirigido Laurel al tenderle Joe la bolsa de regalos que le traía, como si fuera la luna en bandeja de plata. Ya no recordaba el libro de Van Gogh que había metido en la bolsa, junto con el perfume para Annie y el juego de *Monopolio* para Laurel, pero, cuando ésta desgarró el papel que lo envolvía, apenas pudo contener su entusiasmo. Con los ojos como platos se puso a hojearlo, mirando con verdadero éxtasis el cuadro favorito de Joe, *Noche estrellada*.

—Éste es el mejor —dijo, con el mismo tono que usaría para elegir en una tienda un abrigo o un par de zapatos.

Luego, los ojos de Joe se cruzaron con los de Annie, y en ellos vio algo completamente distinto. Gratitud, naturalmente, pero también una especie de divertido recelo, como si estuviera preguntándole por qué motivos, si iba a gastar tanto dinero, no regalaba Laurel algo más práctico. Y, mirando en torno de sí, en aquella habitación pobremente amueblada, con un sofá viejísimo y una sola silla, adornada solamente con un árbol de Navidad enano engalanado con colgantes y estrellitas de papel de plata, Joe se sintió algo confuso. ¿De qué sirve Van Gogh cuando hacen falta guantes de invierno, mantas gruesas, sábanas y toallas?

Pero, mirando de nuevo a Laurel, que estaba completamente absorta en Van Gogh, Joe se corrigió: aquel libro, en cierto modo, era más importante para Laurel que todas las cosas que podían hacerle más falta.

Y ahora, observándola, inmóvil, excepto cuando hacía un rápido movimiento con su pluma estilográfica, Joe se quedó impresionado por lo bella y encantadora que era. Un rayo de sol entraba por el patio de ventilación y por la alta claraboya, cayendo sobre la mesa a la que Laurel estaba sentado y bañándola con una luz plateada que hacía parecer casi transparente la piel de Laurel.

–Laurel –le dijo.

La niña levantó la vista, pestañeando, sus ojos azules relucientes y sus mejillas encendidas, como si acabase de despertar de un profundo sueño. Joe le mostró uno de los menús:

–Son verdaderamente buenos –le dijo–, en serio. ¿Quién te enseñó a dibujar así?

Laurel se sonrojó más aún, pero Joe se dio cuenta de lo contenta que estaba.

–Nadie –dijo–, aprendí sola, casi siempre dibujo lo que tengo en la cabeza.

–Pues tienes mucha imaginación.

Su sonrojo se intensificó:

–Annie dice que sueño despierta demasiado, que si pasase la mitad de ese tiempo estudiando probablemente sacaría la mejor nota.

–Es posible... –dijo Joe–. Pero a mí me parece que soñar despierto también es muy importante. Van Gogh, cuando estaba pintando *Noche estrellada*, no podía estar pensando en operaciones matemáticas.

–Bueno, es que dibujar no es lo único que sé hacer –se apresuró ella a informarle–, también estoy aprendiendo a coser. Mira, esto lo hice yo.

Y le mostró, muy ufana, la pechera de la camisa que llevaba.

Joe dio un silbido.

–Me tienes impresionado. ¿Te enseñó a coser tu hermana?

–¿Annie? –Laurel se echó a reír, moviendo los ojos–. La única vez que intentó coser se pinchó un dedo y lo manchó todo de sangre. Ella dice que no tiene paciencia.

Joe pensó en lo inquieta que parecía siempre Annie. Hasta cuando estaba sentada en algún sitio era incapaz de estarse quieta, siempre cruzando y descruzando las piernas, moviendo los pies. Y aquellos ojos de gato callejero...

—En cierto modo —sonrió Joe—, no me sorprende. Pero tú... —Tocó la pila de menús—. Con esto debieras hacer un libro, o colgarlo en una pared. Son demasiado buenos para quedarse en menús.

Laurel bajó la cabeza. Sus pestañas, arrojaban claras sombras sobre sus mejillas. ¡Dios santo, dentro de unos años aquella niña iba a ser una belleza!

—Gracias por decirlo, eres muy amable —dijo Laurel, muy modosa, como quien se comporta según las reglas de un manual de etiqueta. Su voz bajó, hasta hacerse un susurro—. Pero es que lo paso bien haciendo dibujos. Cuando la señorita Rodríguez me coge dibujando en clase se pone como una fiera. Piensa que no estoy prestando atención. Pero te diré... —Volvió a levantar la vista; sus ojos eran grandes y azules—. *Pienso* mejor cuando estoy dibujando, ¿entiendes, Joe?

—Claro que sí. A mí me pasa lo mismo cuando estoy haciendo una tortilla.

—¿Sí?

—Bueno, no me refiero a cualquier tortilla, me refiero a la Tortilla a la Joe. Baja conmigo a la cocina y te lo enseño. ¿Tienes hambre?

Laurel vaciló.

—Annie dice que no debo estorbarte cuando trabajas.

—Oye, no estamos hablando sólo de comer. Saber hacer tortillas es importante, por ejemplo, si un día te encuentras varada en una isla desierta.

Laurel se echó a reír:

—¡Qué tontería!

Joe puso cara seria, apretando los labios y enderezándose las gafas:

—¿O sea, que nunca has probado los huevos de gaviota? ¿Sabías que con un solo huevo de avestruz se puede hacer una tortilla para diez personas?

La sonrisa de Laurel era radiante, y caldeaba el ánimo de Joe.

Abajo, en la cálida cocina de paredes de ladrillo, Joe mostró a Laurel cómo se cascaban huevos con una sola mano, sin dejar caer pedazos de cáscaras en el cuenco. Mientras Rafy y Holt pelaban cangrejos de Maryland para hacer sopa de cangrejo hembra, Joe enseñó a Laurel a batir huevos con rapidez sobre el tajo de cortar la carne.

Viendo su rostro encendido, Joe casi –*casi*, pero no del todo, ¡diablos!– olvidó que su carrera de *restaurateur* podía hundirse de un momento a otro.

El timbre de la puerta de servicio se sobrepuso al ruido del batidor.

Joe fue a abrir. Era una figura alta envuelta en un abrigo que goteaba. Casi chocaron de narices. Era Annie. ¿Cómo había salido del trabajo tan temprano?

–¡Joe, no creerás lo que voy a decirte! ¡Es increíble! ¡Estoy... sin resuello y no sabes cómo llueve! ¡He venido corriendo sin parar desde el extremo de la calle!

Se sacudió el pelo mojado, rociándose el rostro de gotitas heladas.

Joe aguardó a que Annie recuperase el aliento. Su corazón se agitaba de impaciencia, sus pulmones aspiraban aire alocadamente, como si fuera él quien había llegado corriendo. ¿Buenas noticias? Tenían que serlo... De lo contrario, Annie no parecería tan contenta.

El rostro de Annie estaba rojo y sudoroso. Se desabrochó a tirones el abrigo viejo y empapado. Debajo llevaba una falda y una blusa, zapatos gruesos y calcetines largos caídos en torno a los tobillos. Tenía las piernas escocidas por la lluvia helada. Joe vio la revista enrollada bajo el brazo de Annie, y sintió que se le paraba el corazón.

Hubiera querido quitársela de un tirón, pero prefirió esperar.

–¡Tres estrellas! –exclamó Annie por fin, echándole los brazos al cuello. Joe captó un aroma de lana húmeda junto al perfume del chocolate–. ¡Joe, no sabes lo contenta que estoy! ¡Es maravilloso! –Se echó hacia atrás, blandiendo la revista–. Y fíjate lo que dice: «En cuanto se entra en este restaurante se siente uno como en una confortable fonda campesina, y la comida es deliciosamente estimulante, muy a tono... Las Ostras Rockfeller, aunque un poco socorridas, estaban perfectamente preparadas... El salmón a la parrilla y el ciervo picante eran dignos ejemplos de cocina regional elevada a la categoría de *haute*...»

Joe no podía ni moverse ni hablar. Y de pronto comprendió lo que significaba aquello: el alquiler, la nómina, las facturas de vino aún por no pagar. Ahora iba a poder pagarlo todo. Y un día, quién sabe, incluso ampliar el restaurante al piso de arriba...

Un sonido de campanillas tocando alocadamente daba vueltas en la mente de Joe.

–¡Joe! –gritó Annie, tirándole del brazo–. ¡Es el teléfono!

Joe corrió a su despacho y cogió el auricular. Sin duda, sería la primera persona que había leído el artículo. ¡Dios mío, qué rápido corren las noticias!

–¿Joseph? ¿Eres tú?

Su madre era la única persona que le llamaba Joseph. Joe se sintió tenso, encogiéndose interiomente como una anémona de mar se encoge cuando la tocan.

–¡Querido! –Su madre fue al grano, sin esperar a oír su voz–. ¡Tu padre y yo acabamos de verlo! ¡Maravilloso! Abrazos y besos y todo lo demás, ¿y a que no sabes quién acaba de llamarme? ¡Frank Shellburne! Ya sabes a quién me refiero, Frank, el que siempre está buscando maneras de engañar al fisco. Bueno, pues, pues en cuanto leyó el artículo me preguntó si estarías dispuesto a vender tu restaurante. Le dije que hablaría contigo, y a lo mejor los dos os reuniáis para hablar. Joseph..., ¿estás ahí?

–Sí, aquí estoy, madre.

Pero toda su emoción se había desvanecido. Se sentía como un piel roja aplastado por una roca mientras el cowboy le miraba alegre y burlón desde lo alto del peñasco.

–Sí, aquí estoy –repitió.

–Prométeme que por lo menos lo *pensarás* –dijo ella–. Tu padre dice que todavía no es demasiado tarde para meterte en el próximo curso de Yale. Dice que hablará con...

–Perdona, madre, tengo que colgar –la interrumpió Joe, esforzándose por no ser grosero.

Recordó la desagradable escena, a la muerte de Caryn, cuando dijo a sus padres que se iba de Yale. Su padre se puso furioso y le gritó; su madre gemía: «¿Cómo puedes hacernos esto con lo que hemos hecho por ti?» Los dos, como siempre, en el centro del escenario: todo lo que él hiciera tenía que girar en torno de ellos. Joe había pasado muchos años reprimiéndose, haciendo cuanto le mandaban. Por ejemplo, teniendo él diez u once años, su madre le obligó a devolver la cadenilla con un pequeño crucifijo de oro que iba a regalar a Cloetta por su cumpleaños y para el cual llevaba meses ahorrando de su propio dinero; era demasiado caro, le dijo su madre, y a Cloetta le resultaría embarazosa. Pero en esa ocasión Joe se había soltado el pelo, gritando y acusando a su padre de querer un hijo modelo sólo para mostrárselo a sus amigos del club de abogados, y, al salir airadamente de la sala, tropezó con el león de Staffordshire favorito de su madre y lo hizo añicos.

Ahora, sin embargo, se contuvo y se obligó a hablar con gran cortesía:

–¿Queréis que os reserve una mesa a ti y a papá para esta semana? Si comierais aquí una vez, narices, a lo mejor hasta os *gustaba*.

–Joseph, no tienes por qué decir palabrotas.

Joe se la imaginó mordiéndose los labios con los dientes, enarcando con desaprobación los perfectos arcos de sus cejas.

Cortó de raíz una risita que ya le subía por la garganta.

–Mira –dijo–, rezaré un rosario como penitencia. Y un avemaría extra, por si acaso. Así el tío de arriba quedará satisfecho. Además, la próxima vez que te llame tú vas y le dices algo bueno sobre mí.

–¡Joseph! Menos mal que tu padre no te está oyendo. No sabes cómo le duele lo blasfemo que eres. Y no me digas que no haces lo posible por *molestarle*. –Joe oía lágrimas en la voz de su madre, lágrimas listas para arrasarle los ojos–. Deberías acordarte de que tu padre tiene el corazón malo, pero imagino que ese negocio tuyo te tiene demasiado ocupado para pensar en él, o en mí. Te diré, Joseph, que a veces eres muy egoísta.

—Lo sé —dijo Joe, quedamente—. Madre, perdona, pero he de colgar. Adiós.

Lenta y cuidadosamente, Joe dejó el auricular. En su pequeño y atiborrado despacho, se quedó mirando por el ventanuco enrejado al mismo nivel de la acera, por la que en aquel momento pasaba una mujer con tacones de estilete.

Joe recordó a Caryn y se preguntó qué habría ocurrido si ella no se hubiese suicidado y hubiera tenido el bebé, que tendría ya casi cinco años y sería capaz de comprender ciertas cosas, quizás incluso que a veces los padres pueden ser malas personas. Diablos, qué pensamientos.

Joe sintió algo junto a él y se sobresaltó. Era Laurel, que metió su mano en la de él y se quedó mirándole como si comprendiera perfectamente lo que sentía en aquel momento. Pero, ¿cómo podía saberlo? ¿Tan transparente era? Joe se sintió conmovido... y sintió, al tiempo, un fuerte impulso de irse de allí, de huir todo lo lejos que le fuese posible, alejándose así de aquellos ojos azules y confiados, de aquellos finos, delicados dedos que ceñían ahora los suyos. Oía a Annie en la cocina hablando con Rafy y a Holt, su fuerte voz resonaba. Joe sintió deseos de sumirse en la vivificante presencia de Annie como en una ducha fría.

Joe había caído en gracia a Laurel. Y ella le animaba a superar su desánimo. Pero, ahora, Joe sintió un súbito miedo. ¿No la decepcionaría? Quizá no hoy, ni mañana... pero ¿más adelante? ¿Llegaría a darse cuenta de lo que Caryn había comprendido: que no era posible fiarse de Joe Daugherty?

CAPÍTULO IX

—Ocho docenas... nueve... diez. —Annie dejó de contar y levantó la vista de las bandejas de bombones que había amontonadas en el abarrotado almacén de Dolly—. Dolly, ¿cómo vamos a tener todo listo a tiempo?

Cogió un bombón de chocolate con leche con núcleo de *toffee* y crema, encargados especialmente para el Bar Mitzvah[1] de David Levy, que debían presentarse envueltos separadamente en cajitas forradas de papel de plata. El impresor se había equivocado y, en lugar de poner en cada cajita «*Mazel Tov, David!*», había enviado más de doscientas ochenta cajas plegables de cinco centímetros de largo por dos de alto con el rótulo «Para siempre, Jan y Jeff». De modo que, hoy, viernes por la tarde, ya no quedaba tiempo para imprimir las cajas nuevas, pues el Bar Mitzvah era mañana.

–Tendremos que encontrar algo que poner en ellas –dijo Dolly–. ¡Dios mío, ¿cómo pudo ocurrir una cosa así?!

Dolly se puso a manosear el pañolón de gasa de color fucsia que llevaba anudado al cuello. Annie nunca había visto a su tía tan desconcertada en los dos meses que llevaba trabajando en Girod's.

–A ver –prosiguió Dolly–, ¿qué tal si envolviéramos cada bombón en papel de seda y lo atásemos con un lacito? No, demasiado vulgar, a los Levy no les gustaría, les prometí algo muy especial.

–¿Por qué no papel de plata?

–Es que parecerían Besitos de Hershey. No, no, tiene que ser algo... algo que llame la atención. ¿Recuerdas aquellos corazoncitos de chocolate envueltos en rojo que colgamos de hilos de plata en la boda de Nancy Everson?

–Tenían el retrato de los novios en el otro lado. Naturalmente que los recuerdo.

–Ésa es la cuestión. La gente *recuerda* esas cosas. Desde aquel día cuatro de los invitados me han llamado pidiéndome que me encargue de *sus* fiestas. –Dolly miró por la puerta de la tienda, que estaba abierta. Gloria atendía a una mujer de cabello gris enfundada en una gabardina color pardo–. Los clientes que compran en la tienda están bien, por supuesto, y son importantes... pero el dinero está en las fiestas y en los contratos con hoteles.

–Sí, como los discos –dijo Annie, pensando en voz alta.

–¿Cómo dices?

1. Ceremonia de iniciación judía. *(N. del T.)*

–No, pensaba que se puede cantar la misma canción todas las veces que se quiera, pero la única manera de hacerse rica es grabarla en disco y vender muchísimos ejemplares.

–Sí, ya veo que te haces cargo. Pero eso no resuelve nuestro problema.

Dolly pasó el brazo sobre las bandejas de bombones que Annie acababa de sacar de su envase de cartón, y sus brazaletes de plata tintinearon. Annie se fijó en que sus largas uñas estaban pintadas de un vivo color magenta.

Annie miró luego el vestido de Dolly, cuyo brillante diseño en zigzag le recordó algo. Aquella maravillosa fiesta que ofreció Dearie para celebrar su séptimo o su octavo cumpleaños: había pequeños sándwiches sin corteza, un pastel con forma de cara de payaso, un hombre con chaquetilla bordada y un mono sujeto con una corta correa roja... Y una piñata: un burro de colores vivos hecho de cartón piedra y lleno de caramelos que colgaba de la viga del techo de la sala. Annie recordó que le vendaron los ojos y tuvo que golpear la piñata con un palo muy largo, pero no acababa de acertar, y cuando por fin le dio, oyó un ruido fuerte. Y entonces, quitándose la venda, vio llover caramelos sobre la sala, y los niños chillando como locos y tirándose a cogerlos. Annie se había sentido tan emocionada como si gracias a ella hubiese ocurrido algo mágico, como si fuese ella la que había dado a sus amigos aquel regalo tan maravilloso.

–Tengo una idea –dijo Annie, emocionándose mientras lo decía–. Podríamos envolver los bombones en papel de plata o de lo que sea y ponerlos dentro de tres o cuatro piñatas, y que los niños los rompan... Los mayores se divertirán viéndoles.

Aún no había terminado cuando Annie se preguntó si no habría debido pensarlo mejor antes de abrir la boca. ¿Piñatas mexicanas en un Bar Mitzvah? Pero un par de semanas atrás su tía había encontrado bien su idea para animar un banquete benéfico: veneras, conseguidas por unos centavos en el mercado del pescado y rociadas con purpurina de oro no tóxica, cada una de ellas con una exótica trufa Lapaang Souchong en su interior, envuelta en celofán iridiscente y atada con un hilo dorado.

Esta vez, sin embargo, su tía no parecía convencida. Dolly había fruncido el ceño y se golpeaba la barbilla con la punta del dedo índice. ¿Estaría tratando de encontrar una manera cortés de decir a Annie que su idea era estúpida?

–Piñatas –repitió Dolly, como pensando en voz alta.

De pronto rompió a reír, y su risa fue cada vez más fuerte, hasta que pareció inundarla por dentro, a pesar del ancho cinturón que le ceñía la cintura.

A Annie le quemaba la cara. Sí, de acuerdo, *había* sido una idea estúpida. En adelante lo mejor sería cerrar el pico.

Dolly había empezado a enjuagarse los ojos, cuando de pronto exclamó:

–¡Estupendo! ¡Una gran idea! –Frunció ligeramente el ceño–. Pero, ¿dónde demonios vamos a encontrar piñatas en tan poquísimo tiempo?

Annie caviló a toda prisa.

–Estoy segura de que Laurel las podría hacer –dijo–. Una vez hizo una cabeza de león de cartón. Podríamos hacer cualquier animal que se nos ocurriera... por ejemplo... –Pensó hasta que se le ocurrió una idea–: Por ejemplo, corderos pascuales. Después de todo es una fiesta religiosa, ¿no?

–¡Magnífico! Pero será mejor que antes llame a la señora Levy, a ver si está de acuerdo.

Dolly corrió a su despacho, donde tenía su grueso y manido archivo de números de teléfono.

Cuando volvió, parecía entusiasmada.

–Al principio no estaba muy convencida, pero cuando le expliqué que tienes mucho talento y el éxito de tus veneras de *Greenpeace*, pues comprendió lo bien que iban a quedar las piñatas, sobre todo si representaban corderos pascuales. ¿Cómo se te ocurrió una cosa así?

–Tiene que ser por Rivka, que siempre está hablando de ritos judíos. –Annie se detuvo y miró a Dolly–. No, no es eso, fue Dearie quien me dio la idea. Siendo yo pequeña ofreció una fiesta de cumpleaños en mi honor con piñatas. –Tragó saliva, los recuerdos comenzaron de pronto a hervir en su cabeza, sintió que era de nuevo una niña pequeña, cogida de una mano reluciente a fuerza de anillos y brazaletes baratos, mirando la boca roja y sonriente de su tía Dolly–. Dolly, ¿qué ocurrió entre tú y mi madre?

El suspiro de Dolly fue algo más que un suspiro, sonó como cuando un globo o un neumático se deshinchan de pronto. Y ella misma pareció deshincharse al mismo tiempo, su rostro aparentó plegarse sobre sí mismo, llenarse de arrugas que antes no tenía, mientras sus hombros cedían y sus brazaletes tintineantes quedaban en súbito silencio.

Annie observó a su tía, que se llevaba a la sien el dedo con la uña pintada de color magenta, apretándosela suavemente, como si dentro, en su cráneo, hubiese un botón que desconectaría en un segundo el terrible recuerdo que Annie parecía haber revivido.

–Por Dios... eso ocurrió hace muchísimo tiempo. –Dolly trató de sonreír, pero su sonrisa se desintegró antes incluso de esbozarse–. Tu madre y yo..., en fin..., tuvimos una especie de desacuerdo.

–Eso ya lo sabía, ¿pero sobre qué?

–Pues el caso es que comenzó con Val, me figuro. Aunque ahora creo que tu madre me hizo un gran favor quitándomelo y casándose con él.

–¿Val? –Annie la miró mientras la sorpresa crecía en su interior–. *¿Tú* y Val?

–En fin... –La mano de Dolly se posó sobre su amplio seno, y esta vez consiguió llegar a sonreír–. Ya te dije que todo pasó hace muchísimo tiempo. Si quieres que te diga la verdad, ya no recuerdo *lo que* sentía por él. –Hizo un esfuerzo por erguirse–. Bueno, vamos a ver eso de las piñatas... ¿Por qué no llamas a tu hermana y le preguntas si puede hacerlas?

Annie se quedó con la sensación de que allí había algo más que una simple desavenencia a causa de Val; a juzgar por la reacción de Dolly, estaba claro que había algo más. Pero no insistió. No había tiempo. Además, estaba empezando a conocer a Dolly y no quería arriesgarse a cogerle antipatía si ésta le decía algo desagradable.

Annie miró su reloj de pulsera: las tres y media. Laurel

ya estaría en casa, de vuelta de la escuela. La llamó por el teléfono del almacén y le preguntó si podía hacer las piñatas. Laurel dijo que sería estupendo, y que le encantaría. Dio a Annie una lista de los materiales que tendría que llevarle a casa.

Annie cogió el abrigo e iba ya hacia la puerta cuando, llevada de un súbito impulso, se volvió y dio a Dolly un breve abrazo. Las lágrimas afloraron a los ojos de su tía.

—Gracias —murmuró Annie.

—¿Por qué? —Dolly parecía sorprendida.

—Pues por... —Iba a decir «por estar aquí, por darme este trabajo, por ser tan buena con Laurey y conmigo», pero finalmente dijo—: Por todo.

Alguien la seguía.

Annie se había fijado en él al salir de la tienda a las seis para regresar a casa. Era un hombre grueso y achaparrado con una gabardina arrugada color caqui que se paseaba cerca del buzón. Y ahora, mirando por encima del hombro al terminar de cruzar Lexington Avenue para coger el Metro en la Calle 77, vio que también él comenzaba a cruzar la avenida. Llevaba mucho tiempo siguiéndola. ¿Por qué? ¿Qué quería?

Annie sintió que alrededor de su corazón se formaba una gélida envoltura.

«Son imaginaciones tuyas», se dijo. Docenas de viandantes llenaban la acera e iban hacia el Metro, ¿por qué tenía que imaginarse que aquel sujeto estaba siguiéndola? Y aunque fuese así, probablemente era inofensivo, el tipo de pervertido al que le gusta seguir a las chicas.

Ya se cansaría de seguirla. Y si no se cansaba, daba igual; ella sabría despistarle.

Pero al tiempo, Annie se daba cuenta de que estaba engañándose a sí misma. Una vena le latía sobre un ojo, y las piernas le temblaban. «Me voy a volver loca —pensó—, igual que Dearie.» Annie estaba así de recelosa desde la noche en que Rudy había aparecido de pronto, y ahora se sobresaltaba al menor ruido cada tres metros y miraba por encima del hombro. Pero era absurdo. Val estaba a miles de kilómetros de distancia, y Rudy también. Y Dolly parecía bastante segura de que había persuadido a ambos de que, al menos por lo que a ella se refería, habían dado con una pista falsa.

Pero, ¿y si se equivocaba?

Annie vio un bazar y entró. Dando vueltas por los pasillos, sin prisa, fue reuniendo algunas de las cosas que necesitaba Laurel: globos, papel fino, pintura. Se dijo que iría a la tienda de ultramarinos de la Avenida J a comprar el almidón y la harina que Laurel necesitaría para hacer pasta de cartón.

Mientras pagaba, trató de olvidarse del hombrecillo de la gabardina caqui. Además, cuando saliera del bazar, seguramente ya habría desaparecido, si es que había existido. ¿Cómo era posible ser tan paranoica? Bajo la luz de los tubos fluorescentes, mirando los estantes de caramelos y tarjetas y carretes de película, cosas corrientes que la gente normal compra a diario, Annie se sintió bastante tonta por imaginarse que la seguía un sujeto sospechoso, salido de alguna película policíaca de serie B.

No había ninguna razón para pensar que Val o Rudy la hiciesen vigilar. Hacía ya tres meses que ella y Laurel estaban en Nueva York, y más de un mes de la visita de Rudy. Y desde entonces Dolly no había oído una palabra de ellos, ni siquiera una llamada telefónica.

Sin embargo, Annie no se dio prisa: pagó despacio, contó bien lo que daba a la cajera, y contó también la vuelta con calma.

En la calle, a primera vista no vio a su supuesto perseguidor. Pero unos metros más allá, por el rabillo del ojo, le divisó delante de un quiosco de periódicos, no lejos de ella, fingiendo leer los titulares. Había bastante oscuridad, y el hombre tenía el ala del sombrero caída sobre la frente, de modo que no le veía la cara. Pero le reconoció por la gabardina. Estaba clarísimo: la seguía.

Annie sintió que la sangre se le agolpaba en la cabeza, apretándose como dedos calientes contra el interior de su cráneo. Sus rodillas cedieron un poco, y a punto estuvo de chocar de frente con una mujer que pasaba por su lado con un maletín de ejecutivo en la mano.

Al pasar por el quiosco, Annie no se atrevió a mirar por encima del hombro; tenía miedo de no poder seguir andando si lo hacía. Pero el hombre estaba allí. Lo *sabía*. Annie sintió que se le tensaba la piel de los brazos y el cuello, como si acabara de encogérsele a un tercio de su tamaño normal.

Al bajar las escaleras del metro, se cogió a la barandilla de hierro para no tropezar. De la cintura para arriba se sentía extrañamente ligera, como si el peso de su cuerpo se hubiese escurrido a las piernas, que ahora le pesaban y apenas podía mover.

Aquel sujeto tenía que tener algo que ver con Val o con Rudy. Probablemente fuese un detective privado. De lo contrario, ¿por qué iba a seguirla?

Pensó en Laurel, que estaba sola en el apartamento. ¿Qué pasaría si el hombre la seguía hasta allí? Pues que tendrían que irse inmediatamente, antes de que Val y Rudy cayesen sobre Laurel... La idea de abandonar a Dolly, Joe y Rivka angustió a Annie. Tendrían que volver a empezar, refugiarse en algún hotelucho deprimente mientras conseguían otro apartamento... Las rodillas no la sostenían al llegar al fondo de la escalera del Metro. Tuvo que hacer acopio de todas sus fuerzas para seguir andando.

La estación estaba llena de gente. A lo mejor conseguía despistarle. Por las escaleras bajaban oleadas de gente que salía del trabajo. Se apretujaban contra los torniquetes en su empeño por llegar a los andenes. Acababa de llegar un tren. Si conseguía subir antes de que se cerrasen las puertas, a lo mejor le despistaba.

Mirando rápidamente por encima del hombro, le divisó en el fondo de la escalera, rodeado de gente apresurada. Pero también había gente delante de ella, y sólo conseguiría llegar si el tren esperaba lo suficiente, lo que no solía ocurrir, o si...

Annie se lanzó hacia delante. Cogiendo su paquete y su bolso con una mano, saltó por encima del torniquete, que le llegaba hasta la cintura. La falda se le cogió en algo y la sintió desgarrarse, pero la energía acumulada de todos sus nervios le permitió seguir corriendo hacia el tren antes de que se cerrasen las puertas.

–¡Eh! ¡Tú! ¡Para! –oyó gritar a un hombre.

¡Dios mío, era a ella a quien gritaba! Por el rabillo del ojo, Annie entrevió algo color azul marino contra la sucia pared de azulejos blancos: era un policía.

Annie se sintió paralizada. Siempre había respetado a la policía. Recordaba una visita con su clase de quinto grado al Departamento de Policía de Beverly Hills. Un guardia de aire paternal y pelo blanco, con su reluciente uniforme azul, les dio a cada uno de ellos un caramelo después de la visita.

«¡No! –pensó Annie–. Si me coge, pierdo el tren, y entonces averiguará quién soy y me detendrá... y... ¡Oh, Dios mío...!»

Annie se lanzó hacia el tren, y llegó justo cuando las puertas se cerraban. Quiso gritar y golpearlas con los puños. ¡No! ¡No! ¡No era justo!

Volvió la vista y vio al policía que corría hacia ella desde el otro extremo del andén, abriéndose paso con ostentosos ademanes entre la gente. Y detrás de ella, el hombre de caqui acababa de cruzar el torniquete. Estaba perdida. La cuestión ahora era únicamente cuál de los dos la atraparía primero. Sintió que se desmayaba.

Y entonces ocurrió un milagro.

Las puertas del tren se abrieron, y oyó al revisor que gritaba:

–¡Venga, subid! ¡No os apoyéis contra las puertas! ¡No nos pondremos en marcha hasta que despejéis las puertas!

Annie se precipitó vagón adentro, apretujándose contra el muro de gente que abarrotaba su interior.

Sintió al tren estremecerse, luego arrancar, aumentando la velocidad a medida que se internaba en el túnel. Con el hombro apoyado contra el cristal de la puerta, Annie vio pasar el andén como una pesadilla. El hombre de caqui estaba en el borde del mismo. Había escapado de él por los mismísimos pelos. Por un instante vio su rostro bajo el ala de su sombrero de fieltro: ojos azul claro, bigote rojizo, labios finos y caídos.

Y un instante después ya no vio nada, porque iban a toda velocidad por el túnel, negro como una mina de carbón, excepto la agresiva luz del interior del vagón, que parecía un mágico escudo luminoso. En la garganta de Annie resonó un gemido, sofocado inmediatamente por la bocanada de aire que aspiró.

Annie inclinó la frente contra el cristal empañado y cerró los ojos. Casi se alegraba de ir tan apretada, entre tanta gente, tanta lana con olor a humedad, tantos pañolones, bufandas, sombreros, paquetes y maletines de ejecutivos que se balanceaban cada vez que el tren daba una sacudida, y que parecían tenerla en vilo, suspendida en el aire.

Y de pronto pensó en Joe, y deseó que estuviera allí con ella en aquel momento. Él sabría consolarla, hacerla sentir mejor. El fin de semana anterior, Joe las había llevado, a ella y a Laurel, a la pista de patinaje del Rockefeller Center, y había enseñado a Laurel con gran paciencia, cogiéndola firmemente por la cintura con un brazo y guiándola con prudencia por la pista de hielo. Annie, que no era gran patinadora, y sin nadie que la ayudase, no hacía más que caerse, y siempre tenía que levantarse sola. Una de las caídas había sido muy desagradable, porque se hizo daño en la cadera y no podía levantarse: las piernas se le cruzaban y los patines resbalaban. Pero, así y todo, no había pedido ayuda a nadie. Antes morir que humillarse de tal manera. Y justo en ese momento se había sentido levantada del hielo por una mano providencial. Era Joe, y en seguida patinaron como los ángeles, con el brazo de él en torno a su cintura, apretándola con firmeza, y su bufanda rozándole suavemente la mejilla. Por primera vez desde la muerte de Dearie, Annie se sintió maravillosamente protegida, como una niña. Y un poco asustada también, porque ser una niña significaba no poder tomar decisiones, no ser dueña de sí misma.

Pero estar sola era todavía peor. Tenía a Laurel, naturalmente, pero con eso no mejoraba las cosas, porque Laurel dependía enteramente de ella. Además, Laurel era el *único* motivo de todo aquel secreto y todo aquel esconderse y toda aquella persecución.

No era que su hermana la molestase. No, en absoluto. Pero, a veces... Annie tenía que admitir que, sin Laurel, su vida sería mucho menos angustiosa.

Annie sintió una punzada de remordimiento. ¡Dios mío!,

¿cómo podía pensar una cosa así? Sin Laurel, se sentiría desesperada, solitaria. ¿A quién podría amar?, ¿quién la amaría a ella?

Y entonces recordó a Dolly y a Rivka... y a Joe. Quizás ellos no sentían lo mismo por ella, pero por lo menos la protegían.

El rostro de Joe apareció vivamente en su mente, un rostro bello e irregular. Aquellos turbios ojos color avellana. También en ellos había dolor. Annie lo había notado en más de una ocasión. Con Joe se sentía a veces igual que con Dearie: detrás de las bromas y de la indiferencia, su madre luchaba consigo misma; pero Annie intuía que Joe, a diferencia de Dearie, sabría salir sano y salvo de sus angustias.

Tal vez era eso lo que tanto la atraía de él, la sensación de que los dos, de alguna manera, estaban arreglándoselas para salir a flote, como Nancy Drew y Ned Nickerson, dos personajes de historieta que salían arrastrándose del cementerio en plena noche, con sus linternas encendidas. Pero lo que angustiaba a Joe, fuese lo que fuese, no tenía nada que ver con historias de ficción.

Annie abrió los ojos y se fijó en una pintada del vagón: *Dolores Cristo ama a Ramón de Vega, 1964*. Casi parecía un epitafio, pensó. ¿Dónde estarían ahora aquellos dos? ¿Se habrían casado jóvenes y tendrían ya uno o dos hijos? ¿O se cruzaban en la escuela o en la calle y aparentaban que no se veían? Por alguna razón, Annie deseó que estuviesen juntos. La entristecía pensar que la única huella de su amor fuese aquella frase garrapateada con una navaja en un vagón de Metro.

«Cuando yo me enamore, será para siempre», se dijo.

Y pensó que era tan ridículo sentirse perseguida por un extraño y detenida por un guardia como enternecerse pensando en el *amor*. ¡El amor, por Dios bendito! Eso, para personajes de ficción como Nancy y Ned.

Pero, mientras el tren proseguía su marcha, Annie volvió a pensar en Joe, imaginando su nombre escrito junto al suyo en un vagón de Metro.

—No sabes cómo me alegra que estés aquí, Annie. ¡No sabes qué buenas noticias! ¡Espera a que te las cuente! —gritó Rivka desde la puerta de su apartamento en cuanto la vio entrar.

Annie echó una ojeada a la pequeña sala, siempre abarrotada de cosas, y vio que efectivamente había algo *diferente*. Sarah, que acababa de cumplir los dieciocho, estaba de pie en medio de la alfombra, vestida de punta en blanco, con una falda plisada que le llegaba hasta más abajo de la rodilla y un jersey color rosa de cuello alto, a pesar de que era jueves por la noche y no caía en fiesta judía, por lo menos que Annie supiese. Sarah, ruborizada, se cubría el rostro con ambas manos. En uno de sus dedos relucía un pequeño diamante.

—¡Se nos casa Sarah! —gorjeó Rivka, apoyando un brazo sobre los hombros de su hija—. ¡Hoy nos pusimos de acuerdo! ¿Te lo imaginas? ¡Nuestra pequeña Sarah va a ser una mujer casada! Maravilloso, ¿verdad?

Annie se quedó mirando a Sarah, muy sorprendida. ¡Pero si Sarah apenas era mayor que ella! ¿Y quién era el chico? Nadie le había hablado de él. La discreta y distante Sarah iba a tener muy pronto la casa llena de niños. Tanto ella como Rivka parecían muy contentas, pero para Annie fue una sorpresa desconcertante.

Se obligó a parecer también contenta. Y quizá lo sintiera de verdad, en cuanto se acostumbrase a la idea, pero en aquel momento todavía estaba demasiado tensa.

Annie dio un paso adelante y abrazó a Sarah, pensando que era más fácil ser afectuosa con las hijas que con los hijos de Rivka. Los chicos no podían tocar a las mujeres, ni siquiera darles la mano. Rivka le había explicado que esto era así porque la mujer podía tener la menstruación y estar, por consiguiente, en un estado de impureza ritual. Annie recordaba que había aprendido ese detalle a su costa: en cierta ocasión, alargó la mano para estrechar la del señor Gruberman, pero éste retiró apresuradamente la suya. Annie se sintió como una leprosa.

—¡No sabes cuánto me alegro! —felicitó a Sarah—. ¿Y quién es él? Creo que no le he visto por aquí.

Sarah rió, tímida, y Rivka explicó:

–Se conocieron hace unas semanas, pero fue flechazo a primera vista. Yitzak tiene que viajar a Israel el mes próximo para estudiar el Talmud con un rabino famoso... De modo que todo se precipitó.

–Así pues... se van a casar sin más, ¿no?

–Llevamos casi un mes viéndonos –dijo Sarah, como si eso fuese suficiente para decidirse–, y Yitzak es un verdadero *Masmid*. Actualmente está en *pulpil* y sus *rebbeim* dicen que es una persona muy especial.

Ni una palabra sobre lo guapo o simpático o bueno que era, o si le regalaba flores, o siquiera si se le había declarado románticamente.

Rivka se encogió de hombros y se inclinó para recoger a Shainey, que intentaba salir de su corralito.

–No fue tan rápido como parece. Primero hubo otros dos.

–¿Otros dos? –Annie se quedó de una pieza. La idea de que Sarah, tan tímida, tan comedida en todo, estuviese saliendo con tantos chicos... le parecía imposible.

–Anda, ven, siéntante. Voy a hacer un té y te lo cuento.

Rivka le indicó a Annie que la acompañase a la cocina, donde Annie probablemente había pasado más tiempo en aquellos últimos meses que en el cuarto de estar de su apartamento.

–Voy a buscar las tazas –dijo Sarah.

Laurel, que estaba con Rivka al llegar Annie, se quedó en la sala para cuidar de Shainey y para ayudar a Yonkel, que sólo tenía cinco años, a jugar con los *dreidels* que había recibido por la *Hanuka*. En la mesa de coser de la esquina había un patrón pegado con alfileres a una tela color ciruela: era un vestido que Rivka estaba ayudando a Laurel a coser.

–Mira, hazlo así, será más rápido.

Annie oyó la dulce voz de Laurel por encima del parloteo de los pequeños, siempre paciente y buena con los hijos de Rivka. «Algún día será una buena madre», pensó Annie.

Incluso ahora era Laurel quien más trabajaba en el apartamento. No sólo se encargaba casi siempre de la cocina, sino que todos los sábados llevaba la ropa de toda la familia a la lavandería automatizada de la esquina de la Avenida J y la Calle 16. Arriba ya tenía un montón de tiras de papel recortadas de periódicos, para empaparlas en una mezcla de almidón y agua que luego extendería sobre los globos que había comprado Annie hasta que la capa tuviese el grosor necesario para las piñatas.

Mientras Rivka daba vueltas por la cocina, preparando el té y poniendo en un plato unas cuantas *rugelach* de artesanía casera, Sarah disponía tazas y platos. Se movía con precisión y destreza, como si ahora se sintiese más segura de sí misma, considerándose ya mujer casada más que hija quinceañera. Annie la observaba con interés, esperando ver algo en su rostro o en sus movimientos que la diferenciara de las otras chicas de su misma edad. Pero la verdad era que no había nada: Sarah podía confundirse con cualquier otra chica de clase media en edad de ir a su primer concierto, o de empezar la universidad. O de...

«Ella podría ser yo. O yo podría se ella», pensó, y esta idea la inquietó tanto que casi derramó el té que Rivka acababa de escanciar en su taza. «Seguro que no me quiero casar –pensó Annie–. Por lo menos ahora. Quizá ni siquiera dentro de diez años. O tal vez nunca.»

–Los dos primeros, y también Yitzak, nos fueron presentados por la *shatchan* –explicó Rivka, dejándose caer pesadamente en su silla, enfrente de Annie, mientras Sarah corría a ver qué le pasaba al bebé, que chillaba en uno de los dormitorios. Rivka sonrió–. Veo que es la primera vez que oyes hablar de una *shatchan*.

Rivka llevaba una camisa floreada que subrayaba su reciente esbeltez, y, en lugar de un pañolón ceñido a la cabeza, llevaba su *shaitel*, una corta peluca castaña. Rivka había explicado a Annie que las chicas judías ortodoxas se ponían peluca después de casadas y sólo se la quitaban cuando estaban a solas con su marido, de modo que sólo éste pudiera verlas en lo mejor de su belleza. Pero Annie se preguntaba cómo quedaría el cabello después de estar aplastado por la peluca todo el día.

–Una *shatchan* es una casamentera –explicó Rivka–. Esther Greenbaum se ocupa de esas cosas: enseña fotografías, presenta a la gente. ¡No sabes lo exigente que estuvo

Sarah cuando tuvo que sacarse la foto! ¡Ni que fuese a presentarse candidata a Miss Norteamérica! ¡Como si algún chico pudiese rechazar una cara como la de Sarah, por mala que fuese la foto!

Annie sonrió y preguntó:

–Bueno, ¿y que pasó? ¿No le gustaron los dos primeros?

–El primero, verás, en cuanto vio su foto Sarah se echó a llorar. Tenías que haberla visto, con los dientes hasta aquí. Esther juraba y perjuraba que era un chico estupendo y que sería un marido maravilloso para cualquier chica, pero Sarah no quiso ni siquiera volver a mirarle. ¡Y no me extraña! ¡Me habría tocado un nieto con cara de mono! –Rivka se inclinó hacia Annie para subrayar sus palabras, agitando un dedo ante su rostro–. El otro no era tan feo. Pero cuando se conocieron, él no dijo ni palabra. Y Sarah tampoco es muy habladora. Vaya pareja, me dije, ¡estaré muerta y enterrada antes de tener un nieto!

–¿Y qué pasó con...? –Annie vaciló, tratando de recordar su nombre.

–Yitzak –puntualizó Sarah, en voz baja.

Rivka se retrepó en su asiento y esbozó una amplia sonrisa:

–Yitzak será un buen marido para Sarah. Es persona íntegra y seria, y un *masmid*, como dice Sarah, muy estudioso. Pero también le gusta la juerga. Sabrá hacerla gozar de la vida. Y no hay chico más piadoso. Su padre, te diré, es un rabino muy sabio.

Annie sintió la tentación de preguntar a Sarah qué fue lo primero que pensó al ver la foto de Yitzak, pero se dijo que podía parecer impertinente. Sin embargo, Rivka se lo dijo sin necesidad de que ella lo preguntase.

Inclinándose de nuevo hacia Annie, susurró:

–En confianza, te diré que Yitzak no es feo, no está nada mal. Y es natural, porque mi Sarah es un primor. –Rivka se llevó un *rugelach* a la boca y se retrepó en su asiento, mirando con orgullo a Sarah. Cuando hubo terminado de masticar, preguntó–: Dime, Annie, ¿y tú, qué? No es buena cosa ir por ahí sin familia ni marido.

Annie sonrió.

–Sin casamentera, no creo que encuentre a nadie tan pronto. Además, todavía no he pensado en casarme.

–¿Y qué me dices de ese chico?, el que viene a veros a ti y a Laurel. ¿Acaso es el lechero?

–¿Joe, dices? –La voz de Annie se alteró un punto, traicionando sus sentimientos y haciéndola ruborizarse–. Bueno, es, pues, eso... una especie de amigo. Viene más que nada a ver a Laurel, como un hermano mayor.

Rivka la miraba con la cabeza echada hacia atrás. La vida de Rivka era sin duda estrecha y reducida, pero conocía bien el mundo de las mujeres y los hombres, y se daba cuenta de que Annie no estaba diciéndole toda la verdad.

En cuanto Annie comprobó que podía fiarse de Rivka, le habló de Val, a fin de que, si apareciese por la casa, Rivka supiera cómo recibirle y despistarle. Y ahora Annie sentía deseos de contar a Rivka lo que acababa de ocurrir aquella noche, al volver de su trabajo, lo del hombre de la gabardina, pero no quería asustar a Laurel o ensombrecer la felicidad de Rivka. Mejor sería callárselo por el momento.

–La verdad –rió Rivka– es que estoy metiéndome en lo que no me importa, como buena *yenta* que soy. ¿Quieres más té? Voy a preparar otra taza. Y toma uno de éstos, acabo de sacarlos del horno.

En aquel momento el señor Gruberman regresaba de la *shul*. Al oírle entrar, Rivka corrió a recibirle. Annie, bebiendo su té en la cálida cocina de Rivka, oyendo las voces excitadas que llegaban de la habitación contigua, se sintió segura y reconfortada.

Probablemente el hombre de caqui sólo quería coger el Metro, como todo el mundo. Seguramente todo aquello de la persecución no eran más que imaginaciones suyas, se dijo.

Y acabó creyéndoselo.

Bueno, casi.

CAPÍTULO X

A oscuras, sentada en una butaca del cine de East Village donde reponían un ciclo de viejas películas, Dolly se sentía muy tensa. Tenía los puños tan apretados que las uñas se le hincaban en las palmas.

Miró su reloj de pulsera. Era ya cerca de medianoche, y la película estaba a punto de terminar.

¿Estaría sentado cerca, se preguntó, o en alguna de las filas de delante? No había conseguido verle al entrar, aunque probablemente había llegado después de empezada la película.

Le vería tarde, en el vestíbulo, como él había dicho. Era extraña esa obsesión suya de encontrarse con ella en un sitio como aquél. ¿Por qué?, ¿sería un nostálgico del pasado?

Alargando el cuello, Dolly vio que el cine no estaba lleno. Dolly, para que no la reconocieran como ex actriz de cine, había preferido sentarse en la fila de atrás, junto a la salida, donde nadie la vería. Pero ¿a qué venía tanto recato?

Después de todo, la mayoría de aquellos espectadores llevaban pañales cuando se filmó *Mujeres sometidas*. Y con su aspecto actual, Dolly podía pasar muy bien por la mamá de aquella actriz joven y bonita que abría constantemente los ojos de par en par en la pantalla.

Era una película que difícilmente podía ser considerada un clásico del cine. Era tan mala que con el tiempo llegó a convertirse en una especie de broma. Al principio, Dolly había temido que la broma sería a costa *suya,* al oír a los espectadores reírse de las frases en que ella había puesto todo su amor y todo su arte tantos años ha, pero, al cabo de un rato, comenzó a ver su lado gracioso, y hasta rió también de vez en cuando. Y es que algunas de aquellas frases eran bastante ridículas.

En aquel momento estaba viendo su propia imagen de jovencita emperifollada e inclinada de manera que sus tetas casi rozaban la cara del abogado, mientras gemía: «¡Dios mío, cómo puedo haberme metido en este lío!»

Se echó a reír. La verdad, la actual Dolly tenía en común con aquella jovencita tanto como un tomate verde con un grajo. De acuerdo, su manera de actuar de entonces era ridícula, pero luego había corrido mucha agua bajo el puente, y ella había cambiado mucho.

Pensó en lo que le esperaba: pronto sería el Día de los Enamorados, y para el mes siguiente tenía la fiesta benéfica del Museo Metropolitano. Y ayer, sin ir más lejos, un primo de la señora Levy que había estado en el Bar Mitzvah de la semana pasada, y que en Long Island tenía un negocio de *catering* al por mayor, la había llamado por teléfono, muy impresionado por las piñatas de Laurel, encargando a Dolly que le surtiera de chocolate para todas sus clientes.

La película, ya estaba terminando y se encendían las luces. La gente se levantaba, se ponía el abrigo y se dirigía a la salida.

Dolly permaneció sin moverse. Tenía miedo, estaba muy preocupada por el hombre que supuestamente la esperaba en el vestíbulo.

Rudy Carrera.

¿Qué podía querer? ¿No le había dicho ya ella que no sabía nada, que llevaba años sin tener noticia del paradero de Eve o de las chicas? ¿Por qué atosigarla ahora? Se estremeció recordando la llamada de la noche anterior. Había algo en aquella voz... algo que no conseguía identificar... No, no era que *tuviese* algo, sino que le *faltaba* algo. No era una voz curiosa o impaciente, no, nada de eso, era como si...

Como si ya lo *supiese* todo.

El corazón de Dolly se desbocó de miedo.

Al principio había tratado de evitar la cita. Pero él insistió como un auténtico perro de presa, y finalmente Dolly se dijo que, aunque sólo fuese por sus sobrinas, tenía el deber de averiguar cuánto sabía Rudy, si es que sabía algo. ¿Y si no sabía nada? Bueno, pues mejor, porque en tal caso ellas podrían descansar.

Recogió su abrigo y se preguntó cómo había conseguido permanecer sentada durante dos películas enteras. *La calleja de la tormenta*, la primera; llevaba años sin verla. Qué alegría y qué golpe ver a Eve en la pantalla, tan llena de vida y tan magnífica actriz... No se parecía en nada a la mujer acabada en que se convirtió al final de su vida. Y aquella escena en la que Eve, que interpretaba a una pequeña zorra con el corazón de oro, decide volver a los brazos de Gino, diciéndole que está a punto de morir de cáncer, y persuadiéndole de apoyarla y protegerla, para luego acusarle de asesinato. ¡Santo cielo, qué melodrama lacrimógeno! Pero sólo una actriz como Eve habría podido sacarlo adelante, dar a todo aquello un aire verosímil. Hacia el final de la película, varios espectadores se llevaron el pañuelo a los ojos, y también ella había lagrimeado un poco, aunque en su caso probablemente tenía otras razones de angustia.

Dolly miró alrededor: butacas de felpa gastada, cortinas deshilachadas, molduras modernistas desconchadas. Eve, la *vieja* Eve, se habría encontrado a gusto en aquel ambiente, viendo su fama elevada a categoría de cine clásico.

Dolly recordó la primera vez que vio este ciclo retrospectivo anunciado en el *Times*: «Hermanas de los años dorados.» Iban a ser seis funciones dobles, cada una con dos películas de dos hermanas famosas (o, en este caso concreto, no tan famosas) de Hollywood. Olivia de Havilland en *Hold Back the Dawn* y Joan Fontaine en *Suspicion*. Dos vejestorios de verdad, como Lillian y Dorothy Gish. Y luego, Dolly y Eve.

Un agüero. Un *mal* agüero, se había dicho Dolly al verlo.

Y de pronto, cuando menos lo esperaba, Rudy Carrera. Tenía que querer *dinero*. ¿Qué otra razón podía tener para llamarla? Si ya sabía dónde estaban Annie y Laurel, era obvio que no la necesitaba.

Dolly se levantó despacio y en seguida advirtió que no estaba sola. En la primera fila había un hombre que no parecía tener ninguna prisa. Se levantó al mismo tiempo que ella, y subió por el pasillo con la cabeza gacha, de modo que no era posible ver su rostro. Pero había algo en su cuerpo rechoncho, en su manera de andar jactanciosa, que hizo estremecer a Dolly.

—Rudy... —dijo Dolly, y sintió un ahogo.

El hombre se detuvo y volvió la cabeza para mirarla:

—Vaya, Dolly, me alegro de verte.

Parecía satisfecho, como un gato que acaba de comerse un plato de atún. En un hombre más alto, su ropa podría haber sido elegante: pantalones claros, zapatos de dos colores, camisa de diseño escocés, con los dos botones de arriba desabrochados. Llevaba una chaqueta colgando del brazo. Pero Rudy era tan achaparrado y cuadrado que a Dolly apenas le llegaba a la barbilla, de modo que la ropa elegante le sentaba ridícula. A Dolly le recordaba a Mickey Rooney contoneándose como si tuviese un metro ochenta de altura, pero Rudy Carrera no era guapo ni tenía aspecto simpático. Dolly sintió un atisbo de pena por aquel hombre que en su niñez, sin duda, había sido el blanco preferido de los gamberros del colegio. Tenía que haber sido duro crecer al lado de su apuesto hermano menor.

—Te vi en el estreno de *Mujeres sometidas* —le dijo él, mirándola divertido.

—Pues fuiste de los pocos.

—Lástima, porque estás estupenda.

—Gracias. ¿Para eso has venido? ¿Para ver cómo era yo entonces?

—No, no sólo eso. Aunque en cierto modo sí. —Rudy metió la mano en el bolsillo de su camisa y sacó un caramelo; le quitó el papel y se lo metió en la boca—. Tú, *has sido* actriz —su mandíbula se movía circularmente—, y bastante buena, lo cual, por cierto, Val no tuvo en cuenta cuando habló contigo por teléfono. —A pesar de sus buenas maneras profesionales, se le notaba un acento barriobajero.

Dolly se sintió cogida en una trampa. Tenía que tomar la ofensiva, y cuanto antes.

—Anda, déjate de tonterías y vamos al grano. ¿Qué quieres?

Rudy miró alrededor. Junto a la puerta había un acomodador que les miraba como diciéndoles que se marchasen, porque tenía que cerrar. Ya era medianoche.

—Vámonos de aquí —dijo Rudy—. ¿Conoces algún sitio donde podamos hablar?

Unas manzanas más arriba, en una *delicatessen* que no cerraba en toda la noche, Rudy pidió café y pastrami con pan de centeno. Mientras se lo servían, encendió un cigarrillo, se arrellanó en su asiento y miró a Dolly entrecerrando los ojos por el humo.

–Las he encontrado –dijo.

Dolly sintió una descarga de mil voltios. Tuvo que recurrir a todo su autodominio para seguir mirando a Rudy con aire sereno y no evitar sus ojos fríos y penetrantes. Apretó ambas manos contra la parte inferior de la mesa para evitar que le temblasen.

–¿A qué te refieres?

–Mira, Dolly, deja de fingir. Sé que mentías, y también lo sabes tú. Un detective privado amigo mío siguió a Annie hasta su casa. Annie, lista, le evitó el primer día, así que los días siguientes mi amigo puso más cuidado. –Rudy se tocó el bolsillo de la camisa–. Aquí tengo su dirección. Calle 14 Este. Hacia el centro de Brooklyn. No está mal, según mi amigo, teniendo en cuenta que son un par de fugitivas.

Dolly sintió deseos de atizar un puñetazo a la expresión complacida con que la miraba Rudy. La sangre se le subía a la cabeza, el cuero cabelludo le picaba. ¡Mierda! Era inútil seguir haciéndose la tonta. Lo mejor era hablar claro.

–¿Y bien, qué quieres? –le dijo, áspera.

Antes de que Rudy contestara, la camarera llegó con el café y el bocadillo de pastrami, obscenamente grueso. Rudy mordió un trozo con deleite y empezó a masticarlo sin ninguna prisa. A Dolly le pareció que tardaba una hora. Finalmente acabó de tragarlo, cogió una servilleta de papel y se limpió la boca.

Se quedó mirando a Dolly, sus ojillos de cerdo la penetraban.

–No quiero nada –dijo–, absolutamente nada.

¿Podría ser verdad? ¿Qué clase de negocio era aquél? Dolly estaba dispuesta a pagarle lo que fuese, pero era mejor no decírselo hasta que llegara el momento oportuno.

–Mira –insistió–, dime lo que quieres... Si es razonable, y si de mí depende, puedes contar con ello.

Rudy sin duda ganaba bastante dinero, pero quizá tenía deudas de juego, o había hecho malas inversiones.

Rudy sonrió, se quitó un poco de mostaza que se le había pegado a la comisura de la boca.

–Bueno, sí, sé que te casaste con un petrolero. Hiciste

bien, chica. Pero no me extraña, porque siempre pensé que eras lista. Desde luego lo bastante lista para no casarte con mi hermano.

—No me has hecho venir aquí para colmarme de elogios —dijo Dolly, entrecerrando los ojos—. Venga, al grano, ¿*qué* quieres?

—Y luego, aquel asunto de tu hermana —prosiguió Rudy como si Dolly no hubiera abierto la boca—, ¡qué bien le diste la puntilla! La verdad es que los tienes bien puestos, Dolly, he de reconocerlo. Cuando me enteré, me dije: una mujer así es peligrosa, está mejor de amiga que de enemiga, eso desde luego.

Dolly sintió ganas de meterle el resto del bocadillo por la boca hasta asfixiarle.

—¿Cómo... cómo te enteraste de eso? —Dolly tuvo que esforzarse para pronunciar las palabras, que no querían salir de la garganta encogida, como si fuera *ella* la que estaba asfixiándose.

—Val se enteró por tu hermana. Sí, estaba furioso, pero Eve le hizo cerrar el pico... no quería que se supiese que su propia hermana la había denunciado. Me figuro que era porque le parecía vergonzoso. O temería que la gente pensase que tenía que ser mala de verdad si hasta su propia hermana se había sentido obligada a denunciarla. —Hizo una pausa para que Dolly asimilase sus palabras—. Val vino a verme después de la muerte de Eve, pensando que a lo mejor había alguna manera de sacar partido del asunto, por ejemplo, llevarte a los tribunales y hacerte pagar una fortuna en concepto de daños y perjuicios. Le dije que lo olvidara, porque había dejado pasar mucho tiempo, y esas cosas prescriben.

Dolly temblaba tanto que ni siquiera se atrevía a coger la taza de café:

—Venga, Rudy, suéltalo de una vez... ¿Qué intentas decirme? ¿Qué quieres de mí?

—¿Que qué quiero de ti? —Rudy levantó la cabeza, la echó un poco hacia atrás y entrecerró los ojos, pensativo—. Pues un poco de cooperación, nada más, quiero que me arregles una entrevista con la hija de Val, con Laurel. No quiero asustarla apareciendo por las buenas.

Dolly estaba respirando demasiado de prisa, su pecho parecía encogérsele, como si estuviera de nuevo metida en el corsé estrechísimo de *Mujeres sometidas*. Rudy la había asustado de verdad, y tardó lo suyo en sosegar su respiración lo suficiente para poder contestar:

–¿Y por qué voy a ayudarte en eso?

–Pues porque sé que para ella quieres lo mejor, por eso. –Rudy bajó la cabeza y la miró de una manera que la hizo temblar–. Y porque, a juzgar por tu manera de actuar, te sientes muy culpable de lo que hiciste a Eve. Quieres compensar a las niñas... y tranquilizar tu conciencia... –Exhaló una bocanada de humo con una especie de silbido–. ¿No es eso?

Dolly se sintió como si la hubieran desnudado, como si estuviese completamente desnuda. Quería irse de allí, dejar a aquel gusano en el polvo y no verle nunca más, pero se obligó a seguir allí, completamente inmóvil. No tenía otra solución. Y lo hacía por Annie y por Laurel, no por ella.

–¿Y Val? –preguntó–. ¿Por qué no está él aquí?

–Esto no tiene nada que ver con Val.

Ignorando el cenicero que había en la mesa, Rudy aplastó el cigarrillo contra el platillo de su taza de café. Dolly sintió un escalofrío en toda la espina dorsal. ¿Qué se proponía Rudy? ¿Podría ser alguna cosa... *sucia*? Recordó que en Clemscott, siendo ella niña, habían cogido a Pop Farraday en la trastienda de su bazar sobando a la pequeña Susie Underwood. Le embargó un violento deseo de estrangular aquel cuello rosado y grueso.

–Escucha, será mejor que olvides tus sucias ideas sobre...

–Eh, un momento –los ojillos de Rudy miraron a Dolly con reproche–, si piensas que soy uno de esos *pervertidos*, te advierto que te equivocas. Lo único que quiero es ver a la niña, hablar con ella, conocerla un poco mejor. También es sobrina mía, por si no lo sabías.

–¿Y por qué precisamente ahora? Nunca te habías preocupado por ella ni por Annie, que yo sepa.

–Antes –dijo Rudy, pensativo– las cosas eran muy distintas. Y ahora es ahora.

La miró de soslayo, fijándose en el mostrador de servicio rápido, donde una chica de uniforme color rosa cortaba una porción de pastel de limón.

–¿Y Val? –repitió Dolly.

Los ojos de Rudy volvieron a posarse en ella:

–Te he dicho que te olvides de Val. Esto no tiene nada que ver con él. No tiene la menor idea al respecto. Y no pienso decirle nada.

–No te entiendo. Ni tampoco veo por qué tendría que echarte una mano en esto.

–Oye, a ver si nos entendemos. –Rudy la miró fijamente–: Tú a mí no me haces falta. Si hago esto es únicamente por *ella*. Pensé que así sería más fácil, si tú le explicas la situación antes.

–¿Y cómo sabes que no las avisaré? Para mañana a estas horas las dos podrían estar en otra ciudad, a lo mejor incluso en otro país.

Rudy sonrió.

–De sobra sé que no lo harás. Porque lo que tú quieres es lo mismo que yo. Porque tú y yo, en el fondo, no somos tan distintos.

Dolly se estremeció. Pero, en el fondo de su alma, no podía negar que era así. Sí, era egoísta. Quería tener a Annie y a Laurel cerca de ella. Ser una especie de madre para las dos. ¿Qué tenía eso de malo?

Muy bien, de acuerdo, quizá tampoco era malo lo que quería Rudy, pero, aun así, la idea de que Laurel pudiera verse a solas con él, incluso si era paseando por el parque, le daba escalofríos. «Tengo que conseguir que regrese a Los Ángeles y se olvide de ella.» Sin embargo, Rudy no era como Val, y no era posible quitarle de en medio colgándole simplemente el teléfono. Lo mejor era hablar claro.

–Dime cuánto quieres –le dijo–. Sé que esto no lo haces por dinero, pero con lo que te dé te podrías poner de acuerdo con una mujer simpática y elegante que te trataría como a un campeón de belleza masculina.

El rostro de Rudy se ensombreció, sus manos se cerraron, y por un segundo Dolly pensó que iba a pegarle. Sin embargo, acabó dominándose y sonriendo:

—Mi idea es muy distinta. Si tú callas, también yo callaré. Lo uno por lo otro.

—¿Có... cómo? —balbuceó Dolly.

—Cuando hable *yo* con Laurel, imagino que no te haría ninguna gracia que le dijese que fuiste *tú* quien denunció a su madre al senador MacCarthy, ¿eh? Y, a cambio de eso, tú no le dices nada a Laurel de nuestro pequeño... acuerdo.

Dolly sintió que la sangre se le helaba.

—Maldito... bastardo —le costaba mover los labios—. Haces esto para vengarte de Val, dime la verdad, ¿no es así?

—No, te equivocas por completo, no es eso en absoluto. —Rudy se inclinó hacia ella, sus mejillas pálidas volvieron a cobrar color y en su voz se percibía un atisbo de pasión—: No quiero *vengarme* de Val, quiero *quedarme* con algo de Val.

—¿Y qué pasa con Annie? ¿Cómo piensas arreglártelas para que no se entere?

—Eso déjalo de mi cuenta.

Dolly comprendió que había perdido la partida. Y que, una vez más, se iba a ver sumida en engaños y traiciones. Tendría que mentir a Annie y organizar secretamente el encuentro de Rudy con Laurel. Porque si Annie se enteraba, escaparía. Cogería a Laurel y escaparía con ella. Dolly sintió deseos de echarse a llorar.

No, no podía decirle la verdad a Annie. Con Henri en París, sin ninguna esperanza de que Henri consiguiera el divorcio, Dolly no podía siquiera pensar en perder también a sus sobrinas.

«Traicioné a mi hermana —pensó, sintiendo que se le desgarraba el corazón—, y ahora tengo que traicionar a la hija de mi hermana.»

—¿Y por qué tiene que ser un secreto?

Laurel miró a su tío Rudy en la penumbra del acuario de Coney Island. Parecía un sitio raro para verse a solas con él, pero tía Dolly, que solía llevarla a sitios los sábados, le dijo que sería lo mismo que ir al zoológico con ella. Y de camino, en su coche con chófer, le había explicado que tío

Rudy no iba a hacerle daño ni a revelar a nadie su paradero, que lo único que quería era verla y asegurarse de que se encontraba bien. Pero, si era así, ¿por qué tenía su tía la cara hinchada y enrojecida, como si acabase de estar llorando?, ¿y por qué estaba ahora su tío Rudy intentando hacerla prometer que este encuentro sería un secreto, que no hablaría de él ni siquiera con Annie?

Laurel echó de menos la compañía de Annie en aquel momento. Su tía se había quedado en el coche, y dentro de una hora volvería a recogerla. Al principio Laurel estaba asustada, pero tío Rudy había estado simpático, llevándola por los pasillos rielantes de verde del acuario y enseñándole las distintas clases de peces. Le había preguntado cosas sobre el colegio, y sobre Brooklyn, y sobre los Gruberman. No había tratado de abrazarla, ni siquiera de cogerle la mano... Eso a ella no le habría gustado *nada*. Ni tampoco había dicho una palabra sobre su fuga con Annie... bueno, hasta ahora.

–Tú confía en mí –le dijo–, es mejor así.

–Pero si lo sabe tía Dolly, pues Annie debería saberlo también, ¿no? –preguntó Laurel, susurrando, a pesar de que a aquella hora de la mañana no había nadie que pudiese oírlos.

–Es que, verás, tu hermana... no lo entendería –dijo Rudy, apartando sus ojos de Laurel.

Rudy tenía ese aire que tienen los mayores cuando tratan de ocultarte algo porque piensan que eres demasiado joven para saberlo.

Laurel comenzó a sentirse un poco asustada. Le miró. Su rostro era como de goma, su frente abombada le hizo pensar en los informes manatíes que nadaban detrás del grueso cristal, delante de ella. Hasta aquel momento, Laurel no había pensado mucho en su tío. Era un sujeto de aspecto raro que visitaba de vez en cuando a Val y nunca se fijaba en ella, excepto cuando se ponía a mirarla, y entonces la inquietaba y le daba un poco de asco. Pero ahora *estaba* hablando con ella, y parecía verdaderamente interesado en ella, de modo que quizá no era tan malo.

–Si se lo digo... si le explico que tú...

–Oye –la interrumpió él–, ya eres una señorita, así que

te lo voy a contar todo. –Se inclinó hacia Laurel, ambos tenían casi la misma estatura; su grueso cuello salía de la gabardina arrugada, sus ojos eran pequeños y negros–. Verás: Val, tu padre, la noche que os escapasteis las dos... en fin, estaba muy mal, y cuando le llevé al hospital ya no había manera de salvarle. Annie le pegó con un objeto duro que le dañó el cerebro. Total, que los médicos hicieron todo lo posible, pero él... –Rudy apartó los ojos, fijándose en el manatí que describía círculos tras el cristal verdoso–. En fin, ya no se repuso.

«¿Muerto? ¿Su padre, muerto?» Laurel se sintió de pronto sofocada y mareada, la salchicha que había comprado por el camino parecía habérsele hincado en la garganta, convirtiéndose en algo indigesto y con sabor a hígado. Y de pronto lo recordó: tía Dolly le había dicho que había hablado por teléfono con Val, de modo que no podía estar muerto.

–¡No es verdad! –gritó–. ¡*No* está muerto! ¡Tía Dolly me lo habría dicho!

–Tu tía Dolly es una buena persona. Y está cuidando de ti y de tu hermana... igual que yo. Y sabe lo que ocurriría si se supiera la verdad. Si la policía supiese que fue Annie quien...

Laurel se estremeció, recordando la sangre que había en el Oscar de Dearie, y en su manta.

–Annie no lo hizo a propósito... –Laurel prorrumpió en sollozos, y su respiración se hizo seca, caliente, espasmódica.

–No te preocupes, eso ya lo sé. –Rudy empezó a acariciarle torpemente el hombro–. Eso es exactamente lo que le dije a los médicos y a los policías que andaban curioseando, que había sido un accidente, que Val debió resbalar y caerse y darse con la cabeza contra la mesa o así.

–No les dijiste nada de...

–¿De Annie? Claro que no. Escucha, cariño, eso es precisamente lo que estoy tratando de decirte. Estoy de vuestro lado, y a partir de ahora me ocuparé de ti. Siempre que venga a Nueva York te iré a ver, y si necesitas algo... no tienes más que coger el teléfono y llamarme a cobro revertido. Pero será nuestro secreto. *Capische*?

Laurel se estremeció, llorosa. El pasillo en penumbras, con reflejos extraños y ondeantes, le hacía sentir como si estuviera bajo el agua, tratando de respirar, ahogándose casi.

–Pero... ¿por qué, por qué no puede saberlo Annie? –balbuceó.

–¿Quieres que se entere de que es una asesina? ¿Qué piensas que sentiría? Mira, tu padre era un tipo muy difícil, pero tu hermana no hubiera querido que la cosa terminase... en fin, como terminó.

–Pero...

–Tú quieres a tu hermana, ¿no? –La voz de Rudy era un áspero susurro y Laurel sentía su aliento contra su rostro, cálido y oloroso a caramelos y a tabaco–. No quieres disgustarla, ¿verdad? Una cosa así podría acabar con ella... Podría, quién sabe, incluso volverla loca, trastornarla.

«Como a Dearie –pensó–. Tío Rudy quiere decir que Annie se sentiría tan mal pensando en lo que le pasó a Val que tal vez hasta se...» No, pensó, *no*, Annie no era así, nunca llegaría al extremo de suicidarse... Pero quizá se angustiaba tanto que acababa poniéndose enferma.

Laurel sentía las lágrimas resbalarle por las mejillas. El manatí, nadando muy junto al cristal, parecía observarla con ojos tristes y siniestramente humanos.

Laurel recordó que siempre había querido hacer algo verdaderamente útil, algo más que guisar y lavar la ropa. Y ahora, por fin, había encontrado algo, pero era algo que no quería... No quería guardar ese horrible secreto.

Pero si hablaba a Annie de Val, le haría sentirse muy angustiada, y a lo mejor olvidaba que había sido un accidente y empezaba a creer que ella le había hecho daño a propósito, y entonces... entonces... Tal vez Rudy tenía razón, tal vez esa idea la reconcomía hasta inducirla a terminar como Dearie.

Laurel pensó en las uñas de Annie, mordisqueadas hasta hacerse sangre. Y recordó que a veces despertaba en plena noche y encontraba a Annie sentada en la cama, mirando al vacío.

–No diré nada –dijo con voz apenas audible.

Ya no se sentía tan mareada, y se había acostumbrado a

la penumbra acuosa del pasillo hasta el punto de poder respirar. Incluso comenzó a sentirse una pizca satisfecha de sí misma.

Annie no sabría nada de todo eso, se dijo Laurel, pero *ella* sí. Ella sabría que estaba haciendo algo importante, que ya no era una chiquilla tontaina, un estorbo para su hermana.

Sabría que, en cierto modo, estaba cuidando de Annie de la misma manera que Annie siempre había cuidado de ella.

SEGUNDA PARTE: 1972

La reina quedó aterrorizada, y ofreció al hombrecillo todas las riquezas de su reino a cambio de que le permitiese conservar a su hijo. Pero el hombrecillo dijo: «No, yo prefiero un ser vivo a todas las riquezas del mundo.»

de *Rumplestiltskin*

CAPÍTULO XI

–Me voy a caer cuan larga soy, ya verás.

Annie se quedó mirando a la chica que iba a su lado, en el asiento trasero del coche. A la luz de unos faros de coche aparentaba menos de diecinueve años, y tenía aspecto asustado.

–No, qué va –le dijo Annie–, ya me dijiste que has cantado ese aria cien veces, y, además, no tienes que cantarla entera, sólo lo justo para que el señor Donato se haga una idea.

–No, si no digo eso. –La chica, ¿se llamaba Suzanne?, volvió los ojos y la miró–: Digo que me voy a caer cuan larga soy porque este vestido se me va a enredar en los pies. ¡Dios mío!, ¿cómo se las arreglaban las mujeres con vestidos como éstos? –añadió, tirando del pesado terciopelo color vino que se amontonaba alrededor de sus pies.

¿Enredarse? Probablemente algo mucho peor. Los ojos de Annie observaron el corpiño del vestido: un palmo de tela estirada sobre los pechos de la estudiante, que se hinchaban de manera alarmante, y se sintió súbitamente preocupada, temiendo que, cuando Suzanne se lanzase a cantar su aria, aquellos grandes globos rasgaran la tela y emergieran victoriosamente al aire libre.

¡Santo cielo, qué escena! Donato y los demás hombres del público quedarían boquiabiertos, las mujeres se sonrojarían, escandalizadas. Aquella gente era la cúspide de la industria de la alimentación, comerciantes al por mayor y distribuidores. Si ocurría una cosa así y Donato se enteraba de quién era responsable de la presencia de la bien provista cantante en el espectáculo, Girod's ya podía despedirse.

No, no podía ser, la cosa tenía que funcionar. Donato's, filial de la famosa Casa Donato, de Milán, con sus suelos de mármol y sus techos pintados al fresco, recién inaugurada aquel mismo otoño en Madison Avenue, iba a ser el establecimiento de alimentación más elegante de la parte este, de la ciudad entera incluso. Y Annie esperaba que Girod's formara parte del selecto número de chocolateros cuyos productos se venderían allí. Estaba decidida a que fuese así.

Claro que podría atacar el problema de la manera habitual, enviando muestras al comprador de Donato's y haciendo luego un par de llamadas telefónicas, pero eso era lo que estaban haciendo todos los proveedores de la ciudad, de modo que, ¿por qué comportarse como uno de tantos?

No, lo mejor era arriesgarse, intentarlo de alguna manera que llamase la atención de Donato. Y si su plan *salía* bien, Donato, el magnate de la alimentación, se acordaría de Girod's hasta el día de su muerte.

«La rueda que chirría es la que muerde la grasa.» ¿No era eso lo que solía decir Dolly? ¿Y no había resultado verdad durante los seis años que Annie llevaba trabajando en Girod's? Annie se quedó pensando inopinadamente en aquel recio y barbudo Nate Christiansen, el comprador de comestibles y bebidas de Carlyle: durante meses y meses había ido detrás de él, telefoneándole, enviándole cartas, hasta invitándole a comer. Y Nate, jovial, afable, hasta coqueto, festejando todas sus bromas y siempre insinuando, nunca llegaba a comprometerse de una manera clara. Una de las cosas que Nate le había dado a entender era que le encantaba G. K. Chesterton. Y, qué casualidad, después de explorar minuciosamente las librerías de segunda mano, Annie había dado con un ejemplar de una primera edición de una novela del Padre Brown firmada por Chesterton. Envolvió el libro en grueso papel floreado y se lo envió a

Christiansen, con una libra de trufas surtidas de Girod's. Una semana después fue *ella* la invitada a comer, y durante la comida acordó con Christiansen el suministro de chocolatinas Girod's para mesitas de noche de hoteles que daban así «dulces buenas noches» a sus huéspedes.

De modo que ¿por qué no iba a funcionar también este sistema? La chica, Suzanne McBride, estudiante de Julliard, tenía una voz angelical. Y tenía *aire* angelical, su piel era color de melocotón con champán y su pelo de un rojo prerrafaelita. Y Donato, según Annie se había enterado, no sólo había llegado a Nueva York para poner en marcha su nueva tienda, sino también para adquirir *dos* abonos de temporada de la Ópera Metropolitana. ¿Qué mejor manera de sorprenderle que presentarle inesperadamente a esta encantadora jovencita cantando el aria del balcón de *Romeo y Julieta*?

–No te preocupes –Annie acarició la mano de Suzanne, que estaba húmeda y fría–, te saldrá muy bien. No olvides recogerte un poco la falda.

El vestido *era* demasiado largo para ella, pero no había habido tiempo de cambiarlo, y, además, se lo habían prestado. Una amiga de Gloria que trabajaba en una tienda de alquiler de vestuario de Broadway lo había encontrado y Annie le había prometido devolvérselo para el día siguiente.

El coche –el Lincoln de Dolly– dio la vuelta a la Calle 57 para entrar en Sutton Place, y se detuvo delante de una encantadora casa de ladrillo enguirnaldada de hiedra inglesa. Annie se bajó del coche y ayudó a Suzanne, tirando un poco de la falda para que no se arrastrase por el suelo al subir los escalones que conducían a la puerta. Annie llevaba en la otra mano una bolsa de Girod's.

Ignorando el barroco llamador de bronce que había en el centro de la gruesa puerta, Annie llamó al timbre.

Tiritando en el fresco atardecer mientras esperaban a que les abrieran la puerta, Annie sintió un palpitar en una sien y se la rascó ligeramente con una uña. ¿Qué pasaría si no las admitían?, ¿o si Suzanne, delante de tantos extraños, se asustaba y se quedaba paralizada? Annie respiró hondo y se alisó la delantera del vestido negro, de punto y muy ceñido, bastante elegante para aquella fiesta, pero incapaz a todas luces de competir con el despampanante vestido de su soprano.

«Soy yo la que se va a caer cuan larga es... y entonces sí que puedo despedirme de mi viaje a París.»

Annie recordó fugazmente lo que le había dicho Dolly de hablar con Henri para que la aceptase como ayudante. ¡Tres meses en París aprendiendo a hacer chocolate! ¡Dios mío, tenía que salir bien! Trabajar con Dolly no era nunca aburrido, pero ya había aprendido prácticamente todo lo que se podía aprender sobre la marcha de una tienda, la preparación de escaparates, el empaquetamiento, la conquista de los clientes, y ahora estaba empezando a soñar con abrir una tienda propia. ¿Y qué mejor manera de aprender a hacer chocolate que bajo la férula de *monsieur* Pompeau, el chocolatero de Henri, que había estudiado en Suiza y llevaba más de cincuenta años preparando un chocolate que era la maravilla de todos?

De modo que lo del viaje *tenía* que salir bien. Si a Donato le gustaba la pequeña sorpresa que le tenía preparada y daba la luz verde a Girod's, Henri se quedaría muy impresionado: la clientela de Donato podría duplicar el volumen de ventas de Girod's en Estados Unidos. Ser sobrina de Dolly no serviría de mucho, le había dicho Henri en una ocasión, porque los aprendices se escogían exclusivamente sobre la base del mérito personal.

Los pensamientos de Annie fueron interrumpidos al abrirse la puerta y aparecer ante sus ojos un joven vestido de traje oscuro, con corbata de seda a listas. Era demasiado fino para ser mayordomo, y con aquellos ojos sólo podía ser...

–Hola –dijo–, soy Roberto... Roberto Donato.

Sus ojos pasaron revista al vestido de Suzanne, y una tupida ceja se arqueó, con expresión divertida.

–Soy Annie –dijo ella.

Vaciló antes de entrar, temiendo que el joven le pidiese las invitaciones, o que le preguntase por qué llevaba Suzanne aquel vestido tan absurdo. Y, rápidamente, sin darle tiempo de decir nada, añadió:

–Dispense, llegamos un poco tarde.

Pero el joven, que probablemente tenía orden de sus padres de atender a la puerta y parecía muy aburrido, se limitó a asentir y hacerse a un lado:

–Están arriba –dijo–, os habéis perdido el gran discurso de mi padre.

–Da igual –replicó Annie, sonriéndole–, llegamos a tiempo para la repetición.

Y, cogiendo fuerte la mano sudorosa de Suzanne, tiró de ella por el vestíbulo de mármol. Entraron en una estancia circular dominada por un desnudo de bronce de tamaño natural erguido al pie de una escalinata en espiral. Annie miró a Suzanne, que ahora estaba más pálida que en el coche. Annie le apretó la mano más aún. «No se te ocurra fallarme... no se te ocurra...»

Subieron las escaleras y se vieron ante un par de altas puertas, abiertas, que daban a una gran sala llena de hombres y mujeres elegantemente vestidos, cuyas voces se mezclaban con las notas de un piano. Annie notó que Suzanne comenzaba a resistirse.

–Yo no tenía idea... ¡Dios mío, cuánta gente! –La voz de Suzanne se convirtió en susurro aterrado–: Yo cantaba en el colegio, pero esto es distinto. No tenía la menor idea...

Annie, soltando la mano de Suzanne y cogiéndola por el codo, le dijo, también quedamente:

–Saldrá de maravilla, no te preocupes, recuerda lo que te dije. Mira, Donato es aquel hombre alto y de pelo gris, el del bigote espeso.

Le señaló, reconociéndole por una fotografía que había visto en la sección de negocios del *Times*. Estaba en pie junto a una chimenea de mármol negro, hablando con un grupo de hombres, a uno de los cuales Annie reconoció: era Stanley Zabar, cuya tienda de la parte alta de Broadway, mundialmente famosa, se surtía periódicamente en Girod's de frutas y pastitas de mazapán.

A Annie le extrañó lo firme y segura que sonaba su voz, mucho más segura de lo que ella misma se sentía. Aunque no había cenado, sentía una ligera náusea, como si hubiera comido demasiados canapés de queso, pero se dominó, obligándose a pensar en la alegría que daría a Dolly y Henri si conseguía este importante cliente.

Annie, apoyó una mano sobre la espalda de Suzanne y le dio un empujoncito. Al mismo tiempo pensó en Laurel, que dentro de tres días cumpliría dieciocho años, la misma edad de Suzanne. Laurel también era tímida, pero sabía ser sorprendentemente tenaz cuando se lo proponía. Annie recordó a Laurel a los siete años, tratando de aprender a patinar y cayéndose tantas veces que sus piernas llegaron a cubrirse de magulladuras, pero ella siempre se levantaba sola y seguía probando. Laurel, en una situación como ésta, no dejaría mal parada a Annie.

Suzanne, vacilando un poco bajo el peso de su incómodo vestido de terciopelo, empezó a avanzar. Al verla cruzar la sala, la gente dejaba de hablar y la miraba, haciéndose a un lado para dejarla pasar. Ella fue recta hacia Donato. Se oyó un rumor de gente que se preguntaba quién era aquella chica, vestida como una princesa del Renacimiento.

A unos pasos de Donato, la joven soprano se detuvo y abrió la boca. Al principio no se oyó sonido alguno, y a Annie le dio un vuelco el corazón. Pero de pronto, la voz de soprano de la chica comenzó a fluir, dulce, bella, increíblemente pura:

–*Ah, tu sais que la nuit te cache mon visage...*

Donatello se la quedó mirando como embobado, su boca, pequeña y rosa bajo el enorme y tupido bigote, se abrió de par en par de asombro.

Annie sintió que el corazón volvía a latirle normalmente. A lo mejor la cosa daba resultado: Suzanne era buena. Pero lo importante era si, después de la sorpresa inicial, Donato se sentía encantado... o irritado por la intrusión.

Mientras Suzanne desgranaba sus primeras notas quejumbrosas, la habitación se llenó de un vacío inmenso y silencioso. Annie misma comenzó a sentir que levitaba, ingrávida. El suelo parecía ondularse bajo sus pies, y la bella sala, con su techo, con su clásica moldura de motivos circulares y rectos y sus paredes tapizadas de seda, sus mesas antiguas y sus sillas color vino de oporto añejo, se mecía en torno de ella. Pero Donato no sonreía, sino que permanecía impertérrito.

Finalmente se oyó el aplauso, las exclamaciones de aprobación... y Donato también aplaudió, las puntas de su bigote se erizaban al impulso de su gran sonrisa. Annie sintió que la sala volvía a enderezarse, sus pies volvían a asentarse firmemente en el suelo. Respiró hondo y se acercó a paso rápido a Donato. «Todo va a salir a pedir de boca –se decía– todo va a salir a pedir de boca.»

Sacó de la bolsa una bella terrina antigua de Wedgewood, uno de los tesoros comprados por Dolly en el rastro, llena de bombones y trufas.

Sonriente, se la tendió a Donato, junto con su tarjeta: «Enhorabuena. Girod's.»

Y, sin más, con todo el aplomo que pudo acopiar, dio media vuelta y salió de la sala, llevándose consigo a Suzanne.

Annie, encogida en la mullida butaca de alto respaldo del cuarto de estar de Joe, observó a Laurel desempaquetar el regalo de cumpleaños que acababa de darle: una bella caja lacada con colores de acuarela, y un juego de delicados pinceles.

–Es japonés –le dijo Annie. Y recordó la tienda de arte oriental de Barrow Street, que parecía un tugurio, donde había encontrado la caja, y al viejo chino que la regentaba. Cuando le dijo que era para su hermana, una chica de dieciocho años, el viejo le dio también un mazo de papel de arroz hecho a mano.

–¡Oh! –jadeó Laurel, mirando la caja, pasando el dedo por la rosa de madreperla que adornaba la tapa–. ¡Es... oh, Annie... es preciosa!

Estaba sentada en el suelo, con las piernas cruzadas, junto al canapé donde se sentaba Joe, y su hombro rozaba casi la rodilla de éste. Se volvió para mirarle, levantando la caja y mostrándosela, como si aquel regalo de Annie fuera una dádiva que ella ofrecía a Joe:

–Mira, Joe, ¿verdad que es preciosa?

–Sí, preciosa –asintió Joe, y Annie se dio cuenta de que Joe no estaba mirando la caja, sino a Laurel.

Descalza, con sus tejanos descoloridos y su blusa bordada de estilo mexicano campesino, Laurel parecía tan radiante, tan naturalmente bella, que Annie sintió una punzada de envidia.

Y de pronto lo comprendió: «Laurel está enamorada de Joe.»

La estancia se llenó de una súbita luz: el sofá de roble, y las sillas, la estera navajo y los candeleros de hierro forjado sobre la mesa baja de madera nudosa de pino californiano, todo adquirió de pronto nuevas proporciones, como visto a través de un telescopio. Dolly, con un vestido verde estampado y sus tacones de lamé de plata, como una abigarrada cotorra posada en el borde mismo de la silla que estaba junto al radiador. Rivka, sentada junto a Joe, en el sofá, sonriendo serenamente, envuelta en un *shaitel* nuevo color ceniza y con un aspecto demasiado joven para tener nueve hijos. Y el mismo Joe, con su jersey de marino y sus pantalones de pana, tantas veces lavados, que ya casi eran blancos, sonriendo a Laurel e inclinándose hacia ella, con los codos apoyados en las rodillas.

–Me pareció que te sería útil –dijo Annie. Carraspeó y añadió–: Me alegro de que te guste.

Bajó la cabeza y miró fijamente la estera, al rayo negro, o tal parecía, que daba la impresión de salir en zigzag de debajo de una de las patas de la silla donde estaba sentada. Sabía que si volvía a mirar a su hermana no tendría fuerzas para poner coto a los negros pensamientos que pugnarían de nuevo por crecer en su interior.

–¿Que si me *gusta*? ¡Me encanta! –Laurel miró a Annie, sonriendo de oreja a oreja–. Siempre escoges lo mejor... y siempre, además, lo más práctico.

–Para eso están las hermanas –intervino Dolly con su voz aguda–, las tías están para dar cosas tan maravillosas como inútiles, que nunca se os ocurriría comprar a vosotras. Ten –añadió, tendiendo a Laurel una cajita azul en forma de huevo de pájaro, y Annie vio que era de Tiffany's–. Felices dieciocho.

Annie sonrió, pensando en las seis cajitas azules como aquélla que tenía guardadas en el cajón de su cómoda –todas con un alfilerito de plata, una medalla, un par de pendientes–, una por cada uno de sus cumpleaños desde su llegada a Nueva York. Laurel soltó la cinta y abrió la cajita. Dentro había una bolsita de franela con un medallón de oro rematado en el centro por un diamante diminuto. Bonito, pensó Annie, pero demasiado delicado, muy propio para una niña pequeña.

Laurel sin duda pensó lo mismo, porque, aunque no dejó un momento de sonreír, su sonrisa perdió brillo.

–Tienes toda la razón –rió–, yo nunca hubiera comprado una cosa así... No tendría dinero bastante. Pero me encanta. Y me encantas tú por haberlo pensado.

Annie observó a Laurel levantarse y abrazar a Dolly, y se dijo que fingía muy bien. «¡Ojalá fuese yo como Laurel en estas cosas!», pensó. Menos brusca y más delicada... y más generosa cuando se trataba de mostrar afecto. Con Dolly sobre todo, Annie seguía sintiéndose incapaz de ser completamente natural, todavía había en ella un diminuto núcleo de recelo, muy en el fondo, una sensación de que Dolly no le había contado *todo* lo ocurrido entre ella y Dearie. Y esto, en cierto modo, empañaba todas las cosas maravillosas que Dolly había hecho por ella.

–Mi Sarah tiene también un medallón así –dijo Rivka–, con una foto de Yitzak, su marido. –Miró significativamente a Laurel.

Si Laurel fuese hija de Rivka, pensó Annie, no volvería a la universidad a terminar el segundo curso... Se casaría y se convertiría en una buena ama de casa. Annie, por su parte, a los veinticuatro años podía considerarse ya una verdadera solterona.

Como si hubiese leído los pensamientos de Annie, Rivka suspiró y dijo:

–La verdad es que sigo sin acostumbrarme a que viváis tan lejos ahora.

–Hablas de Manhattan como si fuese otro continente –bromeó Annie.

–A lo mejor no lo es para vosotras, pero para ir a ver a mis dos *shaninenkes* californianas tengo que pasarme una hora en el Metro.

También Annie echaba de menos a Rivka. Se veían, pero no como cuando vivían en su casa de Brooklyn. Desde hacía cinco años Annie y Laurel tenían alquilado un pequeño apartamento de un solo dormitorio en aquel edificio, dos pisos más arriba que el de Joe.

–La próxima vez, voy yo a tu casa –prometió Annie.

–Y la próxima vez que vuelva yo a Manhattan –bromeó Rivka, amonestando a Annie con el dedo–, será para bailar en tu boda.

Annie se sonrojó y contuvo un impulso de mirar de reojo a Joe.

Rivka se levantó del sofá, alisándose invisibles arrugas de su blusa blanca de cuello alto, y de su elegante falda que le cubría la rodilla.

–Bueno –dijo–, ¿quién quiere pastel?

Lo había hecho ella, *kosher*, naturalmente, y en una caja de sombrero lo había llevado en el Metro desde la Avenida J.

–¿Tengo que soplar las velas antes? –preguntó Laurel.

–No, primero tienes que abrir mi regalo –dijo Joe.

Se levantó y fue a su dormitorio. Un momento después regresó con un paquetito mal envuelto en papel de seda y atado con un grueso hilo rojo.

Laurel lo abrió despacio. Dentro había una cajita de madera pintada a mano que contenía un anillo de plata rizada.

–Los hacen los indios de México –explicó Joe–. Se llaman anillos de la amistad.

Laurel, en silencio, se lo quedó mirando, volviéndolo entre el dedo índice y el pulgar. Parecía hipnotizada por la luz que irradiaba. Como tenía la cabeza baja y el pelo le cubría la cara, Annie no podía ver su expresión.

Finalmente, Laurel levantó la cabeza por un momento y volvió a bajarla rápidamente. Annie comprendió por qué su hermana no abrazaba a Joe ni le decía cuánto le gustaba su regalo: porque tenía los ojos llenos de lágrimas y las mejillas encendidas. Parecía a punto de echarse a llorar.

Al cabo de un momento que a Annie le pareció una eternidad, Laurel se levantó con movimientos torpes y rígidos y se acercó a Joe. Se inclinó sobre él y le besó, no en la mejilla sino en la boca, cuidadosa y deliberadamente, durante una milésima de segundo más de lo que hubiera sido meramente cortés.

–Gracias, Joe –murmuró.

Joe pareció complacido, pero también un poco embarazado. ¿Eran imaginaciones de Annie, o Joe había devuelto el beso a Laurel?

Los pensamientos que Annie había tratado de reprimir, no sólo hoy sino desde hacía meses, desde la vuelta de Laurel de la universidad, renacieron en su mente.

Su cabeza se llenó de imágenes. Laurel, una chica delgaducha de doce años, corriendo por la acera para alcanzar a Joe. Laurel, en la cocina de Joe's Place, amasando pan al lado de Joe. Laurel, sentada junto a Joe en aquel mismo canapé, viendo en la televisión *La invasión de los ladrones de cadáveres* y ocultando la cara contra su hombro cada vez que había una escena de terror.

Y luego recordó a su hermana, con trece años, zancuda y desencuadernada, cayéndose en un fangal del parque y haciéndose una herida en la rodilla. Sangre por todas partes, empapando los calcetines, los zapatos, la hierba. Joe la había cogido en brazos, y, con Annie, corrieron calle abajo, pero tuvieron que esperar a dar con un taxi. Cuando el taxista vio toda aquella sangre, trató de largarse, pero Joe, con una especie de movimiento reflejo, alargó las manos y lo cogió por la camisa, sacándole en parte por la ventanilla: «Tiene trece años y está herida –le dijo en voz baja, sin alterarse–. Usted nos va a llevar al hospital de King's Country, y yo pagaré la limpieza del coche, ¿de acuerdo?» El taxista, entrecano, puso cara de besugo y asintió. Sin decir una palabra, les llevó como un rayo a las urgencias, donde Laurel, cerrando los ojos para ocultar sus lágrimas, tuvo que aguantar que le dieran siete puntos en la rodilla. Lo que más vivamente recordaba Annie de aquel aciago día no era la sangre o los puntos, sino la manera de Laurel de mirar a Joe, como si él hubiese matado cien dragones y escalado una torre tan alta como el Empire State para sacarla del apuro.

«Está enamorada de él.» Este pensamiento se repetía en la mente de Annie una y otra vez, como una de esas tonadillas publicitarias que no hay forma de ahuyentar de la memoria. Siempre lo había sabido. Pero ahora

Laurel ya no era una niñita desgarbada, y Annie ya no podía consolarse pensando que se trataba de un amor infantil.

Sin embargo, lo que inquietaba ahora a Annie, lo que hacía latir su corazón a un ritmo desmedido y que, además, acababa de ocurrírsele por primera vez, era que Joe podría estar también enamorado de Laurel.

¿Por qué no?

A los dieciocho años, Laurel parecía mayor que la mayoría de las chicas de su edad. Todavía era un poco soñadora, pero siempre muy elegante y fina, muy habilidosa para casi todo, por ejemplo, para dibujar y coserse su propia ropa. «Sí, sé que cuidé de ella, pero Laurel tuvo que arreglárselas sola buena parte del tiempo.» Rivka solía llamarla «mi pequeña ama de casa». ¿Y qué importaba que Joe tuviera treinta y un años? No era nada raro que a los hombres les gustasen mujeres mucho más jóvenes que ellos. Y Joe, además, había empezado a hablar de casarse, y bromeaba con que le gustaría tener por lo menos media docena de hijos. ¿Qué tenía de...?

«Para, para –se dijo Annie–, estás pensando estupideces. Claro que Joe quiere a Laurel, pero no de esa manera. La quiere igual que querría a una hermana menor.»

«Igual que te quiere a ti.»

Annie sintió una punzada en el pecho, como un espasmo muscular. ¿La miraba acaso a ella de esa manera, como se mira a una buena amiga, a una hermana? Recordó el día, el momento exacto en que se dio cuenta de que estaba enamorada de Joe. Cuatro meses atrás, yendo a casa con Steve Hogan después de ver una película, un chalado que iba en bicicleta la tiró por tierra al dar ella la vuelta a una esquina delante de Steve. Al caer se golpeó la cabeza y se magulló las rodillas contra el pavimento, pero lo peor de todo no fue el dolor, o que el idiota de la bicicleta no se hubiese molestado en parar, no, lo peor fue que no consegía contener la risa. Joe, en un caso así, la habría sujetado, abrazándola fuerte, se decía Annie, la habría hecho entrar en calor, la habría ayudado. Como ocurrió con Laurel, cuando se hirió en la rodilla. Joe se habría dado cuenta de que estaba medio desvanecida, medio histérica. Pero el bueno de Steve, el empollón número uno de su clase preparatoria de derecho, con el que llevaba saliendo casi un año y hasta había considerado la posibilidad de casarse con él, se había limitado a arrodillarse en la acera a su lado, acariciándole la espalda como cuando se quiere hacer eructar a un bebé. Annie se dio cuenta en aquel momento, como si el encontronazo con la bicicleta hubiera precipitado este descubrimiento, que el único hombre que ella quería, no sólo en aquel momento sino siempre, era Joe.

Pero no había tenido el valor de decírselo, al menos todavía. Había tiempo. Quizás en unos días, después de las vacaciones de Pascuas, cuando Laurel volviese al colegio...

–¡Feliz cumpleaños! ¡Feliz cumpleaños! –La fuerte voz de contralto de Dolly interrumpió sus pensamientos, y Joe le hizo coro, y también Rivka, con su voz de soprano y su rostro redondo reluciente a la luz vacilante de las velas que remataban el pastel que acababa de traer de la cocina–. ¡Feliz *cumpleaños*, querida Laurel! ¡Feliz cumpleaños!

Annie observó a Laurel aspirar hondo, y, con los ojos fijos en Joe, de un soplido apagar todas las velas del pastel.

«No me hace falta ser adivina para saber el deseo que ha pedido.» Annie se sintió culpable de desear también ella lo mismo, pero, qué diablos, ¿por qué Laurel iba a tener más derecho a Joe que ella? Además, a Laurel se le pasaría. En la universidad había docenas de chicos de su misma edad que iban detrás de ella, y en cualquier momento se enamoriscaría de alguno de ellos, y Joe volvería a ser lo que siempre había sido: una especie de hermano mayor.

Mientras Rivka cortaba el pingüe pastel de coco y Laurel distribuía las porciones, Annie fue a sentarse al lado de Joe.

–¿Qué tal anoche? –le preguntó–. Ya sabes, tu fiesta.

Joe's Place se dedicaba ahora también a organizar banquetes en casas particulares, y Annie sabía que todavía no dominaba esta nueva actividad. El restaurante, por su parte, casi funcionaba solo, y estaba lleno prácticamente todas las noches; en los últimos seis años se había convertido en una institución de Greenwich Village.

–Pues no salió mal –le dijo Joe–, excepto que el horno de la señora se estropeó, y Rafy tuvo que convencer a su vecina de que nos dejase usar el suyo. Y, aparte de que la vecina entró de gorra y de trapillo a la fiesta de mi clienta, que era de mucho postín, esmoquin y vestido largo, ya sabes, pues todo fue a pedir de boca.

Annie sonrió y le miró:

–Sí, te entiendo.

–¿Te ha pasado a ti lo mismo?

–Ayer, al ofrecer unas muestras a un cliente que es alérgico a las nueces, bueno, pues le dije que no se preocupase, porque sé muy bien que la trufa de frambuesa no lleva nueces. Pero probó un bocado y se puso blanco. Tuvo que ir corriendo al retrete.

–Vaya –Joe frunció el ceño–, te habías equivocado.

–No. En lo de la frambuesa tenía razón, pero me equivoqué de trufa, le di una de ron praliné.

Annie recordó lo mucho que lo había sentido y lo mucho que se hacía excusado, pero ahora, contándoselo a Joe, le resultaba cómico. Contándole las cosas que más le preocupaban en su trabajo le hacía sentirse mejor.

–¿Sigues pensando en abrir tu propia tienda? –Los ojos de Joe, tras las gafas redondas de montura de acero que usaba ahora en lugar de las antiguas, cuadradas, le parecieron a Annie ligeramente retadores.

–Sí, me gustaría, si consigo organizarme. Ya sabes, detalles como saber hacer chocolate, y luego, claro, tener dinero suficiente. –Se encogió de hombros, porque no quería que nadie, ni siquiera Joe, se diese cuenta de lo intensamente que deseaba tener una tienda propia. ¿Qué pasaría, por ejemplo, si Henri, incluso después de su triunfo con Donato, que había llamado aquella misma tarde proponiendo que se vieran para hablar, rehusaba aceptarla como aprendiza? E incluso si hacía el aprendizaje, ¿qué pasaría si el dinero que le había dejado Dearie, el dinero con que contaba para abrir su propio negocio, había desaparecido, robado, quién sabe cómo, por Val, cuyo silencio durante todos aquellos años la preocupaba ahora tanto como en otros tiempos la había preocupado su amenaza latente?

–Eso a mí no me preocupa –repuso Joe–, porque sé que siempre conseguirás todo lo que te propongas.

Mirando a Joe a los ojos, aquellos ojos pardoverduscos que relucían con discreto regocijo, Annie sintió en su interior un calor agradable y firme. Ansiaba abrazarle, apoyar la cabeza en su jersey, escuchar los latidos de su corazón, ver si latía al mismo ritmo que el de ella en aquel momento. «¡Oh Joe!, si supieses lo que deseo con toda mi alma en este momento, ¿estarías igual de seguro de que lo iba a conseguir?»

Tenía que decirle lo que sentía y dejarse de timideces infantiles. Incluso si resultaba que él no sentía lo mismo por ella, al menos saldría de dudas. Y ya vería cómo arreglaba la situación.

«Se lo diré –pensó–, pasado mañana, cuando se haya ido Laurel, cuando esté enteramente a solas conmigo. Y si me quiere... bueno, pues Laurel tendrá que hacerse cargo. Después de todo ya no es una niña, se acostumbrará. ¿No le he dado todo lo que he podido? Pues por una vez seré yo la primera.»

–¿Qué estáis susurrando?

Annie levantó la vista y vio a Laurel de pie ante ellos, con un plato de pastel en cada mano. Sonreía, pero Annie advirtió que sus ojos estaban entrecerrados, como en un atisbo de recelo.

–Hablábamos de ti, naturalmente –bromeó Joe–. Yo estaba preguntándome, ahora que ya tienes dieciocho años, si vas a acabar presentándonos de una vez a tu misterioso novio.

–¿Qué novio? –Laurel le miró despectivamente al tiempo que le tendía su plato.

–Pues ése con el que sales a escondidas.

–¡No sé de qué estás hablando! –exclamó Laurel, tratando de reír, pero sus mejillas encendidas traicionaban sus verdaderos sentimientos.

Aquella tendencia de Laurel al secreto no era nada nuevo, pero Annie volvió a preguntarse, como otras veces: «¿Qué es lo que nos oculta?» Todas las noches, al volver a casa de su trabajo, se encontraba con que Laurel todavía no había vuelto, y tampoco estaba en casa de Rivka. Laurel decía siempre que había estado haciendo sus ejercicios en casa de una amiga, o que se había quedado en la biblioteca pública, pero apartaba de ellas los ojos al decirlo, y sus mejillas se encendían.

Dolly, cuando Annie le habló de esto, dijo que tal vez era la manera de Laurel de mostrar su independencia. Probablemente era cierto que estaba en casa de amigos, razonaba Dolly, pero quería hacer ver a Annie que ya no era una chiquilla que debía rendir cuentas de sus movimientos.

Joe llevaba años tomando el pelo a Laurel sobre su «novio misterioso», y Laurel siempre fingía no saber a qué se refería, pero Annie pensaba que se sentía íntimamente contenta de que Joe mostrase tanto interés por sus salidas.

—¿Pues entonces por qué te ruborizas? —preguntó Joe, dándole un golpecito en las costillas con ojos pícaros.

—¡No es verdad! ¡No me ruborizo! —exclamó Laurel, llevándose las manos a las mejillas enrojecidas.

Su sonrisa se había vuelto forzada, y dirigió a Annie una mirada extraña y furtiva.

«¿Qué me está ocultando?»

Joe, viendo que probablemente había ido demasiado lejos, trató de suavizar la situación:

—Vale, olvídalo, no he dicho nada. —Enarcó las cejas y añadió con tono bajo y pícaro—: Quizá tengo celos, quizá te quiero a ti para mí solo.

Annie se sintió arder por dentro, y al tiempo un frío glacial. Pero ¿por qué se angustiaba tanto? Joe estaba de broma, siempre estaba de broma con Laurel, desde hacía años... ¿por qué iba a ser distinto ahora?

«Lo sabes muy bien, aunque Joe no quiera saberlo.»

Basta. Tenía que decirle lo que sentía antes de que Laurel pudiera sentirse herida. Esta misma noche. En cuanto Laurel subiese al apartamento. Ni siquiera esperaría a que su hermana volviese al colegio.

Miró a Dolly, que se había levantado y cogido su bolso.

—Querría dar una noticia —dijo su tía, mirando a Annie, sonriente y feliz por lo que iba a decir, como una niña a punto de revelar un secreto maravilloso–: Sé que éste es el gran día de Laurel, pero, cariño, también tengo algo para ti. –Metió la mano en su gran bolso de piel de lagarto, sacó un sobre y se lo tendió a Annie–: Anda, ábrelo.

Dentro del sobre había un billete de avión a París.

Annie lo contempló muda de desconcierto.

–He hablado con Henri –explicó Dolly–, y está todo arreglado. Trabajarás a las órdenes de monsieur Pompeau; te advierto que es un cachondo de cuidado, pero con lo que sabe de chocolate se podrían escribir doce tomos.

Annie acabó asimilándolo: ¡A París, y dentro de una semana!

–Pero qué... qué pronto –balbuceó con los labios helados.

–Lo siento, no te puede dar más tiempo. El otro aprendiz, el que trabajará contigo, empieza la semana que viene, y Pompeau os quiere a los dos al mismo tiempo.

El entumecimiento empezaba a ceder. La invadió un súbito júbilo: ¡París! ¡Por fin iba a ser una *auténtica* chocolatera, no una simple encargada de chocolatería!

Pero, de pronto, su júbilo cesó. ¡Iba a pasar tres meses y medio sin ver a Joe! ¡Una verdadera eternidad!

No importaba mientras no supiese lo que él pensaba. Pero tendrían que estar separados. Y Laurel... Su universidad, Syracuse, estaba mucho más cerca de Nueva York que París. Laurel vería a Joe los fines de semana, y en vacaciones... y tal vez, con Annie tan lejos, ellos dos...

–¡Bueno, por Dios, di algo! –Dolly abrió los brazos–. ¡He perdido la mejor encargada que he tenido en mi vida, y lo menos que debes hacer es agradecérmelo!

–Es que... no sé qué decir... Es tan... tan... –Annie se levantó y corrió a abrazar a su tía–. No sé cómo agradecértelo, de veras.

Y era cierto que Annie se sentía agradecida, pero al mismo tiempo no podía dejar de pensar que Dolly había escogido el peor momento para hacer el papel de hada madrina.

Annie, al recibir su tarjeta de embarque en el mostrador de Air France, oyó anunciar su vuelo. Se volvió hacia Joe:

–He de marcharme.

Se inclinó para recoger su bolso de mano, pero Joe se adelantó y lo levantó con agilidad.

–Te acompaño al embarque –dijo.

–No hace falta.

Se sentía confundida, con Joe a su lado, en medio del pasillo de salidas internacionales, con gente presurosa en todas direcciones, mientras ellos más parecían extraños que se ven por primera vez que amigos de toda la vida. Annie sintió un impulso súbito de coger a Joe y gritarle delante de todo el mundo: «¡Te quiero, demonios! ¿Es que estás ciego o qué?»

Pero estaba claro que no iba a hacer una cosa así. Lo que hizo fue seguir por el pasillo junto a Joe, mirándole de reojo de vez en cuando. Joe estaba más elegante que de costumbre, con pantalones de franela bien planchados, y camisa de vestir bajo la chaqueta con petachos de cuero. Y llevaba el pelo como si acabase de peinárselo. Bajo la luz fluorescente se veían las huellas húmedas del peine. Sus gafas desentonaban un poco, porque una de las patillas no iba bien cogida a la oreja.

Annie sentía el corazón como vacío, como una cáscara vacía, resecada por el calor de sus anhelos. ¿Por qué no decía *él* algo, cualquier cosa, para darle una idea de cuáles eran sus sentimientos: por ejemplo, si la iba a echar de menos?

Joe no dijo nada hasta que llegaron a la puerta de embarque. Dejando el bolso de mano sobre una de las sillas de plástico atornilladas al suelo en largas hileras, Joe tendió la mano y le tocó la mejilla, sus dedos eran frescos y ligeros.

–No te prometo escribir porque no quiero decepcionarte. Lo de escribir cartas se me da fatal.

–Y yo estaría demasiado ocupada para contestarte.

Annie bajó la vista para ocultar la decepción que sentía.

–Annie –Joe le pasó un dedo bajo la barbilla, levantó su cabeza para mirarla a los ojos, y ella sintió de pronto que todo su ser se animaba, que la piel le cosquilleaba bajo el jersey de cuello alto y la falda nueva que le había hecho Laurel–, eso no quiere decir que no te vaya a echar de menos.

–¿Me echarás de menos?

«¡Dios mío, qué tontería he dicho!»

–¿Quién me va a despertar ahora los domingos por la mañana aporreando mi puerta y gritando: ¡Extra!, ¡extra!, ¡lea la gran noticia!

–Si no fuese porque te compro el *Times* no te enterarías de lo que pasa en el mundo.

–No, yo creo que en realidad te gusta verme abrir la puerta medio dormido y en pijama.

Annie sonrió, sintiéndose más natural y tranquila al recordar aquel ambiente tan suyo, tan habitual.

–No te engañes –le dijo–, he visto chicos más guapos que tú en las tapas de las cajas de cereales.

–Annie, te voy a echar *mucho* de menos. –Su sonrisa, un poco torcida, se empezaba a borrar de su rostro, sus ojos la miraban serios.

–Joe, yo...

Annie sintió una punzada aguda y palpitante en la garganta, como si alguien la estuviese estrangulando.

Se oyó entonces el último aviso de su vuelo. Annie echó un vistazo alrededor y comprobó que la sala ya estaba casi vacía.

–...Bueno, tengo que irme –dijo finalmente, con voz débil.

Iba a volverse cuando Joe la cogió en sus brazos, la estrechó contra sí, tanto que casi podía saborearlo, como una vigorosa sensación visceral, como morder una manzana verde, ácida y dulce al tiempo, sintiendo la boca llena de saliva y los ojos de lágrimas.

Joe la besó en la boca, un beso profundo que sacudió su corazón. Sus labios eran suaves, y Annie sintió la punta de su lengua y el borde mismo de sus dientes. Respiró su aroma recio y viril, un olor que le recordaba la sensación de ponerse uno de sus jerséis viejos y gastados, que le pedía prestados con frecuencia.

¡Dios mío! ¡Dios mío! ¡Por fin!

Un calor feliz y dichoso la invadió, haciéndola sentir pesada y dándole una sensación de cosquilleo en los dedos. La cabeza le daba vueltas. Pensó por un instante: «Me voy a desmayar.» Se iba a desmayar, como la heroína de una novela de Jane Austen.

«Dilo –pensó, terca–, di que me quieres, que me necesitas.»

Pero lo único que dijo Joe fue:

–Adiós, cariño.

Y Annie, alejándose de él en dirección a la rampa que conducía al avión, casi le odiaba por no haberlo dicho, por dejarla ir a París, donde sabía que pasaría semanas soñando con aquel beso, sin decirle exactamente lo que ese beso quería decir.

CAPÍTULO XII

Laurel se quedó mirando al hombre desnudo que yacía delante de ella.

Cabello oscuro hasta los hombros, pañuelo anudado en torno a la frente, torso escueto y musculoso ligeramente más oscuro que el lápiz color siena quemado con que estaba dibujándole al pastel. Y abajo... su... en fin, Laurel nunca había visto un hombre tan... pero ¿qué sabía ella?, ¿a cuántos hombres desnudos había visto de cerca? Todos ellos modelos masculinos, como éste, por supuesto, pero el último al que había copiado en la clase de dibujo natural era bastante escuálido y pálido, y su pene rosáceo se anidaba como un hongo en el musgo que le crecía entre las piernas.

Este chico, que parecía de su misma edad, tenía algo... una agresividad... una tensión latente, como un cable extremadamente tensado. Laurel dibujaba furiosamente, con trazos audaces y largos. Vaya. Ya estaba empezando a salirle. Un poco más de precisión aquí... y un matiz más de sombra allí...

Laurel imaginó que era a Joe a quien estaba retratando... la curva sombreada del tórax, que ahora empezaba a matizar frotando con el dedo gordo... En menos de una hora, en cuanto terminase la clase, cogería un autobús para casa. Y con Annie en París, Laurel por primera vez tendría el apartamento... y a Joe... para ella sola.

Sintió un calor acuciante en el pecho.

¿Sería todo distinto ahora entre ellos? ¿Podría Joe verla de una forma distinta? «Le obligaré a ello. Le mostraré lo mucho que le quiero, lo adecuada que sería yo para él.»

Pensando en la manera de hacer esto, Laurel sintió que el calor que había comenzado a la altura de la clavícula le subía hasta las mejillas. Se forzó a concentrar su atención en el dibujo, que estaba sujeto con clips al caballete, y en el modelo. Echado lánguidamente de costado sobre un banco cubierto con una sábana en el centro mismo de la clase, la cabeza del modelo descansaba sobre un codo y una rodilla, flexionada de modo que el pie descansase a su vez sobre el banco. Laurel, mirándole, pensó en Tarzán tomando el sol sobre una roca.

Laurel, conteniendo una risita, apretó el lápiz demasiado contra el papel, y el grafito se rompió con un ruido seco. En el silencio de la clase, los demás estudiantes la miraron un momento y Laurel sintió que se sonrojaba. Cuando volvió a fijarse en el modelo vio que estaba mirándola y que su mirada de indio apache penetraba en ella.

Parecía conocido, tal vez le había visto en algún sitio, pero no acababa de localizarle. *Aquellos ojos...* ¿Sería un estudiante? Desde luego no estaba en ninguna de las clases a que ella asistía, pero era posible que le hubiera visto por el *campus*.

De pronto lo recordó: sí, le había visto, hacía una semana delante del centro de estudiantes, repartiendo octavillas de una manifestación contra la guerra. Pero, si era estudiante, ¿por qué hacía de modelo en la clase de Dibujo del Natural? Quizá por la misma razón que ella daba clases particulares dos veces por semana en la escuela secundaria: para sacar unos cuartos.

Después de la clase, mientras Laurel guardaba sus lápices en su caja, el chico se acercó.

–No está mal –comentó, echándose el pelo sobre los hombros y mirando el dibujo de Laurel.

–Gracias.

Laurel vio con alivio que se había vestido: vaqueros remendados y una camiseta azul. Sin embargo, tenerle tan cerca y hablar con él, después de haber estado contemplando durante cuarenta y cinco minutos su... bueno... aquello... le hacía sentirse rara, no sabía por qué. Y no conseguía quitarse la sensación de conocerle de algo, no solamente de haberle visto distribuyendo octavillas.

–Tratas de recordar de qué me conoces, pero todavía no me has localizado, ¿no es eso?

Laurel, sorprendida, le miró. Él la contemplaba con la misma expresión audaz de antes. ¿Cómo se había dado cuenta?

–A ver, Garbancito... adivina tres veces...

Sus gruesos labios se suavizaron al sonreír, y ladeó la cabeza de modo que lo único que vio Laurel fueron sus ojos relucientes de regocijo.

Garbancito... su viejo apodo de la escuela primaria... De pronto le localizó: era el chico de la clase de sexto grado de la señorita Rodríguez, que tanto la hacía sufrir con sus bromas pesadas.

–¡Jesús! –gritó–. ¡No me extraña no haberte reconocido! ¡La última vez que nos vimos no medías más de metro y medio y... y...!

–Y estaba vestido.

Su sonrisa se convirtió en una mueca burlona, como si supiera que su retadora desnudez la había puesto nerviosa.

El calor que invadía el rostro de Laurel le llegó a la frente. ¿Se le notaba? ¿Sabían los hombres, con sólo mirarla, que era una chica sin experiencia... virgen? ¿Por eso Joe la trataba como una niña?

Miró a Jesús, recordó la representación de Navidad, y la amistad que después habían trobado. Fue una tregua más que una amistad, y Jesús, la verdad, apenas le hablaba, pero ya no se metía con ella, e incluso cuidaba de que los demás chicos la dejasen en paz. Pero luego su madre murió y Jesús tuvo que irse a un orfelinato, según le dijeron a Laurel.

—¿Cómo...?

—Ahora me llaman Jess, no Jesús —dijo él, sin dar tiempo a Laurel a preguntárselo—. Mi nombre es Jess Gordon.

—Me dijeron que habías ido a un orfelinato.

—Sí, así fue. Los encargados de cuidar de mí, un matrimonio apellidado Gordon, acabaron por adoptarme. No sé por qué, la verdad, porque yo entonces era la encarnación del diablo, pero es que estaba harto de todo, del mundo entero, y de todos sus habitantes.

—Sí, ya me di cuenta.

—Tú, en cambio, lo pasabas bien, Garbancito, y me *caías* bien. —Sonrió con naturalidad—. ¡Tiene gracia que nos volvamos a ver en estas circunstancias!

—Bueno, me alegro de que las cosas te hayan salido bien.

—También yo. Mi padre actualmente está jubilado pero solía enseñar inglés en la escuela secundaria de Newburgh, donde vivíamos. Me enseñó mucho, por ejemplo a escribir con buena ortografía. ¿Te acuerdas que siempre me superabas en ortografía?

—No era difícil —rememoró ella—, habrías quedado siempre el último de no ser porque amenazabas a todos con darles una tunda si te superaban.

—*Tú* no me tenías miedo.

Laurel se encogió de hombros. Hizo un ademán de saludo a una amiga suya, Shari McAuliffe, que en ese momento salía del portal con un carpetón casi tan grande como ella debajo de un brazo tan delgado como una cerilla. Laurel miró su reloj de pulsera: las diez menos cuarto. Tendría que irse si quería coger el próximo autobús a Manhattan. Pero Jess, con sus ojos color té y su sonrisa burlona, la atraía, enigmáticamente.

—Me figuro —le dijo— que entonces tenía cosas peores que tú a las que temer.

Pensó en tío Rudy... y en el secreto que había ocultado a Annie durante tantos años. Todo había comenzado con Val, pero Rudy se había convertido en una especie de secreto viviente, su «novio misterioso».

Durante su primer año de estudios preuniversitarios de música y arte, Rudy aparecía por su colegio las tres o cuatro veces al año que iba a Nueva York, y la llevaba a pasear en su cochazo con chófer. Le preguntaba por todos y cada uno de sus profesores, y quería saber quiénes eran sus amigos y a cuáles condiscípulos no tenía simpatía, y qué grupos de rock le gustaban, y hasta qué programas de televisión prefería. Si hacía bueno, iban al parque de Riverside, cerca del embarcadero de botes, y se sentaban en un banco. Echaban migas de pan a las palomas y cacahuetes a las ardillas. Tío Rudy nunca hablaba de sí mismo. Era bastante raro, únicamente quería hablar de ella, y a veces Laurel le sorprendía mirándola con la misma fijeza con que se mira, por ejemplo, la pizarra donde el profesor ha puesto los ejercicios para hacer en casa, y entonces Laurel se sentía entre asustada y asqueada. Pero nunca la tocaba, ni un abrazo, ni un apretón de manos siquiera. Siempre era lo mismo: «¡Hola, niña!», y sin más abría la puerta del coche lo justo para que ella subiese.

Este año, por su cumpleaños le había regalado una bella Virgen tallada en marfil. Era antigua, y seguramente había costado mucho dinero. Qué curioso que tío Rudy, que parecía tan basto, hubiese elegido un objeto tan exquisito. A lo mejor era religioso, o se consideraba religioso. De cualquier manera, Laurel se sintió conmovida. Pero cuando le dio un pellizquito de agradecimiento en la mejilla, Rudy la miró como si acabase de recibir el cielo.

–Sí, eras una chica muy valiente, de eso me acuerdo.

Sorprendida, Laurel dejó caer el grueso papel de dibujo que estaba enrollando. Tras recogerlo, miró a Jess y se dijo que seguramente se refería a otra persona:

–¿Quién? ¿Yo? ¡Pero si estaba asustadísima todo el tiempo!

–Ya, pero hay muchas maneras de ser valiente –dijo Jess.

–Sí, supongo que sí.

Jess la hacía pensar en Annie, en cómo su hermana había organizado la vida de las dos, haciendo horas extras en la tienda de tía Dolly y administrando con precaución el escaso dinero que tenían (lo que Laurel ganaba haciendo de canguro apenas contaba, pero Annie siempre que hablaba del dinero, lo llamaba «nuestro dinero»), y siempre había bastante para ella: para la ropa que no se hacía con sus propias manos, para zapatos, para sus clases de dibujo, hasta para ir al cine con sus amigos.

Laurel sintió una súbita ola de ternura pensando en su hermana, tan buena y tan valiente... mucho más valiente que ella.

–Oye –decía Jess en aquel momento–, un grupo de amigos estamos organizando una manifestación antibélica para la semana que viene.... ¿Lo sabías?

–Sí, creo que vi una pancarta.

–¿Te interesa?

–A lo mejor.

Laurel era contraria a la guerra, desde luego, pero en aquel momento lo único que le interesaba era volver a casa para reunirse con Joe. Menos mal que Joe, por problemas de visión, no había tenido que ir a filas.

Jess estaba frente a ella, con una cadera ligeramente adelantada, el dedo pulgar cogido en una trabilla medio descosida del cinturón, como sopesándola:

–¿Tienes un minuto? Podríamos tomar un café, y hablar de eso.

–Me gustaría mucho, Jesu... perdón, Jess, pero tengo muchísima prisa.

Se fijó en que el aula ya estaba casi vacía, sólo un par de rezagados aún recogían sus dibujos y sus adminículos. El profesor Hanson estaba junto a la puerta con sus gruesos pantalones manchados de pintura y su camisa arrugada, hablando con Amy Lee, la modosa chica china cuyos dibujos y lienzos, con sus vivas y enérgicas manchas de color, contrastaban con sus apacibles maneras.

Laurel se dijo que también ella era así, como Amy, una personalidad por dentro y otra por fuera. Lástima que Joe no comprendiese esas cosas.

La mente de Laurel se anticipaba a los acontecimientos, imaginándose la sorpresa de Joe cuando la viese. Ella se mostraría serena, le diría que había ido únicamente a ver la exposición prerrafaelista del Metropolitan. Laurel sabía que el miércoles era el día libre de Joe, de modo que le diría que la acompañase a la exposición, y luego cenarían juntos, irían a ver una película... y...

Laurel vio que Jess la miraba fijamente con los ojos entrecerrados. Se fijó en los pómulos muy salientes, en el cabello negro y brillante en el pañuelo rojo que llevaba anudado en la frente. Se estremeció y sintió miedo.

¿Acaso temía a Jess?

Quizá no era a Jess a quien temía, sino a Joe, a lo que pudiera hacer o decir cuando ella...

¡Dios mío! ¿Sería ella *capaz*? ¿Sería capaz de hacerlo? ¿Sería capaz de hacer que Joe la quisiese *así*?

Jess se encogió de hombros, y cogió una vieja mochila que había dejado sobre una silla.

–Bien, chica, tranquila –dijo, haciéndole un pequeño guiño, como si adivinase sus pensamientos–. Cuando quieras, Garbancito, ya sabes dónde encontrarme.

–¡Laurel! ¿Qué estás haciendo aquí? –se sorprendió Joe.

Laurel llevaba una especie de camisa india, suelta y arrugadiza, de algodón color frambuesa, con muchos espejos diminutos cosidos a la tela, que relucían a la luz áspera de la bombilla del descansillo.

–¡Joe! –Laurel le abrazó y le dio un beso en la mejilla tan ligero y fugaz que los sentidos de él apenas pudieron registrarlo–. ¿Te he sorprendido?

–Bueno, digamos que no te esperaba.

–¿Y por eso no me invitas a entrar?

–Es quc salía en este preciso momento. –Al ver el gesto de decepción de Laurel, explicó–: Es mi madre. Le prometí que iría a la inauguración de una exposición, en el Soho, de un pintor amigo de ella que expone por primera vez. ¿Quieres venir?

–Me encantaría.

Joe vio encenderse los ojos de Laurel y sintió una aguda punzada en el pecho. Él conocía muy bien aquella expresión; la verdad era que llevaba largo tiempo evitándola: durante meses y años había fingido no verla, aunque allí estaba, proclamando su verdadero sentido... ¿Qué podía hacer allí? Laurel estaba allí, y no le sorprendía. Laurel no le había dicho que iría a verle aquel martes por la tarde, precisamente aquel martes por la tarde, pero Joe, en el fondo de su ser, sabía perfectamente que iría, si no aquel día precisamente, algún otro. Y también sabía que tarde o temprano tendría que enfrentarse con aquella realidad; más bien temprano que tarde.

«Cobarde –se acusó a sí mismo–, quieres quitarte de encima este trance, de la misma manera que te quitaste de encima a Caryn.»

Pero Laurel no era Caryn, ni muchísimo menos. Suave, soñadora a veces, y recia a su manera. No tan fuerte como Annie, pero, a su manera baja y dulce, podía ser tan dura como su hermana.

Joe sabía perfectamente que Laurel no renunciaría a aquello... por lo menos hasta que... «Hasta que tú hagas algo por pararla.»

Pero, ¿qué podía hacer él? ¿Qué podía decir que no le destrozase el corazón, que no la indujese a odiarle por aquello?

No era eso lo que él quería. Le aterraba la idea de que Laurel pudiese llegar a odiarle.

–Yo pensaba que tú y tus padres no os llevabais bien –le dijo Laurel mientras iban por la Calle 22 hacia la Séptima Avenida, donde cogerían un taxi para el centro.

La llovizna humedecía las gafas de Joe, haciéndolo todo borroso y desenfocado, dando halos fantásticos a las farolas. Laurel se había echado una chaqueta de pana vieja sobre el vestido e iba cogida de su brazo.

–Es raro –añadió– que tu madre quiera que vayas a esa exposición.

–No exageres –replicó él–. La exposición no tiene importancia, pero nuestras relaciones están mejorando un poco. Fíjate, mi madre y el gran Marcus Daugherty condescendieron a venir a comer a mi restaurante. Estoy pensando poner una placa en la pared junto a la mesa donde se sentaron.

–No seas cínico, Joe, es bonito que vinieran.

Joe pensó que Laurel hablaba como Rivka. Joe y Annie siempre se habían reído de la tendencia de Laurel a proteger y reñir a Joe, como si él no tuviera once años más que ella. «Once años, amiguita, cuéntalos.» Pero Joe, a pesar de todo, no lo encontraba gracioso. Recordaba la diferencia de edad que había entre ambos.

—Sí, también yo lo pienso así, de veras.

Se *alegraba*, o quizá sólo era simple alivio. Aquella guerra entre él y sus padres había durado demasiado tiempo, y a Joe no le complacía pensar que era él quien había ganado, si podía llamarse victoria a aquello, pero desde luego se alegraba de que la contienda hubiese terminado. Su padre, después del café y de un par de copas de Armagnac, parecía casi jovial. A lo mejor *era* la edad. A lo mejor era que, en el fondo, los dos eran joviales.

—Aunque te aseguro que me habría sentido mejor si mi padre hubiese dejado una propina al irse. Tuve que dársela yo de mi bolsillo a María.

—Seguro que se le olvidó.

—¿Olvidársele?, ¿a mi padre? Jamás. Fue su manera de decirme: «Jovencito, no creas que porque he venido aquí hago borrón y cuenta nueva, ni hablar.» Y también, supongo, era su manera de decirme que los grandes abogados como él ganan muchísimo más dinero que los dueños de restaurantes.

Laurel se echó a reír.

—Me gusta tu padre. Tiene... carácter.

—Nosotros, los Daugherty, nunca hemos andado escasos de carácter.

Al dar la vuelta a la esquina, Joe se fijó en el corpulento y ágil señor De Martini abriendo una caja de naranjas en su puesto callejero. Parecían jugosas y frescas. Recordando que Laurel probablemente tendría hambre después de su viaje, Joe le preguntó:

—¿Has comido algo? A lo mejor sirven una copa de vino en la exposición, pero no creo que haya mucha comida.

—No te preocupes —dijo ella—. Tomé un sándwich en el autobús. No tengo casi hambre.

—No digas tonterías, fue un viaje largo, has de estar famélica. Son casi las siete.

—No, la verdad, Joe, yo...

Joe fue al puesto del señor De Martini y cogió un racimo de uvas negras y un puñado de mandarinas de las que sabía que a Laurel le gustaban. Y de paso cogió una rosa amarilla de una caja medio llena de ellas. Pagó y se dirigió hacia Laurel, tendiéndole la bolsa de fruta y la rosa. Los ojos de la muchacha se agrandaron de placer.

Observándola comer una mandarina, y al ver sus labios fruncirse por la acidez, Joe se dijo: «Dios mío, es guapísima.» ¡Qué bellos sus ojos azules, sus tupidas pestañas, su nariz recta, perfecta, con un estrecho plano a ambos lados del puente que le daba un aspecto de biselado! ¡Y aquellos labios...!

Se dio cuenta de que deseaba besarla. Lo deseaba íntimamente.

«Debo estar volviéndome loco», pensó.

–¿Por qué no me llamaste para decirme que venías? –le preguntó, para seguir fingiendo que aquella visita había sido realmente espontánea, sin premeditación alguna.

–Lo intenté. Anoche. Pero no estabas en casa –mintió ella.

Joe recordó. Sí, había habido poco trabajo, de modo que decidió tomarse la velada libre. Un viejo amigo de Exeter, Curtis French, había aparecido por el restaurante, y los dos fueron juntos a ver un programa de cine: dos viejas películas protagonizadas por Eve Dearfield.

En algún momento del programa, Joe pensó: «Seguramente vengo aquí por Annie.» ¿Reconocía acaso a Annie en el rostro, en la voz de Eve Dearfield? De niño, él había visto algunas de aquellas viejas películas en la televisión, pero aquélla era la primera vez desde que conocía a las hijas de Eve Dearfield. Y, efectivamente, viendo a la protagonista de aquellas dos películas le había parecido estar viendo a Annie. No era un parecido exacto, fotográfico, pero en los movimientos, en los gestos, en la manera enérgica y vivaz que tenía Eve de ladear la cabeza al hablar, bajando un poco un hombro cuando hablaba en serio, había una semejanza. Y en su manera de fruncir sólo una comisura de la boca cuando lloraba, como si la otra se abstuviera de sufrir y hasta se burlase de ella. Hubo una maravillosa escena en que Eve decía a Stewart Granger que se fuese al diablo, y luego apagaba su cigarrillo en la copa de champán que él sostenía. En ese momento se parecía muchísimo a Annie.

Annie. Joe la quería, la echaba de menos... y, diablos, sí,

la deseaba. Deseaba todas sus facetas, incluso su descaro, sus agudezas que estaban siempre punzándole, como una camisa con demasiado almidón en el cuello. Durante meses, años incluso, Joe había ido aplazando el momento de decirle que la quería. Era demasiado pronto, se decía a sí mismo. Todavía no había llegado el momento de tomar las cosas verdaderamente en serio. El restaurante estaba empezando a ir bien, bien de verdad, y él trabajaba como un esclavo para llevarlo a la cima. Pero, poco a poco, a medida que la idea de tener mujer e hijos iba dejando de parecer lejana y nebulosa, Joe comenzaba a mirar a Annie con otros ojos, a preguntarse cómo reaccionaría. ¿Le quería? Tal vez. Joe sabía que con Annie las cosas nunca eran a medias... ¿Estaría también ella lista para dar el paso decisivo, para tener un marido e hijos y llevar una casa, llevar su propio negocio? No, Annie estaba como en vilo, necesitaba *demostrarse* lo que era capaz de hacer por sí sola, como si no lo hubiese demostrado ya a ojos de todos. «Espera a que esté lista para recibirte –pensó Joe–, espera a que sea ella la que lo desee tanto como tú.»

Pero, ¿por qué, si amaba a Annie, se sentía ahora tan atraído por Laurel? ¿Qué tenía Laurel que le hacía desear tenerla a su lado, hundirse en ella como si fuera agua fresca y tranquila?

«¡Domínate de una vez, por Dios bendito! –se ordenó–. Esto *no* es una película, sino la realidad. Podría hacer daño a alguien. Daño de verdad.»

Un par de horas después, al volver los dos de la exposición, que había estado llena de gente y de barullo, Joe se dijo que seguramente su madre ni siquiera se había dado cuenta de su presencia, a pesar del saludo distraído que le había dirigido entre la muchedumbre. Pensó también que la situación con Laurel no estaba nada clara. Su idea había sido terminar la velada con un besito de despedida y la promesa de hacer algo juntos al día siguiente, pero, al entrar en su apartamento, Laurel se pegó a él y le susurró:

–Déjame pasar la noche contigo.

Joe detectó en su voz un ligerísimo temblor. La conocía muy bien y sabía que cuando estaba asustada era precisamente cuando más indiferencia trataba de aparentar. En esto, sin duda, Laurel y Annie eran hermanas.

Joe se sintió anonadado. ¡Diablos! ¿Había oído bien?

—Laurey, es que yo... —Su voz se atascó. Carraspeó y cogió la mano de Laurel, que parecía seca como la pólvora. La mano de Annie siempre parecía ligeramente húmeda al tacto—. Mira, tengo la sensación de que, diga lo que diga en este momento, sólo diré tonterías, y yo...

«Estoy enamorado de tu hermana.» ¿Era esto lo que quería decir? Pero ¿era verdad? ¿Cómo podía estar enamorado de Annie si se sentía tan atraído por Laurel?

—...no quiero hacerte daño —terminó, sintiéndose débil y cobarde.

Se oyeron pasos en las escaleras y Joe empujó suavemente a Laurel, haciéndola entrar en el pequeño vestíbulo de su apartamento y cerrando la puerta. Estaba en penumbra, pero no alargó la mano para encender la luz.

—No me quieres —le dijo ella con un tono que era mezcla de gemido y risa; echó la cabeza atrás, y, en la penumbra, Joe vio un relucir de lágrimas en sus ojos—, lo sé.

—Yo...

—Bueno, quererme, me quieres, pero no estás *enamorado* de mí. ¿No es eso?

Laurel se esforzaba en mostrarse valiente y mundana y la indecisión de Joe aumentaba. Si hubiera prorrumpido en lágrimas o en palabrería como una niña, habría sido más fácil consolarla, hacerle caricias en la espalda, decirle lo mucho que le halagaba su actitud, que no se preocupase, que acabaría olvidándole y todo lo demás que se dice en esos casos. Pero Laurel había crecido mientras él estaba ocupado en otras cosas.

—Podría decirte que las cosas serían distintas —dijo Joe, poniendo gran cuidado en sus palabras—, si ahora fuese dentro de diez años y tú y yo nos viéramos por primera vez —sonrió—, pero para entonces yo ya sería un hombre de edad, medio calvo, o quién sabe si calvo del todo, y... —pensó en su padre— fumaría puros y leería el *Wall Street Journal* religiosamente. Y tú... probablemente ni siquiera querrías mirarme.

—Tú nunca has leído religiosamente el *Wall Street Journal*. —Laurel rió con cierta vacilación, pero de pronto, con súbito énfasis añadió—: Joe, esto no es un capricho. Yo te quiero, siempre te he querido.

Sus ojos, a la media luz del vestíbulo, relucían con un brillo gris y delicado.

Antes de que pudiese detenerla, Laurel le echó los brazos al cuello y le atrajo hacia sí. Él sintió su piel, fresca y tersa, contra la suya, y sus labios, que sabían a mandarinas, una acidez cítrica que le escoció ligeramente en la boca. Los labios de Laurel se iban volviendo más suaves, más dulces. ¡*Dios mío*! Joe quería apartarse de ella, parar aquello antes de que ella le lanzara inexorablemente al abismo... pero ¡oh, Dios mío!, ¡aquella boca tan dulce!

Trató de decirse que sólo era una criatura.

Pero Joe sabía que esto no era verdad. Laurel no era una criatura, y nunca lo había sido. Por lo menos desde que la conocía, siempre había sido una mujercita. Era Laurel la que siempre, en el verano, se acordaba de poner saquitos de serrín de cedro en sus jerséis y los de Annie. Y la que, en el invierno, no dejaba nunca de dejar semillas para los pájaros en el alféizar. Cosas de lo más corrientes, sólo que ella no tenía nada de corriente. Con aquella imaginación suya, y aquellas cosas maravillosas, desbocadas y fantásticas que plasmaba en sus dibujos.

Pero aquello había que pararlo, ahora mismo. Antes de que fuese demasiado tarde. Antes de que a él le separase irrevocablemente de Annie.

Joe hizo un esfuerzo y se apartó de ella. Uno de los botones de su manga, cogido en las cuentas del vestido, se desprendió bruscamente, con un sonido ligero y seco. Joe estaba temblando, al borde de hacer algo que indudablemente luego lamentaría. Tenía que parar. Ahora mismo. Y rápido.

—Laurel, esto no es... Bueno, en este momento las cosas están un poco en el aire...

—Te refieres a Annie. —La voz de Laurel temblaba, y Joe intuía las lágrimas que estaban a punto de arrasar sus ojos—. Piensas que es porque se ha ido, que yo estoy... comportándome *demasiado* apasionadamente.

–No, no tiene nada que ver con Annie –dijo Joe y, por la manera en que lo miró supo que Laurel lo creía.

–Muy bien –dijo Laurel. Suspiró muy hondo y cogió el picaporte–. Muy bien. –Y con una sonrisa tan forzada que parecía una mueca, añadió–: De acuerdo, buenas noches.

Salió del apartamento y sus zapatos resonaron dura y rápidamente contra los escalones. Joe se sintió muy dolorido, y ansió llamarla, meterla en su cama, envolverla, hacerle suavemente el amor, pero, si lo hacía, se dijo, sólo conseguiría hacerle más daño del que ya le estaba haciendo.

CAPÍTULO XIII

París

Annie se fijaba mucho, mientras el pequeño monsier Pompeau, con su melena blanca, escrutaba atentamente el contenido del puchero que había estado revolviendo. Con el dorso de sus dedos –más sensible que las puntas, como él mismo le había dicho– el viejo *chocolatier* tocó suave y brevemente el chocolate fundido, comprobando al tacto su temperatura.

Annie contuvo el aliento, el corazón le latía precipitadamente. ¿Estaría bien? Era algo bien sencillo, pero, después de dos semanas en Girod, todavía encontraba difícil fundir chocolate sin chamuscar el fondo o separar la manteca de cacao de los sólidos, reduciéndola a tarugos como de leche cuajada.

¿Estaría demasiado caliente el agua del fondo del puchero? No debiera pasar de ochenta y nueve grados, le había dicho Pompeau. Pero lo difícil era comprobar la temperatura. Pompeau no tenía fe en los termómetros, aseguraba que no eran lo bastante exactos.

De momento, el chocolate, o *couverture*, parecía bastante bien: oscuro y satinado, pero Annie se sentía muy tensa mientras Pompeau hundía ligeramente en el puchero la cuchara de acero inoxidable y mango largo y se la llevaba a los labios. El sabor sería solamente la primera prueba, porque luego tendría que añadirle crema caliente para convertirlo en *ganache*, núcleo de chocolate que se introduce en la trufa. Pero, en el fondo, era ella, no el chocolate, quien estaba siendo puesta a prueba. Y aquella tarde, cuando Henri-Baptiste volviese a Marsella, Annie sabía perfectamente que Pompeau le daría un informe sobre ella, un informe diciendo si creía que Annie tenía talento como *chocolatier*.

¿Y si salía mal? ¿La pondría de patitas en la calle, como a los otros dos que habían pasado por allí antes que ella, y de quienes le había hablado Thierry? Uno de ellos era un italiano distraído que siempre ponía pasta de castaña en vez de almendra en las *Massepain Crèmes* y Cointreau en lugar de Cognac en los *Escargots Noirs*; el otro, una chica francesa con tan poco *doigtée* que siempre estaba tirando cosas. Los aprendizajes en Girod eran muy codiciados y la lista de espera, interminable. Al cabo de una semana o dos, el que no mostraba disposición para el trabajo duro y tacto fino, no tenía más remedio que marcharse. Por tanto, si Pompeau daba a Henri-Baptiste un informe negativo sobre ella, Henri Baptiste no tendría más remedio que despedirla. Y el hecho de ser sobrina de Dolly no le serviría de nada.

Annie se mordió una uña. Tenía *necesidad* de quedarse, de aprender. Si no, toda la brillante carrera que había soñado para su futuro se hundiría. Y entonces, ¿cómo podría mirar a Joe a los ojos? Habría fracaso antes incluso de empezar. Y Joe no tardaría en darse cuenta que una mujer así no le convenía.

Pero si conseguía salir bien de aquella prueba, podría abrir su propia tienda, y pronto incluso hacer su propio chocolate. En poco más de un año, podría disponer del dinero que le había dejado Dearie, suficiente para alquilar una tienda e instalar una pequeña cocina en algún barrio donde los alquileres fuesen bajos. Pero, ante todo, esto: todo dependía de esto...

El rostro arrugado de Pompeau se llenó de concentración en el momento de probar la *couverture*. Annie sintió un rayo de esperanza. ¡Con lo sencillo que era, ¿cómo podía salirle mal?!

Cien maneras, se recordó a sí misma. Mil. Todos los días Pompeau la observaba como un halcón, criticaba todos sus movimientos. Nada estaba nunca bastante bien. El *ganache* no estaba mal, pero no era exactamente como debía ser: demasiado licor, o crema insuficiente. O la *couverture*, que, cuando se templaba se convertía en la capa exterior, más densa, de la trufa, no resultaba bastante firme. Para hacer *marron glacé* el puré de castaña tenía que ser más fino. Para la *feuille*, crema de chocolate, en forma de hoja, había que usar otros moldes. El día anterior, por ejemplo, mientras echaba *ganache* caliente en una bandeja refrigerante de acero inoxidable, Pompeau la detuvo en seco: «¿Pero qué se ha creído que está echando, cemento?»

Una y otra vez, Annie tenía que contener el impulso de contestarle que lo hacía lo mejor que podía. Pero ésa era la cuestión: ¿bastaba con eso? Desde luego había otros sitios donde aprender, pero en ninguno de ellos podían transformar a una inútil en un genio.

No, se dijo Annie, tenía que salir adelante, y *allí*.

Henri-Baptiste, a quien no había vuelto a ver desde su llegada a París, hacía dos semanas, regresaba hoy de pasar un mes en la fábrica que tenía Girod en Marsella, donde se tostaba el cacao de las plantaciones antillanas de la familia Girod. Luego se molía y se preparaba, y los bloques terminados de *couverture* que no hacían falta en la Maison de Girod de París se enviaban a un mayorista holandés. Henri había estado en Marsella supervisando la construcción de un nuevo almacén, o eso, al menos, le habían dicho a Annie.

Annie estaba impaciente por verle. Recordaba a Henri de sus visitas a Nueva York como un hombre cálido y extrovertido, siempre haciendo grandes ademanes y riendo a mandíbula batiente. Pero, ¿cómo la trataría ahora si le confirmaban que ella no daba la talla? A juzgar por las anécdotas que había oído en la cocina de Girod, Henri podía ser muy duro y exigente llegado el caso. Dolly le había contado que en una ocasión Henri echó a un aprendiz por tener las uñas sucias: aquel chico, dijo, no tenía más posibilidades de llegar a ser *maître chocolatier* que un minero de carbón a artífice joyero.

¡Dios mío!, ¿y si ahora la echaba también a *ella*?

Annie observaba la lengua de Pompeau alargarse, como la de un gato, hasta recoger una gota de chocolate fundido en el extremo mismo de la cuchara.

–¡No, no! –dijo, con voz triste–. *C'est la ruine!* El *bouquet* se ha ido.

Annie sintió un escalofrío, un vacío zumbante en la cabeza. Y de pronto, remontándose en el tiempo, se vio de nuevo en la cocina de aquel sombrío restaurante griego en el momento de ser despedida por el señor Demetriou. Como si todos los años pasados en compañía de Dolly no hubiese sido más que un sueño.

Mirando alrededor en aquella gran cocina, Annie temió que los demás se quedaran tan congelados como ella, que el mundo entero dejara de girar, pero no, alrededor de ella había personas con sus mandilones blancos almidonados, tan sumidos en sus ocupaciones como antes. Sus movimientos se reflejaban en las paredes cubiertas de azulejos azules. El crepitar de los pucheros, el zumbido de la máquina que vomitaba pepitas de *ganache* que se disolverían en fragmentos y formarían *couverture*, las voces que se gritaban en francés. Los calderos de cobre, las superficies de mármol y las puertas de acero inoxidable de los refrigeradores destellaban como astros.

–¿No ve que ha dejado que se forme vapor? Naturalmente, ahora parece fango. *Regardez cela!*

Annie tuvo que mirar el contenido del enorme caldero que había sobre la cocina. Y se dio cuenta de que Pompeau tenía razón. En el interior del caldero se formaban gotitas de humedad que resbalaban pared abajo, y el lago de chocolate oscuro y sedeño que lo llenaba hasta la mitad empezaba a fragmentarse en trozos granulados.

–Lo siento –dijo Annie reprimiendo el llanto–. Creí que lo había hecho siguiendo sus...

Pompeau la interrumpió con un ademán.

–¡No, no! Las palabras que yo le digo a usted son palabras de un libro, no son más que eso: palabras. Hay que saber cuándo el *chocolate* está como debe estar, pero hay que saberlo *aquí* –se dio un golpecito en el pecho–, y aquí –se tocó la sien, mientras sus ojos azules relucían vivamente.

–Lo intentaré otra vez. Ahora sí me saldrá bien. Yo...

Pompeau volvió a interrumpirla, esta vez agitando el delantal blanco, ya manchado de chocolate aunque todavía era por la mañana. Pompeau estaba echándola de allí, como si fuera una gatita callejera que se había colado y le importunaba.

Annie sintió una pulsación en la sien. Las mejillas le ardían. En el otro extremo de la larga cocina, Emmett la miró y le hizo un ademán de ánimo, levantando el dedo pulgar. Afortunadamente Emmett estaba siempre allí, guiñándole el ojo o sonriendo. Su pelo cobrizo contrastaba con el frío del acero y los azulejos. Siempre tranquilo y seguro de sí mismo, siempre hablando de las glorias de París con su marcado acento tejano: los embriagadores nenúfares de Monet en el *Jeu de Paume*, un violinista callejero de *Les Halles* que tocaba a Mozart como los ángeles, una tiendecita del *Passage des Princes* donde sólo vendían pipas de espuma de mar con los rostros de grandes hombres tallados.

Annie le observó coger la cafetera y llenar dos tacitas de porcelana blanca. Era la hora del café. A las nueve y media, Pompeau les permitía diez minutos de descanso. Annie vio que Emmett le hacía una seña. ¿Era posible que fuese ya tan tarde, las nueve y media? Había comenzado a trabajar a las seis, y apenas parecía haber pasado una hora desde entonces. Annie se sintió fatigada, como si pesados sacos de arena descansasen sobre sus tobillos y sus muñecas. Miró el reloj de barco que había sobre el dintel de la puerta. Tendrían que darse prisa, antes de que hirviese el sirope de nuégano que ya burbujeaba a fuego lento.

Annie siguió a Emmett a una pequeña zona de almacenaje situada a la derecha de la hilera de refrigeradores de acero inoxidable. Emmett andaba a pasos firmes, matizados por un ligero cojear que apenas aminoraba su marcha. Llevaba una taza en cada una de sus atezadas manos cuadradas, con un grueso dedo curvado en torno a cada asa. Llevaba un grueso jersey rojo, tejanos desteñidos y botas cortas de vaquero que resonaban en el suelo como en un improvisado zapateado. Si Emmett no hubiera mencionado a Annie su pie tullido, ésta habría pensado que se trataba de un ligero esguince. Pero si se lo preguntase ahora, él se limitaría a sonreír de oreja a oreja y responder: «Mi único defecto son mis pecas. Malditas sean. Seguramente me he expuesto demasiado al sol.»

A Annie le gustaban las pecas de Emmett. Bueno, Emmett, en general, le gustaba mucho; hasta su manera de hablar: su acento tejano, que él exageraba deliberadamente cuando bromeaba, y todas sus expresiones locales, que a ella le recordaban a Deary y a Dolly. Sin embargo, pese a su aparente franqueza, Emmett era, en ciertos aspectos, una persona misteriosa.

La primera vez que Annie le preguntó de dónde era, Emmett contestó:

«Un poco de todas partes.» Con el tiempo, supo que había crecido en Tejas, donde su madre se había instalado con su segundo marido tras la muerte del padre de Emmett, siendo éste un niño. Pero, después de que se marchó de casa, había viajado por todas partes, trabajando de ranchero en El Paso, de peón de yacimiento petrolífero en Oklahoma, y de esquilador en Luisiana; también había sido carpintero y cocinero en un carguero. Por su manera de hablar, parecía haber vivido lo bastante para un hombre de cincuenta años, no de veintinueve como tenía, pero cuando Annie le preguntó si había estado en Vietnam y si allí se había herido el pie, Emmett se limitó a sonreír: «¿Has oído que los caimanes no muerden, pero los cocodrilos sí? Bueno, pues no te lo creas.»

Annie nunca sabía si Emmett estaba tomándole el pelo.

Llevaban dos semanas trabajando juntos, desde su llegada a Girod, y a pesar de todas las historias que contaba sobre sí mismo, Annie pensaba que ocultaba algo. A diferencia de Joe, que era como un río sereno y profundo, con alguna que otra corriente furiosa, Emmett parecía un circo de tres pistas donde sólo se podía ver una pista por vez, sin tener idea de lo que estaba ocurriendo en las otras dos. Por ejemplo, ¿cómo se las había arreglado para entrar allí de aprendiz, cuando había docenas de solicitantes, algunos graduados en institutos culinarios y con experiencia en restaurantes de tres estrellas, a los que se había rehusado esta oportunidad? Emmett le había hablado mucho de pesca de langosta, desde la preparación de la trampa y la mejor manera de cebarla hasta la atadura de las pinzas, pero de su entrada en Girod no le había dicho ni palabra.

Se sentaron en un par de sillas plegables que parecían estar allí desde la toma de la Bastilla. Las paredes estaban cubiertas de modernos estantes metálicos ajustables, y los estantes estaban a su vez cubiertos de piezas de diez libras de *couverture*: extra amarga, *caraque*, *lactée*, oscura, pasta de cacao, blanca, *giandula*, etc., junto con moldes de hierro forjado, sacos de avellanas sin pelar, café, pepitas de vainilla y jarras de licor de cuatro litros y medio, agua de flores y castañas enteras en sirope.

Emmett apoyó su pierna mala en una silla y pegó un ligero respingo. Annie se dio cuenta de que le dolía, aunque nunca lo manifestaba.

–Pareces un kilómetro de carretera con baches –le dijo Emmett–. Venga, sacúdete esa depre. El viejo Pompeau, créeme, no es mala persona, pese a su aspecto. Estoy seguro de que bebe leche caliente antes de acostarse y duerme con la luz de la mesilla de noche encendida. Vamos, como una solterona.

–Querrás decir un viejo guardia de campo de concentración.

Emmett rió.

–El problema no es Pompeau. El problema eres *tú*. Creo que lo que tanto te reconcome es el doble de alto que Pompeau y diez veces más guapo. Tienes un amiguito en casa, ¿a que sí?

–¿Eres siempre así de entrometido?

–Sí, por desgracia –sonrió.

–Pues entonces no te importará que me vuelva entrometida contigo.

–Adelante, chica.

–Nunca me has contado cómo acabaste aquí. Quiero decir, entre tanto chocolate.

Emmett se encogió de hombros.

—Es mejor que tirar redes de camarones.

—Vuelves a las andadas —suspiró ella—. Está visto que no quieres contarme nada.

Emmett arqueó una ceja:

—¿Te refieres a mí? Pues te aseguro que hay quien dice que Van Gogh perdería la otra oreja a fuerza de escucharme.

—No, no me refiero a eso. —Annie sonrió y bebió un sorbo de aquel estupendo café, mucho mejor del que solía tomar en Nueva York—. Hablar sí que hablas, pero no dices nada sobre *ti*.

—De acuerdo, empezaré por el principio. Nací en Fort Bragg, Carolina del Norte. Hijo de militar. Me trasladé a Osaka al terminar la guerra, estando todavía en pañales.

—¿De veras?

—El coronel Cameron, según tengo entendido, fue el último oficial norteamericano que tuvo el honor de morir a manos de los japoneses. Muerto a puñaladas en una reyerta en una casa de té, más conocida como casa de putas.

—Lo siento.

—No lo sientas. Mi madre, Dios la bendiga, ha conseguido, con el paso de los años, canonizar al muy bribón. Si él volviera, mi madre le pintaría con pintura fluorescente y le pegaría al cuadro de mandos de su coche. Según Rydell, el coronel Cameron murió como un héroe, en defensa de la verdad, la justicia y el estilo de vida norteamericano.

—¿Quién es Rydell?

—Mi madre. Nació en Atlanta, y se llama como su tatarabuelo, que fue un gran héroe de la Confederación.

—Sigo sin saber cómo llegaste aquí.

—Ya... —Emmett se encogió de hombros—. La verdad no hay mucho que contar. Yo trabajaba de segundo de cocina, especializado en pastelería, en el hotel *Commander's Palace*, ¿lo conoces?

—Sí, está en Nueva Orleáns. Es famoso, ¿no? —Annie recordaba haber oído hablar de él.

—Exacto. En fin, resulta que Prudhome y Baptiste son viejos amigos. Hace unos meses, Baptiste asistió a una convención de la FCA, la Federación Culinaria Americana, y al parecer, el viejo Paul le dijo unas palabras sobre mí. Y magia, aquí me tienes, cantando *La Marsellesa* y comiendo *croissants*.

–Probablemente hacer las dos cosas a un tiempo resulte difícil.

Emmettt se echó a reír.

–¿Para una persona como yo? Mira, soy capaz de mascar chicle, conducir locomotoras y *caminar* por la cuerda floja, todo al mismo tiempo. Ya conoces esos anuncios: «Somos los mejores, pero todavía tenemos que mejorar.»

–Emmett. Yo... no quise decir...

–Lo que la gente suele querer decir es precisamente lo que dice que *no* quiere decir.

–Bueno, no me refería a tu pie, pero, ya que sacas tú el tema, dime qué le ocurrió.

–Déjalo estar...

–No es simple curiosidad –explicó ella–, es que me interesas... tú.

En cuanto se oyó decir estas palabras, Annie sintió un escozor en el cuello. No había querido decírselo *así*. ¡Dios santo!, ¿por qué tendría que decir siempre las cosas mal?

Emmett entrecerró los ojos y curvó los labios en una sonrisa sardónica, como diciendo: «Sé perfectamente lo que quieres decir, pero te haré pasar un mal rato, ya verás.»

Pero lo único que dijo fue:

–Digamos que sólo traté de dar una buena lección a alguien que la necesitaba –su rostro se puso serio, y Annie observó sus ojos azules oscurecerse–, un bastardo cabrón, y se la habría dado, puedes estar segura, pero él disponía de algo muy convincente, un Winchester, y me arrancó un trozo de pie.

Annie miró a Emmett y pensó: «Fuera cual fuese la lección, seguro que volverías a dársela.»

Una simple impresión: Emmett Cameron, a pesar de sus constantes bromas, no era una persona a la que se pudiese tomar a la ligera.

–Tu madre debió de preocuparse mucho...

Los ojos de Emmett se apartaron de Annie, y reapareció

en aquella mirada extraña y sombría. Ella le miró otra vez fijamente. Siempre había pensado que las pecas eran deformes, pero a Emmett le iban bien, dándole un aire más decidido, como una mezcla de Hick Finn y James Dean. Con sus ojos azules y sus facciones cuadradas, Annie se lo imaginó apoyado en una valla, mirando al vacío, con los tacones embarrados de sus botas de vaquero cogidos en la muesca de un raíl.

—En cierto modo —dijo, echando la cabeza atrás y apurando el café.

Su garganta atezada también tenía pecas y la nuez era tan grande como el puño de un niño. La luz agresiva del techo le iluminaba la cabeza, convirtiendo sus cabellos cobrizos en filamentos eléctricos encendidos.

—Sí... —repitió—, se preocupó —de nuevo aquella mirada— de que hubiese tenido ese accidente antes de que el Vietcong pudiera echarme la mano encima. Mi hermano menor, Dean, fue a Vietnam en el sesenta y nueve, con dieciocho años recién cumplidos. Dean, que era como nuestro padre, murió de disentería. Rydell lo cuenta como si hubiera muerto avanzando sobre una posición del enemigo, y no en un cuartel de la retaguardia. —Los ojos de Emmett se humedecieron y se los enjugó—. En fin, pobre Dean...

Un tenso silencio llenó la pequeña habitación y Annie oyó de pronto ruidos a los que habitualmente no prestaba atención: el crujido de la máquina eléctrica de la habitación contigua, el zumbido de las cámaras frigoríficas, el silbido de los anaqueles refrigerantes.

—No acabo de entenderlo —dijo.

—¿Qué es lo que no acabas de entender?

—Me da la impresión de que pudiste ir en cualquier dirección, pero acabaste aquí. ¿Por qué aquí?

Emmett se encogió de hombros y sonrió.

—Como tú, pensaba abrir un negocio propio.

—Das la impresión de haberlo pensado mejor.

—Es posible. Dos semanas no es tiempo para llegar a una conclusión definitiva, pero estoy empezando a creer que ésta tampoco será mi solución.

—¿Entonces por qué no lo dejas?

–De momento estoy bien aquí.
–¿Y luego?
Emmett golpeó el suelo con el tacón de su bota, y se inclinó tanto hacia Annie que ésta sintió su cálido y amargo aliento. Mirándola fijo y moviendo sus manos callosas, grandes como azadas, Emmett empezó a hablar con tal intensidad que la asustó, pues parecía golpear el aire con sus palabras:
–Tierra. Fincas. Casas. Mi padre no poseía nada, y estaba orgulloso de ello, a él lo que le iba era el Ejército. De modo que, lo de siempre, apenas él y Rydell se instalaban en algún sitio, a mudarse otra vez. Y mi padrastro era igual. Poseía la casa de El Paso, o por lo menos eso pensábamos nosotros, hasta que murió y Hacienda se quedó con ella. –Sus ojos brillaron febriles–. Cuando yo me instale, por fin en algún lugar, y algún día lo haré, echaré raíces hasta la China.
–Pero poseer cosas no es algo que ocurra todos los días –insistió Annie, pensando en Bel Jardín; la añoranza de su niñez la invadió, dándole una cálida punzada en el vientre, como si acabase de beber un café demasiado caliente.
–Poseer –repitió Emmett, como un eco, y se diría que examinaba la palabra como un joyero escruta un diamante en busca de defectos–. Poseer. Para mí, cuanto más poseas tanto más impedirás ser poseído por tu oficio.
Annie comprendió: seguridad; algo que ella nunca había conocido, ni siquiera de niña. Siempre había sentido que era ella quien tenía que tomar las riendas, como si ni siquiera pudiese contar con el amor de Dearie. Quizás era eso lo que le hacía tan difícil creer que Joe la quisiese, que el amor era algo que estaba a disposición de cualquiera, algo que se cogía con sólo alargar la mano, como una manzana que cuelga de una rama.
De pronto recordó el beso de Joe, lo maravilloso que había sido, y el calor que provocó en su vientre, y que se esparció por todo su pecho.
«Bueno, sí, es posible –pensó–. Tal vez incluso *es* fácil. Lo difícil es *confiar.*» Quizá la gente no decía toda la verdad cuando afirmaba que confiaba en alguien. Quizás, en

el fondo, todos temían tanto como ella el necesitar demasiado a alguien.

Annie sintió de pronto que su calidez interior se convertía en frío febril. ¿Qué pasaría si Joe conocía a alguna chica durante su ausencia? ¿O si ella daba a aquel beso más importancia de la que realmente tenía? ¿Qué pasaría si resultaba que Joe no la deseaba en absoluto?

Annie reparó en que Emmett la miraba en silencio.

–Y tú, ¿qué? –preguntó él–. ¿Qué haces aquí?

Antes de que ella pudiera contestar les interrumpió la voz aguda de Pompeau:

–¡Nuégado! ¡Nuégado!

Ambos volvieron presurosos al trabajo, en el momento mismo en que Pompeau ponía una olla llena de caramelo caliente sobre la mesa, una larga superficie de mármol con recias patas metálicas, situada en el centro mismo de la cocina.

–*Alors* –gritó Pompeau, blandiendo la cuchara como una batuta, para meter prisa a todo el mundo.

Su mirada se posó en Annie, pero como si no la viera, como diciendo que aquel trabajo era sólo para hombres.

«So viejo farsante –pensó ella–. Sería capaz de hacer el doble que tú con una mano atada a la espalda.»

Annie tuvo que hacerse a un lado para dejar pasar a Emmett, que fue apresuradamente a la mesa a reunirse con los dos ayudantes fijos, Thierry y Maurice, los dos delgaduchos y con el pelo recogido en coleta; Maurice siempre estaba medio dormido, pues cada día tenía que levantarse antes del alba y comprar toda la fruta necesaria para el trabajo del día: hoy era ciruelas, frambuesas y fresas silvestres, dulces como caramelos, y todo fresco, recién recogido. Los hombres se inclinaron sobre el nuégado caliente y se pusieron a golpearlo con paletas metálicas para alisarlo antes de que se enfriase. El aire fragante a nueces y caramelo, trajo a Annie los bellos recuerdos de los carnavales de su tierra.

Observó a Emmett, que empezaba a cortar el nuégado caliente y alisarlo en cuadrados iguales con la «guitarra», una herramienta provista de cuerdas de alambre que parecía un gran rebanador de huevos.

Annie advirtió que Pompeau la estaba observando con sus ojillos azules duros como balas bajo las tupidas cejas cenicientas. La desesperación que había sentido poco antes volvió a invadirla, atenazándole el estómago.

¿Por qué no podía ser ella como Laurel, para quien todo lo relacionado con la cocina parecía tan fácil y natural como para el agua salir por el grifo? Annie sintió deseos de quitarse el delantal y salir corriendo de aquella cocina, alejarse a toda prisa de aquellos ojos desaprobadores que eran reflejo de la baja autoestima que ella sentía. Pero, de pronto, algo se endureció en su interior. Se irguió y se acercó al viejo, diciéndose: «No es enteramente culpa suya. Tengo que conseguir que cambie de actitud. Tengo que convecerle, y convencerme a mí misma, de que sé hacer esto, de que me saldrá bien.»

–Enséñeme –le dijo con voz firme, fijando los ojos en él–. Por favor. Una vez más. Quiero aprender.

Annie comprobó con cierta sorpresa que Pompeau no la apartaba de sí. Se limitó a encogerse de hombros, enarcando las cejas y frunciendo los labios hacia abajo, una expresión que Annie ya conocía y encontraba muy francesa.

–*C'est facile* –dijo con voz suave–. Venga, le voy a enseñar. A veces el fracaso es necesario como preludio del aprendizaje.

Annie frunció el ceño, pero le siguió hacia la larga hilera de hornillos bajo la brillante campana de acero inoxidable. Pompeau vertió la crema en una cazuela y la calentó. Cuando ya estaba a punto de hervir, la pasó por un filtro de alambre, vertiéndola sobre el chocolate fundente.

–Y ahora –dijo–, cortando un pedazo del bloque de mantequilla que acababa de sacar de la nevera–, la mantequilla dulce, pero sólo un poco, más para dar aroma que para reforzar.

Revolvió suavemente el *ganache* hasta que quedó suave y color moca, y luego levantó con presteza el pesado puchero de cobre del cacharro algo mayor sobre el que descansaba. Lo llevó a las puertas de madera que estaban dispuestas horizontalmente en un extremo de la cocina sobre baldas de metal separadas entre sí unos centímetros.

–Monsier Henri es el inventor de esto –sonrió Pompeau–. Listo, ¿eh? Como no encontrábamos bandejas lo bastante grandes, tuvimos que recurrir a estas viejas puertas procedentes de edificios derruidos.

Annie, escuchándole, hizo borrón y cuenta nueva, como si estuviera empezando de cero. Se imaginó una playa desierta, se imaginó paseando por ella, dejando las huellas de sus pies en la suave arena húmeda. Ella ya sabía todo lo que Pompeau estaba enseñándole, pero daba igual: hoy era otro día, y se convenció de que todo lo estaba aprendiendo por primera vez.

Pompeau vertía ahora el *ganache*, como un río oscuro y sedeño, sobre la puerta superior, que estaba cubierta de papel de silicona. Lo suavizó con una ancha espátula, extendiéndolo hasta el borde mismo del papel.

Luego dio un paso atrás:

–*Voilà!* ¿Lo ve? Ni granos ni grumos, *parfait*. Ahora se enfriará y le daremos los últimos toques.

En las otras puertas había distintos sabores de *ganache* enfriándose. Con él se harían los núcleos de las trufas mundialmente famosas de Girod: chocolate dulciamargo con núcleos blandos de moca y champán: *Grand Marnier* y chocolate oscuro moteado de cáscara de naranja almibarada; puré de frambuesa fresca y licor de frambuesa en *ganache* de chocolate con leche; *bourbon* y dulciamargo, reforzado con almendras dulces de Provenza; chocolate blanco y coco recién molido, espolvoreado con pistacho de Sicilia. El preferido de Annie era dulciamargo y *crème fraîche* aromado con infusión de té humoso de *Lapsang Souchong*. Pero, ¿sabría hacer ella esto sin ayuda?, ¿sería capaz de crear tales maravillas?

Se le ocurrió una idea, o, por lo menos, el embrión de una idea, una manera de redimirse. Pero, antes de que pudiera cavilarla, el viejo Pompeau la cogió por el brazo y la llevó al extremo donde la mezcladora se erguía ante ellos como una gigantesca amenaza.

–Bueno, ahora hay que mezclar –explicó Pompeau con tono didáctico–. La parte más importante. Sin la capa exterior, que es perfecta, la trufa se vuelve una pobre niña de corazón de oro, pero fea y abandonada, ¿quién querría casarse con ella?

Annie sonrió, tratando de aparentar que lo encontraba gracioso, a pesar de que ya había oído aquel chiste una docena de veces. Su inquietud se calmó un poco. Esto sería más fácil, porque la mezcladora hacía el trabajo sola. Se echaría chocolate puro de *caraque* por los tubos de acero inoxidable, chocolate sin crema, mantequilla o licor, y se le sometería a una serie de cambios de temperatura controlados mecánicamente.

–Verá, es preciso que la *couverture* se enfríe primero, a veintinueve grados centígrados, y luego se vuelva a calentar, pero muy despacio, hasta treinta y tres, de modo que se formen cristales como es debido. Esto es esencial. Si no se forman los cristales, las trufas tendrán listas blancas... *Catastrophique!*

La voz del viejo tembló ligeramente, y su rostro adquirió una expresión de angustia ante la idea de que una trufa pudiera sufrir tal desgracia.

El proceso de mezcla, siguió explicando Pompeau, garantizaría que todas las trufas adquiriesen un color oscuro y reluciente y no se fundiesen a la temperatura ambiental. La *couverture*, después del mezclaje, pasaría a la máquina encargada de motearla mecánicamente con pepitas de *ganache*.

Observando las paletas metálicas del tamaño de remos que se movían eléctricamente y revolvían los cauces llenos de *couverture*, Annie recordó el asomo de idea que había tenido un minuto antes: «¿Qué tal si crease yo un aroma completamente nuevo, un sabor que jamás se le ha ocurrido a Pompeau? ¿Y si me saliera tan perfecto que hasta Henri se sintiera impresionado?»

Dio vueltas y más vueltas a la idea, como se da vueltas a un dólar de plata encontrado en la acera que no acaba de parecer auténtico.

A lo mejor le salía bien. Claro que también podía salirle mal. Y entonces, ¿qué? Henri seguramente la echaría con cajas destempladas.

Pero ella ya había corrido peores riesgos que éste. En el fondo de su mente Annie oía la voz de Dearie, tenue y rasposa, como en un antiguo disco de 78 rpm, riendo con aspereza: «Cuando hay que saltar, qué diablos, se salta con los dos pies, y bien alto; de lo contrario, mejor ni intentarlo.»

Annie centró toda su atención en su nueva idea. De pronto recordó el pequeño *bistro* de la rue de Buci donde había cenado con Emmett la otra noche. Peras. Después de la *cassoulet*, el camarero les había llevado una cesta llena de peras: las mejores que había probado en su vida. A pesar de que estaba llena, comió dos, sin molestarse siquiera en secarse el zumo que le corría por la barbilla, como cuando era una niña.

¿Combinarán bien el chocolate y las peras? Tal vez. Pero, ¿y si en lugar de peras frescas utilizaba Poire William? Había visto una botella de este licor en una ocasión, con una pera dentro. Le dijeron que crecían así, con la rama metida en la botella, cuando el fruto no era todavía más que un botoncito. Un milagro peculiar. También su idea sería un milagro peculiar, si daba resultado.

Claro que tendría que pedir permiso a Pompeau. Pero, ¿cómo? «Da igual, tú hazlo, hazlo ahora o no lo harás nunca.» Sintió un nudo en la garganta pero, así y todo, hizo un esfuerzo y se lo dijo. Estaba convencida de que Pompeau le diría que no, o se reiría de ella, pero no fue así: al cabo de un largo momento, Pompeau empezó a golpearse la punta del dedo índice contra el labio inferior, mirándola como si Annie fuera un caballo de carreras cuyas posibilidades de victoria estaba sopesando.

Y finalmente asintió.

–*Bien* –dijo–. Pero crear un sabor nuevo es más difícil de lo que usted imagina. Intentándolo, probablemente lo comprenderá.

«Sí, comprenderé que no valgo para esto. Lo que él espera es que me salga mal.» Lo vio en sus ojos por un instante, como un pájaro sacado a la fuerza de su escondite: piedad. Pompeau no quería tener que despedirla. Sería mejor si ella misma llegaba a la conclusión de que no valía para aquello.

Y a lo mejor, después de todo, era así.

Annie se desanudó el delantal y volvió a anudarlo, más ceñido, de modo que se le sujetara bien a la cintura, forzándola a estar más erguida y recordándole así quién era:

«Soy Annie May Cobb. Es posible que no sea un genio, pero Dios me dio cerebro y espina dorsal. Y si no uso ni uno ni otro, ¿para qué seguir.»

Sintiéndose un poco mejor, a pesar del pánico que le punzaba el estómago apretado por el delantal, Annie fue al almacén a buscar el chocolate que iba a necesitar.

Emmett, al levantar una cubeta de *couverture* caliente de su lugar en la mezcladora, vio a Annie cruzar la cocina como un galeón que se lanza a toda vela a descubrir el Nuevo Mundo. «¡Bravo, Annie! –se dijo–. Le saldrá bien. La muy tonta no lo sabe, pero tiene madera. y quiere salir adelante. Eso fue lo que hizo a Lindbergh cruzar el Atlántico en avión. Y eso es lo que me hace a mí querer poseer algo, una casa con tierra, o quién sabe si un rascacielos. ¿Y por qué no?, ¿por qué no vamos a conseguir los dos lo que queremos?»

Se acordó de Atlanta, de todos aquellos negros que organizaban manifestaciones para exigir lo que querían, que trataban de asaltar el Capitolio del Estado de Georgia, salmodiando: «¡Julian Bond! ¡Julian Bond!» Unos cuantos políticos habían expulsado a Julian Bond de la cámara legislativa con sus tretas, y los negros querían reinstaurarle. La gente se apretujaba, chillaba, con rostros contorsionados por la ira. Y el aire se pegaba como trapos sucios y húmedos, y apestaba a humos de gas y a pólvora y a odio. Salía vapor de las aceras, de las capotas de los coches aparcados en torno al Capitolio, y Emmett añoraba el calor reseco de El Paso.

También había muchos blancos racistas. Viejos, jóvenes, hombres, mujeres, quinceañeros, ¡hasta niños, por Dios! y todos arremetían contra las barricadas de la policía, gritando obscenidades, tirando piedras, botellas, cualquier cosa. «¡Negros gilipollas! ¡Volved por donde habéis venido! ¡Ni siquiera sabéis escribir vuestro nombre y ya queréis haceros los amos del mundo!»

Y los rostros negros, serios y tensos, y también algunos blancos, se mantenían altivos a pesar del miedo que sentían.

Emmett recordó que había deseado cerrar los ojos, volver la espalda y taparse los oídos para aislarse de aquellos feroces gritos y canturreos. No quería tener nada que ver con ellos. ¡Ni siquiera quería *vivir* en Atlanta, diablos! Era la ciudad de su madre, el lugar donde había nacido y a donde había vuelto después de la muerte de Newt. Él no vivía con su madre desde que a los quince años había marchado a trabajar en un yacimiento de petróleo, donde transportaba maquinaria que pesaba casi tanto como él. Entonces él tenía las manos suaves, y ahora, a los veinticuatro años, ya eran tan duras como la lona expuesta al aire salado.

Dentro de él también había cosas a las que quería cerrar los ojos. Toda su vida Rydell le había metido en la cabeza los dogmas familiares, hablándole con voz reverente del heroísmo de su padre, de su patriótico legado norteamericano. Y Dean estaba en su tumba de Arlington, oficialmente a causa de la disentería, pero en realidad a causa de Rydell, que le había sacado la verdad de sus huesos para llenárselos de mentiras.

Y durante aquella visita a Atlanta, Rydell había tratado de hacer lo mismo con él, hablándole obsesivamente de su deber de servir a la bandera, de venerar el recuerdo de los soldados de Vietnam y la memoria de su padre y su hermano. No era suficiente haber sacrificado a un hijo, quería también *su* sangre. Dos tumbas, una junto a la otra, o los pares gemelos de zapatos de niño en la repisa de la chimenea.

Emmett sabía que había llegado el momento de decir a Rydell que el hijo en que ella pensaba era un chico que se parecía a él y hablaba como él, pero que no era *él*. Y él no se sentía obligado a ser fiel ni a blancos ni a negros, lo único que quería era seguir su propio camino, encontrar su propio lugar en la vida, y, finalmente, echar raíces en tierra auténtica, no en la boñiga que Rydell llevaba tanto tiempo acumulando que ya ni siquiera la olía.

Pero en aquel momento, con tanta gente gritando, las sirenas chillando y las botellas estrellándose contra las aceras, Emmett no conseguía imaginar que estaba en otro sitio que donde realmente estaba.

Rydell, con más de metro y medio de estatura y recia como una apisonadora, se asía a su brazo como si fuese una frágil inválida. De haber estado sola en aquel momento, se decía Emmett, se habría lanzado a la refriega blandiendo su enorme bolso como una maza. Su cabello rojizo relucía al sol como un yelmo real, y su boca, pegada al oído de Emmett, vertía en él meloso veneno: «No hay necesidad de esto, absolutamente ninguna. Esos blancos son basura, basura cochina. La gente bien sabe cómo hay que tratar a la gente de color, siempre lo supo, incluso antes de la guerra. Papá solía decir que hay que tratarlos con dignidad, y entonces se están tranquilos. Y nosotros, como sabes muy bien, siempre les tratamos dignamente. Clovis, por ejemplo, ¡si casi era de la familia! Y Ruby, ¿te acuerdas de Ruby?, bueno, pues Ruby lloró en el funeral del abuelo. Lloraba como si fuera un pariente suyo el que estaba en el ataúd.»

Y justo en aquel momento, Emmett vio algo que le revolvió el estómago y dejó a su madre sin habla. Un chico negro, no tendría más de doce o trece años, era sujetado contra la acera por un hombre corpulento que al tiempo le golpeaba con la culata de su escopeta, mientras dos policías, a escasa distancia, hacían la vista gorda, deliberadamente.

Hasta que sintió la mano de su madre transformarse en un aro de hierro que aprisionó su brazo para retenerle, Emmett no se dio cuenta de que intentaba intervenir en defensa del chico negro. «No es asunto tuyo, hijo. No te metas en esas cosas, que a ti no te conciernen.»

Estaba visto que, a ojos de su madre, toda su vida había sido algo completamente ajeno a él.

Todo encajó de pronto, y Emmett comprendió por qué le tenía tan sin cuidado lo que le decía su madre. Lo que él quería era alejarse de todo cuanto le reconcomía; podía resumirse en pocas palabras: odiaba a su madre, odiaba lo que su madre defendía, lo que le habían metido en la cabeza año tras año, y la odiaba, sobre todo, por haber persuadido a su hermano de ir a morir en la guerra.

No, él no sería como su madre. Y no tenía la menor intención de seguir allí impasible mientras a su lado apaleaban a un pobre chico indefenso.

Se soltó dc su madre y se lanzó a la refriega.

Sangre. Recordaba que le habían dado un golpe en la boca, y que probó el sabor de su propia sangre: caliente, salado, curiosamente metálico. Y luego, manos blancas alrededor de él, manos sin cuerpos, manos que tiraban de su camisa, desgarrándosela, uñas que se le hincaban, dejando escocientes huellas en su espalda y sus brazos. El hombre de la escopeta no era un hombre, sino un toro de rostro ceñudo, ojos saltones, sin cuello: una cabeza cuadrada hincada sobre un par de gruesos hombros.

Y el niño. El niño tampoco parecía verdadero, sino más bien un muñeco abandonado o tirado: un par de perneras manchadas de polvo y una carita tan sucia como el asfalto. Pero la sangre que empapaba su camiseta y le corría por el brazo acreditaba que era un niño de carne y hueso.

¡Dios mío!, ¿qué clase de bestia era aquel hombre? Aquello no era cuestión de raza o de color, era, simplemente, un hombre machacando a un niño indefenso.

«¡Hijo de puta!»

Emmett oyó su propia voz gritando estas palabras al tiempo que se abalanzaba contra el toro con cara humana, hundiendo su puño en su carne prieta. Sus golpes no parecían hacerle mella, como quien golpea una pared de ladrillo y sólo se magulla a sí mismo. Y de pronto sintió que unas tenazas de hierro le cogían la cabeza y la estrujaban.

Vio el reflejo del sol rebotar contra el acero refulgente. Una detonación le rompió los tímpanos. Sintió en un pie un súbito y terrible entumecimiento. Oyó el gemido de una mujer, agudo como el zumbido de un mosquito, al lado de su oreja. ¿Sería su madre? Todo lo demás se desvaneció, excepto el gemido, que siguió creciendo hasta sonar como un DC-10 que utilizase su cabeza como pista de despegue.

Sin duda perdió el conocimiento, porque lo único que recordaba después era una cama de hospital y el rostro de su madre cerniéndose sobre él como una luna ártica, con pintalabios color coral impecablemente aplicado. Una sola hendedura entre sus cejas, como trazada con regla, escindía en dos limpias mitades una frente que, por lo demás, era perfectamente lisa.

–Te destrozó la mitad del tobillo. Y tres dedos del pie. Y también nervios y músculos. Pero no te preocupes, los médicos dicen que volverás a andar –dijo su madre como quien habla de un simple esguince–. Eso sí, al Ejército ya no podrás ir. Ya no podrán quedarse contigo. –Sus ojos se movían y sus manos se juntaban en plegaria–. ¡Dios!, ¿qué he hecho para merecer esto? He tratado de ser una buena madre, de convertir a tu padre en un ejemplo, pero a ti te gusta llevar la contraria... Y ahora, fíjate en las consecuencias...

Emmett sintió que una mano firme y suave le cogía del brazo y le sacaba de su evocación. Se volvió y vio a Annie. Rostro delgado, salvado de la belleza mediocre por fuertes facciones que le daban aire de acero delicado y recio. Ojos enormes, color tinta china. Nada de maquillaje, y tampoco lo necesitaba. Delgada como una escoba. Con tejanos de confección y cuello negro alto, como un figurín de los años cincuenta. Annie no era chica de minifalda.

–Déjame echarte una mano –le dijo, cogiendo un asa de la pesada cubeta que tenía en la mano.

¿Compasión? ¿Ayudar al mutilado? Emmett sintió un súbito resentimiento, pero en seguida lo desechó. No, Annie no era así, no era eso lo que había querido decirle.

–Gracias, puedo solo –le sonrió–. Prueba a ofrecerme tu pie, quizá lo aceptaría...

–No tiene gracia –replicó ella, pero esbozó una tenua sonrisa.

Annie siguió allí, muy cerca de él, tanto que captaba su perfume, algo almizcleño y oriental. Tenía una mancha de chocolate en una mejilla, y Emmett se sintió tentado de limpiársela con la lengua.

¡Dios santo!

Emmett sintió pánico. ¿Qué le sucedía? ¿Era él acaso un joven calavera? No necesitaba a Annie. Había tenido muchas mujeres, tanto antes como después de la herida del pie. Recordó a la mujer casada con la que había estado liado en Neuilly, y a la que su pie mutilado ponía cachonda, como si se tratase de un artilugio erótico. Pero esa mujer no era para él más que un pasatiempo, igual que él para ella.

De pronto, Emmett comprendió la razón de su súbito pánico. Sintió un suave temblor en todo el cuerpo. Si daba un paso más en dirección a Annie, podría enamorarse de ella.

Y se dijo que, en ese caso, el enamoramiento iba a ser largo y arduo. También ella tenía hambre de algo... pero sin duda no de un trotamundo medio tullido como él. Fuera lo que fuese lo que estaba buscando, era más de lo que un hombre, cualquier hombre, podría darle. Annie deambulaba por las azules carreteras de su alma, y para ese territorio no había mapas ni guías.

Annie lo siguió hasta la máquina revestidora, que estaba en la estancia contigua, y le observó mientras vertía *couverture* recién hecha en una artesa de acero inoxidable que vertía a su vez una llovizna de color marrón oscuro en el lento cauce automático. Un poco más abajo, las pepitas de *ganache* reluciente, recién revestido, pasaban bajo la lámpara infrarroja y secadora de aire, junto a la que Thierry trasladaba las trufas terminadas a sus anchas hojas de plástico.

–¿Cenamos juntos? –preguntó Annie–. Conozco un pequeño café cerca de la rue de la Seine. Hacen unas magníficas tortillas de patata. Y muy barato. Y si eres pobre y sabes música tengo entendido que aceptan en pago un par de interpretaciones. ¡Venga, Emmett, di que sí! ¡Ya verás qué bien lo pasamos!

Sus ojos brillaban, pero Emmett intuyó que no era por él. Annie estaba entusiasmada con su descubrimiento, y con la idea de la que había estado hablando con Pompeau, y sentía deseos de hablar de ella con alguien.

«¿Que no se dé cuenta. Que no se dé cuenta de que no eres el tipo frívolo que pareces.»

–Sí, desde luego –dijo, forzándose a sonreír de oreja a oreja–. Si quieres llevo mi armónica.

Annie se quedó mirando la cajita metálica que tenía en la mano. En su interior había una sola trufa, cuyo negro y reluciente revestimiento de *couverture* estaba espolvoreado de fino polvo de almendra amarga tostada.

¿Sería bueno? Pensando en su trabajo de toda la semana, Annie hizo recuento: catorce hornadas de su *pire ganache*, y todos los que la habían probado decían que era muy buena. Pero Emmett y Maurice probablemente sólo decían que era estupenda porque eran amigos suyos.

A *ella* le encantaba, pero también era cierto que había probado tantas hornadas que ya no podía decidir cuál era la mejor. Emmett, cuando probó la última de todas, sonrió y movió los ojos, fascinado, pero cuando ella insistió, admitió que apenas distinguía la diferencia entre aquella hornada y la anterior. Afortunadamente, Pompeau había accedido a aplazar su informe sobre ella hasta que Henri, que no sabía nada de aquel experimento, hubiera probado el resultado final. El que Henri fuese el juez... bueno, después de todo era el que mandaba.

Annie subió por la estrecha escalera que conducía de la cocina a la tienda, en la elegante rue du Faubourg Saint-Honoré. Llevaba la cajita metálica helada que contenía su trufa *Poire William*. Le temblaban un poco las manos, pero se esforzaba por ir con aplomo, sin mostrar nerviosismo. El sonido de la voz profunda de Henri Baptiste llegaba hasta ella, mezclándose con la pulsación de la sangre en sus oídos.

«¿Y si no le gusta? ¿Y si realmente mi invento no es nada especial?»

Este pensamiento agudizó su pánico. No, eso no, por favor... el fracaso total era algo que Annie podría asumir, porque le confirmaría que se había equivocado con los ingredientes o que había tenido un mal día. Y su idea, que *era* buena, no se pondría en entredicho. Pero si Henri decía: «Corriente», eso era otra cosa, porque podría ser verdad.

En cualquier caso, era preciso no dejarse destruir. Eso, *ante todo.*

En la cima de las escaleras torció hacia la izquierda, entrando en el cuarto de empaquetado, donde la regordeta Marie-Claire, de mejillas rubicundas, con su impecable delantal blanco, gorro de gasa y guantes blancos, manipulaba incansablemente los chocolates terminados que eran enviados de la cocina en cajas metálicas refrigeradas como la que llevaba Annie en la mano. Sus ágiles dedos se movían con desconcertante rapidez, pasando las trufas a las cajas marrones y doradas con el logotipo de Girod, y poniendo antes cada una en su propia envoltura de papel plisado. Sobre la cabeza de Marie-Claire las hondas baldas estaban atiborradas de cajas aún por desplegar, metros y metros de cinta de satén de todos los colores, gruesos rollos de papel de envolver dorado, hojas de pegatinas doradas estampadas con las letras color marrón oscuro de Girod, y envases de cartón pardo sin letrero alguno para la exportación. Annie hizo un movimiento de cabeza a Marie-Claire al pasar junto a ella. La francesa sonrió y le correspondió, sin que sus manos dejasen de moverse un solo instante.

Annie entró por la estrecha puerta que conducía a la tienda. Como siempre, se detuvo en el umbral, un poco deslumbrada. La Maison de Girod era distinta de todas las demás chocolaterías, ni siquiera la tienda de Dolly podía comparársele. Parecía más una reproducción de museo de una habitación del siglo XIX. Una suave alfombra oriental bajo los pies; empapelado moteado de oro mate sobre un zócalo de madera de avellano; en una pared, estantes de cristal que exhibían obras artesanas: un vaso de alabastro tallado, un par de candeleros de Lalique con forma de sirenas, un antiguo caballo chino de jade; una bandeja de Sèvres del siglo XIX conmemorativa de la coronación de Napoleón.

Sobre las vitrinas, los estantes estaban cargados de cajas de madera pintadas a mano; Henri había encargado a un pintor que decorase cada una de las tapas con una escena distinta: ramilletes de flores, racimos de fruta, vides trepadoras, pájaros, niños jugando. La caja favorita de Annie representaba una escena de aldea, con una mujer espantando gansos del portalillo de una casita cubierta de rosas de té. Por mil francos, le había dicho Marie-Claire, los clientes podían llevarse sus bombones en aquellas cajas únicas y atadas con una cinta de satén a tono con la caja.

Pero lo que más gustaba a Annie era el chocolate mismo. Lo había por todas partes, en bandejas de plata, como si fueran preciosas alhajas, en cestos antiguos de mimbre y en platos y bandejas de cristal acanalado. En el escaparate principal había una resplandeciente *etagère*, cuyos estantes, como grandes hojas de un ornamentado arbusto de plata, estaban adornados con trufas y bombones hechos en antiguos moldes con forma de caballos, racimos de uvas, hojas, querubines. En torno de la *etagère* había pastelillos preparados por monsieur Pompeau en persona, que hacían pensar a Annie en exquisitos joyeros decorados con violetas almibaradas, campanillas de plata en miniatura y hojas de oro rizadas.

Pero en aquel preciso momento, Annie sabía perfectamente que era a Henri a quien ella debía dedicar toda su atención. Henri estaba hablando con Cécile, una mujer delgada y alta cuyo cuello parecía demasiado fino para sostener el pesado moño de pelo encaneciente que se apoyaba contra su nuca. Cuando Henri no estaba en la tienda, era Cécile quien la regentaba. Discreta y callada, vestida siempre con un jersey gris pálido adornado con una gruesa gargantilla de oro, Cécile podría perfectamente pasar por la decana de una casa de alta costura de la avenida Montaigne. Era ella quien había impuesto la regla de no preguntar nunca al cliente si la caja de bombones era para regalo; *todo* lo que se compraba en La Maison de Girod era para regalo... si no para otra persona, al menos para el propio comprador.

En comparación con ella Henri parecía desastrado, con aspecto más de filósofo despistado que de director de un elegante establecimiento. Con su traje de rayas hecho a la medida, siempre desaliñado, el pelo revuelto y las mejillas encendidas, daba la impresión de que acababa de llegar a la tienda en bicicleta. No era apuesto ni guapo, y sus fuertes facciones recordaban a Annie un campesino de Van Gogh. Y, según le había dicho Dolly, Annie sabía que Henri no vacilaba en remangarse la camisa y echar mano a cualquier trabajo, por sucio o bajo que fuese. Era fácil ver por qué Dolly se había enamorado de él, aunque estuviese casado.

Henri la vio y sonrió, su bigote tembló en las puntas y su ancho rostro se arrugó afablemente.

—Vaya, vaya, ¿cómo va todo, Annie? —le dijo, y mirando por encima del hombro de ella, añadió—: ¿A qué se debe el honor de tenerte aquí en pleno día, Bernard?

Annie, sobresaltada, vio que Pompeau la había seguido, subiendo la escalera detrás de ella tan silenciosamente que no le había oído. Por lo visto, el viejo metomentodo no quería perderse el espectáculo de verla quedar en ridículo. Las mejillas de Annie se encendieron, pero contuvo el impulso de volverse: no quería dar a Pompeau la satisfacción de ver lo nerviosa que estaba. Se obligó a mirar a Cécile, que había vuelto a su trabajo y, detrás de la vitrina, estaba reorganizando un cesto. Sonó la campanilla al entrar un cliente, una mujer gruesa que miró en torno de sí con timidez, como no atreviéndose a adentrarse en tan elegante tienda. Cécile le sonrió tranquilizadoramente.

Annie oyó a Pompeau, a sus espaldas, reír con aspereza:

—Es posible que tenga mis añitos, pero sigo tan fuerte como un roble. Dentro de unas semanas iré a tomar baños en Baden-Baden, y eso me rejuvenecerá. ¿Y usted, qué tal?

Henri suspiró y su rostro se ensombreció. Annie reparó en su aspecto fatigado. Incluso parecía... un poco encogido, mucho más viejo de lo que ella le recordaba.

«Echa de menos a Dolly», pensó Annie, que a menudo había sorprendido la misma expresión en el rostro de Dolly. Los dos se veían cada dos meses, pero incluso las cartas y las llamadas telefónicas resultaban insuficientes para compensar la ausencia.

Pero si Henri estaba triste, había decidido que no se le notara. Al pasar Pompeau junto a Annie, Henri le dio un golpecito en el hombro encorvado. Luego besó a Annie en ambas mejillas, saludándola como si llevase años sin verla, en lugar de sólo unos meses.

—Monsieur Henri —dijo Pompeau—, ¿todo fue bien en Marsella?

—Sí, en Marsella sí. —Y suspirando, añadió—: Pero acabo de saber que hay problemas en Granada, en la plantación.

—Espero que no sea nada serio.

—Ventanas rotas, un incendio en el almacén. Al parecer

se trata de agitadores. Tenemos noticias de que están controlados por los comunistas. Y el Gobierno, lo poco que vale, también trata de armar jaleo. Voy a tener que ir allí para comprobar personalmente cuánto daño han hecho y si la situación política es tan mala como se dice. Monsieur Girod piensa que deberíamos venderla. ¡Venderla! –Henri movió la cabeza y apretó un grueso dedo contra el último botón de la chaqueta, como si quisiera aliviar una ligera indigestión.

Parecía perdido en sus propios pensamientos, pero se encogió de hombros, como quitándoselos de encima, y miró con curiosidad a Annie:

–Perdona, Annie, pero ni siquiera te he preguntado qué tal estás. ¿Quieres hablar de algo conmigo? Espero que nuestro monsieur Pompeau no te haya aterrorizado hasta el punto de dejarte sin voz, ¿eh?

Sus ojos grises relucían de amabilidad y buen humor. Annie sintió que el nudo de su estómago se distendía. Henri no era como Pompeau. Incluso si en cierto momento decidía prescindir de ella, lo haría sin crueldad.

No, Henri no le volvería la espalda así como así, aunque cabía preguntarse si eso sería mejor, o si la idea de sentirse compadecida por él no sería peor.

Además, para colmo de males, era evidente que Henri hoy no se sentía bien. ¿Cómo iba a saborear debidamente su trufa, *cualquier* trufa, por buena que fuese?

–Monsieur Henri, no quería hacerle perder más tiempo –comenzó Pompeau, sin mirar a Annie–, pero es que mademoiselle Cobb...

–Se trata de un nuevo sabor que hemos preparado –le interrumpió Annie bruscamente–, y querríamos saber su opinión.

Si a Henri no le gustaba, la culpa sería enteramente suya, pero entretanto no quería que su inexperiencia lo predispusiese.

Henri frunció las tupidas cejas, y Annie sintió que el corazón le daba un vuelco. De pronto, Annie se vio a sí misma a través de los ojos de Henri, con sus tejanos y su jersey de cuello alto (¿por qué no se le ocurrió ponerse un vestido?), el pelo húmedo y desgreñado después de una mañana ante una cocinilla caliente, sin maquillaje, ni pintalabios siquiera. ¿Cómo iba a tomarla en serio?

Con el corazón desbocado, le tendió la cajita. Henri miró en su interior, escrutando la trufa solitaria durante un largo momento como un médico a punto de diagnosticar. Annie sintió un hilillo de sudor entre los pechos.

Emmett había dicho que era buena, pero seguramente exageraba por cortesía. Pompeau se había negado incluso a probar un poco, alegando que no quería que la opinión de Henri se viese influida por la suya.

Henri comenzó a mordisquear la cáscara exterior con su pálido espolvoreo de almendra amarga. Hubiera sido mejor usar otra clase de fruto seco, por ejemplo avellana. No, las había probado todas... y todas le iban bien a la pera, pero la almendra amarga era la mejor.

Con los nervios de punta, observó a Henri llevarse la trufa a la boca y masticarla con aire pensativo.

Justo cuando Annie se decía que ya no soportaba la incertidumbre, Henri sonrió:

–*Formidable* –sentenció–. Una textura maravillosa y un gusto... sublime. Bernard, le felicito. Un auténtico éxito. Y a los clientes les gustará, estoy seguro.

¡Pompeau! ¡Henri atribuía el éxito al viejo! Annie se enfureció. ¿Qué hacer ahora? ¿Por qué tenía que terminar la cosa *así*?

–Yo... es que, verá... fue... –balbuceó Pompeau sonrojado como una langosta hervida. Annie respiró. Pompeau, se dijo, era un sargentazo pero no un farsante, él mismo le diría a Henri la verdad. De pronto se le ocurrió que tal vez sería buena cosa dejar a Pompeau llevarse la gloria. Le pareció oír la voz de Dearie: «Hay muchas maneras de desollar gatos, Annie.»

–Monsieur Pompeau es un verdadero genio –intervino Annie apresuradamente, y no era una mentira–. Trabajar con él es un verdadero privilegio para mí.

«Un poco exagerado, ¿verdad?»

¿Había ido demasiado lejos? El viejo se hinchó de orgullo. La mirada que le dirigió expresaba el más puro deleite, el más puro goce. Así pues, había acertado. Si hubiera dicho que aquella trufa era idea suya, después de que la atribuyese instintivamente a Pompeau, el viejo se habría sentido incómodo, probablemente le habría guardado rencor. Era a Pompeau a quien ella tenía que lidiar todos los días, no a Henri, y si Pompeau le cogía simpatía y la tomaba bajo su protección, podría *aprender*, aprender de verdad todo lo que él sabía, aunque fuese a costa de perder esta pequeña gloria. A la larga, saldría ganando.

Annie sintió una oleada de felicidad que pareció iluminarla por dentro. Un sol color naranja, reluciendo justo debajo de su esternón, calentaba su interior, irradiaba de las punta de sus dedos en forma de chispas. Era magia. Nada podría doblegarla ahora.

Y, desde luego, había más de una manera de desollar un gato.

CAPÍTULO XIV

–No estás pasándolo bien –susurró Emmett en la penumbra.

Annie sintió una punzada de culpabilidad. Su gran velada juntos, un concierto de música de cámara en La Sainte Chapelle, y ella estaba estropeándolo... Las famosas vidrieras de la capilla gótica relucían a la luz mate como una corona de oscuros rubíes. Y bajo el reflector, delante de las dobles filas de sillas plegables, el violonchelista interpretaba Mozart, y la música resonaba en aquel espacio mágico con una claridad que Annie nunca había oído. Pero no podía concentrarse, no conseguía apartar el recuerdo de Joe...

Dos meses, pensaba Annie. Dos meses y once días, para ser exactos, había tardado Joe en contestar su carta y sus tarjetas postales. Ni siquiera una llamada telefónica. Y, finalmente, en el correo de aquella mañana, dejado por madame Begbeder sobre la insegura mesilla del vestíbulo, junto a la puerta de la calle, Annie había encontrado, entre cartas de Laurel y de Dolly, un fino sobre azul dirigido a ella con la letra grande y agresiva de Joe.

Annie recordaba ahora la impaciencia que sintió al abrir el sobre, hasta el punto que rasgó un trozo de la carta. Y cómo le temblaba el pulso al leerla. Joe se alegraba de que estuviese aprendiendo tanto. ¿Verdad que París es bello en mayo? ¿Había estado ya en el Jeu de Paume? ¿Había visto los tenderetes de legumbres de Les Halles?

No decía nada de que la echase de menos o de que añorase el reencuentro. Y tampoco nada sobre sí mismo, excepto que estaba ocupadísimo con su restaurante y su nuevo negocio de *catering*. Mencionaba que al padre Rafael le había dado un terrible mordisco uno de sus propios perros.

Tan decepcionada se sintió Annie que estuvo a punto de echarse a llorar.

Incluso ahora, en compañía de Emmett, que era tan divertido y solía hacerle olvidar sus morriñas, Annie se sentía tan hondamente solitaria que le dolía el estómago. Y tenía que ser en un sitio como aquél, con una música tan maravillosa. Demasiada belleza, se dijo Annie, puede romper el corazón tanto como su ausencia. Sobre todo sintiéndose tan desdichada como se sentía.

—¿Se me nota? —susurró a Emmett.

—Si quieres nos vamos.

—Pero...

Antes de que pudiera recordarle el elevado precio de las entradas, Annie se sintió levantada de la silla de un tirón. Pasaron juntos por el estrecho pasillo que flanqueaba la fila de asientos. En la penumbra, Annie tropezó con el suelo de piedra, y habría caído de no haberla sujetado Emmett. Sintió su brazo, fuerte y recio, bajo el suyo, y esto le infundió aplomo. Hasta su olor, un olor que ella relacionaba con hogueras de campamento y hojas otoñales crujientes y viejo cuero suavizado por el uso, la tranquilizaba y le daba seguridad.

Fuera, en el patio de piedra del portal, Annie se volvió a Emmett y le dijo:

—No tienes por qué perderte el concierto por mi culpa, puedo regresar sola a casa.

–Escucha, Cobb, tengo una idea mejor. –Le guiñó un ojo y le pasó un brazo por los hombros–. Conozco un café cerca de aquí, y te aseguro que cuando te sientes depre, no hay nada como un Pernod y unas buenas lágrimas en compañía de un alma comprensiva; mucho mejor que Mozart.

–¡Haz el favor de no ser tan amable! Lo único que consigues es hacerme sentir más culpable aún.

–Bueno, pues entonces te dejaré pagar las copas.

–De acuerdo –sonrió ella.

Anduvieron de paseo al suave calor del anochecer estival, pasando por delante de los gruesos muros de piedra del Palais de Justice. Annie comenzó a sentirse, no sólo egoísta, sino incluso ligeramente ridícula. Sin duda estaba sacando las cosas de quicio. ¿Tanto importaba lo que le había escrito Joe? Lo importante era que hubiese *escrito*, y también había que tener en cuenta que la carta de ella no había sido un modelo de ternura.

Annie miró de reojo a Emmett. Llevaba pantalones grises y una chaqueta marrón sobre la camisa blanca abotonada. Estaba muy guapo; habría podido pasar perfectamente por un joven abogado o agente de bolsa, si no fuera por las botas. Siempre le había visto con sus viejas botas de vaquero, de cuero marrón oscuro ya muy liso de puro gastado y con las punteras muy roídas y los tacones casi desaparecidos. Aquellas botas no sólo le daban el aura peculiar que a él le gustaba, sino también un curioso aire de indiferencia, como si dijese: «Soy volandero, de modo que no me cojáis demasiado afecto.»

Annie sintió una oleada de gratitud hacia Emmett, por ser un amigo... y por no intentar cortejarla. Después de todas las semanas que llevaban trabajando juntos, y de las veces que habían comido en pequeños bistros humosos, nunca la había besado al despedirse. ¿Se sentía siquiera atraído por ella? A veces, Annie sentía que había algo entre los dos, una especie de energía, cierta calidez... Otras, en cambio, no sabía lo que Emmett sentía, excepto que le gustaba estar en su compañía.

Al cruzar el Sena por el Pont Saint Michel, donde un viejo que vendía tarjetas postales le envió un beso a la distancia, Annie se preguntó qué ocurriría si Emmett la besase. Sintió de pronto el cálido peso de su brazo, que le rodeaba los hombros.

«¡Dios mío, pero qué me pasa! ¡Pensé que lo que me preocupaba era Joe, no Emmett!»

El café estaba a poca distancia del puente, en la Place Saint Michel, y en su terraza había mesas y sillas bajo un toldo verde y rojo; los parroquianos estan muy apretados, hablando y haciendo ademanes, como si todos formasen parte de la misma, maravillosa y ruidosa fiesta. Annie y Emmett esperaron unos minutos hasta que una pareja se levantó, y entonces se apresuraron a ocupar su mesa.

–¿Te sientes mejor? –le preguntó Emmett.

–Sí, mucho mejor –respondió, dándose cuenta de que era verdad.

–¿Quieres que hablemos de ello?

–Prefiero que no –dijo Annie.

–¿Tanto te duele?

–No te preocupes... No es más que una tontería.

–A ver si lo adivino: alto, atezado, apuesto.

Annie, a pensar del frescor de la noche, sintió que su rostro se encendía. Asintió, y su mirada se detuvo en la pareja que estaba frente a ellos: el hombre se inclinaba para encender el cigarrillo de la mujer, y ambos se miraban a los ojos. La mujer alargó la mano para sostener la de él.

–Sólo hay dos cosas que son más duras que el hierro: la voluntad de la mujer y el corazón del hombre –citó Emmett, exagerando el acento tejano que usaba cuando quería poner a Annie de buen humor.

Annie lo miró: Emmett sonreía lánguidamente y sus ojos la escrutaban, como tratando de leer comprensivamente en ella, y, sin darse cuenta, se inclinó hacia él, sintiendo su calor como el de una hoguera en una noche fría.

–No hay ninguna razón... absolutamente ninguna, para que él se ponga sentimental sólo porque yo estoy aquí –dijo Annie con voz firme, tratando de convencerse a sí misma más que a Emmett–. Además, no somos más que amigos, bueno, quiero decir buenos amigos. ¿Por qué iba a escribirme cartas de amor si no está enamorado de mí?

—Pero tú estás enamorada de él.

No era una pregunta, sino una afirmación. La mirada de Emmett era ligeramente retadora.

—¡No! Bueno, quiero decir... tal vez. Por Dios, Emmett, ni yo misma lo sé. ¿Cuánto tiempo se puede amar a una persona que no está enamorada de una?

Los ojos de Emmett se entrecerraron, como cuando se mira a la plena luz del sol:

—Yo pienso que mucho tiempo —dijo al cabo de una pausa.

Annie se dio cuenta de que no era a ella a quien se refería, pero antes de que pudiese indagar en ello, un camarero con aire agobiado se acercó y Emmett pidió las copas.

Annie se maravilló, como siempre, de lo bien que hablaba el francés. No lo había estudiado, decía, sino que lo había ido aprendiendo por todas partes, sobre todo entre los *cajuns* con quienes había convivido en Nueva Orleáns, mientras Annie, después de cuatro años de estudiar francés en un colegio particular, apenas era capaz de pedir un *croissant* sin equivocarse.

Pero Emmett era así, y Annie ya se había dado cuenta de que captaba cosas y gente con la misma naturalidad con que un sabueso captura zorras. Unos días atrás, en las Tullerías habían topado con una señora que daba comida a las palomas: en veinte minutos Emmett se enteró de toda su historia, que su marido había pertenecido a la Resistencia y había muerto de tétanos, de los tres hijos que había perdido, del reumatismo que la atormentaba en las noches de invierno, de las palomas a las que daba de comer todas las mañanas, y de su costumbre de dar a sus favoritas el nombre de célebres generales franceses. Annie recordaba que la vieja señora, envuelta en un gran chal negro, emocionada por la atención de Emmett, le había señalado una paloma cuyas plumas eran de un insólito color rojizo, como de barro cocido, diciéndole: «*Pour vous*», con lo que quería decir que le pondría de nombre Emmett. Al volver a casa, Emmett se había echado a reír, diciendo: «La verdad, hay cosas peores que ser paloma.»

Ahora, con la ligereza que le daba el Pernod, Annie dijo:

—Te mentí al decirte que no estoy segura de si quiero a

Joe. Le quiero. Pero, ¿por qué me resulta tan difícil admitirlo? ¿Por qué es para mí como si confesase algún terrible delito?

Sintió que las lágrimas que había conseguido contener estaban a punto de volver a aflorar.

–Pues porque tienes miedo de quedar en ridículo –dijo Emmett–. No eres la única, Cobb, la mayoría de la gente preferiría que les atropellase un autobús a hacer el ridículo, sobre todo en cuestiones de amor.

–Si por lo menos supiera lo que él siente... entonces podría... –Se encogió de hombros y sintió que su boca se torcía en una ligera sonrisa–, quiero decir que, en ese caso, no tendrías tú que estar escuchándome mientras yo hago el ridículo.

–¿Estás segura de que es él quien vacila? ¿No serás tú?

Emmett ladeó la cabeza, mirándola con aire divertido, al tiempo que acariciaba el pie de su copa con su pulgar cuadrado y calloso. Su pelo crespo, al fulgor ambarino de la vieja farola que les iluminaba, tenía el color de antiguas monedas de cobre gastadas por el uso.

Annie, sintiendo que estas palabras eran certeras, clavó la mirada en su copa vacía, cuyo borde parecía ensancharse, surgir hacia ella como la boca de un túnel. Se dio cuenta, con una ligera punzada de inquietud, de que estaba un poco mareada. ¡Dios mío!, se dijo, ¿estaría a punto de hacer un mayor ridículo del que ya estaba haciendo?

–Me parece que será mejor que vuelva a casa –dijo–. No sé tú, pero para mí levantarme todas las mañanas a las cinco quiere decir que a las diez de la noche ya estoy muerta de sueño.

Él se echó a reír:

–Sí, ahora que lo dices, se te ve un poco adormilada.

Minutos más tarde, cruzando el río por el Pont au Change, Annie se dijo que en unas semanas estaría de vuelta en Nueva York, y Emmett... bueno, ¿quién sabía dónde estaría Emmett? Quizá no volvían a verse nunca más. Sintió una punzada y apartó rápidamente el pensamiento. En aquel momento Emmett estaba allí, y ella se alegraba mucho de ello. Se alegraba de su amistad, que hubiese escuchado tan pacientemente sus palabras, como se escucha a una quinceañera tonta.

Al pararse para ver una barcaza que se deslizaba río abajo con la cubierta llena de luces, Annie se inclinó y besó ligeramente a Emmett en los labios.

Y entonces Emmett comenzó a besarla a ella. No con vacilación, sino plena y ardientemente, magullándola casi, y su boca era cortante y dulce, con el sabor de anís del Pernod. Con un brazo la tenía cogida por la cintura, de modo que no habría podido escabullirse, pero ella, por alguna razón, no pensaba siquiera en intentarlo. «Oh, Señor, ¿en qué lío me estoy metiendo?» Emmett le apretaba la curva de la cabeza, y ella sentía la punta de sus dedos, tan suaves y tiernas como si estuvieran acunando a un recién nacido.

Annie sintió un brusco tirón en el vientre. Su cabeza parecía haberse vaciado de sangre. Chispas luminosas bailaban en el interior de sus párpados. Su calor interior crecía, apretándose en el espacio hueco donde momentos antes había estado su estómago.

¡Cómo podía ser... cómo podía sentirse tan bien con Emmett cuando era a Joe al que amaba!

¿Y Emmett? ¿La amaba realmente a *ella*? ¿O habría una mujer esperándolo en Norteamérica, una mujer a la que no había mencionado?

Emmett, apartándose, pareció vacilar, y Annie se preguntó si él estaría también un poco bebido, y si, de haber estado los dos completamente sobrios, habría ocurrido esto. Lo miró. Su rostro estaba a pocos centímetros del de ella, y su aliento era rápido y cálido contra su mejilla. Annie pensó que probablemente había sido ella la que llevaba largo tiempo queriendo esto, *necesitando* esto. ¿Sería seguridad lo que buscaba, la seguridad que Joe no le daba? ¿Estaría buscando una prueba de que era atractiva, deseable?

—¡Diablos! —murmuró él, mirándola y frotándose la mandíbula—. ¿A dónde iremos ahora?

—A mi habitación no —Annie rió jadeante—. Madame Begbeder nos echaría —añadió, embargada por un impulso enloquecido.

«¿Pero qué estás dando a entender? ¡Dios mío!, ¿qué estás haciendo?»

–Bueno, esto reduce mucho las posibilidades, ¿no te parece?

Emmett dio unos pasos atrás y le cogió por la mano, apretándosela fuerte.

Antes de que pudieran pensarlo siquiera, ya habían cogido un taxi e iban por el bulevar Saint Germain hacia la plaza Victor Hugo, donde Emmett tenía un apartamento subarrendado. Annie se sentía eufórica y, al tiempo, extrañamente resignada, como quien se ha subido a una locomotora en marcha y tiene que seguir en ella hasta que pare.

Se vio de pronto ante un gran portón, y luego en un patio, y luego en un vestíbulo oloroso a ropa recién lavada. Subiendo por una escalera en espiral. Emmett, en cada descansillo, apretaba un botón y el tramo siguiente se iluminaba. Y siempre, al llegar al final del tramo, la luz se apagaba sola.

–Está cronometrado –explicó– para que la luz no quede encendida. Bien pensado, ¿no te parece? Sólo los norteamericanos derrochamos electricidad y petróleo y gas como si fueran inagotables.

¿Cómo podía estar tan tranquilo? Con las piernas temblorosas y el corazón enloquecido, Annie apenas podía subir las escaleras. «No debería estar aquí. Debería dar media vuelta ahora mismo, en este mismo instante...»

Pero, por alguna razón, sus pies seguían subiendo los escalones. No tardaron en llegar a una puerta alta, con picaporte de bronce, y entrar en un salón estrecho y alto. La propietaria de aquel piso habría fruncido el ceño, pensó Annie, al ver a Emmett, fornido y recio, con sus ruidosas botas de vaquero, entre los mullidos sofás forrados de satén y las ligeras sillas Imperio, la diminuta mesa redonda cubierta por un chal bordeado de flecos y sobre la que se apretujaban figuritas de Sèvres y fotos de familia enmarcadas.

Pero Emmett, a pesar de su ligera cojera, estaba ya encendiendo luces, y sus movimientos eran sorprendentemente gráciles, sin dejarse intimidar por el atiborramiento de muebles y ornamentos. Observándole enderezar el marco de un cuadro que se había ladeado en la pared, Annie pensó en la anciana de las palomas, en el parque, y en lo amable que había estado Emmett ayudándole a levantarse del banco.

Sin embargo, se preguntó: «¿Que hago yo aquí? No le quiero.»

Pero se sentía atraída por él, y el tirón experimentado en el estómago al besarle se convertía ahora en un lento latido de deseo. Se imaginó lo que iba a pasar: Emmett, desnudándola, besándole todo el cuerpo, sus manos ásperas y cálidas acariciando su piel. No, no lo amaba... pero, demonios, lo *deseaba*. Lo deseaba *ahora*, en este mismo momento, sin preocuparse de motivos o consecuencias, de la misma manera que una persona hambrienta desea comer...

Emmett, que pareció captar su confusión, se acercó a ella y le apoyó los brazos sobre los hombros, besándola en la frente. Cuando ella se apartó, vio que Emmett estaba sonriendo, casi como si la encontrara divertida... quizás incluso infantil.

Annie se sintió incómoda, irritada incluso, tanto consigo misma como con Emmett.

—Emmett, no debí venir aquí, esto es una locura... Yo no... no te quiero. Y tú no me quieres a mí.

—Y tú no eres la clase de chica que se acuesta con un hombre sólo por divertirse, ¿no es eso?

Sin duda, estaba burlándose de ella.

—No, desde luego que no, si quiero que sigamos siendo amigos.

—¿Qué es lo que te preocupa, *nosotros* o ese príncipe azul que tienes en casa?

—Joe.

Pronunció su nombre como si fuera un escudo, y lo mantuvo delante de ella, para que llenara el silencio, roto solamente por el tictac de un reloj.

—No —mintió—, no tiene nada que ver con Joe.

Emmett se encogió de hombros, dio un paso atrás y sonrió con naturalidad:

—Demonios, Cobb, puedes irte de aquí ahora mismo, en

este mismo instante. Puedes estar segura de que no te guardaré el mínimo rencor.

–...

–Pero si te quedas –añadió, llevándose la punta del dedo encallecido a la barbilla–, te aseguro que será mucho mejor.

La besó y Annie sintió que la penetraba un relámpago de verano. «Joe –se dijo, poseída de una pequeña y ruin sensación de triunfo–. No necesito a Joe.»

Emmett la condujo al dormitorio. Una cabecera enorme, adornada con engastes de bronce dorado, como un gran pastel de bodas, dominaba la habitación. Como en un sueño, Annie se echó sobre la cama, y dejó que Emmett la desnudara. Sus dedos encallecidos, tal se los imaginaba ella, eran ásperos pero sorprendentemente tiernos y hábiles. No vacilaban ante botones o ganchos, parecía saber exactamente lo que había que hacer, y dónde tocarla. La besó en los labios, en la sien, en la garganta y, tras quitarle el sostén, en ambos pechos, haciéndola estremecer. No era la primera vez que la desnudaban: Steve, y Craig Henri, en la escuela secundaria, lo habían hecho. Pero nunca de una manera tan excitante. Annie sentía que el corazón se le desbocaba, como si estuviera al borde de un precipicio.

Vio a Emmett, se sentó a su lado y se quitó las botas, Annie se preguntó qué aspecto tendría el pie tullido, y lo que sentiría ella al verlo. Cuando lo vio –carne púrpura, fruncida, que formaba una extraña protuberancia–, sólo sintió una oleada de ternura. Lo tocó ligeramente:

–¿Te duele?

–Sólo cuando ando por sitios donde no debo –respondió con una sonrisa torcida.

–¿Como ahora, por ejemplo?

Se encogió de hombros:

–Sí, claro. También yo estoy un poco asustado. ¿Te importa que deje las luces encendidas?

Le pasó el dedo por el vientre, y ásperas puntitas de piel endurecida la arañaron ligeramente. Se estremeció. Emmett se inclinó y ella sintió su lengua cálida lamiendo su piel, y la lengua fue descendiendo, más y más abajo. «Dios mío, no debería permitírselo, nadie me ha hecho nunca... pero, ¡ay!, qué agradable es.» Los suaves cabellos de Emmett le rozaban ahora el interior de los muslos. y la lengua, ágil y ligera como una pluma...

Annie se encendía con ardor. Iba a morir de tanto calor. Iba a morir de deseo. «¡Por favor, oh, por favor, no puedo resistirlo... me vuelve loca!»

Emmett se levantó y se quitó camisa y pantalones. No parecía nada impaciente, aunque Annie se dio cuenta de que estaba excitado. «Tiene mucha experiencia en estas cosas.» A Annie le sorprendió el vello del pecho y el bajo vientre, pues no era rojizo sino castaño oscuro. Sus músculos eran sólidos como vigas, y tenía una miríada de pecas por todo el vientre. Daba la impresión de haber pasado mucho tiempo al aire libre, sus antebrazos estaban un poco más bronceados que el resto de su cuerpo. Pero lo que más sorprendió a Annie fue la naturalidad de la situación, como si todo aquello, el estar los dos desnudos y juntos, fuera realmente la cosa más natural del mundo.

Cuando se echó de espaldas a su lado, Annie sintió la energía de su deseo: todo el cuerpo de Emmett estaba tan tenso que casi vibraba.

Y siguió, explorándola en lugares que ella nunca había sospechado que pudieran ser tan exquisitamente sensibles, como la media luna bajo cada pecho, la curva de las rodillas, los intervalos entre sus dedos. Annie ardía, pero también temblaba, y sentía un vago deseo de protegerse de aquel angustioso ardor. Pero Emmett la acariciaba lentamente, serenándola, y Annie acabó abriéndose, curvándose para dejarle entrar en ella. «Sí... oh, sí.»

Y entonces ya no sintió otra cosa que el peso macizo de Emmett sobre ella, dentro de ella. Por encima del hombro de Emmett vio un rayo de luna en la pared, y le pareció que iba haciéndose más y más luminoso, ensanchándose hasta abarcar la pared entera, hasta que ella misma pasó a formar parte de él, a penetrar en él, y su calor, al rojo, la consumía por entero...

—¡Dios!

Annie mordió a Emmett en el hombro. Un sabor cortante y salado, y luego le oyó a él gemir también, y penetrar en ella con embates cortos y brutales.

Annie se aferró a él, hasta que el sudor mezclado de ambos cuerpos comenzó a secarse. Emmett, el rostro hundido en el hueco del cuello de Annie, murmuró:

–Annie...

Annie. Emmett siempre la había llamado Cobb. Pero ahora, en este preciso momento, la llamaba Annie. ¿Que significaba? ¿Qué quería ahora de ella?

Annie se estremeció, sintiéndose desbocada, como si la locomotora que había cabalgado, en lugar de parar, se hubiera lanzado con renovadas fuerzas. ¿Y Joe? ¿Por qué se sentía como si le hubiera traicionado, si en realidad no le debía nada?

Ahora fue su turno de murmurar:

–¡Dios mío, Em! ¿Qué sucederá? ¿A dónde iremos?

Acariciándole el cabello y el cuello, donde aún le dolía la aspereza de su barba cerdosa, Emmett le dijo con suavidad:

–No iremos a ninguna parte, Annie, ya hemos llegado.

CAPÍTULO XV

Dolly notó que el avión comenzaba a descender. Mirando hacia abajo captó el primer vislumbre de la isla. ¡Qué verde era! No veía carreteras ni edificios, era como si allí no viviese nadie. No era en absoluto como las Bermudas, adonde la había llevado Dale a pasar la luna de miel. Dolly recordaba las Bermudas como una especie de campo inglés tropical, con paredes de piedra pulida, campos de golf perfectamente cuidados, praderas de hierba cortada y setos recortados de hibisco de vivos colores. No era tan primitivo y tan lujuriante como este paisaje.

Dolly se preguntó si el jardín del Edén habría sido parecido a Granada. Acomodándose en su asiento, recordó la frase de Henri: «Cuatro días enteros en el paraíso», y sintió una lánguida sensación de felicidad. Pero también recordó que éste podía ser su último encuentro, y sintió un dolor sordo en el estómago, como si el avión se precipitase a tierra en picado.

«Tengo que decírselo. Se acabó. No puedo continuar así... No puedo seguir viéndome con un hombre casado a espaldas de su mujer, y sólo cinco o seis semanas al año. Le quiero demasiado para aceptarlo.»

Dolly apartó bruscamente la sombría perspectiva de dar la noticia a Henri, sustituyéndola por la sorpresa que le daría al aparecer repentinamente en la plantación. Henri se alegraría. Bueno, probablemente también se sentiría un poco irritado por no haberle advertido ella de su llegada. Dolly pasó revista mentalmente a su conversación telefónica con Henri, la semana anterior, en la que éste le dijo que tendría que ir en avión a Granada para poner en orden las cosas de la plantación, y a ella, al oírle, le entusiasmó la posibilidad de pasar un largo fin de semana en el trópico, los dos a solas. Pero Henri, aunque la idea le tentaba muchísimo, había dicho firmemente que no. Granada, le explicó, estaba sumida en el caos, y había grupos de comunistas fomentando el desorden, de modo que podía ser peligroso.

¿Peligro físico? No, no era ésa la razón de que en aquel momento el corazón se le desbocara y sus manos estuviesen frías como el hielo. A ella le tenían sin cuidado los comunistas y las bandas, lo que la asustaba era la perspectiva de perder a Henri. ¿Qué haría ella sin Henri?

Pero, por otra parte, *tenía* que decírselo. No podían seguir así, renqueando como un carro de tres ruedas.

Dolly oyó un chasquido y miró el vaso de plástico que tenía en la mano: lo había apretado tan fuerte que se había roto. Gotitas frías del hielo fundido que había en él le cayeron en el regazo, empapando su falda color limón.

«No tienes necesidad de decírselo inmediantamente», se dijo, aferrándose a la idea de los días felices que la esperaban y centrando toda su atención en el paraíso verde que se veía allá abajo.

Granada, una isla, un mundo donde podrían estar juntos

sin Girod's, sin sus sobrinas, sin Francine, sin los hijos de Henri. Un lugar seguro, incluso un lugar mágico en el que podrían olvidarse del mundo entero. Y donde Dolly podría aplazar, aunque sólo fuese por un breve lapso, la terrible sentencia que les esperaba al final.

Dolly miró su reloj de pulsera. Las dos y cuatro minutos. En cosa de minutos aterrizarían. Daba la impresión de que hubieran pasado cien años desde la última vez que había visto a Henri. Tres meses y medio desde la Montreal Confectioners Exhibition, y sólo por una noche, unas pocas horas, mejor dicho, entre visitas a pabellones, conversaciones con clientes y posibles compradores y debates sobre productos nuevos.

Cuando le llamaba por teléfono a la tienda, siempre hablaban de lo mismo: lo que se vendía mejor, los altibajos de las divisas, los nuevos contratos con hoteles, los méritos y desventajas de este o aquel transportista... pero nunca de que se echaban de menos. Incluso cuando él la llamaba a su casa, habitualmente tarde por la noche, Dolly se sentía fuera de lugar al decirle cuánto le echaba de menos y cuánto le amaba, pero siempre girando en torno de lo que realmente la reconcomía: que, después de ocho años de relaciones, Henri seguía a la misma distancia del divorcio que el primer día...

Y ella, por su parte, envejecía inexorablemente.

Al empezar el avión a describir evoluciones para aterrizar, Dolly comenzó a ver edificios, carreteras, pistas, y los tejados de chapa ondulada de casuchas, un gran montón de basura resbalando por la ladera de una montaña. Bienvenida al paraíso, se dijo con pesadumbre.

Minutos después de un aterrizaje algo saltarín, Dolly se encontró en la pista del aeropuerto bajo un diluvio de lluvia. Y a continuación en el interior de la terminal, empapada hasta los huesos, mostrando su pasaporte a un escuálido funcionario negro que lo escrutó recelosamente durante una hora, o tal le pareció a ella, hasta que por fin decidió ponerle el sello. En el vestíbulo, Dolly llamó a un mozo, que cogió su equipaje y lo llevó a la acera, donde esperaban varios taxis. Dolly escogió el menos maltrecho.

–*L'Anse aux Épines* –le dijo al taxista, esperando pronunciarlo bien–, en Spice Cove.

Salieron, entre grandes charcos, hacia el hotel, bandeando por carreteras tan estrechas y llenas de baches que Dolly creía que acabarían cayendo aparatosamente en la cuneta. Limpiando el empañado cristal de la ventana, Dolly vio tupido follaje, palmeras como postes de teléfono rematados por enaguas verdes, casas de estuco rosas y amarillas que más parecían cobertizos que viviendas. Y, de vez en cuando, colgadizos con tejado de barda a lo largo de la carretera, con cocos y racimos de plátanos verdes, donde se acurrucaban los vendedores ambulantes en espera de que cesase la lluvia.

Pronto se reuniría con Henri. En cosa de una hora, Bartholomew, el capataz de Henri, iría a recogerla al hotel. Dolly le había telefoneado para avisarle que quería dar una sorpresa a Henri, pero que no se atrevía a correr el riesgo de perderse en la selva yendo sola a la plantación. Bartholomew accedió a ir a recogerla, llevarla a la plantación y guardar el secreto.

Una hora, se dijo Dolly. Tiempo suficiente para mudarse de ropa, ducharse y ponerse guapa para Henri.

Dolly sentía los latidos desmedidos de su corazón. ¿Cómo era posible que, después de tantos años, y con los miles de kilómetros que les separaban, el solo recuerdo de Henri bastase para darle mareos?

¿Y si se sentía así de emocionada ahora, antes incluso de verle, cómo iba a reunir fuerzas para mirar a Henri a los ojos y decirle que todo había terminado?

El jeep se detuvo con una fuerte sacudida. Quitándose las manos de los ojos, que había llevado tapados durante todo el trayecto para no divisar las escalofriantes y ceñidísimas curvas de montaña, Dolly vio que habían parado en la cima de una empinada colina. Más allá terminaba la vegetación de la selva virgen y comenzaba una zona despejada, con hileras de plátanos que parecían no tener fin.

–Ya hemos llegado, señorita. –El viejo y paternal capataz granadino parecía tranquilo y contento, como si subir de aquellla manera por un serpenteante camino de montaña lleno de baches, con camionetas y furgonetas echándosele encima constantemente en dirección opuesta, no fuera más escalofriante y peligroso que dar unas vueltas en un tiovivo.

Dolly volvió la mirada a los plátanos, poniéndose las gafas de sol, grandes como ojos de búho y de montura de carey moteado de vidrio de colores, para protegerse del deslumbrante reflejo del sol en las gotas de lluvia, que comenzó a destellar en el momento mismo en que dejó de llover.

Dolly veía hilillos de vapor que se levantaban del fangoso suelo rojo. El aire tenía un aroma maravilloso, como una copa de sidra caliente y especiada. Eran las especias que cultivaban allí, le había dicho el viejo Bartholomew. En cada aldea por la que habían pasado, dondequiera frenaban para no atropellar perros o gallinas o cabras, siempre había una vieja o un grupo de niños que se abalanzaban sobre el jeep, ansiosos de venderles especias: manos oscuras que les enseñaban cestos de artesanía llenos de saquitos de nuez moscada, hojas de laurel, florecillas de macis secas, palitos de cinamomo, clavos, bolitas de cacao prensado.

Pero ahora lo único que veía Dolly eran plátanos.

—¿Dónde están las plantas de cacao? —preguntó, pronunciando a la manera indígena, como Henri la había enseñado.

Bartholomew sonrió, su rugoso rostro negro se recompuso en un nuevo diseño de fisuras y pliegues. Cano, delgado y encorvado, Bartholomew llevaba pantalones cortos muy holgados y una camisa amarilla descolorida que colgaba de sus hombros como una tienda de campaña, dándole un aire tan vetusto como la selva misma. Pero era un estupendo trabajador; en una ocasión Henri le había dicho que sin Bartholomew *no* habría plantación. El viejo capataz conocía cada barranco y cada camino de aquella jungla, sabía cómo hacer llegar cargamentos y remesas a su destino cuando la carretera principal estaba intransitable, y cuando los obreros se despedían o no aparecían. Bartholomew tenía incontables primos, sobrinos y nietos de los que podía echar mano para sustituirles. Por el camino, en su renqueante Willys, Bartholomew contó con orgullo a Dolly que había sobrevivido a cinco esposas y tenía dieciocho hijos y cuarenta y dos nietos.

Tenía el cabello encanecido, pero aún le quedaba combustible en el honor, se dijo Dolly.

—Los plátanos dan sombra a los árboles del cacao —explicó con un movimiento de cabeza.

Dolly volvió a mirar y vio los árboles del cacao, y también machetazos que relampagueaban entre el verdor, con vivos reflejos en el acero. Era la estación de la cosecha, le había dicho Henri.

Henri. ¡Qué cerca estaba ahora!

Dolly, bajándose del jeep, miró mejor, sintiendo al tiempo que las rodillas le fallaban. Su estómago, pesado y denso, tensaba su vestido de lunares, húmedo de sudor. El aire olía a tierra recién removida y a hojarasca. Dolly se ajustó el ala del amplio sombrero de paja, con una ancha cinta de lunares que le colgaba hasta los hombros. El calor, aunque agobiante, le daba también una agradable sensación: Dolly se sentía hinchada de deseo e impaciencia por verse a solas con Henri.

Cerrando los ojos contra el esplendor del sol, que le picaba en los ojos a pesar de las gafas, volvió a pensar: «Dios mío, ¿cómo voy a renunciar a él?»

Bartholomew le tocó el brazo:

—¿Se encuentra bien, señora? ¿Bajamos?

Dolly volvió a subir al jeep, y el vehículo descendió, renqueante, por un camino fangoso y lleno de baches que se desviaba de la carretera principal por entre una maraña de hierbas y sarmientos que flanqueaban las rectas hileras de plátanos. Un solitario árbol del pan, que Dolly reconoció porque Bartholomew se lo había señalado antes, indicaba el lugar donde el camino se convertía en una estrecha senda que conducía a las hileras de plátanos y arbustos de cacao, al otro lado. Una intensa fragancia se levantaba de la maleza que rodeaba la zona, despejada de arbustos y malas hierbas.

—Las flores huelen muy bien.

Bartholomew frenó en seco y con un dedo huesudo señaló un manchón de brillante color en el verdor aplanado.

—Creo que nunca he olido flores tan bonitas —dijo Dolly—, ¿cómo se llaman?

—Salta-y-bésame. —El viejo sonrió ladinamente, mientras sus dientes coronados de oro relucían al sol.

Dolly sonrió y le guiñó un ojo, dándole a entender que apreciaba su discreción respecto a su visita.

Bartholomew le señaló sus pies, mientras su marchito rostro color teca se arrugaba en un gesto de desaprobación. Movió la cabeza negativamente, esforzándose por no sonreír. ¡Claro, su calzado! Absolutamente impropio: unas ligeras alpargatas de lona, cuyas suelas de yute estaban empapadas de barro. ¿Pero cómo no se le había ocurrido llevar un calzado más práctico?

Al bajar del Willys, Dolly sintió el barro que se le pegaba a los pies. Trató de seguir a Bartholomew, que se dirigía sendero adelante, y casi resbaló, pero antes de caer se rehízo y evitó quedar más en ridículo todavía.

El camino terminó, perdiéndose entre las hileras planas y cultivadas de plátanos, cuyas anchas hojas flecadas se erguían como crestones relucientes de troncos gruesos y dentados, con racimos de plátanos colgando de sus ramas como candeleros. Sombreados por los plátanos, los cacaos formaban hileras de un rojo sucio, y no eran más altos que Dolly, aunque algunos doblaban y hasta triplicaban la estatura de un ser humano. Parecían árboles corrientes, aunque las vainas purpúreas, del tamaño de balones de rugby, salían de las ramas, o incluso directamente de los troncos.

Dolly se paró para ver a uno de los trabajadores, un isleño con el torso desnudo y pantalones cortos, que asestaba golpes de machete a las vainas, amontonándolas en una carretilla que tenía al lado.

Señalando una de las vainas, Dolly preguntó:

—¿Salen de ahí las almendras?

Bartholomew se inclinó, cogió una de la carretilla y, en rápido patois, ordenó al trabajador que la abriera con su machete. Se volvió a Dolly, mostrándole una mitad en cada mano. En torno a cada núcleo pulposo y blanquecino había un círculo de semillas pálidas, del que salía una fragancia floral. El viejo cogió una semilla con el dedo y se la mostró a Dolly.

–Hacen falta muchas, muchas, para hacer un poco de chocolate –dijo, y dejó la vaina en la carretilla–. Espere, se lo mostraré.

La condujo a lo largo de un surco que parecía interminable, donde los trabajadores recogían vainas, unos con machetes, otros con largos palos rematados en hojas cortantes que alcanzaban las ramas más altas. Se oía un roce de hojas y el relucir del acero entre el gris opulento y goteante. Voces que se llamaban unas a otras en patois granadino (según Dolly tenía entendido, una mezcla de inglés, francés y ciertos dialectos africanos) formaban un disonante coro.

Mientras andaban, Bartholomew explicó a Dolly en su extraño y fragmentario inglés que cada árbol producía alrededor de cinco libras de chocolate al año. Y éstos, como ella sabía, eran de la llamada variedad *criolla*, originaria de Venezuela, cuyo rendimiento era inferior al del *alemondo*, más duro y tenaz, pero su calidad era mejor, razón por la cual el chocolate de Girod tenía fama en el mundo entero.

En lo alto, Dolly vislumbró cobertizos de secado y fermentado, largos y bajos como hórreos, hechos de aluminio con tejados de plástico ondulado, hincados sobre una ligera elevación al otro lado de un frágil puente de madera tendido sobre un foso de irrigación. Henri, le dijo Bartholomew, estaría en uno de los cobertizos.

Dolly sintió lágrimas punzantes, y se ajustó las gafas de sol, para que Henri no viese aquellos ojos enrojecidos por el llanto.

Ni siquiera sabía por qué lloraba. Su ruptura con Henri, después de todo, pondría fin a algo que ya estaba roto, al menos en lo tocante a esperanzas de matrimonio. Y tampoco podía decirse que fuera a quedarse para vestir santos. Tenía, por ejemplo, a Rees Hathaway, un hombre gracioso y dulce, bibliotecario de la universidad de Columbia, con quien salía en plan amistoso a cenar o cuando él tenía una entrada de más para algún concierto o función de teatro. Dolly suponía que si le daba la menor esperanza, Hathaway se sentiría encantado. Y a Curt Prager, procurador, hombre de pelo ralo con el que coincidía con frecuencia en el ascensor y que a menudo la invitaba a su piso a tomar una copa; Prager no se andaba con medias tintas. El recuerdo de su último encuentro hizo sonreír a Dolly. Ella llevaba un jersey de angora color crema, y, al besarla, Prager se había puesto perdido de pelitos blancos el traje negro, hecho a la medida.

Lo malo era que ninguno de ambos, ni ningún otro hombre, hacía sentir a Dolly lo que Henri. Y muy pronto Henri y ella romperían.

¿Cómo era posible no llorar?

Dolly siguió al viejo por el estrecho puente de tablas, y el sol volvió a golpearla en lo hombros. Unos pocos metros más y ya estarían allí. Con la mirada fija en el cobertizo más cercano, del tamaño del pabellón del tiovivo del Central Park, donde una mañana ya lejana, ella había conseguido convencer a Henri de montar un par de caballos del tiovivo. Como era muy temprano, fueron los únicos clientes, y su risa reverberó en el pabellón desierto. Sin duda el encargado pensó que era una pareja de chiflados.

Dolly recordó el júbilo que había sentido, y a Henri, delante de ella, como un caballero borbónico, a horcajadas sobre su corcel dorado, su rizada cabeza gris echada hacia atrás con gesto eufórico.

–Probablemente esté dentro –dijo Bartholomew, devolviéndola al presente.

El viejo se detuvo para dejarla pasar delante.

En el interior, los ojos de Dolly hubieron de acostumbrarse a la penumbra, y lo primero que le chocó fue un olor empalagoso, pegajosamente dulzón. Había grandes cestos de vainas de cacao amontonados cerca de la entrada, y a lo largo de las paredes. Los trabajadores, hombres y mujeres de la zona, estaban a lo largo de mesas improvisadas con caballetes, abriendo las vainas con cuchillos y extrayendo la pulpa con las manos; luego extraían hábilmente las semillas y las amontonaban en pegajosas pilas sobre hojas de plátano. Después, explicó Bartholomew, las semillas fermentarían en bandejas de madera cubiertas de arpillera durante un semana o más, hasta que se volvieran pardas. Luego se secaban, se clasificaban y se guardaban en sacos de arpillera de cincuenta kilos en los que eran transportadas a Marsella.

La cosecha del año anterior había sido buena, añadió el viejo, con orgullo, más de veinte toneladas. La de éste sería inferior, por causa de una racha de lluvias que había perjudicado a algunos árboles, y también por las fechorías de ciertos «hombres malos». El viejo señaló al otro extremo del cobertizo, donde el entablado metálico de la pared parecía nuevo y reluciente, y en las vigas de madera del techo se veían zonas quemadas.

–Esos chicos –dijo el viejo, irritado– están chalados. Piensan que van a arreglar el mundo prendiendo fuego a todo. Por culpa de ellos perdimos muchísimo cacao.

La mirada de Dolly escudriñó todo el cobertizo. Henri no estaba allí. Su corazón dio un pequeño vuelco, pero en seguida se repuso. Estaría en el cobertizo contiguo.

Bartholomew la presentó a un joven larguirucho de diecisiete o dieciocho años, de largas extremidades y piel morena.

–Mi hijo Desmond –dijo con orgullo. Parecía imposible que un hombre tan viejo tuviera un hijo tan joven.

En fin, pensó Dolly, con tantísimas esposas...

–Encantada de conocerle –dijo Dolly.

Pero el muchacho se limitó a cubrirse la boca con la mano y sonreír. Dolly se dio cuenta del motivo de su timidez: le faltaban varios dientes. Con un buen dentista y un poco más de carne en los huesos, aquel muchacho sería muy apuesto.

Cuando salieron de nuevo al exterior, Dolly le dijo a Bartholomew:

–Su hijo es un chico guapo. Pero debiera acudir a un dentista.

Sus palabras no eran muy corteses, pero quería ver la reacción del viejo.

Bartholomew se limitó a encogerse de hombros y rebuscar en los bolsillos vacíos de sus viejos pantalones cortos.

Lo que ella había pensado. Pero, ¿cuánto podía costar un dentista en aquella isla? Incluso a riesgo de ofender al viejo, se le ocurrió una manera de darle una buena propina que serviría para algo positivo.

Cogió su bolso de paja y sacó una tarjeta de visita:

—A lo mejor piensa usted que me meto donde no me llaman, y si lo piensa dígamelo sin reparo, pero ésta es mi dirección. Lleve al chico a un buen dentista y mándeme la cuenta, yo me encargo de pagarla. Ha sido usted muy amable conmigo, y me gustaría corresponderle de esta manera.

Bartholomew se limitó a sonreír y a guardarse la tarjeta en el bolsillo de la camisa. Vaya, menos mal que no se ofendía. Para él era un estupendo regalo, y para ella poco más de una propina habitual.

—¡Bartholomew! —detrás de Dolly sonó de pronto una voz profunda, con fuerte acento francés—, ¿por qué ha tardado usted tanto? ¿Y quién le acompaña?

Dolly conocía perfectamente aquella voz. Su corazón pegó un respingo. ¡Henri!

Dio media vuelta y un golpe de viento le arrancó el sombrero de la cabeza. La cabellera, que había estado recogida dentro del sombrero, se derramó sobre los hombros. Por un momento los destellos de las superficies de aluminio ondulado la cegaron. A través del resol, Dolly entrevió una figura recia que se acercaba a ella a grandes pasos, rodeado por un halo rojo, como quien pasa a través de un fuego. De pronto se sintió paralizada. Tenía los pies pegados a la tierra.

Pestañeó, y, por fin, lo vio ante ella: Henri. En pie, con expresión de desconcierto. Sus pómulos se encendieron, sobre el fuerte bronceado. Dolly vio que su bigote de plata estaba más tupido que en su anterior encuentro. Llevaba pantalones caqui y una camisa de manga corta abierta en torno al cuello. Levantando un brazo para protegerse los ojos, Dolly vio las venas que surcaban la extensión de músculo a lo largo de la parte inferior del bíceps.

—Henri —susurró, consiguiendo recobrar la voz.

Henri no reaccionó. Tenía los ojos fijos en ella, como incapaz de creer que pudiera estar allí, pero no parecía feliz. Su rostro seguía impertérrito.

«Se ha enfadado», pensó Dolly.

¿Sería excesivo instinto de autoprotección o quizás intuía las terribles palabras que ella iba a decirle?

La sola idea de perder a Henri dio a Dolly un súbito dolor en el pecho. El corazón le dio vueltas como un pájaro alcanzado por una ráfaga de perdigones.

Y, de pronto, mientras el viejo Bartholomew le miraba con expresión divertida y Dolly se inclinaba bajo el embate del sol caribeño, Henri dio un paso adelante, exhaló un grito de sorpresa y la cogió con fuerza en sus brazos, hundiendo su rostro en el cabello, disperso sobre sus hombros, murmurando su nombre una y otra vez, como si de tanto repetirlo pudiera seguir asido a ella para siempre.

—Henri, tenemos que hablar.

Dolly se apartó de Henri en la gran cama que daba a la soleada terraza del chalecito que Dolly había alquilado en L'Anse aux Épines. A través de la puerta acristalada de corredera que daba a una ondulada y verde ladera, Dolly veía manchones de hibiscos carmesí y adelfas rosa, y los tonos verdes de las calabaceras y los limoneros. Más abajo, al otro lado de la piscina, con su cabaña de tejado de barda, se extendía una media luna de arena blanca recién rastrillada contra el agua clara y centelleante. Un nadador temprano ya estaba braceando, dejando una fina estela de espuma.

Entró en la estancia una ráfaga de aire marino con fragancia de flores de limonero. El único sonido era el suave silbido del ventilador del techo, que refrescaba su cuerpo desnudo. Dolly estaba echada junto a Henri, con la sábana de la cama enredada en los tobillos, pero, en lugar de estar serena y tranquila, sentía que su estómago era una maraña de nudos. Aquellas setenta y ocho horas habían sido paradisíacas, pensó, pero dentro de muy poco habría de irse.

Y antes *tendría* que decírselo.

—¿Qué prefieres? —bromeó Henri—, ¿que hablemos ya o que antes hagamos el amor una vez más?

Dolly cerró los ojos, sintiendo cálidas lágrimas bajo los párpados:

—No, de veras, Henri, yo...

Pero Henri, pensando que estaba angustiada por los dos o tres meses de separación que les esperaban, la acalló con un beso, mientras las guías de su bigote le cosquilleaban el labio superior, y su boca transmitía a Dolly un leve sabor de ron. El recuerdo de la noche anterior surgió desde lo más hondo de su mente, como un súbito golpe. ¡Cuántos ponches habían bebido, Dios mío! ¿Qué había en ellos, además de ron? Sin duda, alguna especie de afrodisíaco, quién sabe si alas de libélula y dientes de tigre molidos. Ya había perdido la cuenta de las veces que habían hecho el amor: ¿Tres... cinco? Como sueños cálidos, sudorosos y estimulantes, y apenas hacía unos momentos que había despertado envuelta en una nube de ternura dolorosamente dulce.

Ahora, Henri volvía a desearla, y su cuerpo, que ya no era muy juvenil, la sorprendía. No recordaba haber tenido jamás un apetito sexual tan infatigable. Un calor soñoliento se abría en abanico sobre su bajo vientre, y de pronto sintió una resbaladiza y cálida protuberancia entre los muslos.

Ayer había tratado una y otra vez de hablarle, pero cada vez que lo intentaba él la acallaba con un beso, y ella se perdía en él. Y ahora se había quedado sin tiempo... y sin excusas.

Un dolor le apretaba el pecho, y sentía como si la brisa que entraba por el ventanal se hubiera vuelto gélida. Nunca más volvería a estar así con Henri. Nunca más volvería a hacer el amor con él. ¿Y quién la amaría, entonces? ¿Sus sobrinas?

Pensó en las cartas que le había escrito Annie desde París, todas rebosantes de entusiasmo y afecto. Pero Dolly se preguntó si no estaría engañándose con respecto a Annie como lo había hecho con respecto a Henri. Bien sabía Dios lo mucho que quería ella a Annie. Se dejaría cortar un dedo por ella. Pero Annie nunca se había mostrado totalmente franca con ella. Ya no era tan reservada como al principio, eso desde luego, pero aún se retraía cuando Dolly trataba de acercársele demasiado. Y detrás de las sonrisas y los abrazos persistía en Annie un tácito recelo.

Y Laurel, encantadora, queridísima, pero, ahora que estaba en el colegio y tan sumida en su pintura, Dolly apenas la veía.

Ella había deseado fervorosamente convertirlas en sus hijas, pero las dos eran, y siempre serían, las hijas de Eve. En el corazón de Dolly despertó una punzada de celos.

«Es la historia de mi vida –se dijo–, siempre en segundo lugar, y con Henri otro tanto: Henri nunca se divorciará de Francine, nunca dejará a sus hijos, aunque Jean-Paul sea ya independiente y Grabrielle esté casada y a punto de tener un hijo.»

Y no era sólo Henri. *Ella* había cambiado... ya no era la joven viuda insegura que había entrado en la cocina del sótano de la tienda parisina de Girod hacía tanto tiempo, ahora tenía una especie de familia y un negocio, formaba parte del comité directivo de la New York Film Society y de dos corporaciones, era una persona importante, a la que la gente tomaba en serio, y había llegado a la conclusión de que sus relaciones con Henri ya no le bastaban, ni mucho menos, entre otras razones porque la impedía encontrar a un hombre con quien pudiera compartirlo todo.

De modo que la cuestión se resumía en esto: un último momento robado a sus verdaderas vidas, a las vidas a que ambos pertenecían, un largo y delicioso adiós que estaba tocando fin.

Dolly se sentía como vaciada. ¿Podría romperse un corazón tantas veces que acabase no quedando nada de él?

«No, imposible», pensó.

Apartándose de Henri, que trataba de acercarse a ella, Dolly se incorporó en la cama. Observó aquel querido rostro que la miraba con velado regocijo desde la almohada en que estaba apoyado, se sintió casi incapaz de hablar, pero finalmente lo consiguió:

–Henri, tenemos que hablar de una cosa que llevo tiempo tratando de decirte, y que ahora resulta impostergable.

–¿Qué es, *ma poupée*?

Henri se echó sobre un costado, apoyándose en un codo, con una sonrisa tan franca e inocente que Dolly casi perdió el valor de seguir.

–No te vas a divorciar nunca de Francine.

Era una afirmación, pero requería respuesta.

Los ojos de Henri se ensombrecieron, pero no los apartó: jamás le mentiría o se mostraría evasivo, Dolly estaba completamente segura de ello.

No, Henri parecía estar pensando seriamente sus palabras, parecía estar incluso meditándolas, y ante los ojos de Dolly su rostro parecía envejecer, dilatarse sus mejillas, cubrirse su frente de arrugas.

–No se trata de una cosa tan sencilla como un divorcio –le dijo, por fin–. Si la dejo, tengo que abandonarlo todo, toda la obra de mi vida. El negocio es propiedad de Augustine, aunque soy yo, como bien sabes, el que lo dirige. Augustine tiene el poder, el derecho legal de... de tomar... –Se interrumpió, frotándose el rostro con las puntas de los dedos, y, cuando sus ojos grises se enfrentaron con los de ella, Dolly los vio relucir–. Pero, claro, no son los derechos legales los que preocupan a Girod, sino los derechos *morales*. Augustine me respeta y hasta me quiere, pero su deber moral, y esto es algo que él siempre ha tomado muy en serio, créeme, le dice que lo primero de todo es su hija.

Dolly ya había oído esto otras veces, pero quería volverlo a oír, aunque sólo fuese para cerciorarse de que no había esperanza, es decir, que la decisión tomada era la única posible.

¡Si por lo menos no amara a Henri tan intensamente! Pero, ¿cómo era posible no adorar a un hombre así? La puntualidad con que recordaba todos los aniversarios: rosas para el día en que se conocieron, y, para la noche de abril en que hicieron el amor por primera vez, una bata de seda o unas bragas de encaje. Y por las mañanas se levantaba siempre el primero y le llevaba el café a la cama: con leche y sin azúcar, como a ella le gustaba. Sí, le adoraba, le quería. Más que a nadie, más incluso que a Dale.

Poseída de un nuevo, súbito y desesperado anhelo, Dolly estalló:

–¿Pero no podríamos empezar los dos de nuevo? ¿Un negocio propio? Conservaríamos la tienda de Madison Avenue, sólo que cambiando la razón social. Encontraríamos otro proveedor. O haríamos nuestro propio chocolate. Podríamos...

Henri movió la cabeza lenta y tristemente.

–Dolly, La Maison de Girod es mi vida. Y aunque tuviera el arrebato de renunciar a ella, dime, ¿cómo viviríamos? Levantar un negocio como Girod, lo sabes, cuesta muchísimo dinero. Y Francine es muy clara. Si la dejo, me veré en la calle con lo puesto. Dolly, ángel mío, *piensa*. Piensa qué te interesaría de mí –sonrió tenuemente–, sin mi independencia y sin mi orgullo. Dejaría de ser el hombre al que quieres.

Sí, eso estaba muy bien, pero ¿y *su* orgullo?, ¿es que su orgullo no tenía ninguna importancia?

Ya en una ocasión, llevada de la desesperación, Dolly había vacilado ante una decisión... y había acabado matando a su hermana y matando una parte de sí misma. No, esta vez haría lo que tenía que hacer.

–Sí que te querría. Además, entiendo parte de lo que dices –balbuceó casi sofocándose–, pero, Henri, yo... no puedo seguir así. Está... está acabando conmigo.

Henri se levantó y cogió su bata, que colgaba de los pies de la cama. «Quiere huir de lo que se avecina. Pero no podrá, esta vez no podrá.» Dolly, sintiendo un escalofrío, se irguió y se sentó en la cama, apretando la almohada contra el pecho, como si fuera un salvavidas.

–Si te decidieras a venir a París... –comenzó él.

Ella negó con la cabeza; las lágrimas le resbalaban por las mejillas:

–No serviría de nada, y lo sabes. Aun cuando es cierto que nos veríamos más, seguiría queriendo de ti algo que tú no podrías darme. ¿No te das cuenta, Henri? Si no puedo casarme contigo, o por lo menos vivir contigo..., pues entonces..., lo mejor será vivir sin ti.

Henri, de pie delante de ella, envuelto en su bata de algodón, mesándose el cabello blanco despeinado y con los ojos inexpresivos de pura incredulidad, parecía demasiado desconcertado para replicar las palabras de Dolly. Se quedó callado, mirándola, oscilando ligeramente sobre los pies, haciéndola pensar en un boxeador que acaba de recibir el golpe que le pone fuera de combate pero aún no ha comenzado a sentir sus efectos.

–Tienes mi amor –dijo por fin, con voz débil y áspera.

—Sí, lo sé... Y eso es precisamente lo que me atormenta.

—Dolly, me doy perfecta cuenta de que no he podido darte lo que los dos deseamos, pero, ¿no te es posible encontrar alguna manera de...?

Ella le interrumpió, meneando la cabeza:

—No. Me sentiría como... ¿Has visto alguna vez a alguien con un perro tan viejo que apenas sigue con vida, pero al que no tiene el valor de matar?

—No veo la relación...

—Sí, sería mejor para el perro, ¿no te das cuenta?, sería muchísimo mejor liberar al pobre animal de sus sufrimientos. Pero la gente no piensa así, ¿no?, siempre piensan que lo mejor es seguir adelante, pase lo que pase. Pero eso no es siempre verdad. Hay veces en que es mejor no tener nada a que aferrarse a algo que quieres pero te hace daño.

—No sé cómo podría querer a ninguna otra mujer como te quiero a ti.

Dolly cerró los ojos y dejó que estas palabras penetraran lenta, muy lentamente, en ella, para saborearlas a sus anchas. Quería recordarlas para poder repetirlas una y otra vez a lo largo de los días de soledad que le esperaban.

No era a Dolly Drake a quien Henri amaba, sino a Doris Burdock, a la mujer que existía bajo el pelo rubio platino y los brazaletes. A la mujer que, en el fondo de su corazón, seguía siendo la muchachita de Clemscott, sentada en un portal polvoriento, estudiando minuciosamente el catálogo de Sears, soñando con la magnífica casa que algún día poseería y con el maravilloso y apuesto hombre que algún día viviría con ella.

Sólo que Henri, se dijo a sí misma, no compartiría esto con ella. Dolly recordó que, de niña, había participado en un concurso que consistía en copiar un dibujo del dorso de una caja de cerillas; seis semanas después recibió una carta que le anunciaba que había ganado una beca para un curso de dibujo, y tan emocionada se sintió que casi le dio un desmayo. Iba corriendo y gritando a todo el mundo: «¡He ganado!», hasta que su madrastra intervino y lo estropeó todo. Dolly todavía la veía claramente perfilada contra el sol que entraba a raudales por la ventana de la cocina.

Mamá-Jo, de pie, junto a la pila, planchaba ropa con el pelo recogido en rulos y envuelta en un camisón floreado con flecos en el cuello y los bolsillos. La radio, sobre la nevera, estaba encendida, y ella canturreaba una canción entonces de moda: «Ojalá se rompa el círculo fatal.» Era noche de bingo en la iglesia, y Mamá-Jo iría pronto a ayudar al reverendo Daggett a organizarlo todo. Y de pronto fijó en Dolly sus ojos puritanos, llena de maligna alegría, y con una sonrisita sarcástica, le dijo: «¡Pero, hija, si todo el mundo sabe que eso es una farsa! ¡Darían una de esas becas a cualquier idiota que estuviera dispuesto a pagar bien los demás cursos!»

Y ahora, de nuevo, Dolly sintió que estaba perdiendo algo precioso, algo que había creído tener en sus manos, pero que súbitamente resultaba no haber existido nunca. Se contuvo: «No, no, todavía no ha terminado, no terminará hasta que me suba al avión.»

—Anda, deja de hablar —le dijo a Henri—, estoy harta de hablar. Ven aquí. —Sonrió a través de sus lágrimas, con el corazón dolorido, y abrió los brazos a Henri—: Mi avión no despega hasta dentro de tres horas, y estamos desperdiciando esta cama tan grande.

CAPÍTULO XVI

Annie miró en torno de sí: el cuarto de estar de Dolly estaba lleno de invitados. No habían cambiado mucho las cosas durante los meses que había estado fuera. El sofá de cuero negro que siempre le había hecho pensar en un gigantesco malvavisco seguía frente a la chimenea, y detrás de él, formando una avanzadilla en forma de ele a lo largo de la entrada del comedor, el bar, con su plinto de cuero, una antigüedad de los principios de los años sesenta, la hizo sonreír, porque siempre le hacía pensar en un actor de esos años, por ejemplo Rock Hudson, de esmoquin, un codo apoyado sobre la superficie laqueada mientras bebía a sorbitos un martini seco con una aceituna. Hasta la percha torcida sobre su tarugo de cemento encima de la cadena estereofónica, la escultura –supuesta escultura, mejor dicho– más fea que había visto en su vida le daba una sensación de nostalgia.

«Pero hay algo que ha cambiado: Yo.»

Se sentía como una vez en que había vuelto de visita a su vieja escuela primaria, después de graduarse. Una parte de ella seguía encontrándose allí como en su casa, y el resto se sentía extraño. ¿Era cierto que sólo habían pasado tres meses y medio? Mirando a Dolly, tan elegante con su caftán escotado de terciopelo rojo y tachonado de diminutos cristales de colores, que iba de invitado en invitado como un exótico papagayo, Annie se figuró que estaba viendo aquel espectáculo desde una ventana.

Miró alrededor, escrutando los rostros en busca de uno, uno solamente, que la hiciese sentir que realmente había vuelto a casa.

Joe.

¿Dónde estaba? Ayer, al volver a entrar en casa, estaba demasiado agotada para ver a nadie. Lo primero era dormir. Luego, ya muy entrada la tarde, se sintió sorprendida cuando Dolly la llamó para decirle que su chófer la iría a buscar dentro de una hora exactamente y que tenía que ponerse su vestido más sexy. Su tía, al parecer, había organizado una pequeña fiesta de bienvenida, precisamente lo que menos necesitaba en aquel momento, pero, como ya estaba organizada y todo el mundo invitado, no había manera de rehusar, sobre todo en vista de lo muchísimo que debía a Dolly.

¿Y cómo diablos podía saber Dolly que lo que ella quería era ver a Joe, sólo a Joe, y no a todas aquellas personas, a algunas de las cuales ni siquiera reconocía? Ansiaba verse a solas con Joe en algún lugar tranquilo, para poder...

«Cada cosa a su tiempo», se advirtió a sí misma. ¿Qué pasaría, por ejemplo, si Joe no se sentía tan ansioso como ella de compartir sus ensueños? ¿O si durante su ausencia se había comprometido con otra mujer?

Sintió una punzada de celos y luego pensó en Emmett. Un calor latente despertó de pronto en su abdomen, bajo el fleco de encaje de su camiseta de satén color marfil, un regalo de Emmett. «¿Quién soy yo para hablar?»

La diferencia era que... que ella no *quería* a Emmett... Por lo menos no le quería como quería a Joe, con todo su corazón y con toda su alma.

Annie miró su reloj de pulsera. Casi las nueve y media. Demonios, *¿dónde* estaría Joe? Si una persona más le preguntaba si le había gustado París, la asesinaría. El timbre que anunciaba la llegada de nuevos invitados había dejado de sonar hacía rato. Y los platitos, tan bien decorados de tostadas con esquilas, pastelillos de granjero y setas rellenas, que pasaban de grupo en grupo dos camareros de esmoquin de un extremo a otro de la abarrotada sala empezaban a ser menos frecuentes.

Annie captó un reflejo de sí misma en el cristal de la enorme ventana que daba a Madison Avenue y a la Calle 5 y a Central Park. ¿Estaría algo exagerado aquel vestido? ¿Qué pensaría Joe?

No era su estilo, desde luego, pero estaba muy chic, *très parisienne*, con aquel vestido ceñido de gasa negra que se encrespaba bastante por encima de las rodillas, adornado solamente por un collar de perlas falsas que le llegaba hasta la cintura pero que ella llevaba anudado justo debajo del escote. Se lo había puesto para salir con Emmett la última noche de su estancia en París. Recordando la cena escandalosamente cara en Taillevant a la que Emmett había insistido en invitarla, el vino *grand cru* del que habían bebido más de lo prudente, y, finalmente, la noche en el apartamento de Emmett, Annie se preguntó si había sido realmente ella la que había *hecho* aquello con el cubito de hielo. Emmett se lo había enseñado, pero ella había aceptado, e incluso ahora sentía el cubito de hielo entumecer sus dedos, y veía el violento espasmo de Emmett al apretárselo ella contra la carne cálida bajo el escroto, justo cuando estaba a punto de eyacular...

Annie, dándose cuenta de que estaba empezando a temblar y de que su rostro ardía como el fuego, cerró rápidamente su mente a aquellos recuerdos.

Emmett. Gracias a él había sentido y había hecho cosas de cuya existencia no tenía hasta entonces la menor idea.

Una y otra vez, Emmett la había empujado hasta más allá de su autodominio, la había excitado, y también la había asustado. Mañanas enteras sin superar del todo el sueño que la invadía, sintiéndose magullada y medio avergonzada de las cosas que había hecho la noche anterior, medio aterrada por las cosas que todavía *no* había hecho, pero, a pesar de todo, volvía a visitar a Emmett furtivamente, se envolvía en él, necesitaba sentirle *en* ella.

¿Le volvería a ver? Emmett le había dicho que era probable que fuese a Nueva York, pero sin concretar fecha alguna. Y, además, ¿qué importaba que viniese o dejase de venir? Lo que habían hecho en París no sería, no *podría* ser, posible en Nueva York. A pesar de todo, la sola idea de que a lo mejor no le volvía a ver sumía a Annie en un doloroso mar de angustias, y la llenaba de un infantil deseo de volver a experimentar las deliciosas sensaciones que Emmett le había provocado.

«Bueno, vale, de modo que lo pasaste sexualmente en grande con Emmett. Eso no quita ni pone nada de lo que sientes por Joe.»

Quitando a Emmett de su mente, Annie cruzó la estancia camino del bar. Sentía el suave susurro de sus medias de seda color humo, auténticas de Aux Trois Quartiers. ¿La reconocería Joe a primera vista? Se había cortado el pelo, y lo tenía verdaderamente corto. Dolly le había dicho que se parecía a Audrey Hepburn en *Sabrina*. Y, para rematar su nuevo *look*, había comprado uno de esos enormes pendientes, complejamente hechos a base de alambre de plata y cuentas de cristal, a un vendedor callejero de la rue des Saints Pères. Pero ahora, agitándolos con movimientos de cabeza, le parecían tan llamativos como arañas. «Me mirará y se preguntará si soy la misma persona.»

Le distrajo un rebuzno de risa. Miró a su izquierda y vio a una mujer indudablemente achispada, junto al piano, riendo una broma de Nate Dreiser, el comprador del hotel Pierre. Era un hombre grande y fornido, con bigote gris, que no apartaba los ojos de Dolly, que ahora estaba sentada en la mesa baja de café, de superficie de cristal, a pocos metros de distancia de él, arengando a un grupo de hombres sentados en el sofá. Al piano, el imitador de

Bobby Short contratado por Dolly improvisaba una especie de versión de jazz de la balada *Ruby Tuesday* de los Rolling Stones.

«Anda, deja de lamentarte», se dijo Annie. ¿Con quién podría hablar? La mujer delgadísima enfundada en un vestido de cachemira color crema cuajada, ¿no era Bitsy Adler, que había trabajado con Dolly en *Mujeres sometidas*? Estaba charlando con un hombre rechoncho de ojos caídos que le pareció vagamente conocido. De pronto, recordó: era Billy, el Santa Claus borracho. Gracias a Dolly, Billy trabajaba ahora de portero en el edificio. La verdad, nadie podría acusar a Dolly de esnob. Pero Annie no se sentía ahora con ganas de conversaciones triviales.

Abriéndose camino entre los invitados que se apiñaban ante el bar, personas a las que no conocía, Annie aceptó la copa rebosante de champán que le ofreció el barman. En ese momento vio a Laurel, en el otro extremo del bar, bebiendo a sorbitos algo que también parecía champán. Laurel parecía deprimida, y Annie sintió una punzada de inquietud. En el aeropuerto, a su llegada, su hermana le había parecido muy contenta de verla, pero durante el trayecto en coche se había encerrado en sí misma.

«A Laurel le pasa algo.» ¡Y qué delgada estaba! Annie había reparado en ello inmediatamente, pero hasta ahora no había llegado a darse perfecta cuenta de ello. La delgadez de Laurie tenía un cierto aire febril que preocupaba a Annie y que, sin embargo, parecía hacer más bella a su hermana. No llevaba maquillaje ni alhajas, sólo un sencillo vestido color melocotón que se habría hecho ella, y en el cabello una orquídea. Era la chica que más llamaba la atención en la sala.

Sólo en una ocasión había visto a Laurel tan animada y encendida: a los seis años, y con pulmonía. Annie recordaba también que aquella mañana Laurel no había querido desayunar.

«A lo mejor es que tiene un poco de gripe», pensó.

Se sentó en uno de los taburetes del bar, junto a su hermana.

—¿Qué te pasa? Pareces deprimida. Supongo que este tipo de fiestas te aburren. No hay grandes nombres resucitados, ni luces oscuras, ni tatuajes.

Laurel se encogió de hombros, sonriendo un poco para mostrar que se daba cuenta de que Annie daba un rodeo.

—Sí, debe de ser que éste no es mi lugar.

—*Entre nous* —se confió Annie—, también a mí me pasa lo mismo.

—Pero tú eres la invitada de honor.

—Ya. Además, estoy segura de que Dolly lo hizo con buena intención. Suele tenerla. Y *fue* muy amable. Pero...

—Sí, eso, pero... —repitió Laurel.

—¿Te acuerdas de la limusina blanca que alquiló aquella vez para llevarte al concierto?

Laurel se estremeció ligeramente:

—Y tanto... *Asientos rojos*, color regaliz rojo. Casi me muero de vergüenza. Y un *bar*. Camino del restaurante, Rick no decía una palabra, mirando por la ventana, como si estuviera muerto de impaciencia por ir al retrete. Fue *terrible*. De no ser por Joe...

—Sí, lo recuerdo —apuntó Annie con una sonrisa—. Joe apareció justo a tiempo para sacarte de apuros con su Ford desvencijado. —Annie había oído la historia tantas veces que le parecía haber formado parte de ella: Laurel, al salir del restaurante se encontró con Joe, que, sonriendo como un cómplice, tiró a Rick las llaves de su coche y luego se subió a la limusina, que esperaba junto a la acera. Horas después Annie recordaba a Laurel volviendo del baile con las mejillas rojas y un fulgor en los ojos que le parecía que tenía muy poco que ver con Rick Warner—. Por cierto, ¿has visto mucho a Joe este verano?

Annie intentó dar un tono de indiferencia, pero su voz era demasiado aguda.

La reacción de Laurel le cogió por sorpresa: se ruborizó y apartó los ojos. Dejó la copa sobre la barra y comenzó a remover las burbujas con el dedo índice.

Annie sintió un súbito pánico. ¿Estaría Joe con otra? Eso explicaría la reacción de Laurel. Sí, claro, Dios mío: ¡Estaba celosa!

¡Bien tonta había sido al pensar que lo que Laurel sentía

por Joe no era más que un flechazo de niña! Laurel nunca se había puesto tonta o violenta por causa de un chico. En la escuela primaria, cuando todas sus amigas se morían por Paul McCartney o Mick Jagger, Laurel, como una mujer de ojos solemnes y cuerpo de chica joven, mostraba más interés por los niños de Rivka que por las estrellas del rock.

El agua mansa es profunda. Esto también podía decirse de Laurel.

–¿Joe, dices? –murmuró Laurel–. No, no mucho. Mi trabajo me lleva mucho tiempo. –Bebió un sorbito de champán y sonrió un poco forzadamente–. Aunque, la verdad, yo no sabía que trabajar en el departamento de creación de una agencia publicitaria se reduce a sacar punta a los lápices, vaciar las papeleras y hacer café para los demás.

–Supongo que también Joe estará muy ocupado... Quiero decir con su restaurante.

–Sí, me imagino.

–Supongo que no sabrás si...

«Si ha estado saliendo con alguna chica, ¿es eso lo que quieres decir? No seas tonta, esas cosas no se dicen, ¿qué iban a pensar de tí? Además, Joe nunca ha salido con mujeres en secreto; si saliera con alguna, él mismo te lo diría.»

–...si va a aparecer por aquí esta noche –terminó Annie con voz débil.

Había dicho a Dolly que vendría, pero siempre podía surgir algún contratiempo en el restaurante que se lo impidiera en el último momento.

–No sé. –Laurel miró a Annie, echándose hacia atrás el pelo que le caía sobre la mejilla. Sus ojos brillaron sobre el rosa febril de su rostro–. Hace tiempo que no le veo.

–Algo le habrá impedido venir –sugirió Annie.

–Sí, seguramente.

Por el rabillo del ojo, Annie vio un rostro conocido: Gloria De Witt, la ayudante de Dolly. Gloria habría llamado la atención en un naufragio, se dijo Annie. Llevaba minifalda de un rosa escandaloso y enormes aros en las orejas, con un corte de pelo afro, y saludó a Annie con un entusiasta gesto desde el otro extremo de la sala. Hacía cuatro años Gloria se había ido de Girod's para trabajar como agente de publicidad en *The Village Voice*. A estas alturas seguro que ya dominaba todo el tinglado.

—Tengo que saludar a alguien —dijo a Laurel—. Luego hablamos.

Se bajó del taburete y se abrió camino hacia Gloria, que le echó un brazo al hombro como si hiciera horas, no años, que no se veían.

—¿Qué tal? ¿Satisfecha de estar en casa? ¿O te has dejado el corazón en París, como dice la canción?

—Pues la canción se equivoca. He estado demasiado ocupada, como una esclava, para pensar en frivolidades —replicó Annie con una risita, y en parte era verdad... *Había* sido como una esclava de Pompeau.

—Vaya, será que me equivoqué de canción. Hay otra que dice: «En el soleado sur de Francia nadie lleva bragas.» Así pues, ¿no hubo nada que hacer?

Annie se echó a reír, pensando en Emmett, desnudo, con sus botas de vaquero y las piernas abiertas, mientras ella, arrodillada delante de él...

«¡Por Dios! ¿Acaso no puedes pensar más que en el sexo?»

Annie, esforzándose por contener una ola de calor interno, trató de centrar su atención en Gloria.

Pero ahora Gloria estaba mirando a alguien por encima del hombro de Annie:

—¡Oye, mira quién acaba de llegar!

El corazón de Annie dio un ligero vuelco. Se volvió con tal brusquedad que casi derramó la copa de champán que sostenía en la mano.

—Joe... —susurró casi para sus adentros.

Joe entró en la sala, sonriendo y saludando. Era un hombre alto y algo desencuadernado, casi tan apuesto como Paul Newman. Llevaba pantalones caqui descoloridos, pero limpios, camisa blanca impoluta y chaqueta de aviador de la Segunda Guerra Mundial. Las lentes de sus gafas redondas, de montura de alambre, estaban moteadas de lluvia setembrina, lluvia que también rizaba su pelo castaño mechado de gris. Llovizna, como había prometido el hombre del tiempo, pero no había peligro de tormenta. Así y todo, Annie sintió que en su interior se desencadenaba un huracán.

La mirada de Joe se encontró de pronto con la suya, y Annie se sintió atraída hacia él, como si los dos extremos de la estancia estuvieran juntándose, empujados por fuerzas sobrehumanas. Y se sintió tan cerca de él que podrían tocarse, y captó su olor de lluvia otoñal. Sin embargo, no se apresuró a abrazarle. Siguió allí, quieta, dominada por una intolerante torpeza.

«No me quiere. Nunca me quiso.»

La invadía el pánico, escociéndola, encendiendo cada terminación nerviosa.

Y le sorprendió oírse decir la primera estupidez que le vino a las mientes:

–No sabía si ibas a venir.

–Es que hubo un atasco –dijo él– a causa de una tubería rota en Central Park... ¡Qué atasco! Dejé el taxi y terminé el trayecto a pie. –Se pasó la mano por los rizos húmedos, haciéndolos saltar como pequeños muelles–. Bien, ¿cómo te sienta encontrarte en casa?

Las palabras de Joe parecían tan embarazadas como ella se sentía. Le vio echar una ojeada a Laurel, y luego volver a mirarla a ella. ¿Qué pasaba allí?

–Pues muy bien –dijo Annie, por fin–. Todavía un poco cansada, como la resaca que da el *vin ordinaire.*

–Pues tienes un aspecto estupendo –dijo él, mirándola fijamente.

–Te has dejado crecer el pelo –repuso ella.

–Y tú te lo has cortado.

Annie se tocó el cuello con vacilación.

–¿Te gusta? Casi me eché a llorar la primera vez que lo vi. La peluquera no hablaba inglés, y yo no quería que pensara que estaba al borde de un ataque de nervios.

–Pues estás fantástica.

–¿Quieres una copa de champán?

A Annie se le estaban acabando los temas de conversación. Su voz tenía un tono extraño, demasiado animado, como el de una joven azafata que gorjea: «¿Una copita, caballero?»

–¿Y qué pasa si rehúso? –Joe parecía darse cuenta de su nerviosismo y estaba tratando de tranquilizarla y en parte lo consiguió.

Annie sonrió:

–Pues que si Dolly ve que no tienes una copa en la mano, te inundará de champán.

–En ese caso –dijo él, cogiendo su mano y envolviendo los dedos de ella en los suyos, largos y frescos–, vámonos de aquí inmediatamente. –Y tiró de ella hacia el comedor.

Había poca gente alrededor de la mesa del comedor, una monumental losa de cristal biselado que descansaba sobre un plinto de mármol, de modo que parecía flotar sobre la alfombra china azul como un pequeño iceberg en el mar. En el comedor se había conservado intacto el viejo zócalo de nogal, pero matizándolo de una especie de blanco plateado. Sobre la mesa colgaba una araña, un gran ramillete de velas eléctricas, cada una con un círculo colgante de cristales tallados que destellaban como la luz del sol sobre el agua. Los jóvenes camareros, con sus camisas impolutas, ponían bandejas de comida para la cena fría, y Annie vio a uno de ellos mirar a Joe y dirigirle un humorístico ademán de saludo.

–Ya veo que las recibiste –dijo Joe a un camarero bajo y de rostro cacarañado, con el pelo recogido en una coleta, señalando una bandeja de ostras con sólo media concha, sobre una capa de hielo picado–. Me alegro. Pensé que no iban a llegar a tiempo.

–Por los pelos –replicó el camarero, encogiéndose de hombros y volviendo a la cocina.

–¿Eres tú el que ha hecho el *catering*? –susurró Annie–. Dolly no me dijo nada.

–Quería que fuese parte de la sorpresa.

–Pues estoy impresionada. Lo que he probado hasta ahora es maravilloso.

La verdad, había estado demasiado nerviosa para probar un solo canapé.

–Lo del *catering* está empezando a ir bien de verdad. El único problema es que mi cocina es demasiado pequeña para tanto trabajo, de modo que estoy ampliando las instalaciones.

—Llevabas mucho tiempo hablando de ello, pero, ¿no te costará una fortuna? El edificio ni siquiera es tuyo.

Retomar su vieja manera familiar de hablar de sus cosas era como ponerse un par de cómodos zapatos viejos. Annie comenzó a sentirse más relajada. «No hay por qué precipitar las cosas —se recordó, prudente—, seamos buenos amigos de momento.»

—Justo de eso te iba a hablar.

—¡Joe! ¡No me digas que el edificio es tuyo!

—Bueno, digamos que es del banco, pero la escritura está a mi nombre. Tuve suerte. El propietario tenía prisa por quitárselo de encima, necesitaba el dinero para otra inversión. Y yo no quería hablar de ello hasta que la cosa estuviese hecha, por si acaso luego no salía.

Annie hizo unos rápidos cálculos mentales:

—Pero, aun así, los pagos de la hipoteca van a ser duros, y luego, construir... —Notó que Joe fruncía ligeramente el ceño, y se contuvo: otra vez estaba tratando de gobernar el mundo—. Bueno, en fin, supongo que sabrás lo que haces —añadió, batiéndose en retirada.

—Puedes creerme, que ya era hora, porque estamos agobiados de trabajo. —Joe se quitó las gafas, todavía algo empañadas, y las limpió con el pañuelo. Annie contuvo un absurdo impulso de alargar la mano y acariciarle las marcas que le habían dejado las gafas a ambos lados de la nariz—. Bueno, ¿y tú?, ¿vas a levantar el vuelo por tu cuenta?

—Sí, en cuanto pueda convencer al banco de que me dé dinero.

Había recibido dos cartas de Wells Fargo, en Los Ángeles, y el dinero estaba allí: veinticinco mil dólares, más los intereses acumulados con el paso de los años. Y, como sólo le faltaban unos meses para cumplir los veinticinco, su administrador, el señor Crawford, había accedido a darle el dinero lo antes posible, en cuanto se cumplieran los trámites.

Joe echó una ojeada a Dolly, que pasaba rápidamente camino de la cocina:

—¿Y no le harás la competencia a nadie?

—Dolly me ha dicho que muy bien. Cree que la competencia es buena cosa y que a ella la mantiene al pie del cañón.

–Bueno, yo también te doy *mi* bendición, aunque dudo de que la necesites. Tú eres capaz de hacerte cargo de la deuda nacional y ganar dinero.

Annie sintió un atisbo de irritación. ¿Quería decir con eso que era una supermujer? ¿Y sólo porque tenía capacidad y voluntad no iba a poder sentirse débil o asustada? ¿No se daba cuenta Joe de lo inquieta que estaba? Annie se ponía nerviosa con mucha facilidad. Y a veces sentía tanto miedo... tanto que el estómago se le anudaba, y sentía deseos de pasarse todo el día en la cama bajo las mantas.

En aquel preciso momento estaba asustada. ¿No se daba cuenta Joe de ello? ¿No oía los latidos de su corazón?

Sus ojos se humedecieron de lágrimas.

Y, de pronto, Joe la llevó a un lado, salieron por la puerta de vaivén y entraron en un cuartito que en otro tiempo había sido alacena. Estaba vacío, aparte de los armarios empotrados, donde solía guardarse vajilla y manteles, pero que Dolly utilizaba ahora para guardar en verano su ropa de invierno. No tenía otra iluminación que la luz que se filtraba por una especie de claraboya con gruesas contraventanas, y olía a alcanfor y limpiametales, pero Annie apenas se dio cuenta de ello. En la penumbra reinante se sentía abrumada por la cercanía de Joe, por su intenso olor a aire libre y por el calor de su cuerpo.

Joe la tocó en la mejilla con tanta ternura que Annie tuvo que hacer un gran esfuerzo por contener las lágrimas.

–No pensaba que iba a ser así –susurró Joe–. Uno desea una cosa muchísimo, y luego, cuando por fin la consigue, se queda como paralizado, incapaz de hacer nada.

–Oh, Joe. –Annie trató de hablar, pero tenía la garganta atascada. Sentía las lágrimas, como metal candente, esforzándose por abrir los párpados y salir a la superficie. Sin embargo, prorrumpió en una áspera carcajada–. No digas que me echaste de menos o me echaré a llorar. De veras. Mares de lágrimas. Pensarás que está diluviando.

Le cogió por la camisa blanca y susurró, con acuciante firmeza:

–Dilo, dilo o lloraré cuando vuelva a casa, y eso será mucho peor. Si quieres, te lo digo yo primero. Joe, te eché de menos, tanto que pensé que no iba a soportar tu ausencia.

Joe la estrechó con vigor, pero sin llegar a besarla, y ella se sintió aliviada, contenta incluso, porque sabía que, si lo intentaba, no haría nada por impedírselo. Vio que también él tenía lágrimas en los ojos. Y captó también otro olor, más fuerte que el intenso olor a limpiametales y alcanfor: el tenue y viril sudor de macho de Joe...

–Escucha, imagino que a estas alturas comprenderás que no mentía cuando te dije que no se me daba bien lo de escribir cartas. Si te dijera *cuánto* te he echado de menos, pensarías que lo he sacado de alguna novela. –La miró con su extraña sonrisa, frunciendo el labio inferior hacia abajo, y añadió–: Quería que te dieses cuenta tú primero de si...

Annie rompió a reír silenciosamente, apoyada contra la pared, sintiéndose débil de puro aliviada:

–Y yo, que todo ese tiempo pensé que tú...

–¿Qué pensaste?

–Nada, una tontería... Pensé que tal vez habías conocido a otra mujer mientras yo estaba fuera...

Joe apartó la vista de ella:

–¿Y qué te hizo pensar eso?

–No lo sé...

–No hay ninguna otra mujer, Annie.

¿Estaría diciendo la verdad? Había algo en su voz y en sus ojos...

Annie sintió una punzada de celos, pero se dijo: «Muy bien, ¿qué más da si salió con otra y hasta si se acostó con ella?, ¿quién soy yo para juzgarle después de lo de Emmett?»

–Te quiero, Joe.

Vaya, lo había dicho. Annie sintió la cara tensa y caliente, como si se hubiera acercado demasiado al fuego y se hubiese quemado.

Joe aflojó su abrazo, y sus manos resbalaron hasta llegar a las muñecas de Annie, que apretó suave, muy suavemente, tanto que ella sintió que su corazón iba a estallar como un cristal incapaz de resistir una nota exquisitamente alta. Joe levantó sus manos hasta las mejillas de ella. El rostro de Joe era áspero, como si hubiera pasado mucho tiempo sin afeitarse, y muy cálido, *caliente*, como si también él estuviera ardiendo.

Annie llevaba tanto tiempo imaginándose aquel momento que ni siquiera ahora le parecía real del todo, como si fuese un sueño. De pronto, sin embargo, fue intensamente consciente de su cuerpo, tensado contra el de ella, de sus largos dedos que la acariciaban la espalda, del olor, tenuemente picante, de la cocina de Joe's Place, que no se separaba nunca de él. Sintió que algo se agitaba en su bajo vientre, algo casi doloroso. Tan intenso era su deseo que pensó que si Joe no la poseía podría llegar a morir.

—Pensé mucho en cómo iba a ser nuestro reencuentro —dijo Joe con tono quedo y grueso—. Pensé en esto.

Cogió la mano de Annie y la besó, y Annie se dijo que sí, que *era* posible morir de felicidad.

No quería pensar en Laurel, en lo herida que iba a sentirse su hermana. Más tarde habría tiempo para lidiar con eso. Ahora quería que el momento fuese enteramente suyo.

—¡Annie!

Annie estaba quitándose la crema de la cara cuando entró Laurel en el pequeño cuarto de baño y se sentó en el borde de la bañera. Era una bañera antigua, con garras de león en las patas, que recordaba a Annie a esa gente que siempre está diciendo que las cosas ya no son como antes. Y era cierto. Se tardaba un cuarto de hora en llenarla, pero estirarse en aquel gran bote de metal esmaltado era uno de sus mayores placeres. Laurel le había pintado las patas de oro y rojo, añadiéndole, con ágiles pinceladitas, plumas y espolones, de modo que ahora parecían patas de grifos medievales; en la parte que daba a la puerta del cuarto de baño, había pintado una familia de patos nadando en fila india, todos con gabardinas y botas de agua, de modo que no eran patos corrientes. Sentada sobre el borde curvo de la bañera, con una camisa de hombre que le llegaba casi hasta las rodillas, Laurel parecía más deprimida incluso que al regresar de la fiesta, haría cosa de una hora.

—¿Sí? —respondió Annie, volviendo a inclinarse sobre el lavabo.

El armarito estaba medio abierto, y en su espejo vio a Laurel, cuyo rostro era un pálido óvalo sobre unos hombros delgados y caídos. Bajo la luz fluorescente del techo, la piel bajo sus ojos parecía magullada.

—Estoy embarazada. —La voz baja de Laurel estalló en el silencio.

Annie sintió un escalofrío de electricidad. Se volvió hacia su hermana, y la porcelana del lavabo apretó su espalda. El goteo del grifo le resultaba ensordecedor, como el rugido de una catarata.

—¡Oh, Laurel!

No se le ocurrió otra cosa que decir. Se quedó mirando a su hermana, con una sensación de congelamiento que parecía surgir de sus huesos.

—Tienes peor aspecto que yo. —Laurel consiguió esbozar una sonrisa que sólo sirvió para darle un aspecto más deprimido todavía—. Creo que debías sentarte.

—Sí, tienes razón.

En el diminuto dormitorio que había heredado de Laurel cuando ésta fue a la universidad, Annie, conmocionada, se puso el pijama, un pijama de hombre que había comprado de saldo y era de satén azul con remates de seda color borgoña. Notando que su mente comenzaba a aclararse, se sentó sobre la cama y contempló a Laurel, que estaba acurrucada en el sofá floreado, apretándose las rodillas contra el pecho.

—¿Cuántas semanas? —preguntó Annie, decidida a mostrarse sensata.

—Tres *meses*. Demasiado para un aborto, si a eso te refieres.

—¡Oh, Laurel!, no era... ¡Dios mío!, ¿por qué no me lo dijiste en seguida?

—Yo misma no lo supe hasta hace un par de días. Ya sé que parece tonto, pero sabes lo irregular que he sido siempre. Pensé que me había saltado un par de reglas.

—¿Estás segura?

—Fui a ver a un médico.

—Muy bien... —Annie respiró hondo, diciéndose que sólo podría lidiar con la situación si sabía todos los detalles, para poder examinarlos uno a uno, como el estadístico interpreta sus cifras—. ¿Quieres decirme cómo ocurrió?

Laurel sonrió sin alegría:

—Pues como de costumbre, quiero decir que esas cosas siempre ocurren de la misma manera.

—Vamos, cuéntamelo.

—¿Desde el comienzo, lo que se dice todo? Pues ahí va: había una vez una chica llamada Laurel que quería tanto a un hombre que pensó que podría conseguir que él correspondiera a su amor de esta manera...

Laurel se interrumpió y su rostro se distendió, sus ojos enormes se llenaron de lágrimas que resbalaban por las mejillas.

Annie sintió deseos de acercarse a su hermana, consolarla como solía hacer cuando era pequeña. Pero en la expresión de Laurel y en su actitud había algo acerado que indujo a Annie a mantenerse a distancia.

Miró alrededor, se fijó en las pequeñas fisuras de las paredes enjalbegadas. En la cómoda antigua estaba el Oscar de Dearie. Llevaba algún tiempo sin quitarle el polvo, y ahora le pareció que la miraba ceñudamente, como un lejano pariente del hombrecillo mágico y afable que recordaba desde su niñez.

—¿Lo sabe él? —preguntó—, ¿se lo has dicho?

—¿Me preguntas si he hecho el ridículo? —Laurel parecía irritada, y eso daba la impresión de ayudarla a dominarse—. Además, la cuestión no tiene nada que ver con él.

—¿Pero qué dices? No te entiendo. Ese hombre tiene la mitad de la responsabilidad en este asunto.

Laurel miró a Annie con tanta dureza que la penetró hasta los huesos.

—No sabes nada de este asunto —dijo.

—Claro, si no me *cuentas* nada... ¿Quién es?

Laurel se limitó a menear la cabeza, fijando los ojos en la alfombra.

Annie se sintió dolida y exasperada:

—Haz el favor de dejar de comportarte como si yo fuera

tu enemiga, por Dios, Laurel, cuando lo único que quiero es *ayudarte*.

–Muy bien, pues entonces lo que podías hacer es hablar *tú* con él –dijo Laurel con los ojos brillantes.

–*¿Quién* es?

Antes incluso de oír la respuesta, Annie intuyó que estaba a punto de saber algo que no deseaba. En el espacio que se extendía entre ella y su hermana, Annie sintió que se formaba como un túnel invisible, un túnel por el que la voz de Laurel pareció silbar como el más frío de los vientos:

–Joe.

CAPÍTULO XVII

Laurel fue incapaz de enfrentarse con Annie. Fijó los ojos en la descolorida y deshilachada alfombra color rosa, que daba una impresión lastimosa, como un jardín en el que los insectos han roído la mayor parte de las rosas y hasta la mitad de las hojas. En su mente veía nítidamente aún la expresión horrorizada, conmocionada de Annie, pero no fue vergüenza lo que le hizo apartar la vista de su hermana, sino algo peor: un intenso y urgente deseo de sonreír.

Y era *eso* lo que le hacía sentirse avergonzada. ¿De qué parte podrida de su alma podía surgir ese deseo? ¿Cómo era posible que *quisiese* hacer sufrir a Annie? Y por la expresión de Annie había comprendido perfectamente lo que estaba pasando: que, de alguna manera increíblemente, era Joe el que la había dejado embarazada.

Laurel no había querido que Annie pensase esto, pero su forma de expresarse lo había dado a entender así. Y ahora, de pronto, se daba cuenta de que, en cierto modo enfermizo y malévolo, hasta le *hacía gracia* esa idea. ¿Y *si fuese* verdad que Joe se había acostado con ella? Era posible que no la amase, pero la había *deseado*, Laurel se dio cuenta de ello la noche en que le besó y él le correspondió. Y desde entonces le había sorprendido a veces mirándola de una cierta manera...

¡Al diablo!, ¿por qué quería Joe a Annie más que a ella?, ¿y por qué tenía que tener Annie más derecho a él que ella?

«Les vi en la fiesta de Dolly. Y vi su manera de mirar a Annie...»

Cuando *ella*, Laurel, se había arrojado prácticamente en brazos de Joe aquella noche, después de la inauguración de la exposición... Era insultante, humillante. Laurel recordó el momento terrible en que Annie y Joe abandonaron el comedor y se dirigieron al pequeño cuarto: iban cogidos de las manos, los ojos oscuros de Annie fijos en él como los de una mujer que se ahoga en su salvador. Ninguno de los dos reparó en ella, que estaba muy cerca; probablemente no la habrían visto aunque se les hubiera puesto delante. Tan pequeña se sentía Laurel como si se hubiera quedado reducida al tamaño de un dedal, y tan ofendida y desconcertada, con una sensación de indiferencia total a todo, que sus músculos se distendieron como un elástico desgastado.

«La quiere. Es a Annie a quien quiere. Annie, Annie, Annie...»

¿Pero no era cierto que Laurel lo había sospechado? Muy en el fondo de su mente, donde se almacenaban las ideas como calcetines sucios en el fondo del cesto, Laurel siempre había sabido que Annie y Joe se querían. Pero no quería enfrentarse con esa certidumbre. No había querido mirar. Le era *imposible* mirar. Y ahora era esa certidumbre la que la miraba a ella a los ojos.

Recordó haber leído una vez en el *Post* que un hombre se había comido un automóvil para poder entrar en el *Guinness Book of World Records*. Lo había hecho poco a poco, naturalmente, pieza a pieza: una para desayunar, otra para merendar, y así sucesivamente. Pero lo más difícil de imaginar era el cristal, lo que había inflamado su garganta hasta cerrársela y le había herido el estómago era el cristal. El *cristal*. Incluso molido y vuelto a moler, tenía que haber sido terrible, todos aquellos trocitos de cristal dentro de uno...

Bueno, ahora Laurel sabía perfectamente lo que era eso.
«¡Y yo que pensaba que había esperanza! ¡Y yo que pensaba que podría conseguir que Joe me quisiese de alguna manera, algún día!»
Bueno, ahora ya no había esperanza. Ninguna esperanza en absoluto.
«No es justo. ¿Por qué tiene que ser siempre Annie la que llegue primero, la más lista y la más audaz? Ella dice que soy la más guapa, pero yo veo cómo la miran los hombres, cómo la desean. Joe, por ejemplo... Joe la quiere a ella, la desea más que a mí.»
–¿Joe? –oyó repetir a Annie, exhalando aire con fuerza, como si acabaran de darle un fuerte golpe en el estómago–. ¿*Joe*, dices?
Laurel siguió mirando fijamente el patrón de grandes circulos de la alfombra. Se sentía caliente, envuelta en calor, como agua hirviente, hasta el cuello.
¿Le contaba la verdad?
La invadió una súbita ola de vergüenza y amor. ¿Cómo podía herir así a Annie? Ella quería a su hermana. De no haber sido por Annie...
«De no haber sido por Annie ahora estarías en Bel Jardín, comiendo frutos recién cogidos del árbol y viendo desde tu ventana hierba verde y árboles en lugar de cemento y basura.»
«No, no es verdad», se corrigió Laurel. Val tenía ya idea de vender Bel Jardín, le había dicho Annie, y Annie, de todas formas, lo único que había intentado era protegerla de Val.
«¿Tan segura estás?» ¿O sería que Annie, de alguna manera, sabía que Val iba a morir y ésa era la razón de que tuviera tanto deseo de irse de allí?
Laurel echó una rápida ojeada a la estatuilla dorada que había en la cómoda, en la esquina. El Oscar de Dearie. Recordó que había limpiado la sangre con su vieja manta, que quedó perdida y tuvo que tirar a la basura...
¿Sabía Annie que Val había muerto? ¿Lo había averiguado y se lo ocultaba, de la misma manera que había mantenido secretos sus sentimientos por Joe?
«Todos estos años pensé que cumplía la promesa hecha

al tío Rudy no hablando de Val a Annie, pero quizá fue una tontería.»

Más tontería todavía ahora que estaba embarazada. Pero, ¿cómo podía ser *eso* culpa de Annie? No, tenía que contar a Annie lo de Jess.

Laurel dio rienda suelta a los recuerdos. Recordaba exactamente cómo había ocurrido, recordaba todos los detalles, por nimios que fuesen, recordaba incluso al perro con el pañuelo de colores y los dondiegos que crecían en el viejo Ford que se enmohecía en el patio trasero. Y se lo contaría a Annie...

Aquella primera vez, yendo por el sendero de la casa destartalada en que vivía Jess con cinco amigos, Laurel notó su pintura grisblancuzca que se desconchaba en largas tiras como de piel muerta, y el portal, sostenido en un extremo por un chapucero montón de ladrillos, como un barco que se inclina de lado. Un racimo de bicicletas estaba apoyado contra un sofá desgarrado con el relleno saliendo en grandes mechones sucios. Y ante la puerta, donde la pintura del portal estaba raspada en un trozo cuya forma recordaba la de África, había un perro perdiguero echado, jadeante por el calor de aquel día de junio, con un pañuelo de colores atado al cuello. El perro levantó la cabeza en el momento en que Laurel subió los escalones y movió el rabo a modo de débil saludo.

Laurel se preguntó si Jess recordaría que la había invitado para hablar con ella de los carteles que quería hacer para su proyecto benéfico. Con Jess nunca se sabía, quedar con él era como tratar de predecir si llovería dentro de dos meses.

Era distinto, parecía más viejo que otros chicos de su misma edad, con los que Laurel salía en la universidad. Había robado mercancías de trenes de carga, le dijo, y recogido fruta con otros vagabundos como jornalero. El año anterior había pasado todo el verano en California ayudando a organizar a los trabajadores agrícolas inmigrantes. Si no tenía que sentar plaza, le había dicho, pensaba enrolarse en el Cuerpo de Paz.

Desde el día en que se conocieron en la clase de dibujo, Laurel y Jess se habían visto unas cuantas veces. En una ocasión se encontró con él en un centro de estudiantes y estuvieron charlando más o menos una hora. Otra vez tomaron café juntos, y cuando Jess se enteró de que Laurel daba clases particulares, la invitó a unirse a un grupo que daba lecciones gratis a estudiantes atrasados que querían aprobar sus exámenes. Pero nada más. Nunca había intentado besarla, ni siquiera cogerle la mano. Con Jess, Laurel nunca había sido otra cosa que un miembro más del grupo.

En ese sentido, Jess era como Joe: no parecía querer nada de ella. Pero Jess tenía una agresividad que hacía hervir su sangre, una agresividad como de uñas que rascan una pizarra, o la sirena de un coche de policía ululando calle arriba. Él la mantenía muy controlada, pero se percibía. En la escuela, Laurel recordaba que Jess se entretenía lanzando escupitajos a su espalda, pero ahora organizaba manifestaciones de protesta y escribía ácidos artículos para el *Daily Orange*.

Laurel se inclinó para acariciar al perro en la cabeza antes de llamar a la puerta. Esperó, pero no abrió nadie. Era raro, porque un momento antes una chica le había dicho que Jess «andaba por allí». La puerta tenía un grueso cristal a través del cual se veía parte del cuarto de estar, donde había un grupo de gente. Laurel no distinguió a Jess, pero por lo menos había alguien. Volvió a llamar, más fuerte.

Finalmente, una chica descalza y de largas trenzas, vestida con tejanos y un corpiño que apenas le llegaba al ombligo, se acercó a la puerta y miró a Laurel con expresión hosca:

—¡Pues ni que estuviera cerrada con llave! —le dijo—. Abre y entra.

—No sabía que estaba abierta, perdona —respondió Laurel.

—Aquí nadie cierra nunca la puerta —dijo la chica, como si Laurel viniera de otro planeta—, aquí somos así.

—Bien. ¿Está Jess en casa? —preguntó Laurel, sintiéndose intimidada a pesar de que aún no había puesto un pie en el interior de la casa.

—Me parece que está arriba —dijo la chica, señalando la escalera y volviendo al cuarto de estar.

Mientras subía las escaleras gastadas y crujientes, Laurel se dijo que tal vez Jess no estaba abajo con los demás porque estaba arriba... con una chica. Se paró a la mitad y vaciló. Pero era él que la había *invitado*. Y, además, si estaba con alguien, ella se daría la vuelta y se marcharía.

Al llegar al descansillo oyó el sonido de una ducha. A continuación cesó el ruido del agua y apareció Jess en medio de una nube de vapor que reflejaba la luz del sol que entraba por un alto ventanal situado sobre el descansillo. Estaba desnudo, aparte de una toalla que le rodeaba la cintura, y su empapada cabellera negra, pegada al cráneo, chorreaba agua por su pecho y sus brazos.

—Hola —dijo, indiferente, como si fuera la cosa más normal del mundo ver a una chica a la puerta de su cuarto de baño.

—Hola —dijo ella, perpleja.

Se acordó de la vieja frase: «¿Qué hace una chica como tú en un lugar como éste?» Eso la tranquilizó un poco.

—Me dijiste que viniera para hablar de los carteles.

—¿Qué carteles?

—Sí, los de esa reunión acerca de tu proyecto.

—Ah, sí, claro... Espera un momento, que me ponga algo.

Desapareció en uno de los dormitorios, pero dejó la puerta entreabierta, lo bastante para que Laurel viera una de sus piernas desnudas meterse por la pernera de unos tejanos viejos. Y luego la llamó:

—Ven, entra.

El cuarto de Jess era pequeño y pulcro, y la cama estaba hecha. En las paredes había dos pósters sujetados con tachuelas: Joan Baez; y Jerry Rubin con la bandera norteamericana de camisa y la leyenda «LIBERTAD PARA LOS SIETE DE CHICAGO». Junto a la cama, una cuba de plástico servía de mesita de noche con una pequeña lámpara encima. En una pared había anaqueles de madera de pino, y en ellos había libros y ropas de Jess cuidadosamente plegada. Aparte de esto, nada, casi como la celda de un monje.

Laurel vio que Jess la estaba mirando con la boca fruncida en un gesto divertido. Se acercó a ella, pisando la toalla que estaba encharcando el suelo, le pasó una mano fresca y húmeda por la cintura, y la besó.

Laurel tuvo una fugaz sensación de calor y suavidad, y luego, como si acabase de recibir un aguijonazo, se apartó de él.

¡No! Ella quería a Joe, no a Jess. Pero Joe, recordó, no la quería a ella. La había rechazado aquella noche, después de besarse. Y le había dicho que ellos dos nunca podrían ser más que amigos. ¡Amigos! Laurel volvió a sentirse herida, un dolor que le daba la sensación de vacío, como si toda ella no fuera otra cosa que una gran máscara ardiente. Durante semanas, después de aquello, apenas si había podido pensar en otra cosa. Mientras estaba en clase, o preparando un examen, o inclinada sobre su caballete, de pronto afloraba en su conciencia como fragmentos de un naufragio, volvía de nuevo el recuerdo: la boca de Joe contra la suya, una esquina cortante de sus gafas ligeramente apretada contra su mejilla, el leve sabor del gintónic que había bebido en la exposición, y, luego, la suave firmeza con que Joe la había rechazado, la expresión de violento, avergonzado desánimo que reflejaba su rostro, como si estuviera diciéndole: «No te hagas ilusiones, sólo me has pillado desprevenido, nada más.»

Laurel recordaba lo apabullada que se había sentido, y su urgente impulso de escapar corriendo de allí. Y ahora se sentía igual.

Pero a Jess no pareció importarle que Laurel no se le entregara en estático desmayo. Sus ojos oscuros la observaban con frío regocijo, y Laurel se dijo una vez más que Jess era muy distinto de los otros chicos con que había salido, que estaban dándole besos sentimentalones y abrazos torpes e incómodos.

–No estás habituada a esto, ¿eh? –dijo Jess, riendo perezosamente–. Estás acostumbrada a fraternizar con chicos bien, y luego vais y ponéis un disco en la cadena estereofónica, y fumáis un porro de hierbabuena comprada con el dinero que les dan sus padres... –Se sacudió del pelo unas gotas de agua, que le cayeron sobre las manos y el rostro en llovizna–. Pues te diré, Garbancito, que yo no tengo cadena estereofónica... ni tiempo ni dinero para comprar porros –añadió, con exagerado acento latinoamericano y sonriendo de oreja a oreja–, pero para ti sí que tengo tiempo, si te apetece.

Estaba burlándose de ella, y esto la irritó un poco.

–Me parece que será mejor que me vaya –dijo con sequedad.

Jess no intentó impedírselo. Se limitó a seguir mirándola, sin dejar de sonreír lánguidamente. ¿Qué tenía aquel chico?, ¿por qué no podía Laurel dar un paso? Estaba como hipnotizada por una gota obstinada que tenía Jess en el hoyuelo de la garganta.

–Seguro que tú eras de esas que se comían todas las pipas hasta llegar al fondo del paquete, donde estaba el premio –prosiguió Jess–. Yo, chica, nunca hice esa tontería. Si quieres algo, no hay por qué esforzarse tanto, metes la mano y lo coges.

Laurel sentía arder su mejilla donde el dedo de Jess estaba trazando una línea. Y luego la besó. Y esta vez, ella no se apartó.

Con gran sorpresa por su parte, Laurel correspondió a Jess, cuya boca era increíblemente suave, pero al sentir sus labios se puso un poco tensa. Era allí donde estaba aquella agresividad que había advertido en él, allí, contra la carne tierna del labio inferior, una agresividad dura pero no cortante. Laurel sentía las manos de Jess trazando círculos húmedos en el algodón fino de su blusa, y se estremeció, pero no por la humedad del contacto, sino por su aplomo.

Laurel, sin proponérselo, comenzó a imaginar que era a Joe a quien estaba besando, a Joe, cuyos dedos le recorrían los costados, liberando su blusa de la falda.

Jess cerró la puerta de una patada. Laurel sintió el portazo en el estómago, y sintió también la necesidad de decir algo, *lo que fuese*.

–La chica de abajo me dijo que aquí nadie cierra las puertas.

–En efecto. No nos cuidamos de la gente de fuera, sino de la de dentro –rió él, y su risa cesó al tiempo que el tono le subía en los pómulos salientes, de aspecto indio–. Hay una cosa que siempre me intrigó sobre ti desde que nos conocimos en la escuela. Dime: ¿eres verdaderamente blanca *de pies a cabeza*?

Como en trance hipnótico, Laurel empezó a desnudarse. Su blusa cayó al suelo, arrugada, y le siguieron su falda floreada y sus sandalias. Y, finalmente, el sostén y las bragas.

Quedó desnuda ante Jess, a la luz del día, con carne de gallina en los brazos y las piernas. Abajo se oía ladrar a un perro. Y por la ventana, justo al otro lado del hombro derecho de Jess, veía la corola purpúrea de un dondiego meciéndose al sol esplendoroso. Pero, aparte de aquellos pequeños y consoladores toques de vida cotidiana, Laurel estaba ausente de la realidad, todo aquello era un sueño y en pocos minutos despertaría en su habitación de Smith Hall.

Jess, por primera vez en su vida, pareció perder el dominio. Tenía los ojos abiertos de par en par, el rostro del mismo tono que poco antes le había encendido los pómulos.

–¡Santo cielo! –murmuró con un largo suspiro.

Luego, de un solo movimiento lleno de precisión, se quitó los tejanos. Laurel le había visto desnudo en clase, pero ahora era distinto, estaba... empalmado.

Los sueños de Laurel se disolvieron y en su lugar comenzó a sentir pánico. ¿No sería mejor parar ahora mismo, decir a Jess que aquello nunca había ocurrido? Ella había tenido muchas oportunidades de hacerlo, pero aquellos chicos siempre hacían algo que la repelía en el momento crucial, por ejemplo, gemir quejumbrosamente, o murmurarle «Te amo» al oído, pero tan alto que le rompía el tímpano, o engancharle las bragas en la cremallera al tratar de quitárselas. Pero la razón última era siempre la misma: Joe. Ella quería hacerlo por primera vez con Joe, sólo con Joe.

El dolor que le había causado Joe al rechazarla era algo sólido, algo de lo que no quería desprenderse, algo a lo que se aferraba de la misma manera que solía hacer con su vieja manta, *Boo*. Sabía que era infantil, y perjudicial, pero, por alguna razón, no quería soltarlo.

Acostarse con Jess, se dijo Laurel, sólo serviría para empeorar las cosas. Sería una manera distinta de sentir lo mismo, de hundir el cuchillo un poco más, de dar realidad a lo que ya sabía: que la primera vez no iba a ser con Joe.

—No sé si me gusta que me comparen con un paquete de pipas —dijo con voz animada, decidida a ocultar sus sentimientos.

Aquellos premios, recordó de pronto, resultaban no ser ni la mitad de buenos que parecían en el dibujo que había en la parte posterior del paquete.

Jess frotó la nariz contra uno de sus pechos, mordisqueándolo suavemente, llenándole de una aguda y deliciosa sensación.

—Las pipas —dijo riendo—, para los pipos, pero tú, Garbancito, eres una campeona, y lo malo de los campeones es que casi nunca condescienden a revolcarse en el fango con la gente baja, como yo.

Bajó la mano y le cogió la entrepierna, movimiento súbito que desconcertó a Laurel. Sin moverse, ni apretar, simplemente la mano quieta allí, provocándole un calor que fue creciendo hasta enloquecerla, extendiéndose por todo su vientre.

—Probablemente lo de revolcarse en el fango es lo más importante —susurró Jess en su oído, mordisqueándole el lóbulo de la oreja con el filo cortante de sus dientes hasta que a Laurel se le saltaron las lágrimas.

Y luego, con sorprendente suavidad, la condujo a la cama.

Laurel, viendo la mirada de espanto y dolor de Annie, se dio cuenta de una cosa curiosa: nunca había pensado siquiera en la posibilidad de quedar embarazada. Por lo menos en el momento preciso. A menos que, en el fondo de su conciencia, supiera perfectamente a qué se exponía y deseara que ocurriese algo así, algo catastrófico y decisivo.

Pero, si era así, tampoco se había dado cuenta de ello. En general, pensaba que no quería quedar embarazada. Pero, ahora que sabía que lo estaba, y de más de tres meses, no podía fingir que no era así.

Ni se lo había dicho a Jess ni pensaba decírselo. A ella le parecía que el niño no tenía nada que ver con Jess, con quien sólo había dormido unas pocas veces, y que no le había escrito ni visitado en todo el verano. Desde el comienzo del curso, haría un par de semanas, sólo le había visto una vez. De modo que había empezado a pensar que el niño era de Joe... concebido como consecuencia de su amor por Joe.

A pesar de todo, tenía que contar a Annie cómo había sucedido realmente... No podía seguir así, haciéndole creer lo que no era cierto.

–¿Sabe Joe...? –Annie tragó saliva; su rostro era un círculo blanco sobre el pijama de seda que llevaba–. ¿Lo sabe Joe? ¿Se lo has dicho?

–No.

–¿Por qué?

«Pues porque no es hijo suyo.» Laurel estuvo a punto de pronunciar estas palabras, pero algo en su interior la detuvo.

–No se lo he dicho a nadie –dijo finalmente, horrorizada y asombrada de su astuta malicia.

No era una mentira. Bueno, no era *exactamente* una mentira. Pero, entonces, ¿qué la hacía sentirse tan culpable?, ¿y por qué se le revolvía el estómago de tal manera? Al principio no sentía náuseas y ésa era una de las razones de que no hubiera ido a ver al médico, pero ahora sí sentía náuseas.

–No te creo –dijo Annie–. Joe no... –Sus palabras se ahogaron en silencio.

Laurel siguió callada, con los labios apretados y las rodillas dobladas contra el pecho.

–¿Habéis...?, quiero decir, ¿lleváis *juntos* mucho tiempo?

Annie parecía estar desintegrándose lentamente, su voz subía y bajaba de tono de la manera más extraña, como un disco combado. Pero se notaba un deje de amargura.

–No –dijo Laurel–, sólo esa vez, una sola.

Annie parecía necesitada de aire para respirar. Finalmente, como un alpinista que apenas encuentra asidero para su pie, dijo:

–Muy bien, pero tienes que decírselo.

Laurel se sintió empapada en sudor frío. Quiso correr al retrete, pero se quedó quieta, obligándose a no moverse. Tenía que decir la verdad a su hermana. No era justo dejar que Annie siguiese pensando que había sido Joe. Y, de todas formas, Annie averiguaría la verdad en cuanto hablase con él.

«Pero podrías dejarla que lo piense durante un minuto más, ¿verdad? No es una mentira, exactamente... Fue ella quien dedujo que era eso lo que tú querías decir... y si te paras a pensar, dime, si tuviera verdadera, lo que se dice verdadera confianza, ¿por qué iba a deducir una cosa así?»

«¡No! –se gritó Laurel a sí misma–. ¡Es injusto! ¡A Annie le destrozará el corazón!»

«¿Igual que está destrozado el tuyo, quieres decir?»

Laurel lo vio como la encrucijada del bosque amarillo de Robert Frost: dos alternativas se abrían ante ella, perfectamente claras en su mente... Por un lado, renunciar a Joe y a sus sueños de que alguna vez llegase a amarla, renunciar y dejar que el dolor la invadiese como una gran marea ardiente y curativa. Por el otro, podía decírselo todo a Annie, no sólo hablarle de su propio lío con Jess, sino también decirle que comprendía el que Annie y Joe se quisiesen. Sería difícil, lo más difícil de toda su vida. Esto era, sin duda, lo que quería decir Frost cuando afirmaba que ese camino era mucho menos transitado que el otro. Pero era *capaz* de hacerlo. Si se lo proponía, podía.

Laurel se sintió poseída de una extraña y desbocada euforia, y, por un brevísimo momento, vio la mujer que podía llegar a ser, la mujer que *querría* ser, y para ello sólo tenía que ser capaz de... renunciar.

De pronto recordó la fiesta de Dolly: recordó lo que había sentido al ver a Joe y Annie juntos, y lo que había sentido año tras año, siempre a la zaga de Annie, tan firme y decidida. Y, encima, lo único que había deseado *realmente* en toda su vida, Annie se lo quitaba de las manos. Todos sus anhelos, todo su resentimiento, acudieron, ardientes a su mente.

–No puedo pensar en ello en este momento. –Laurel

se dominó lo suficiente para añadir—: No me siento del todo bien.

—Pero... —comenzó Annie, pero cerró la boca.

—¿Por qué no lo dejamos para mañana? Ahora lo único que quiero es acostarme.

Laurel se dio cuenta de lo agotada que estaba. Las náuseas habían cesado, se sentía tan exhausta y pesada que apenas podía tenerse en pie. La habitación daba vueltas, como ebria.

«Mañana se lo cuento», se prometió Laurel.

CAPÍTULO XVIII

Annie, asiéndose a la baranda para no caer, bajó lentamente la escalera hasta el piso donde vivía Joe. Era un lugar por el que pasaba habitualmente sin fijarse en él, pero esta noche le pareció lamentable: cochambroso, los escalones desgastados y el aire espeso. Se sentía débil y frágil, como si en la última media hora se hubiese convertido en una vieja. Y ¿por qué había tan poca luz? En los descansillos de arriba y abajo había bombillas encendidas, pero le daba la impresión de que estaba descendiendo hacia una caverna.

«El hijo de Joe», pensó.

Después de las horas y horas que habían pasado juntos, ¿cómo no había captado este aspecto de su carácter: su capacidad de doblez?, ¿cómo no se había *dado cuenta*?

Joe, el amable y dulcemente impulsivo Joe, el hombre a quien había estado tan segura de amar, ¿sería capaz de hacerla creer que la amaba después de haberse acostado con su propia hermana?

No. Joe no era así. No era posible.

Hacía unos minutos, Annie habría jurado esto, lo habría jurado por su propia vida. Pero ahora...

Recordó a Laurel, blanca como el papel, asustada y al tiempo retadora..., casi como si fuera ella la que la estaba protegiendo. ¿Por qué iba a mentir? ¿Por qué iba a inventar una cosa tan horrible?

Las rodillas de Annie cedieron y se dejó caer sobre la baranda, cubriéndose el rostro con ambas manos y exhalando un gemido. ¿Cómo podía Joe haberle hecho esto a ella y a Laurel? *¿Cómo?*

Y Laurel, al diablo con ella, ¡cómo pudo hacerle a ella una cosa así!, ¡y con él! ¡Nada menos que con él! ¡Y haber sido tan estúpida, tan ingenua como para quedarse embarazada a los dieciocho años!

Annie se bajó hasta sentarse en un escalón, y se preguntó cómo podía ser posible: Laurel, abriendo su corazón a Joe, y Joe, lleno de amabilidad, oyéndolo y esforzándose por no herirla. Muy bien, pero luego Joe había empezado a ver a Laurel de una forma distinta, quizá no la primera vez, ni la segunda, sino más tarde, al cabo de una semana, un mes... Empezó a darse cuenta de lo bella, lo atractiva que se había vuelto. Y probablemente iban juntos al cine, o a cenar por ahí, como en los viejos tiempos cuando iban siempre los tres juntos sin la menor intención de que ocurriera nada, pero esta vez había ocurrido...

Annie sintió que le invadía la ira, sintió que algo la forzaba a ponerse en pie como movida por un violento calor explosivo.

¡Cómo había osado hacer una cosa así! ¡Cómo había osado hacerla creer que la quería, que ellos dos...! ¡Oh, Dios mío!

¿Pensó que ella no se enteraría?, ¿que aquello sería un secreto para él y para Laurel, un pequeño desliz irrepetible? La verdad, de no ser porque Laurel se había quedado embarazada, Annie podría muy bien *no* haberse enterado nunca.

Uno... dos... tres... cuatro. Fue contando cada escalón, como si así pudiera llegar a una conclusión, a una respuesta a la pregunta esencial: cómo soportar aquella situación.

Finalmente llegó a la puerta del apartamento de Joe, con su pintura marrón manchada y su mirilla de cristal como un ojo muerto. Llamó. Pulsó el timbre una y otra vez y luego golpeó la puerta. Sintió el dolor disparársele cuerpo adentro desde los nudillos.

Y Joe abrió la puerta tan silenciosamente que Annie apenas se dio cuenta. Iba descalzo, con un tazón de café en la mano, y todavía con la ropa que había llevado en la fiesta: tejanos y camisa blanca arremangada. Annie tuvo la impresión de verle desde una larga distancia, a través de un potente telescopio, cada uno de los pelillos de la barba sin afeitar, y hasta las motitas doradas de sus ojos, todo ello ampliado hasta obtener una irreal nitidez. En el tocadiscos sonaba música. Un saxo de jazz. Stanley Turrentine. Pero, ¿cómo podía saber Annie una cosa así, si nunca le había gustado el jazz de Joe? Ella prefería el rock duro, pero en aquel momento sus sentidos se habían vuelto sensibles como agujas.

—¡Annie! —Joe le sonrió de oreja a oreja, para ensombrecerse casi al mismo tiempo—. ¡Annie! ¡Por Dios! ¿Qué te pasa? ¿Te encuentras bien?

Ella asintió, no pudo articular palabra.

—¿Le ocurre algo a Laurel? En la fiesta tenía mal aspecto, como si estuviese a punto de ponerse enferma.

Esto fue para Annie como si Joe la hubiese aferrado, sacudido y liberado su voz:

—Pues sí que se puso mala, acertaste —siseó Annie, con una mirada fría—. Está embarazada.

—¡Santo cielo!

Joe dio un paso atrás, como para dejarla entrar, pero vaciló y casi perdió el equilibrio. Agitó un brazo para enderezarse, el tazón describió un círculo en el aire, el café empapó la vieja estera que había en el suelo y la reproducción de Miró que colgaba de la pared.

—¡Santo cielo! —repitió.

Annie pasó junto a él, y al pisar la humedad del café, reparó en que ni siquiera se había puesto las zapatillas. Iba en pijama, y con un abrigo que se había echado en los hombros antes de salir al descansillo. Probablemente estaba espantosa. Sin maquillaje, con el pelo todo revuelto, con húmedos mechones de punta donde se lo había frotado. Pero, ¿qué importaba ahora todo eso? No iba a hacer el amor con Joe ni con nadie: ni ahora ni nunca más.

Salió del estrecho vestíbulo, entrando en el cuarto de estar, sin molestarse en quitarse el abrigo o secarse los pies húmedos antes de pisar la alfombra con dibujo en zigzag. Oyó la puerta cerrarse a sus espaldas. Las huellas húmedas de sus pies parecían señalar a Joe, acusarle.

Joe la alcanzó dando largos pasos e intentó ayudarla a quitarse el abrigo. Annie le rechazó con firmeza, golpeándose la cadera contra el brazo del canapé. Por todas partes, en torno de ella había ángulos agudos, pesados muebles rústicos de roble, una mesa baja con superficie de cristal sobre la que había un par de candeleros de hierro forjado, y todo parecía amenazarla con sus bordes. Un viejo póster de cine: Bogart, con gabardina y con un cigarrillo cayéndole de los labios fruncidos, la miraba ceñudo desde la pared.

—No, deja —le dijo Annie.

Joe apartó los brazos. Pareció impresionado..., asustado incluso. Como si Annie se hubiera quitado una careta, revelando un rostro distinto del que él siempre había visto. El rostro de un extraño.

Y entonces, de pronto extrañamente esperanzada, Annie se preguntó si todo aquello no sería una especie de error absurdo, una pesadilla. ¿Podría haberse imaginado que Laurel decía estar embarazada? ¿O quizá no era cierto que Laurel hubiese dicho que Joe era el padre...?

—¡Annie, por Dios! ¿Qué ocurre? —Joe la cogió por el codo, y ella sintió que sus dedos la paralizaban—. Escucha, no pensarás que yo lo *sabía*, ¿verdad? ¿Es por eso que estás enfadada? ¿Acaso piensas que Laurel me lo contó y yo te lo oculté?

—¡Calla, haz el favor! —exclamó ella.

Le parecía increíble que Joe hablara así, mintiendo, fingiendo no saber nada.

—¿Cómo que me calle? No tengo la menor idea de lo que quieres decir.

—¿Pero cómo puedes comportarte como si... como si no supieses nada, pedazo de *bastardo* cabrón?

Annie vio el rostro de Joe enrojecer, sus ojos cobrar calor y brillo, como le ocurría cuando estaba a punto de perder el dominio de sí mismo. Pero, con evidente esfuerzo,

Joe dejó caer el brazo y se dominó, dando un paso hacia atrás y alargando las manos como para parar un coche que se le echaba encima. En la pared, a sus espaldas, un póster de una pintura abstracta en rojo y negro de Lichtenstein parecía abalanzarse sobre Annie. A su lado había otro: un menú de Joe's Place de hacía años, adornado con graciosos dibujos de aves de Laurel: un par de palomas, un martín pescador, un pavo real, una bandada de diminutos gorriones. Lo tenía que haber enmarcado y colgado allí mientras ella estaba en París. «Dios mío, ¿y si la ama de verdad?»

–Bueno, veo que no estás de humor para sentarte y hablar del asunto racionalmente, pero haz el favor de decirme qué es lo que te tiene tan enfadada. –Joe hablaba despacio, enunciando cada palabra como para calmarse–. Quiero decir, si me van a ahorcar, por lo menos tengo derecho a que se me diga el motivo.

–Laurel me lo contó todo sobre ti y... bueno, todo.

Ya estaba. El brillo culpable de sus ojos, inequívoco. De modo que era cierto que *había* tratado de ocultárselo. Annie sintió deseos de golpearle, de hacerle daño, de forzarle a sufrir como estaba sufriendo ella.

–Pero, ¿a qué te refieres, vamos a ver? ¿Qué te contó Laurel? –El rostro de Joe, como un puño cerrado, pareció retraerse, hacerse ilegible–. Ya me figuraba yo que esto iba a estallar, ya me figuraba yo que en cuanto algún tipo bohemio y medio artista la cogiera de la mano se enamoraría de él y se olvidaría de lo que había sentido por mí, o sea, que acabaría arrepintiéndose de ello. Mira, no sé por qué te pones así. Es un asunto entre Laurel y yo. No tiene nada que ver contigo.

¿Nada que ver con ella? Annie sintió de pronto una gran presión en su cabeza, como si su cráneo estuviera a punto de estallar.

–Veamos. –Joe la miraba fija y duramente–. Empecemos por el principio, y sin alterarnos. De modo que Laurel está embarazada, ¿no? –Se mesó el cabello–. ¿Estás segura? Quiero decir, bueno, lo de siempre, a lo mejor fue demasiado lejos con algún chico, y ahora se le ha retrasado la regla, y se alarma y pone el grito en el cielo...

–Joe. –Annie se sentía gritar pero su voz seguía siendo normal, por raro que esto pudiera parecer, incluso extrañamente queda, como el ruido de un badajo acolchado contra una campana–. Joe, no puedo creer que estés tratando... de fingir que no fuiste tú. ¡Lo *sé*, lo sé perfectamente!

–¿Pero crees que yo...?

Joe enmudeció y la miró con desconcertada incredulidad, como alguien que está siendo detenido por algo que no ha hecho. Movió la cabeza, mientras diminutos chispazos de luz cruzaban sus gafas.

–No es que lo crea. Lo *sé*. Y si te atreves a volver a acercarte a Laurel, si te atreves a volver a dirigirle la palabra, o a telefonearle siquiera... si la saludas con un simple movimiento de cabeza... juro por Dios que encontraré la manera de que te metan en la cárcel, obligaré a Laurel a denunciarte por violación, diré que la violaste... ¡Oh, Joe, por Dios!, ¿cómo *pudiste* hacer una cosa así?, ¿cómo pudiste hacerlo? –Annie sollozaba y todo su cuerpo parecía contraerse. Vaciló, haciéndose a un lado, apoyándose contra la pared–. ¡Y yo que confiaba en ti! ¡Y Laurey que confiaba en ti! ¡PERO CÓMO PUDISTE HACERNOS ESTO!

–Yo no...

–¡Calla!, ¡por Dios, calla!

–¡Pero, diablos, hazme el puñetero favor de *escucharme*!

Súbitamente, con el impacto de un meteoro que cae en un campo de trigo, el puño de Joe cayó en arco sobre ella, una violenta ráfaga de aire le rozó la mejilla, y el puño de Joe se aplastó contra la pared, a pocos centímetros del rostro de Annie. Fue un ruido sordo, seguido de un vuelo de astillitas que golpearon a Annie en una mejilla como una granizada escocedora, y luego las ventanillas de su nariz captaron el olor a polvo de cal. Llegó incluso a probarlo en la lengua, como un ligero contacto áspero.

Annie se quedó demasiado desconcertada para replicar. Se sintió al borde del colapso, pero, con un esfuerzo, consiguió levantarse y apoyarse contra la pared. Estaba atontada, temblorosa.

«Este golpe iba dirigido a mí. Quiso golpearme.»

Annie recordó un momento, años ha, en San Francisco, en un funicular al que fallaron los frenos y se precipitó cuesta abajo. Aquel horrible ruido chirriante, todo el mundo petrificado de espanto, chillando, un hombre saltando del vehículo, y ella, deseosa de esconder su rostro en la falda de Dearie, pero consciente de la situación, de modo que se obligó a mirar, congelada de terror mientras descendían sin control y el suelo parecía saltar contra ella como una inmensa ola oceánica. Y, lo peor, un terrible dolor de estómago, porque sabía que no había manera de parar el vehículo ni de salirse de él.

Por misericordia divina, o al menos eso dijo Dearie, acabaron colisionando con un tenderete vacío. Y, milagrosamente, con la única excepción de un hombre, nadie resultó herido.

Pero a este vehículo no había quien lo parase. Y Joe y Annie iban en él. Bajarse en marcha o seguir en él daba igual porque en todo caso no iban a salvarse.

Dos escalones. Tres... cinco... siete... ocho. Annie los contaba según iba subiéndolos. Por fin estaba en su descansillo, manipulando la llave que parecía querer saltársele de la mano. Al cabo abrió la puerta. Y cuando encendió la luz, Laurel, dormida en el sofá-cama del cuarto de estar, se incorporó de un salto, con los ojos hinchados y pestañeantes.

–¡Annie! –gritó–. ¿Qué ha pasado?, ¡Dios mío, parece que te han dado una paliza! ¿Dónde has estado? ¿Qué ocurre?

Todas las cosas que llevaba reprimidas dentro se liberaron de golpe. Annie vaciló y se dejó caer sobre la silla que estaba junto al sofá, cubriéndose los ojos con ambas manos para defenderlos de la luz que parecía apuñalarlos.

–Joe... se lo dije –soltó entre jadeantes gemidos–, pero él dijo...

Se calló, recordando la expresión de herida perplejidad que había visto en su rostro.

Y entonces se dio cuenta de que todo aquello tenía que

ser una pesadilla, porque oyó la voz de Laurel, tenue, abrumada, gritar:

—¡Pero, Annie, yo no dije que fuese Joe, no de veras... no, al principio... me salió así, Joe... no hizo... no, nunca! —Apareció en sus ojos un extraño destello desafiante, y su voz se hizo más fuerte, más llena de aplomo—. Yo lo deseaba, habría querido que fuese él, y lo sigo queriendo.

Annie no podía creerlo. Levantó la vista, tratando de fijar sus ojos doloridos en su hermana. Lentamente, a fin de que esta vez no hubiese el menor malentendido, le preguntó:

—¿Quieres decir que Joe *no* es el padre de tu hijo?, ¿que *no* sois amantes?

—No, fue uno de la escuela —dijo Laurel—. Jess Gordon. Le conocía de Brooklyn. Fue, bueno, ya sabes, ni siquiera estoy enamorada de él.

—Pero de Joe *sí* lo estás.

Laurel sostuvo la mirada de Annie, levantando un poco la barbilla, como retándola:

—Sí.

—¿Entonces por qué me mentiste? ¿Por qué me dijiste...? —comenzó a atragantarse, y cerró los labios para impedir que escapase un gemido.

«Ni siquiera le di la oportunidad de explicarse. No le creí. ¡Dios mío, Dios mío! ¿Podrá perdonarme?»

Suavemente, con un tono en el que no había el menor arrepentimiento, Laurel replicó:

—Annie, yo no dije que Joe fuese el padre. Tú lo *oíste*, pero yo no lo dije.

La ira invadió a Annie. Se levantó de golpe, como empujada por una fuerza invisible:

—¡Por Dios, Laurel, no me vengas con ésas! ¡No tengas la osadía de decir una cosa así! ¡Es posible que no lo dijeras, pero quisiste hacerme creer que fue Joe!

—No fue ésa mi intención, pero cuando me di cuenta de que me habías entendido mal, bueno, pues lo dejé así. —La voz de Laurel adquirió firmeza, sus ojos se entrecerraron, y Annie, a través de su bata de gasa, vio que todo su cuerpo temblaba—. Le quieres, ¿no?, lo quieres todo para ti, no soy *yo* lo que te angustia, ni mi embarazo, sino Joe, sólo Joe, estás furiosa porque pensaste que le habías perdido, ¿no es verdad? ¡Venga, admítelo! –La voz de Laurel había alcanzado una alarmante estridencia.

Annie, sin poder contenerse, se lanzó sobre ella, cogiéndola por los hombros delgados y sacudiéndola:

–¿Pero cómo pudiste hacer una cosa así? ¡Dios mío! ¿Cómo pudiste? ¿No he estado siempre pendiente de ti? ¿No he hecho por ti todo lo que he podido? ¿Cómo pudiste hacerme esto? *¿Cómo*?

Los ojos grandes y claros de Laurel, enmarcados por la palidez de su rostro, parecieron penetrar hasta el fondo mismo de Annie.

–Nunca me preguntaste –contestó con una amargura que parecía ajena a Laurel, a la Laurel que Annie conocía–, siempre diste por supuesto que yo te seguiría adondequiera que fueses, pero *nunca preguntaste mi opinión.* Siempre hiciste exactamente lo que se *te* antojó. De modo que quizás éste es mi turno. Quizás es que, por una vez, quiero pasar yo primero.

Annie dio un paso atrás, desconcertada por la violencia del odio que sintió súbitamente hacia Laurel. ¿Cómo podía ella odiar tanto a su hermana? Sin embargo, el hecho era que ahora la odiaba. Y la odiaba tan visceralmente que tuvo que sujetarse los brazos para evitar golpearla.

–Haz lo que quieras –replicó–. En adelante no esperes que esté a tu lado cuando *me* necesites.

CAPÍTULO XIX

Annie se quedó mirando el rótulo de «Se alquila» en el escaparate cubierto de tablas de la tienda vacía. El barrio ciertamente no era gran cosa: la Novena Avenida, entre las Calles 14 y 15, y, además, el local estaba encajado entre una barbería de aire hispánico y un taller de reparación de electrodomésticos con un par de televisores viejos que reflejaban su pestañeante azul en la superficie nevada de la acera.

¿Sería un buen punto? Temblando de frío entre ráfagas de viento que la azotaban, Annie echó una ojeada a la dirección que le había dado Emmett, y que ella había apuntado en el dorso de un ticket de supermercado. Sí, ésta era, no cabía duda, pero, ¡por Dios, qué antro! Se fijó en las botellas de cerveza vacías que había apiladas ante la puerta y se deprimió.

Emmett le había dicho que era un antiguo café, y que pasaba por tener una cocina muy grande en el fondo. A lo mejor no era tan malo como parecía. A lo mejor, una vez dentro...

El último local que había visto, en Hudson Street, le había parecido casi ideal. Estaba situado en Greenwich Village, en un sitio encantador, y apenas hubiera hecho falta hacer obras. Pero, claro, el alquiler era alto.

Annie miró su reloj de pulsera. Las doce menos cuarto. Emmett estaba al llegar. Sentía impaciencia por verlo, por oír su voz explicándole cómo se podría convertir aquel antro en una magnífica tienda, echando abajo este o aquel tabique.

Annie se maravilló, aunque no por primera vez en los cuatro últimos meses, de lo afortunado que había sido la aparición, en el momento más catastrófico de su vida, de Emmett Cameron. Recordó cómo la había llamado por teléfono después de aquella noche terrible con Joe para decirle que estaba en Nueva York, que había encontrado trabajo en la agencia inmobiliaria del amigo de un amigo suyo al que había conocido en Francia. ¿Por qué no cenaban juntos aquella noche en el Chelsea Hotel?

Y, al verle esperándola, con un vaso de cerveza en la mano, en el amplio y anticuado bar El Quijote, recibiéndola con su sonrisa de vaquero, Annie había sentido que algo en su interior se liberaba, como si acabase de bajarse de una plataforma temblequeante en la que le era difícil mantener el equilibrio. Una hora, dos quizá... ¿Por qué no escapar durante largo tiempo? Emmett se acercó a ella, la abrazó, tan firme y recio, que Annie se sintió segura, anclada, y al tiempo extrañamente cargada de electricidad, con todos los circuitos de su cuerpo súbitamente vivos y chispeantes.

Se sentaron en un reservado, con una jarra de sangría, y empezaron a pasar revista a todo. Por ejemplo, de la ganga que había encontrado Emmett: un estudio amueblado justo al final de la calle, enfrente de London Terrace; y la fortuna que había tenido de probar suerte en el negocio inmobiliario, donde tanta gente se había hecho millonaria simplemente alquilando oficinas. No echaba de menos su época de Girod, eso desde luego, porque sólo la experiencia de vivir en París compensaba la opresión de vivir bajo la tiranía de Pompeau; además, había comprendido que él no tenía madera de chocolatero.

Y ella, a su vez, le contó lo emocionada que estaba con la idea de abrir un negocio propio, y lo agotador y desmoralizador que era buscar un local al alcance de sus medios. Emmett no sabía si podría echarle una mano, pero le dijo que hablaría con el especialista en alquileres de locales de su empresa.

Desde entonces Annie le había visto con frecuencia. Y Emmett no la acosaba. Se comportaba como si realmente hubiese olvidado aquellas noches alocadas de París, lo cual era un alivio, porque por aquel entonces lo único que ella podía ofrecerle era compañía y amistad. Seguía deseando, queriendo, necesitando a Joe..., sí, le echaba de menos. Y ahora les separaba un océano más ancho que el Atlántico, una vastedad de gélida cortesía con que Joe la recibía cada vez que se cruzaban en las escaleras o que ella le murmuraba un «buenos días» si coincidían en el buzón.

En dos ocasiones Annie había tratado de excusarse, pero de sobra sabía que era inútil. Se daba cuenta de que Joe no se comportaba así por ruindad, o para castigarla. No, era algo peor y más profundo. Ella había roto algo inapreciable, algo que, al contrario del boquete que el puño de Joe había abierto en la pared, ya no tenía reparación posible.

–Vaya, has madrugado, ¿eh?

Annie dio media vuelta y vio a Emmett que se acercaba. Tenía el pelo rojizo moteado de nieve, y su aliento salía en largas nubes blancas. Llevaba levantado el cuello del abrigo, pero, por lo demás, era como si estuviese paseando por una pradera soleada. Annie, sólo de verle, olvidó de pronto el frío que hacía.

–Pensé que era yo la que te iba a hacer esperar a *ti* –rió Annie–, es la historia de mi vida.

–Tienes una expresión muy tuya.

–¿Cuál?

–La misma que ponías con Pompeau, como diciendo: Esto no me gusta nada, pero lo hago porque no tengo otro remedio.

–¿De veras?

Emmett le tocó los labios con los dedos, unos dedos sorprendentemente cálidos a pesar de que no llevaba guantes.

–No digas una palabra hasta que estés dentro, ¿de acuerdo?

Emmett sacó un llavero del bolsillo y abrió la persiana metálica y luego la puerta.

–Venga, Cobb, no pongas esa cara tan triste –le dijo Emmett cuando estuvieron dentro–. Esto no es Tiffany's pero hay sitios peores.

Annie echó una ojeada a los agujeros que había en el suelo donde los taburetes de la barra habían sido arrancados de cuajo. Los azulejos de vinilo, combados y desgastados, estaban cubiertos de colillas y envoltorios de celofán, y a lo largo de la pared donde había una parrilla cubierta de grasa vio numerosos manchones de porquería.

Sintiéndose cada vez más decepcionada, se volvió hacia Emmett:

–Mira, no es esto lo que yo quería –le dijo suavemente, para que no creyese que no le agradecía las molestias que se había tomado.

–Ya sé que es un tugurio, pero eso mismo es lo que le da perfección –replicó Emmett, persuasivo–, o por lo menos podría dársela. En cuanto metas aquí a unos cuantos especialistas en limpieza de locales y des unas manos de pintura, ya tienes la mitad del camino andado.

Podía ser así, pero, incluso poniéndolo como nuevo, aquel local estaba muy lejos de Madison Avenue. Y, estuviera donde estuviese, al menos para empezar, su negocio tendría que ser principalmente al por mayor. Ya había hablado con los compradores de los grandes almacenes, y con Murray Klein, de Zabar's. Algunos habían estado muy amables con ella, otros sólo le habían dedicado dos segundos de su tiempo, pero todos se habían mostrado dispuestos a probar sus muestras, si alguna vez tenía la oportunidad de prepararlas.

Y ahí tenía a Emmett, tan seguro de sí mismo, como si con un par de pinceladas pudiera arreglarse todo. Annie comprendía ahora que Emmett hubiese convencido al sindicato de médicos de Westchester de que comprasen el desván del Garment Center que su jefe no había conseguido vender a nadie. Sin duda, Emmett estaría cobrando ya fuertes comisiones, y muy pronto, Annie estaba segura, empezaría a comprar propiedades.

Ya no vestía a lo bohemio. Ni mucho menos. Llevaba un abrigo de pelo de camello, nada menos, y un traje de estambre gris muy bien cortado que parecía haber costado lo suyo, aunque, conociendo a Emmett, probablemente lo había comprado en las rebajas del final de la Quinta Avenida. Y la corbata era estupenda, de seda pura. El único resto visible del antiguo Emmett, completamente desentonado del resto aunque tranquilizador para ella, eran sus botas de vaquero atezadas y arrugadas por el uso y la intemperie, las costuras descosidas y desgastadas en algunos sitios, pero lustradas y con tacones nuevos. A Emmett le gustaba decir que había crecido dentro de ellas como los filodendros crecen en el tiesto. Su pie malo no se hallaría en un zapato nuevo. Le gustaba contar que hasta dormía con las botas puestas... pero Annie sabía muy bien que no era verdad.

Aun así, Annie se imaginaba a Emmett dormido en la cama, sin otra cosa que sus botas, con los tacones hundidos en la colcha y las punteras cuadradas apuntando al techo. *Ese* aspecto de sus relaciones había terminado.

–Comparado con mi estudio, este local es tan grande como el Madison Square Garden –prosiguió Emmett, cuyo aliento formaba nubes de vaho en el aire–. Deberías ver mi apartamento... especialmente diseñado para liliputienses. En el retrete no había sitio para la ducha, de modo que la pusieron en la cocina. Pero así ahorro mucho tiempo, fíjate, puedo lavar la vajilla y al tiempo ducharme.

–Bueno, me alegro de que lo mires con tanto optimismo –dijo Annie, pasando el dedo sobre la barra y dejando una huella en la suciedad y el polvo que la cubrían.

–Mira, cuando se ha pasado media vida sin otra despensa que una mochila, uno aprende a agradecer estas pequeñas ventajas.

–No sé, la verdad. Esto es tan... –Volvió a mirar en derredor, fijándose esta vez en las banquetas que había en el fondo.

La mayor parte de los asientos estaban agrietados o desgarrados, con mechones de relleno emergiendo como extraños hongos.

–En fin... –añadió–, haría falta mucho trabajo, y mucho gasto, y ¿para qué?, para coger otra vez mis bártulos y mudarme a un sitio mejor si el negocio va bien, ¿no?

–Lo que te molesta es el barrio, ¿eh?

Mirando por una empañada ventana al otro lado de la calle, Annie vio una cola de gente de aspecto lamentable delante de la misión benéfica que tenía allí un comedor de caridad.

–Mira –siguió diciendo Emmett–, ¿qué pensarías si te dijese que toda la manzana contigua a ésta será modernizada, ya sabes, con casas de vecindad en régimen de copropiedad y todo muy bien diseñado con amplios vestíbulos, cascadas de agua y a lo mejor hasta ascensores de cristal. Es un secreto todavía, porque quedan algunos viejos edificios aún sin subastar. Pero se subastarán. –Los ojos azules de Emmett centellearon. Con el pelo desgreñado, formando una especie de mechón, y las manos metidas en los bolsillos, a Annie le pareció un travieso Tom Sawyer tratando de convencer a sus amigos de que pintar una valla es una diversión, no un trabajo–. Te apuesto doble contra sencillo a que todo este barrio se convierte en un verdadero centro de la elegancia en breve tiempo.

Annie se echó a reír:

–Humm, la verdad, *sabes* dorar la píldora. Naturalmente, eso que dices cambia las cosas. Lo pensaré. Y volveré por aquí con un contratista, a ver qué me dice.

—Bueno, pues mientras lo piensas podríamos tomar un bocado juntos. Conozco un *delicatessen* a pocas manzanas de aquí donde sirven una col agria en salmuera para chuparse los dedos.

Annie se sintió tentada, pero había pensado pasar por el restaurante de Joe para ver la ampliación, que ya tenía que estar casi terminada. Era una excusa para ver a Joe, que en su restaurante no podría escapar o hacer caso omiso de ella.

Recordó la última vez que le había encarado en el vestíbulo del edificio. Le suplicó que creyese lo muchísimo que lo sentía, aunque quizá *suplicar* no era la palabra exacta. Pero sin duda Joe se había dado cuenta de lo triste que estaba y de lo mucho que deseaba reconciliarse con él, pero se limitó a decirle que llegaba tarde a una cita y, sin más, se marchó. Sólo sus ojos, en el instante que se fijaron en ella, le dijeron la verdad: «¿De qué vale volver otra vez a todo eso?»

Su estómago, tranquilo desde que estaba con Emmett, volvió a agitarse: tenía que ir a ver a Joe.

A pesar de todo, Annie vaciló. Emmett le gustaba, le gustaba muchísimo, y, en cierto modo, incluso le quería, o por lo menos pensaba que *podría* quererle, de no ser por Joe.

—Gracias, humm, pero tengo una cita. —Apartó los ojos de él, incapaz de sostener su mirada—. Tengo que ir a ver a un confitero allá por las calles ochenta. Va a dejar su negocio; vende su maquinaria, y a lo mejor encuentro barato algo de lo que necesito.

—Si quieres lo miro contigo —ofreció él—, para que no te tome el pelo. Las máquinas se me dan muy bien, no sé si te acuerdas.

Annie no supo qué contestar. Su cita con el confitero era dentro de unas horas, a las cuatro, pero, ¿cómo decir a Emmett que a quien tenía que ver era a un hombre que no la esperaba y que, además, no querría verla?

—Gracias, lo tendré en cuenta, pero primero quiero ver qué aspecto tiene.

Emmett se encogió de hombros. Una vez fuera, mientras cerraba, preguntó:

–Por cierto, ¿qué tal tu hermana? ¿No está a punto ya de dar a luz?

–A finales del mes que viene.

Annie no quería hablar de Laurel, ni de su hijo. Hablar de su hermana sólo servía para acordarse de Joe... y de cómo Laurel la había engañado. Aquella brevísima mención despertó en ella un ligero ardor de ira.

–¿Sigue pensando en...? –Emmett se interrumpió como dudando en sacar a relucir un tema inconveniente.

–¿Dar el niño a padres adoptivos? –Annie sintió una punzada más profunda aún que la que le causaba el recuerdo de la traición de su hermana–. Ha hablado de ello, pero no acaba de decidirse.

Annie no se dio cuenta de lo apretados que tenía los puños hasta que sintió las uñas, mejor dicho, los restos mordidos de sus uñas, hincársele en la palma de las manos. ¿Quería acaso que Laurel conservase el niño? ¿Podrían aceptar las dos tanta responsabilidad? Porque, a pesar de lo mañosa que era Laurel, el niño sería *también* una responsabilidad para ella. No... bueno, sí... o no.

–Mira, Cobb, sosiégate, ¿quieres? –Annie se dio cuenta de que Emmett le estaba tocando el brazo–. No tienes por qué cargar con todos los problemas del mundo, por lo menos hasta que te nombren Dios. De momento, lo que tienes que hacer es ocuparte de tu propio negocio, ¿no te parece? –Sonrió–. Dime, ¿qué tal si cenamos juntos? Ven a mi apartamento. Seguro que nunca has comido brécol hervido en una ducha, ¿a que no?

Annie meneó la cabeza:

–Me gustaría, de veras, pero es que tengo que ir a un *bris*.

–¿A un *qué*?

–Sarah, la hija de mi amiga Rivka, acaba de tener un niño. El tercero. Un *mohel* tiene que hacer la circuncisión, y luego hay una fiestecilla. ¿Quieres venir?

–No, yo soy católico pero renegado.

–¿Y eso qué tiene que ver?

Emmett enarcó las cejas y apretó los labios.

–Mira, renegado o sin renegar, la idea de ver cómo le cortan el prepucio a alguien me pone un poco nervioso.

–Yo siempre cierro los ojos.

–Claro, porque eres del otro bando.

Annie pensó en el hijo de Laurel. ¿Sería chico o chica? Se dijo que a lo mejor ni siquiera llegaba a *verlo*. Eso probablemente sería lo mejor... aunque no sabía cómo podría vivir Laurel con ese remordimiento.

Últimamente había estado muy preocupada por algunas cosas de Laurel. Por ejemplo, su petición a Joe de que fuese su preceptor de Lamaze. Con Joe, dijo Laurel, no desentonaría de las demás parejas. Todas ellas, por cierto, parejas *casadas*.

Y Joe, maldito sea, había aceptado. Pero Annie prefería no decir nada. ¿Quién era ella para decir que eso no estaba bien? ¿Qué derecho tenía ella ahora sobre Joe?

Annie miró su reloj de pulsera:

–Tengo que irme, o llegaré tarde.

Le daba pena mentir a Emmett, y se preguntó por qué había sentido la necesidad de hacerlo.

Esperó en la acera a que Emmett terminase de cerrar el local. Dos candados especiales en la puerta y una persiana metálica en toda la fachada. El barrio podría estar a punto de subir de categoría, pero todavía había que tomar precauciones.

Emmett fue en busca de un taxi, y, cuando volvió con él, abrió la puerta ceremoniosamente:

–Buena suerte –la despidió.

Por un segundo, Annie pensó que estaba deseándole que tuviese buena suerte con Joe, y esto le dio una punzada de remordimiento, pero en seguida se dio cuenta de que se refería a la maquinaria del confitero de Yorktown.

–Gracias –contestó pensando en Joe y el corazón latiéndole de prisa–, buena falta me hará.

El enmarcado de las paredes parecía bastante adelantado. En algunos sitios estaban ya cubiertas, en otros se veían aún los ladrillos, las tuberías y los cables eléctricos. Annie vio las tres habitaciones contiguas que, cuando estuviesen terminadas, darían directamente a la cocina. Los carpinteros estaban midiendo, cepillando, serrando madera, martillando clavos. El olor cortante y dulce del serrín atacó el olfato de Annie, dándole una sensación de alegría y esperanza. Allí todo olía a nuevos comienzos.

—Me parece increíble —dijo, volviéndose a Joe—. La última vez que estuve aquí todo estaba todavía a medio hacer.

—Es que uno de los hermanos de Rafy es contratista —explicó Joe, riendo—. Te sorprendería ver lo rápido que se vuelve todo en cuanto intimas con la mafia puertorriqueña. —Cogió a Annie por el codo, tan suavemente que ella apenas sintió su mano, y la ayudó a sortear un gran rollo de cables y cajas de plomos todavía por instalar—. En una o dos semanas esto estará ya casi listo, quiero decir listo para pintar.

Hizo una pausa, como disponiéndose a escucharla.

Annie asintió. No podía apartar sus ojos del rostro de Joe. Era él... pero, al tiempo, no lo era. Aparte de algunos vislumbres captados fugazmente, le daba la impresión de no haberle visto desde hacía años. «Qué cosa tan extraña —pensó— lo fácil que es evitar encontrarse con una persona aunque ambos vivan en la misma casa, sobre todo cuando una de ellas no visita nunca a la otra.» Cuando Laurel veía a Joe, por entonces bastante a menudo, era ella la que tenía que ir a su apartamento.

De aspecto, parecía el mismo, de modo que, ¿dónde estaba la diferencia? Oyéndole explicar cómo iba a quedar todo aquello cuando estuviese terminado, Annie escrutaba su rostro con atención. Y acabó dando con la diferencia: «Es que se mantiene a distancia de mí.» Y esto, en su sentido más literal. Antes daban la impresión de estar siguiéndole los pasos, pero ahora Joe parecía decidido a mantener una cortés distancia entre los dos. Un minuto antes, cuando Joe la cogió por el brazo, Annie se dijo... bueno, en realidad no sabía lo que se había dicho, pero, de pronto, Joe se apartó con tanta *naturalidad* que Annie no se dio cuenta de que había sido deliberadamente.

Joe estaba junto a la pared, con una mano apoyada contra un perno, como manteniendo las distancias, descansando casi únicamente sobre un pie. Llevaba tejanos azules, viejos y gastados, y una camisa azul también muy vieja, y un par de botas. Su pelo castaño y sus gafas estaban moteados de serrín. Joe buscó la mirada de Annie, que apartó en seguida la vista, quitándose las gafas y mirando miopemente a un punto más allá de ella, mientras limpiaba lentamente los cristales con un pañuelo que había sacado del bolsillo trasero del pantalón.

Annie volvió a sentirse impresionada por la extraña belleza de sus facciones, ligeramente oblicuas: su nariz, que parecía hundida en el puente, y los pómulos, como inclinados en ángulos ligeramente distintos, lo que les daba apariencia de estar desnivelados. Bajo sus espesas pestañas, Joe parecía mirarlo todo con un recelo ligeramente divertido.

Annie sintió en el pecho un extraño tirón. «Puedes dar dos zancadas y tres pasitos.» Estaba de nuevo en el tercer grado de la escuela, jugando a las mamás en el patio del descanso.

¿A quién tenía que pedir permiso ahora para cruzar la distancia que la separaba de Joe? Y no era que fuese muy grande... sólo dos o tres pasos. Lo malo era que Annie no tenía el valor necesario para dar el primero.

Joe volvió a ponerse las gafas y dijo, afable:

—Oye, aquí hace mucho ruido. Vamos a entrar, y así oiremos nuestros propios pensamientos. ¿Te apetece un café?

Annie asintió, temerosa de que su voz la traicionase.

En la cocina, Joe llenó dos tazas y las llevó arriba, al comedor, donde no había más que un par de camareros morenos disponiendo los manteles y las servilletas. Joe eligió un reservado de cuya pared colgaba una reproducción de Wyeth que mostraba un campo de calabacines en plena cosecha.

—¿Está bien Laurel? —preguntó, cauto, y bebió un sorbo de café con el aire de quien no tiene verdaderas ganas, pero no sabe en qué otra cosa ocupar las manos.

A Annie le dieron ganas de gritar: «No vine aquí a hablar de Laurel», pero sólo dijo, lamentando la aspereza de su voz:

–Laurel está muy bien. –Y añadió–: ¿Y tú? ¿Cómo estás tú?

–Estupendo, estupendo.

Sus ojos la miraron con cierta sorpresa, como diciendo. «¿Pero tú a qué has venido aquí?»

–¿Y tu padre? Tengo entendido que estaba hospitalizado.

Joe soltó una risita seca que no bastó para ocultar la inquietud que sentía:

–¿Marcus, dices? A ése le hace falta algo más que un ataque cardíaco para llevárselo. Ya verás cómo sale de éste.

–Joe, yo...

Annie quería decirle que le había echado mucho de menos, pero no le salían las palabras. ¡Dios mío, habría sido más fácil si les separase un océano!

–¿Y qué tal va tu búsqueda de un local? ¿Has encontrado ya algo que te convenga? –preguntó Joe rápidamente... demasiado rápidamente.

–Sí, es posible –replicó ella–, pero todavía no me he decidido. Es un poco cochambroso.

–Pues debiste ver este local cuando lo cogí. Era un desastre, parecía un campo de batalla al día siguiente de la matanza.

Pero lo único que veía mentalmente Annie en aquel momento era un boquete abierto de un puñetazo en una pared. Un boquete que tenía exactamente la forma y el tamaño del puño de Joe, con pedacitos de yeso colgando de sus bordes cortantes y grietas finas como cabellos irradiando en todas direcciones. Y a su lado, como un destello de luz después de una explosión, el rostro de Joe parecía iluminado como el de un profeta en un cuadro renacentista. Algo de su expresión en aquel instante produjo un atisbo de duda en Annie, y se preguntó: «¡Oh, Dios mío!, ¿me habrá contado la verdad sobre Laurel?»

Y ahora, tres meses y veintiún días más tarde, sentada cara a cara con Joe, a la luz de la tarde que entraba por la ventana y formaba una superficie reluciente sobre la mesa que mediaba entre ellos, Annie pensó: «¿Será demasiado tarde? ¿Estará todo destruido entre nosotros?»

–A juzgar por los sitios que he visto hasta ahora, te entiendo perfectamente –dijo Annie, reprimiendo sus recuerdos.

Juntó las manos sobre el regazo, apretándolas mucho y sintiendo que la punta de los dedos le escocían donde se las había mordido. Sentía las palmas húmedas y cosquilleantes.

Y entonces se dio cuenta de que Joe se inclinaba hacia ella, frunciendo ligeramente el ceño.

–Annie, ¿te encuentras bien?

–Sí, sí... No, no estoy bien, Joe. Pienso que no estoy bien desde setiembre. No sabes cuántas veces he deseado... La verdad es que traté de hablarte de ello, de explicártelo, pero probablemente es demasiado pronto todavía...

Una extraña expresión cruzó el rostro de Joe, una expresión que Annie no supo interpretar, pero que la asustó, haciéndola callar.

–Mira –dijo Joe–, por si te interesa saberlo, creo que no debí enfadarme como lo hice.

–¿Pero cómo *no* te ibas a enfadar? –exclamó ella–. ¿Cómo no te ibas a enfadar después de como me comporté y de las cosas que te dije?

A la luz clara de la razón, sus acusaciones le parecieron a Annie más injustas todavía. Después de todo, ella no había hablado a Joe de Emmett, e incluso si Joe había hecho el amor con Laurel, eso no era en sí mucho peor que su propia conducta con Emmett.

–No, tú sólo dijiste lo que creías era verdad. –Joe se encogió de hombros–. Venga, Annie, anímate, tú siempre has sido más severa contigo misma que con los demás.

Annie se sintió desconcertada. ¿Cómo podía ser Joe tan magnánimo con ella? ¿O era que ya no le importaba lo suficiente para enfadarse... y había dejado aquel episodio a sus espaldas, alejándose tanto de él y de ella que ya no habría posibilidad de llegar a alcanzarle?

–Joe... –Annie sintió que la garganta se le atascaba, y tuvo que parar y tragar saliva–, no lo dije en serio, me refiero a todas aquellas cosas terribles que proferí, y entiendo que no me perdones.

–¡Pero si te he perdonado! –Joe la miraba con tranquilidad, con demasiada tranquiliidad–. Te perdoné hace mucho tiempo, Annie. Pero no es eso a lo que has venido, ¿verdad? Porque me figuro que te habrás dado cuenta de que aquí no es de perdón de lo que se trata, ¿no?

Annie comprendió que se había equivocado al pensar que Joe no sentía nada. Su mirada, aunque firme y amable, parecía terriblemente tensa.

—Lo que quiero decir es que con perdonar no cambia nada —prosiguió—. Perdonar es lo mismo que olvidar, Annie, y créeme que *yo* eso lo sé mejor que nadie. —Por un instante fijó la mirada en el vacío, como mirando en su interior, y luego, mirándola de nuevo, curvó su boca en una triste sonrisa—. Por favor, no lo malinterpretes, pero pienso que quizá fue lo mejor que podía ocurrir.

Annie sintió como si una frágil cáscara de huevo estuviese a punto de partirse en su interior. Nunca en su vida se había sentido tan impotente o abandonada como en aquel momento. Ni siquiera cuando era pequeña, y estaba sola, a la puerta de la escuela, esperando a que llegara Dearie a recogerla, mientras las sombras se hacían más y más largas, y rogaba a Dios que Dearie no se hubiese olvidado de ella o estuviera borracha.

—¿Lo mejor? —graznó—. ¿Pero cómo puedes decir una cosa así, Joe? ¡Joe, yo te *necesito*!

—No, no me necesitas, Annie... La verdad, tú no necesitas a nadie. Y pienso que por ese motivo me enamoré de ti, y quizá también el motivo de que no pudiera admitirlo durante tanto tiempo. Tu fuerza, tu determinación, ese fuego interior tuyo que te hace brillar y hace que todos los que te rodean se sientan atraídos. Pero lo malo es que... meterse en un fuego tiene el inconveniente de que te quemas. —Joe la miró con infinita tristeza—. Créeme, Annie, lo nuestro no hubiera funcionado.

Los ojos de Annie se llenaron de lágrimas, pero ella, con un gran esfuerzo de voluntad, consiguió contenerlas. Quería hablarle, *insistir* en que se equivocaba completamente... Ella le *necesitaba*. La única razón de que fuese tan fuerte y tan enérgica era que *no* le quedaba otro remedio. De lo contrario, ¿quién iba a ocuparse de ella y de Laurel? Pero los ojos de Joe le decían inequívocamente que ya era demasiado tarde.

–Te quiero, Joe –le dijo, en lugar de lo que iba a decirle–, te quiero más de lo que puedes imaginar.

El rostro de Joe pareció contraerse de dolor, pero se dominó y movió la cabeza:

–No, tú *crees* que me quieres, pero el amor y la confianza tienen que ir juntos, se compran y se venden juntos, no es posible separarlos. Si lo intentas... todo se desintegra.

Estas palabras dolieron a Annie en el pecho y en el vientre. Pero admitió que Joe tenía razón. Y la tenía en todo... excepto en una cosa. Si era cierto que ella nunca le había querido, que era lo que Joe parecía querer decir, entonces, ¿por qué sentía ahora como si le hubiesen dado una puñalada en el corazón?

–Pienso que ya nos hemos dicho bastante por ahora –le dijo Annie–, pienso que lo mejor será que me vaya.

Se puso en pie, sin que Joe tratara de impedírselo.

–Di a Laurel que mañana la recogeré a las siete –le gritó Joe.

Justo. Mañana a las siete, a su clase de Lamaze. Annie sintió una fugaz e inesperada punzada de resentimiento. Todo parecía muy agradable, como una verdadera pareja casada. Cualquiera diría que el niño *era* de Joe. De pronto, Annie se dijo: «¿Y si Joe está enamorándose de ella? ¿Por qué no? Laurel es bella, inteligente, digna de ser amada. ¿Por qué no?»

Annie sintió un nuevo tirón de dolor en el pecho ante esta idea.

Si perdía a Joe a manos de Laurel, significaría perder también a Laurel, las dos personas en torno de las cuales giraba toda su vida, las únicas dos personas a quienes ella realmente amaba. ¿Y cómo seguir adelante sin ellas?

Annie observaba al *mohel*. Llevaba una bata blanca y era un hombre de aspecto benigno, de unos cuarenta años, con una corta barbita oscura. El *mohel* apretó el instrumento, semejante a una grapadora, que tenía en la mano, y lo aplicó al diminuto pene del niño, cortándole el prepucio de un único y limpio corte. Al lado de Annie, Sarah, la madre del niño, emitió una especie de maullido, y Annie, por el rabillo del ojo, la vio ocultar su rostro pálido y tenso en el hombro de su marido. Annie sintió un sobresalto interior. Comprendía cómo se sentía Sarah: deseando liberar del dolor a su hijo y aceptarlo ella en su lugar.

Se dio cuenta también de que eso mismo sentía ella por Laurel, mejor dicho, solía sentirlo. Ahora, siempre que miraba el vientre abultado de Laurel, el amor y la comprensión que había empezado a profesarle se veían anulados por una oleada de ira. Todavía no podía perdonar a su hermana. De no haber sido por Laurel, Annie seguiría todavía con Joe. Y Laurel, maldita sea, ni siquiera parecía sentirlo. «No hay más que verla –pensaba Annie–, está *contenta* porque he roto con Joe. Le tiene sin cuidado lo mucho que yo sufro.... Y su forma de comportarse, como si su hijo fuese de Joe.»

–¡Fíjate en lo valiente que es! ¡Casi no se ha quejado! –susurró Rivka al oído de Annie. Sonrió de oreja a oreja–. Perdóname si estoy *kvelling*, pero te aseguro que de este niño sacaremos *naches*, nos sentiremos orgullosos de él, ya lo verás.

Después de un hondo suspiro, el niño, Yuseleh, empezó a chillar. El *mohel* vendó con un poco de gasa el pene recién circuncidado y puso diestramente a la criatura un pañal limpio. Pasó el niño a su abuelo, Ezra, que parecía nervioso, y comenzó a salmodiar las bendiciones meciéndose sobre los pies.

Los ojos de la veintena de personas que habían asistido a la ceremonia estaban fijos en su protagonista, pero Annie se fijó en Laurel, que estaba apartada del grupo apretujado en torno a la mesa cubierta con un mantel que había en el centro del cuarto de estar de Rivka. Parecía macilenta, adusta, además de tener tan abultado el vientre. ¿Estaría pensando que nunca podría tener en sus brazos a su hijo como Sarah, que ya estaba consolando y meciendo al pequeño Yuseleh?

Annie sintió deseos de consolar a su hermana. ¡Qué mal debía de sentirse! Annie deseó poder atrasar el reloj y consolar a Laurel como solía hacerlo cuando ésta era una criatura.

La embargó una ola de amargura. ¿Por qué, se preguntó por milésima vez, la había engañado Laurel, y de aquella manera? La única respuesta posible, loca y lógica al tiempo, era que Laurel realmente deseaba herir a Annie...

Pero, *¿por qué?*

Dolly se acercó a Laurel y le pasó un brazo por encima de los hombros. Annie sintió una punzada de celos. ¿O sería resentimiento? Debería ser ella, y no Dolly, quien consolase a Laurel, de modo que ¿por qué no lo hacía?, ¿por qué no podía perdonar a Laurel?, ¿por qué no podía convencerse a sí misma, como insistía Laurel una y otra vez, que su hermana *tenía intención* de decirle la verdad sobre Joe, pero que Annie se había desquiciado cuando lo iba a hacer?

Y ahora, Annie observaba a Laurel reposar la cabeza en el hombro de Dolly, mientras su larga cabellera cubría su rostro. ¿Estaba llorando? Annie se sintió como si, al igual de Yuseleh, le hubieran circuncidado, pero el corazón. Con movimientos ligeros e inseguros, Annie, sin darse cuenta de lo que hacía, se dirigió a través de la pequeña estancia abarrotada de hombres barbudos con oscuros sombreros de fieltro y *tsitsis* colgándoles de sus chaquetas negras, y de mujeres con vestidos de manga larga y cuello alto y elegantes *shaytls*, y también de niños inquietos, de criaturas que se arrastraban a cuatro patas y de bebés que tropezaban con sus rodillas, y de chavales que tiraban de camiones y jugaban con peonzas en el suelo.

Había sido una tontería llevar a Laurel allí. Annie comprendió que debería haber comprendido lo penoso que resultaría para Laurel ver a todos aquellos niños felices, que le recordarían el que ella estaba a punto de perder. Lo mejor hubiera sido disuadirla de venir...

Laurel parecía muy triste, y Annie no sabía cómo consolarla. ¿Por qué había intervenido Dolly? Y, además, ¿qué pintaba aquí? Rivka y Dolly no era amigas, sólo conocidas. Seguramente Dolly se había invitado a sí misma.

Annie se detuvo, tropezando casi con un bebé gordo y rubio, con una especie de mono de pana azul, que trataba de escalar una pata de la mesa. Dolly, se dijo Annie, había querido ser amable, nada más, y la verdad era que con

Laurel se había comportado muy bien, sin reprocharle el haber quedado embarazada, y siempre dispuesta a llevarla en su coche al médico o a una mercería o a Eastern Artists, donde ella compraba su papel de dibujo, sus lápices y sus colores al pastel.

Si por lo menos Dolly no estuviera tanto tiempo con Laurel. Su presencia parecía a veces abrumadora, y su generosidad también. ¿La amabilidad podía llegar a ser excesiva, de la misma manera que demasiado dulce puede empalagar?

Pero para cuando hubo llegado al otro extremo de la estancia, Annie vio que Laurel y Dolly iban camino del vestíbulo en penumbras que conducía a los dormitorios. Annie vaciló, pero finalmente las siguió.

Las encontró en el cuarto de Shainey, sentadas en el borde de la cama, sobre una colcha rosa, arrugada, que parecía un auténtico zoológico por la cantidad de animales de juguete que tenía encima. En una esquina estaba la cuna que había utilizado Shainey, y que Rivka guardaba para cuando sus nietos la visitaran. Annie se detuvo a la entrada, sintiéndose incómoda, como una intrusa. Pero, ¿no era ella acaso quien mejor conocía a Laurel?, ¿no había sido *ella*, más que nadie, una madre para Laurel?

Dolly la recibió con una viva sonrisa de bienvenida, haciendo avergonzar a Annie de sus pensamientos. Laurel, con un bonito vestido rosa *pre-maman* que se había hecho ella misma, ni siquiera la miró. Annie deseaba fervientemente sentarse a su lado, pero algo la contuvo.

–La verdad, es natural que te acongojaras –dijo Dolly, rompiendo el embarazoso silencio–. Con aquella criatura sobre la mesa, cortándole un poco de piel, haría falta ser de piedra para no sentir pena. No sé, de veras, cómo su madre...

–No, no es eso. –Laurel levantó bruscamente la cabeza, sus mejillas se encendieron, y repitió, en voz baja–: No, no es eso en absoluto.

–¿Pues por qué no me dices lo que es? –preguntó Dolly con suavidad y firmeza–. A lo mejor te puedo echar una mano.

–Es *mi* hijo. –Laurel se enlazó las manos sobre el vientre, como si fuese un globo al que había que sujetar para que no saliese volando–. No quiero perderlo... pero temo conservarlo, no me siento con fuerzas para ser madre. –Su voz se atascó–. No sé qué hacer.

Annie quiso decirle a su hermana que no se preocupase, pero no consiguió pronunciar una palabra. Se sentía desgarrada, indecisa entre la irritación y la pena por Laurel. Durante meses había tratado de hablar con Laurel sobre el niño, pero siempre se contenía, pensando que cuando Laurel se decidiera a confiarse a ella, sería en privado. ¿Por qué no podía ahora Laurel esperar unas horas hasta que estuvieran las dos de regreso a casa?

–Pobrecilla. –Dolly se esponjó como una gallina clueca, cubriendo a Laurel con su ala, mientras Annie las observaba con impotencia y fustración. Pero su enfado desapareció al ver lágrimas en los ojos de Dolly–: Sé que no lo he dado a entender, pero he estado muy preocupada por ti. Por esta... esta terrible decisión que has de tomar. Y también he tenido miedo de... de aconsejarte mal, de influir en ti.

–¿Qué piensas que debo hacer? –preguntó Laurel tan quedamente que Annie tuvo que esforzarse para oírla.

Dolly se mordió el labio, como luchando consigo misma, y luego pareció tomar una decisión:

–Con lo mal que he llevado mi propia vida, no me creo con derecho de aconsejar a nadie lo que debería hacer. Lo único que sé es lo que *yo* haría en tu lugar... Lo que sentiría si tuviera la suerte de estar embarazada. De modo que probablemente soy la persona menos adecuada para hablar.

–¿Piensas que debo conservarlo?

Dolly miró al vacío con ojos brillantes, una lágrima cayó sobre sus maquilladas mejillas.

–Mira, cariño, qué quieres que te diga, si lo conservas... y conste que no quiere decir que te aconseje que lo *hagas*... si lo conservas, sería la criatura más querida de todo el universo. Entre tú y yo y Annie... en fin, no podría carecer lo que se dice de nada.

Annie gimió en su interior. A pesar de toda su retórica, Dolly había encontrado las palabras justas. Había sabido expresar exactamente lo que Annie sentía en su corazón: que, a pesar de que Laurel no tenía marido, ni novio siquiera, y a pesar de que la responsabilidad la impediría terminar debidamente su educación y la dejaría sin tiempo libre, a pesar de todo eso, sería terrible renunciar a aquel niño.

—Dolly tiene razón —dijo Annie, tratando de sonar clara y firme. Se acercó a Laurel y se sentó a su lado, le cogió la mano y la cubrió con sus dedos—. Nos las arreglaremos. ¿Acaso no es cierto que siempre nos las hemos arreglado?

Laurel la miró con expresión ausente:

—Tú te las has arreglado siempre, Annie, *tú*.

En su voz había un deje de acusación, pero muy débil. Más que sonaba, expresaba tristeza.

—Escucha —interrumpió Dolly—, sé que sería difícil, pero no quiere decir que tengas que dejar de estudiar. Podías cambiarte a la universidad de Nueva York, o a otra menos exigente, y yo te ayudaría, por ejemplo, pagando la niñera. —Miró a Annie con ojos tímidos—. No quiero oír ni una sola objeción, ni una. Tú ya has hecho bastante, y cuesta arriba, justo como siempre dijiste que lo harías... y te admiro por eso. Qué diablos, yo no habría sido capaz de hacer lo que tú, desde luego no sola. Pero esto es distinto. Si te opusieses a esto perjudicarías a Laurel... y al niño.

—Esto no depende de Annie. —Laurel se irguió, volviéndose hacia Annie y dirigiéndole una mirada que la traspasó como una hoja de sable—. Depende sólo de mí. —Se levantó—. Perdonad, tengo que ir al baño. —Sonrió—. Da la impresión de que con este niño dentro tengo que hacer pis cada cinco minutos.

Annie se quedó mirando la cuna que había en un rincón. Rivka le había dicho con orgullo que aquella cuna había tenido nueve niños, y se le notaba. El esmalte de la cabecera estaba arañado y agrietado, y el osito pintado a los pies apenas se distinguía ya, medio mordisqueado por boquitas con dientes de leche recién salidos. Se sentía... como derrotada, a pesar de que ella no había considerado que aquello pudiera ser una pelea, una competición. ¿Acaso no estaban Laurel y ella en el mismo bando?

Annie recordó a Laurel de niña, siendo ella una chica

apenas crecida que tenía que ponerle los pañales y sujetar todos los imperdibles. En una ocasión, no recordaba por qué, había vuelto la espalda a Laurel y ésta resbaló de la mesa. Annie, aterrorizada, se precipitó y afortunadamente llegó a tiempo; la cogió por el tobillo antes de que cayese al suelo. Una pequeña sacudida, como la de un yo-yo en el extremo de una cuerda. Y luego, al reparar en que la cabeza de Laurel, aquella cabecita tan mona con sus mechoncitos de pelo incipientes, casi había tocado el borde cortante de uno de los juguetes, Annie oyó un llanto y pensó que era Laurel, pero había sido *ella* misma...

Y ahora también sentía deseos de llorar.

Dolly le tocó el brazo y ella se volvió:

–¿Por qué no tuvisteis hijos vosotros? –le preguntó–, me refiero a ti y a tu marido.

–No te creas que no lo intentamos. Pero, Dale... en fin, Dale tenía el corazón en su sitio y estaba bien equipado, pero supongo que algo le fallaría en algún sitio. Y luego, más tarde, con Henri, pues pensé que a lo mejor...

Se interrumpió encogiéndose de hombros, y se pasó un dedo con la uña escarlata por la ceja, como si hablar de Henri le diera dolor de cabeza.

–Tú le quieres, ¿verdad? –dijo Annie.

No era una pregunta, sino una afirmación. De sobra sabía ella lo que sentía Dolly.

Dolly volvió a encogerse de hombros, y Annie vio que le temblaban los labios.

–Nosotras, las Burdock, no nos rendimos tan fácilmente.

–También yo soy bastante terca –dijo Annie, con una risita seca.

Dolly se volvió para situarse frente a Annie, la cogió por los hombros y la apretó tan fuerte que Annie sintió las uñas de su tía hincársele en la carne. Del moño de Dolly salían cabellos color platino, y a la luz anaranjada de la lámpara en forma de pato Donald que había junto a la cuna, Dolly parecía casi una salvaje. Dolly nunca había sido bella, pensó Annie. Bonita sí, pero nunca arrebatadora como Dearie. A pesar de todo, la sensación de amor que emanaba de ella era más fuerte incluso que la belleza, y a los hombres los había atraído como un imán. Incluso Annie, que se había defendido mucho de ella, se sentía emocionada por la fuerza del amor que Dolly irradiaba en aquel momento.

Si pudiera admitir que la protegiese, aunque sólo fuese alguna que otra vez, si pudiera acceder a ser consolada por ella... Annie recordó las palabras de Joe, «No necesitas a nadie» y sintió que en su interior algo se relajaba una pizca. Si fuera capaz de eso, de renunciar, por poco que fuese, a su autosuficiencia, quizás encontraría una manera de remediar lo que se había roto entre ella y Joe.

Annie sentía que estaba empujando con toda su fuerza un gran pedrusco invisible. Sentía sus brazos, sus piernas, todo su cuerpo, y su mente también, *esforzándose* por apartarlo de sí. Pero, por mucho que se esforzase, el pedrusco seguía sin moverse. ¿Y por qué, Dios mío, por qué? ¿Acaso porque temía que, en cuanto el pedrusco empezase a moverse, ya no podría controlarlo?

El pedrusco estaba allí, delante de ella, y si podía *sentirlo*, ¿por qué no también moverlo?

Annie dio a su tía un abrazo torpe. Por un momento se dejó envolver en el suave calor de su tía, pero, por alguna razón, le resultaba imposible ceder y abandonarse por completo al cálido abrazo de Dolly.

Una vez más, se dijo Annie con una fuerte sensación de decepción, había perdido la oportunidad.

–Estabas pensando en Laurel, ¿verdad? –dijo Dolly–. Ha de ser duro para ti quedar en segundo término, acostumbrada como estás a ocupar siempre el primer lugar.

–Sí, algo de eso hay.

Dolly abrazó aún más fuerte a Annie, tanto que apenas podía respirar.

–Una vez cometí un error –dijo Dolly, con un susurro áspero y ronco–, y nunca olvidaré la lección. La lección más importante. Tú y tu hermana, no permitáis que se interponga nada entre vosotras, o lo lamentaréis toda vuestra vida.

CAPÍTULO XX

Rudy se quedó mirando el móvil que colgaba sobre la cuna vacía. Era el más completo de la tienda: un grupo de ositos de peluche, cada uno con una diminuta caña de pescar en la garra, y de la caña pendía un sedal de nilón en cuyo extremo había otro osito de peluche. Y en su plinto tenía una caja de música. Rudy tiró de la cuerda y escuchó la melodía, titulada «La merienda de los ositos de peluche».

A su lado, Laurel dijo:

–Me gusta venir aquí a veces por la tarde, cuando estoy demasiado cansada para seguir dibujando. Hace que me sienta... no sé... conectada. Como si fuera verdad que voy a tener este hijo. Como si fuera verdad que voy a ser madre.

A Rudy se le paró el corazón. Bellísimos, más bellos que antes, si tal cosa fuese posible, los ojos de Laurel eran de un claro azul sereno semejante al de las sábanas y las colchas de niños que rodeaban a Rudy en aquella tienda... pero un azul algo desvaído, como si hubiera estado expuesto al sol durante meses y meses. Al mirar a Laurel, con su holgada camisa de trabajo y su falda de algodón, y una desesperación que no se ocultaba del todo tras su expresión de firme serenidad, Rudy recordó súbitamente a su madre, Eve, cuando estaba embarazada de Laurel.

¿Madre? ¡Por Dios! ¿Hablaba en serio cuando decía que a lo mejor conservaba al niño? La última vez que había hablado con ella, Laurel se había mostrado muy decidida a darlo en adopción, pues no le iba a ser posible atenderlo debidamente.

Pensando en la razón de su apresurado viaje a Nueva York, dejando dos procesos importantes que le tenían ocupadísimo, Rudy sintió que el corazón se le desbocaba. Había dicho a Laurel que le esperase en algún lugar cercano, pensando que elegiría alguna cafetería, o el restaurante chino de la esquina donde se habían visto la vez anterior. Pero Laurel había optado por una tienda de ropa de niños. Y esto a Rudy le había sorprendido, aunque, pensándolo bien, tenía sentido. ¿Quién iba a fijarse en una señora embarazada en una tienda de ropa de niños?

Y ahora, si conseguía hacerle ver la lógica de su proposición y lo ventajoso que sería para ella...

Pero tendría que poner cuidado en la manera de decírselo. Porque si Laurel se daba cuenta de que Rudy quería quedarse con el niño no accedería.

–Pero bueno, ¡qué es eso de ponerse tristona! –Rudy cogió un conejito color rosa de la cuna y la rozó suavemente con él–. Todas estas señoras van a pensar que te trato mal o algo por el estilo.

Rudy miró alrededor, al puñado de mujeres que miraban la ropa de niños que había en las estanterías.

–No, tío Rudy –suspiró Laurel–, no eres *tú*.

Ni tampoco hacía falta que se lo dijera. De sobra *sabía* él que no era lo más importante de su vida. Le encontraba simpático, y siempre se alegraba de verle, pero nada más. Qué diablos, Rudy era como el geniecillo de la botella que aparece de vez en cuando y concede deseos. Todavía se acordaba de la vez en que había conseguido dos entradas para Laurel, que entonces tendría dieciséis años, y un amigo suyo para el concierto de los Rolling Stones. Cien dólares le había costado cada entrada, compradas a un revendedor, y bien lo valían, por lo feliz que se sintió ella al verlas.

Rudy experimentó una punzada de anhelo. Un hijo. De su propia sangre. Alguien que le mirase y no viese en él un pigmeo, o un geniecillo en una botella, sino... a su padre.

–¿Te gusta venir aquí a ver cosas o a qué? –preguntó Rudy, esperando que Laurel no le contestase que ya había comprado lo que necesitaba para el niño.

–Sólo a ver. –Laurel tocó una almohada diminuta, que estaba sobre el borde de la cuna–. La verdad, de qué vale comprar nada de esto, si... –Se interrumpió y aspiró hondo–. Hace un par de semanas concerté una entrevista con una señora de una agencia de adopciones, pero luego, en el último momento, la anulé, y pensé: ¿qué pasaría si me quedo con el?, con el niño, quiero decir, podría seguir yendo a la escuela de dibujo, aunque fuese menos tiempo y... En fin, ya sé que sería un gran egoísmo por mi parte, porque, claro, el niño debería tener padres, una madre y un padre, pero... es natural que lo desee, ¿no te parece?

Sus ojos azules brillaron, y se cogió el labio inferior con los dientes para impedir que las lágrimas se le desbordasen.

Rudy se inclinó hacia ella. Ésta era su oportunidad.

–Escucha –le dijo–, a lo mejor puedo echarte una mano.

–¿Tú?, ¿cómo?

–¿Podemos hablar? ¿Aquí?

–¿Por qué no? Aquí no me conoce nadie.

–No es ningún secreto... no es más que... –respiró hondo, poniéndose de puntillas para hacerse más alto de su metro y medio, como solía hacer en el juzgado cuando quería impresionar a algún testigo–. Laurel, escucha: sé de alguien que estaría interesado... interesado de *verdad*.

–¿En adoptarlo? –la voz de Laurel era casi un susurro, y sus ojos le miraban, enormes y asustados.

–Exacto.

–¿Una familia?

Rudy empezó a sudar. Bajo el abrigo y la bufanda de lana se notaba tan acalorado como si hubiera pillado una insolación.

«Anda, dile que eres tú. Explícale que serías el mejor padre del mundo, que al niño no le faltaría absolutamente de nada: una casa en una zona de buenos colegios, un chalet en la playa, la mejor niñera, y, llegado el momento, lo que necesitase para su educación, por caro que fuese. Y, sobre todo, que le querrías como si fuese tuyo, y no a pesar de ser de Laurel, sino precisamente por eso...»

–Verás...

–Tiene que ser una familia –dijo ella–; si no, ni hablar. Hazte cargo, si mi hijo no formase parte de una familia, de una verdadera familia, ¿de qué serviría darlo en adopción?

–¿Y qué dirías si te dijese que el que lo quiere adoptar soy yo? –Rudy lo dijo en tono de broma–. ¡Que yo quiero adoptarlo!

–¿Tú? ¡Ay, tío Rudy! –El rostro de Laurel se distendió, y se echó a reír llevándose la mano a la boca.

Laurel no sabía que hablaba en serio, pero, no obstante, a Rudy le dolió. A través de la risa había captado un atisbo de algo que no conseguía definir... ¿Asco?, ¿asco ante la idea de que su hijo estuviese en aquellos brazos? Rudy sintió que algo se le congelaba dentro, y notó un sabor áspero en la lengua.

Diablos, aunque encontrara la perfecta pareja para su hijo, Laurel podría rehusar, y entonces ¿que? No podía obligarla, aunque tampoco tenía intención de intentarlo. Él jamás haría daño a Laurel, porque Laurel era lo único que él amaba en el mundo.

«Maldita sea, eres un buen abogado –se recordó–. Uno de los mejores especialistas en casos conyugales del Condado de Los Ángeles, y si en nueve casos de cada diez consigues convencer a un jurado indiferente y a un juez intransigente, ¿por qué no vas a poder hacerlo con esta jovencita?»

Rudy respiró hondo y dijo:

–Lo que quiero decir es que no tienen hijos, de modo que no son una familia en *ese* sentido, pero son la pareja más simpática del mundo. El marido es agente inmobiliario, posee una gran casa, y mucho dinero, y es muy amante de los niños. Se pasa los sábados con un niño mexicano al que trata como a un hermano menor. Hasta le ha enseñado a jugar al ajedrez. Su mujer cría perros en su jardín, al que tiene lleno de cachorros. Llevan años y años tratando de tener un hijo, pero los médicos no le dan esperanzas. Debiste ver la cara de ella cuando me dijo lo mucho que quería un hijo, te habría desgarrado el corazón. Es buena gente. Serían unos padres estupendos.

–¿Y les has hablado de mí? –Laurel parecía impresionada.

–No, yo no haría una cosa así, por lo menos sin hablar antes contigo. –Tan cerca estaba de ella que casi la olía, aquel olor de polvos de talco, y agua de rosas. Olor de niño. El anhelo de Rudy era tan fuerte que casi le dolía, haciéndole hervir la sangre en las orejas. Pero, así y todo, mantuvo baja la voz–. Don es uno de los mejores clientes de mi bufete, casi siempre en cuestiones de propiedad inmobiliaria. Pero como yo me ocupo de cuestiones matrimoniales, vino a verme pensando que quizá pudiera echarle una mano, o sea, encontrarle un niño para adoptar.

Lo que Rudy había hecho en realidad fue dar a Don el número de teléfono de un abogado de dudosa reputación de Pasadena, especializado en importar niños de Colombia y Brasil. Perfectamente legal. Y ese sujeto había resuelto el problema de Don. Y ahora, al dar a Rudy una razón plausible, Don, sin saberlo, estaba correspondiendo al favor que le había hecho Rudy.

Se dio cuenta de que Laurel estaba indecisa. Estaba visto que había hecho bien en mencionar el caso de Don y su esposa, porque Laurel sentiría más afinidad con ellos que con cualquier cliente anónimo de una agencia de adopciones. Y, a lo mejor, dorándole la píldora de esta manera, le hacía un verdadero favor, la serenaba al explicarle cómo su hijo viviría una vida de fábula en un palacio, con padres dichosos, encantados cada vez que tuvieran que cambiarle los pañales y con docenas de perritos monísimos con los que jugar.

–No sé...

La mirada de Laurel derivó hacia donde estaba el móvil de ositos de peluche. Lo empujó suavemente, y los ositos se agitaron, como en un baile sonoro. Laurel, evidentemente, estaba haciendo un gran esfuerzo por no llorar.

Ahora, se dijo Rudy, *ahora*. Mientras Laurel luchaba consigo misma. Ahora era cuando había que dar el golpe decisivo, antes de que se echase atrás. Igual que en el caso que acababa de ganar. Rudy recordó que había mirado al juez Weaver, que, a pesar de todas las horas que había pasado interrogando a los testigos y leyendo papeles, todavía no había tomado una decisión. Y entonces, él, Rudy, se dio cuenta de que si no decía algo, si *no* hacía algo, Weaver se retiraría a deliberar y saldría para decir que no, que un maricón no podía tener patria potestad. Y entonces se le ocurrió una idea, y en un trozo de papel escribió una sola palabra: *llora*. Enseñó el papel a su cliente. El pobre corría riesgo de no poder volver a ver a su hija, excepto en presencia de algún tutor designado por el tribunal, pero, a pesar de todo, siempre había estado muy digno y muy serio, como le habían enseñado a comportarse en el colegio elegante donde había estudiado.

Se habría dicho que su cliente, Ashgood, era un actor, no un aristócrata norteamericano: bajó la cabeza y, exhalando un gemido, prorrumpió en auténticas lágrimas. Así consiguió el derecho a tener a su hija seis semanas al año, y sin vigilantes; él había pedido doce, pero peor es nada.

–Esto lo harías por el niño, no por la pareja –recordó Rudy a Laurel–, y también por ti misma. Tú eres joven, y tendrás más hijos... a su tiempo, cuando estés casada y poseas una buena casa con jardín, un perro lanudo y todo lo demás. ¿Para qué complicarte ahora la vida, con lo joven que eres, y complicársela también a tu hijo? Esa gente que te digo, Laurel, es buena gente. Piénsalo. Pero *en serio.*

–Si no pienso en otra cosa. –Mirándole a los ojos, Laurel añadió–: No pienso en otra cosa el día entero, y hay veces que no duermo pensando en lo que sería renunciar a mi hijo. ¿Quieres que te diga una cosa verdaderamente rara? Pues por primera vez en mi vida me alegro de que mi padre esté muerto, porque quizá no fuese el mejor padre del mundo, pero estoy segura que le dolería saber que yo estaba en algún sitio a donde él no podía ir a verme.

Rudy sintió tal escozor bajo la bufanda de lana que no tuvo más remedio que meter la mano y rascarse el cuello, pero la piel se le irritaba cada vez más. ¡Val! Como un billete falso, Val no hacía más que reaparecer por todas partes. Hacía un mes, sin ir más lejos, había llamado a Rudy a su oficina para pedirle dinero, encima de los cinco mil dólares que ya le debía. Le había dicho algo sobre que tenía que dejar su trabajo, porque el gilipollas que dirigía el club donde Val trabajaba estaba siempre metiéndose con él, diciendo que Val no hacía más que tocarse las narices y complicándole la vida con nimiedades, de modo que ya no podía más. Prometió a Rudy que se lo devolvería en cuanto encontrase otro trabajo.

«Claro –estuvo a punto de contestarle Rudy–, ¿la semana que no tenga viernes?» ¿Dejar su trabajo?, a otros con ese cuento, lo más probable era que le hubiesen despedido, y las nimiedades eran sin duda sus constantes ausencias de las clases de gimnasia que tenía que dar, y algún que otro flirteo con sus alumnas.

Y no era la primera vez, ni mucho menos. A lo largo de los años, había ocurrido con tanta frecuencia que Rudy empezaba a preguntarse por qué su hermano se molestaba en inventar tantas excusas. En fin, le había mandado el dinero, diciéndose que en el fondo era como un rescate. Val no lo sabía, pero era Rudy el que le debía dinero a él. Por Laurel, por la dulzura y el cariño que Laurel había llevado a su existencia. Y eso, sin perjudicar para nada a Val, que nunca había querido tener hijos y no sentía vocación de padre. La principal razón de su ira cuando Annie y Val se fugaron de casa fue que se sintió herido en su estúpido amor propio. Sí, Val se puso furioso porque se sintió burlado.

Rudy sintió deseos de decir a Laurel que no tenía necesidad de sentir la muerte de Val, pero ¿cómo decírselo sin admitir que llevaba años mintiéndole?

–No sería como renunciar al niño –dijo–, o como renunciar a algo que no quieres, sino más bien como darle la gran oportunidad de llevar una vida normal, con *dos* padres devotos en lugar de uno.

–¿Y por qué haces tú esto? ¿Por qué te interesa tanto?

Laurel le miró entrecerrando los ojos con suspicacia, y a Rudy la frente se le empapó de sudor. ¡Diablos, esto era lo único que le faltaba, porque entonces sí que recelaría, y a lo mejor pensaba que estaba tratando de jugarle una mala pasada y no de hacerle un gran favor!

«Calma –se dijo–, calma, no insistas, o lo echarás todo a perder.»

Rudy se encogió de hombros, tirando el conejo de juguete a la cuna:

–Mira, chica, si querer a alguien es un delito, y si es un delito querer lo mejor para la persona a quien quieres, pues me confieso culpable.

Laurel le tocó el brazo.

–Por favor, tío Rudy, no quise decir...

–Ya lo sé –sonrió Rudy–. Tiene que ser duro para ti

todo esto. Dios mío, cuando pienso en el sujeto que... –Se interrumpió, metiéndose los puños en los bolsillos del abrigo de casimir y diciéndose que si empezaba a hablar del bribón que había preñado a Laurel acabaría reventándosele una vena.

–No lo culpes –dijo Laurel–, ni siquiera sabe lo del niño. Nunca se lo dije.

–¿Y por qué no?

–Bueno..., hay muchas razones. Pero probablemente no son las que tú piensas. Seguro que se habría ofrecido a ayudarme. Incluso habría convertido esto en una especie de cruzada, como el programa de educación de obreros agrícolas inmigrantes o algo por el estilo –se estremeció, llevándose ambas manos al pecho–, y yo no quería nada de eso. Créeme, es mejor así.

–Bueno, pues entonces dejémosle, pero ¿y *tú*?, ¿qué necesitas? Dímelo y te ayudaré en la medida de mis posibilidades.

Vio a Laurel morderse el labio y sintió un vislumbre de esperanza. Sintió también grandes deseos de gritar que era él, *él*, el que iba a ser padre del niño, el que iba a cuidar de él mejor que nadie en el mundo.

Pero, ¿cómo podría comprender Laurel lo mucho que lo necesitaba él y lo muchísimo que querría al niño?

–¿Te importa que lo piense un poco? –preguntó Laurel.

–De acuerdo –respondió Rudy–, esa pareja que te digo esperará hasta que te decidas.

–¿Podría conocerles?

A Rudy le dio un vuelco el estómago, pero procuró no alterarse:

–Sí, claro –dijo–, también yo lo pensé, pero luego me dije: Espera, espera, que tú de estas cosas no entiendes. De modo que hablé con un par de amigos, un psicólogo y un abogado que se ocupa de casos de éstos, y los dos me echaron una bronca, diciéndome que presentar los padres adoptivos a la madre biológica es una locura. Créeme, Laurel, los dos tienen mucha experiencia de estas cosas y saben lo que conviene. Debes fiarte de mí.

–Ya, pero yo...

–¿Puedo servirles en algo?

Una dependienta, con una pechuga fenomenal y un moño gris en la nuca, se acercó a ellos a través de dos hileras de cunas.

«Mierda –pensó Rudy–, la tenía a punto de caramelo.» Sintió ganas de dar una buena patada a aquella mema.

–No, muchas gracias –le dijo Laurel, sonrojándose ligeramente–, ya la llamaremos.

–Es que les vi mirando cunas. –La dependienta no estaba dispuesta a rendirse, seguía allí, firme, como un delantero centro–. Si puedo serles útil, díganmelo, tenemos rebajas, veinte por ciento, pero sólo hasta finales de mes.

–Ah, muy bien –dijo Laurel.

–¿Es su primer hijo? –preguntó la dependienta, mirando el vientre de Laurel, que asintió ruborizándose aún más–. Y usted será el abuelo –añadió mirando a Rudy–. Pues yo tengo seis, y no cambiaría ninguno de ellos por todo el arroz de China.

¿Abuelo? Rudy habría cogido a la dependienta y le habría metido una de aquellas cunas por la garganta.

–¿Y cuándo dará usted a luz?

–En marzo –murmuró Laurel, y su sonrojo se acentuó.

–Espero que sea para fines de marzo, ya sabe el proverbio: «Marzo entra como un león, pero sale como una ovejita», y lo que usted quiere es una ovejita, ¿verdad? –Y se fue en busca de otro cliente, añadiendo sin volver la cabeza–: Si necesita algo, ya sabe, no tiene más que llamarme.

–Vámonos de aquí –susurró Laurel a Rudy–, ahora mismo.

Fuera, en la Séptima Avenida, Rudy entrecerró los ojos; el sol empezaba a penetrar a través de una neblina lechosa. Laurel, envuelta en una capa de lana con capucha del mismo color que sus ojos, se soplaba los dedos para calentárselos.

–¿Te apetece un café? –preguntó Rudy.

–No, gracias, será mejor que vuelva a casa –le dijo ella, sin mirarle–. No sé si te dije que mi profesora de dibujo me mandó a ver a una editora que ella conoce, y ahora resulta que la editora quiere que ilustre un libro... un libro para niños. Tengo que verla dentro de una hora, para enseñarle unos dibujos y concretar algo más la oferta.

—Vaya, me alegro, es estupendo. —Rudy estaba contento de veras, y pensaba que el talento de Laurel bien merecía tener éxito, pero sospechaba que la verdadera razón de que quisiera volver a casa tan de prisa era que quería estar sola—. Mira, si quieres te llevo en coche.

Aunque su casa estaba a dos manzanas de distancia, Rudy paró un taxi. Laurel podía rehusar un café, pero no que la dejaran en taxi a la puerta de su casa.

Unos minutos después paraban ante la fachada de ladrillo hollinoso.

—Mañana te llamo —le dijo Rudy—, piensa en lo que te dije.

—Lo pensaré —le aseguró ella con aire compungido—, de veras lo pensaré, tío Rudy.

Laurel le miró con ojos apesadumbrados, y Rudy se dio cuenta de que estaba diciéndole la verdad... de que lo pensaría muy en serio. Por lo menos había conseguido eso.

Rudy pagó al taxista y volvió a pie a la tienda de ropa de niños. El móvil de ositos seguía meciéndose suavemente sobre la cuna. Pensando que pronto tendría un hijo o una hija para él solo, y sintiéndose eufórico, no sabía si de miedo o de felicidad, Rudy se acercó a la dependienta del moño gris y le dijo con la mayor tranquilidad, señalando al móvil de ositos de peluche:

—Me lo llevo.

—Son buenos, Laurel, buenos de verdad —le dijo Liz Cannawill, hojeando la carpeta de dibujos que Laurel había dejado sobre su mesa—. Pienso que has acertado, sin la menor duda.

Liz, cuyo flequillo encaneciente no armonizaba con su rostro juvenil y su esbelto cuerpo, se levantó y se acercó a Laurel, que se sentía curiosamente a gusto en aquel diminuto despacho, que daba a la parte baja de Broadway, y estaba lleno de estantes y mesas cubiertas de manuscritos y pruebas de imprenta, y de cuyas paredes colgaban grabados y bocetos de portadas y cubiertas de libros. No era como su propio apartamento, donde cada vez se sentía más intrusa, separada de Annie por una pared invisible, un verdadero muro de Berlín de mudas acusaciones. Ésta era su segunda visita a la editorial de Liz, Fairway Pres, pero ya se sentía allí como en su casa, como Laurel la *artista*, no Laurel la *embarazada*.

–Naturalmente, tendré que enseñarlos a nuestro departamento de arte, y estoy segura de que nos harán algunas indicaciones –prosiguió Liz–, pero, la verdad, no creo que haya ningún problema y que te darán luz verde. Laurel, hacía siglos que no veía dibujos tan buenos como éstos, puedes creerme, y sobre todo de una persona de tu... –Hizo una pausa y sonrió–. De tu relativa inexperiencia.

Laurel se dio cuenta de que estaba sonrojándose, pero no quería mostrarse timorata. ¿Qué pensaría Liz si supiera que, aparte de los dibujos que había hecho para los programas del departamento de teatro de su escuela, éstas eran las primeras ilustraciones que hacía profesionalmente? Laurel se levantó y se alisó la falda. Se había puesto su vestido *pre-maman* más sobrio y serio, cortado y cosido por ella, muy oscuro y de mangas largas, echándose al cuello una bufanda de seda de colores vivos que suponía llamaría la atención, distrayendo así las miradas de su vientre abultado; llevaba el pelo recogido en una redecilla dorada, y así pensaba que podría pasar por tener veinte o veintiún años.

–Me alegro de que te gusten –dijo–. Por supuesto, no son más que bocetos. La versión final quedará más terminada... ¿Qué te parece si añado un par de colores?

–A decir verdad... –Liz tamborileó con la goma de su lápiz contra los cristales de sus gafas de carey, con la boca fruncida y la mirada absorta–. Te diré, tenemos un presupuesto muy justo, y este libro, que es una versión nueva de un viejo cuento de hadas, no va a salir en una tirada despampanante, de modo que, por lo que a colores se refiere, pues subiría mucho el precio. En fin, lo miraré. Entretanto podrías darme uno de éstos en color, y yo así podría compararlos.

–De acuerdo –dijo Laurel.

–¿Para finales de la semana?

–El lunes por la mañana –prometió Laurel–, y tendré los dibujos terminados en... ocho semanas, ¿de acuerdo?

–No tengas prisa. Todavía no tenemos fecha de publicación. Probablemente no empezaremos hasta el verano, y así estará listo para Navidad. –Se interrumpió y miró el vientre de Laurel, hizo una ligera mueca con los labios relucientes–. Pero me da la impresión de que *tú* vas a producir antes tu obra.

El rubor que Laurel había podido contener hasta entonces afloró con toda su fuerza a sus mejillas, como si Liz acabase de conectar una batería de luces delante de ella. Y por dentro también se sentía caliente, como uno de esos globos a los que hincha una llama hasta hacerlos despegar. A pesar de su gran vientre y de los pechos hinchados y los tobillos engrosados, Laurel se sentía hueca y levitante, como si pudiera emprender el vuelo en cualquier momento, atravesando el techo y saliendo a la avenida que se extendía a sus pies con sus abigarradas galerías y sus vistosos escaparates. ¡Santo cielo!, ¿por qué todo el mundo le recordaba constantemente aquello?, ¿por qué tenían que repetírselo cada vez que iba a algún sitio?

–La verdad, siempre me he preguntado cómo os las arregláis las madres –prosiguió Liz–, quiero decir, trabajar en casa con un bebé a los pies. Para ti va a ser muy distinto ahora.

–Ya me las arreglaré.

Se sentía mareada y ligera, veía como fuegos artificiales por el rabillo del ojo: «¿Un bebé a mis pies? ¡Si supiese...!»

–Ya verás. –Liz, con su vestido ocre y negro, ceñido y severo, ladeando la cabeza para mirarla mejor, pareció a Laurel un pájaro, un extraño pinzón. Laurel sabía que Liz hablaba con buena intención y, además, probablemente nunca había tenido hijos, de modo que no podía saber lo que ella estaba pasando–. Por otra parte –añadió–, los hijos... me imagino, dan toda clase de maravillosas ideas. Y esto, si te vas a dedicar a ilustrar libros de cuentos para niños, es importante, desde luego.

–Sí, por supuesto. –Laurel, ansiosa de cambiar de tema, añadió–: ¿Qué te parece que dé al oso un aire más amenazador? –Señaló el dibujo que coronaba la carpeta que tenía Liz sobre su mesa.

Era un viejo cuento, una nueva versión de un cuento de

hadas clásico, uno de los favoritos de Laurel, que quería captar exactamente el ambiente, pero sin hacerlo tan realista que pudiera asustar a los lectores más jóvenes.

—No; creo que está justo como debe estar —dijo Liz, después de estudiarlo durante varios segundos—. Auténtico, natural, con un cierto matiz disneyniano. Quizá, no sé, menos dientes en éste... No conviene dar la impresión de que la novia está a punto de ser devorada, pero, por lo demás, lo prefiero así. —Liz echó una ojeada al reloj de pulsera—. ¡Dios mío! Perdona, chica, pero es que ya llego tarde a otra cita.

Liz hizo ademán de acompañarla a la salida, pero Laurel le dijo que se quedase:

—Por favor, no te preocupes, conozco la salida.

—Muy bien. Nos veremos el lunes. —Liz rió—: Ya sabes, fechas límite, encantadoras, ¿verdad?

Camino del ascensor, Laurel se decía: «Fechas límite.» No era la fecha límite del lunes lo que a ella le preocupaba en aquel momento, sino la de mañana, cuando tenía que contestar a Rudy. Al salir al vestíbulo de mármol, sintió pánico: «¿Pero cómo puedo hacer una cosa así? ¿Renunciar a mi propio hijo?»

«No tienes otro remedio —le insistía una voz—, es lo único sensato.»

Pero, si era realmente así, ¿por qué no lo *sentía* ella así? ¿Por qué lo sentía como si le cortaran su propio corazón? ¿Podía decirse que eso fuese sensato?

Quizás *hubiera* debido hablar con Jess. Pero, ¿de qué habría servido? Además, ya lo *había* intentado en una ocasión.

Laurel, yendo hacia el Metro entre la muchedumbre que atiborraba la acera, recordó aquel día. Estaba sentada en la hierba, delante de Hind's Hall, y Jess estaba de pie a su lado como un profeta del Antiguo Testamento, tan furioso que daba golpes al aire. Habían absuelto al asesino masivo de My Lai. El gobierno era una mierda. Y él, personalmente, quería volar todo Washington.

—Jess...

Laurel tiró del extremo de la camiseta de Jess que se le había salido de los tejanos descoloridos. La camiseta era negra, sin mangas y mostraba los músculos nudosos de los atezados brazos del muchacho.

–¡Ese bastardo es un carnicero, un animal de los cojones! –seguía gritando Jess, sin escucharla–. Bueno, sí, de acuerdo, no fue él, pero el jefe era Medina, de modo que la responsabilidad es *suya*. Calley es culpable también, pero le usan de chivo expiatorio. La verdad, no puedo *creerlo*.

–Jess –dijo Laurel–, la guerra misma carece de sentido, de modo que, ¿por qué tiene que tener sentido esto? Anda, no lo tomes tan a pecho.

Jess bajó los ojos para mirarla, dejando caer los brazos con violencia contra los costados.

–Pero no podemos *cruzarnos* de brazos ante una cosa así.

–No, claro que no; pero, Jess, también tenemos que pensar en nosotros mismos de vez en cuando. Quiero decir, ¿cuándo fue la última vez que tú y yo hablamos de algo que no fuera cambiar el sistema?

Jess la miró con ojos llameantes, como diciéndole: «¿Y qué otra cosa tiene importancia?»

Pero, de pronto, como dándose cuenta de que tal vez Laurel tenía razón, se dejó caer en la hierba, a su lado, abriendo sus largas piernas de modo que describieran una V en torno a las suyas. Le sonrió con aquella sonrisa de párpados pesados que en una ocasión la había dejado indefensa, pero que ahora ya tenía muy poco efecto en ella. Un verano separada de Jess había permitido a Laurel comprenderlo mejor, y ahora le parecía más infantil que antes, como un niño pequeño que se rebela sólo por rebelarse. Además, durante los tres meses del verano no le había escrito ni llamado por teléfono una sola vez.

–Vaya, Garbancito –dijo Jess, cogiendo al vuelo un cabello de Laurel con su dedo largo y atezado–, a lo mejor tienes razón... a lo mejor debería bajar a la tierra de vez en cuando. Vamos a mi apartamento ¿eh? Luego podremos hablar de lo que quieras.

Ése era el momento. Le tenía a su lado, sentado y tranquilo, e iba a decírselo. Pero, justo entonces, un grupo de amigos suyos, que salían de la Biblioteca Carnegie se acercaron, haciendo grandes ademanes y gritando. Jess les preguntó si habían oído lo de Medina, y todos empezaron a dar gritos y a maldecir a Nixon. Laurel se escabulló, y estaba segura de que ninguno de ellos lo había notado.

Desde que Laurel había dejado de ir a la escuela de dibujo, Jess la había llamado un par de veces para decirle que tenía que ir a la ciudad y le gustaría pasar a verla, pero ella siempre se excusaba. ¿De qué servía seguir viéndose? No tenían ya nada en común. Desde luego, no tenía la menor intención de casarse con él.

«¡Dios mío!, ¿por qué no fue Joe?» Si Joe fuese el padre de su hijo, a Laurel le daría igual que no la quisiese, porque, tarde o temprano, estaba segura de que sabría *inducirle* a quererla. Lo cual, a lo mejor, no resultaba tan absurdo, porque últimamente había visto en los ojos de Joe una expresión curiosa, como si empezara a verla de otra manera, como si estuviera imaginándose cómo serían sus relaciones con ella. Cada vez que Laurel veía esta expresión en los ojos de Joe, era como un hilo más en el gran bordado de esperanzas que tejía secretamente en su interior.

Al llegar a la estación de Broadway Lafayette, Laurel se recordó con aspereza que su hijo *no* era de Joe. Y sólo tenía hasta mañana para tomar una decisión sobre él.

«No pienses en ello –se dijo–, todavía hay tiempo. No tienes que decidirte ahora.»

Al llegar a casa, Laurel encontró a Annie sentada a la mesa de la cocina, inclinada sobre algo que parecía un montón de presupuestos de contratistas. Tenía un tazón de café junto al codo, y el pelo corto revuelto en el lado donde había apoyado la cabeza sobre la mano. Llevaba un jersey naranja con las mangas remangadas hasta los codos, y tejanos marrones. Miró un momento a Laurel, luego se irguió, y su expresión pensativa cambió, tensándose algo, pero fue un cambio tan rápido y sutil que sólo Laurel, que conocía a su hermana mejor que nadie, habría podido notarlo. Al ver esa expresión en el rostro de su hermana, Laurel sintió que también algo en su interior se cerraba herméticamente:

«Todavía no me ha perdonado. ¿Y por qué me iba a perdonar?»

Laurel sabía que Annie seguía tan enamorada de Joe como siempre, de modo que, ¿cómo iba a perdonarle lo que había hecho?

Pero, por otra parte, ¿qué podía hacer ella? Además, ¿era acaso responsable de lo sucedido? Laurel *habría* contado a Annie la verdad, le habría hablado de Jess... pero Annie, con su habitual actitud precipitada, había ido como un bólido al apartamento de Joe para enfrentarse con él sin dar ni a ella ni a Joe la menor oportunidad de explicarse. Bueno, muy bien, había hecho mal, lo admitió, pero ella no tenía la culpa de que Joe y Annie apenas se hablasen actualmente, tres meses después de lo ocurrido.

«Tal vez tenía que ser así –pensó Laurel–. Incluso si ella no se hubiese quedado embarazada, tal vez las cosas no hubieran ido bien entre Joe y Annie.»

¿Acaso tenía Annie más derecho a Joe que ella? Laurel recordó el beso de Joe, tan vivo aún en su mente como si acabase de tener lugar: primero la sorprendida rigidez de la boca de Joe, y luego la deliciosa sensación de su boca cediendo, abriéndose a ella, deseándola, a pesar de que se decía a sí mismo que no quería, que no debía... ¡Dios mío, si pudiera disfrutar de otro beso así! ¡Si pudiera hacerle *ver* que no era malo enamorarse de ella!

No era que Joe se hubiese mostrado hosco desde entonces. No, se había comportado igual que siempre: bromeando con ella, dándole de vez en cuando un abrazo fraternal. ¿Y no había accedido a hacer de preceptor de Lamaze? Así y todo, Laurel intuía una distancia entre ellos, un abismo entre lo que ella deseaba de él y lo que él estaba dispuesto a darle. Si por lo menos...

–Hola –dijo Annie.

–Hola. –Laurel dejó el abrigo y la carpeta vacía sobre una de las sillas–. ¿Cómo estás en casa tan temprano? Pensé que estarías regateando con los contratistas.

–Justo eso es lo que estaba haciendo –gimió Annie y hojeó rápidamente los papeles que tenía delante–. ¿Lo creerás? ¡Once presupuestos! Y el más barato sube alrededor del doble de lo que yo había pensado.

–¿Y por qué no lo haces tú sola? –propuso Laurel.

–¿O sea, por qué no echo abajo tabiques, instalo cables

eléctricos, tiendo cañerías, y todo lo demás? Si supiera, lo haría. –Se echó a reír.

Pero Laurel hablaba en serio:

–No, no me refiero a eso, sino a que no tienes necesidad de pagar a un contratista. Tú misma puedes encargar a los artesanos y supervisar las obras; a ti lo de supervisar se te da muy bien. Así podrías reducir los gastos en un quince o un veinte por ciento.

Annie la escuchaba boquiabierta, pero en seguida se repuso y soltó una risita sarcástica:

–La verdad es que me has impresionado. ¿Dónde aprendiste acerca de construcción y contratas?

Pero apenas hubo dicho estas palabras, la sonrisa de Annie se desvaneció, y la temperatura de la habitación pareció bajar en diez grados. Sin duda Annie había adivinado la fuente de tanto saber: Joe.

Laurel se encogió de hombros:

–¿Es que piensas que paso el día tocándome las narices? Sé alguna cosa que otra.

–Sí, no me cabe duda. –Annie recogió sus papeles y se levantó, y el roce de las patas de su silla contra el hule pareció duro y, en cierto modo, agresivo–. Bien, voy a hacer la cena.

–Está en el horno –le dijo Laurel–, berenjenas a la parmesana. Lo hice esta mañana, antes de... –se detuvo a tiempo–, antes de poner en orden mis dibujos.

–¿Y qué tal te fue?

–Muy bien. Le han gustado mis dibujos.

–Me habría sorprendido que no le gustasen. Son verdaderamente fantásticos.

La expresión rígida de Annie se suavizó, y en sus ojos color tinta china brilló un punto de orgullo. Esto dio a Laurel una sensación de angustia, un deseo de poder colmar el abismo que las separaba.

Y entonces recordó a Joe: Tenía que verle abajo en menos de una hora. Su clase de Lamaze era a las ocho. Laurel hubiera preferido que sus relaciones con Annie no fueran tan tensas, pero, ¿cómo sentir la ruptura de Annie y Joe, si era esa ruptura precisamente lo que la había acercado a Joe?

–Pon tú la mesa mientras saco la cena del horno –propuso Laurel–, pero antes me voy a quitar los zapatos. –Se sentó y se quitó los zapatos de tacones bajos; frotándose el pie hinchado, añadió–: A esta marcha, voy a tener unos pies como escobones para cuando dé a luz.

–Pues quizás así dejes de pedirme zapatos prestados. Es una verdadera maldición tener una hermana que calza el mismo número que yo.

Ninguna de ambas mencionó al niño, pero Laurel sintió que la tensión cedía un poco. Cuando Annie se sentó a la mesa a su lado, Laurel, por costumbre, se apoyó contra su hermana, y el ángulo agudo de la cadera de Annie le pareció tan cómodo como un vientre maternal y redondo. Sintió los dedos de Annie, frescos y diestros, dándole masaje en los fatigados músculos del cuello, permitiéndole remontarse mentalmente tiempo atrás, recordando los tiempos en que las dos vivían solas, como dos náufragos, en el mismo bote, remando hacia la orilla.

¿Por qué se había nublado tanto el horizonte?, ¿cómo era posible que se hubiesen separado tanto? A pesar del contacto de Annie, o quizás a causa de él, lágrimas acuciantes afloraron en el puente de su nariz. Este breve instante no podía durar, de sobra lo sabía ella, ¿para qué engañarse?

Sintió al niño moverse en su interior, una suave sensación como un tirón que la punzaba más hondamente que un cuchillo hincado en las entrañas. «No puedo quedarme con este niño –comprendió–, *sería injusto y egoísta.*» Y ni siquiera tendría a su hermana para consolarla o darle ánimos. Annie quería ayudarla, pero algo se lo impedía. ¿Sería resentimiento? ¿O quizá la sensación de que, si cedía, perdería a Joe para siempre?

Laurel observó a su hermana levantarse y dirigirse hacia la hilera de armarios amarillo vivo que Laurel había pintado años antes con figuras dalinianas de platos, tazas, cuchillos, cestos de pan y fruta. Observando el ángulo recto de los hombros de Annie, que sacaba platos y vasos, Laurel sintió que las lágrimas que contenía en la nariz le subían precipitadamente a los ojos, y se preguntó por qué se sentía tan alejada de su hermana precisamente cuando más necesitaba su fuerza.

CAPÍTULO XXI

Annie vio entrar a Emmett dando fuertes pisotones en la estera para quitarse de las botas el agua de lluvia. Le hizo un ademán de saludo desde la vitrina donde atendía a un cliente, levantando un dedo para indicarle que esperase un momento.

–Quiero uno de ésos. Uno solo.

La mujer regordeta, enfundada en un abrigo de mapache, señaló con un dedo enguantado la bandeja de bombones oscuros y grandes. No eran delicados, como las trufas de Girod, sino del tamaño de pelotas de golf. Un error cometido por Annie con su primera tanda y que, curiosa y maravillosamente, había tenido mucho éxito. La mujer rió nerviosamente, y añadió:

–Es que estoy a régimen.

–¿Por qué –dijo Emmett a sus espaldas con su acento perezoso y lánguido– las mujeres que más se preocupan por no engordar son precisamente las que menos lo necesitan?

Annie le miró: estaba apoyado contra el viejo trípode de mármol donde descansaba la caja registradora con una bota empapada descuidadamente apoyada en la otra. Emmett miró a su vez a Annie y le guiñó el ojo. Annie sintió que se le encendían las mejillas y apartó rápidamente la vista, ocupándose de envolver la trufa *bourbon* en fino papel carmesí y meterla en una bolsita, también carmesí, con el logotipo de su tienda en letras doradas en relieve: «Tout de Suite.»

Se la entregó a la mujer, que se había sonrojado y sonreía encantada. Annie se sintió irritada con Emmett, pero también contenta de verle.

Iba a cenar con él en Paolo's. Todavía eran las seis menos cuarto, y Annie cerraba la tienda a las seis. Y después tendría que hacer las cuentas del día, anotar lo que quedaba en las vitrinas y en la cámara frigorífica de la trastienda y ver lo que necesitaba de cada artículo para el día siguiente, y también comprobar que Dough hubiera instalado de verdad la maquinaria.

Emmett, maldita sea, sabía perfectamente que Annie no podía entretenerse con él, de modo que, ¿a qué venía aquella sonrisa traviesa, como si... como si estuviese en posesión de algún delicioso secreto que sólo estaba dispuesto a revelar si ella se lo suplicaba? Pero Annie ya sabía lo que era.

Las mejillas de Annie entraron en calor recordando a Emmett, cuando a comienzos de aquella semana la invitó casi con indiferencia a irse con él de fin de semana. Ella rehusó y él se limitó a encogerse de hombros, como si estuviera convencido de que su rendición sólo era cuestión de tiempo. Después de todo, ¿a qué venía rehusar?, ya habían sido amantes, de modo que ¿por qué no reanudarlo?

Annie no habría sido capaz de explicárselo. Ni siquiera estaba segura de saber qué era lo que la retenía. Cuando estaba en compañía de Emmett, experimentaba una urgencia, una necesidad de tocarlo, de sentir su ancha mano sobre la suya, de acariciar la parte inferior de su mandíbula, donde la aspereza de la barba se transformaba en una suavidad de gamuza. Y luego, maldita sea, Annie recordaba también a Emmett en la cama, sus duros muslos apretados contra la parte interior de sus piernas, su ancho pecho atezado levantado sobre ella como un baluarte. Y luego, entrando en ella, asestándole embate tras embate, cada uno más cercano al delicioso frenesí final...

¡Dios mío, había que poner fin a esa... fantasía de estudiante de segundo curso! No era amor lo que ella sentía por Emmett, no podía serlo... porque si lo era, ¿cómo podía sentir tanta nostalgia de Joe?

«Es sexo, puro sexo», pensaba. Es como las mareas, o la salida del sol, algo que no se puede controlar, pero de lo que no es posible prescindir. En su caso, estaba segura de que lo único que conseguiría era estropear una magnífica amistad y distraerse con recuerdos y sensaciones que hubiera sido mejor dejar olvidados en París.

Pero en el caso de Emmett había algo más de simple sexo. Aunque, la verdad, el sexo formaba parte importante de ello; Emmett era un amante fabuloso. Pero también era un amigo maravilloso. No a la manera de Joe, siempre amable, siempre como un hermano mayor: Emmett le tomaba el pelo, la fastidiaba, la desafiaba, la obligaba. De alguna manera se había metido en ella, lo cual, en ocasiones, no tenía nada de cómodo.

Annie intuía que Emmett sabía cosas de ella que no quería que supiese nadie, y esto la ponía nerviosa. Como ahora, por ejemplo. ¿Cómo era posible que Emmett *supiese*, a pesar de que ella no le había dado el menor aliento, que Annie estaba empezando a sentir de nuevo su atracción?

El calor de sus mejillas ya se le había subido a Annie a la línea del pelo, y sentía escozor en el cuero cabelludo. Una parte de ella hubiera preferido que Emmett se fuese, que dejase de hacerle sentir cosas que no quería sentir, y otra parte se alegraba de verle allí, de que se mostrase tan persistente. Annie sabía que, si no fuera por Emmett, nunca haría otra cosa por las noches que volver a casa y meterse en la cama. Después de levantarse todas las mañanas a las cinco para comprar fruta fresca en el mercado de la Novena Avenida, y luego ir a la tienda, preparar la cocina y estar siempre al tanto de que sus dos solícitos ayudantes, Dough y Louise, no quemasen nada o se quedasen dormidos revolviendo los enormes calderos de *ganache*, y luego pasar el resto del día atendiendo a los clientes en el mostrador, o yendo en taxi a hablar con proveedores de hoteles o grandes almacenes, Annie, al llegar la hora del cierre, solía estar exhausta. Y la aparición de Emmett, en esas circunstancias, era como una brisa fresca. La resucitaba, en cierto modo.

—Hoy llegas temprano —le dijo en cuanto se fue la mujer rolliza.

—Es que tuve que enseñar una buhardilla en Tribeca, y se me ocurrió venir a ver si necesitabas una mano o algo. —Echó una ojeada a Louise, que parecía un palillo, una especie de Twiggy de pelo corto y minifalda, ocupada en aquel momento en reponer uno de los cestillos de mimbre blanco del escaparate. Louise se dio cuenta de la mirada de Emmett y bajó la vista, sonrojándose–. Al parecer lo tienes todo bien controlado. ¿Qué tal funciona la máquina fundidora que me dijiste que estaba dando problemas?

–Dough dice que la arregló antes de irse.

–¿Lo comprobamos?

–¿Vestido así?

Mientras Emmett se quitaba el abrigo, Annie echó una ojeada a su chaqueta de cachemir, su camisa blanca y su corbata de seda, y sus pantalones grises perfectamente planchados. Ella, con su falda negra lisa y su blusa de seda color marfil, se sentía mal vestida a su lado.

–Lo digo –añadió– porque te puedes poner perdido de chocolate.

Pero ya Emmett se había quitado también la chaqueta y estaba arremangándose la camisa.

–Pues me alegraría, porque entonces sí tendría un sabor irresistible, y te sería dificilísimo negarte también este fin de semana. –Volvió a guiñarle el ojo–. Te advierto, aunque me digas que no, a lo mejor te rapto, y sería por tu bien, porque estás trabajando demasiado. Aparte de que, conmigo o sin mí, deberías ver Cape May. Es como volver al pasado.

–Yo pensaba que era un lugar de veraneo –dijo Annie y cerró la puerta de cristal de la vitrina refrigerada.

–Cambias de tema. Pero tienes razón, lo es. Ya veo que nadie te ha dicho que la mejor época para ir a un lugar de veraneo es en pleno invierno.

–¿Por qué?

Emmett se acercó y le pasó un brazo por los hombros:

–Pues porque fuera hace frío y el viento sopla como un demonio, y no hay más remedio que meterse dentro, donde hace calor. Y porque tú y yo seríamos prácticamente los únicos clientes, de modo que tendríamos todo el panorama para nosotros.

Estaba tan cerca que Annie distinguía las pálidas pecas de su mandíbula y las capas de azul, como las profundidades cambiantes de un río, de que estaban hechos sus ojos.

Annie se imaginó a ellos dos metidos debajo de una colcha en una cama antigua de bronce, mientras fuera el viento bramaba en torno a los aleros de una posada costera, y sintió derretírsele el bajo vientre.

Se apartó de él. ¡Aquello era una locura! Lo que a ella le pasaba era que se sentía sola, nada más. Pero sola por falta de Joe, sólo de Joe. Sería como utilizar a Emmett de la misma manera que le había usado ya en París. ¿Y Emmett no estaba en cierto modo usándola a ella también? Recién llegado a Nueva York, probablemente solitario, de modo que, ¿por qué no volver a los buenos tiempos que habían pasado juntos?

–Humm... –comenzó Annie.

Él se llevó un dedo a los labios y dijo:

–Luego... No tienes que tomar una decisión ahora. Ya hablaremos de eso en la cena. –Dio un paso atrás, con una sonrisa tan segura como una salida de sol–. Ahora tienes que cerrar tu tugurio bien cerrado mientras yo voy a mirar esa máquina.

Le miró irse por el pasillo que conducía a la cocina, con su paso lento y decidido, y se preguntó: «Sí, muy bien, pero, ¿qué vas a decirle esta noche? ¿Que no estás enamorada de él, pero que te gustaría mucho que te follase?»

Pero había algo más que la simple necesidad de satisfacer una libido exigente. Al diablo, ella tenía un negocio que estaba empezando a cobrar vida propia. Necesitaba toda su energía y todo su tiempo, de lo contrario se le desharía entre las manos, como suele ocurrir a todos los negocios que están empezando.

Cogió su carpeta de encargos al por mayor del estante donde tenía su vieja registradora, y súbitamente se sintió poseída de una especie de euforia. Miró alrededor contemplando todo lo que había conseguido hasta entonces. Tout de Suite había nacido muy rápido, *seguía* naciendo muy rápidamente, tanto que incluso cuando dormía Annie soñaba que estaba trabajando.

Recordó la sensación de repulsa que le había inspirado el local la primera vez que lo vio, con su capa de grasa y suciedad por todas partes, y su suelo de mosaicos de vinilo cubiertos de porquería. Y ahora, viendo las paredes forradas de un alegre papel color fresa, y las tablas del suelo pintadas de blanco y cubiertas de esteras de colores vivos, sintió una viva satisfacción. En el escaparate había cortinas de encaje blanco, con cenefa fruncida. Y, en las paredes, antiguos candelabros con luz de gas, todos diferentes comprados por una bicoca en una tienda de antigüedades del Hudson. A lo largo de la vitrina había cestillos de mimbre llenos de plaquitas de corteza de almendra y pedacitos de chocolate fino para que los clientes los probasen mientras esperaban. Louise Bertram, la ayudante que había contratado para el Día de los Enamorados, y que luego se había quedado a trabajar con ella en vista de que los pedidos iban en aumento, acababa de terminar de llenar uno de los cestos, y ahora estaba empezando a llenar otro.

Annie recordó que había temido que nadie con dinero para comprar bombones de lujo se dejase caer por un barrio como aquél, por mucho que se corriese la voz sobre lo bueno que era su chocolate. Y en los tres contratos al por mayor que había conseguido, el margen de beneficio era tan pequeño que Annie pensó que no iba a poder conservarlos. Pero el hecho era que, desde que había abierto su tienda, hacía ahora seis semanas, sus ventas al por menor habían ido creciendo sin pausa y ahora casi bastaban para pagar el sueldo de Louise.

Annie levantó la vista y miró el enorme espejo dorado que había detrás de la registradora, sobre la que había un discreto cartelito pintado a mano, con letras negras sobre fondo rojo con bordes de oro: «TOUT de SUITE. Chocolate Artesanal para Transporte de Mano. Casa fundada en 1973.» Annie advirtió en seguida que la gente apreciaba su sentido del humor, sobre todo los que tenían que preocuparse de hacer régimen.

Recordar aquellas seis primeras semanas era como recordar una larga enfermedad, un delirio del que sólo conservaba claramente en la memoria algunos momentos. Recordó lo mucho que se había angustiado. ¿Bastaría el dinero que le había dejado Dearie para pagar al diseñador, a los contratistas, las licencias, la maquinaria, la decoración, la materia prima, los dos años de alquiler a mil cuatrocientos dólares el mes? ¿Qué pasaría si la decoración se salía del presupuesto? Pues que no le quedaría nada para sacar adelante la tienda, y se vería en la calle.

Decidió reducir gastos, como le había aconsejado Laurel, haciendo ella misma de contratista, pero, aun así, cuando carpinteros, fontaneros y electricistas llegaron con sus presupuestos, hasta el más bajo de todos ellos era muy superior a lo que ella había calculado. En aquel momento casi perdió toda esperanza. Menos mal que Emmett recurrió a un contratista que le había recomendado uno de sus clientes, y que pasaba por ser bueno y barato; de lo contrario, probablemente se hubiese rendido.

Andre Paderewski *parecía* honrado, y los nombres que había dado como avales eran auténticos, pero lo que nadie le había advertido a Annie era que ninguno de sus carpinteros, fontaneros y electricistas hablaba o comprendía una palabra de inglés. ¿Cómo decirles que tenían que instalar una puerta giratoria y no una puerta corriente? Paderewski parecía haberse esfumado. ¿Y cómo explicar a dos polacos que parecían sordomudos que estaban instalando un radiador donde tenía que ir una cámara frigorífica? Probó a gritarles, luego a halagarles y, finalmente, trató de hacerles comprender con gestos y ademanes. Pero, aparte de mirarle con extrañeza y compasión, como si fuera una mujer súbitamente enloquecida, los polacos siguieron tan tranquilos instalando el radiador, que luego quitaron de allí para llevarlo a la pared de enfrente como la cosa más normal del mundo.

Y luego, naturalmente, cuando llegaron los encargados de sellar las paredes, resultó que la instalación eléctrica estaba sin terminar, de modo que se fueron y no reaparecieron hasta la semana siguiente. Y luego resultó que la pared no podía sellarse porque el inspector tenía que comprobar antes el estado de la ventilación y la salida de gases, y estaba claro que no lo comprobaría sin un pequeño soborno de cien dólares más o menos. De modo que cuando, por fin, la obra quedó terminada más o menos como ella quería, con sólo dos semanas de retraso, Annie pensó que era un milagro. Menos mal que la mayor parte de la decoración la había hecho ella sola, con un poco de ayuda de Emmett: pintar, retocar la vitrina antigua comprada en Atlantic Avenue, Brooklyn, convencer a Doug, que había sido ayudante de pintor antes de ir a una escuela de maestros de cocina, que pegara el papel de pared...

Y, así las cosas, dos días antes de la apertura, con la nueva cocina y la cámara frigorífica totalmente instaladas, las vitrinas colgadas y abastecidas, y toda la maquinaria en perfecto estado de funcionamiento para la confección del chocolate, el inspector de sanidad del Ayuntamiento de Nueva York entró en la tienda y presentó una prohibición de venta de comestibles por causa de las ratas. Todavía le veía Annie, con su cara enjuta y picada de viruelas y su nariz puntiaguda, con aspecto de rata, sentado en un rincón del almacén, recogiendo cagarrutas de rata y metiéndolas en un frasquito mientras, en el más puro dialecto de Brooklyn, le hablaba de la posibilidad de enfermedades mortales y de venenos antirrata. Annie sintió deseos de echarse a gritar. Estaba completamente segura de que allí *no* había ratas. Y de pronto lo comprendió. Claro, eso era, el pedido de *couverture* recibido el otro día había dejado astillitas, polvillo de chocolate en el fondo de la caja, y esos restos habían caído por el suelo. Cogió un poco con la mano y trató de convencer al señor Rata de que estaba equivocadísimo, pero no había manera, porque no escuchaba, se limitaba a arrugar la nariz con un visaje de asco. Y entonces, desesperada, sabiendo que podían pasar días, semanas, antes de que se viesen los análisis de las «cagarrutas», Annie recurrió al único remedio que le vino a las mientes: se metió en la boca un puñado de «cagarrutas». Y, por peligroso que aquello hubiera podido ser, valió la pena, aunque sólo fuese por la cara de horror que puso el señor Rata al verla. Movió tristemente la cabeza y salió de allí rápidamente, con su cartera bien cogida bajo el brazo, como si fuera él el que corría peligro de ser exterminado. Pero de la prohibición no se volvió a saber nada.

La mañana en que comenzó a hacer su primera tanda de *ganache*, Annie, exhausta y eufórica, se decía que por fin había llegado a la cima de la empinada montaña y estaba a punto de plantar en ella su bandera. Pero de pronto se dio cuenta de que había sido excesivamente optimista. Aquella montaña no había sido más que una mísera colina, y lo que se alzaba delante de ella era un auténtico Everest. Para las seis de la madrugada ya habían salido tres tandas enteras de *ganache* algo rígidas y más bien granulosas, y hubieron de tirarlas. Annie se preguntó si era posible que la *couverture* de Van Leer, de Nueva Jersey, fuese tan distinta de la que ella había manipulado en Girod. Y de pronto descubrió que casi la mitad de las frambuesas frescas que le había traído Dough estaban enmohecidas y, encima, la mayor parte de adornos –crocantis de avellana y *violettes*– estaban hechos migas en sus cajas; y para acabar de rematar su desesperación, la vieja máquina revestidora dejó de funcionar. De momento lo único que podía hacer era revestir las trufas a mano, y así fue como acabó haciendo pelotas de golf de chocolate, sólo que no tan redondas. Y el pobre Dough... todavía le parecía verle con sus gruesas gafas que parecían culos de botella, metiendo su nariz aguileña en las profundidades de la maquinaria, después de hacer mil recados, de fregar pucheros, de cortar las nueces, y de ayudarla valerosamente a empapar a mano docenas y docenas de trufas. Annie, después de aquel maratón, insistió en que Dough se comiera seis de aquellas trufas monstruosas, cada una con un relleno distinto, para asegurarse de que sabían bien, y él se las comió y las declaró deliciosas, pero acabó tan empalagado que hubo que mandarle a casa, y entonces ella se quedó sola, trabajando y volviéndose loca a pasos agigantados.

¿Qué pasaría, se preguntó, angustiada, si a ninguno de los compradores con quienes tenía cita le gustaban sus feas trufas? Apenas le quedaban diez mil dólares en el banco, lo justo para cubrir costos durante tres meses, de modo que tenía que empezar a vender sus chocolates sin tardanza; de lo contrario, aquel castillo de naipes se vendría abajo ante sus mismas narices.

En su primera cita de aquella tarde, Annie había abandonado entre risas el despacho de la compradora de despacho Bloomingdale's, y este recuerdo todavía la reconcomía.

«Manzanas –dijo la altiva señora de cabello gris–, parecen exactamente eso: manzanas.»

Ni siquiera quiso probarlas, alegando que sus clientes se echarían atrás sólo de verlas.

Pero su viejo amigo de sus tiempos de la tienda de Dolly, Russ Kearney, el joven y barbudo comprador del Plaza Hotel, había tenido la amabilidad, aunque con cierto recelo, de probar una trufa. Y acabó chupándose los dedos, manchados de chocolate. Aunque eran demasiado grandes y feas para ofrecerlas como parte del obsequio nocturno que dejaba el hotel en la mesita de noche de sus huéspedes, Russ encargó seis docenas para una comida que estaba organizando, y Annie casi lloró de alegría. Menos mal que Annie había tenido la brillante idea de envolver cada trufa en celofán iridiscente, atado con cintas de plata en las que había pegado la etiqueta de «Tout de Suite». Y con sólo este anuncio conquistó varios clientes, y también los pedidos de una pequeña tienda para *gourmets* de Amsterdam Avenue.

Annie también consiguió algunos pedidos de Zabar's y de Macy's Cellar. Insignificantes al principio, y a precios inferiores al costo de fabricación del chocolate, pero no tuvo otra solución que aceptar, absorber la pérdida y abrigar la esperanza de que a la gente le gustase su chocolate y volviera por más. Y poco a poco, volvían. Hasta que Tout de Suite comenzó a hacerse popular, y los pedidos a crecer: ocho, nueve, doce docenas. Annie se atrevió a aumentar el precio, lo justo para sacar de él un pequeño beneficio, pero incluso a un dólar la pieza, la gente seguía disputándose sus trufas artesanales únicas. Y para el Día de los Enamorados se le ocurrió envasarlas en cajitas individuales, decoradas por Laurel con adornitos comprados a una modista que cerraba su negocio: flores de seda, lacitos, mechones de hilos de colores, diminutas frutas de lana. Vendió todas las cajitas, y recibió pedidos de docenas. Dough y ella tuvieron que trabajar todas las noches, y contrataron a Louise, suspendida del Instituto Culinario, que resultó estar llena de inspiración en el arte de hacer chocolate.

Incluso ahora, le resultaba arduo tener que levantarse todos los días antes del amanecer, ir en el Metro, casi vacío, un desierto móvil que la ponía más nerviosa en plena hora punta, y luego, ponerse a trabajar con el *ganache*, cuidando de que todo estuviese a punto, y esto cuando la mayoría de la gente estaba empezando a desayunar. Sudorosa, con los pies doloridos y las manos agrietadas, Annie, al llegar el momento de abrir su tienda, ya se sentía rendida.

Resultaba difícil creer que sólo llevaba poco más de un mes en aquellas faenas; y ya había clientes que le mandaban su chófer hasta desde Sutton Place.

—Tengo una cena la semana que viene...

Annie se dio cuenta de que alguien estaba hablándole. Era una mujer con esclavina verde y un elegante sombrero de ala ancha que ocultaba casi todo su rostro. Annie no la había visto entrar.

—Ay, dispense, señora Birnbaum —se sobresaltó, y rompió a reír—. Me ha pillado usted soñando despierta. Estaba a punto de cerrar. ¿En qué puedo servirla?

Felicia Birnbaum había sido su primera clienta, en aquel horrible día de la apertura, su primera y única clienta de aquel día aparte de Emmett, Dolly y Laurel.

—Es una fiesta que doy a los principales clientes de mi marido y a sus mujeres —prosiguió Felicia Birnbaum, tirando nerviosamente de los dedos de sus guantes—, y me gustaría algo realmente especial, algo que recordaran.

Annie lo pensó un momento.

—Mazapán —sugirió—, cestillos de mazapán decorado, y los llenaré de jengibre azucarado y trufas en miniatura...

Su mente se alarmó: «¿Mazapán? ¡Dios mío, sólo he trabajado con mazapán una vez en toda mi vida, y Pompeau estaba encima de mí, vigilándome como un cancerbero...»

Annie notó que su expresión de artesana seria se desfiguraba, y trató de forzarse a sonreír.

Felicia Birnbaum frunció el ceño, pensativa, llevándose una mano enguantada a su mejilla elegantemente escueta. *Ella*, naturalmente, no comería nada tan engordador como el mazapán, pero también era cierto que muchos clientes de Annie eran así: compraban chocolate para sus madres, para sus clientes, para las secretarias de sus maridos, a veces incluso para sus amantes.

—Hum —dijo la señora Birnbaum—, la verdad es que no

se me había ocurrido, pero sí, sería bonito. ¿Tiene usted una muestra, o por los menos una foto?

—No, sólo en mi cabeza —Annie rogó a Dios que la señora Birnbaum no le pidiese detalles—, pero lo haré como un favor especial sólo por ser usted, señora Birnbaum. De esa forma nadie podrá tener nada parecido.

La mujer pareció satisfecha y se apoyó en la vitrina refrigerada, atiborrada de cestillos de mimbre como los que había sobre ella, todos llenos de trufas creadas por Annie: al Drambuie, con motas de cáscara de naranja; limón al chocolate; expresso humoso y oscuro, con una crujiente baya de café tostada en el centro; coco, ron y *crême fraîche* revestidos con chocolate con leche...

—Sí —dijo la señora Birnbaum—, quedaría...

Annie sonrió:

—Usted fíese de mí.

—... perfecto.

—¿Cuántos invitados? —preguntó Annie, sacando una hojita de papel de un cajón que tenía bajo la registradora.

—Veintiocho más o menos, la fiesta es el lunes que viene, dentro de una semana. ¿Cree usted que tendrá bastante tiempo?

—Sin duda —la tranquilizó Annie, tomando notas con mucho aplomo, mientras se imaginaba a sí misma trabajando como una loca durante todo el fin de semana—. ¿Veintiocho? Bien, pongamos treinta. Créame, señora Birnbaum, no sobrará nada.

Unos minutos más tarde, la señora Birnbaum salía a la lluvia y subía a su MG rojo, aparcado ilegalmente en la acera, dejando en la tienda un tenue aroma Opium y un cheque de trescientos dólares. Annie guardó el cheque en la registradora y cerró la puerta por dentro, poniendo el letrero de «Cerrado». Al volver al mostrador, notó que Louise había ido a la cocina, probablemente para limpiarla, o a lo mejor para echar una mano a Emmett; la pobre Louise se sonrojaba de oreja a oreja siempre que veía a Emmett, y por qué no, cualquier mujer libre que no estuviese mal de la cabeza tenía que sentirse atraída por Emmett.

Annie, demasiado cansada para seguir en pie, se dejó

caer sobre el viejo taburete de piano que estaba entre la pared y un pequeño trípode cubierto de botes con cáscaras de toronja y naranja en azúcar empapadas en chocolate. De la cocina llegó a sus oídos el temible destartalado ruido de la máquina fundidora que empezaba a funcionar. Estaba claro que Dough no la había arreglado debidamente. ¿Tendría más suerte Emmett? Quizá no era posible arreglarla, y le haría falta una nueva. Pero no tenía dinero, porque se había gastado hasta el último dólar en materias primas, alquiler, sueldos, teléfono, electricidad, etc.

Annie suspiró, preguntándose cómo iba a preparar a tiempo los cestillos de la señora Birnbaum con la fundidora fuera de combate, cuando, con el pedido de Zabar's y otras dos fiestas que tenía entre manos, ya estaba a tope de trabajo. Primero no llueve, se dijo, y luego diluvia. Estaba contenta de tener tanto trabajo, pero también un poco asustada. ¿En qué especie de callejón sin salida se había metido?

Y también con Emmett. ¿Era prudente dejar que sus relaciones con él se estrechasen precisamente cuando ella no estaba segura de poder ofrecerle más?

«Echo de menos a Joe.» Esta idea la atacó con súbita fuerza, dejándola débil y jadeante.

Apenas se habían hablado desde el día en que se vieron en el restaurante. Joe estaba muy ocupado, entre Joe's Place y sus otros negocios y ella con Tout de Suite. Se sonreían, se saludaban con un movimiento de cabeza cuando se cruzaban en el vestíbulo, y alguna que otra vez Joe le hacía alguna pregunta sobre Laurel, que ya estaba a punto de dar a luz.

Joe veía a Laurel ahora más que ella misma. Una noche a la semana la llevaba a su clase de Lamaze, y otras noches, cuando no estaba demasiado fatigado, la llamaba por teléfono y la invitaba a bajar a su apartamento para hacer ejercicios de respiración.

Laurel se había vuelto muy reservada. Apenas hablaba con Annie de otra cosa que del libro que estaba ilustrando, o de Tout de Suite. Era como si las dos hubiesen firmado una especie de pacto tácito.

Laurel, naturalmente, era cortés con ella, y escuchaba

con arrobo cada vez que Annie le hablaba de su tienda. Pero era como hablar con una muñeca... con aquella muñeca tan tonta que Dearie había dado hacía mucho tiempo a Laurel, y que, cuando tirabas de una cuerda que tenía en la espalda, gorjeaba: «¡Hola!, ¡me llamo Cathy la Parlanchina! ¿Y tú? ¿Cómo te llamas tú?»

Seis meses atrás, Annie no habría podido imaginar que acabaría sintiendo celos de su hermana, pero ahora, por raro que pareciese podía pasar. Pero que Joe, *Joe*, pudiese estar enamorándose de ella era otra cosa muy distinta. ¡Parecía imposible! Annie lo *sentía* como algo imposible, aunque, pensándolo bien, ¿por qué no? Laurel era encantadora y bella y dulce... y necesitaba a Joe...

Así pues, ¿qué derecho tengo a tener celos de Laurel, sobre todo ahora? Yo, por lo menos, tengo Tout de Suite. Pero ella, ¿qué tiene ella?: un "marido" de mentirijillas y un hijo al que va a dar en adopción.»

En una o dos ocasiones, Annie había visto a Laurel sentada en silencio con las manos cruzadas sobre su enorme vientre, y con una expresión que a Annie le parecía de agonía, no de dolor físico, sino de algo probablemente peor. Ahora que había decidido renunciar a su hijo, ¿podría estar arrepentida de su decisión?

Pero Annie sabía que lo mejor era no decir nada. Ya había intervenido bastante, más que bastante, en la vida de Laurel. ¿No se lo había dicho la propia Laurel? Además, en el fondo, Annie todavía no había perdonado del todo a su hermana por interponerse entre Joe y ella.

De la cocina llegaba a sus oídos el ruido de la fundidora, que empezaba a funcionar normalmente. Esto la alivió. Por lo menos era una preocupación menos, aunque sólo fuese de momento. Emmett había hecho un nuevo milagro.

Paolo's, en Mulberry Street, era una verdadera institución del barrio italiano, con su viejo zócalo desgastado por el constante roce de sillas durante años y años, y todas sus paredes llenas de fotos firmadas por los famosos que habían comido allí: Frank Sinatra, Dean Martin, Fiorello La

Guardia, Tony Bennett... Un tabique de cristal tallado separaba la larga barra de roble del comedor. En una mesa situada contra la pared del fondo, Annie vio a un hombre de pecho cóncavo de boxeador con chaqueta de doble botonadura y una servilleta encajada al cuello, comiendo como una fiera un gran plato de espaguetis, mientras dos hombres más jovenes, obviamente sus gorilas, ocupaban una mesa más pequeña cerca de la puerta, escrutando con ojo atento el comedor.

–¿Pero son de verdad? –preguntó Annie a Emmett.

Ella pensaba que eran actores contratados por el dueño del restaurante para darle ambiente, algo así como un espectáculo de variedades.

Momentos más tarde, Emmett, que estaba sentado enfrente de Annie, se inclinó hacia ella y murmuró a su oído:

–El sujeto es Cesare Tagliosi, uno de los capos de la familia Bonnano. Le conocí con motivo del negocio que mi jefe y yo estamos haciendo con un par de almacenes en Red Hook. Tagliosi y Ed Bight, el sujeto que vende los almacenes, pasan por ser socios. Pero yo creo que se trata de un negocio en el que tiene la voz cantante Tagliosi, y Ed no hace más que asentir y obedecer, ¿entiendes?

Annie volvió la cabeza y observó al hombrón, que seguía devorando espaguetis.

–¿De modo que así es como es en realidad, igual que en las películas? –susurró al oído de Emmett–. ¡Dios mío, me moriría del susto! –Frunció el ceño–. No en absoluto, lo que haría sería darle con la rodilla donde más le duele.

Emmett se quedó mirándola un momento, luego movió la cabeza y sonrió.

–Claro, y al día siguiente te pescarían en el East River. La verdad, Annie, tienes que admitir que hay cosas con las que ni tú podrías.

–Pues todavía no sé de ninguna.

Pensó en Joe. Si ese abismo que les separaba no fuese más que un obstáculo, una valla que, al fin y al cabo, podría saltar...

–Sí, sí que sabes. –Emmett hizo una pausa mientras el camarero escanciaba un poco de vino en su vaso; lo probó y asintió; luego miró a Annie y añadió–: Yo, por ejemplo; tú conmigo no puedes.

Se puso serio, y Annie, mirándole, se dio cuenta de lo mucho que la quería. ¿Cómo no la había visto antes? ¿Y qué sentía ella ahora por Joe?

Emmett la miró fijamente, sus ojos azules se volvieron algo más sombríos y sus pestañas, claras, rematadas en plata por la luz de la farola que llegaba a través de los visillos de las ventanas.

–Mira..., humm..., perdóname si...

¿Cómo decirlo? ¿Cómo decirlo de modo que sonara bien? Ella sentía mucha simpatía por Emmett, y, de no ser por Joe, habría podido llegar a quererle.

La mano de Emmett se cerró sobre la suya con firmeza, acallando sus palabras:

–No –dijo–. Se acabaron las excusas. Oye, yo no soy tonto y no estoy tan loco por ti que no pueda ver las cosas como son –una comisura de su boca se frunció ligeramente–, por lo menos todavía. Te diré algo, Cobb, y si no quieres oírlo, muy bien, no insistiré. –Hizo una pausa, cogió su copa de vino, no por el pie sino por arriba, y tan fuerte que Annie pensó que iba a romperse–. Diablos, *sí*, estoy enamorado de ti, y sé muy bien que tú no lo estás de mí, claro que lo sé, pero si piensas que hay alguna posibilidad de que llegues a estarlo, por pequeña que sea, adelante. No pido promesas... Sólo eso, una posibilidad. A ver quién gana.

Annie se sintió tan incómoda que deseó desaparecer de allí. Se imaginó a toda la gente del restaurante escuchándoles, *pendientes* de su contestación. Hasta aquel jefe de la mafia.

–¿Qué dices, Emmett? –dijo Annie, forzándose a sostener su mirada fija–. ¿Qué quieres que te diga?

–Di que te vienes de fin de semana conmigo. Nada más que eso. Ya ves, Annie Cobb, que no te pido la luna.

–No, sólo el sol y las estrellas –replicó ella, en broma, demasiado agotada para discutir.

Emmett sonrió apenas:

–Sí, eso es, más o menos.

Por la mente de Annie pasó un recuerdo: Emmett, en el

tren nocturno de Marsella, bajando las cortinas del viejo compartimiento en el que viajaban y metiéndole la mano bajo la falda, tirando de sus bragas hasta dejárselas en las rodillas. Y luego desabrochándose el cinturón y bajándose la cremallera y cogiéndola y subiéndosela al regazo y...

Calor. Un calor palpitante, desesperado, que la hacía candente no sólo allá abajo, sino en todo su cuerpo.

«Nos van a ver –le había susurrado ella–, ¡alguien nos va a ver!, va entrar alguien en cualquier momento...»

Pero tampoco ella paraba, ni él, desde luego.

Estaba sentada sobre su regazo, frente a él, con las rodillas abiertas contra sus caderas agitadas. Y sentía las costuras de los tejanos de Emmett tensas contra la carne suave de sus muslos, y su rostro estaba escondido en el hondón del recio hombro de Emmett y todos sus sentidos se confundían con los de él, con la fuerza tranquila y metódica con que se movía, y su olor, como vapor hirviente, un acre olor animal que llenaba su mente de imágenes de Emmett a caballo, con los tejanos cubiertos de polvo y la camisa empapada de sudor y pegada a su cuerpo.

Él estaba eyaculando, pero ella estaba bloqueada, demasiado asustada de que les pillaran en plena faena, o quizá la postura no fuese propicia. Luego, Emmett la empujó hacia atrás, de modo que se vio echada de espaldas sobre el duro asiento de vinilo, las rodillas levantadas, y cerrando los ojos, medio hipnotizada por el vaivén del tren, el ruido metálico de la hebilla de su cinturón al golpear el reborde metálico del asiento. Se sentía húmeda entre las piernas, y sentía un delicioso dolor palpitante, y luego su boca, su lengua dentro de ella, y... ¡ay... Dios mío...!

Para, se dijo retornando al presente, y sintiéndose acalorada. Tenía que poner fin a aquello. Aquellos días con Emmett habían sido... no sólo sexo... ella se sentía solitaria, y quizás un poco borracha de París.

Y luego pensó: «¿Qué tiene de malo desearle, incluso sin amarle? Hace ya tanto tiempo... Además, ¿para qué o para quién me estoy reservando tanto?, desde luego no para Joe.»

Sólo de pensar en Joe el corazón empezó a arderle: «Bien tonta eres, Annie Cobb –le dijo una vocecilla aguda en su interior, si no coges ahora a Emmett te quedarás sin nada.»

Recordó el estribillo de una canción Crosby, Stills & Nash: «Quédate con el que amas... ama a aquel con el que te quedas.»

Y entonces se acordó de los cestos de mazapán de Felicia Birnbaum. Había prometido tenerlos listos para el lunes. Y eso significaba trabajar todo el fin de semana.

Annie bajó los ojos, fijándolos en la tenue mancha roja que la botella de vino había dejado en el mantel blanco. Sentía la mirada de Emmett fija en ella:

—Lo siento, Emm, pero no puedo, este fin de semana no puedo.

—Mira, Cobb, no me tomes el pelo —dijo él—. Si no quieres, ni ahora ni nunca, dilo claramente.

—Emm, estoy asustada —le dijo Annie, inclinándose hacia él, apoyándose en los codos, y un poco confusa—. No sé cómo decírtelo.

—¿Y por qué no decirme la verdad? —respondió él, y bebió un sorbo de vino.

Sus penetrantes ojos azules la escrutaban por encima de las gafas.

—De acuerdo —dijo—. La verdad es que tengo un encargo importante para el lunes, y no puedo moverme de la tienda en todo el fin de semana. Pero mira... —antes incluso de decirlo, se preguntó si estaba cometiendo un error—, si me invitas en otra ocasión, de acuerdo.

«Todavía puedo decir que no —se dijo Annie—, si me vuelve a invitar puedo decirle que no va a dar resultado.» Pero algo en su interior se resistía. Se imaginó a sí misma dentro de diez años, totalmente consumida por su negocio, y entonces acabaría como Dolly: una mujer mayor, solitaria y angustiada por el recuerdo de un hombre que no podía ser suyo.

—Pues sí, a lo mejor te tomo la palabra —replicó él con voz serena y sin el menor deje de rencor.

Llegó la pasta que habían pedido: macarrones humeantes, con tomate, champiñones, pimiento, aceituna y fragante salsa roja. Al verla, Annie se dio cuenta de que estaba hambrienta.

Después de comer la mitad de su plato, Emmett se inclinó hacia ella y le dijo:

—¿Sabes lo que quiere decir *puttanesca*? Pues «como una puta», y significa que es un plato donde cabe de todo menos el fregadero, bueno, y a lo mejor hasta el fregadero también. —Emmett volvía a ser el de antes: arrogante, agresivo—. ¡Eh, Cesare! —le dijo al hombrón de traje de botonadura doble, con tono cortés y deferente—, ¿qué tal su *puttanesca*?, buena, ¿eh?

El hombre le miró con el ceño fruncido, le reconoció y saludó a Emmett con un ligerísimo movimiento de cabeza, al tiempo que se limpiaba la barbilla con la servilleta. Pero si pensó que Emmett estaba tratándole irrespetuosamente, no lo aparentó en absoluto.

Annie bajó la cabeza, ocultando el rostro en la servilleta para amortiguar su risa. Se sentía también un poco desconcertada por la audacia de Emmett. Pero, por otra parte, ¿por qué había de sorprenderla una cosa así? Desde que conocía a Emmett Cameron nunca le había visto asustarse de nada ni de nadie.

Cuando hubieron terminado de cenar, los dos se sentían pesadísimos por la cantidad de pasta ingerida. Emmett propuso andar un rato, antes de parar un taxi. Paseando por Grand Street con Annie, Emmett se sintió súbitamente invadido por una sensación como si le cogiera por la cintura un fornido defensa en pleno partido. «¡Por Dios! ¿Cómo me he dejado pillar así por esta chica?» Annie era dura por fuera, pero en su interior había cierta suavidad, una profunda necesidad de algo que le emocionaba, haciéndole desear llegar a ella.

En una ocasión, recordó Emmett, en un barco de pesca en el que había trabajado, una garceta había quedado cogida en una de las redes. Tenía una pata rota, eso saltaba a la vista, pero seguía forcejeando valientemente, agitando frenéticamente las alas y lanzando su grito chillón y angustiado. Para cuando Emmett pudo liberar a la desdichada, ave, se preguntó si no sería mejor matarla para liberarla de sus dolores. Pero lo que hizo fue abrigarla bien y llevársela a su casa, y allí le preparó una vieja jaula que había en el patio. No obstante, siempre que iba a cuidarle, el animal, cuyas patas estaban vendadas con cinta adhesiva y una de cuyas alas colgaba como una vela desgarrada, nunca perdía la oportunidad de tratar de darle un buen picotazo en un dedo. Emmett recordaba todavía sus ojos, como canicas planas de mármol, y su extraño grito chillón. Nunca llegó a coger cariño a Emmett, y cuando éste, finalmente, la dejó en libertad, con la pata y el ala curadas, la garceta levantó vuelo sin despedirse siquiera, volviendo una sola vez la cabeza hacia atrás. Pero aquel condenado pájaro, en cierto modo, le había emocionado, y le admiraba no sólo por su tenacidad, sino también por su manera de mirarle de arriba abajo cada vez que iba a curarle y la puerta de la jaula chirriaba sobre sus goznes enmohecidos. «Nadie te dijo que me cuidases –parecía decir–, de modo que no te esperes de mí ninguna recompensa.»

Quizá fuese ésta la lección que había aprendido de aquel maldito pájaro, y la que Annie estaba enseñándole ahora: que no siempre tiene mucho sentido a quién cuidas o por qué, y que cuidar no siempre merece o recibe una recompensa equivalente.

La miró ahora, a su lado, con las manos metidas en los bolsillos de su grueso abrigo de lana, los hombros encogidos y la cabeza baja, como preparándose para lanzarse al ataque. Pero, ¿contra quién, o contra qué?

El viento levantaba su pelo corto, formando una pequeña cresta sobre su frente. Demonios, era guapa. No como esas modelos de las portadas del *Cosmopolitan*, con las tetas enhiestas como tarjetas de visita de agentes comerciales. No, Annie era guapa de una manera que no era fácil de identificar o definir, como cuando él miraba el océano a las cinco de la madrugada con una neblina sobre las olas, u oía el ruido de los campos de trigo en agosto cuando el viento roza sus tallos que se están secando. A Emmett le gustaba cómo la luz del sol resaltaba el ocre de la piel de Annie, y también cómo, desde ciertos ángulos, sus ojos azul oscuro parecían negros, y también cómo el vello de sus antebrazos se erizaba cuando Annie se encrespaba. Le encantaba su manera de ahuecar las mejillas cuando estaba pensativa, y su manera de sonrojarse cada vez que él la sorprendía mordiéndose las uñas, como si la hubiese cogido sentada en el retrete.

A Emmett le encantaba el aspecto que tenía Annie ahora, y cada farola bajo la que pasaban daba un breve y brillante halo a su oscura cabellera, mientras el frío formaba como desgarrones rojos en sus pómulos salientes. Quería besarla en aquel momento, y luego hacer el amor con ella... y eso era lo que le asustaba, porque, maldita sea, no había nada peor que hacer el amor con una mujer que tiene a un hombre entre las piernas y a otro entre las orejas.

A pesar de todo, Emmett sabía que si no la besaba, lo lamentaría el resto de la noche. Había en su mente una imagen que no acababa de borrársele: Annie, desnuda y abierta de brazos y piernas sobre el canapé de su apartamento parisino, imitando a la odalisca de Manet que acababan de ver aquel mismo día en el Louvre, con la cabeza echada hacia atrás de manera que parecía medio dormida, mirándole con los párpados entrecerrados y una fina cinta negra en torno del cuello y un brazo dorado caído sobre uno de los brazos del canapé, los muslos indiferente, provocativamente abiertos. Recordó que él estaba en medio del cuarto de estar, y había sentido un súbito asalto de sangre hirviente en la ingle. Y Annie, riendo, se había levantado de un salto, echándose encima una bata como si de pronto no pudiera consentir que él la viese así, ni de broma.

–Escucha, Cobb, tengo una idea... Vamos a mi apartamento –dijo Emmett con aire indiferente, al pasar por Broadway, pero se le anudaban las tripas en la tensa espera de su respuesta.

–Humm. –Annie se detuvo junto a una rejilla de la acera que enviaba nubes de vapor a la noche fría, y le miró, como advirtiéndole–: Sabes perfectamente lo que ocurrirá.

–En eso pensaba yo precisamente. –Emmett la miró con su sonrisa de vaquero que tantas cosas escondía.

–Todavía no puedo.

–Pues tiene gracia, yo juraría que aquella señorita desnuda de París y tú erais la misma persona.

Annie se echó a reír y Emmett vio que el rubor se extendía por sus mejillas.

—Emmett, por favor, deja de tomarme el pelo.

Entonces él la besó. Inclinándose sobre ella, con una mano reposando suavemente sobre su hombro y la otra cogiéndola por la nuca, empujando entre sus dedos el pelo corto, fresco y rebelde como hierba nueva, y todo tan fácil, tan natural como el respirar mismo. Y ella sin duda pensaba lo mismo, porque no se apartó. Abrió la boca, y él saboreó su dulzor, saboreó el *zabaglione* caliente que habían batido en su mesa con Marsala y espumosas claras de huevo. Emmett sentía el vapor de la rejilla cercana penetrarle por el abrigo, formando cuentas de humedad en sus mejillas y su frente.

—¡Oh, mierda! —dijo ella, bajo, apartándose.

En torno de ellos los transeúntes pasaban a toda prisa envueltos en sus abrigos, y los taxis formaban un río pestañeante en la calle llena de tráfico. Un hombre sentado ante el escaparate de una tienda de bicicletas, al parecer indiferente al frío, tenía extendida sobre la acera, delante de él, una vieja manta cubierta de pendientes y hebillas de cinturón. Annie, con una rápida y nerviosa risita, bromeó:

—Tiene que ser la *puttanesca.*

Emmett vio un taxi libre y levantó la mano.

El taxi tenía la calefacción estropeada, y una de las ventanas traseras no cerraba del todo, de modo que cuando llegaron al apartamento de Emmett, al otro lado de la calle que salía de London Terrace, los dos estaban medio congelados. La ducha de la cocina por lo menos estaba a mano, bien a la vista, al otro lado del armario donde colgaron sus abrigos. Sin la menor vacilación, Emmett se desnudó y, después de pasarse los dedos congelados bajo los sobacos para calentarlos, comenzó a desnudar a Annie, que no protestó.

En cuanto estuvieron los dos desnudos, Emmett metió la mano en la cabina de aluminio de la ducha y tiró de la cadena. Abrió la cortina de vinilo y se metió en la cabina:

—¿Nunca te habías duchado en una cocina? —le preguntó, metiéndola con él bajo el chorro ardiente.

Emmett comenzó a sentir que la rigidez inicial de Annie

cedía a medida que él, lenta y amorosamente, le frotaba brazos y pechos y sus manos se apretaban contra su vientre plano.

–No –dijo Annie–, y la verdad es que parece distinto.

–Al entrar en una cocina siempre se piensa en comida, ¿verdad?

–Bueno, ¿y qué?

Annie se inclinó y Emmett sintió un espasmo en la ingle al ver sus pequeños pechos, con sus pezones casi purpúreos, apuntándole.

–Pues que... –comenzó, tocando al tiempo con la punta de la lengua una burbuja de jabón que oscilaba en la punta de uno de sus pechos–, que estoy empezando a sentir un hambre voraz.

–Pero si acabamos...

Las palabras de Annie quedaron interrumpidas al sentarse Emmett repentinamente delante de ella y penetrar con su lengua en la seda húmeda de su entrepierna.

La oyó gemir suavemente, mientras su lengua subía y subía. Emmett sentía el cálido chorro de la ducha fluirle espaldas abajo, y los dedos de ella en su pelo, tirando de él, de una manera casi dolorosa y al tiempo inmensamente excitante. Emmett sentía que Annie se reprimía un poco, muy poco, pero vibraba como un cable de alta tensión. ¡Dios mío! Annie era tan... tan apasionada. ¿Por qué no se abandonaba de una vez?, ¿qué tenía aquel hombre que tan poderosamente la inducía a rechazar todo lo demás? Que Emmett supiera, Annie ni siquiera había dormido con Joe.

Empezó a saborearla por dentro, todo su resbaladizo calor, salado y dulce al tiempo, y se sintió perdido. Perdido para la razón y para cualesquiera pensamientos del porvenir. Él únicamente la deseaba a ella, y en aquel preciso instante. Como el tamborilear del agua contra las paredes de aluminio de la cabina, Emmett sentía su propia sangre palpitante en su cabeza y en su ingle, y sólo oía una palabra, repitiéndose incesantemente en su cerebro: «*Annie... Annie... Annie...*»

Se levantó, apretándose contra la pared y apretando sus manos contra su glúteo. Annie, gimiendo, la cabeza echada hacia atrás, con el pelo suave como el pelaje de una nutria y agua cayéndole en torno a la garganta, se arqueó contra él, cogiéndole con ambos brazos por el cuello, levantándose hasta ceñirle los muslos con sus piernas.

Gritó al penetrarla Emmett, un gañido cortante que fue ahogado por el golpeteo del agua y los embates rítmicos contra el aluminio.

Emmett la bebió, se regodeó en ella; su dulce peso tiraba de sus brazos, mientras la suave humedad de sus miembros se enroscaba en torno de él y su pelo empapado le cubría al hundirse su rostro en su cuello, mordiéndole entre gritos sofocados por el contacto apretado del hombro.

Emmett eyaculó con un ímpetu ardiente, doloroso casi, y justo cuando el agua se enfrió. ¡Dios mío! Y sintió que ella también se corría, y el agua fría les cubría a los dos, encogiéndole la piel y agudizando todos sus sentidos bruscamente, como reavivados por un fuerte golpe, y tan intenso era su placer que casi le resultó insoportable.

—¡Qué frío! —chilló Annie—. ¡Uau, estoy congelada!

La dejó en el suelo y cerró la ducha y oyó el ruido seco y suave de la piel húmeda de ella al separarse los dos. La miró, tiritando: Annie tenía los brazos cruzados sobre el pecho y la piel de gallina. Los dos, mirándose, se echaron a reír.

Emmett la cogió en sus brazos, echó hacia atrás la cabeza y soltó una tremenda risotada. Ni siquiera sabía de qué reía, como no fuese por lo bien que se sentía. En el interior de una pequeña cabina de ducha, en una cocina atiborrada de un apartamento alquilado, en el corazón hollinoso de una ciudad que le tragaba por la mañana y le escupía por la noche, Emmett Cameron por fin se encontraba en casa.

CAPÍTULO XXII

Laurel estaba en la bañera cuando volvió a sentir el tirón en el vientre.

No dolía mucho, casi no se podía decir que doliese. Desde luego no era un dolor *de parto*. La verdad era que lo había tenido toda la mañana, pero estaba segura de que no era nada serio. Sally Munroe, de su clase de Lamaze, que estaba embarazada por segunda vez, había dicho a Laurel que tener un hijo era cosa de nada.

Se quedó mirando su vientre abultado, que salía del agua como la giba de una ballena. Se miró los músculos tensos, ligeramente palpitantes, y sintió como si se le encogiesen. Pensó en Scarlett O'Hara encerrada en un corsé insoportablemente ceñido. *Eso* sí tenía que doler. Ahora, en cambio, aparte de esta tensión, lo único que sentía era una especie de frío en la espalda, como si la temperatura del agua se hubiese enfriado sólo en aquel sitio.

Recordó imágenes cinematográficas de partos: estoicas mujeres que mordían tiras de cuero para no gritar. Padres nerviosos dando paseos como osos enjaulados en salas de espera de hospital. Mujeres de ojos enloquecidos sujetas con correas a barras metálicas, agitándose y gimiendo.

Pero esto suyo no era nada parecido, no podían ser los dolores del parto... *no* podía ser.

Recordó a su profesor de Lamaze, que decía que los falsos dolores del parto eran contracciones corrientes, que no dolían y que llegaban a intervalos irregulares. Pero, ¿cómo de irregulares? Poco antes había cronometrado algunas, pero variaban muchísimo: diez minutos, luego seis, luego otra vez diez. Era que se sentía demasiado tensa. Sí, eso tenía que ser. Y, en vista de eso, había llegado a la conclusión de que lo mejor sería bañarse.

Pero, por si acaso, decidió llamar al doctor Epstein.

Al levantarse de la bañera, Laurel sintió que toda su tensión se aliviaba. Volvió a dejarse caer en el calor del agua, sintiendo en todo su cuerpo un ligero bienestar.

¿Para qué molestar al médico, se dijo, cuando lo más probable es que todavía faltase mucho para el parto? «Lo único que hará será llevarme al hospital, y si esto *es* parto, pues se pondrán a pincharme con agujas y a meterme dedos por todas partes. Y luego, cuando nazca el niño...»

«No pienses en ello.» Fue como una campanilla de aviso en su cerebro, advirtiéndole que parase, que mantuviese todo pensamiento del niño fuera de su cabeza. Laurel cogió una esponja y la apretó tanto que saltaron gotitas, salpicando el cuarto de baño por encima de la bañera.

«Se lo llevarán y ni siquiera podré tocarlo.»

Laurel sintió un dolor cortante, esta vez en el pecho. Y entonces experimentó no sólo el *pensamiento* sino todo el *peso* del pensamiento, golpeándola de plano: «Ya no será MÍO.»

Llegaría una mujer al hospital y se llevaría a su hijo. Esa mujer, y su marido, gente muy buena, se encargarían de que su hijo (porque Laurel estaba segura de que sería niño) estuviese siempre bien alimentado y limpio y bien abrigado en su cuna. Y cuando creciese le llevarían a la playa y a ver partidos de béisbol, y a Disneylandia. Le prepararían té con miel y limón cuando se pusiese malo, le oirían practicar el piano o el saxofón, le harían hacer sus ejercicios de matemáticas. Le querrían.

Se tocó el reluciente monte de su vientre, y susurró:

—Ni siquiera sabrás quién soy, ¿verdad? Olvidarás que fuiste mío una vez.

Echó la cabeza hacia atrás, y las lágrimas le resbalaron sienes abajo, remansándose en sus orejas, una sensación cálida y cosquilleante. Laurel se imaginó a su hijo, encogido dentro de ella, como una diminuta gatita dormida, con su pelo suave y sus diminutos dedos rosáceos.

—Por favor... —susurró, sin saber apenas lo que estaba suplicando.

«La decisión fue mía», se recordó. Nadie la había obligado a renunciar a su hijo. Lo único que había hecho Rudy era persuadirla de que eso era lo mejor.

Recordó que le había llamado por teléfono el día después de su encuentro en la tienda de ropa de niños, y lo aliviada que parecía su voz cuando ella le comunicó su decisión. Y Rudy le repitió una y otra vez que aquello era lo mejor... Lo mejor, no sólo para el niño, sino también para ella. Y Laurel había seguido diciéndose y repitiéndose que había hecho bien, muy bien, pero ahora ya no se sentía tan segura...

«Si por lo menos el niño fuese de Joe...»

Quizá Joe la quisiera después de todo..., aunque sólo fuese un poco. Y quizá la querría más, mucho más, si no estuviese Annie.

Annie. A fin de cuentas, todo acababa siendo cosa de Annie. Laurel no podía dejar de pensar que si acababa entendiéndose con Joe, tendría que ser a costa de engañar a Annie. Echada en el agua cada vez más fría de la bañera de patas de garra de león, Laurel se preguntaba: «¿Por qué tiene que ser tan duro? ¿Por qué tengo que escoger entre dos personas a las que quiero?»

Sus ojos se llenaron de lágrimas, y se apretó las manos contra el vientre, con los dedos abiertos como estrellas de mar.

Durante un dulce intervalo, lujo que ella sabía no podía permitirse, Laurel se imaginó lo que ocurriría si cambiase de idea y se quedase con el niño. La bonita familia del tío Rudy se quedaría decepcionada, eso sin duda, pero acabarían consolándose. En poco tiempo encontrarían otro niño que adoptar, a lo mejor uno que necesitaba un buen hogar más que el suyo. Y *ella* se quedaría en su casa con su hijo. Le compraría aquella cuna de roble que parecía de artesanía y que había visto en un escaparate del gran almacén del Ejército de Salvación de la Octava Avenida, y la tendría siempre junto a su cama. Cada vez que el niño llorase, lo cogería en brazos, y cuando fuese mayor le señalaría la estrella del crepúsculo igual que solía hacer Annie con ella cuando era pequeña, de modo que podía desear algo todas las noches mirándola.

Sintió una cálida oleada de alivio, como si el agua se hubiera vuelto más espesa, levantándola en alto, y permitiéndola flotar con la tranquilidad de una hoja.

«Podría encontrar trabajo, a lo mejor en la tienda de tía Dolly, para pagar las cuentas entre encargos de ilustraciones de libros, y ya terminaría la universidad más tarde, cuando él vaya a la escuela. Y luego, cuando haya ahorrado bastante dinero, encontraré un apartamento con estudio en alguna parte, o a lo mejor Annie se muda y nos deja éste. Y así estaré junto a Joe.»

Pero, si Annie se mudaba, ¿cómo podría pagar el alquiler?

¿Por qué no había hecho nada práctico en sus cuatro años de escuela secundaria? Sí, era buena dibujante, y sabía guisar y coser, pero todo eso también lo sabía hacer mucha gente. Laurel sintió súbita envidia de su amiga Hillary Neucomb. Recordó lo tonto y pesado que le había parecido renunciar al verano para trabajar de mecanógrafa en un bufete, pero ahora Hillary estaba en situación de conseguir un empleo bien pagado si lo necesitaba.

Laurel recordó que en una ocasión, hacía años, había hablado de conseguir un empleo de media jornada para ayudar a resolver su situación financiera, que siempre era casi desesperada, pero Annie, en cuanto la oía, se ponía *tensa*, su piel se estiraba en las sienes, sus ojos se agrandaban y las facciones del rostro le destacaban más, y se quedaba mirando a Laurel y acababa diciendo:

«Si tienes tanto tiempo libre, ¿por qué no te inscribes en algún club escolar? Tengo entendido que el club de Historia del Arte organiza visitas a museos... Así podrías aprender mucho, ¿no te parece?»

Y tanto que había aprendido. Para lo que le servía ahora...

Bueno, el verano anterior lo había pasado interna en Blustein y Warwick, pero, ¿qué trabajo creativo había hecho durante aquellos dos meses y medio, aparte de hacer recados y repartir tazas de café?

El libro que había ilustrado para Fairway Press era otra cosa, *eso* era lo que a ella le gustaba hacer, y lo que sabía hacer bien. Y los dos mil quinientos dólares que le pagaron por ese trabajo eran maravillosos, fantásticos, irreales. Pero no podía contar con golpes de suerte como éste con mucha frecuencia, por lo menos si no iba por ahí buscando trabajo, como hacía Annie constantemente.

Laurel quitó el tapón de la bañera y observó el agua espumosa arremolinarse en torno al desagüe, luego se puso en pie y salió, quedando sobre la estera rosa. Al coger una toalla, volvió a sentir un tirón en la cintura. Se quedó quieta, erguida y cogida al toallero, hasta que se le pasó. ¿Serían imaginaciones suyas o éste había durado más que el anterior?

Sabía que debía cronometrarlos si se hacían más periódicos. El doctor Epstein decía que los primeros dolores del parto solían durar mucho, de modo que, aun cuando éste lo fuese de verdad, no tenía motivos para apresurarse.

Lo que ella necesitaba era una taza de té, algo que la relajase. Luego terminaría el último dibujo del libro que estaba ilustrando. Los otros ya los había entregado, pero con éste ni ella ni Liz Cannawill habían quedado completamente satisfechas, de modo que había prometido rehacerlo por entero.

Laurel se secó con la toalla y se puso el albornoz, que pocos meses atrás le estaba muy grande y ahora apenas cabía en él. Pero la enormidad de su vientre ya había empezado a parecerle normal. Lo que seguía pareciéndole anormal eran sus pechos, que habían crecido, de huevos que parecían, hasta ser como melones. No era justo, pensó con una amarga sonrisa en los labios. Por primera vez en su vida tenía una hendedura entre los pechos, pero no tenía nadie a quien mostrársela.

Con un tazón lleno de humeante té de manzanilla, Laurel se acurrucó en la gran banqueta tapizada de pana roja que había junto a la ventana. El sol, entrando a raudales por las altas ventanas protegidas por barrotes de hierro, arrojaba sombras como de parrilla sobre la alfombra. A Laurel le encantaba esta habitación, su luminoso calor durante el día, sus plantas trepadoras, sus mullidos cojines y sus viejos muebles gastados. Como ahora Annie se pasaba día y noche haciendo chocolate, Laurel tenía el apartamento a su disposición casi el día entero, y esto sí era una bendición. No había interrupciones o disputas y apenas platos que lavar, y podía pasar todo el tiempo que quisiera dibujando.

Se arrodilló torpemente y sacó su bloc de dibujo del cajón del fondo de la vieja estantería de roble acristalada. Fue hojeándolo y pasando revista a sus bocetos de osos. Semanas antes había ido en un vagón del Metro atiborrado de gente, casi todo el tiempo de pie, al zoológico del

Bronx, y allí se sentó en un banco frente a la isla de los osos polares y se puso a retratar a aquellos grandes animales en diversas posturas hasta que los dedos acabaron congelándosele de frío.

En el dibujo que estaba haciendo ahora, el oso se encabritaba, furioso, sobre sus patas traseras, por haber descubierto que su novia le había traicionado sin querer. El dibujo era bastante bueno... hasta *ella* misma tenía que confesar que era bueno. La expresión de furia del oso estaba muy lograda. Pero la novia, echada por tierra, le parecía mal. ¿No debería haberse puesto en pie de un salto para pedir perdón y declarar su amor? Hasta su rostro estaba mal: banal, sin dignidad. En general, no había más remedio que reconocerlo, el dibujo aquel no valía.

De pronto Laurel se imaginó cómo tenía que ser una novia. Cogió una goma y borró un brazo, una pierna, la mitad de un rostro, y comenzó a esbozar. El lápiz volaba sobre el papel. Su mente estaba llena de imágenes de una mujer asustada, pero decidida a recuperar a su príncipe.

Perdió toda noción del tiempo, y apenas se daba cuenta de las contracciones que pasaban por su cuerpo como suaves olas oceánicas. Probó la manzanilla, que estaba en el suelo, a su lado, y la encontró fría.

La parrilla de luz del sol fue corriéndose hacia el borde de la alfombra, y finalmente se disolvió en sombra.

Laurel, centrando toda su atención en la novia, comenzaba a verla tomar forma, y ante sus ojos aparecía una doncella que era *digna* de un príncipe. De otra manera, no podría hacer creer al lector, a cualquier lector, que había pasado años explorando el mundo entero para encontrar la imagen justa. Esta vez Laurel se dijo que estaba a punto de dar con ella. ¡Sí, eso era! El terror en sus ojos, la barbilla tercamente levantada. Ya estaba calculando cómo iba a reconquistar al hombre al que amaba. Y cuando lo consiguiese...

Una fuerte contracción, más fuerte que las anteriores, afectó a Laurel con tal violencia que la hizo soltar el lápiz. Estremeciéndose de dolor, se dio cuenta de que no sólo había soltado el lápiz, sino que lo había lanzado contra la pared de enfrente, donde su punta se había roto, dejando un garabato negro en el zócalo. Se acurrucó, cogiéndose el vientre. ¡Dios mío, sí que dolía! Dolía de verdad.

Iba a ser mejor llamar al doctor Epstein. Nada de demoras.

Esperó a que pasase la contracción, que parecía una eternidad de intenso dolor. Pero cuando trató de ponerse en pie, sus piernas cedieron bajo su peso como mantequilla caliente.

¿Cuánto tiempo llevaba allí sentada? Lo bastante para que sus piernas se entumecieran, se dijo. Vio que la luz final de la mañana se había disuelto en sombras y comenzó a sentir pánico. Ahora sí iba a ocurrir algo. *No cabía la menor duda.*

Volvió a circularle normalmente la sangre por las piernas, pero seguía demasiado agitada para poder ponerse en pie. Consiguió colocarse de rodillas y comenzó a arrastrarse hacia el teléfono. Se sentía pesada como un oso polar, más pesada que un oso polar. Sus pies desnudos se enredaban en la alfombra, tirando de ella y formando pequeñas colinas.

Estaba a punto de sufrir una contracción más terrible que la anterior. «Dios mío... no, por favor, no...» Sentía como si le hubiesen arrancado una cuerda de la cintura. Tenía el rostro cubierto de sudor, y eso que ella no sudaba *nunca.*

Tenía miedo. Pensamientos absurdos la acuciaban: se veía cubierta de sangre, el niño asfixiándose con el cordón umbilical. ¡Socorro! ¡Necesitaba que alguien la ayudase!

¿Annie? ¿Estaría Annie en la tienda?

Ya estaba casi junto al viejo pupitre escolar donde tenían el teléfono. Hizo un esfuerzo por levantarse, cogió el teléfono con una mano y se detuvo un momento para recobrar el aliento. La superficie del pupitre estaba cubierta de iniciales, letras y corazones del revés, operaciones matemáticas, un dibujo de algo que podía ser un pene o el monumento a Washington.

Al empezar a marcar el número, la asaltó otra contracción. Se encogió, entre terribles dolores, y el auricular cayó al suelo entre sonidos agudos.

—¡Oh! —gritó, cogiéndose el vientre y cayendo al suelo,

entre cuchilladas. Eran como cuchilladas en la espalda, y también, muy hondas, en la ingle.

Algo no iba bien, se dijo, no debería doler tanto, por lo menos tan pronto.

El dolor acabó cediendo, pero Laurel ya no pensaba en llamar al doctor Epstein o a Annie. Había una persona, y sólo una, para un momento como aquél. Una persona *necesaria*. Marcó un número que se sabía de memoria, y esperó, sudorosa y aterrada, mientras la señal sonaba sin cesar.

«Por favor, Dios, que esté, ¡por favor!»

–Joe's Place –dijo finalmente una voz que parecía agobiada.

Era *su* voz.

Laurel se ahogó en un gemido, y luego, recordando a la lastimosa novia de su dibujo, lo reprimió. Cerró fuertemente los ojos y se obligó a respirar lenta y pausadamente. Y cuando por fin habló, su voz no era más desesperada que la que hubiera usado para comunicar que su tren salía dentro de un par de minutos.

–¿Joe? Soy Laurel –dijo–. Oye, creo que estoy a punto de dar a luz.

La puerta del apartamento estaba entreabierta. Y Joe la abrió de un empujón:

–¡Laurel!

No recibió respuesta y el corazón le dio un vuelco. Se imaginó que había llegado demasiado tarde y volvió a sentirse como en aquella noche infernal en que había ido corriendo a casa de Caryn. Siempre que soñaba que corría a casa de Caryn, llegaba casi a tiempo, pero luego, en cuanto se veía allí, ya la hoja de afeitar había cortado y la sangre brotaba de aquellas muñecas pálidas. ¡Dios mío!

–¡Laurel! –volvió a gritar, y esta vez le pareció oír el ruido sofocado de una respuesta.

Miró, frenético, por el cuarto de estar, que estaba en penumbras, y su mirada topó con el bloc de dibujo, caído sobre la alfombra. El dibujo detallado, casi vivo, le sorprendió: un gran oso blanco encabritándose sobre sus patas traseras, como a punto de devorar a la chica que se enfrentaba con él, desafiante, los brazos abiertos, las anchas mangas de su bata suelta cayéndole de los codos. Era bueno y estaba increíblemente lleno de vida. Pero lo que sorprendió a Joe era que la chica se parecía muchísimo a Laurel. ¿Era así como ella se veía... a punto de ser devorada?

Por un momento, Joe contempló el dibujo como hipnotizado. Y luego se dio cuenta de por qué había venido. Al no encontrar un taxi en el caos de la hora punta, se había lanzado a todo correr bajo la llovizna persistente, casi kilómetro y medio, y luego cuatro tramos de escalera sin parar. Y ahora estaba allí, empapado, chorreando agua sobre la alfombra, vestido con un viejo anorak militar verde y empapado también de sudor. Tanto jadeaba que le dolían las costillas y el vapor empañaba sus gafas, dándole la impresión de estar envuelto en una agorera niebla.

¡Dios santo!, ¿pero qué hacía él allí? ¿Por qué no había llamado una ambulancia antes de salir como un loco camino del apartamento de Laurel? ¿Y si Laurel estaba ahora en mala situación?

—¿Joe? —La voz de Laurel llegó débil, del otro extremo del pequeño apartamento.

Joe siempre había pensado que aquel dormitorio tenía un aire provisional, como si la gente que lo ocupaba estuviese allí sólo hasta encontrar algo mejor: dos pasajeras llegadas al amanecer en el mismo tren nocturno, pero con distintos destinos. Mirando alrededor y viendo las cosas de Laurel y Annie, Joe se dijo que aquellas dos hermanas eran muy distintas... y que era muy extraño que él las quisiese a las dos.

Laurel estaba encogida en la cama. Llevaba una bata vieja de felpilla, muy arrugada y estrujada bajo su peso. Su larga cabellera colgaba en húmedos mechones sobre el borde del colchón. Tenía el rostro muy pálido y, en cierto modo, parecía *pulido*. Joe se sobresaltó, al darse cuenta de que era porque estaba sudando. Nunca había visto a Laurel sudar hasta entonces, y le recordó a una *madonna* de Rafael sumida en los espasmos de algún éxtasis morboso. Joe se agachó a su lado. El corazón le latía alocado.

–Laurel, estoy aquí, ya verás cómo todo acaba bien. –Se esforzó por disipar el pánico que obstruía su mente y por recordar todo lo que había aprendido en las clases de Lamaze–. Dime, ¿cuándo empezó?, ¿con qué frecuencia te dan los dolores?

Laurel movió la cabeza, forzándose a hablar a través de los dientes apretados:

–Todos... juntos.

Sin intervalos entre los dolores. Eso significaba que estaba al borde del parto. ¡Cielo santo! ¿Por qué no le había llamado antes?

Joe sintió una lenta oleada de resentimiento. ¿Por qué tenía Laurel que llamarle a él? ¿Qué tenía él que ver con aquello? ¿Y por qué, cuando le pidió que hiciese de instructor suyo en las clases de Lamaze, no se había negado, o al menos había tenido el valor de confesar que la razón principal de haber aceptado era que quería herir a Annie?

«Oye, tú, no fue Laurel quien te metió en este lío.» Sí, de acuerdo, Laurel le había preocupado, y seguía preocupándole, pero la verdad era que estaba tan irritado consigo mismo que apenas podía centrar sus ideas.

Y si ibas al fondo de la cuestión, ¿qué derecho tenía él de enfadarse con Annie porque le había acusado, cuando aquel niño *habría* podido ser suyo? Joe recordó la noche en que Laurel le había besado, y recordó que una parte de él había querido llevársela a la cama allí mismo, y sin demora. Desde entonces, viendo crecer su embarazo, Joe había vuelto a sentir ese deseo, una y otra vez, como un tirón en lo más hondo de su ser. Su admiración por Laurel también había ido creciendo. La entereza con que había sobrellevado todo aquello, sin quejarse ni tratar de culpar a nadie, aceptándolo todo en silencio. Hasta la decisión de renunciar al niño la había tomado ella sola, sin quejarse ni echarse a llorar sobre hombros ajenos.

Avergonzándose de haber querido escapar de allí, Joe, frenético, se quitó el anorak y puso una mano sobre el vientre redondo de Laurel. Lo sentía moverse, los músculos se *agitaban*, esforzándose, bajo la palma de su mano. Joe pensó en un terremoto, primigenio, incontrolable, y se sintió tan impotente como si aquello fuese de verdad un terremoto. ¿Qué podía hacer? Él, después de todo, maldita sea, no era médico.

¿Dónde diablos estaba Epstein? ¿Lo había llamado Laurel?

Algo se le hincaba en el brazo, como una garra. Era Laurel, que le cogía el antebrazo con toda su fuerza; sus dedos parecían exangües, casi transparentes, como si una máquina de rayos X hubiera puesto al descubierto los delgados huesos que tenía bajo la piel.

—Joe... tengo miedo —jadeó Laurel.

«También yo, chica; estoy tan asustado que no sé qué hacer.»

—¿Qué dijo el médico?

—No... no he... hablado con él. Después de hablar contigo tuve que... echarme. ¡Dios mío, cómo duele!

Se aferró el vientre más fuerte, y su rostro se contrajo en una mueca de agonía.

—¿Cuál es su número?

—Está en... la libreta azul... dentro del pupitre... debajo del teléfono.

—En seguida vuelvo. Ánimo, Laurel.

Encontró la libreta azul donde Laurel le había dicho, bajo el pupitre, donde los escolares guardaban sus bocadillos y sus libros de lectura. Buscó el número del doctor Epstein, pero tanto le temblaba la mano que dos veces lo marcó mal. Le respondió un contestador automático, que le decía que dejase un recado, a menos que fuese una urgencia.

—¡¡Sí, sí, es una urgencia!! —aulló Joe.

Un minuto después llamó el médico y le dijo lo que él ya sabía: que tenía que llevar a Laurel al hospital de Saint Vincent. Epstein añadió que pediría una ambulancia, y que estaría allí en cinco minutos. Luego, Joe marcó el número de la tienda de Annie, y una chica que, a juzgar por su voz, no parecía capaz de vender una piruleta, le informó que Annie había salido. Dejó un recado, diciendo que llevaba a Laurel al hospital, y la chica prometió, emocionada, que haría todo lo posible por encontrar a Annie.

Esperando la ambulancia, Joe recordó una apuesta que había hecho una vez con un amigo de la escuela primaria.

Eddie Plowright le había apostado un dólar a que no era capaz de hacer el pino durante cinco minutos; y Joe, siempre tan sabihondo, había aceptado, pensando que sería fácil. ¿Cinco minutos? Eso no era nada, él lo haría durante *diez*, así aprendería el tonto de Eddie. Pero luego, con los pies en el aire y la sangre bajándole a la cabeza como un saco de arena, las orejas zumbándole, los ojos saltándosele, Joe llegó a la conclusión de que cinco minutos parecen a veces más largos que un año. Así exactamente se sentía ahora, como si hubiera tenido que pasar cinco minutos interminables haciendo el pino... y con otros cinco más encima.

Encontró a Laurel echada de espaldas, cogiéndose una rodilla con cada mano, mientras la gran luna de su vientre salía de los pliegues retorcidos de su bata. Joe se situó a los pies de la cama, pero se sintió fuera de lugar, como si Laurel estuviese llevando a cabo algún rito atávico prohibido a los hombres.

Todo estaba quieto, como si la tierra hubiera dejado de girar, quedando suspendida e inmóvil en el espacio. Sintiéndose acalorado, Joe se quitó el jersey, esperando verlo flotar sobre la alfombra, como si la ley de la gravedad hubiera dejado de regir por el momento.

–La ambulancia está al llegar –le dijo–, y el doctor Epstein estará esperándote en el hospital.

–No... sé... si podré... ¡Dios mío!

Joe se esforzó por recordar los ejercicios de respiración que los dos habían practicado juntos en la clase de Lamaze. ¡Menudo instructor había resultado!

–Jadea –la instó, inclinándose sobre ella de tal forma que sus bocas casi se unieron. Joe casi captaba el sabor de su aliento: dulce, con un atisbo de pánico metálico–, respira superficialmente, eso, así, al ritmo del dolor, como si *fueras* tú con él. Estupendo, te sale de maravilla.

Laurel siguió jadeando durante un par de minutos y luego cayó de espaldas, cogiéndose la bata como si estuviera ahogándose. Joe miró y vio la franela roja y azul de su camisa saliendo de entre los puños de Laurel como un ramillete surrealista.

–¡No! –gritó Laurel–. ¡No puedo...! ¡Oh, Dios... POR FAVOR NO ME HAGAS HACER ESTO!

Joe experimentó un terrible calambre, como un latigazo. A pesar de que estaba sentado, sintió una tremenda sacudida que le hizo tambalear. Se dominó e instintivamente cogió a Laurel en sus brazos.

–Claro que *puedes* –le dijo–, y tanto que puedes.

–Joe –estaba tan cerca de ella que sentía sus labios moverse bajo los suyos propios, una sensación de oleaje menudo que era casi deliciosa y aceleraba los latidos de su corazón–, nunca he dejado de... quererte. Por favor... lo siento. Yo quise mentir... a Annie. Yo quería que el niño fuese... tuyo... *nuestro*. ¿Me odias?

Joe no sabía, no podía analizar las emociones que las palabras de Laurel le suscitaban. ¿Estaba *enamorado* de ella? No. Pero sin duda sentía por Laurel algo más que afecto fraternal.

–Yo a él no le quería –jadeó Laurel–, a Jess. Era... un cualquiera –gimió–. Ni siquiera sabe... lo del niño... No se lo dije...

–¿Tenías miedo de que te dejase en la estacada?

Joe recordó aquella mañana, en la escalera de la biblioteca, con Caryn, y sintió una frialdad en el corazón. Tocó la mejilla de Laurel, apartando de su boca un cabello que se había pegado.

–No. Él... –Laurel se interrumpió, tirando de la camisa de Joe–, no es... así... Me habría ayudado... Lo único que yo quería... –jadeó, y su boca se retorció en una horrible mueca–. ¡Ya viene! ¡Joe! ¡Lo siento venir!

–La ambulancia... –empezó a decir Joe, como si aquel parto fuese algo que se podía aplazar, pero inmediatamente se dio cuenta de que iba a tener lugar con o sin ambulancia.

¡Dios mío! Esto no se lo habían enseñado en las clases de Lamaze. ¿Qué había que hacer? En las películas, el médico o la comadrona decían siempre al padre que pusiese agua a hervir. Pero lo que Joe no sabía era qué había que hacer con el agua después de hervida.

El sudor le bañaba el rostro, le caía sobre el cuello de la camisa, le empañaba sus gafas. Se había sentido así en una ocasión, en la escuela secundaria, cuando tuvo que terminar la carrera de cuatrocientos metros del campeonato escolar interestatal. Recordó que tocaba el punto de partida con los dedos del pie, mientras el corazón se le desbocaba y el sudor le empapaba los pies.

Pero ahora no recordaba a qué velocidad había corrido aquel día, ni siquiera si había llegado a la meta. Lo único que recordaba era la interminable agonía mientras esperaba la señal de salida.

«¿Dónde coño está la ambulancia? ¡Ya debería estar aquí! ¡Diablos!, ¿qué piensan que es esto?, ¿un esguince?»

Miró su reloj de pulsera, un viejo Bulova, y comprobó que sólo habían pasado cuatro minutos desde que había telefoneado al doctor Epstein.

Laurel dio un grito. El rostro se le había enrojecido como la sangre, hasta alcanzar un tono carmesí oscuro. Joe comprendió que tenía que cooperar, empujando...

¡Dios mío! ¿Y si el niño venía del revés, o algo por el estilo? ¿Y si Laurel empezaba a sangrar?

Joe sintió una presión creciente en su cerebro. En sus oídos retumbaba como un trueno de oleaje. Corrió al cuarto de baño y cogió una toalla. Volvió al lado de Laurel y le puso la toalla bajo las caderas. No sabía qué más hacer.

—Todo va bien —oyó decir a una voz extraña y serena—, si hay que empujar, empuja.

—¡DIOS MÍO!

Con el empujón final, salió un chorro de agua entre las piernas de Laurel. Joe había oído decir que esto era normal, pero verlo era otra cosa, y para Joe fue desconcertante. Al arrodillarse a los pies de la cama para ver lo que estaba ocurriendo, se quedó petrificado.

La cama estaba empapada, como la toalla. Pero no había tiempo de poner agua a hervir o de buscar otra toalla, o de estornudar siquiera. Entre las rodillas levantadas de Laurel vio un oscuro círculo húmedo, la cabeza del niño. Joe se sintió mareado, desorientado por un instante, como si una parte de él estuviera lejos de todo aquello, observándose a sí mismo en el acto de cooperar en aquel milagro. ¿Podría ser que Dios observara de esa manera la creación del mundo? El círculo oscuro se ensanchó. Joe oía los gemidos animales de Laurel, que seguía empujando... empujando... empujando con gran fuerza. Vio sus propios brazos alargarse, como desde otro universo, sus manos abrirse para coger la cabeza del niño que salía lentamente a este mundo, resbaladiza y oscura y puntiaguda. Pero algo fallaba... el niño parecía atascado, sus hombros cogidos en algo. Y Joe vio sangre en la toalla plegada bajo Laurel. ¡Por Dios!

El pánico de Joe iba en aumento. ¿Y si el cordón umbilical estaba enredado y retenía al niño? ¿Y si Laurel sufría ahora una hemorragia? Recordó vagamente algo que había visto en una película, en la clase de Lamaze, sobre un niño que necesitaba que le hiciesen girar. Cuidadosa, muy cuidadosamente, como si el niño fuese una mariposa en sus manos, Joe hizo girar al niño hasta que notó que se le liberaban los hombros y acababa saliendo. Y tras la cabeza salió el largo torso jabonoso, y luego las piernas rojas y encogidas. Joe contenía el aliento, respiraba como silbando.

Con una mano bajo la cabeza del niño, Joe sujetó con la otra el diminuto glúteo, y gritó:

—¡Es un chico! ¡Y se está haciendo pis!

De un pene menor incluso que el dedo meñique de Joe salió un chorrito de orina en forma de arco, y el niño dio un grito sofocado, sobresaltado... y rompió a chillar, agitando brazos y piernas como un nadador principiante que se ve arrojado al fondo de una piscina por equivocación. Su rostro y su torso estaban listados de sangre. Joe, miró a Laurel y vio que la sangre que tanto le había asustado hacía un momento brotaba de un desgarrón causado sin duda por el niño al salir. Sintió un gran alivio. Laurel necesitaría unos puntos, pero no parecía estar en peligro de muerte.

Joe sintió que la extraña dimensión en que se había encontrado hasta hacía un instante, retornaba a la normalidad. De pronto volvió a verse en el mundo real. Laurel estaba echada, jadeando, exhausta... y él cogía entre sus manos a aquel novísimo ser humano al que, cuando no era más que un bulto bajo las ropas sueltas de Laurel, no había considerado siquiera una persona, un verdadero bebé. Pero ahora, sosteniendo entre las manos el cuerpo húmedo y diminuto de la criatura, del bebé al que, no sabía cómo, había ayudado a venir al mundo, Joe se sintió tan maravillado que rompió a reír. Y luego, sin motivo aparente, se echó a llorar. Laurel también estaba riendo y tenía el rostro surcado de lágrimas.

Joe se fijó en el bebé que tenía en sus brazos, sujeto aún a Laurel por el cordón umbilical, de un sorprendente color turquesa que no era ni feo ni repulsivo, al contrario de lo que él había imaginado, y, posiblemente por primera vez en sus treinta y dos años de vida se sintió vinculado a cosas mayores que él mismo. ¿A Dios? ¿A los misterios del universo? No, a algo más pequeño... a un latido, a una nueva vida, a una medida de gracia.

Lo mejor, sin embargo, era que había recibido esta oportunidad de demostrarse a sí mismo lo que habría sabido hacer por Caryn, de haber vivido ésta. No tenía la menor idea de lo que iba a hacer a partir de aquel momento, pero una cosa estaba clara: *Joe Daugherty era una persona con la que se podía contar.*

El bebé había dejado de llorar. Un par de ojos color índigo estaban fijos en él, y una manecita diminuta y moteada aferraba su dedo. Joe sintió una oleada de inesperado júbilo que casi le tumbó de espaldas.

Y, antes siquiera de darse cuenta de lo que decía, Joe exclamó:

—¡Adam! ¡Se llamará Adam!

CAPÍTULO XXIII

Val entró en el vestíbulo del Saint Vincent's Hospital y preguntó a la fornida negra de ojos saltones que había en recepción en qué habitación estaba Laurel Carrera.

Mientras ella buscaba en su archivo alfabético, Val echó una ojeada alrededor, fijándose en todos los negros e hispánicos que esperaban sentados en los bancos y en las baldosas de vinilo gastadas por incontables pares de zapatos.

¡Menudo tugurio! ¿Qué hacía él en un sitio así? Su niñita, ya crecida y convertida en toda una madre, probablemente no tenía ningún deseo de verle. ¿No se lo había dado a entender con toda claridad al fugarse de su casa en plena noche sin molestarse siquiera en decirle ahí te pudras?

No había ninguna Laurel Carrera, le dijo la negraza.

–Lo siento, señor.

Mierda. Val se frotó la barbilla, cuya aspereza le recordó que no se había afeitado. ¿Podría estar registrada acaso con su apellido de casada?

«Bueno, ¿y qué? Lo mires como lo mires, da igual, porque seguirá sin querer verte, de modo que ¿por qué no te largas de aquí?» En siete años no había recibido una sola carta o llamada telefónica, ni siquiera una miserable tarjeta postal. De no ser por aquel artículo de *Los Angeles Times* sobre la chocolatería de Annie, ni siquiera se habría enterado de que alguna de las dos seguía con vida.

Pero, ya que había recorrido todo aquel camino, gastándose sus últimos cien dólares en un vuelo barato, demonios, no podía irse sin verla.

–¿Quiere usted mirar Laurel *Cobb*?

No era probable, pero...

La negra volvió a hojear su archivo alfabético y esta vez levantó la vista y le miró con ojos curiosos:

–Tercer piso, habitación 322.

Val trató de tragar saliva, pero sentía la boca reseca como un desierto, y le sabía a cloaca a causa de todos los cafés que había tomado. Ya era casi mediodía, pero había estado en pie prácticamente toda la noche, y la noche anterior: cinco horas de vuelo, y luego una más dando vueltas sobre el aeropuerto de La Guardia en medio de una espesa niebla que impedía el aterrizaje. Y en todo aquel tiempo sólo una vez había cerrado los ojos: al pensar en Laurel. Y preguntarse qué aspecto tendría, y si se alegraría de verle.

El taxi había tardado una eternidad, a paso de tortuga entre la niebla y el tráfico denso. El taxista era árabe, Mahomed no-sé-qué, y apenas sabía hablar inglés y tenía la radio a todo volumen. Val le había tenido que repetir tres veces la dirección de Annie. Cuando por fin llegaron, tuvo que esperar todo el día fuera, a pesar del frío que hacía, hasta que apareció Annie, muy elegante, con un abrigo entallado y una bufanda de diseño escocés. Su primera intención fue propinarle un puñetazo, pero se contuvo, dándose cuenta de que si lo hacía le iba a resultar el doble de difícil dar con Laurel. Siguiéndola a una distancia prudente, Val entró con ella en el Metro, y salió con ella a la esquina de las Calles 23 y 7. Un par de manzanas más allá, Annie entró en un edificio de apartamentos. ¿Vivía allí o iba de visita? Al cabo de unos minutos, Val miró en la placa del interfono y, al encontrar el nombre *A. Cobb*, sintió una fuerte punzada de triunfo. Las cosas empezaban a salirle bien.

Pulsó el timbre que rezaba «Conserjería». Apareció una señora de edad mediana y mejillas colgantes, con una fregona húmeda al hombro. Sería sin duda la mujer del conserje. La mujer le abrió la puerta y cuando él preguntó si Laurel vivía allí con su hermana, los ojos cansados de la mujer se iluminaron de emoción:

—Se ha perdido usted lo mejor —dijo—. Ocurrió ayer, hacia la hora de la cena. Se la llevaron en una camilla... pálida como una hoja, echada de bruces, con el cordón todavía sin cortar. Le aseguro que fue digno de verse.

Val se quedó de una pieza, tan desconcertado como si hubiese chocado contra una luna de cristal invisible. *¿Un niño?* Diablos, Laurel era poco más que una niña.

La mujer del conserje le dijo que fuera al Saint Vincent's Hospital, en la Séptima Avenida y la Calle 12. De camino, Val fue habituándose a la idea de que Laurel era madre. Pero seguía sin parecerle normal. Le habían dejado al margen de todo. Era como si, de alguna manera, le hubieran estafado.

Y ahora, subiendo al tercer piso en el ascensor, Val reafirmó esta idea: sí, *le habían estafado*. Si Laurel no se hubiera fugado, estos siete años habrían sido muy distintos. Él habría tenido una hija a la que cuidar, y ello le habría hecho sentirse otro, se habría sentido persona. Y con una hija a la que mantener y calzar y vestir y dar cobijo, estaba seguro de que le habría sido posible sacar del banco el dinero que tenía ella en depósito. En lugar de aguantar insultos de jefes gilipollas y hacer cola para cobrar el subsidio de paro, habría podido vivir como una persona decente.

De no haber sido por Rudy... Val no quería ni siquiera pensar en lo que habría sido de él sin su hermano, el viejo y bueno de Rudy, que le sacaba de apuros cada vez que se veía en una situación verdaderamente desesperada, lo cual, por cierto, ocurría cada vez con mayor frecuencia.

La habitación 322 resultó estar en el extremo del pasillo, la última a la derecha. La puerta estaba entreabierta; había dos camas, pero una estaba vacía. En la otra Val vio a una mujer esbelta apoyada en almohadas y con una larga cabellera rubia sujeta a la nuca en una coleta. Estaba mirando por la ventana y no le vio entrar, de modo que Val tuvo ocasión de examinarla a su gusto.

¿Era Laurel esta mujer, ya casi mayor?, ¿era ésta su hijita?

Sintió que se le paraba el corazón, y el aire le parecía pesado, inmóvil como una niebla. Recordó que aún llevaba puestos los pantalones y la chaqueta de seda con que había hecho el viaje, y que ahora estaban sucios y arrugados. Maldición, Laurel iba a pensar que su padre era un vagabundo.

Ella llevaba una de esas batas de hospital que se atan a la espalda, y su rostro estaba completamente limpio de maquillaje. Así y todo, parecía una actriz de cine. O no, parecía más bien una de esas cantantes folclóricas que llevaban el pelo largo y tenían dedos largos y voces que se agitaban como olitas en agua de río. No todas ellas eran bellas, pero *Laurel* era... la mujer más bella que había visto en su vida. El reflejo de la luz contra la curva de su mejilla... parecía luz que surgía de su interior... y aquellos ojos... «Los ojos de Eve...» Aquellos ojos eran bastante para cegar a un hombre.

—¿Laurel, hija? —Val consiguió susurrar estas palabras, y se adelantó un paso.

Ella se volvió, e incluso en el movimiento de la cabeza al girar sobre el largo cuello, Val pudo comprobar lo bella y fina que era, como una bailarina de ballet. «Es mía, fui yo quien la hizo.» Val se sintió más fuerte, más lleno de aplomo. Era suya, parte de su carne y de su sangre, como su brazo o su pierna. ¿Cómo iba a rechazarle ahora?

Laurel se le quedó mirando, sus ojos enormes denotaban extrañeza. De pronto le fue reconociendo y su rostro se demudó. Su boca se abrió de par en par.

—¿Val? —gritó—. ¡Dios mío, si eres tú! —Se llevó las manos a la boca, hablando entre los dedos hincados en sus mejillas—. ¡Pero si estabas... si estabas... si yo creía que estabas... *muerto*!

Val vaciló sobre sus pies.

—¿*Muerto*, dices? ¡Vaya! ¿Y dónde oíste esa barbaridad?

Val había actuado mentalmente en un millón de papeles, pero jamás en *éste*.

—El tío Rudy me di... dijo que habías muerto cuando nos fu... fugamos... que Annie... —jadeó; temblaba como si hubiese una corriente de aire polar—. Y me ordenó no de... decírselo a nadie.

¿Rudy? ¿Era *Rudy* el que le había dicho eso? Val se quedó sin respiración, y un dolor sordo se extendió por todo su cuerpo. ¿Y por qué? ¿Por qué Rudy había contado una cosa así? No tenía sentido. Ningún sentido. Como una rata súbitamente liberada de su jaula, la mente de Val daba vueltas y más vueltas, pero no parecía detenerse en ningún sitio.

—¿Cómo... cómo diste conmigo?

Val se dio cuenta de que también ella estaba esforzándose por asimilar aquella situación. Laurel bajó las manos, y Val vio en su pálido rostro las huellas que habían dejado sus dedos.

—Leí sobre tu hermana en el periódico.

Val habló en voz baja, mientras sus pensamientos seguían agitándose. No se le había ocurrido al leer el artículo, pero ahora se dijo que era obvio que Rudy había sabido siempre, desde el principio, el paradero de Laurel y Annie.

—¿*Annie* te dijo que estaba yo aquí? —preguntó Laurel con incredulidad.

—Bueno, no, decírmelo no. Yo la... la seguí desde su tienda. Y la mujer del conserje me dijo dónde estabas.

–Entiendo...

¿Se alegraba de verle? Era imposible saberlo. Quizá cuando se le pasara el susto...

–Tienes buen aspecto –dijo Val–. Tengo entendido que tienes un hijo.

–Sí, un hijo...

Sus ojos se llenaron de lágrimas, y Val pensó que se iba a echar a llorar. Sin duda había dicho algo indebido.

Trató de recordar el aspecto de Eve cuando nació Laurel, pero lo único que recordaba de aquella noche era que había fumado muchos puros, primero en el hospital y luego en el Rusty Nail, en Sunset, donde terminó el día jugando al billar y emborrachándose como una cuba con los amiguetes.

–¿Niño o niña? –Al menos se acordó de preguntarlo.

–Niño.

No parecía muy contenta. Quizás había querido que fuese niña.

Val sonrió.

–Bueno, pues eso quiere decir que soy abuelo. La verdad... –Hizo una pausa, dejando de sonreír–. Ha pasado mucho tiempo. Pensé que te habías olvidado de mí.

–Te habría escrito, pero... –Se calló, y su frente se arrugó, como si de pronto hubiese reparado en que Rudy también le había *mentido*.

Val estaba furioso, las sienes le latían. La habitación parecía cuadriculada de rojo. Rudy. El pequeño gilipollas. Lástima, se dijo Val, no tener allí a su hermano. Le partiría la cara de un golpe... y eso sólo para empezar. ¿Estarían compinchados Annie y Rudy? Sí, seguro. Val lo veía todo muy claro: Rudy le daba dinero a Annie, seguro que hasta la había ayudado a encontrar piso. Qué idiota había sido al creer los arrumacos protectores de su hermano.

Val apretó los puños. Era mejor que Laurel no se diese cuenta de lo irritado que estaba, porque se asustaría.

–Eh, oye –le dijo–, lo importante es que estoy aquí.

–La verdad, no sé qué decir.

–¿Por qué no me das un abrazo, por ejemplo? Hace mucho tiempo que no nos vemos.

Val se acercó y se inclinó sobre el borde de la cama. Sintiéndose algo incómodo, la cogió en sus brazos. Laurel pareció resistirse un poco, pero luego se dejó caer contra él, distendiéndose. Val se preguntó si no sería demasiado tarde para tratar de ser un padre. Por un brevísimo instante y avergonzándose de ello, también pensó que quizá no era demasiado tarde para apoderarse de una parte del dinero.

Laurel se echó atrás, enjugándose la nariz con el dorso de la mano, como solía hacer de niña.

–El tío Rudy se encarga de la adopción –dijo Laurel, sorbiéndose los mocos–. Ha encontrado una pareja, y dice que son muy buena gente –respiró muy hondo–, por eso me pusieron aquí, y no en el ala de maternidad. No debo mezclarme con las otras madres, quizá porque creen que si veo a las madres con sus hijos, me tiraré por la ventana o algo por el estilo.

De modo que madre soltera. El niño era ilegítimo. Igual que él y Rudy.

Rudy.

«Lo mataré, voy a matar a ese cabrón hijoputa.»

–¿Qué hay entre tú y Rudy? –preguntó Val con tono involuntariamente duro.

–Se ha portado muy bien conmigo –respondió ella, un poco a la defensiva. Cogió un extremo de la sábana y la torneó entre los dedos hasta dejarla muy arrugada–. Lo del niño fue idea mía. Quiero decir que Rudy no me propuso que renunciase a él ni nada. Lo único que hizo fue... ¡oh, mierda!

Su barbilla pareció agitarse, como indefensa, y una lágrima resbaló por su tersa mejilla.

Todo empezó a aclararse en la mente de Val. El niño... el niño que Rudy decía que iba a adoptar. Cuando su hermano se lo dijo, Val pensó que era un poco extraño que alguien se aviniese a permitir que un solterón de la edad de Rudy adoptase a su hijo, pero se dijo que Rudy, que era tan buen abogado, probablemente tenía toda clase de relaciones. Pero ahora resultaba que se trataba del hijo de Laurel. O sea, de su nieto.

Sí, le había estafado, estaba claro. Dos veces. En comparación con lo de Rudy, lo de Annie era una nimiedad. Annie no había tratado de hacerle creer que estaba de su lado. Val sintió un impulso de coger la pesada silla que había junto a la cama y arrojarla por la ventana. Le repelía admitirlo, pero en realidad, siempre había sabido que Rudy era un cabrón irrecuperable.

Val cerró los ojos. Volvió a tener catorce años, en el apartamento apestoso a alcohol y nicotina donde había crecido. Se vio allí, mirando a Shirley, dormir la mona en la cama. Su rostro tenía un color raro, como azulado... y, ¡maldita sea!, había sangre por toda la almohada. Recordó que sintió ganas de vomitar. Y que estaba asustadísimo. Shirley lo había pasado muy mal más de una vez, y había vomitado en la cama, o en el suelo, pero nunca *sangre*. Experimentó un pánico súbito. Menos mal que estaba Rudy allí; Rudy sabría qué hacer. ¿No deberíamos llamar a alguien?, le preguntó Val, ¿pedir ayuda? Pero Rudy meneaba la cabeza, diciendo que no, que luego, si la llevaban al hospital y resultaba que no tenía nada, o casi nada, ellos dos quedarían como un par de tontos que se asustaban de cualquier cosa, y cuando Shirley volviera en sí les daría para el pelo. Pero la sangre, dijo Val, que empezaba a llorar como un niño, la sangre... Recordaba lo enferma que había estado Shirley últimamente, sin comer apenas, quejándose constantemente de que le dolía el estómago. Pero Rudy se echó a reír. Anda, venga, le desafió, llama al médico, llama una ambulancia de los cojones, y dime de dónde vas a sacar el dinero para pagar todo eso.

Val, asustado, pero maldiciéndose por no haber caído en lo que a Rudy le parecía tan evidente, siguió a su hermano a la habitación contigua, dejando a Shirley tumbada en la cama.

Horas más tarde, cuando llamó pidiendo ayuda y llegó la ambulancia, Shirley estaba muerta.

Y a Val se le ocurrió ahora que *Rudy sabía desde el principio que Shirley estaba muriéndose. Que Rudy quería que se muriese.*

Val se estremeció. Shirley, cierto era, no había sido una gran madre, pero ¿dejarla morir? ¡Maldita sea!, si él lo hubiese sabido... Rudy sí que lo *sabía*. Igual que sabía lo de Laurel.

«Lo supo desde el principio, supo dónde vivía Laurel, y me lo ocultó.»

Las manos de Val aprisionaron la barra lateral de la cama, tan fuerte que se le cortó la circulación. Los dedos palidecieron, y en torno de sus muñecas se formaron brazaletes de frío. Se imaginó que estaba estrangulando a Rudy, y casi le pareció oír crujir cada una de sus vértebras..., el mismo ruido que hacen las cucarachas cuando se las aplasta de un pisotazo.

Y entonces se dio cuenta de algo importante: Laurel no sabía que Rudy quería quedarse con el niño.

Cuando Val habló, le sorprendió la firmeza de su voz:

—Te voy a contar unas cuantas cosas sobre tu tío Rudy —comenzó.

Mientras esperaba a que apareciese su maleta en la zona de recogida de equipaje de la Pan Am, Rudy silbaba. ¡Qué día, qué gran día! Había pensado en llevar consigo a Alicia, la niñera mexicana que había contratado, pero se dijo que no, que era mejor ir solo. Sólo él y el pequeño Nick, porque era así como se iba a llamar: Nicholas Carrera. Rudy quería que su hijo conociese a su padre sin niñeras de por medio. Así Nick sabría quién era el ser más importante de su vida.

Pero harían falta cosas de niños. ¿Lo tenía todo? No pensaba perder el tiempo comprando en Nueva York, de modo que lo llevaba todo consigo. Pasó revista mental: la ropita de niño más bonita del mundo, mantas, biberones, botellas, botes de comida especial. Y el manual del doctor Spock. Se había quedado dormido dos veces tratando de leerlo. Pero se había prometido leerlo entero. Él y la niñera tenían que tenerlo todo a punto.

Viendo su maleta de Louis Vuitton con apliques metálicos acercarse por la cinta de la terminal, Rudy se dijo que en menos de una hora tendría a Nick en sus brazos. Nick, su hijo.

Estaba tan emocionado y tan eufórico que tuvo que mirarse los pies para cerciorarse de que sus zapatos seguían pisando tierra.

Pero un minuto después, al poner la maleta en su carrito plegable, comenzó a sentirse inquieto de nuevo.

Quizá fuese buena idea telefonear a Laurel al hospital. Lo había pasado mal, la pobrecilla, dando a luz en casa de aquella manera. Una verdadera vergüenza no haber podido llegar a tiempo al hospital, porque allí habría podido llevarse al pequeño Nick sin que ella tuviera tiempo de echarle siquiera un vistazo. Y tal vez de ese modo la costaba menos renunciar a él.

Rudy se sentía pesaroso por *no poder* decir a Laurel la verdad, pero, si se la decía, lo más probable era que ella se negase. Y no sin razón, porque ¿quién aceptaría que su hijo fuese educado por un viejo solterón, cuando había otras alternativas? Además, Laurel se daría cuenta de que le había mentido. No, era un riesgo que no quería correr. Lo importante era tener a Nick en su poder. Todo lo demás carecía de importancia.

Pronto, en cosa de un año, cuando la adopción estuviese formalizada, vería la forma de decir la verdad a Laurel, y para entonces ella se daría cuenta de que había sido una buena decisión, de que su hijo no podía estar en mejores manos, con un padre que le quería más que a ninguna otra cosa en el mundo.

Rudy encontró un teléfono público junto a uno de los mostradores del aeropuerto y se metió la mano en el bolsillo para buscar cambio. ¿Por qué estaba tan nervioso? Todo iba como sobre ruedas, ¿no? Lo único que quedaba por hacer era... Ya estaba sonando el teléfono.

–Saint Vincent's Hospital –dijo una voz entre nasal y quejumbrosa.

–Habitación 322, por favor.

–Un momento...

Se oyó un chasquido en la línea, y luego nuevos timbrazos. Sonaba, sonaba, y cuando Rudy se decía que Laurel debía de estar en el lavabo, o lo que fuese, justo cuando su corazón parecía a punto de salírsele del pecho, alguien cogió el auricular.

–¿Sí? –La voz de Laurel sonaba distinta, como agobiada, como si tuviera un fuerte resfriado o hubiera estado llorando.

Algo había pasado. Lo intuyó: un crepitar en el cerebro, un olor a quemado en la nariz.

—Soy yo, tío Rudy —dijo.

Silencio, como si Laurel hubiese colgado, pero se oía el ruido de su respiración contenida.

—Lo sé —dijo Laurel finalmente con tono gélido.

—¿Pero qué ocurre? —preguntó Rudy, pero de pronto sus pulmones parecieron contraerse, encogerse como un acordeón o una llanta desgarrada. A Rudy le pareció estar respirando bajo el agua.

Laurel volvió a hablar, con voz entrecortada:

—Lo sé todo. Me has mentido. Me... me dijiste que era un empresario de una inmobiliaria, y que su mujer criaba perros, y que llevaban años tratando de tener un hijo. Me hablaste de su gran casa, que estaba junto a una playa. Y *muchas* más cosas... ¡Oh, tío Rudy!, ¿cómo *pudiste* hacer una cosa así?, ¿cómo pudiste hacerme *a mí* una cosa así?

—Laurel, querida, no lo entiendes. Haz el favor de escucharme...

—No, no quiero escucharte. —Laurel ahora sollozaba de verdad—. Me has mentido. Me utilizaste sin escrúpulos para quitarme a mi hijo. Val me lo ha contado todo.

¿Val? ¡Maldición! ¿Qué tenía que ver Val con todo aquello? ¿Y cómo había dado con ella?

—Laurel, por favor, escúchame, te iba a explicar...

—Sí, como me explicaste lo de mi padre, ¿no?

—Eso fue...

—No —dijo ella bruscamente—, no quiero oírlo. No puede haber la menor excusa para mentir sobre una cosa *así.* ¡Dios mío, yo tenía entonces *once* años! ¿Te imaginas cómo me sentí, pensando que mi padre había muerto?, ¿y que mi propia hermana lo había matado?

—Yo no quería herirte. Yo... —Rudy tragó saliva contra el gran nudo que tenía en la garganta. Rudy no recordaba la última vez que había llorado, pero en aquel momento estaba al borde de las lágrimas—. Te quiero, Laurel.

Nunca había dicho aquellas palabras a nadie. ¿Querían decir algo a oídos de ella... por poco que fuese?

—Adiós —dijo Laurel.

Se oyó un chasquido, y la línea se cortó.

Rudy se derrumbó contra la pared de la cabina telefónica. El suelo parecía ceder bajo sus pies, y la gente que pasaba a su lado con sus maletas se desdibujaba, confundiéndose. Sintió un dolor en el pecho, tan hondo que pensó que no iba a poder moverse. Y también una curiosa sensación de escozor en los brazos. ¿Iría a tener un ataque cardíaco? ¡Dios mío!

Al cabo de unos minutos el dolor comenzó a ceder, pero la angustia lo abrumaba, como si llevase encima una tonelada de peso. «Lo he perdido todo –pensó–. He perdido a Nicky, a Laurel. Todo lo que he querido en mi vida, todo lo que he deseado, todo lo que he amado.»

Y todo por culpa de Val... todo por culpa de Val.

Aquel animal no sentía nada por Laurel. Para él Laurel no era más que una cuestión de egoísmo. Su hija no era más que una especie de premio que podía llevar prendido a la solapa. ¿Por qué no supo hacerla comprender que estaría mucho mejor sin Val? ¿Y que él, Rudy, lo único que quería era protegerla?

Rudy se levantó penosa, vacilantemente, del banco en forma de riñón que había en la cabina. Poco a poco fue recuperando el aliento, y en su mente comenzó a formarse una única idea, temblorosa como una gota de veneno en la punta de la cola de un escorpión.

Algún día, de alguna manera, daría con una forma de deshacerse de Val... y entonces sería para siempre.

CAPÍTULO XXIV

–Traedme a mi hijo.

Laurel oyó resonar estas palabras, y le dio la impresión de estar gritándolas. Pero la enfermera ni siquiera apartó la vista del termómetro que estaba mirando a la luz de la lamparita de la mesilla de noche. Laurel carraspeó, decidida a ser cortés, pero clara:

–Por favor, quiero ver a mi hijo.

Esta vez la enfermera levantó la vista. Miró fijamente a Laurel con el mismo interés y calor con que había mirado el termómetro, y dijo:

–La verdad, no me parece una buena idea. ¿Por qué no trata de dormir? Se sentirá mejor por la mañana.

–Ya es por la mañana.

Laurel odiaba a la enfermera, odiaba su voz de sacarina, su tono oficioso.

La joven de anchas caderas, de pelo rubio tirando a rojizo y con una placa de plástico azul en la pechera de su uniforme que rezaba «Karen Koplowitz», echó una ojeada a su reloj de pulsera y dijo, con aire animado:

–¡Pues tiene razón!

Según el Timex de Laurel, eran las cinco y media. Estaba echada allí, en la penumbra, con los ojos fijos en el techo, desde las diez, cuando se apagaron las luces, escuchando los tenues ruidos del tráfico de la calle. Le parecía tener los ojos hinchados, y le escocían. Y ahora aquella enfermera acababa de entrar llena de animación para tomarle la presión sanguínea y la temperatura, sin preguntarle siquiera si estaba despierta o de humor. Como si ella fuese un melón en un supermercado, dispuesto en cualquier momento a ser estrujado para ver si estaba maduro.

Pero peor aún que aquella enfermera, peor incluso que las molestias que sentía entre las piernas y la dolorosa fragilidad de su estómago, era el terrible *vacío* que sentía en su interior.

El tío Rudy. ¿Cómo pudo hacerle a ella una cosa así? No sólo había tratado de quedarse con Adam, sino que la había hecho creer que su padre había muerto.

Recordó la impresión que le había causado ver entrar en la habitación a Val el día anterior. Tal había sido su confusión que no supo qué pensar, después de haber pasado tantos años creyendo que estaba muerto. Habían estado allí, sentados y hablando, durante casi una hora, y de vez en cuando Laurel se quedaba mirándolo, dándose cuenta de lo viejo que estaba, de su piel atezada llena de finas arrugas entrecruzadas como los hilos de una telaraña, de su pelo blanco ya más ralo de lo que ella lo recordaba, y ahora del color mate y amarillento de teclas viejas de piano. Seguía vistiendo bien, con su cara chaqueta de seda, pantalones blanco marfil y sus zapatos de Gucci. Pero la chaqueta tenía por lo menos diez años, y Laurel se fijó en que los puños de la camisa estaban algo gastados. Y Val no había mencionado su trabajo, ni la clase de casa o apartamento en que vivía.

Además del tío Rudy, Val *había* hablado de la noche en que ella y Annie se fugaron de la casa. Val le dijo que había molestado a Annie hablándole de Dearie, y que luego, al tratar de tranquilizarla, Annie se había puesto furiosa con él, histérica casi, acusándole de haber matado a su madre. Val llegó incluso a enseñarle la cicatriz rosa y casi invisible que tenía en la frente, donde Annie le había golpeado con el Oscar de Dearie. A Laurel le dio la impresión de que estaba agitado, con los ojos a punto de romper en lágrimas, y le dijo que lo único que quería entonces era mantener unida la familia.

Ahora, pensándolo, Laurel se decía que, aparte de alegrarse de verle con vida, Val le daba pena... pero también le inspiraba una sensación de culpabilidad, como si ella fuera responsable en parte del rumbo cuesta abajo que había tomado su vida. Sin embargo, estaba segura de que la historia que le había contado tenía otra versión. Annie tendría sin duda su versión. Pero, de todas formas, ¿por qué *no* se la había contado nunca Annie?

Quizá, si hubieran seguido en Los Ángeles y si Annie hubiera llegado a algún acuerdo con Val, no estaría ella en aquel hospital y todo habría sido distinto.

«Me fiaba de ellos –se dijo–, me fié de Annie y también de tío Rudy, y por eso estoy como estoy.»

Pero otra voz en su interior le respondía: «¿Qué es lo que ha hecho Val por ti? En cambio, recuerda todo lo que ha hecho Annie. Si quieres saber la VERDAD de lo que pasó aquella noche, pregunta a Annie.»

Sin embargo, ¿qué importaba ya todo aquello? Lo único que ella sabía, lo único que le importaba era que, como consecuencia de una terrible serie de pasos en falso, su hijo le había sido arrebatado.

Laurel comenzó a sentir una tirantez en el pecho. Sabía que era mejor no perder el dominio de sí misma. Estaba bastante segura de no haber firmado ningún papel, de modo que quizá no era demasiado tarde..., aún podía revocar su decisión. O podía encontrar una *verdadera* pareja que adoptase a Adam. Cualquier agencia de adopciones tendría cientos, *miles* de parejas impacientes por adoptar un niño sano.

Pero tenía que verle, no quería tomar decisión alguna hasta haberle tenido en sus brazos. Ni quería ni podía. No sería justo. El nacimiento de Adam había sido muy rápido. Cuando Laurel trataba de recordarlo, lo único que veía en su mente era un borrón. Recordó a Joe, su rostro cerniéndose sobre ella, dándole ánimos como un reluciente faro en plena noche oscura. Y dolor, un terrible dolor que había sentido como si estuvieran despedazándola. Y luego fue como si un pez se hubiera deslizado entre sus piernas, y entonces apareció ante sus ojos un cuerpecito húmedo, agitando sus miembros.

Y luego, cuando Joe lo puso sobre su estómago, Laurel sintió que el niño se quedaba quieto, sintió su boca moviéndose contra su piel, suave como ala de polilla. Sus pechos le escocieron, y una esquina de su corazón se le desgarró.

En el Saint Vincent's Hospital, un médico interno que no parecía mayor de dieciséis años, y que tenía acné, y un bozo como de vello de melocotón en el labio superior, cortó el cordón umbilical, y una enfermera cogió a Adam y se lo llevó arriba, a la sala de recién nacidos. Y desde entonces no había vuelto a verlo. Dos días enteros. Y ahora estaba bajándole la leche, sus pechos se endurecían y le producían una sensación extraña; y cuando trataba de echarse de bruces le dolían. Pero este dolor era poca cosa en comparación con la necesidad atroz y dolorosa que sentía. Ya no podía soportar un minuto más. *Tenía* que ver a Adam, tenerle en sus brazos.

—Me da igual la hora que sea —le dijo a la enfermera, sorprendiéndose de la aspereza de su propia voz—, quiero ver a mi hijo. Haga el favor de traérmelo o iré yo misma por él.

Hasta entonces, siempre que trataba de salirse con la suya, las palabras que decía parecían tímidas y serviles. Le aterraba la idea de ofender a la gente, aunque fuesen extraños a quienes daba igual ofenderla a *ella*. Y también le aterraban las escenas, *llamar* la atención de la gente.

Pero eso se había acabado. Era como si, al dar a luz a Adam, hubiese dado a luz también a una Laurel nueva. El lugar pequeño y cerrado cuyos límites siempre la habían oprimido había desaparecido, no sabía cómo pero había desaparecido, y Laurel se sentía como en una gran llanura abierta donde todo era posible, todo, por terrible o maravilloso que fuese.

—Quiero ver a mi hijo —repitió.

La enfermera frunció el ceño:

—Bueno, no sé...

Laurel sacó las piernas de la cama. Estaba temblando, y su cuerpo le parecía un enorme budín. El brusco esfuerzo que estaba haciendo le provocó un cálido chorro entre las piernas. Sangraba, y el doctor Epstein le había advertido que no se levantase, excepto para ir al lavabo. Pero en aquel momento todo le daba igual. Su hijo, su hijo... Lo único que le importaba era su hijo.

—Apártese —ordenó Laurel.

—No perdamos los nervios. —Koplowitz dio un paso atrás, como si pensase que Laurel le iba a pegar.

«Y le pegaré —pensó Laurel—, si no se aparta de mi camino.»

—¿Por qué no esperaba aquí mientras voy a ver si puedo hacer algo?

La enfermera salió apresuradamente, dándose con la cadera contra la puerta al cerrarla de golpe.

Laurel esperó un minuto, y luego salió al pasillo. Las vivas luces fluorescentes le herían los ojos, y el suelo se movía, como cuando los aviones se inclinan al virar. Le fallaba el equilibrio. Tenía que andar con una mano pegada a la pared para no caerse. La bata de hospital se le abría por la espalda. El aire frío la golpeaba por atrás y, con cada paso arrastrado que daba, la dura hebilla de plástico de su cinturón sanitario se le hincaba en el trasero.

Vio que un asistente se quedaba mirándola al pasar junto a ella con un carrito lleno de ropa sucia, y se figuró el aspecto que debía de tener: el de una mujer enloquecida, con el pelo cayéndole sobre el rostro en mechones húmedos y grasientos. Y, además, apestaba. El denso olor a sudor y a vómito y a sangre pegajosa la rodeaba como una nube. En una ocasión, en una excursión escolar a las Sierras, Laurel había metido la cabeza en una madriguera de zorros, y el olor que despedía era tan fuerte que parecía tener pelambre y dientes. Pues exactamente igual se sentía ahora. Si hubiese tenido pelambre, sería como una zorra madre erizada, y tendría los colmillos al descubierto.

Llegó a una puerta de ascensor, y sintió un impulso de euforia. Un par de minutos más, y llegaría. Pero no sabía qué botón pulsar, ni si tenía que bajar o subir.

La puerta se abrió de pronto y surgió un hombre con aire agobiado, enfundado en una bata blanca y con un estetoscopio en el bolsillo delantero.

–Dispense –dijo Laurel, tirando de la manga almidonada cuando iba a pasar a su lado–, ¿en qué piso está la sala de recién nacidos?

El hombre la miró de una forma rara, pero parecía tener demasiada prisa para fijarse más que de pasada en aquella extraña aparición:

–Octavo piso –dijo, señalando el techo con un dedo, y se marchó.

Laurel entró en el ascensor justo en el momento en que la puerta se cerraba. Estaba vacío, y subiendo. Pulsó el botón del octavo piso, y luego se dejó caer contra la pared del ascensor, cerrando los ojos.

Segundos después se encontró en un pasillo lleno de gente: residentes, enfermeras, asistentes, todos pasaban rápidamente a su lado. ¡Cuánta gente!, ¿cómo era posible que fuesen las cinco y media? Había incluso algún que otro paciente. Una mujer que parecía un espectro pasó a su lado envuelta en una bata de algodón, empujando un soporte con ruedas del que colgaba una ampolla conectada a su muñeca. En las paredes había gruesas flechas de colores que indicaban el camino a las distintas alas. Pero, ¿cuál de ellas era la de recién nacidos?

Laurel comenzó a sentir que se le iba la cabeza.

«Tienes que dominarte», se ordenó, pero esta voz, que resonó en su cabeza como una orden tajante, era la voz de Annie.

Laurel, con lentos pasos que resbalaban sobre el suelo, se obligó a seguir andando. Vio algo delante de ella, un largo tabique de cristal encajado en la pared del pasillo, como un escaparate brillantemente iluminado. Ésa tenía que ser la sala. Se esforzó en ir más de prisa, a pesar del palpitante dolor entre las piernas.

Y de pronto se vio delante del cristal, mirando las filas y filas de cunitas inmaculadamente blancas, cada una de las cuales contenía un diminuto y precioso bebé. Y uno de ellos era el suyo. Su bebé. Su hijo.

Trató de abrir la puerta, que tenía un aviso en grandes letras rojas: SÓLO PERSONAL AUTORIZADO. No estaba cerrada con llave. La abrió y entró. Grande fue su sorpresa al comprobar que nadie trataba de pararla.

Sólo vio a una enfermera de servicio, una negra larguirucha que estaba cambiando pañales a un bebé de rostro enrojecido en una mesita que había junto a la pared opuesta. La negra levantó la vista y vio a Laurel, y tal fue su sorpresa que los ojos se le saltaron un poco. Laurel casi se echó a reír.

–En esta zona sólo puede entrar personal autorizado –informó a Laurel con acento caribeño–. Por favor, tiene que marcharse.

Se irguió, sosteniendo al niño al que acababa de poner los pañales como si fuera un escudo. Tan regio era su talante como si fuese una princesa Masai.

Laurel, súbitamente intimidada, comenzó a suplicar:

–Por favor, lo único que quiero...

Pero su voz se cerró de pronto como controlada por una fuerte palanca. Mirando las filas de niños en sus cunitas de plexiglás, Laurel se irguió y dijo:

–He venido por mi hijo. Cobb... Adam Cobb.

Se sentía incómoda por tener que admitir que no sabía cómo era su hijo. Sólo le había visto una vez, y por un instante. ¡Dios mío, que *prisa* tenía la que se lo enseñó!

–Esto es totalmente antirreglamentario –replicó la enfermera–. A los niños no se les da de comer hasta dentro de una hora. Tenga usted la bondad de volver a su habitación, señora...

–*Señorita* Cobb –la interrumpió Laurel, irguiendo la cabeza y mostrando agresivamente la barbilla–. Y no tengo la menor intención de ir a ningún sitio hasta que me deje ver a mi hijo.

–Tendrá usted que hablar con su médico.

–No está aquí.

–Pues entonces mucho me temo que tendré que llamar al doctor Taubman, es el médico de guardia. Si tiene usted un problema...

–No tengo ningún problema. Lo único que quiero es a mi hijo.

Los ojos pardos de la enfermera brillaron:

–Mire, señorita, aquí tenemos normas. Y con razón. No se puede dejar que entre aquí cualquiera, sin precauciones higiénicas de ninguna clase, con Dios sabe qué microbios...

–Pero es que yo no soy cualquiera, yo soy su madre –dijo Laurel en voz alta, sintiendo que algo se contraía en su pecho, y sus ojos se llenaron de lágrimas. Se sentía fatigadísima, y las piernas le temblaban por el esfuerzo de seguir de pie. Tenía la sensación de estar perdiendo una ingente cantidad de sangre–. Soy su madre –repitió–, por favor, lo único que quiero es tenerle en mis brazos. Sólo unos minutos.

La enfermera la miró fijamente, y luego se compadeció de ella:

–De acuerdo, muy bien, pero tiene que ser aquí, no puedo dejarla que se lo lleve a su habitación.

–Eso me da igual –le dijo Laurel, desmayándose casi de júbilo–. ¿Puedo sentarme?

La enfermera señaló una mecedora que había en un rincón, y Laurel se dejó caer en ella de agradecimiento, cerrando un momento los ojos. Cuando los abrió vio un par de esbeltos brazos negros que le tendían un mullido paquete blanco. Capas y capas de franela, con una carita roja y apretada que asomaba por la abertura superior. El corazón le dio un vuelco.

–¡Oh! –suspiró.

–Los envolvemos así de prietos los dos primeros días –explicó la enfermera–, porque así se sienten más seguros.

Laurel alargó los brazos. Sus músculos, tan flojos hasta entonces, parecían ahora vibrantes de energía nueva. Algo recobró el equilibrio en su interior al sentir el peso cálido del niño. Las lágrimas, escurriéndosele, caían sobre la manta, formando círculos grises en la franela blanca.

El niño la miraba. Redondos ojos azules fijos en ella con tal atención que sus pechos pletóricos le escocían. La nariz no era mayor de un dedal, y la boca diminuta parecía funcida por la atención, como si el niño estuviera aquilatándola. ¡Y cuánto pelo! Al apartar la manta que le cubría la cabeza, Laurel vio un mechón de pelo negro tieso como los pelos de un gatito.

—Adam —susurró.

Trató de imaginarse la posibilidad de entregar a Adam a algún extraño, y luego irse tan tranquila a sus estudios, olvidándole, y se dijo que no, que no podría hacerlo.

Si lo entregaba a alguien, sus propios brazos se resistirían. Sin el peso de su hijo, sus brazos serían demasiado livianos, torpones, desequilibrados. Se dijo que si le abandonaba, se desangraría entre las piernas hasta quedar hueca como un bambú. Laurel suponía que vivir sin el amor de Joe era malo, pero esto sería mucho, mucho peor, acabaría con ella.

«¿Pero cómo voy a mantenerle? ¿Y Annie?, ¿qué dirá Annie? Y tendría que buscar otro sitio donde vivir, un sitio donde Annie no pueda dominar mi vida y la de Adam.»

Se quedó contemplando a su hijo, que seguía mirándola, *escrutándola*. «Es como si estuviese tratando de memorizar mi cara», pensó, y se le desgarró otro pedacito de su corazón ante la sola idea de que aquélla pudiese ser la última vez que le veía. *No podía* renunciar a él. Ni ahora ni nunca.

Le daban igual las consecuencias, los sacrificios. Valía la pena.

«Mi hijo. Mío.»

Adam había dejado caer su cabeza vellosa contra el pecho de Laurel y estaba boqueando contra la pechera de su bata. Laurel la levantó y la boca de Adam quedó fija instantáneamente en su pezón, y empezó a succionar. Un dolor súbito, al sentir sus encías pegadas al tierno pezón, pero se retrepó en la silla y cerró los ojos, sintiendo un fuerte tirón en el pecho, y en la ingle también, a medida que la leche fluía al interior de Adam.

Laurel empezaba a comprenderlo, empezaba a comprender ese amor materno que hace ridícula a la gente más sensata y convierte en tiranos a los más tímidos. Para pintarlo necesitaría un lienzo mayor que la Vía Láctea. Y Adam estaría en el centro mismo, como la primera estrella del crepúsculo vaspertino, la estrella que concede los deseos.

CAPÍTULO XXV

Antes incluso de oír la voz en el teléfono, Dolly, escuchando todos los crujidos y zumbidos de la línea transatlántica, sintió que el corazón se le encabritaba:

–¿Henri? –gritó–, ¿eres tú?

Hacía mucho tiempo, semanas, desde su última llamada; y meses desde que se habían visto, meses que le parecían un siglo. «Años de perro» solía llamar Mamá-Jo al tiempo que se arrastraba con tal lentitud que se podía jurar que el que esperaba había envejecido los siete años que envejece un perro en el espacio de un año.

No era que Dolly hubiese pasado todo aquel tiempo sin hacer otra cosa que sufrir por la ausencia de Henri. Al contrario, aquellas Navidades habían sido las más beneficiosas hasta la fecha, y el negocio apenas se podía decir que hubiese bajado desde entonces. Y aquel mismo mes, sin ir más lejos, había ido a ver *Tosca* y una reposición de *Bésame, Kate* en compañía de Bill Newcombe, que por fin había dejado de tratar de venderle un seguro y se comportaba con ella de una manera verdaderamente encantadora. Dolly había sido nombrada recaudadora de fondos para la lucha contra el hambre en Biafra, y formaba parte del comité organizador del gran baile para el que ya no quedaba una entrada y se habían recaudado cuatrocientos mil dólares. Y, para colmo de bienes, en la feria chocolatera anual, celebrada en el hotel Plaza, el escaparate que Pompeau la había ayudado a organizar, ganó para Girod's el segundo premio.

Sí, por supuesto, había estado muy ocupada, de eso sí no cabían dudas.

Tan ocupada que por las noches, cuando se metía en la cama, a rastras casi de pura fatiga, se sentía tan solitaria como una perrita a la que han abandonado a la intemperie en pleno invierno, y eso incluso en las noches, raras por cierto, en que no estaba sola.

–*Ma poupée*, ¿te he despertado?

La voz de Henri llegaba a sus oídos tenue y crepitante de corriente estática. Pero muy querida. De pronto a Dolly le pareció que no había pasado nada de tiempo.

–Ni hablar –contestó ella, aunque una mirada rápida a la esfera de malaquita del reloj que había sobre la repisa le dijo que era la una y media de la madrugada–, esta noche no acabo de conciliar el sueño por mucho que lo intento. Ha de ser algo que comí.

La verdad era que estaba en la penumbra, acurrucada sobre la silla de Eames, mirando por el gran ventanal al millón de luces de cuento de hadas de *Tavern-On-The-Green*, situado muy lejos, al fondo de Central Park, y bebiendo sorbitos de coñac, a pesar de saber que probablemente le haría sentirse peor de lo que ya se sentía. Era, en realidad, muy propio, ominoso casi, que Henri la llamase precisamente cuando llevaba su camisón favorito, de un satén color melocotón iridiscente, el color de un cóctel llamado «Singapore Sling», con hombreras color espagueti y un escote tan audaz que garantizaba pulmonía instantánea... o cura instantánea de la impotencia, según se llevase puesto o se viese puesto. Y a Dolly le escocía la piel en los lugares donde sus frescos pliegues resbaladizos la tocaban.

–Si quieres que te diga la verdad, estoy celebrando una fiesta de pena –dijo Dolly.

–*Pardon*?

–Sí, como lo oyes, una fiesta de pena. Verás en lo que consiste: te sientas en una silla, llena de pena por ti misma, sobre todo si no tienes a nadie que te dé un golpecito en la espalda y te diga: Venga, señora, haga el favor de no ser tan morbosa.

—Lástima que no esté yo allí —dijo él, que pareció encontrarlo divertido.

—Entonces ya no sería una fiesta de pena. Sería una... Bueno, no voy a decirte lo que sería. Y, desde luego, por teléfono ni hablar.

Dolly sonrió, y se llevó el auricular a la boca, cubriéndolo con ambas manos y dándole casi un beso. El coñac estaba empezando a surtir efecto, calentándola por dentro... ¿O era la voz de Henri?

Dolly pidió a Dios que Henri la llamase para darle buenas noticias. Aquella semana ya no tenía capacidad para más cataclismos.

El niño, al que Laurel había decidido no renunciar, era una bendición, bien lo sabía Dios, pero desde luego a ella se lo estaba poniendo todo del revés. Y Val Carrera, apareciendo de pronto como un fantasma después de tantos años, y cayendo sobre Laurel cuando ésta se encontraba en su peor momento, buscaba seguramente la manera de plantear toda clase de problemas... En fin, que sólo de pensar en todo aquello se sentía enferma.

—¿Qué tal la feria? ¿Te ha gustado cómo quedó?

Por un instante, Dolly, confusa, no acabó de identificar lo que le preguntaba Henri. Y de pronto recordó que no había dicho nada a Henri sobre Laurel, ni sobre el pequeño Adam, ni sobre Val. En los viejos tiempos se habría apresurado a contárselo todo; prácticamente cualquier incidente le parecía a Dolly lo bastante importante para contárselo a Henri. ¿Tan separados estaban ya para que esto hubiese cambiado?

—Ah, la feria —dijo, comenzando a despertar—. ¡Debiste haber venido! ¡Fue la mejor de todas!

—Sí, ojalá hubiese podido. Pero como te encargabas tú del escaparate y Pompeau estaba allí para garantizar la perfección del *gateau*, pues la cosa no podía ir mal, ¿no te parece? —Dolly se imaginó a Henri encogiéndose de hombros a la francesa al decir esto—. Además, no podía dejar a mi hija. Sus hijos estaban muy malos, y la pobre Gabrielle no cabía en sí de angustia...

–Sí, lo sé. –Dolly no conseguía acabar de acostumbrarse a la idea de que Henri era abuelo–. Pero no era culpa tuya. ¿Están mejor ya?

–El pequeño Philippe ya pesa más, pero Bruno... Gaby está muy preocupada por él, siempre ha sido enfermizo. Pienso que con el tiempo se le quitará, pero, en fin, Gaby es madre, y las madres se inquietan, ¿no?

–Sí, supongo que sí –dijo ella. *Dolly* nunca sería madre, pero, con el hijo de Laurel suelto por ahí, sí que podría ser una especie de abuela; Dolly sentía impaciencia por coger al pequeño Adam en brazos, por muy sucios que tuviese los pañales, pero para ello tendría que esperar, por lo menos hasta el día siguiente, que era cuando llegaban Laurel y Adam del hospital. En aquel preciso instante Henri estaba al teléfono, esperando–. Bien, ¿de qué estábamos hablando? Ah, sí, de la feria. Pues Clarisse Hopkins estuvo este año en el tribunal, por más que la pobre no tiene idea, lo que se dice ni *idea*, sobre chocolate. Estoy convencida de que lo único que come es acíbar. Y Roger Dillon, ¿te acuerdas de Roger?, dijo que Girod's habría recibido el primer premio en lugar del segundo de no ser porque a Clarisse le horrorizan las castañas, y fíjate, yo, la metepatas de siempre, pues puse *marrons glacés* como centro de nuestro escaparate.

Henri rió, y Dolly se sintió aliviada de que no le sentara mal lo del segundo premio, cuando, en tres de las últimas cinco ferias, Girod's había quedado el primero por sus excelentes características generales. Para algunos chocolateros, sobre todo los pequeños, siempre luchando por mantenerse a flote, los premios de la revista *Gourmand* eran el camino que conducía a un gran aumento de popularidad y ventas, y, por consiguiente, eran lo más importante del mundo. Pero Henri parecía tener otras cosas en la cabeza.

–*C'est ça*. Pero no creas que te he llamado a las seis de la madrugada, porque sé perfectamente la hora que es, para hablarte de negocios –le dijo; parecía tenso–. *Alors*?, ¿empiezo?

–¿Por qué no te saltas el principio? –le dijo Dolly, notando que también ella empezaba a ponerse tensa–, el principio ya lo hemos debatido incontables veces, y me lo sé de memoria.

—Bueno, pues entonces, no sé cómo decirlo. ¿Felices finales?

El corazón de Dolly dio un vuelco.

—Pero bueno, ¿qué es exactamente lo que quieres decirme?

Se produjo una pausa, y Dolly oyó la respiración agitada de Henri, que finalmente dijo:

—Dolly, ven a París.

—Henri, ya hemos hablado de eso muchas veces...

—No, esta vez es distinto. Francine y yo nos hemos separado.

Dolly sintió una descarga de mil voltios. A punto estuvo de soltar el auricular.

—¿Qué has dicho?

—Francine, que me ha puesto de patitas en la calle —dijo él, con voz suave en la que se detectaba una nota de triunfo—. La cosa fue de lo más fino. Hasta me ayudó a hacer las maletas, aunque pienso que lo hizo para cerciorarse de que no me llevaba ciertas cosas de su propiedad.

Por una vez Dolly no supo qué decir. Dejó su copa de coñac en el borde de la mesa, y el cristal de la copa chocó sonoramente contra el cristal de la mesa, vacilando un momento hasta quedarse por fin quieta, mientras Dolly se ponía en pie, cogiendo el teléfono color crema, y empezaba a pasearse por la mullida alfombra delante de la chimenea, y su camisón de satén le golpeaba suave y refrescantemente las pantorrillas.

—Henri, ¿no estás de broma?, ¿hablas en serio?

—Te aseguro, *ma poupée*, que nunca he hablado más en serio. Al parecer, mi mujer tiene un amante —dijo con el mismo tono de alegría con que, unos meses atrás, le había anunciado el nacimiento de sus dos nietos gemelos—. Como puedes suponer, se muestra muy discreta al respecto, y no dice nada sobre la identidad del implicado. No me extrañaría nada, si quieres que te diga la verdad, que sea su confesor.

—¡Pero bueno! —Dolly estaba sorprendida, escandalizada incluso.

Henri rió:

–De acuerdo, a lo mejor exagero. *Qui sait*? Por mí, chica, puede acostarse con el papa, si le apetece. –Su voz cobró seriedad–. Pero tengo que serte franco. De divorcio, ni hablar. Francine no lo acepta. De esa manera, me figuro, se comporta como verdadera *amante* de la Iglesia.

La voz de Henri parecía diluirse, hasta que Dolly se dio cuenta de que era su propio pulso, latiendo contra sus oídos, no la línea de larga distancia, lo que le impedía oír bien:

–Bueno, Henri –dijo, finalmente–, ¿qué es, exactamente, lo que me propones?

–Pues que tú y yo... vivamos juntos. Es la moda actual, ¿no? Y después...

Su voz se perdió en el éter. Henri no tenía necesidad de añadir lo que ambos sabían perfectamente: que se casaría con ella en el instante mismo en que le fuera posible, si tal instante llegaba algún día.

–¿Lo sabe tu suegro?

–Es viejo, pero todavía no está ciego. Por supuesto que haría cuanto estuviese en su mano por unirnos de nuevo a Francine y a mí..., pero se da cuenta de que hasta su poder tiene límites. Todo este asunto le ha sentado mal, sobre todo porque se preocupa por la empresa, y ya está empezando a dar el bajón, de modo que hemos llegado a un nuevo acuerdo.

–¿Qué clase de acuerdo? ¿Qué quieres decir?

–Cuando él muera yo heredaré su parte de la empresa, que es mayoritaria; por supuesto, sigo obligado a mantener a Francine, pero todo ello como Dios manda, es decir, con testigos, firmas y notario por delante. Para mí es un gran contrato, vamos, es la libertad.

–¡Oh, Henri!

Los ojos de Dolly se llenaron de lágrimas de felicidad. Nadie se merecía esto más que Henri. ¡Cuánto debió costarle sacar esa garantía al viejo Girod!

–*Chérie* –prosiguió Henri, sin alterarse–, no has contestado a mi pregunta.

Dolly se dejó caer sobre la silla, con el teléfono en el regazo. La cabeza le daba vueltas. No sabía *qué* pensar.

¡Aquello era la posibilidad de vivir con él todo el tiempo!, ¡de vivir con Henri! ¿No era esto lo que ansiaba, lo que soñaba, desde hacía tantísimo tiempo? El matrimonio estaba bien, pero mientras tuviese consigo a Henri, bien podía prescindir de un anillo.

Pero, claro, para eso tendría que ir a vivir a París.

París era muy hermoso, y a ella le encantaba, pero Nueva York era su *hogar*. ¿Cómo dejarlo, y sobre todo ahora? Laurel iba a necesitar mucha ayuda. Y, bueno, también cabía un poco de egoísmo: si estaba a tantos miles de kilómetros de distancia, ¿cómo iba a ser una abuela en regla para aquel precioso niñito?

Porque lo cierto era que, por mucho que ansiase la compañía de Henri, también ansiaba una auténtica familia; este niño iba a ser un vínculo entre Annie y Laurel en un sentido absolutamente nuevo. Y luego, había que pensar en su negocio. Se había matado para levantarlo, y ahora se había convertido para ella en algo más que una manera de ganar dinero: era un lugar agradable, donde ella y la gente que lo visitaba se sentía como en su casa. Sus clientes habituales iban allí a degustar su corteza dulciamarga, o sus *bouchons*, y se quedaban a charlar con ella, y siempre acababan contándole sus cuitas. Nora Mulgrew, por ejemplo, cuyo marido, dentista, estaba liado con su asistenta, no acababa de decidirse a dejarle. Ramsey Burke, el famoso abogado, que paraba todas las mañanas en Girod's, camino de su trabajo, para comerse una trufa *bourbon*, siempre estaba discutiendo con ella sobre si debía o no cambiar de psiquiatra, ya que no conseguía librarle de su terrible pánico a las alturas, tanto en aviones como en ascensores.

Claro que todos ellos se las arreglarían sin ella, de eso no le cabía duda a Dolly, pero ésa no era la cuestión, la cuestión era que a ella le *gustaba* toda aquella gente, le encantaba sentir que les ayudaba a vivir, por poco que fuese. ¿Con quién iba a poder hablar en París? Apenas sabía suficiente francés para situarse en el Metro, y, además, si trabajaba para Henri, la tienda no sería suya: sería un simple trabajo, una manera de estar cerca de Henri.

Dolly quería a Henri, estaba *loca* por él, pero ¿se había

parado a pensar en lo que podía significar trasladarse a París? Se acordó de un viejo proverbio chino: «Ten cuidado con lo que deseas, a lo mejor lo consigues.»

Llevaba tanto tiempo deseándolo que ahora que lo tenía al alcance de la mano, se sintió de pronto como estafada, como si acabase de aprender inesperadamente que llevaba una eternidad deseando algo que no quería. O quizá se trataba de que quería nadar y guardar la ropa: tener a Henri y seguir viviendo su vida en Nueva York.

–¿Dónde estás ahora? –le preguntó.

–Tengo una habitación en el Lancaster. Y tenía la ilusión de que, dentro de una o dos semanas, podríamos buscar tú y yo un apartamento para vivir juntos.

–Henri, mira, yo...

–¿Hay... otro hombre?

–No, créeme, no es eso.

–¿Has dejado de quererme?

–Dios mío, no.

–Pues entonces no hay más que hablar, Dolly, te he dicho que me he ido de mi casa como si fuera la cosa más fácil del mundo, pero puedo asegurarte que, después de vivir tantos años en el mismo sitio, no tiene nada de fácil. Te necesito, *ma poupée*, te necesito más que nunca. *Nos* necesitamos... mutuamente.

–Pero, Henri –trató Dolly de explicar–, ¿es que no te das cuenta? Me estás pidiendo que haga exactamente lo mismo... que abandone mi casa y mi familia, incluso mi *país*. Bueno, puedes estar seguro de que no hay ningún norteamericano que no se emocione, por poco que sea, cuando oye el himno nacional.

–A lo mejor te acostumbras a *La Marsellesa*... es menos triste –bromeó él, pero Dolly captó la desesperación en su voz, y se le hincó en el corazón.

Dolly vaciló. Años atrás, incluso cuando Henri tenía poco más que ofrecerle que la ambigüedad de una vida semiclandestina de amante, Dolly se había sentido angustiada, pensando en qué debía hacer. Y ahora que le ofrecía tantísimo más, se retraía. ¿Tanto habían cambiado sus sentimientos por Henri, o era que su vida en Nueva York se le había hecho mucho más preciosa?

De una forma o de otra, Dolly se dijo que le debía a Henri, *y a sí misma* también, el tomar una decisión de forma clara y sincera, y con la cabeza no turbada por el coñac.

–Henri –le dijo con firmeza–, tengo que consultarlo con la almohada, y haz el favor de no pensar que soy demasiado cobarde para decirte con claridad lo que pienso. Lo que ocurre es que no sé de forma clara *lo que* pienso. Lo único que sé es que lo que diga ahora será forzosamente muy poco de fiar. ¿No puedes esperar hasta mañana?

Henri suspiró:

–¿Qué otra opción tengo?

–Ninguna.

–En tal caso, *chérie*, que duermas bien. Te quiero.

Dolly colgó, con el corazón desbocado y pensando que sus posibilidades de dormir bien eran más o menos las mismas de dar un paseo por la luna.

–Me recuerda un poco al tío Herbie.

Annie, mirando a Adam a través del cristal de la sala del hospital, se volvió y se encontró con su tía, con un reluciente vestido de lana color esmeralda y un pañolón Hermès azul y dorado alrededor del cuello, secándose los ojos con un pañuelo manchado de pintalabios. Ceñía su muñeca un brazalete del que colgaban tintineantes miniaturas de oro, entre otras una raqueta de tenis, un perro de lanas, una tortuga, un silbato y un candado. Annie, mirándolo, reconoció el pequeño colgante que ella y Laurel habían regalado a Dolly por Navidad: una diminuta caja de bombones de oro en forma de corazón.

Annie recordó que Dolly se había emocionado hasta el punto de derramar lágrimas, y que ella misma se había sentido encantada, pero también algo incómoda, por la extremada reacción de su tía al recibirlo.

«Vaya, otra vez», pensó Annie, inquieta, aunque esta vez su tía iba a verse al borde del desmayo por una causa más razonable: el niño más precioso del mundo; y, conociendo a Dolly, Annie se dijo que iban a tenerla encima, y encima del niño, las veinticuatro horas del día.

–¿Os habló Evie alguna vez del tío Herbie? Era el hermano de nuestra madre –prosiguió Dolly–. Tenía una mata de pelo negro y la nariz roja, que, además, se iba volviendo cada vez más roja con el paso de los años. Mamá decía que era el rayo blanco lo que se la había enrojecido tanto, aunque no sé a qué se refería... Pero desde que me dijo eso, yo solía esconderme siempre que se avecinaba una tormenta de rayos y truenos. –Soltó un risita–. ¡Dios mío, qué tipo tan raro! Fijaos que solía tener abierta de par en par la puerta de su cocina para que sus sucias gallinas pudieran corretear por allí, y les daba de comer las sobras de su mesa, como si fueran perros.

–Pues yo diría que se parece a Dearie –dijo Annie, volviendo a mirar los niños–. Fijaos, la barbilla, lo redonda que es, con una pequeña hendedura en el medio.

Todos los demás niños dormían, pero Adam estaba completamente despierto. Agitaba los puños, y uno de sus piececitos de color se había abierto camino a patadas, echando a un lado la manta.

Annie sintió que Dolly, a su lado, se ponía rígida y suspiraba:

–Sí, es posible, aunque es algo difícil a esa edad, ¿no te parece?

–Lástima que no esté aquí Dearie, ojalá hubiera podido ver a su nieto.

Annie sintió súbita e inesperadamente una gran añoranza de su madre. Hacía mucho tiempo que sentía un tenue dolor al pensar en su madre, pero ahora, de pronto, no pudo dejar de pensar: «Debiera ser Dearie, no Dolly, quien estuviera aquí, a mi lado.»

Se reprendió a sí misma. La pobre Dolly, después de todo, se esforzaba mucho. Y para ella no podía ser fácil, sin marido ni hijos propios. ¿Seguía viendo a Henri, o había terminado con él para siempre? ¿Era posible hablar de «para siempre» cuando se estaba tan enamorada de un hombre como Dolly de Henri?

Annie pensó en Joe, y sintió que el rígido control que últimamente había impuesto a sus emociones estaba relajándose ligeramente. Era como si Joe fuese su centro, su núcleo, el eje en torno al cual giraba; sin él, se desintegraría y dispersaría en todas direcciones.

¿Y Emmett...?, ¿cuál era su lugar? Aquella noche en su apartamento... en la ducha... y luego en la cama... ¡Dios mío!, ¡qué estupendo había sido...!, ¿cómo podía ser tan bueno algo que no era más que una aventura? Annie había evitado a Emmett durante toda aquella semana, pero no podía seguir evitándole para siempre. Sabía que no le quería como a Joe, pero también era evidente que por él sentía algo más que simple afecto.

Annie se mordió la uña del dedo pulgar. Se sentía muy confundida. Adam, de pronto, levantó un puño cerrado por encima de su cabeza, más o menos como un demagogo que despotrica contra los aumentos de impuestos, y Annie no pudo menos de sonreír. «Quizá no sea aún demasiado tarde para mí y para Joe», pensó.

A partir de ahora todo iba a ser distinto. Con Adam a quien cuidar, Laurel no tendría tiempo para rondar tanto a Joe. Había hablado incluso de mudarse, de encontrar un apartamento para ella sola. Al principio Annie se había opuesto, pero ahora empezaba a pensar que, después de todo, no sería tan desacertado. A lo mejor había llegado realmente el momento de que Laurel empezase a vivir por su cuenta.

—Claveles —dijo Dolly—. Recuerdo que cuando naciste tu padre llenó el cuarto de Evie de claveles, campos y campos de claveles. Evie dijo que se sentía como una mezcla de cadáver de un funeral de la Mafia y el ganador del Derby de Kentucky.

Annie sonrió. Luego pensó en el enorme ramillete de rosas que Joe había mandado a Laurel. Su sonrisa se desvaneció y sintió una punzada en el corazón.

—Me parece que es hora de comer —dijo, al ver a la enfermera inclinarse sobre la cunita de Adam y levantarlo en vilo, y se sintió impaciente por poder cogerle también ella en brazos.

Dolly se volvió hacia Annie, sus ojos azules relucieron y el rosa de sus mejillas maquilladas se hizo más oscuro:

—¿Crees que me dejarán cogerle en brazos —preguntó—, aunque sólo sea un minuto? No estorbaré.

Annie dominó su irritación, aunque sintió ganas de decirle: «¿Y por qué vas a ser tú la primera?»

En un arranque de abnegación, lo que dijo fue:

—¿Por qué no le dices tú misma a la enfermera que eres la abuela? Además, casi lo eres.

Dolly la miró con ganas de besarla, y Annie, sin darse cuenta de lo que hacía, se apartó:

—Voy a ver qué hace Laurel —dijo a Dolly—. Da a Adam un beso de mi parte.

Laurel estaba levantada y vestida. Se había puesto la ropa que le había llevado Annie el día anterior, un jersey holgado de cuello alto, que le colgaba como una tienda de campaña colapsada. Parecía macilenta y fatigada, con profundas ojeras, pero, así y todo, radiante. Al ver entrar a Annie, sonrió:

—Mira quién viene —bromeó—. Yo pensaba que era la que se estaba restableciendo aquí, pero la verdad es que hoy pareces peor incluso que ayer.

—Pues para una persona que ha estado al borde de un ataque cardíaco, pienso que no estoy nada mal.

Annie cruzó la habitación y se sentó en la cama al lado de Laurel.

—Eso me recuerda que no llegaste a contarme dónde acabó dando contigo Louise.

—Te diré, para que te enteres, que estaba en las oficinas de los venerables Kendall, Davis y Jenkins, y que cuando me dieron tu recado casi me desmayé allí mismo.

—¿En el despacho de tus abogados? —Los ojos de Laurel relucieron—. ¿Y qué estabas haciendo allí?

—Ahora mismo iba a decírtelo. Tout de Suite está a punto de convertirse en una corporación. Ya están preparando los trámites. ¿A que no lo crees?

—Pues claro que lo creo, lo que no puedo acabar de creer es que soy madre. —Laurel sonrió de oreja a oreja y su expresión se hizo enigmática y nebulosa—. Podría pasarme horas y horas mirándole sin cansarme. ¿Le has visto hoy? ¿A que es el niño más guapo que has visto en tu vida?

–Desde luego. Pero creo que tienes un problema: es un donjuán, le cogí guiñando el ojo a una enfermera.

–Le encanta todo lo que tiene tetas. No sabes cómo me pone las mías. –Se tocó la pechera del vestido y se estremeció.

–¿Te duelen?

–Un poco. Todavía no me he acostumbrado del todo a ser madre, es mucho más complejo de lo que parece.

Annie miró a su hermana: estaba guapa y parecía feliz. Por primera vez desde su llegada al hospital, se había lavado el pelo. Cogido en la nuca con una cinta color plata, le colgaba ahora espalda abajo en un reluciente haz, reflejando la luz que entraba a raudales por la ventana. Y Annie reparó en que olía muy bien, a jabón y agua de rosas. Annie sintió que el conato de resentimiento que hervía en su interior desde hacía meses estaba comenzando a disolverse.

Se fijó entonces en el jarrón de rosas que había en la mesita junto a la cama. Ya empezaban a agostarse, pero la habitación, demasiado caldeada, rebosaba de su fragancia.

Annie pensó en Joe y bajó la vista, incapaz de enfrentarse con los ojos de Laurel. Sintió que el calor recién surgido en su interior se enfriaba de nuevo, y, al cabo de un momento de silencio, suspiró hondo y se levantó:

–¿Estás lista?

–¿Quieres que diga a la enfermera que traiga a Adam?

–Dentro de un momento.

–Lo tengo todo a punto en el apartamento –insistió Annie–, hasta la cuna... Emmett me ayudó a instalarla anoche.

–Sí, lo sé. Emmett vino esta mañana a decírmelo. ¡Vaya tío!, siempre aparece en el momento oportuno y lo resuelve todo. ¿Recuerdas cuando me quejaba de que tenía siempre los pies fríos y vino a traerme aquellos calcetines alpinos extragruesos? Pues fíjate lo que trajo esta mañana. –Sacó del maletín, que estaba apoyado contra los pies de la cama, una camiseta y se la mostró: Annie vio que tenía una vaca estampada en la parte delantera y sonrió–. No te rías, las enfermeras que rondan por aquí me llaman «Elsie». A pesar de lo que mama Adam, que parece insaciable, a pesar de eso, me queda tanta leche que ya hablan de conectarme a una bomba eléctrica.

—Pues no das la impresión de estar sufriendo *demasiado*.

—No, pero estoy asustada. —Laurel se dejó caer sobre la cama y se quedó mirando al techo, con las manos cruzadas detrás de la cabeza—. Annie, esta mañana, cuando estaba dándole de mamar, le miré y pensé: ¿Qué pasará si estropeo su vida? El pobrecillo es tan confiado... Claro, como no conoce otra cosa. ¿Y si resulta que lo hago todo al revés? ¿Quién me lo va a decir? ¿Cómo voy a saberlo yo?

Annie pensó en todas las equivocaciones que ella misma había cometido probablemente cuidando a Laurel, y se preguntó dónde estarían ellas dos ahora si hubiese hecho las cosas de otra forma, si hubiera actuado menos impulsivamente. «Pues probablemente —se respondió— estaríamos en California, con Val.»

Pensando en su padrastro sintió un nudo en el estómago. Ayer, Laurel le había hablado de la visita de Val. Annie tardó largo rato en reponerse del susto y en convencerse de que no había ningún medio legal del que pudiera servirse Val para hacerles daño. Pero la cuestión era: ¿trataría de volver a ver a Laurel? Y, en cuanto a Laurel: ¿quería reconciliarse con Val ahora que ya no tenía motivos para temerle?

—Pienso que lo mejor es quererle —dijo Annie—. Si le quieres, aunque cometas algunos errores, no tendrán tanta importancia.

—Annie... —Laurel vaciló, mordiéndose el labio inferior.

—¿Qué?

—Mira, sé que tú siempres has hecho por mí lo que pensaste que era mejor... y... y que muchas veces no fue nada fácil. —Se incorporó, y el movimiento súbito encendió sus mejillas—. Lo que quería que supieras era que... que, aunque no lo aparente, yo... no dije en serio aquellas cosas tan terribles la noche después de... después de la riña que tuvimos. —Los ojos de Laurel relucían, y se los enjugó con el revés de la mano, riendo con cierta incómoda timidez—. Fíjate cómo estoy, hago agua por todos mis orificios, en las clases de Lamaze se les olvidó advertirme que me iba a convertir en una fuente humana.

Annie también sentía ganas de llorar. ¿Podrían las dos vencer aquellos celos que las separaban?, ¿serían capaces, algún día, dentro de muchos años, cuando fueran dos señoras casadas, cada una con su propia familia, de rememorar todo esto y preguntarse cómo había sido posible que un hombre al que ya no recordaban desde hacía años hubiera podido separarlas de aquella manera?

Annie no encontró respuesta, lo único que sabía seguro era que quería a su hermana.

—No te preocupes —le dijo Laurel con animación—, tengo aquí muchísimos kleenex, por si acaso.

—¡Eh, tú, cuidadito, que todavía no me conoces, espera un poco y ya verás! —Dolly acunó al niño en sus brazos—. Te voy a mimar tanto que vas a pensar que estás en el mismísimo cielo.

El niño la miraba fijamente, con la mirada un poco bizca, como tratando de enfocarla. ¡Cuánto pelo tenía! Y fruncía el ceño... Estaba claro, pensó Dolly, que no iba a tener pelos en la lengua.

Bajo la mirada vigilante de la enfermera que estaba a la puerta de la sala, Dolly tocó suavemente el rojo puño cerrado del bebé con un dedo, y el bebé inmediatamente lo asió con fuerza. Dolly sintió que el corazón se le paraba y que el diafragma se le hinchaba, cortándole la respiración.

Adam frunció el rostro y empezó a chillar. Dolly lo meció más vivamente, pero sólo consiguió hacerle chillar más fuerte.

Miró, llena de pánico, a la apacible enfermera, que seguía con los brazos cruzados, sin alterarse en absoluto.

—¿Tendrá hambre? —preguntó.

—Deben de ser gases —dijo la enfermera—. Acaba de comer, a las dos, como siempre. Póngaselo sobre el hombro y dele un golpecito o dos. Así se le pasará.

Poniéndoselo con gran cuidado en el hombro, Dolly se sintió de pronto muy incómoda, estaba segura de que lo iba a hacer mal. ¿Qué sabía ella de bebés? Lo más cerca que había estado de la maternidad fue cuando Annie era pequeña y ella le hacía de canguro, pero Annie entonces tenía una robusta niñera alemana, la señora Hildebrand, que montaba guardia ante la cuna como un policía nazi, sin permitir que nadie se acercase a la criatura.

Adam gritaba ahora como un descosido, agitando las piernas y blandiendo los puños. Dolly estaba a punto de echarse a llorar. Se dice de los perros que intuyen cuando alguien les tiene miedo, ¿ocurriría lo mismo con los niños recién nacidos?, ¿sería posible que aquella cosita tan pequeña estuviese reaccionando ante su falta de experiencia? De ser así, estaba claro que ya era más listo que ella, con sus cuarenta y dos años de vida. Y si pudiera hablar, probablemente le diría que estaba perdiendo el tiempo con él y que sería mejor que se fuera a París a pasarlo en grande con Henri.

Esforzándose por calmarle y sintiéndose lastimosamente incapaz, Dolly tuvo que dominarse para no devolver el niño a la enfermera e ir al teléfono más cercano para llamar a Henri y decirle que iba a París.

Algo le indujo a quedarse allí. Dando vueltas por el pasillo de la sala de recién nacidos, Dolly siguió tratando de calmar a Adam, haciéndole cucamonas y hablándole como si realmente pudiera entenderla.

—Sí, sí, ya sé, ya sé... A ti no te gusta nada esto de que te pasen de una persona a otra como si fueras un saco, pero tu mamá está aquí al lado, y tú vas a ir a casa dentro de un momento. ¿Qué te parece esta despedida, eh? Te vas a sentir como el mismísimo Elvis Presley, ya verás. Por cierto, ¿sabes que te pareces un poco a él, con todo ese pelo negro que Dios te ha dado?

Y empezó a tararear una de las canciones de Elvis: *Love me tender*.

Poco a poco, Adam fue dejando de gritar. Pero cuando Dolly empezaba a sentirse llena de aplomo y hasta orgullosa de sí misma, el bebé gruñó y algo cálido y maloliente le salpicó la pechera de la blusa. Miró, llena de espanto y vio un hilillo de un líquido color mostaza que le bajaba por una pierna, saliéndole de debajo del pañal mal ajustado. La enfermera se acercó presurosa:

–Huy, me parece que es algo más que gas. No se mueva... traeré un paño caliente.

Dolly se quedó inmóvil, sintiéndose como un perro que se ha revolcado en boñiga, y probablemente oliendo también igual. Luego se echó a reír. Mirando los ojos azul oscuro de Adam, susurró:

–Venga, ya está bien, a pesar de lo que me has hecho sigo estando loca por ti, de modo que ¿puedes decírmelo tú?, ¿qué te parece que debo decirle a Henri?

Annie volvía a la sala de recién nacidos cuando vio encenderse una luz verde sobre uno de los ascensores. Sonó un timbre, se abrió la puerta y salieron dos estudiantes de enfermería, seguidos por un hombre alto y de gafas que llevaba tejanos descoloridos y un jersey de lana azul marino; andaba con la cabeza baja, como acostumbrado a bajarla para no darse con el dintel de las puertas. Su pelo castaño estaba desgreñado y su rostro, muy colorado, como si acabase de subir corriendo las escaleras.

Annie sintió que el corazón se le desbocaba:

–Joe –dijo.

–Hola, Annie.

«Parece cansado», pensó. Hasta con el rostro medio escondido tras las gafas, se le veían las ojeras.

Sintió deseos de abrazarle, pero se contuvo. ¡Al diablo!, se dijo, ¿no tenía ella también razones para sentirse herida?

–¿Cómo está Laurel? –preguntó Joe.

–Muy bien. Ahora iba yo precisamente a la sala de recién nacidos a decir a una enfermera que prepare a Adam. Se lo lleva a casa ahora.

–Sí, lo sé, por eso he venido. Estaba por aquí cerca y pensé que podía llevaros en coche.

–Gracias, pero nos lleva Dolly. Joe... –tragó saliva y sintió que se le atascaba la garganta, como si estuviera tratando de tragar algo amargo–, pienso que tengo que darte las gracias, por haberte portado tan bien con Laurel. Si no hubiera sido por ti... –No consiguió imaginarse lo que habría pasado–. Quería decirte eso, que me alegro de que estuvieras allí en aquel momento.

Joe se encogió de hombros, como si no hubiese sido nada:

–Te advierto –dijo– que un niño con tanta prisa por nacer no necesita mucha ayuda. Basta con mirarle para darte cuenta de que es un luchador nato. Y guapo, ¿verdad?

–No se parece en nada a Laurel.

–Los ojos –dijo él, tocándose con mucha solemnidad el rabillo de uno de los suyos con el dedo índice–, me recuerdan a los tuyos.

Annie sintió un súbito calor. ¡Dios santo!, ¿sabía acaso Joe lo que le estaba haciendo? Si había decidido mostrarse frío, ¿por qué la recordaba de esa forma una cosa que tan a punto habían estado los dos de compartir? Tuvo ganas de gritar, de tirarse contra él, de forzarle a quitarse aquella armadura de cortesía. Hasta pegarle u obligarle a abrir otro boquete en la pared sería mejor que aquella situación.

Pero lo único que pudo hacer fue sonreír:

–Su padre es puertorriqueño. Laurel lo conoció en el sexto grado, en la escuela de Brooklyn. Tuvo un papel en aquella comedia escolar, ¿te acuerdas?, aquel día que tuviste que ir a toda prisa a recogerla a la escuela. Y luego se volvieron a ver en Syracuse. ¡Qué coincidencia!, ¿verdad?

Joe se sonrojó y fijó la mirada en un carrito lleno de sábanas sucias que una enfermera de piel morena estaba metiendo en el ascensor. Annie creyó haber visto algo en sus ojos, como un relámpago de emoción, pero tan rápido que ni siquiera tuvo tiempo de cerciorarse de si era verdadero o imaginario.

«¿Celoso?, ¿podría sentir celos de no ser él el padre?»

Annie notó que Joe llevaba un paquete envuelto en papel de regalo:

–¿Un regalo para Laurel? –le preguntó con toda la indiferencia que pudo.

Joe lo cogió con una mano, como si hubiera olvidado que lo llevaba bajo el brazo:

–Es el libro del doctor Spock –dijo–, todo lo que deberías saber sobre los niños que te da vergüenza preguntarlo.

Annie no le dijo que a Laurel le habían regalado ya dos ejemplares del mismo libro: uno Rivka y el otro Dolly.

Se produjo un silencio incómodo entre los dos, como un barco que se hunde lentamente, hasta que Joe señaló la sala de espera con sus muebles de plástico y sus máquinas de café.

–¿Te apetece un café? –propuso.

Annie se dijo que si tomaba una taza de café en aquel momento, le abriría un boquete en el estómago. Pero asintió:

–Sí, pero rápido. Prometí a Laurel volver en seguida.

En la sala de espera no había más que un hombre con anorak, sentado, muy encogido, con los antebrazos apoyados sobre las rodillas. Joe, después de coger los cafés, llevó a Annie a un rincón donde había dos sillas de plástico, y los dos se sentaron muy juntos, con las rodillas casi tocándose, y las manos sosteniendo humeantes vasos de plástico. Annie se sentía como una estatua tallada en hielo, pero su corazón latía enloquecido, y le faltaba el aliento.

«¿Sabes siquiera cuántas veces he cogido el teléfono para llamarte? ¿Sabes que en una ocasión estuve a punto de ir a tu apartamento en plena noche? Llegué hasta tu puerta, pero en el último momento me volví atrás.»

Annie se quedó mirando los zapatos gastados de Joe, cuyo cuero estaba moteado de manchas. Joe tenía los pies largos, no grandes, sino largos y estrechos, y los tobillos abultados. De pronto, y sin razón aparente pensó en Emmett, en su primera noche de París, cuando Emmett se quitó la bota del pie malo antes de meterse en la cama con ella. Y en lo extraño que fue sentir, en lugar de repulsión, una oleada de ternura.

Pero ahora eran las largas piernas de Joe las que Annie se imaginaba entrelazadas con las suyas en la cama, y su aliento entre su pelo, y sus manos...

–¿Qué tal va? –preguntó él–, me refiero a tu negocio.

–Demasiado bien –dijo Annie, imaginando que Joe había leído sus pensamientos–. He tenido que contratar a una chica nueva para que ayude a Louise en la cocina. Si sigue así, tendré que tener turnos permanentes, día y noche. Apenas podemos atender todos los pedidos.

–Si necesitas algo, avísame. Podría mandarte un par de chicos por unos días si te vieras apurada de veras.

–Gracias, lo tendré presente. –Annie tenía los ojos fijos en su café, iridiscente como grasa industrial. Luego dejó el vaso sobre la mesa, cuya superficie estaba cubierta de quemaduras de cigarrillo–. ¿Qué tal el restaurante?, quiero decir ahora que ya has terminado de ampliarlo.

–Pues hasta los topes –sonrió él–, en parte gracias a mis padres. ¿Querrás creer que vienen a cenar allí por lo menos una vez a la semana? Y papá a veces viene también a comer con grupos de amigos. Pienso que papá se está suavizando con los años. Y hay gente que no cree en los milagros, ¿eh? La verdad es que ahora ya me he acostumbrado a verle allí con frecuencia. Y me gusta, es una especie de vuelta a la niñez, pero al revés, porque ahora soy yo el que les da de comer a ellos.

Annie sonrió involuntariamente, a pesar de lo tensa que se sentía.

–Vaya, me alegro.

De nuevo el silencio, sólo que más hondo. Annie se fijó en una monja joven, una de esas hermanas modernas, con el hábito sólo hasta las rodillas y el pelo despeinado bajo la toca, que se sentaba en la silla contigua a la del hombre del anorak. Le dijo algo, pero Annie no entendió las palabras. Parecían palabras de consuelo.

–Annie...

Se obligó a estarse muy quieta, como un vaso lleno de agua que al menor movimiento se desbordaría.

«Si no le contesto, si finjo que no le oigo, a lo mejor no dice lo que no quiero oír.»

–Tengo que decirte una cosa –prosiguió Joe, casi con un susurro–. Me alegro de haberte encontrado aquí, pero te habría llamado de todas formas. No le he dicho nada a Laurel todavía, pero es que primero quería hablar contigo.

Annie levantó la vista y le miró a los ojos. Y lo que vio en ellos era terrible. Pena. Vio pena. Vio que Joe tenía pena de ella. ¡Dios mío!

–¿Y bien? –exigió–. ¡Por Dios, suéltalo de una vez!

–Voy a pedir a Laurel que se case conmigo.

La mente de Annie pareció separarse de su cuerpo y flotar como una extraña versión del Espíritu Santo. Todo le pareció de pronto absurdamente grotesco: los carritos que pasaban junto a ellos como coches por una autopista, un hombre que apareció andando con muletas le dio la impresión de estar completamente inmóvil, las luces fluorescentes del techo parecían achicharrarle la cabeza.

Comenzó a pensar en el juego al que ella y Laurel solían jugar de pequeñas: «¿Qué pasaría si...?» Era un juego sencillo, pero cruel: «Si te murieras, ¿cómo querrías morirte?» Annie solía preferir morir helada antes que quemada, porque le habían dicho que dolía menos, pero Laurel pensaba que lo mejor era la guillotina, como María Antonieta, o el fuego, como Juana de Arco, porque resultaba más romántico. Annie se dijo ahora que todas esas torturas no podían ser mucho peores que la agonía que la había invadido tras las palabras de Joe.

–¿Cómo dices?

Annie oyó sus propias palabras, pero se dijo que no era ella la que las pronunciaba; más que palabras parecían zumbido de moscas contra los cristales de la ventana.

–Annie...

Joe trató de coger su mano, pero ella le rechazó tan violentamente que se dio con el codo contra el respaldo de la silla. El dolor fue una estocada ardiente y reanimadora, brazo arriba.

–No lo quiero oír –dijo–. Por favor, no me obligues a oírlo.

La invadió un intenso impulso de taparse los oídos, como habría hecho un niño pequeño.

Joe se quitó las gafas parsimoniosamente y empezó a frotarse la nariz con el índice y el pulgar. A pesar de sí misma, Annie admiró lo largas y tupidas que eran sus pestañas. Sus bellos ojos estaban inyectados en sangre, como si llevara varios días sin dormir. También él debía de haber sufrido.

Annie le odiaba, le odiaba por hacerla sentir pena de él cuando lo que realmente quería era herirle tanto como él estaba hiriéndola a ella.

–¿Estás enamorado de ella? –preguntó Annie, en contra de su voluntad–. ¿De eso se trata?

Joe no contestó.

Annie sintió un extraño regocijo en el fondo de su corazón herido. ¿Cuánto podía quererla si tenía que pararse a pensarlo?

–Bueno, sí, podrías llamarlo amor –respondió finalmente Joe, aparentando escoger las palabras con gran cuidado–. Mira, te ahorraré el discurso, no quiero herirte ni ofenderte, pero déjame que te diga una cosa: hay más de una o dos formas de amar, y luego hay muchísimos matices entre ellas.

–Espero que no se lo dirás así a Laurel –dijo Annie, amargamente–, y espero que no esperarás que te dé el visto bueno. Y te diré una cosa: no le vas a hacer ningún favor a Laurel.

–Es mucho más complicado de lo que parece, no sé cómo no te das cuenta. ¡Diablos, me gustaría que fuese una cosa sencilla! –Estrujó el vaso vacío y lo tiró contra la pared–. ¡Ojalá pudiera decir que soy el buen samaritano, porque entonces tú podrías disuadirme!

–¿Acaso quieres que te disuada?

Annie le miró fijamente, y él estuvo un rato sin responder.

–No sé –acabó diciendo–, lo único que sé es que lo que siento por ella no ha cambiado.

Annie se esforzó por contener las lágrimas que se le agolpaban en la garganta. Pensó que debía decir a Joe lo que ella sentía, suplicarle que no hiciera aquello, pero algo se lo impedía, era como si su boca estuviera herméticamente sellada: no podía decirlo... no podía.

Annie vio que el hombre del gorro se había echado a llorar, y la joven monja le rodeaba la cintura con un brazo, meciéndole un poco. ¿Habría muerto su mujer? ¡Por Dios, qué idea tan horrible! La monja ayudó al hombre que lloraba a ponerse en pie. El hombre vaciló un poco, y el gorro se le torció, colgándole de la cabeza, a la que estaba sujeto por un imperdible enganchado al pelo gris y ralo, de modo que cuando intentó enderezárselo dio la cómica impresión de estar levantándoselo para saludar cortésmente a la monja. Annie se imaginó al pobre hombre comiendo solo en su casa, aquella noche, los restos de una cena preparada por su mujer muerta.

El corazón de Annie se desgarró pensando en aquel hombre, y en ella misma, pero comprendió que había llegado a un punto en el que, si trataba de llorar, no conseguiría derramar ninguna lágrima. Estaban congeladas en su interior. Y si se tocaba, su piel estaría muy fría. Se había sentido así en otra ocasión, la tarde que fue al cementerio a ver el entierro de Dearie, aunque esta vez era peor, porque esta vez la persona muerta era ella misma.

–Vete –le dijo, con una voz sin matices–, vete a ver a Laurel.

Aquella misma tarde Dolly llamó por teléfono al Lancaster Hotel y esperó pacientemente mientras la línea llegaba zumbando y chirriando hasta París, donde eran las diez de la noche –las cuatro en Nueva York–. Henri habría terminado de cenar, y ella estaba en su despacho de Girod's, donde se sentía más dueña de la situación, más dueña de sí misma que en su casa, pero, así y todo, estaba agitadísima pensando en lo que se avecinaba.

Finalmente el teléfono empezó a sonar y contestó una *téléphoniste*, que pasó la llamada a la habitación de Henri. Dolly pidió a Dios que Henri no estuviese, presa de un súbito deseo de aplazar aquel momento.

Pero mañana, y pasado mañana, se dijo, su decisión seguiría siendo la misma, de modo que lo mejor era acabar de una vez.

–¿Henri?

–¡Ah, *chérie*, sin duda has leído mis pensamientos! Ya no podía esperar más, iba a llamarte ahora mismo.

El sonido de su voz hizo levitar a Dolly, como si acabara de beber champán con el estómago vacío. ¿Cómo era posible que en el poco tiempo transcurrido, desde la última vez que se habían hablado hubiera olvidado ya el efecto que ejercía en ella la voz de Henri?

Dolly vaciló. Pero recordó el bebé que acababa de tener en sus brazos: aún sentía el cálido contacto de su cuerpo contra su seno, la presión firme del puño diminuto en torno a su dedo. Adam era sólo una parte de su vida, sin duda, pero ya parecía abarcarla por entero, como un símbolo de todo lo que corría peligro de perder.

–Mira, Henri, no puedo, de verdad no puedo –le dijo, y sintió un doloroso vacío dentro de ella. Las lágrimas surcaban sus mejillas tan rápidamente que no podía enjugárselas con el pañuelo–. Ahora soy tía abuela. Laurel acaba de tener un niño encantador. Me hace sentir como una verdadera abuela, aunque no lo soy del todo. –«Hasta Annie me lo dijo», pensó Dolly–. El niño se llama Adam, y es guapísimo, el más guapo del mundo. Y Laurel me necesita, y el niño también, y yo pienso que le necesito a él. Además, me moriría de añoranza, y no te molestes en intentar llevarme la contraria, ni me digas que podría venir de visita aquí, o que mis chicas podrían ir a París a visitarme, porque no es lo mismo, en absoluto, y bien lo sabes. Ah, otra cosa, ¿a que no sabes dónde puede encontrarse un *bagel* caliente en todo París los domingos por la mañana?

Dolly se interrumpió, no porque se le hubieran acabado los argumentos sino porque se le había acabado el aliento.

Y la línea quedó en silencio más tiempo que nunca hasta entonces, únicamente se oía el ruido de la corriente estática.

Finalmente fue Henri el que habló:

–Precisamente ahora estaba recordando los últimos momentos que pasamos juntos en Granada antes de que nuestros aviones... pero no nos dijimos adiós, es decir, no dijimos la palabra adiós, pero quizá sabíamos entonces que iba a llegar un día en el que no tendríamos otro remedio que decirla.

Dolly sonrió a través de sus lágrimas, sorprendida de la intensidad del dolor que sentía. Tantas veces se le había roto el corazón que pensaba que ya no podría quedarle nada, pero afortunadamente Henri comprendía la situación: no iba a oponerse; en realidad, tenía que saberla desde la noche anterior, cuando ella parecía vacilante, y estaba claro que desde entonces se había estado preparando para lo peor.

Dolly sintió en su interior una gran melancolía, como un arroyuelo que amenaza con salirse de su cauce. ¿Podía haber en todo el mundo algo más maravilloso que el goce de pasar el resto de su vida en compañía de Henri?

–Te quiero –le dijo.

–¿Aunque no te puedo dar *bagels*? –bromeó él, pero Dolly captó en su voz la angustia que Henri se esforzaba por ocultar tras una apariencia de buen humor.

–*Mais oui, chéri* –se atrevió Dolly a pronunciar en su espantoso francés–. ¡Oh, Henri!, ¿qué puedo decir ahora?

Se produjo un largo silencio, en el que Henri parecía estar perdiendo la batalla consigo mismo, y cuando habló su voz tenía el sonido sofocado y metálico de un hombre al borde de las lágrimas:

–Di simplemente *au revoir*. Después de tantos años, ¿quién puede decir lo que nos traerá el mañana?

Dolly comprendió que había llegado el momento de colgar, pero se aferraba al auricular. Colgar significaba cortar una arteria vital que nunca podría reponerse del todo. Pero, incluso asida al auricular, veía ya todo su largo amor deshenebrarse, todo cuanto ella y Henri habían compartido, sus esperanzas y sus sueños, incluso sus propios recuerdos de Henri, la recia solidez de Henri en la cama, su costumbre de cogerla fuertemente por el hombro al verla cruzar, vacilante, la calle, sobre sus tacones absurdamente altos. Dios mío, ¿sería posible que estuviesen a punto de despedirse?

–*Au revoir* –dijo finalmente con voz queda mientras una lágrima caía de su barbilla sobre el cable del teléfono, reluciendo como una gota de lluvia sobre una tela de araña antes de desaparecer.

–*Au revoir, ma poupée*.

Dolly colgó suavemente el auricular, como si la menor presión pudiera hacerlo pedazos. Y luego, sentándose, tan erguida como Clint Eastwood sobre la silla de su caballo, comenzó a poner en orden el caos de recibos, notas telefónicas y hojas de pedido que tenía sobre su mesa de trabajo. El redactor jefe de la sección de gastronomía de *Newsday* iba a hacerle una entrevista a las cuatro, y luego tenía concertada una reunión con Helmut Knudsen para ver las nuevas cajas que estaba diseñando para el Día de los Enamorados. Y mañana, la comida en beneficio de los niños. Y luego...

Dejó de pensar, las manos quietas sobre un montoncillo de fichas en las que tenía los nombres, direcciones y fechas de nacimiento de sus clientes fijos, a quienes siempre enviaba una cajita de trufas el día de su cumpleaños.

Emitió un tenue y sofocado grito, luego contuvo el aliento y pensó: «Si sigo moviéndome, si sigo ocupada, no tendré tiempo para pensar en ello. Nunca. Y, de todas formas, ahora estoy más o menos tan mal como ayer, de modo que, ¿para qué tomar las cosas tan por la tremenda?»

En cuanto tuvo su escritorio en orden, Dolly cogió su polvera y su surtido de lápices de labios, que siempre guardaba en el cajón superior de la derecha, junto a un paquete de pañuelos de papel. Bill Newcombe vendría a recogerla a las siete y media. Tenía entradas para *Grease*, y no podía ir a una función así con aire de mapache rabioso, eso desde luego. Mirándose con atención en el espejito de la polvera, se limpió con un pañuelo de papel el maquillaje que le quedaba bajo los ojos. Se pondría el vestido rojo de Halston, con hombreras de lentejuelas; y, con un poco de suerte, Bill la llevaría luego a bailar, y para cuando volviese a casa estaría tan agotada que se quedaría dormida sin siquiera quitarse los zapatos de tacón alto.

No lo dejaría quedarse a pasar la noche con ella, por mucho que lo desease, porque, ¡santo cielo!, no hay nada peor que llorar en la almohada por un hombre ausente... pidiendo a Dios que no lo note el que tienes al lado.

TERCERA PARTE: 1980

«Un jardín cercado es mi hermana, mi esposa; un manantial cegado, una fuente sellada.»

Cantar de los Cantares, 4:12.

CAPÍTULO XXVI

–No es lo que se dice una luna de miel –dijo Joe, sonriendo al ver a su mujer hecha un ovillo en la mecedora, junto al radiador, con Adam, completamente dormido, echado sobre su hombro como un saco de harina–. Preferiría las Bermudas, o por lo menos Poconos.

–Me encanta aquí –replicó ella, pasando la mano sobre la cabeza del niño al tiempo que se incorporaba con cuidado, con todo el aire de una geisha rubia envuelta en un quimono de seda.

La parte delantera de su bata, donde había estado dando de mamar a Adam, estaba abierta, y Joe vislumbró la curva de su pecho, muy blanco, con un tenue matiz color de melocotón. Se sintió curiosamente agitado por el vislumbre de aquella bata inocentemente abierta, y su hijo dormido sobre el hombro de ella. ¡Su hijo! Apenas podía creerlo, pero así era, los documentos de adopción ya estaban rellenados y en seis meses Adam sería legalmente suyo. Un puro detalle técnico, porque Joe no podría querer más a Adam si fuese carne de su carne y sangre de su sangre.

–¿Quieres que te ayude? –preguntó Joe, siguiéndola al dormitorio, donde la cuna de Adam estaba junto a la cama de matrimonio.

Mirando en torno de sí, Joe sintió un leve desconcierto al ver la transformación que había sufrido su apartamento de soltero, convertido ahora en un confuso nido de cosas infantiles: pañales, ropa de cuna, la cuna misma y diversos tarros y envases. Y eso, por no mencionar las pinturas de Laurel, su tablero de dibujo, sus lienzos apoyados contra la pared, y su ropa: un caos de sostenes, bragas de puntilla, enaguas, camisones, pantys y camisetas que parecían haber surgido de la noche a la mañana, como una jungla misteriosa.

–Pásame un pañal limpio –susurró ella–, para ponérselo bajo la cabeza.

Joe le pasó uno de franela, cogido del montón de pañales doblados que había en la mesita situada junto a la cuna, y ella lo extendió sobre el colchón, acostando luego a Adam de bruces encima. Adam, con seis semanas de edad, ojos vagamente chinos y una mata de pelo negro que le daba cierto aspecto de luchador de sumo, gruñó, dormido, y agitó un poco las rodillas. Con su camisoncito elástico de algodón y el trasero bien acolchado que abultaba como un montículo, resultaba tan cómico que Joe rió por lo bajo. Se sintió penetrado por un dardo de amor tan intenso que parecía irradiar luz en la habitación, haciendo refulgir todo cuanto le rodeaba. Con los ojos fijos en Adam, buscó la mano de Laurel y la apretó.

–Mírale, con el traserito tan airoso –dijo ella, sonriente–, parece un erizo dibujado por Beatrix Potter.

–¿Y por qué se pone así?

–Es la posición fetal, le da seguridad.

–¿Cómo sabes esas cosas? Para ser primeriza pareces de lo más entendida.

–Olvidas que adquirí mucha práctica en casa de Rivka. –Laurel sonrió–. Rivka solía llamarme su pequeña *mameleh*, y ahora comprendo lo que quería decir.

Joe extendió la manta de punto con un fleco bordado de conejitos –regalo de Dolly– sobre los hombros de Adam, que se agitó un poco, haciendo visajes, y volvió a quedarse quieto. Joe no se cansaba de contemplar a Adam.

–Estará mejor cuando tenga su propio cuarto –suspiró ella–, pero la verdad es que echaré de menos esto... los tres siempre tan juntos.

Joe pensó en la casa estilo Cape Cod que estaban tratando de comprar en Bayside. Habían hecho una oferta baja, pero razonable, y esperaban que los dueños estuvieran tan impacientes por vender como el agente inmobiliario, Jack Neidick, les había hecho creer.

–Hablé esta tarde con Jack –dijo Joe, sin alzar la voz, aunque Adam era capaz de dormir en pleno centro de Nueva York en la hora punta–, y me dijo que todavía lo estaban pensando. Parece que contestarán para finales de semana.

–Pues me alegro.

Saltaba a la vista que Laurel no estaba pensando en la casa de Bayside, ni en ninguna otra cosa. Miraba a su hijo, y era incapaz de pensar en algo más.

Luego levantó la cabeza, y Joe vio que también él formaba parte de su arrobamiento. Sintió una mezcla de placer y vergüenza. ¿Por qué razón no podía ser tan limpio y despejado su amor por ella?

«Te casaste con ella, ¿no es así?»

Pero una licencia de matrimonio no es una garantía de amor. Laurel merecía algo más que un amor a medias. Joe recordó las amargas palabras de Annie y cómo le recordó que no estaba haciendo ningún favor a Laurel casándose con ella. Pero tampoco se trataba de liberarla de nada. Laurel, y esto Joe lo sabía muy bien, podía arreglárselas perfectamente sin ayuda de nadie. Si alguien estaba siendo salvado, reflexionó Joe, ése era él. Era él el que necesitaba a Laurel y a Adam, o sea: una esposa y un hijo. Y sólo ahora se daba cuenta de hasta qué punto era esto verdad, quizás antes lo sospechaba en lo más hondo de su conciencia, pero sin confesárselo a sí mismo. Lo demás, la profunda emoción, como la que aún sentía al pensar en Annie, llegaría con el tiempo, ¿no? Nada se oponía a ese desenlace.

Annie.

Joe sintió que se le paraba el corazón.

Sí, diablos, él quería a Annie. De eso no cabía la menor duda. Pero, ¿estaba Annie en situación de contentarse con ser mujer? Eso Joe lo dudaba. Joe creía en la meta de Annie, y la admiraba por haberse esforzado de tal manera en llegar a ella, pero eso no ocultaba la realidad, y la realidad era que Annie estaba completamente absorbida en Tout de Suite. Annie no quería hijos hasta que estuviese más segura, ella misma se lo había dicho, y, conociendo a Annie como la conocía, Joe sospechaba que todavía faltaba mucho tiempo para ese momento. Annie pensaba que le quería, que le deseaba, y quizás era cierto, pero tratar de conseguir que Annie se asentase era como predecir el tiempo: siempre, tarde o temprano, quedaba uno decepcionado.

Sin embargo, Joe estaba seguro de que se *habría* casado con Annie de no ser porque Laurel le necesitaba más. De no ser porque la idea de compartir con Laurel esta vida nueva que acababa de traer al mundo, su hijo, le había parecido de pronto más urgente que ninguna otra cosa, y que estaba tan *cercana*, tan *contigua* que Joe supuso que por fin, después de tantos esfuerzos por ponerse a la altura de Annie, de correr hacia Annie como hacia una montaña coronada de nieve que siempre parece cercana, tan cercana que se la puede tocar, pero sin llegar nunca a tocarla en realidad, había llegado a un refugio cálido y seguro.

Joe se quedó mirando a Laurel, y vio en su mente a una Laurel distinta, la muchachita que le había mirado con ojos llenos de confianza. ¿Sería capaz de no decepcionarla?, ¿llegaría a quererla de la misma manera que quería a Annie?

En aquel momento Joe sólo estaba seguro de una cosa: la necesitaba. Con el pelo revuelto sobre los hombros, los ojos un poco hinchados por la falta de sueño, el quimono medio abierto, Laurel parecía tan dulcemente deseable que Joe sentía acuciantes deseos de estrecharla en sus brazos.

Pero se contuvo. En el mes que llevaban casados (la boda fue una breve ceremonia, casi como de negocios, celebrada en el Ayuntamiento y a la que sólo asistieron Dolly y Annie, que parecía ajena y distante), Joe y Laurel no habían hecho el amor. El cuerpo de ella necesitaba tiempo para reponerse. Seis semanas, había dicho el médico. Esto a Joe no le importaba. Con Adam necesitado constantemente del cuerpo de su madre, y exigiendo ruidosamente toda su atención a cada minuto, su luna de miel no había sido, ni mucho menos, todo lo romántica que hubiera cabido esperar.

«No era que Adam se interpusiese entre vosotros. También Annie se interponía. Reconócelo, chico. Te hubiera gustado que fuera ella la que llevase tu anillo.»

Joe sintió un tirón en el vientre. Sí, quizá. Sí, de acuerdo, él pensaba mucho en Annie. Se preguntó si Annie echaría de menos su viejo apartamento de arriba, y si el nuevo de la Décima Avenida sería igual de cómodo. Se preguntó si le echaría de menos.

Pero, aquí mismo y en este preciso momento, era Laurel la que alteraba el pulso de Joe. Quizás, estrictamente, no fuera amor, quizá no fuera más que la magia negra de siempre, el deseo, pero era una realidad.

En aquel silencio, oloroso a bebé, Joe cogió un cabello de Laurel en el aire y lo retorció en su dedo índice. Laurel sonrió y se acercó a él, dejando que Joe la estrechase hasta que sus frentes casi se tocaron. Su rostro parecía desdibujarse, como envuelto en niebla, y su cabello dorado convertirse en oro difuminado... pero Joe se dio cuenta de que era el aliento de ella, que le empañaba las gafas.

Joe, cuyo corazón latía demasiado rápidamente, dio un paso atrás y se quitó las gafas, dejándolas sobre la mesita que había junto a la cuna. Cuando volvió a mirar a Laurel, vio que se había quitado el quimono.

Joe la había visto desnudarse en otras ocasiones, pero esta vez era distinto. Sintió que algo le penetraba: un golpe de deleite, una sorpresa, como si nadando en un lago frío se encontrara de pronto en aguas calientes.

Desnuda, Laurel parecía rielar a la luz que se filtraba de fuera, su piel tenía la blancura plateada del ala de la polilla. ¡Dios, qué bella era! Hasta con el vientre suavemente redondeado y surcado por evanescentes manchas purpúreas, restos del reciente parto, y hasta con los pechos como pesada fruta a punto de caer de la rama. Esas cosas, a ojos de Joe, hacían a Laurel más bella todavía. Parecía casi una Laurel distinta de la que él recordaba de no mucho tiempo atrás: una Laurel alta y delgada, corriendo de un sitio a otro con tejanos azules y holgadas camisetas.

Se acercó a ella y la besó, consciente de un temblor que surgía de lo más hondo de su vientre.

Sabía dulce, y su olor era más dulce aún... como Adam. Joe le acarició la espalda, maravillándose de su delicada curva, semejante a la de una concha, y de la fresca suavidad de su piel. Sintió un delicioso y tantálico dolor extenderse por todo su cuerpo, y esta vez se dijo que tenía vía libre. El cuerpo de Laurel ya había tenido tiempo de recuperarse. Y él también había tenido tiempo... el tiempo que necesitaba para hacerse a la idea de que realmente estaba casado con ella.

Sin embargo, vaciló, con la mano apoyada en la espalda de Laurel y el rostro apretado contra un lado de su cuello. ¿Era Annie lo que le contenía? ¿O sería Laurel misma, es decir, el saber que no la amaba como él sabía que le amaba ella? Tenía una vaga sensación de no estar jugando limpio.

–Joe.

Laurel le pasó lentamente las manos por los brazos, y sus dedos pulgares le acariciaron la parte interior, siguiendo luego su camino, hasta que sus dedos se cerraron como brazaletes alrededor de sus muñecas. Le cogió una mano y se la llevó a uno de sus pechos. Joe sintió su plenitud, las diminutas estrías que había formado la piel al estirarse. El calor de Laurel pareció llenarle la mano y extenderse entre sus dedos.

Joe gimió y la estrechó contra sí, esta vez con menos suavidad. Así, juntos, como en un *pas de deux* coreografiado, cayeron de rodillas sobre la alfombra. La cama estaba a unos pasos de distancia, pero Joe no podía dejar de besarla y tocarla para conducirla a ella. Se las arregló para quitarse el jersey y la camiseta, pero cada segundo que pasaba sin acariciar a Laurel, le parecía una verdadera agonía.

Algo cálido y húmedo salpicó el pecho de Joe. Eran los pequeños hilos de leche que salían de los pezones de Laurel. Sin pararse a pensarlo, se inclinó y bebió de ella, llenándose la boca de su cálido y dulce néctar. Le pareció casi un acto prohibido, y, al mismo tiempo, perfectamente natural. Sintió el pezón tensarse y endurecerse contra su lengua. Ella se echó hacia atrás e hizo un ruido gutural, mezcla de gemido y suspiro. Sus rodillas se separaron, permitiéndole a él meter la mano entre sus muslos y sentir una humedad distinta, más suave. Bajo sus pantalones, Joe se sentía casi dolorosamente rígido. La deseaba con locura... lo suficiente para poseerla allí mismo, sobre la alfombra, junto a la cuna de su hijo.

–¿Estás segura de que podemos? –preguntó.

–Sí, pero ve despacio –asintió ella.

Joe se levantó y se quitó los pantalones, luego la levantó también a ella. Laurel pareció desdoblarse del suelo, como una película en la que se comprime en unos pocos metros todo el proceso de florecimiento de una flor, y sus graciosos miembros coincidieron con las sombras que arrojaban las barras de la cuna de Adam.

Se echaron juntos sobre la cama. Joe pensaba que Laurel se mostraría tímida y sin experiencia... después de todo él era su segundo amante, pero Joe se sorprendió de verla coger su miembro y acariciárselo con manos sabias y dedos que no necesitaban invitación. Al arrodillarse Joe sobre ella, fueron sus dedos los que le mostraron el camino.

Joe entró en ella con cuidado, palpitante del esfuerzo que suponía para él contenerse. Ella se tensó un poco, murmurando:

–Muy bien, así, Joe, así, te quiero, Dios, cuánto te quiero...

Joe pensó que iba a estallar, pero se obligó a ir despacio, a moverse con precisión, y cada embate era una agonía de deleite. En el fondo de su estómago había un latido, otro en su ingle, y también en el paladar.

Cuando se dio cuenta de que no podía seguir conteniéndose, la estrechó muy fuerte, hundió su rostro en el cabello de ella, que olía a leche y a polvos de talco, y sintió sus caderas curvarse para encontrar las suyas.

Joe se corrió con una fuerza que casi le atravesó el cerebro.

Ella se estremeció y Joe pensó que también se estaría corriendo, pero en realidad estaba llorando. Se agarraba a él, y sobre el pecho de Joe profería incontables gemidos.

–¿Qué te pasa, Laurel? –exclamó Joe, presa de pánico. ¿La había herido?, ¿la había decepcionado?, ¿había comprendido de pronto que aquel matrimonio había sido un error?

–¡Oh, Joe... no sabes lo feliz que me siento!

Joe se tranquilizó un poco. Estrechándola contra sí y serenándola, con el cuello humedecido por sus lágrimas, y con la sensación pegajosa de su leche en su pecho, se dijo: «Todo irá bien entre nosotros. Lo sacaré adelante. La quiero. Todo me saldrá bien.»

Y Laurel, echada junto a Joe en la oscuridad y escuchando su respiración, más y más honda, se dijo: «Es mío.» Parecía un milagro casi tan grande como dar a luz a Adam el que Joe la quisiese, que la hubiese elegido a ella. Y ahora eran realmente marido y mujer. Todo era perfecto. Perfecto.

Salvo Annie. Pero Annie acabaría olvidando a Joe. Después de todo, tenía a Emmett. Emmett era un buen hombre, y la quería. Laurel lo había visto en sus ojos desde el día mismo en que le conoció, meses atrás, cuando Emmett las llevó a ella y Annie a un partido al Yankee Stadium; mientras los espectadores estaban en pie, aplaudiendo y festejando frenéticamente una jugada que rompía un empate, Emmett tenía sus ojos fijos en Annie. ¿Por qué no se decidía Annie a dejar de desear lo que estaba fuera de su alcance y fijaba su atención en lo que tan a mano tenía?

Laurel quería que su hermana fuese feliz, pero se sentía contenta de ver que, por primera vez en su vida, era ella, Laurel, la que poseía algo en lo que la maravillosa Annie no tenía parte alguna. No quería excluir por completo a Annie, no, eso sería terrible, sólo era que... en fin, que a partir de ahora sería ella quien pusiese las condiciones. Annie, naturalmente, podría venir de visita. Pero estaría en *su* casa, con *su* marido y *su* hijo.

Laurel sintió un dolor agudo, y se preguntó si no estaría mostrándose egoísta. Bueno, sí, probablemente, pero en aquel momento le daba igual. En aquel preciso instante, lo único que ella quería y necesitaba, estaba allí, a su lado, en aquella habitación.

CAPÍTULO XXVII

El *maître* condujo a Annie a una mesa del Grill Room junto a la ventana. Annie se sentó suavemente y se sintió muy contenta al ver que había llegado allí antes de Felder. El Four Seasons era un lugar demasiado grandioso y severo para entrar en él mal arreglada y peor peinada, que era como ella iba ahora a la mayor parte de los lugares. Esto lo sabía perfectamente, de modo que, aunque no solía preocuparse mucho de que la viesen en buenos sitios, o por el aspecto que tenía, hoy la cosa podría ser algo distinta, porque hoy tenía que conseguir que Felder la salvase.

Sin duda debería haber llevado consigo a un abogado, o a uno de los amigos de Wall Street de Emmett. ¿Qué sabía ella de altas finanzas? Si no hubiera sido por su estúpido aplomo en esas cuestiones no estaría ahora en aquel sitio.

El corazón de Annie empezó a latir con fuerza, y, sin darse cuenta, empezó a morderse la uña del dedo pulgar, que había conseguido dejar crecer hasta alcanzar una longitud respetable. Irritada consigo misma, apartó el dedo de la boca y metió la mano bajo las piernas, quedándose así, sentada encima de ella.

Miró en derredor. El restaurante estaba lleno de hombres y mujeres que llevaban ropa seria muy parecida: gris oscuro, azul marino, rayas blancas sobre fondo gris; sólo una mujer había tenido el valor de ponerse un sombrero negro de anchísima ala y un llamativo pañolón rosa sobre los hombros. Annie se preguntó si sería una actriz o una diseñadora. Pero, ¿dónde estaba Felder? Debió haberle llamado para confirmar la cita. ¡Dios santo!, ¿y si ahora resultaba que no venía?

Qué tontería. Claro que vendría. Después de todo, era *él* el que había hecho la reserva. Annie sintió que se le humedecían las axilas, y tuvo que hacer un esfuerzo para no secarse la frente con la elegante servilleta de hilo que había sobre el plato, plegada en forma de preciso cono blanco.

–¿Quiere usted beber algo mientras espera? –le preguntó el *maître*.

–Perrier –dijo Annie, pensando que le acallaría el estómago.

Miró su reloj de pulsera, un fino Piaget de oro, regalo de Emmett por su treinta y dos aniversario, hacía apenas un mes. Felder sin duda estaba al llegar, y Annie se preguntó si no habría hecho mejor en esperar a que llegase para pedir su bebida.

Observó al camarero acercarse entre las mesas espaciadas, y se sintió descontenta de sí misma. ¡Al diablo!, si no podía hacer una cosa tan sencilla como ordenar una copa sin preocuparse, ¿cómo iba a persuadir a Felder de hacer un negocio de un millón de dólares con ella?

Mientras esperaba, Annie resistió a la tentación de meter la mano en el bolso y sacar su espejito y su lápiz de labios de bolsillo. Quería parecer serena y sofisticada, no una chiquilla novata, acicalándose nerviosamente. Además, ya se había arreglado bastante en casa. Había estado toda la mañana pasando revista a un montón de faldas, blusas y jerséis, hasta optar finalmente por el vestido que llevaba puesto, color calabacín y dorado, con un jersey de seda de cuello alto, una cadenilla de oro antigua que llevaba como collar, y un par de enormes pendientes de oro que, pura coincidencia, había comprado en la tienda de Relder. El efecto general, pensaba Annie, era serio, pero también un poco desconcertante.

Su agua Perrier llegó en un vaso escarchado con un poco de cáscara de lima, y Annie bebió un sorbito, observando a los cuatro hombres que estaban sentados en una mesa frente a la suya. Los cuatro reían ruidosamente, y uno de ellos tenía un aire que a Annie le pareció vagamente conocido. Pensó que podía ser un actor de la televisión. ¿No le había visto en *Canción triste de Hill Street*?

–¿Señorita Cobb?

Era un hombre de edad mediana y erizado pelo gris, en pie ante ella. ¿Felder? ¿Cómo se las había arreglado para llegar hasta su mesa sin que ella lo notase? Probablemente, se dijo, porque no tenía el aspecto que ella pensaba. Por lo que había leído en periódicos y revistas, Annie había llegado a la conclusión de que Felder sería más... más impresionante, un hombre que irradiaría fuerza vital y carisma, como los viejos magnates del cine de Hollywood. Se contaban muchas historias sobre Felder: que había sobrevivido al exterminio nazi de los judíos, que había llegado a Estados Unidos directamente de un campo de desplazados, y que, de joven, solía ir a diario por los talleres textiles comprando restos que luego vendía en la tienda de su tío, hasta que así consiguió llegar a ser dueño de una cadena de grandes almacenes donde todo se vendía rebajado y que tenían un éxito increíble.

Aparte del traje a cuadros, muy bien cortado, que llevaba, el hombre que estaba en pie ante ella hubiera podido ser un fontanero, o un carnicero, o un pintor de brocha gorda. Tenía los carrillos algo abultados, y su afeitado no era perfecto; su nariz recordó a Annie una ilustración de Julio César que había visto en su libro de Shakespeare del colegio; llevaba el pelo cortado al estilo militar, y tenía el rostro tan arrugado como un grabado de madera.

–Por favor, llámame Annie.

Empezó a levantarse para darle la mano, pero se dio cuenta entonces, con gran desconcierto, de que había pasado todo el rato sentada sobre la suya, y se le había dormido. Se la alargó, así y todo, como si fuera un trapo húmedo, incorporándose sólo a medias y sonriendo de oreja a oreja, aunque la procesión iba por dentro. Felder no sonrió. No había dicho otra cosa que su apellido, a Annie le dio la impresión de que, más que decirlo, lo había disuelto en el aire de un soplido.

Necesitaba que esta entrevista diese resultado. Emmett y Dolly la habían aconsejado que no se pusiese nerviosa, pero lo cierto era que Annie estaba ahora cogida en su propia trampa, dejándose seducir por las cascadas y los vestíbulos de mármol del nuevo y elegante centro comercial de Glen Harbor.

Encima de los altísimos alquileres que ya pagaba por sus tiendas de Madison Avenue y de Christopher Street, y ahora también de Southampton, iba a ser una imprudencia tomar en arriendo un local del nuevo centro comercial, pero su negocio iba a pedir de boca, ¿no era así? Tout de Suite, creciendo al ritmo que crecía, como una supernova, no podía dar un paso en falso.

Bueno, eso pensaba ella.

Hasta ahora sólo estaba arrendada la mitad de las tiendas del nuevo centro comercial: eran caras y tenían zócalo de roble. Y lo cierto era que, a pesar de los pesares, sólo unos pocos clientes se dejaban ver los sábados por aquellos paseos de mármol, surgiendo de los ascensores de cristal, o deambulaban por el atrio abierto a las estrellas, con sus bonitas sillas y mesas de heladería elegante. La tienda de Annie, en el entresuelo, era un *chorreo* de dinero.

La situación, naturalmente, acabaría cambiando, de eso Annie estaba completamente segura, pero la cosa iba a tardar más de lo que ella había pensado. Y esto no era más que la punta del iceberg. Con la nueva fábrica de Tribeca, y la maquinaria, y el personal, y los departamentos de contabilidad, transporte y compras, Annie no tenía más remedio que reconocer que había ido demasiado lejos. Desde el punto de vista financiero, estaba en la cima de un frágil castillo de arena que podía venirse abajo en cualquier momento.

¿Cuánto tiempo podría seguir así, encima de sus costos normales, que ya eran muy altos, pagando alquileres astronómicos y haciendo frente a las facturas que le llegaban a diario? Su contable, Jackson Weathers, persona habitualmente comedida, le había cantado las cuarenta la semana anterior: si no conseguía reorganizar sus finanzas rápidamente, Tout de Suite se vería devorada por su propia voracidad.

Su entrevista con Weathers había tenido lugar el mismo día en que Annie leyó en el *Wall Street Journal* que Felder proyectaba renovar a fondo algunos de sus departamentos transformándolos en pequeñas boutiques íntimas, entre las que habría una sección de gastronomía. Annie había telefoneado, sin más, a Hyman Felder, cuya secretaria sugirió que le enviase muestras y propaganda impresa, si la tenía, y una semana más tarde Felder mismo le telefoneó para invitarla a comer.

–Soy Hy –dijo una voz gruesa y casi áspera–, Hy Felder, todos mis empleados me llaman Hy.

Aquella voz recordó a Annie todo el viejo panorama de Brooklyn: taxistas y vendedores ambulantes de salchichas y col agria.

Hyman Felder se sentó enfrente de ella y en seguida apareció un camarero. Felder pidió un whisky Dewars con soda y cáscara de limón.

–Eres más joven de lo que yo pensaba –dijo–. ¿Te importa decirme cuántos años tienes?

–Treinta y dos –dijo ella, y añadió, sonriendo–: Pero no es la edad lo que me importa, sino cómo es posible haber pasado de veinticinco años a treinta y dos en sólo dos semanas, o eso me ha parecido.

Él sonrió:

–Ten en cuenta que tengo *hijas* mayores que tú. Llevo mucho tiempo dando vueltas por ahí, más de lo que piensas. –Echó un vistazo al vaso de agua Perrier de Annie–. ¿Seguro que no quieres una copa de algo más fuerte?

–Otro Perrier, pero no tengo prisa.

–Aquí se come bien, ¿conoces este sitio?

–He comido aquí un par de veces, pero no suelo comer de restaurante al mediodía, suelo contentarme con un bocadillo o un yogur. Estoy muy ocupada, señor... Hy. Si me ves tumbada algún domingo es porque estoy debajo de alguna máquina, tratando de hacerla funcionar.

Él volvió a sonreír:

–Vaya. ¿Se te dan bien las máquinas? Pues eso, te lo advierto, no es corriente entre las chicas guapas. Yo, por mi parte, soy fatal con las máquinas. Pero te aseguro que trabajar ocho o nueve días a la semana se me da de miedo. –Sacó un cubito de hielo de su copa y se lo metió en la boca, sorbiendo ruidosamente–. Has hecho bien en ponerte en contacto conmigo.

Annie se sintió de pronto como si la temperatura hubiese subido de golpe once grados. ¿Quería decir que estaba pensando en serio hacer un negocio con ella? ¡Dios santo!, sólo a este lado del río Mississippi, Felder tenía cuarenta y dos grandes almacenes de impresionantes dimensiones. Su fábrica tendría que adaptarse a funcionar veinticuatro horas al día sólo para tratar de abastecer a todos ellos, pero por lo menos tendría dinero para hacer frente a sus compromisos, y aun obtendría beneficios.

–Es que leí que proyectabas una renovación de tus locales, que ya son de lo más importante que hay actualmente en el mercado –dijo Annie.

–Se te dan bien los cumplidos, y eso me gusta. Pero con el tiempo se aprende una cosa en el mundo de los negocios: lo que tiene éxito hoy no suele tenerlo mañana. Yo abrí mi primera tienda después de la guerra, cuando lo que primaba eran las rebajas. Ahora los tiempos son mejores, y todo el mundo se ha vuelto de pronto diseñador... Todo el mundo se ha puesto a diseñar ropa, fundas de almohada, pastas de chocolate, qué sé yo. En fin, alguien está dispuesto a gastarse cien dólares en unos tejanos, ¿qué tiene de malo ofrecerle de paso una taza de café o un vaso de zumo de papaya? Las reglas del juego han cambiado, eso es todo.

Annie no estaba segura de si aquel hombre le caía simpático o no. Parecía afectuoso, pero se veía que, bajo esa apariencia, sabía ser duro de verdad si era necesario.

–¿Te han gustado las muestras que te envié? –preguntó.

–Ojalá me hubieran gustado. Pero la verdad es que no puedo probar el chocolate. –Se pasó la mano por la tripa–. Ciertos medicuchos me han dicho que si no me quito algo de grasa por esta zona convertiré a mi mujer en una opulenta viuda dentro de muy poco tiempo.

–Pero...

Hy Felder levantó la mano:

–Te diré. Lo que me gustó fue que llamaste. Y me llamaste el mismo día en que se supo la noticia. Tienes imaginación, y reflejos rápidos. Pero, te diré, se trata de «Felder's Pantry», ¿te gusta el nombre?, a mí me suena bonito. Bien, a lo que iba, que estaba pensando en ofrecer quesos franceses de esos que tienen olor fuerte, café colombiano natural, ese tipo de cosas. Y también dulces, pero en cajitas, como en el supermercado, sólo que de mejor calidad.

–Es una idea estupenda... pero, por lo que a chocolate se refiere, lo que pensaba era que a tu proyecto le vendría muy bien una tienda especializada –le dijo Annie, tragando saliva para combatir el pánico que le subía por la garganta–, una versión en pequeño de Tout de Suite. He traído unas fotos. –Sacó del maletín que tenía sobre la silla un ejemplar atrasado de la revista *New York* y lo abrió delante de Felder–. Es un artículo que hicieron sobre mí en setiembre.

–Me gusta la araña. ¿Dónde encontraste una araña hecha de ramas y nidos de pájaros?

–Conozco a un florista que las hace. Y cada una es distinta. Y también hace todos mis cestos. Los decora con cintas de distintos colores, según la estación del año, o para determinadas fiestas.

–¿Qué es esto? –preguntó Felder, señalando con un dedo rollizo un pedestal de piedra que había en una de las ilustraciones.

–Es un baño para pájaros. Lo encontré en una casa que estaba siendo demolida.

No explicó que había sido Emmett el que encontró la casa... y el baño.

–Estupendo. ¿Te gustan los pájaros? Aquí hacen un pollo de chuparse los dedos. Y también pato con arándanos. ¿Tienes hambre?, ¿quieres pedir ya?

«No, lo que quiero es que me digas que te encantaría poner una boutique como ésta, llena de mis sensacionales bombones, en cada una de tus tiendas.» Naturalmente, no podía decir una cosa así, sólo sonreír y asentir, y, al mismo tiempo, resistir con toda su fuerza el campo magnético que parecía impulsar con fuerza irresistible su dedo pulgar hacia su boca.

Se inclinó hacia Felder, fijando en él su mirada, exigiendo mentalmente su atención, y entonces, segura de que sus ojos no corrían peligro de desviarse hacia el menú, respondió con voz serena:

–Eres muy inteligente y, por consiguiente, sé que tienes razón cuando dices que todos tenemos que cambiar. Y hoy en día la gente quiere calidad, y está dispuesta a pagar más dinero para conseguirla. Las pastas de David's, por ejemplo, cuestan ahora casi un dólar cada una. –Bebió un largo y lento sorbo de Perrier, pidiendo a Dios que se le quitase la palpitación que sentía en el cuello–. El año pasado, Tout de Suite facturó tres millones, y este año tódo parece indicar que el total rondará un cuarenta por ciento más.

–Vamos a ver –dijo él–, tienes medio millón de deuda no garantizada, un aumento de alrededor del sesenta por ciento en tu nómina, y con el sindicato acosándote, y los pagos de la hipoteca de tu nueva fábrica, más el alquiler de tu local en ese centro fantasma que han abierto en Glen Harbor. Pero no te preocupes, podría ser peor.

El Hy jovial, bonachón y paternal de un minuto antes, se había transformado repentinamente en el legendario Hyman Felder de ojos de ave de presa.

Annie se quedó mirándolo, completamente desconcertada. Se sentía violada, como si Felder le hubiese metido de pronto la mano por debajo de la falda:

–¿Cómo... cómo sabes todo eso?

–Mira, Annie, yo soy como tú –sonrió, y su sonrisa era de nuevo protectora y paternal, el tío Hy, que nunca visitaba a su sobrinita sin llenarse ante los bolsillos de caramelos–, estoy muy ocupado y no tengo tiempo que perder. Si no me hubiese informado debidamente antes, comprenderás que no estaría aquí sentado contigo.

–Pero...

Felder volvió a levantar la mano, como un guardia de tráfico:

–Pero no me entiendas mal. Esto no quiere decir que te menosprecie. ¿O es que crees que levanté mi negocio con cuenta de crédito ilimitada y ladrillos de oro? Hubo momentos en que tuve tres hipotecas sobre mi propia casa, y todavía estaba tratando de conseguir otra más. De modo que, ya ves, puedes felicitarte de que no se te ha ocurrido vender tus acciones en bolsa, porque entonces sí que *tendrías* problemas.

–Hay gente que me ha propuesto que les venda mi empresa, pero por ahora no tengo la menor intención de hacerlo.

–Puedes estar segura de que ésa es una proposición que no tengo la menor intención de hacerte –rió Felder, cogiendo un panecillo con semillas de adormidera del cesto que el camarero acababa de dejar sobre la mesa–, tengo más quebraderos de cabeza de los que puedes imaginarte, y créeme que puedo prescindir del tuyo.

–¿A qué clase de acuerdo piensas que podríamos llegar?

Annie pensó que, por lo menos, ya habían roto el hielo, de modo que no había motivo para no seguir adelante.

–Chica, acabamos de conocernos, tenemos que pensarlo.

–Me gustaría que quedase claro que no estoy pidiendo ningún favor. A Felder podría resultarle muy ventajosa mi proposición.

–Es posible que tengas razón. A la larga. Pero para empezar, ¿quién va a poner el dinero que hace falta para instalar esas arañas y esos baños de pájaros? Tengo la sospecha de que no son baratos. –Felder se inclinó hacia ella, tanto que Annie casi veía los pelillos que le salían de la nariz–. Además, tu chocolate tiene que ser caro de producir, de modo que, ¿cuánto crees que haría falta?, ¿a cuánto calculas que podría llegar tirando por lo alto?

–Bueno, es como las joyas de oro –replicó ella–, tú las vendes, ¿no? Son caras, pero probablemente el margen de beneficio también es muy alto. Pero la cuestión no es ésa. Tú y yo estamos pensando en el mismo tipo de cliente, el cliente que se interesa más por la calidad que por el precio, dentro de ciertos límites, naturalmente. El chocolate de Tout de Suite es un completo y absoluto lujo. Mis clientes piensan que cuando lo comen están haciendo un extra..., igual que si yo me comprase ropa interior de seda o un litro de Chanel N.º 5. Lo compran porque es el mejor.

–Me gusta tu entusiasmo. Lo mejor, dices, pero, ¿quién más lo dice?, ¿cómo sé yo que es así, que es el mejor?

Se la quedó mirando, desafiándola con una expresión a mitad de camino entre la sonrisa y el encogerse de hombros.

Annie ya había observado aquella expresión ladinamente inocente: la había visto en taxistas que te llevaban por un camino más largo de lo necesario, y en carniceros que decían: «Pesa un poco más de la cuenta.» Estaba visto que Felder era amigo de sacar partido de todo, pero cualquier persona de su posición sería igual. Y, a pesar de sus maneras ásperas y agresivas, parecía verdaderamente interesado, de modo que ahora la cuestión era darle el empujón final, convencerle de que le diera luz verde para instalar sus boutiques.

«Quiere animarme a convencerle. Me está poniendo a prueba.» Evidentemente, Felder no era de los que se intimidan. Muy bien, pues ella tampoco.

Lástima que hiciese tanto calor en aquel restaurante. Pero Felder parecía encontrarse muy a gusto.

La mente de Annie estaba a cien. «Venga, Annie, no es la primera vez que te ves apurada.» De pronto se le ocurrió una idea. La feria anual de chocolate de *Gourmand* empezaba dentro de una semana. Acudían chocolateros del mundo entero, los nombres más importantes: Godiva, Kron, Tobler-Suchard, Perugina, Guanduja y tambien todos los grandes nombres de pequeño volumen, como Manon, de Bélgica, y Teuscher, de Suiza. Y, por supuesto, Girod. Como siempre, se celebraría banquete, con baile, discursos y premios. Enfrentarse con tanto peso pesado sería algo así como David contra Goliat, pero, para una empresa relativamente reciente como la suya, ganar el premio a la excelencia equivaldría a que le lloviera maná del cielo: estupenda publicidad gratis, vertiginoso aumento de ventas al por menor, y contratos nuevos con hoteles y tiendas de gastronomía.

Annie recordó la emoción que había sentido el año en que Girod's ganó el primer premio. Otros años había quedado en segundo lugar, y uno en el tercero. Ella sabía que Dolly contaba con llevarse uno de los premios este año, pero también había dado a Annie su bendición oficiosamente.

«Lo que más me gustaría, después de que me dieran el premio a mí, naturalmente –le había dicho–, sería que te lo diesen a ti.»

Éste era el primer concurso al que se presentaba Tout de Suite. Annie no se había sentido hasta ahora lo bastante segura de sí misma para presentar su nueva línea de exquisitas *tortes* y *éclairs* que acababa de poner a la venta en sus tiendas, y con los que todavía estaba en fase de experimentación. Pero ahora había llegado a la conclusión de que tenía que ganar. Ya llevaba meses sin ir a casa por la noche, experimentando incesantemente con nuevos sabores, formas, ideas. Ni un detalle se le había escapado. Ni siquiera el vestido que pensaba llevar a la feria, y que Laurel había diseñado y estaba cosiendo especialmente para ella. Mañana por la tarde tenía que ir a casa de Laurel y Joe, en Bayside, para probárselo por última vez.

¿Fue su vestido nuevo, con sus líneas estilizadas y escotadísima espalda, lo que la hizo sentirse de pronto tan audaz?

–Mira, me presento a la feria de chocolate de *Gourmand*, que comienza el sábado de la próxima semana. En mi negocio, esto es lo mismo que el premio de la Academia –le dijo, desdoblando su servilleta y extendiéndola suavemente sobre su regazo. «Los ojos bajos y las manos ocupadas... que no se dé cuenta del interés que tienes.» Y añadió, con estudiada indiferencia–. ¿Te convencerás si gano uno de los premios?

–¿El primero?

–Bueno, no tan rápido.

–Tú misma dijiste que eras la mejor.

Annie vaciló. Se daba cuenta de que el riesgo era enorme, pero Felder la había arrinconado. Si no conseguía convencerle de que tenía toda su fe puesta en Tout de Suite, ¿por qué iba a tener fe en ella?

Annie tragó saliva, tratando de romper el nudo que le atascaba la garganta, y dijo:

–De acuerdo, el primer premio; y luego, ¿qué?

–¿Qué quieres? ¿Que firme un contrato con el estómago vacío?

–Exacto, eso es lo que pretendo; de lo contrario, no sé si podré morder el anzuelo.

–Bueno, no voy a dejar pasar hambre a una señorita tan atractiva y tan decidida.

Guiñó un ojo a Annie, al tiempo que con la punta de su servilleta se limpiaba los labios de semillas de adormidera.

–Entonces, ¿estamos de acuerdo?

Él rió, moviendo la cabeza al tiempo que cogía el menú:

–Por supuesto, ¿cómo no? Tú traes el trofeo, y entonces vamos al grano.

Annie sintió deseos de levantarse de un salto y darle un

beso, pero lo que hizo fue cubrirse el rostro con el menú, a fin de que Felder no viera lo que sin duda sería una mueca de lo más estúpido. Además, todavía era muy pronto para emocionarse. ¿Y si *no* ganaba? ¿O si no alcanzaban un acuerdo?

«Nada de si no... Tengo que ganar», se dijo Annie.

Por un momento se sintió segura de que *iba* a ganar. Pero en seguida su aureola de aplomo empezó a diluirse, y su estómago a revolverse. Durante un momento de autocomplacencia, y mientras Felder estudiaba el menú, Annie se permitió el lujo de dar un mordisquito a la uña, vuelta a crecer y perfectamente manicurada, de su dedo pulgar.

Menos de una hora después de su comida con Hyman Felder, Annie estaba en la pequeña cocina de experimentos y pruebas de la fábrica de Washington Street de Tout de Suite. La cocina estaba situada aparte de la zona principal de producción de la fábrica, y Annie miraba por encima del hombro de Louise, que daba los últimos toques a un pastel de trufa a la canela, consistente en cuatro capas de *genoise* de chocolate empapada en ron y rellena de capas alternas de *ganache* de chocolate a la canela y praline, todo ello escarchado con *ganache* y cubierto de una capa exterior dulciamarga moteada de avellana tostada. Annie misma había pensado la receta en la cocina de su casa de la Calle 10 Oeste, sirviéndola aquella misma noche en una cena que daba a sus amigos.

Annie sonrió al pensar en Trine Devereux, la vieja delgadísima ex *ballerina* que vivía pared por medio con Annie en la apartada calleja, antiguos establos convertidos en zona residencial, que compartía con otros tres vecinos. Trine Devereux carraspeó, aclarándose el cuello de flamenco al tiempo que Annie quitaba de la mesa los platos del postre y preguntó con su voz chillona e infantil:

–Por favor, si no es demasiada molestia, ¿podría tomar un poco más de ese pastel celestial?

Otros invitados, entre ellos Hubert Dickson, amigo de Annie y comprador de la cadena hotelera Westin, aprovecharon la oportunidad que les daba Trine de pedir más pastel también. El pastel tenía suficientes calorías para hundir un petrolero, pero eso no pareció importar a nadie. Annie esperaba que tuviera el mismo efecto en el jurado del *Gourmand.*

–¿Y qué tal el *Rahat Lakoum*? –preguntó a Louise, que, después de pasarse años mordisqueando chocolate el día entero, conservaba su figura espectral de siempre.

Louise se apartó de los ojos los ralos rizos de color amarillo y fresa, y dijo:

–¿Quieres probarlo? Lo terminé de hacer mientras tú salías a comer.

Cortó un poco del dulce turco, que estaba sobre la losa de mármol situada en el centro de la cocina.

Annie se limitó a probar un trocito no mayor que su dedo pulgar. En seguida se solazó en su boca una mezcla de maravillosos sabores y texturas: capas de frágil hojaldre y un sirope reforzado con coñac y no demasiado dulce, pistachos molidos mezclados con un *ganache* picante y matizado con cardamomo, y todo ello cubierto con una frágil glaseada de pistacho molido y pedacitos de jengibre escarchado. Se le había ocurrido esta variación del dulce turco después de cenar en un restaurante turco de la Tercera Avenida, donde tomó de postre un *baklava* delicioso.

–Humm... perfecto –le dijo a Louise–. ¿Un poco más de cardamomo, quizá?

–Anda, anda, si tú misma dijiste que era perfecto.

Louise dejó de escarchar el pastel y miró a Annie, volviendo a despejarse los ralos rizos de la cara. Llevaba un holgado delantal blanco que le llegaba casi hasta los tobillos, ceñido con varias vueltas de cinta a la delgadísima cintura. La parte delantera del delantal parecía una exposición de huellas digitales infantiles hechas con chocolate.

–Bueno... *casi* perfecto.

Louise rió:

–Ése debiera ser tu epitafio: «Aquí yace Annie Cobb, casi perfecta.» –Se lamió un poco de escarchado de la parte posterior del dedo pulgar, y añadió–: Ah, telefoneó tu cuñado, pero dijo que no era urgente, que le llames cuando tengas un momento libre.

–O sea, en mil novecientos noventa y ocho.

Annie rió su propio chiste, sintiendo un tirón en el pecho. Seis años ya, y todavía, cuando oía el nombre de Joe, o cuando le veía, le invadía una súbita onda de calor, seguida de un pánico que le aligeraba la cabeza, como un niño que ha encendido un fuego accidentalmente y sabe que tiene que apagarlo sin pérdida de tiempo. Todo iba a pedir de boca, de eso no cabía duda. Buenos amigos, como siempre, nada más. De vez en cuando Joe pasaba a tomar un café camino del mercado de la carne, o bien sólo a charlar un rato. Lo más corriente, sin embargo, era que se vieran en fiestas familiares, como el día de Acción de Gracias, o por Navidades, o el cuatro de julio, cuando Laurel daba siempre una merienda en su jardín, o en el cumpleaños de Adam.

Pero, así y todo, cada vez que se veían y Joe la saludaba dándole un abrazo, o cuando le tocaba el dorso de la mano para recalcar alguna frase, algo se agitaba en el interior de Annie. ¿Lo sentía tambien Joe? Si lo sentía, lo ocultaba. Tenía cuidado... ¿Demasiado cuidado? Siempre la saludaba con un beso, como haría cualquier cuñado, pero no como un amante. Los dos se esforzaban por mantener un contacto ligero, afectuoso, sobre todo delante de Laurel, y a veces la ficción le *parecía* real a la propia Annie, pero de sobra sabía que no lo era: era una actuación teatral, con sus propios y exclusivos ritos, tan compleja como el teatro japonés.

Si pudiera...

Annie cerró resueltamente su mente a ese pensamiento que siempre parecía estar al acecho. No podía, no *quería* imaginar lo que sería ahora su vida si se hubiera casado con Joe. Era el marido de su hermana... y punto final. Si se lanzaba por ese estrecho y pedregoso camino, *aunque sólo fuese por un segundo*, todo podría echarse a perder.

«A quien debería llamar es a Emmett –pensó–. Para recordarle que vaya por su nuevo traje a la sastrería, para que lo pueda llevar esta noche.» Iban a una fiesta para celebrar la publicación del nuevo libro de recetas de postres de Tansy Boone, en el que salían varias recetas de Tout de Suite. Tansy, naturalmente, estaría allí, junto con gente de la prensa y la edición, y lo que era más importante, los críticos de gastronomía del *Gourmand* y *Cuisine* y *Connoisseur*. Tansy había llegado incluso a convencer a Stanley Zabar, viejo amigo suyo, de que la fiesta se celebrase en su tienda.

Annie, decidida a sacar el mayor partido de todo aquello para Tout de Suite, se había ofrecido a aportar los postres para el banquete. Tomó nota mental de que tenía que preguntar a Tansy si en el último momento se había ampliado la lista de invitados, y también de que le diera un ejemplar de *And Then There Was Chocolate*, a pesar de que todavía no estaba a la venta, junto con una invitación especial, para enviar ambas cosas por mensajero urgente a Hyman Felder.

Sí, eso era lo importante: centrar su atención en Felder, en salir de apuros, sin mirar ni a derecha ni a izquierda, de distraerse, nada de perder el tiempo con Joe, ni siquiera por descuido.

Annie dejó a Louise y dio una rápida vuelta por la fábrica, observando los principales centros de actividad, situados, con sus mostradores como tajos de carnicero, con baldas debajo, unos frente a otros en ángulo. Los trabajadores, con delantales blancos y gorros elásticos también blancos, corrían de un centro a otro con bandejas de tacitas de chocolate finas como el papel, croissants empapados en chocolate a la naranja, *fondant* de praline y trufas listas para envasar. A lo largo de las paredes había una hilera de hornos y fregaderos de acero inoxidable, y su vieja máquina revestidora y otras dos más nuevas en el fondo del vasto local, que, según le había dicho Emmett cuando se lo mostró por primera vez, había sido sede de una fábrica textil de buen tamaño.

Annie vio a Netta, rolliza y atezada, llevando una bandeja de melindres de chocolate. ¿Se habría acordado Netta de preparar bien el horno con hojas de cartón especial antes de poner dentro los melindres? Las últimas tandas de melindres habían salido un poco secas, pero el carbón conservaría la humedad... Annie miró un montón de envases de madera. Aquellas toronjas habría que tirarlas si no se usaban en seguida, porque, incluso escarchada, la piel tenía que estar fresca, pues al morderla era preciso que también ella mordiese.

Annie se acercó al mostrador en que trabajaba Dough, cuyo ceño fruncido juntaba ambas tupidas cejas negras en una sola mata espesa. Tenía problemas con una de las cintas transportadoras: un embotellamiento de moldes vacíos de hierro forjado esperaba en un extremo a poder pasar bajo chorros que los cubrirían de chocolate líquido. Después de ser refrescadas y secadas, estas «cubiertas» de moldear se llenarían de diversos rellenos de crema aliñada con licor, y debajo de ellas se deslizaría el fondo del molde. Pero si la cinta transportadora no se ponía en movimiento no habría bombones. ¡Maldita sea! Lo mejor sería llamar al fabricante, para que mandase a un técnico lo antes posible.

Le dijo a Dough que siguiera intentando arreglarlo, y fue a la mesa donde Lise estaba fundiendo azúcar en un gran caldero de cobre. ¿Estaban ya desempaquetados los moldes de Navidad? Lise, que llevaba un gorro blanco de redecilla y un delantal de panadera, dijo algo, pero el zumbido de la maquinaria y el chirrido de bandejas y cacharros hicieron inaudibles sus palabras. Levantando una mano manchada de chocolate, Lise señaló los anaqueles que cubrían toda la pared del este.

En una caja, en un anaquel, estaba lo que buscaba Annie: un juego de moldes victorianos de hierro forjado, curiosos e inestimables: un Santa Claus que parecía salido de un dibujo de Clement Moore, un elfo con calzón corto y una media en lugar de gorro, un ángel de rostro enfurruñado como dibujado por Burne-Jones, y un par de gatos entrelazados. Los había descubierto dos años atrás en una tienda de Portobello Road, Londres, y se había enamorado de ellos instantáneamente. Aquella misma Navidad hizo cien bombones de chocolate macizo con cada uno de ellos, y los vendió todos en veinticuatro horas. Ahora eran una de sus principales atracciones para las fiestas. Todavía era temprano, pero Annie se dijo que llamarían la atención en la feria.

Annie cerró los ojos un momento y trató de pensar dónde estarían mejor y más llamativamente expuestos. Sumida en sus pensamientos, no oyó los pasos que se acercaban por detrás:

–¡Annie!

Se volvió, sobresaltada:

–¡Joe!

–Perdona, chica, no quise asustarte.

Joe, con su sonrisa ladina de siempre, alargó una mano en ademán conciliatorio. Llevaba tejanos descoloridos y una chaqueta de algodón forrada de franela sobre un jersey azul marino. A pesar del perfume a cacao y vainilla que llenaba el aire, Annie captó el olor de Joe: olía a sangre y a serrín, de modo que llegaba del mercado de la carne.

–¿Tienes un momento? –le preguntó–. ¿Quieres que demos un paseo?

Annie tenía cientos de cosas que hacer, pero asintió sin más:

–Sí, por supuesto.

Una vez fuera, se alegró de haber salido. Empezaba el otoño, pero empezaba de verdad, y hasta entonces ella apenas lo había notado.

Las hojas del gran árbol que había delante de su fábrica cubrían la acera, y el cielo tenía un terso azul mentolado de loción de afeitar. El sol, que se ponía en el Estado de Nueva Jersey, lucía todavía con fuerza, dorando los viejos almacenes y las fábricas con rayos de espléndida luz. Joe levantó el rostro para sentir la brisa, y sus gafas captaron la luz; Annie vio un andrajo de nube reflejado en los cristales gemelos de sus gafas, y le sorprendió ver atisbos de plata en el cabello de Joe.

Anduvieron un poco juntos por Washington Street sin decir nada. Joe iba tan silencioso que Annie empezó a inquietarse. Era evidente que no la había invitado a pasear con él por el simple placer de su compañía. No, tenía que haber pasado algo... algo que Joe quería contarle.

¿Sería sobre Laurel? Annie sospechaba que Laurel y Joe tenían problemas. Aunque su hermana nunca le contaba nada, a poco importante que fuese, siempre que hablaba de Joe solía notarse en su voz una excesiva euforia, como si intentase hacer creer a Annie que todo iba maravillosamente en su matrimonio, que no había nada que pudiese ir mejor.

«Quizás imagino cosas que no existen», se dijo Annie.

Quizás, en lo más profundo de su ser, *quería* creer que las cosas no iban tan maravillosamente bien entre el señor y la señora Daugherty. ¿Podría ser ésa la razón de que Laurel se mostrase tan reacia a hacerle confidencias? ¿Y por qué, a pesar de lo íntimas que eran ahora las dos hermanas, y de lo que interminablemente que cotilleaban por teléfono, seguían manteniéndose como a distancia?

Llegaron a Morton Street y torcieron hacia el sol y hacia Hudson. En aquella parte de la ciudad había habido almacenes para transatlánticos y grandes talleres de imprenta. Pero ahora Annie sólo veía andamios levantados delante de edificios hollinosos, y obreros que entraban y salían de ellos con madera y carretillas de cemento. Aquellos edificios iban a ser convertidos en desvanes y apartamentos, donde vivirían los hijos y quién sabe si los nietos de los que habían jugado catorce horas al día en aquel mismo lugar. Y la transformación, además, estaba teniendo lugar rapidísimamente. ¿Por qué parecía a veces que todo progresaba, excepto ella?

Joe se volvió hacia ella y le dijo:

–Es mi padre. Está peor.

–Joe... lo siento.

Annie quiso cogerle de la mano, pero se contuvo.

Marcus había ido desmejorando desde la muerte de la madre de Joe, en mayo; Annie lo había podido ver por sí misma. Otro ataque cardíaco de poca importancia, y luego, extraños cambios de ánimo y apagones de memoria. Los médicos dijeron que se trataba de un caso de la enfermedad de Alzheimer, pero, a ojos de Joe, ésta era la forma de su padre de lidiar con una vida cuyo orden se había descarrilado. Como no podía recuperar ni su salud ni a su mujer, el viejo se limitaba, como decía Joe, a «cerrar la puerta y bajar las persianas».

–Hasta con la mitad de su mente inoperante, sigue siendo un tipo imposible. –Joe hablaba con irritación, pero en su rostro se notaba el cansancio, y también la inquietud–. Se me han ido tres enfermeras en sólo un mes y medio. La última me enseñó los brazos: tenía magulladuras hasta los codos, y me dijo que ella no era de las que en seguida van y te ponen pleito por cualquier cosa, pero necesitaba unas vacaciones, ¿de dónde iba a sacar el dinero? –Joe se mesó el cabello y se echó a reír, como incrédulo–. ¡Santo cielo! ¿Lo crees posible?

–¿Y qué piensas hacer?

–El dinero no me preocupa –prosiguió él–, por mí, puede llevarme a los tribunales. Lo que me preocupa es *él*, mi padre, que se está desintegrando. –Suspiró hondo–. La semana pasada concerté una cita con Naomi Jenkins, la asesora de que te hablé. Asesora a gente, a familias que se encuentran... bueno, en situaciones como la mía. Pues el otro día fue a ver a mi padre y hoy mismo vino a verme al restaurante.

–¿Y qué te dijo?

–Me recomendó que le llevase a una residencia. Dice que no hay otra solución.

–De veras que lo siento, Joe.

Sin darse cuenta de lo que hacía le cogió una mano y la apretó muy fuerte. Estuvo así un largo momento, unida a él en comprensión y anhelo, temerosa de soltarle por lo que él pudiera pensar, pero más temerosa aún de seguir cogida a él.

Fue Joe quien apartó la mano, inclinándose para recoger una moneda que había visto en la acera. Era una vieja moneda, ennegrecida y medio escondida bajo un montón de hojas secas; ¿cómo se las había arreglado para verla? Joe se quedó un momento mirándola, luego la tiró a la acera, enderezando su largo cuerpo y exhalando un largo suspiro.

Se volvió hacia Annie, y su rostro bello y sensible sonrió:

–La otra noche, cuando estaba arropando a Adam, me miró y me dijo: «Sabes, papá, a veces el segundo grado apesta.»

Joe se echó a reír, muy divertido, y añadió:

–¿No te parece que está muy bien dicho? En cierto modo lo resume todo, ¿no? A veces la vida apesta.

Desde luego, pensó Annie, pero no estaba pensado en la vejez, no en residencias para ancianos, sino en lo injusto que era amar a dos personas tanto como ella amaba a Joe y a Laurel y saber que uno de aquellos amores era incompatible con el otro.

Y era injusto también para Emmett. Llevaban tanto tiempo juntos que a veces era como si estuviesen casados... pero ella nunca había podido decidirse a dar ese paso final. Y quizá no se decidiría nunca. O por lo menos hasta que creyese de verdad que a Joe le daría igual... o que, si a él no le daba igual, a ella sí.

Maldita sea, ¿por qué tenía que venirle todo eso a la cabeza ahora, precisamente ahora que Tout de Suite requería toda su atención? ¿Por qué no dejar todo eso de lado, como si nada tuviera que ver con ella?

«¿Hace ya seis años que aceptase la realidad?»

«Sí, así es, pero me gustaría saber qué *está* pasando aquí.»

–Lo siento –dijo, sin saber a ciencia cierta qué era exactamente lo que sentía–, la verdad es que no es justo.

–No se lo he dicho a Laurel, porque la acongojaría mucho. Hay una cosa que tiene gracia, y es que, con lo distintos que son mi padre y Laurel, se han llevado estupendamente desde que se conocieron. Laurel está loca por él, y siempre ha sabido manejarle como nadie. Yo, en cambio, siempre acabo perdiendo los nervios.

–Pero tendrás que decírselo a Laurel.

–Lo sé. –Joe bajó la vista, pero no lo bastante rápido, y Annie tuvo tiempo de ver en sus ojos algo oscuro e inquietante.

–Joe..., ¿ocurre algo entre tú y Laurel?

–Qué va a pasar –dijo tras una larga pausa–, ¿por qué lo preguntas?

–No lo sé, no me hagas caso. Además, no es asunto mío.

Él sonrió:

–Tú sí *has* cambiado.

Annie, aliviada por la transformación en el tono de voz de Joe, volvió con naturalidad y agradecimiento a su forma habitual de hablar con Joe:

–Sólo cambio en las horas de trabajo –bromeó–. Por la noche me vuelvo otra vez *yenta*, y Rivka dice que lo hago tan bien que podría dar lecciones.

Joe tocó a Annie en el brazo:

–Dime, ¿cómo está Rivka?

–Pues sigue contando cabezas... sólo que ahora cuenta

las de sus nietos. Ya tiene nueve, me parece, y dos más de camino. Lo siento mucho, pero no recuerdo todos sus nombres. –Hizo una pausa–. Joe, a propósito de tu padre, si puedo echarte una mano...

Él se encogió de hombros:

–Gracias, no es necesario... Lo único que me hacía falta era hablar de esto con alguien. Emma me ha prometido quedarse hasta fin de mes, a pesar de las magulladuras.

–¿Y con qué has tenido que sobornarla?

–Un crucero a las Bahamas, y puedes creerme que para cuando se suba al barco se lo habrá ganado con creces.

Annie se echó a reír:

–Sí, desde luego.

–Te diré una cosa –dijo Joe, mirando al vacío–, a veces pienso que sería mejor para todos que el viejo se muriera de una vez... –Se interrumpió y se frotó la mandíbula, con aire arrepentido–. ¡Dios mío, nunca había dicho una cosa así a nadie!

–No importa –respondió ella–, no me escandalizas. Más aún, probablemente tu padre también lo preferiría.

Joe la tocó en el brazo, y dijo casi en un susurro:

–Gracias.

–¿Por qué?

–Por escucharme. Por no decirme que Marcus Daugherty tiene un hijo que es un cabrón sin corazón.

Annie se detuvo, y le miró:

–Yo pienso –dijo, despacio– que para hacer todo lo que estás haciendo hace falta ser muy valiente... mucho amor.

–Tiene gracia. –Joe miró al cielo, entrecerrando los ojos como si buscase en la bóveda celeste confirmación de lo que acababa de oír, y ella se fijó en los movimientos de su nuez. Los ojos de Joe relucían de lágrimas. Finalmente dijo, con voz cansada–: La verdad es que nunca pensé en él así. Quiero decir, en términos de amor. Era... eso... mi padre.

Esta vez fue Joe quien le cogió la mano a ella, y siguieron paseando así, de vuelta de Washington Street, bajo el dorado sol bíblico, como si aquello fuera la cosa más normal entre ellos.

Por primera vez en años, Annie se sentía relajada en

compañía de Joe, y extrañamente contenta. Pero, al mismo tiempo, algo se agitaba en su interior. Bullía en su mente una frase de Dearie: «No despiertes a un perro dormido.» Eso estaba muy bien, pero, ¿qué hacer si el perro se despertaba solo?

En el entresuelo de Zabar, bajo un techo adornado con coladores y relucientes teteras de esmalte y cestos de alambre de tres pisos llenos de toallitas, y rodeada de paredes atiborradas de toda clase de cosas, desde vajillas hasta maquinitas de hacer helados, Annie tomaba champán y cuidaba sus relaciones públicas, besando aquí una mejilla, apretando allá una mano, deteniéndose para charlar con los conocidos, por ejemplo, con Avery Suffolk, que en una ocasión la había entrevistado para un artículo que iba a publicar en *Cuisine*, o con Tansy Boone, rodeada de admiradores junto a una pirámide de libros y con un vestido de gasa floreada que le daba todo el aire de una balsa de flores en una exposición, o con la editora de Tansy en Speedwell Press, a quien Annie explicó su idea de un libro de cocina dedicado enteramente a trufas.

Para las nueve, la mayor parte de los *bagels*, el salmón de Nueva Escocia, la ensalada de langosta, los *gnocchi* al pesto y la *pasta primavera* había desaparecido, y los camareros, vestidos de blanco almidonado, como jefes de cocina, preparaban las cafeteras y las tacitas y las bandejas cargadas con los postres de Annie. Y Annie vio que mucha gente, a pesar de la gran cantidad de comida que acababa de consumir, parecía ansiosa de acabar con ellos.

Pero había algo que no iba bien. Annie, por alguna razón, comenzó a sentirse de pronto fuera de juego. Peor aún, a pesar de los elogios a su pastel de trufa y a sus tacitas de chocolate blanco rellenas de *mousse* al coñac, y de los entusiastas apretones de mano y de las encendidas alabanzas y besos lanzados al aire desde todos los rincones de la sala, Annie se dio cuenta de que no sentía su habitual acceso de triunfo, sino, todo lo más, dolor de cabeza.

Se acercó a la mesa de los postres, pensando que una buena dosis de cafeína le sentaría bien, cuando Emmett fue hacia ella y le pasó un brazo por los hombros.

Llevándola a un lado, preguntó:

–¿Qué?, ¿te diviertes?

–Sí, claro –replicó ella afablemente–. ¿Por qué no iba a divertirme?

Hizo un ademán, mostrando la sala en que estaban, con los estantes abarrotados de cacharros y pucheros de todos los tamaños. Y era cierto que allí, en cierto modo, se sentía como en su casa, aunque dudaba de que su vestido de seda y sus pendientes de ópalo fueran lo más a propósito, por ejemplo, para ponerse a revolver un cacharro lleno de chocolate al *kahlua* con avellana molida.

–Tienes una expresión especial –dijo Emmett, cariñosamente, al tiempo que despejaba de pelo la sien de Annie.

–¿Qué clase de expresión?

Los ojos azules de Emmett brillaron:

–Como el general MacArthur arrasando Corregidor. Anda, Cobb, tranquilízate, esto no es más que una fiesta. No tienes que conquistar a todo el mundo con tu encanto.

Annie le miró con una creciente sensación de afecto y exasperación. Emmett se ponía a veces muy irritante... sobre todo cuando saltaba a la vista que llevaba razón. Siempre estaba tomándole el pelo, retándola, irritándola, haciéndole ver las cosas desde todos los puntos de vista precisamente cuando menos ganas tenía ella de tal cosa, como cuando estaba pensando la propuesta de la General Foods de apoyar su nueva línea de postres helados: Annie le dijo a Emmett que iba a aceptar la propuesta, y Emmett, en la cama con ella, apoyó la cabeza sobre ambas manos y se puso a mirar al techo, con el pie bueno apoyado en la cabecera de bronce. Al cabo de un rato de pensarlo, y con aquella voz comedida que tanto la irritaba a veces, pero nunca dejaba despertar su atención, Emmett acabó diciendo:

–Mira, pienso que los que quieren esos postres de fantasía de Tout de Suite saben perfectamente dónde pueden encontrarlos y es un incentivo más el tener que ir a buscarlos en lugar de verlos por todas partes, ¿no te parece? O sea, vas al supermercado, coges el postre y ya está... No sé, me parece que eso les quita encanto.

Annie respondió que con el dinero que ganaría con ese negocio podría saldar sus deudas bancarias, y a lo mejor hasta sobraba algo, pero en el fondo Emmett tenía razón, algo saldría perdiendo en aquel negocio, y ese algo sería la calidad y la elegancia de Tout de Suite. Además, ¿tenía ella necesidad de recurrir a esos extremos? Dos días después telefoneó a General Foods y les dijo que no, que muchas gracias.

No, Emmett, a pesar de su aplomo y de sus sonrisas, no era una persona fácil. Siempre que le contradecía, él contraatacaba. Nunca se ponían de acuerdo sobre la película que querían ver o el restaurante al que querían ir, y a veces Emmett se comportaba con increíble falta de tacto, como la semana anterior: en el preciso momento en que Annie estaba preparando un encargo especial para una gran boda, Emmett le dijo que la complicada *mousse* que tantas horas de trabajo le había costado sabía a tarta de chocolate; oyéndole, Annie sintió deseos de matarle.

Pero Emmett tenía un don inusual: en seis años nunca la había aburrido. Muchas veces le habían dado ganas de pegarle, pero nunca se había cansado de él.

En aquel momento, con su traje nuevo, de suave tela gris oscura y tenues rayas color borgoña, Emmett parecía muy elegante, como correspondía al nuevo socio de una importante empresa inmobiliaria. La excepción, como siempre, eran sus botas, que, aunque nuevas, después de unas semanas de uso parecían tan viejas como las anteriores, pero, por lo demás, nadie diría que aquel hombre había trabajado en una plataforma petrolífera en alta mar o tirando redes en una embarcación pesquera. Su pelo rojizo, aunque muy bien cortado, seguía rebelde: unos pocos mechones se le levantaban sobre la frente y en la nuca, esparciéndosele sobre el cuello de su camisa de seda.

—Pues no habría venido aquí si no fuera conveniente para mi negocio —le dijo Annie—. Hace un momento, hablando con Ed Sanderson sobre el artículo que piensa escribir para el *Chocolatier* a propósito del libro de Tansy,

¿sabes lo que me dijo?, pues que le gustaría dedicar a mi persona una página entera.

–Y seguro que lo haría. –Emmett guiñó lascivamente un ojo, haciendo sonreír a Annie–. Y te recorrería entera.

–En serio, Emm, y si no dejas de tomarme el pelo, te... te...

Emmett le cogió por el brazo, y la atrajo hacia sí hasta que el rostro de Annie sintió el cosquilleo de su patilla y el calor de su aliento, ligeramente oloroso a especias.

–¡Dime!, ¿qué me harás? ¿Echarme de la cama con cajas destempladas?

–No, justo lo contrario, retenerte en la cama hasta que pidas clemencia.

–Eso podría llevar tiempo.

–No tengo prisa.

Emmett frotó ligeramente sus labios contra la sien de Annie, y susurró en su oído:

–¿Qué tal fugarnos de aquí ahora mismo e ir a mi apartamento? Podríamos empezar...

Annie sintió una ola de calor en su interior. ¿Por qué tenía que decirle una cosa así, tentarla precisamente cuando menos quería ser tentada? Esta noche, después de la fiesta, ella quería estar sola, poner en orden sus ideas, repasar su conversación con Joe.

Movió la cabeza:

–Dentro de un rato. Todavía hay gente con la que tengo que hablar.

El rostro cuadrado y curtido de Emmett se ensombreció brevemente, pero la soltó con un ligero encogimiento de hombros, y Annie sintió una súbita inquietud: estaba dándole largas... y él lo había notado. Lo que más la preocupaba era que Emmett estaba callado, y Emmett, de sobra lo sabía ella, más callaba cuando más turbado estaba.

«¿Cuánto tiempo me soportará esta vez?»

La mente de Annie se remontó a octubre del año anterior, ahora haría un año precisamente, cuando Emmett le había propuesto vivir juntos en un apartamento lo bastante grande para los dos, a lo que ella, con el mayor tacto posible, respondió que no, que todavía no estaba lista para una cosa así. Nunca olvidaría Annie la expresión de Emmett: ni irritada ni amargada, más bien como una puerta que se cierra sin hacer ruido. Era tarde, y en casa de Annie acababan de cenar. Emmett, excusándose cortésmente, se levantó, cogió la chaqueta que tenía colgada del respaldo de la silla, se la echó al hombro... y se fue.

Annie pensó que volvería, pero no volvió. Durante ocho meses dejó de visitarla, de telefonearla, de ir a su tienda, y ella le echó de menos de una manera que no creía posible. No era el dolor dulciamargo que le inspiraba la ausencia de Joe, sino más bien una patada en el vientre, algo como desconcierto, incredulidad e ira. Ira consigo misma, sobre todo, por echarle de menos de tal manera. Y luego, cuando se enteró de que se había prometido a una mujer a la que conocía de uno de sus negocios inmobiliarios, Annie se sumió en una depresión tan intensa que durante semanas y semanas permaneció como paralizada y con terribles dolores dc cabeza, como al borde de coger una fuerte gripe; y eso era cuando más flojo le daba.

Recordó claramente un día de comienzos de junio en que Emmett apareció en su casa sin avisar, con tejanos y camisa, llevando una bolsa de papel arrugado en la mano:

–He estado con unos amigos en el campo este fin de semana –le dijo–, y encontré esto en el patio de la casa. –Y, tendiendo a Annie el saco sin más, añadió–: Pensé que te gustaría.

Annie, mirando el interior de la bolsa, quedó encantada.

–¡Puntas de helecho! –Emmett se había acordado de lo mucho que le gustaban, y de las veces que se había quejado por no poder encontrarlas en las tiendas de comestibles. Annie se echó a llorar, y sus lágrimas cayeron en el interior de la bolsa, llena de puntas de helecho ligeramente ajadas.

–Quédate –le dijo, trémula–, los frío ahora mismo, si tienes tiempo.

–De acuerdo –respondió él, y ella vio en sus ojos azules que contaba con quedarse, no ya quince minutos o una hora, sino mucho más tiempo.

Emmett nunca le había hablado de la mujer con que había pensado casarse, ni le había dicho por qué rompieron el compromiso. Y Annie, por su parte, nunca se lo preguntó. Se contentó con saber que Emmett tampoco volvió a proponerle vivir juntos. Ella sabía que lo seguía pensando, y con frecuencia intuía que lo tenía en la punta de la lengua, pero se mostraba lo bastante prudente para no decirlo en voz alta.

La cuestión era: ¿seguiría guardando silencio indefinidamente sobre el tema? Conociendo a Emmett como le conocía, Annie lo dudaba.

En aquel momento, viéndole frente a ella en la fiesta, enmarcado por una pared cubierta de cacharros de cobre de todos los tamaños y ante una selección de pucheros de esmalte dispuestos sobre un montón de cajas, Annie se sintió extraviada y solitaria, como si lo que tenía delante fuese un iceberg en medio del océano. «No quiero perderle», pensó. Pero, ¿cómo decirle que le quería, que le adoraba, aunque no hasta el punto de desear casarse con él?

¿Vender su amada casita para irse a vivir con él? Lo había pensado, y en más de una ocasión había estado a punto de hacerlo, pero siempre surgía algo que la contenía en el último momento.

¿Joe? Quizás. O tal vez no se sentía hecha para el matrimonio... con nadie. Pensó en su hermana, para quien ser esposa y madre era tan natural como para un pájaro hacer un nido. La casa de Laurel era algo más que el sitio donde dormía y comía y recibía a sus amigos, era un hogar, un refugio lleno de muebles viejos que Laurel había restaurado con sus propias manos, y de bibelotes y cachivaches que había ido reuniendo con el tiempo, y de libros que había leído y releído, y de colchas cosidas por ella, y de juguetes de Adam que no quería tirar. A Annie le encantaba su propia casa, y su trabajo, y no envidiaba a Laurel su vida, en absoluto... pero en aquel momento se sintió de pronto extrañamente vacía:

—Emm... perdona...

—No te preocupes. —La miró como sopesándola y luego apartó los ojos de ella—. Oye, si no te importa, estoy agotado. Después de cinco horas de enseñar desvanes, no sé si puedo seguir teniéndome de pie. De modo que prefiero irme por mi cuenta.

–Pero tienes que prometerme que vendrás a casa mañana por la noche.

–Prometido –dijo, y le guiñó un ojo.

Viendo su ancha espalda alejarse camino de las escaleras, y recibiendo, de paso, las miradas de admiración de varias mujeres al pasar junto a ella, Annie sintió que su depresión se acentuaba. ¿Cuánto tiempo duraría su ausencia esta vez? ¿Y cuánto faltaba para el día en que se iría de su lado... para no volver?

De pronto se sintió fatigadísima. Quiso correr detrás de Emmett, decirle que había cambiado de opinión, pero tenía los pies clavados en el suelo. Se puso a pensar en las películas que había visto en las que salía gente corriendo tras trenes en marcha, sin esperanza alguna de alcanzarlos, mientras la música de fondo se hacía más rápida, y la locomotora jadeaba y vomitaba vapor, y el lacrimoso objeto de tan frenético amor se asomaba desesperado, desesperanzado, por la ventanilla del vagón, viendo cada vez más alejado al que así corría en su pos.

Aunque no dio un solo paso ni gritó a Emmett que la esperase, Annie sintió que las sienes le palpitaban y que le faltaba el aliento, como si tambien ella hubiera corrido tras un tren sin esperanza de cogerlo.

CAPÍTULO XXVIII

Laurel cogió la pelota y la lanzó a Adam. Le vio saltar para cogerla, lanzando los brazos al cielo, poniéndose casi de puntillas, con la camiseta saliéndosele de los pantalones y dejando al descubierto un vientre que ya empezaba a perder la redondez infantil. La pelota le pasó rozando el guante, pero Adam no pudo cogerla, y siguió su trayectoria, chocando con ruido sordo contra la pared trasera de la casa y descascarillando pintura como confeti sobre la hierba.

Laurel se dijo que hacía falta pintar la casa. Parecía que

sólo hacía unos meses que ella y Joe habían hecho pintar y repintar la casa entera, pero en realidad hacía mucho más tiempo, cuando se mudaron a ella y Adam estaba empezando a gatear: ¡seis años! ¿Habrían transcurrido realmente seis años? La mirada de Laurel recorrió los dos pisos, las encantadoras persianas azules, el gran portal con terraza. Durante casi un año, ella y Joe se habían dedicado a arreglar y mejorar la casa, raspando capas y capas de pintura, algunas casi centenarias, o tal parecía, de las repisas de las chimeneas y los marcos de las puertas, cepillando y rematando suelos, poniendo ventanas de cristal doble en lugar de las ventanas antiguas, y pintando y repintando hasta que les crujían los huesos del cuello y los brazos dejaban de obedecerles. Pero era una buena casa, y había valido la pena tanto afán y tanto esfuerzo. Bayside estaba sólo media hora en tren de Nueva York, y eso les daba todas las ventajas del campo y la ciudad. La bahía de Little Neck estaba a cinco minutos andando, y el colegio de Adam también. Y cuando hacía buen tiempo Laurel tenía su jardín florido y su huerta, y aquel patio grande y herboso donde Adam podía jugar.

—¡Maaaaaamá!

Laurel le vio en pie junto a la hilera de altas hortensias que separaba su patio del de sus vecinos, los Hessel. Tenía la pelota en la mano y saltaba de un pie al otro como si tuviera ganas de ir al lavabo. Adam le arrojó la pelota y ella la cogió y se la devolvió, y él la cogió sin necesidad de saltar, porque iba bastante baja. Así y todo, le costó un poco, y Laurel pensó que no lo conseguiría, pero, al cabo de un segundo, la tuvo bien asida, y se quedó mirando a su madre con una sonrisa triunfal, como si hubiera parado un lanzamiento capaz de cambiar la historia del béisbol. Laurel experimentó una intensa sensación de orgullo y amor.

—¡Estupendo! —le gritó—. Ahora te enseñaré cómo la coge Reggie Jackson.

—¡Cuidado, mamá! ¡Que te voy a perforar el guante!

—¡Pero si no llevo guan...!

Laurel no terminó la frase, desconcertada por la viril expresión que se había retratado en el rostro pequeño y ambarino de Adam. Le miró. Adam hizo girar su recio bracito con exagerada energía y lanzó la pelota con tal fuerza que perdió el equilibrio y cayó de rodillas sobre la hierba. La pelota subió y subió, y pareció pender un momento en el aire desafiando la ley de la gravedad, como un perfecto boquete abierto en el brillante cielo otoñal, pero en seguida cayó entre las ramas del viejo manzano bajo el que estaban ambos, arrancando de cuajo unas florecillas mientras aterrizaba. Cayó con un ruido sordo a poca distancia de Laurel, en el polvo reseco del parterre donde ella había plantado legumbres el año anterior. Laurel vio la pelota, de un blanco sucio, quedarse inmóvil bajo una hoja medio comida por los insectos, justo donde unas plantitas enanas se refugiaban contra la vid.

Pero hacía semanas que habían recolectado todas las legumbres y las bayas, y ahora, al diluirse en otoño el veranillo de San Martín, Laurel se sintió contenta de que, después de todo el esfuerzo y la fatiga de hacer conservas, por lo menos tenía suficiente mermelada y salmuera para llenar dos estantes de la anticuada despensa que había instalado junto a la cocina.

Inclinándose para recoger el balón, Laurel pensó que Adam se había parecido mucho a su verdadero padre hacía un momento, al levantar en triunfo el puñito cerrado mientras sus ojos brillaban de orgullo. De pronto le había parecido ver a Jess Gordon de pie en la escalinata del centro estudiantil de Schine, hablando a un corro de estudiantes hipnotizados, hendiendo el aire con el puño cerrado. Adam tenía el pelo azabache y las facciones agudas de su padre, y también su espíritu igualitario (el maestro le había contado que Adam siempre compartía su bocadillo y sus pastas con cualquier niño que se lo pidiera, aunque él se quedara sin nada que comer).

Laurel recordó la carta de Jess que había recibido por correo aéreo el año en que Adam cumplió tres. Jess se había hecho miembro del Cuerpo de Paz, y ahora vivía en México, en un perdido poblacho de Yucatán donde ayudaba a los agricultores locales, que habían sufrido una terrible sequía, a abrir canales de regadío. Tener diarrea constante era lo más normal, escribía Jess, pero se sentía más contento que nunca. Había conocido a una chica, una aldeana llamada Rosa Torrentes, y se iban a casar...

El recuerdo de su propio y apresurado matrimonio en el Ayuntamiento surgió en la conciencia de Laurel como un torrente. Ni vestido blanco, ni velo, ni flores, ni siquiera confeti. Pero se sentía tan embriagada que ni siquiera se había dado cuenta. Tenía todo lo que quería: Joe, que estaba a su lado.

Pero ¿y Joe? ¿Se había sentido tan feliz como ella? ¿Y se habría dado cuenta ella, en medio del éxtasis que la embargaba, si Joe no estaba tan radiante? Arrodillada en la hierba del patio, Laurel sintió un súbito frío, sus dedos apretaron la pelota, sin reparar en la humedad que le calaba las rodillas, empapando sus tejanos.

«No llores. No debes llorar. Por lo menos delante de Adam.»

Pero ya estaba derramando lágrimas, y le escocían, y con ellas volvió la imagen que desde ayer recordaba obsesivamente: Joe y aquella mujer del restaurante. Laurel había dejado en la editorial sus ilustraciones para el cuento «Sally, el ganso bobo», y fue al restaurante, pensando dar una sorpresa a Joe. Subió al comedor, y le vio de espaldas, en un reservado, con una bonita mujer de pelo castaño rojizo a la que no reconoció. Los dos tenían las cabezas muy juntas y estaban tan sumidos el uno en el otro que no se dieron cuenta de su presencia inmóvil en el descansillo. La mujer, de eso Laurel se dio perfecta cuenta, tenía la mano de Joe entre las suyas. A Joe no se le veía la cara, de modo que Laurel no pudo captar su expresión, pero notó que estaba inquieto. ¿Excusas, quizás? ¿Una disputa de amantes? ¿Una despedida?

Y ahora sentía de nuevo el espanto y el horror que había sentido entonces. En su mente, imágenes inconexas se superponían en un extraño *collage*: los pendientes cuadrados, de oro, de la mujer reflejaron la luz del techo al alargar la mano para acariciar la mejilla de Joe; la curva del hombro de Joe al inclinarse más hacia ella; una servilleta que tenía al lado, doblada sobre el borde de la mesa, que la había hecho pensar en un lirio ajado. La música de Gene Pitney en el viejo gramófono, que emitía viejos éxitos de principios de los años sesenta. Y Laurel, allí, como un espectro, invisible para aquellos dos.

Toda la noche anterior, y todo el día de hoy había estado Laurel esforzándose por no imaginarse a aquellos dos juntos, desnudos, entrelazados, contándose bromitas, besándose, haciendo el amor. ¿Y si había otra explicación, una explicación inocente, de aquella escena?

De acuerdo, quizá la había. Pero no era sólo aquella mujer. Había otras cosas. Joe, últimamente, parecía distante y preocupado. Llevaba más de dos semanas sin hacer el amor con ella. Y este alejamiento no era una cosa súbita ni reciente.

«Lo sabías. Incluso cuando él dijo que sí, tú sabías que se casaba contigo sin amarte, es decir, sin amarte apasionada y totalmente, como TÚ le querías a él... y sin embargo te casaste con él. De modo que, ya ves, si ahora se ha liado con alguien, no te extrañes. Consuélate pensando que por lo menos no es con An...»

—¿Lo has visto? ¡Fantástico, mamá! ¿Has visto lo alto que llegó! ¡Casi hasta el espacio exterior!

La voz de Adam la devolvió a la realidad. Pasándose los nudillos por los ojos húmedos, Laurel fue a donde estaba su hijo.

—Si de mí dependiese —le dijo, dándole un abrazo—, te contrataba para el equipo yanqui..., o para la NASA, porque se te dan tan bien los balones que estoy segura que también sabrías de cohetes espaciales.

Aunque hacía fresco, Adam estaba empapado de sudor. El niño retrocedió un paso y, apartándose de un manotazo un mechón de cabello negro, dijo con gran seriedad:

—Los niños no podemos firmar contratos. —Sus grandes ojos negros la miraron con serena inteligencia.

Laurel se quedó perpleja: «¡Qué ordenado es su mundo, todo en su sitio y como debe ser!»

Ojalá su vida *fuese* igual de fácil, pensó Laurel. Ojalá el amor fuese como el dinero en el banco: cuanto más pones, más te devuelven. El amor de Joe, con lo que ella se había esforzado por conquistarlo a lo largo de los años, convencida de que acabaría conquistándolo con el tiempo... Pero, ahora, ya no estaba tan segura.

Había habido pasión entre ellos, desde luego. Laurel recordaba cómo había sido al principio: las manos de Joe por todo su cuerpo, tan expertas, tan suaves... pero siempre, en lo más hondo de sí, Laurel seguía preguntándose si Joe preferiría hacer el amor con Annie, si estaría pensando en el cuerpo de Annie al tiempo que acariciaba el suyo.

Se dijo que era natural que las parejas casadas perdieran interés el uno en el otro al cabo de un tiempo. Pero, en ese caso, ¿por qué estaba ella más enamorada de Joe ahora que en el día de su boda? ¿Por qué sufría de deseo por él todas las noches cuando Joe se echaba en su lado de la cama sin dejar para ella otra cosa que la curva de su espalda?

–¡Mamá!

Laurel, interrumpida en sus pensamientos, vio el rostro inquieto de Adam y sintió una punzada de culpabilidad. Era preciso que Adam no se diese cuenta de lo asustada que estaba su madre. Ella quería que su hijo sintiese seguridad, precisamente lo que ella no había sentido a su edad.

Alargó la mano para atraer a Adam y abrazarle tan fuertemente que esta vez el niño se resistió. A Laurel le encantaba el olor de niño, tan distinto del de las niñas. Hierba en los zapatos y calcetines empapados de sudor, y el inconfundible olor del linimento. Le besó y le dejó marchar. Adam se apartó de ella como una piedra del tirachinas, echando a correr en círculo por el prado y agitando los brazos contra los costados.

–¡Brrrrrr...! ¡Soy un cohete! ¡Mira cómo vuelvo!

–¿A dónde vuelas? –le preguntó ella.

–¡A Marte!

–¡Vaya, qué lástima, porque yo vivo en Júpiter y pensaba que podías visitarme!

Adam se detuvo y se dejó caer sobre la hierba, riendo:

–¡Mamá, eres tonta!

–¡Pues mira que tú!

–¡Bueno! ¡Si vivieras en Júpiter, ¿quien iba a arroparme a mí por la noche?!

–¡Pues tu papá, claro! –dijo Laurel, y sintió un vuelco en el corazón.

–¡Y Annie!

–¡Humm, no lo sé! ¡Tu tía Annie está muy ocupada!

–Pero no demasiado ocupada para mí.

Adam hablaba con el tono autoritario de un niño de siete años acostumbrado, desde el día de su nacimiento, a verse mimado, no sólo por su tía Annie, sino también por la tía Dolly, y por Rivka.

–No, claro que no.

Annie, aunque absorbida por su chocolate, siempre encontraba tiempo para visitar a Adam, o incluso para llevarle a ver las marionetas, o al zoológico, o a jugar a golf.

–Hoy viene, ¿no? –preguntó Adam.

–Más tarde –dijo Laurel–, después de tu siesta.

–¡Uj...! La siesta es para los bebés. –Adam se levantó, suspirando de dignidad ofendida, y luego añadió, ladino–: Seguro que Annie no me obligaría a echar la siesta.

–¿Pero es que no quieres que se cure el resfriado? Además Annie no está aquí, de modo que tendrás que obedecer a tu mamaíta. –Laurel le cogió por la nuca y le empujó hacia la casa–. Tengo una sorpresa para ti, pero no sabrás lo que es hasta que te vea yo en la cama.

Adam, emocionado, levantó los ojos hacia ella:

–¡Me los has comprado!

–No te lo digo.

–¡Los recortables del espacio exterior! ¡Los has comprado!

Adam se echó a bailar como un loco, pero al poco se detuvo y le miró con recelo:

–Dime la verdad, ¿los tienes?

Laurel había querido que fuese una sorpresa, pero ¡aquella mirada...! La misma que veía en el rostro de Joe cuando ella le daba algo maravilloso, algo que no esperaba, como aquella vez que le retrató mientras dormía en el canapé y luego hizo enmarcar el dibujo para su cumpleaños. Asintió, mientras la sensación de calor tenso alrededor de su corazón se acentuaba.

–¿Puedo esperar a enseñárselos a Annie?

–*Después* de tu siesta.

Cuando dejó a Adam, por fin, acostado en su cama, lo cual llevó lo suyo, porque el niño estaba excitadísimo con sus recortables de la guerra de las galaxias, Laurel se preparó una taza de té y la llevó al dormitorio que había transformado en estudio. Le encantaba aquella habitación, la más pequeña de la casa. Tenía una ventana que daba al este y recibía la maravillosa luz del sol matinal para pintar. Y, al atardecer, se encerraba allí a coser con su vieja Singer: justo en aquel momento estaba terminando el vestido de Annie para la feria del chocolate del fin de semana siguiente. Su hermana tenía dinero para encargárselo a cualquier modisto, pero este modelo lo había encontrado en un *Vogue* italiano y se había enamorado de él, y, naturalmente, Laurel, la muy bocazas, se había ofrecido a confeccionarlo con sus propias manos, aunque encontrar el tiempo necesario para hacerlo le resultaba más difícil que cortarlo y coserlo.

Laurel miró la pared de la derecha, que había cubierto enteramente de corcho. Tenía docenas de bocetos clavados en ella con chinchetas, algunos curvados ya en las esquinas, lo que daba a la habitación un curioso aspecto desordenado. Junto a la ventana tenía su mesa de dibujo, con un clip que sujetaba varios dibujos a medio hacer. Junto a ella, su caballete, con un decrépito carrito de botellas que le servía de mesa móvil para sus pinturas y pinceles. El resto de sus materiales: como grandes hojas de cartulina, papel de dibujo, lienzos, *gesso*, trementina, fijadores, cajas de pedazos de tela, grandes botes de pintura en polvo y una lata de café llena de lápices de colores de Adam, estaba bastante ordenado en los anaqueles que ella y Joe habían puesto en la pared del sur. El olor de aceite de linaza y trementina que empapaba el aire parecía pegarse a todo: a su ropa, a su pelo, como si fuese su perfume personal.

Laurel se sentó en el alto taburete que tenía ante la mesa de dibujo y contempló el esbozo de un unicornio que relucía como un espectro bajo la hoja de papel fino que lo protegía.

Tenía varias ideas para el siguiente dibujo del cuento que estaba ilustrando, y le gustaba apuntarlas cuando aún estaban frescas en su mente. Arrancó otra hoja del bloc de dibujo y la miró, pero su mente quedó de pronto en blanco. Al cabo de unos minutos se cruzó de brazos y se inclinó sobre el tablero inclinado de la mesa. Miró por la ventana a la parte trasera del patio, con su nudoso manzano y sus frambuesos, que crecían como enmohecidos de otoño, y se vio invadida de una ola de fatiga. Como las veces en que había estado embarazada, adormilada, drogada casi.

Laurel sintió que el pecho se le encogía. Todos aquellos niños... tres en total. Ninguno mayor que la cabeza de un alfiler, aunque a ella no le habían parecido pequeños e insignificantes. Se los había imaginado como niños hechos y derechos, de mejillas sonrosadas. Y perderlos había sido un golpe terrible, casi tan terrible como si hubiera perdido a Adam.

Hijos e hijas de Joe.

Si hubiera podido dar a luz a alguno de ellos, ¿sería ahora distinta la situación entre ella y Joe?

No, eso no era justo, Joe amaba a Adam todo lo que se puede amar a un niño de tu propia carne y tu propia sangre. No podía achacar el actual distanciamiento a aquellos abortos.

Laurel se sintió zozobrar, y respiró muy hondo, reafirmándose. ¿No estaría exagerando todo aquello?, ¿no había habido también buenas épocas entre ambos?

El viaje a Barbados, por ejemplo, cuando había llovido todo el tiempo y a ellos les había dado igual. Se quedaron en el hotel, bebiendo ponches de ron y haciendo el amor, y comiendo diminutos plátanos que apenas eran mayores que su dedo pulgar.

Recordó también el día en que se rompió la cañería en el cuarto de baño de arriba y comenzó a filtrarse agua por el techo... empapando unas ilustraciones terminadas para un cuento, y en las que había trabajado semanas y semanas. Y todas quedaron completamente estropeadas. A pesar de los esfuerzos de Joe por animarla, Laurel estaba inconsolable y pensaba que nunca iba a superar su depresión. Ni siquiera la cena en casa de Rivka, que con tanta impaciencia había esperado. Era un viernes por la noche, el Sabbath judío, la noche del descanso y la alegría, pero ella no se sentía en absoluto con ánimo alegre. No obstante, se puso un bonito vestido y arregló a Adam, y allá fueron. Ella se sentó a la mesa de Rivka, rodeada de los hijos y nietos de ésta, y oyó las bromas del marido de Rivka, que decía que si seguían vivos para el año siguiente iban a tener que alquilar el estadio de béisbol para sus cenas sabatinas.

Y luego, después de las bendiciones, ocurrió algo maravilloso. Joe, que estaba a su lado, carraspeó y dijo:

–Me gustaría leer una oración en inglés, ¿puedo?

El señor Gruberman, con su gorro bordado y su severo traje oscuro, pareció un poco sorprendido, pero asintió:

–Sí, naturalmente, adelante.

–Es de los «Proverbios». –Joe había encontrado el pasaje en el libro de rezos que Rivka les había dado, en el que había traducción inglesa junto al texto hebreo, y comenzó a leer con voz llena de sentimiento–: «¿Quién puede encontrar una buena esposa? Vale mucho más que rubíes. El corazón de su marido reposa en ella, y no le faltará nada. Todos los días de su vida, le hará siempre bien, y jamás mal...»

Laurel sintió que el corazón se le esponjaba y los ojos le brillaban. El recuerdo de los dibujos estropeados desapareció de su mente. Lo único que le importó de pronto fue el hombre que estaba a su lado, cuyo fino perfil se recortaba contra la suave luz de las velas sabatinas, y su voz suave llenaba la habitación como música celestial. «Me quiere –pensó, llena de alegría–. Me quiere...»

Y ahora, años después, en su estudio, con el techo reparado y recubierto de yeso y repintado, de modo que no se notaba la menor huella de humedad, Laurel ya no estaba segura del amor de Joe.

Descansó la cabeza en sus brazos y cerró los ojos.

Se sentía muy cansada. La verdad era que necesitaba echar siestas más que Adam. El niño solía quejarse de que las siestas eran para bebés, y que él ya había crecido y no necesitaba seguir echándolas... y probablemente tenía razón. Pero, excepto ciertos días de la semana, cuando Adam estaba en el colegio, sus siestas eran el único tiempo en que reinaba el silencio en la casa y ella podía trabajar. Y tenía tanto trabajo: dos ilustraciones más para el libro de Mimi, y tenían que estar *para la semana siguiente*, y aún no había empezado siquiera la ilustración de la portada. Y Georria Millburn, de la editorial Little Brown, la había llamado ayer *dos veces* para preguntarla si tenía ya los bocetos de un cuento del que Laurel ya ni siquiera recordaba su título. Había prometido tenerlos antes del fin de semana, pero ¿cómo iba a hacerlo?

¿*Por qué* se le ocurriría ofrecerse a hacer el vestido de Annie? ¿Por qué tenía que estar siempre esforzándose por complacer a su hermana? A veces le parecía como si estuviera tratando de reparar alguna terrible injusticia que ella hubiera causado a Annie. Pero ¿cuál? No era por Joe. No podía ser. Joe se había acercado a ella espontáneamente, ¿no?

Y tampoco podía decirse que Annie estuviera tratando de hacerla sentirse culpable. Annie se portaba muy bien. Sobre todo, con Adam. Sólo que a veces era... demasiado *abrumadora*, una especie de tornado. Entraba como un huracán por la puerta, agitando sus pendientes de oro, dejando una estela de perfume almizcleño tras de sí, repartiendo besos, abrazos, regalos, cumplidos, consejos. Cuando Annie estaba en la casa, Adam parecía volverse loco, incontrolable... y luego, a la media hora de irse Annie, parecía hundirse. Laurel le encontraba encogido sobre la alfombra de su dormitorio, entre el caos de sus mecanos, o escondido en un extremo del sofá del cuarto de estar. Y luego despertaba quejumbroso e intratable, preguntando todo el tiempo cuándo iba a volver Annie, hasta que Laurel se ponía tan nerviosa que le daban ganas de gritar.

Pero ella comprendía a Adam. Después de las visitas de Annie, todo le parecía más monótono. La casa, con sus colchas y sus colgaduras de vivos colores, sus muebles de pino natural y sus cuencos de peltre llenos de piñas y virutas de cedro, parecía perder su color, como cortinas expuestas al sol demasiado tiempo. Agitado por Annie, hasta el aire parecía burbujear como champán, con sólo respirarlo bastaba para sentirse un poco ebrio, pero, en cuanto Annie salía y se cerraba la puerta, todo volvía a sumirse en la monotonía.

¿Lo sentiría también Joe? Desde luego... En ocasiones

Laurel se volvía loca de celos sólo de pensar en lo que Joe debía de desear a Annie. A veces, viendo cómo se encendía su rostro al ver a Annie, lo feliz y *animado* que se le veía junto a ella, Laurel se sentía insignificante y menospreciada, y tenía que recordarse a sí misma que también ella era una persona activa e interesante. Además de cuidar de Adam y de la casa, con su gran jardín, dos libros que había ilustrado acababan de ser nominados para el premio Caldecott. Su exposición en la galería Robson, de Spring Street, había sido acogida con respetuosas críticas y una nota entusiasta, y había vendido seis cuadros a los inflados precios de la galería, uno de ellos a un pequeño museo de las afueras de Filadelfia. Además, Laurel se hacía casi toda su ropa, y el pan de la casa, y era bastante buena cocinera. Así pues, ¿por qué iba a tener que sentirse una persona de segunda?

No había ninguna razón, ninguna en absoluto, a menos que su marido estuviese *hipnotizado* por Annie, mientras con ella se mostraba simplemente afectuoso.

«Gracias a Dios que no es con Annie con quien está liado.» Esta idea permanecía en el fondo de su mente. Ella podría lidiar con otra mujer... pero ¿con Annie? Por Dios, no.

El recuerdo de Joe con aquella bonita mujer de pelo castaño rojizo, que, a la distancia, se parecía un poco a Annie, se infiltró en la mente de Laurel, que sintió una cuchillada en el vientre, como los espasmos que la asaltaban cuando abortaba.

Tenía que olvidarse de aquello. Tenía que dejar de torturarse y preguntar a Joe. Tenía que haber alguna explicación natural, y, en cuanto la supiese, comprendería que se había comportado como una tonta.

Pero, no obstante, ¿bastaría eso para compensarla de todo lo demás?, ¿del millón de veces que le había sorprendido mirando al vacío con aquella expresión de abrumadora preocupación, como si tuviese que llevar todo el peso del mundo sobre los hombros y no pudiese confiar en nadie, cuando, maldita sea, *ella*, supuestamente, era su mejor amiga en este mundo?, ¿y las noches que Laurel pasaba en su lado de la cama, agobiada de anhelo, *pidiendo* a Dios que Joe se decidiese a hacerle el amor? En una ocasión, sofocada de deseo, llegó a preguntarle si veía en ella algo desagradable, si le pasaba algo, si le apetecía una mujer más atractiva, en lugar de una esposa que se pasaba el día dando vueltas por la casa en tejanos y camiseta la mayor parte del tiempo, y que ya ni se acordaba de la última vez que se había maquillado. Y Joe, ¡Dios santo!, se había quedado tan desconcertado que la cogió en sus brazos y le hizo el amor tan tiernamente que Laurel, después, se había echado a llorar, pero no de alegría. No, porque aquel momento sublime había bastado para recordarle lo que había sido su vida en común al principio, lo que casi había sido suyo, y ese atisbo le había roto el corazón.

Incluso si no estaba liado con aquella mujer, la verdad era que, en cierto modo, a ella ya la había abandonado. Pero también es cierto que una persona que nunca ha sido verdaderamente tuya, tampoco puede abandonarte.

¡Oh, Dios! ¿Qué hacer? ¿Qué *podía* hacer? ¿Seguir junto a su marido, como si su vida fuese una balada *country*, y esperar que algún día Joe volviera a ella? ¿Tan bajo había caído, tanto le necesitaba?

Pero, es que perder a Joe... ¿había acaso algo peor? Le amaba desde que tenía recuerdos. Había *crecido* amándole. ¿Cómo renunciar a eso? ¿Acabarían desapareciendo sus sentimientos hacia Joe de la misma manera que parecían haber desaparecido los de Joe hacia *ella*?

«Annie. ¿Qué haría Annie en mi lugar?»

Pero, maldita sea, ¿por qué tenía que acabar girando todo en torno de Annie? ¡Annie, Annie! Ése era *su* matrimonio. No necesitaba a Annie, ni tampoco que Annie estuviese mezclándose siempre en sus cosas. «¿Recuerdas cómo se puso cuando le hablaste de Val?»

Sin darle mayor importancia, un día, mientras comían juntas en un pequeño restaurante indio de la Tercera Avenida, Laurel había dicho a su hermana que había recibido una carta de Val, que quería verla y conocer a su nieto, Adam, que entonces tenía dos años, y que ella había accedido a que les hiciera una corta visita.

–¿Pero cómo pudiste hacer una cosa así? –Annie se la

quedó mirando y dejó caer el tenedor en el plato–. ¿Cómo pudiste tomarlo en *serio* siquiera?

–Adam tiene derecho a conocer a su abuelo –respondió Laurel sin alterarse, pero con firmeza–, aun cuando sea un personaje de poco fiar.

–¿De poco fiar, dices? ¿Piensas que Val sólo es eso? ¡Por Dios, Annie, yo le creo capaz de cualquier cosa! ¿Cómo sabes que no está tramando una de las suyas?

–¿Por ejemplo? Hablas de él como si fuera una especie de enemigo público número uno, pero no es así. Annie, yo le tengo pena, las cosas no le han ido bien y no tiene a nadie, aparte de Adam y de mí.

–¿De modo que te propones llenar los vacíos de su vida?

Laurel la miró y descubrió en sus ojos algo que la hizo pensar que Annie, bajo su superficie blindada de aplomo, también se sentía a veces insegura.

–Esto no es una competición –contestó–. No estoy tratando de reconciliarle contigo, ni tampoco de hacerte ver que te equivocaste apartándome de él.

Annie no contestó, pero, a juzgar por su expresión, Laurel comprendió que no había quedado convencida.

Pero no podía decirse que Val la visitase mucho. Desde aquella vez sólo le había visto en dos ocasiones. La verdad, y esto Laurel no había querido decírselo a su hermana, era que Val no tenía dinero para el billete de avión.

Laurel, al recordarlo, se imaginó lo ofendida que se sentiría Annie si supiese que había estado mandando dinero a su padre. No mucho, sólo pequeñas cantidades de vez en cuando, y nunca tanto que Joe pudiese notarlo o echarlo de menos, y ponerse a hacer preguntas. Todo había empezado hacía unos años, desde que Val la llamaba por teléfono y, avergonzado, le contaba los apuros en que estaba, naturalmente apuros provisionales, pero si Laurel pudiese «prestarle» un poco de dinero hasta que le saliese el negocio que tenía entre manos... Por alguna razón, los «negocios» de Val nunca acababan de cuajar, de modo que los préstamos tampoco se los devolvía nunca. Su padre le daba pena, y también, en cierto modo, le hacía sentirse culpable. Era como si en parte ella tuviese la culpa de lo mal que había acabado Val, aunque le constaba que no era así.

Por extraño que resultase, era a Rudy a quien Laurel echaba de menos. Aunque no había contestado ninguna de las docenas de cartas que le había mandado Rudy, y siempre que la llamaba por teléfono colgaba inmediatamente, el recuerdo de su tío siempre acongojaba a Laurel. Ella sabía que tenía derecho a odiarle por lo que había hecho, pero intuía que las mentiras que le había contado sobre Val, y luego sobre aquella pareja que supuestamente quería adoptar a Adam, no eran malintencionadas. Rudy sin duda no había querido perjudicarla, y, en cierto modo, le había hecho un verdadero favor, pues de no haber sido por tío Rudy probablemente ella habría renunciado a Adam, dándolo en adopción. Sólo de pensar lo que sería su vida sin Adam, Laurel sentía una punzada que la atravesaba de lado a lado.

Laurel necesitaba hablar con alguien de sus problemas. ¿Y si le mencionaba a Annie lo que ocurría con Joe? «Tal vez Annie podría ayudarme», pensó.

Pensando en lo bueno que sería desahogarse, Laurel se irguió y sujetó una hoja de papel de dibujo con cinta adhesiva sobre su mesa de trabajo. Preparó con carboncillo el esbozo del unicornio, que no era un unicornio corriente: tenía alas, alas tornasoladas como el arco iris, y volaba, elevándose hacia las estrellas.

—Yo diría que un poco más arriba —le dijo Annie—, justo por encima del tobillo.

Laurel, de rodillas en la alfombra del cuarto de estar, se quitó el alfiletero de la boca.

—Podría dejártelo corto de verdad —bromeó—. Tengo entendido que las minifaldas vuelven a ponerse de moda.

—Quizás en *Vogue*, pero no para mí. ¿No te parece bastante que se me ve casi toda la espalda, prácticamente hasta donde empieza a perder su nombre? Además, no será un concurso de trajes de baño. Lo que quiero es que el jurado se fije en mis trufas, no en mis muslos.

Laurel levantó los ojos y los fijó en Annie:

–Les encantarán –dijo–. ¿Por qué estás tan preocupada?

–Pues por todo. –Sonrió con forzado aplomo, pero a Laurel no le pasó inadvertida su manera de llevarse la mano a la boca, obligándose luego a bajarla.

Otra vez iba a morderse las uñas, y esto era mal signo. Pero, de no ser por ese movimiento involuntario, ¿quién habría podido sospechar que Annie tenía la menor preocupación?

Laurel se apartó un poco y contempló a su hermana: estaba maravillosa con aquel vestido que, unos minutos antes, no era más que un montón de tela colgando de una percha. Pero, colgando de Annie, cabrilleaba, relucía, *bailaba*; terciopelo mate, del color aurirrosa del cobre batido, suave como seda. Era un vestido escotado, con un sutil pliegue que suavizaba la angulosidad de sus hombros y realzaba sus pequeños pechos. La espalda, como había dicho Annie, estaba escotada hasta abajo mismo, quizá más allá de lo aconsejable, pero a Laurel le parecía que el efecto era espectacular. La espalda de Annie era fascinante, sus músculos, bajo la piel olivácea, parecían curvarse y ondear. Y, además, qué sagaz había sido al dejarse el pelo corto, porque el cabello de Annie era como Annie misma: suave, práctico, de una austera esencialidad.

En algún momento de su desarrollo, se dijo Laurel, Annie se había convertido en una verdadera belleza. No el tipo de belleza de Grace Kelly, sino, más bien, el de Sophia Loren: exótica, con ojos enormes que el maquillaje destacaba aún más, y gruesos labios elegantemente coloreados de tono ciruela oscuro, por cierto, un tono que le iba de maravilla.

Laurel, con sus viejos tejanos y una camisa cuadriculada de algodón, tan lavada que casi parecía suave como la franela, se sentía muy poca cosa a su lado. ¿Cuánto tiempo hacía que se había arreglado el pelo, o hecho la manicura? Llevaba el pelo exactamente igual que cuando iba a la escuela secundaria y a la universidad, con raya al medio, cayendo lacio sobre la espalda. Ahora se lo había recogido en una coleta mal hecha, sujetándoselo con la goma del *Ti-*

mes de aquella mañana. Se miró las manos. Tenía las uñas manchadas de rojo, verde y amarillo de las pinturas que había estado preparando para Adam, a quien había dado un permiso excepcional de pintar en su caballete mientras ella medía el dobladillo del vestido de Annie. ¿Manicura?, ni hablar.

Annie, como el hada madrina de *La Cenicienta*, se inclinó y tocó a Laurel en el hombro:

–Deberías venir –le dijo–, de veras, te divertirás. Habrá mucha gente que conoces.

Laurel se encogió de hombros:

–No sé...

No era la primera vez que Annie la invitaba. Laurel vaciló: quería complacer a Annie, ayudarla en aquel acontecimiento tan importante para ella, pero las fiestas la ponían nerviosa.

Recordó la última fiesta de postín a la que había asistido con Joe, y que era para celebrar el vigésimo aniversario de su proveedor de vinos. Había muchísimos invitados, todos desconocidos, riendo y armando bullicio por encima de la música, y sus vasos y copas rozaban los hombros y brazos desnudos de Laurel. A Laurel le horrorizaba tener que esforzarse en hablar de nimiedades y en ser ingeniosa o simplemente interesante con gente desconocida, y, en el fondo, lo único que quería era volver a su casa, ponerse su viejo albornoz y sentarse a leer un libro o a ver una película antigua en la televisión.

–A Joe le encantaría –dijo Annie.

Laurel sintió una punzada de resentimiento. «¿Cómo conoces tan bien a Joe?», quiso contestar.

Pero ella sabía que Annie lo había dicho sin mala intención. Además, a lo largo de aquellos años, nunca había dicho o hecho nada que pudiera hacer pensar, ni siquiera remotamente, que era algo más que amiga y cuñada de Joe.

–Ya lo creo que le gustaría –asintió Laurel, y la verdad era que ya le había propuesto que fuese solo, o acompañando a tía Dolly.

–¿Y bien? ¿Lo pensarás?

–De acuerdo, lo pensaré. –Discutir con Annie era un

caso perdido–. Y ahora ponte derecha, a ver si arreglo esto.

Puso unos cuantos alfileres más y luego se levantó:

–Listo. Anda, mírate en el espejo del dormitorio, pero prométeme no mirar en derredor, porque el cuarto es un caos, ni siquiera he hecho la cama.

La casa entera parecía un caos. Laurel miró en torno de sí: mecanos y juguetes de Adam esparcidos por la alfombra, cojines cubiertos de migas de galletas saladas, restos de zumo reseco sobre la mesa plegable. Desde que había vuelto a casa del restaurante de Joe, la noche anterior, sólo había tenido ganas de dormir.

De pronto, reparó en que Annie seguía allí mirándola con ojos que indicaban que se daba cuenta de que algo no iba bien.

–Me tiene sin cuidado la cama –dijo–. Lo que me preocupa eres tú, Laurel, estás que das pena. Dime, ¿qué te pasa?.

Laurel sintió de pronto sacos de arena atados a los brazos y las piernas. ¿Cómo había podido pensar que sería positivo contarle sus problemas a Annie?

–No, nada –contestó, tratando de animarse–, es que eché una cabezada antes de que llegaras, por eso está la cama sin hacer.

Annie la miró inquisitivamente:

–¿No estarás enferma..., o algo?

–¿Quieres decir si estoy embarazada? –cortó Laurel.

–¿Lo estás?

Laurel suspiró:

–¡Por Dios! ¿Es que todo el mundo va a preguntarme a cada momento si estoy embarazada? –Pensó en Joe, durmiendo a su lado sin tocarla noche tras noche–. Mira, si quieres saberlo, eso sí sería un milagro.

Annie permaneció un momento en silencio. Parecía sorprendida. Luego preguntó:

–¿Es que ocurre algo entre vosotros dos?

–Nada que no pueda arreglar un buen curandero. –Laurel emitió una risita breve y seca–. Por cierto, ¿te apetece un café? El otro día hice tarta de plátano, y me parece que todavía queda algo.

Ignorando el ofrecimiento de Laurel, Annie se dejó caer en la mecedora de arce que había junto a la chimenea, y su vestido se desplegó en torno de ella en una sucesión de reflejos luminosos mientras los alfileres asomaban de la tela como antenas diminutas. Sus ojos seguían fijos en el rostro de Laurel:

–¿Quieres que hablemos de ello?

–Preferiría que no.

–¿Habéis reñido?

–No, nada de eso. Anda, hablemos de otra cosa. No estoy de humor para interrogatorios.

–Pareces cansada.

–Ya te *dije* que lo estoy.

–¿Es por algo que ha hecho él?

Laurel se sintió al borde de un precipicio, resbalando poco a poco. sería fácil, muy fácil, soltarlo y acurrucarse en el regazo de Annie para que su hermana la consolase. Pero no, era mejor resistir.

–Me alegro de que te guste el vestido –dijo animadamente–. No sabía cómo me saldría. El terciopelo es más difícil que la seda, sobre todo porque tiende a resbalar, de modo que las costuras salen como fruncidas. No sé cuántas veces tuve que soltar la costura izquierda y rehacerla. Y no te preocupes por la cremallera, ésa fue la razón de que...

–Joe te quiere. Tienes que saberlo.

–... de que redujera un poco la parte de atrás, pero yo creo que así queda mejor, ¿no te parece? –Pero Laurel no pudo seguir y prorrumpió en gemidos–. ¡Oh, Annie, está liado con otra!

Contó a Annie lo de la mujer del restaurante, lo terrible que había sido, y le dijo que había querido morirse allí mismo. Incluso ahora, contándolo, sentía como si con cada palabra se le fuera un poco de sí misma. Fijó los ojos en el acerico en forma de corazón lleno de agujas y alfileres que tenía en la mano; y, al darse cuenta de lo quejica que debía parecer, se echó a reír como una tonta, al tiempo que las lágrimas le humedecían las mejillas.

«Domínate», se ordenó a sí misma. Pero no podía. Comenzaba a sentir pánico. De un momento a otro Annie le agobiaría, y ella no quería eso. Annie le quitaría la poca dignidad que aún conservaba y la desmenuzaría. Pero Annie seguía sin moverse, sentada como una estatua. Y, de pronto, también rompió a reír. Sí, estaba *riendo*.

A Laurel le escoció el rostro como si acabara de recibir una bofetada.

Annie se levantó y se acercó a ella para consolarla.

—Dios mío, por un momento me has preocupado. Pensé... —Cogió la mano de Laurel y la apretó, sin dejar de reír con expresión de alivio, casi sin aliento—. Laurel, por Dios, querida, lo has entendido todo al *revés*. Joe no está liado con nadie. La mujer que viste sin duda es la misma de que me habló Joe..., una especie de asesora o algo así. Él mismo me lo contó todo, que su padre no puede arreglárselas ya sólo con una enfermera..., y me dijo que Naomi, así se llama, le recomendó que le ingrese en una residencia. En fin, una situación terrible para el pobre Marcus. Ya puedes imaginarte lo preocupado que ha estado Joe. Y Naomi ha tenido que *consolarle*. ¿No te das cuenta? Dime, *¿acaso no te das cuenta?*

Desde luego, Laurel lo veía todo claro como el día. Nada de líos con una extraña, algo en cierto modo peor. Una traición todavía peor. Joe... Joe había tomado una decisión crucial sobre su padre *sin siquiera mencionársela a ella, su esposa*. Y sin embargo se lo había contado a Annie. Nada menos que a Annie.

«Joe y Annie, juntos, desde el principio.»

Ahora era Annie la que parecía enferma, y el color desaparecía de su rostro, empalideciendo su piel olivácea.

Cogió a Laurel y la sacudió por los hombros.

—¡Laurel, ¿qué te pasa?! ¡Estás blanca como la cera! ¡Dios mío, no pensarás que te mentiría en una cosa así, ¿verdad?! ¿Piensas que me lo he inventado todo para que te sientas mejor?

—No, claro que no.

La voz de Laurel parecía llegar de una lejana cima de montaña, mientras ciertos ruiditos cobraban consistencia, como un telón de fondo sonoro: el ruido de Adam, canturreando en la habitación contigua con su voz clara y algo estridente, el picoteo de un pájaro carpintero en el moral que había en el jardín, justo debajo de la ventana del cuarto de estar, y el tictac lento, solemne, del viejo reloj de la repisa de la chimenea.

–¡Laurel...! ¡Dime algo! –Annie se sentía al borde de la desesperación.

Laurel se volvió con movimientos espasmódicos, como si su cuerpo estuviera ensamblado con bisagras y resortes, como las marionetas que solía ver de niña en la televisión, en *El Show de Ed Sullivan.*

Las marionetas pertenecían a un ventrílocuo cuyo nombre ya no recordaba. ¿Charlie McCarthy, Edgar Bergen...? Laurel se quedó mirando a Annie como si la viera por primera vez en su vida, sintiendo que las entrañas le estallaban en un frenesí de amor, dolor, tristeza, resentimiento...

–Eres tú –dijo finalmente, sintiendo tal zumbido en sus oídos que tuvo que gritar para hacerse oír–: ¡Eres tú lo que me pasa!

Annie se sobresaltó y se llevó la mano a la boca:

–¿Pero qué dices?

–Sí, tú, ahí sentada, sonriendo, como si debiera alegrarme de lo que acabas de decirme. –Laurel dio un paso atrás y pisó una pieza del mecano de Adam, trastabillando. Miró fija y duramente a Annie–: ¿Cómo puedes seguir fingiendo cuando las dos sabemos perfectamente que es a ti a quien quiere? Por lo menos deberías tener la franqueza de reconocerlo. Y tú le quieres a él. ¿No es ésa la razón de que lleves tantos años dando largas a Emmett? Haz el favor de reconocerlo de una vez. –Laurel sentía que estaba desenmarañándose a sí misma–. ¡Reconoce de una maldita vez que quieres a Joe, que le quieres sólo para ti!

La habitación se llenó de un silencio atronador. Laurel temblaba al borde del precipicio. Annie la miraba fijamente, sus enormes ojos oscuros relucían como pavesas sobre una hoja blanca de papel de dibujo.

–¡Mamá!

Laurel pegó un respingo, como si acabasen de golpearla. Volvió la mirada y vio a Adam, inmóvil en el rellano de la escalera, con una camisa vieja de Joe remangada que le colgaba por el suelo. Tenía la pechera embadurnada de pintura y un grueso pincel en una mano. Sus ojos eran enormes y parecían asustados. «¡Dios mío, Dios mío!» ¿Cuánto tiempo llevaba allí?, ¿qué habría oído?

Laurel quiso correr hacia él para cubrirle de besos y llenarle de seguridad, pero, por mucho que se esforzaba, no conseguía moverse. Siguió allí, pegada al suelo, mientras Annie, con su tornasolado vestido de terciopelo, cuyo dobladillo, aún por terminar, ondeaba alrededor de sus tobillos, cruzaba la estancia y cogía a Adam de la mano.

–¡Oh, Señor, mira cómo te has puesto! Seguro que has echado más pintura en la camisa que en el papel! ¿Me enseñarás lo que has pintado? Me encantará verlo.

También Annie estaba consternada, su voz tenía un deje de estridencia, pero lo ocultaba bien. Estaba protegiendo a Adam de la misma manera que antaño había protegido a la pequeña Laurey.

Volviendo la cabeza para mirar fugazmente a Laurel, Annie llevó a Adam escaleras arriba. Laurel los miró un momento y luego se dejó caer sobre el sofá, deseando desesperadamente llorar, pero decidida a no hacerlo.

CAPÍTULO XXIX

Joe metió su Volvo por la calzada, haciendo crujir la hojarasca. Los faros del coche iluminaron el seto de alheña que crecía junto al garaje. La casa estaba a oscuras, excepto una luz que había en el vestíbulo de arriba. Ya era casi medianoche. Laurel y Adam probablemente estarían dormidos. Y también él deseaba dormir. ¡Diablos, qué noche! Con los pedidos amontonándose y todo el mundo haciendo horas extraordinarias, ¡y el lavavajillas que se estropea, inundando la cocina! Y veintiocho comensales achispados, tirándose panecillos y armando jaleo en la bulliciosa despedida de soltero de uno de ellos. Había tenido que apostar allí a dos camareros que le hacían mucha falta en otro sitio, para impedir que le arruinasen el comedor.

Y, encima, a los postres, aparecen ocho amigos del novio exigiendo cenar.

Y así todos los días de la semana, corriendo de Morton Street al nuevo restaurante que estaba terminando entre la Tercera Avenida y la Calle 82. No iba a ser posible inaugurarlo el día 1 de diciembre, como había previsto. Y cuanto más se esforzaba y se afanaba, tanto más largas eran las demoras. Ni una sola pieza del equipamiento de la cocina había llegado en la fecha prometida. El fontanero había desaparecido. Y de guinda, Jorge, su jefe de cocina, había insultado en castellano al inspector municipal Jaretsky, que aunque no entendió ni palabra, les endosó tres sanciones por transgresión de normas municipales.

Pero ningún quebradero de cabeza del nuevo o del viejo restaurante podía equipararse a lo que le esperaba el día siguiente: una entrevista a las dos de la tarde con el director del Saint Francis Center. Y luego tendría que hacer lo que llevaba días aplazando y temiendo: dar a Laurel la mala noticia sobre su padre. Porque Laurel estaba loca por Marcus, y probablemente insistiría en que su suegro se instalase en casa, y Joe quedaría como un mal hijo por decir que no. ¡Santo cielo, que follón!

No obstante, al bajar del coche y empezar a subir por el estrecho sendero de cemento que conducía a la casa, Joe se tranquilizó un poco; ya se arreglaría todo. Sentía el aire nocturno en sus mejillas, fresco y ásperamente vivificante, y veía su propio aliento perderse en el aire en serpenteantes nubecillas. Encontró con facilidad el camino en la oscuridad hasta la puerta lateral que se abría a la cocina. Y entonces, levantando la vista, comprendió por qué le había resultado tan fácil: la luna llena, enorme y anaranjada, estaba encaramada en lo alto del tejado de su casa como una gigantesca calabaza. Aspiró hondo y captó el aroma cortante, humoso, de un fuego, y un leve olor a guisado que le hizo pensar en un plato caliente, envuelto en papel de aluminio, en el horno.

Pero en el fondo de su mente algo le advertía que no todo iba bien. Y, de pronto, dio con ello: cuando sabía que él volvería tarde a casa, Laurel dejaba siempre la luz del porche encendida. Y ahora estaba apagada.

¿Se le habría olvidado? No era probable. Laurel, a veces, era distraída, pero nunca se le olvidaba aquella condenada luz. Y si, por ejemplo, hubiera ido con Adam a la hamburguesería o a ver alguna película infantil por enésima vez, ya tendrían que estar de regreso.

¿Le habría pasado algo? Joe recordó que el año anterior, por aquellas mismas fechas, se había levantado una mañana temprano y encontrado a Laurel, entonces embarazada de cuatro meses, desvanecida en el cuarto de baño y con el camisón empapado de sangre. La sangre de su *hija*. En el hospital habían dicho que iba a ser niña. Laurel había perdido embarazos, antes incluso de que él hubiera tenido tiempo de hacerse a la idea de que estaba encinta, pero aquél había sido distinto... A Laurel ya se le notaba, e iba a ser una niña. Joe sintió que las lágrimas pugnaban por emerger. Tristeza, pero también alivio, porque ¿qué habría pasado si no hubiera encontrado a Laurel a tiempo?, ¿qué habría pasado si se desangraba antes de llegar al hospital?

«Podría haber muerto.»

Pero ahora Laurel no estaba embarazada. Sin embargo, al entrar en la casa, Joe sintió una vaga sensación de inquietud. En la oscuridad del cuartito de lavar que daba a la cocina, Joe respiró el olor tranquilizador a detergente y ropa limpia. Sintió ganas de llamar a Laurel, pero se contuvo. Seguro que tanto ella como Adam estaban profundamente dormidos.

Pero, desde luego, había algo que iba mal. Lo intuía. Sentía los pelos de la nuca erizados y una extraña tirantez en el estómago.

Cruzó rápidamente la cocina, que a la luz de la luna, parecía desordenada. Platos amontonados en la pila, trozos de tostada y servilletas arrugadas sobre la mesa de pino en que desayunaban. Hasta las violetas africanas del alféizar parecían descuidadas, a medio agostar. Y esto no era propio de Laurel... Laurel solía tenerlo todo impecable cuando él volvía a casa. Estaba orgullosa de su casa, y decía que le gustaba hacer hasta los trabajos más ingratos, que casi todas las mujeres rechazan, como limpiar los muebles, pasar la aspiradora, quitar el polvo a todos los cachivaches, uno a uno, y se negaba a tener asistenta. A Laurel le gustaba hacer las cosas a su aire. Y, además, aseguraba que el trabajo casero la ayudaba a tener la mente despejada y así se le ocurrían ideas para sus ilustraciones.

Joe cruzó el comedor, con su mesa redonda de roble y su aparador de madera tallada, lleno, de loza mexicana de vivos colores y los inapreciables bibelotes que coleccionaba Laurel y que Rivka llamaba *chachkes*: elefantes de bronce, cada uno más pequeño que el otro, dispuestos en fila india; animales de arcilla hechos por Adam; una caja rusa intrincadamente pintada; una hucha en forma de perro que movía la cola cuando se metía en ella una moneda; y un cestito lleno de canicas. En el trozo de pared que quedaba libre a la izquierda de la puerta, enmarcados por la luz de la luna, Joe vio claramente los abanicos que había puesto allí Laurel: abanicos japoneses delicadamente pintados, uno antiguo de encaje y hueso, y otros en forma de lágrimas.

«La casa de Laurel», pensó Joe. Él vivía allí, pero en realidad la casa era de ella, porque ella la había creado. Se le ocurrió que nunca había apreciado la calidez hogareña de aquella casa. Cuando llegaba por las noches, fatigado, con los músculos del cuello doloridos, sólo con entrar ya se sentía mejor, como introduciéndose en una cama templada.

Laurel. Por doquier que mirase veía su impronta.

Algo se agitó en su memoria, algo que había olvidado hacer. Y, de pronto, recordó lo abstraída que le había parecido la noche anterior. Le había dicho que estaba cansada, nada más, pero él intuyó que le ocultaba algo. Sin embargo, no había insistido.

Subió las escaleras, y llegó al segundo piso. Asomó la cabeza por la puerta entreabierta de la habitación de Adam. A la tenue luz amarilla del velador en forma de Pato Donald, vio al niño echado de costado, profundamente dormido, con las mantas apartadas y el dedo pulgar en la boca. Joe sintió que su tensión se relajaba un poco. Si le hubiese ocurrido algo a Laurel, Adam no estaría allí, enfundado en su pijama, tan apaciblemente dormido.

Se acercó de puntillas y, por pura costumbre, tocó la entrepierna del pijama. Seca. Vaya, menos mal. Desde hacía un año o así, Adam se orinaba en la cama todas las noches, pero últimamente había empezado a despertarse para ir al lavabo. Joe recordó que Laurel era la que pagaba las consecuencias: consolar a Adam y limpiarle la ropa, sin quejarse casi nunca.

Joe besó la mejilla húmeda y olorosa a dentífrico de su hijo. Y de pronto volvió a verse en el colegio, con el señor Dunratty, el profesor de teatro, representando una escena de *Nuestra Ciudad*, que a él, por entonces, con su naciente virilidad y su impaciencia por salir al patio a jugar al fútbol, no le había divertido nada. Pero ahora se daba cuenta de lo que tenía que sentir el fantasma de Emilia viendo transcurrir los preciosos, preciosísimos minutos de su vida pasada, y lo anhelante y frustrada que debía sentirse. Pues igual se sentía él ahora con Adam..., como también se había sentido frecuentemente con Laurel. Era como si estuviera acumulando aquellos momentos con su hijo adoptivo y su mujer, acaparándolos para el día en que ambos desaparecieran y a él no le quedasen más que recuerdos.

«Un día que puede no estar lejano.»

Joe sintió un nuevo tirón en el estómago. ¡Por Dios, hasta dónde había llegado la cosa! Y Laurel, que había hecho tantos, tantísimos esfuerzos por mantener viva aquella relación... Pero era como correr sobre arena, que siempre parecía demasiado lento. ¿No estaría él esforzándose *demasiado*?

Era cierto que se había casado con Laurel sin estar enamorado de ella. Estaba encantado, embrujado, desconcertado, inquieto, todo lo que se quisiera, pero el profundo amor que sentía ahora por ella había tardado en crecer.

Joe veía mentalmente a Laurel en el hospital, justo después del nacimiento de Adam, el día en que él le dijo que quería casarse con ella; Laurel, penetrando en él con sus claros ojos azules, le había preguntado:

–Dime, Joe, ¿tú me quieres?

–Pues claro que sí –había respondido él, esforzándose por no apartar sus ojos de aquella mirada terriblemente acuciante, tan azul como el mismo cielo.

–Pero no así –le había dicho ella entonces, casi enfadada–, no como me querías cuando yo era niña. Quiero decir *ahora*. Aparte de Adam y de... –Joe vio la garganta de Laurel encogerse al tragar saliva– y de Annie. Dime, ¿me quieres?

Joe, pillado entre la verdad y una mentira a medias, cogió la mano de Laurel y le dijo lo que ella quería oír:

–Te quiero. Aparte de Adam. Aparte de todo el mundo. Y quiero casarme contigo.

Y entonces sí había *tenido* que apartar la mirada, de lo contrario el calor del júbilo que exhalaba Laurel le habría quemado. Y él pensó: «¿Cómo decirle que también quiero a Annie, y que, de haber sido distintas las cosas, me habría declarado a Annie?»

Pero en lo más hondo de su ser, Laurel tenía que haberlo sospechado. ¿No era ésta la clave de sus problemas actuales? ¿No era ésta la razón de que ya no pudiera tocarla en la cama sin sentirse vagamente culpable? No era que no quisiese o desease a Laurel... Era que también quería y deseaba a Annie. Y Laurel lo sabía, y eso estaba acabando con ella. Joe temía decírselo, porque implicaría reconocer que no eran imaginaciones suyas, por tanto, herir todavía más a Laurel.

Pero él no quería perderla.

Cuando la miraba, veía una mujer bella, inteligente, llena de talento, devotísima y fiel esposa y madre. Quizá no fuese tan extrovertida como Annie, pero, a su manera callada, Laurel sabía ser igual de fuerte y decidida. Donde Annie era fuego y rayo, se dijo Joe, Laurel sabía ser piedra.

En la oscuridad del cuarto de su hijo le asaltó otro recuerdo. Aquel verano, una mañana estaba arrancando tablas podridas de la cerca del portal, cuando de pronto fue atacado por un enjambre de avispas. Sin duda había dañado el avispero. En medio de aquella terrible nube de insectos, Joe había llamado a gritos a Laurel, que estaba en el jardín plantando tomates. Laurel levantó la vista y permaneció un segundo como paralizada, y luego, automáticamente, cogió la manguera del jardín. Y Joe sintió el agua fría como un golpe liberador. Allí estaba Laurel, intrépida, en medio de las avispas furiosas, blandiendo la manguera como una metralleta. Laurel se estremeció al sentir las picaduras, pero no dejó de bañarlo con la manguera hasta que Joe consiguió escapar de los insectos.

–¡Corre! –gritó Joe.

Laurel dejó la manguera y corrió hacia él, con el sombrero de paja brincando sobre su cabeza y agitando los brazos tostados por el sol.

–Quítate la ropa –le ordenó Laurel, al llegar al seto que marcaba el límite de la huerta.

Y comenzó a quitarse sus pantalones cortos y su camiseta.

–¿Pero que estás haciendo?

Joe la miró sin comprender, mientras las picaduras en sus brazos y sus piernas comenzaban a palpitarle y a quemarle.

Sentía arder todo su cuerpo.

–¡Que te quites la ropa!

Cuando los dos estuvieron en ropa interior, Laurel recogió con las manos el barro acumulado alrededor de las caléndulas que ella misma acababa de regar. Se embadurnó a sí misma y a Joe, hasta que los dos estuvieron cubiertos de barro. Joe, al sentir que el dolor de las picaduras disminuía, reparó en lo ridículo que debían de estar ambos allí, a plena luz del día, a la vista de los vecinos.

Se echó a reír, cogiéndose el estómago con ambas manos.

–¿Qué es lo que te hace tanta gracia? –le preguntó ella, con las manos en jarras, el pelo moteado de barro, y una mancha de barro en una mejilla.

–Sólo estaba pensando en lo que diría el señor Miller, nuestro vecino, si viniese ahora a pedirnos las tijeras de podar.

Laurel se inclinó, recogió un puñado de barro y se lo arrojó a Joe. Le acertó encima de una ceja. Riendo, corrió a refugiarse bajo la copa de un árbol. Recogió otro puñado de barro y se lo tiró, pero esta vez falló. A continuación gritó y meneó el trasero, obligándole a perseguirla. Joe la cogió fácilmente, porque ella reía demasiado para correr con verdadera rapidez, y la tiró al suelo.

Fue entonces cuando Joe levantó la vista y vio a su

viejo vecino, Gus Hessel, que les miraba por encima de la valla, boquiabierto de asombro.

También Laurel le vio. Se incorporó de un salto y corrió a la puerta trasera de la casa, dejando a Joe la tarea de sonreír bobaliconamente al viejo vecino al tiempo que se retiraba por el mismo camino. Una vez dentro de la casa, desgañitándose de risa se metieron juntos bajo la ducha, y se dieron un buen fregado.

—¿Cómo podré mirar al señor Hessel a la cara después de esto? —gemía ella, sin dejar de reír.

—No habrá necesidad, porque estará demasiado ocupado mirándote el resto del cuerpo.

Laurel le dio un golpe con una toalla mojada. Cuando finalmente salieron de la ducha, ya las picaduras habían dejado de dolerles, y así fue como terminaron en la cama lo que habían empezado en el patio.

Y ahora, Joe sentía una profunda añoranza de aquellos alegres días. Últimamente, con todo el trabajo que le daba su restaurante y con la creciente chochez de su padre, Joe sentía a veces como si mirase a Laurel por la boca de un telescopio, viéndola muy lejos aunque la tenía tan cerca que podía tocarla. Y además, también había que tener en cuenta a Annie...

Paseando con ella el día anterior, Joe se había sentido como un niño haciendo novillos, robando un poco de libertad a sus deberes y obligaciones. Annie le hacía revivir. Y luego se había sentido maravillosamente bien... durante un par de horas.

Joe arropó cuidadosamente a Adam con las mantas y la colcha y salió de la habitación sin hacer ruido. El dormitorio matrimonial era contiguo. Joe vio que estaba a oscuras. Al principio pensó que encontraría a Laurel dormida, pero la cama estaba vacía.

Volvió a bajar la escalera y se dirigió al estudio de Laurel. Había una línea de luz bajo la puerta cerrada. Probablemente estaba tan absorbida en sus dibujos que había perdido la noción de la hora. Ésa debía ser la razón de que la cocina estuviera tan sucia, y de que no se hubiera acordado de encender la luz del porche. Joe se sintió más tranquilo.

Llamó suavemente a la puerta.
—Laurel.
No recibió respuesta.
Abrió la puerta y la vio sentada en su alto taburete, ante la mesa de dibujo, con la cabeza inclinada sobre la superficie en declive y el pelo esparcido en abanico a ambos lados de su cara; junto al codo tenía un caos de lápices, gomas, tizas y carboncillos. Bajo el cono blanco de luz que arrojaba la lámpara, cogida al borde de la mesa, su mano dibujaba frenéticamente.
—Laurel —repitió Joe, entrando en el estudio.
La cabeza de Laurel se levantó y sus hombros se cuadraron. Se volvió y su codo chocó con la tulipa de la lámpara, agitando todas las sombras del cuarto. Su rostro, medio oculto en aquellas sombras móviles, pareció de pronto extrañamente desencajado: ojos enormes brillando en un mar de ángulos y planos sobrepuestos. Llevaba una bata de seda, color azul oscuro, el mismo azul de sus ojos. Los pliegues se ahuecaban en torno a ella, y a Joe le sorprendió lo mucho que parecía haber adelgazado en un solo día: sus brazos salían de las mangas como cañas pálidas, parecía enferma, terriblemente enferma.
A Joe le dio un vuelco el corazón. ¡Dios mío!, ¿pero qué pasaba allí?
—Perdona si te he asustado —dijo. «No pierdas el dominio de los nervios, eso sobre todo —se advirtió—. Ella misma te lo dirá cuando llegue el momento»—. ¿Tienes una fecha límite? —preguntó señalando el montón de papeles arrugados que cubría la alfombra a sus pies—. ¿Es urgente?
Laurel asintió.
—Lo necesitan para el lunes —su voz era inexpresiva—; estoy intentando hacer algo distinto, pasteles y carboncillo —se miró las manos, que se curvaban sobre su regazo, tenía los dedos negros de carboncillo—, pero no lo consigo. Es el unicornio. No es...
Tragó saliva, apartando la mirada.
Joe se acercó y miró el dibujo por encima del hombro de Laurel.
Casi terminado, el unicornio alado parecía saltar de la

hoja; las líneas eran fluidas y el movimiento lleno de flexibilidad. Extraordinario. Laurel tenía muchísimo talento. El único talento del que parecía carecer era el de tener fe en sí misma.

–...lo que yo quería –terminó Laurel.

–¿Qué quieres decir?

Ella se encogió de hombros y se llevó la mano a la mejilla, tiznándosela de negro.

Joe sintió una punzada de frustración. ¿Por qué tenía siempre que arrancar las cosas a Laurel como con tenazas? Laurel era maravillosamente expresiva en su arte, pero en la conversación resultaba a veces tan hermética como un ladrillo.

–Es bueno –dijo Joe, volviendo a mirar el dibujo. El unicornio, en pastel lila sutilmente matizado con carboncillo, parecía casi tridimensional, como si estuviera moviéndose sobre el papel–. Bueno de verdad. Probablemente lo mejor que has hecho hasta ahora –añadió Joe con sinceridad.

Laurel frunció el ceño y fijó la vista en el suelo:

–No –respondió con aquella terrible voz inexpresiva–, no es más que un caballo, un caballo con alas y un cuerno.

–¿Y cuál es la diferencia?

Laurel le miró, sorprendida de que Joe no viese una cosa tan clara:

–Tiene que ser... mágico. Los niños que lean este cuento tendrán que *creer* en él.

–Laurey –le recordó Joe con suavidad–, *no* es más que un cuento.

Vio lágrimas en sus ojos, duras y relucientes como pedacitos de hiclo:

–¿Pero es que no lo comprendes? Si crees en él, *es* verdadero. Como Santa Claus, por ejemplo. Cuando dibujo algo, por fantástico que sea, creo en ello, y así es como me sale bien.

–¿Y no crees en los unicornios? ¿O es sólo en este unicornio en lo que no crees? –dijo Joe sonriendo, con esperanza de animarla un poco.

Laurel se le quedó mirando, y por su delicado rostro pasó una terrible expresión de tristeza. Joe se sintió patinando sin control hacia el futuro solitario que tanto temía.

–No consigo creer en él. –Su cuerpo se estremeció, y ella se ciñó con ambos brazos, apoyando los pies desnudos en los travesaños del taburete y apretando las rodillas una contra otra. Y añadió muy quedamente, casi como el silbar del viento contra la ventana, o el roce de las hojas arrastradas–: Joe, quiero que nos... separemos una temporada. Por favor, no discutas. Por favor. Me parece que no podría aguantar una discusión ahora. Sería distinto si no te quisiese. Sería más fuerte, naturalmente. Pero... ¡Oh, Dios, qué duro es esto...!

Respiró hondo, como un jadeo.

Joe la miró sin dar crédito a sus oídos y, sin embargo, sintiéndose curiosamente aliviado: Sabía que tenía que suceder y había estado esperándolo.

–¿Qué ocurre Laurel? Dímelo, por favor...

Dio un paso hacia ella, que levantó la mano, para pararle.

–Mira –le dijo, al parecer recuperando en parte el dominio de sí misma–, de nada serviría empezar a acusarnos mutuamente. Cuando Annie me habló de ti... de tu padre, me sentí tan..., pero luego lo pensé y me di cuenta de que no era nada nuevo, me refiero a la sensación de estar al margen de tu vida. Lo que sí es nuevo es que ya no tengo fe en nosotros. Todo lo que yo quería y esperaba... no va a ocurrir. El que yo crea en ello no es suficiente.

Joe llevaba tanto tiempo esperando aquel momento, que era como si hubiera ocurrido ya. No obstante, le invadió una sombría ola de tristeza en la que estuvo a punto de ahogarse. Deseó, con todas las fibras de su ser, poder transmitir a Laurel lo desesperadamente que la quería y la necesitaba.

–Siento no haberte hablado de mi padre. Iba a... –Se interrumpió, encogiéndose de hombros–. Pero la cuestión, la verdadera cuestión, no es ésta, ¿verdad?

–No.

La expresión de su rostro le dijo claramente a Joe lo que estaba pensando Laurel, y, sin poder contenerse, preguntó:

–¿Es por Annie?

Laurel le miró a los ojos:

—Sí.

¡Dios mío, lo había entendido todo al revés! Tenía que explicárselo.

No podía negar lo que sentía por Annie. Pero, *¿cuál* era la verdad? No había líneas divisorias de sus sentimientos, lo único que había era la desolada certidumbre de querer a dos mujeres, dos hermanas tan distintas entre sí como la noche del día, y que las dos mitades de este corazón dividido no podrían llegar nunca a componer uno entero.

—Laurel, yo...

—Joe, por favor, *vete.* —Lo miró con un fulgor de cólera—. Una cosa..., ¿sabe tu padre lo que piensas hacer?

—Aunque se lo dijera no lo entendería. Es incapaz ya. ¿Recuerdas cuando fuimos a visitarlo la semana pasada y nos dijo que Hitler acababa de invadir Polonia? Bueno, pues ayer ni siquiera me reconoció. Pero imagino que nada de esto es nuevo —sonrió levemente—, y eso es lo que dificulta tanto la cosa, porque toda mi vida he querido de él algo más que lo que él estaba dispuesto, o era capaz, de darme. Y ahora es demasiado tarde.

—Él te quiere, Joe. Es posible que no lo exprese siempre, pero sé que es verdad.

Joe se sintió agradecido a Laurel por decirlo.

—Es posible. Lo único que sé es que no me gusta nada lo que tengo que hacer. Quizá no fue el mejor padre del mundo, pero era íntegro y tenía estilo. ¿Has visto alguna vez talar uno de esos abetos gigantescos, que tienen quinientos años de edad? Pues lo mismo me siento yo ahora cuando veo a mi padre desintegrarse.

El propio Joc sentía que estaba perdiendo el norte y a punto de desintegrarse también.

No quería irse. Si insistía en resolver la cuestión allí mismo, estaba seguro de que Laurel acabaría cediendo. Las aristas se suavizarían, al menos por unos días. Pero luego todo volvería a ser igual. Quizás, en cierto modo, una separación fuese lo mejor. Además, tenía el deber de respetar el deseo de Laurel. Y, de paso, probablemente le beneficiase también a él.

Pero, ¡diablos!, si era eso lo que había que hacer, ¿por qué le *dolía* tanto?

–Bien, haré la maleta –dijo, y sus propias palabras le rebotaron sordamente contra los oídos.

–¿A dónde irás? ¿Al apartamento? –Laurel le miró como desolada, y luego añadió rápidamente–: Adam querrá saber dónde estás.

–Sí, por supuesto.

¿El apartamento? Tuvo que pensarlo un momento para aclarar la confusión de su cerebro. Y, de pronto, lo recordó. El viejo apartamento de la Calle 21. Lo había conservado porque el alquiler era muy barato y podía refugiarse en él cuando, después de una dura noche de trabajo, no se sentía con ánimo de volver en coche a casa. Pero, ¿volver a vivir allí? ¿Que Adam fuese a visitarle allí como se visita a un tío simpático y no a un padre que tiene costumbre de arroparle por la noche?

Joe sintió una presión en el puente de la nariz y detrás de los ojos. No, mejor no pensar en Adam ahora. Más tarde, cuando el corazón se le calmase, en lugar de correr como un caballo desbocado, entonces pensaría en Adam.

–Le llamaré por la mañana –dijo a Laurel.

–¿Y que le dirás?

Joe vaciló. Se le ocurrió que allí estaba en juego mucho más que la sensación de seguridad de Adam. Se trataba de su futuro y del de Laurel.

Y es que tenían mucho en común. No sólo Adam, sino años de vida compartida. Parte de ese tiempo había sido maravilloso, y parte divertido... Por ejemplo, cuando dieron aquella fiesta para celebrar un libro ilustrado por Laurel, *El niño que odiaba los baños*, a pesar de que tenían el sótano anegado porque las tuberías se habían atascado. En parte, también, triste, como cada vez que Laurel sufría un aborto. Los dos sabían chistes privados. Recuerdos. Álbumes de instántaneas que aburrirían a todo el mundo, menos a ellos.

No, Joe no quería perder nada de aquello. Absolutamente nada.

En su mente cristalizó una imagen: Laurel, con un bonito vestido floreado, disponiéndose a asistir a un recital de piano en el Carnegie Hall. Estaba sentada ante su tocador, con la cabeza ladeada, poniéndose un pendiente de perla. Joe veía su reflejo en el espejo, y ella le sonreía y enarcaba las cejas ligeramente. Y, sin mediar palabra, Joe comprendía que estaba pidiéndole que la ayudase a sujetarse el pendiente.

¿Por qué pensaba ahora en eso? Bien poca cosa era. Pero quizá fuese ésa la verdadera esencia del matrimonio, no la pasión desbocada, sino el idioma sencillo y tácito que comparten los esposos. No los grandes y dramáticos episodios, sino los pequeños momentos que, reunidos, componían las moléculas de todo un universo.

Joe hizo entonces lo que había querido hacer en el momento mismo de entrar en el estudio. Cruzó la habitación de dos zancadas y estrechó a Laurel en un fuerte abrazo. Su perfume, como de flores silvestres aplastadas de un pisotón, era de un embriagante dulzor.

—Dile a Adam que volveré —murmuró, soltándola.

CAPÍTULO XXX

Henri, sentado en el sombrío despacho jurídico de Gallais et Fourcheville, situado en la rue Saint Lazaire, se sentía encerrado en un ático asfixiante y lleno de mohosas antigüedades. Se fijó en el zócalo de madera, viejo y carcomido, y vio que, en torno a la ventana de *cosse d'orange* en forma de abanico que daba a la avenida Caumartin, el empapelado estaba medio despegado. A la anémica luz matinal que entraba a través de los vetustos cortinajes de terciopelo, los grandes muebles Imperio con apliques de bronce tenían un aire fúnebre. Y, *mon Dieu*!, ¿cuánto tiempo hacía que el viejo Gallais no abría una ventana? La estancia apestaba a polvo y a humo rancio de pipa. Y el venerable abogado, sentado al otro lado de una gran mesa estilo Luis XV, rellenando torpemente la pipa, parecía casi más antiguo que los propios muebles. Pero en aquel momento era muy apropiado. El viejo Girod había sobrevivido a todos sus amigos, de modo que parecía lógico que su testamento fuese leído por otra momia como él.

Henri y Francine se miraron un momento. Francine estaba sentada, militarmente rígida, en un sillón de madera dorada, medio frente a él, con el pelo negro recogido en un moño que realzaba los ángulos rectos de sus facciones. Llevaba un elegante vestido de crespón blanco rematado de gorgorán azul. Tenía las piernas, enfundadas en medias de seda, negligentemente cruzadas, y el zapato de charol y tacón alto describía pequeños círculos en el aire pesado. Su expresión era complaciente y llena de suficiencia. ¡Cómo la conocía Henri! Era la misma expresión con la que había despedido al último amante de Jean-Paul de su puesto de maestro, haciéndole volver a Argelia. Francine, naturalmente, nunca reconocería que su hijo era homosexual, pero hacía todo cuanto estaba en su mano por sabotear sus amoríos.

¿Sabría acaso Francine algo sobre el testamento de papá Girod que él ignoraba? Henri sintió una comezón de inquietud, como una pluma rozándole el estómago.

«No es más que una pose –se dijo–. En cuanto Girod me pertenezca oficial y legalmente, ya no tendrá más poder sobre mí, y bien que lo sabe ella. Entonces, por fin, el divorcio. Ya no tendrá que fingir falsa devoción delante de su padre. Y yo me veré libre...»

Libre de volverse a casar si lo deseaba. Pero, ¿con quién? ¿Con Dolly? No; era una tontería abrigar tales esperanzas.

A pesar de todo, con sólo pensar en ella se reanimaba. Dentro de dos días estaría en Nueva York para asistir a la feria del chocolate. Se verían, y él podría comprobar si todavía quedaban esperanzas.

Mirando a sus hijos sentados a su lado en un sofá de madera tallada bajo una foto enmarcada de Wilson y Clemenceau, Henri se preguntó cómo reaccionarían su hijo y su hija cuando conociesen a Dolly. Jean-Paul, con su incipiente calvicie, enfrascado siempre en sus libros, probablemente ni siquiera se daría cuenta de su existencia, a menos que Dolly se le sentase literalmente encima. Y su querida, rolliza y aturdida Gabrielle, que llevaba aquel horrible vestido marrón oscuro del mismo tono de los muebles, siempre estaba tan ocupada con sus hijos que probablemente ni siquiera tenía tiempo de reparar en sí misma. Henri se imaginó a Dolly llevando a Gaby de compras a Cacharel o a Kenzo, comprándole un montón de vestidos de colores vivos, floreados, y pañolones con los colores del arco iris, y zapatos elegantes pero nada prácticos...

Henri se paró en seco. No. Todavía había demasiadas cosas sin concretar. Pero le era imposible despejarse de sangre la cabeza.

Henri se movió en la silla, haciendo un ligero ruido crujiente que resonó en la estancia como un estallido de fuegos artificiales en aquel denso silencio. «Venga, adelante», impulsó Henri mentalmente al abogado.

Había caminado una eternidad para llegar, finalmente, al punto en que podría decir que Girod era suyo. Sin embargo, echaba de menos al viejo. Henri lo imaginó entronizado en la silla de respaldo recto que permanecía vacía junto a la mesa de Gallais, con las manos como garras de ave, cerradas sobre el bastón, la cabeza ladeada y los ojos relucientes de alegría. «Cómo habría sonreído al verme aquí, nervioso como un niño de cuatro años con ganas de ir al retrete.»

Pero, ¿por qué tenía que estar nervioso? Girod había cumplido su promesa, y firmado los documentos delante de él. Incluso tenía una copia en su casa. Aunque Augustine podía haber cambiado su testamento más de una vez en aquellos últimos seis años, la parte que se refería a él seguiría intacta, naturalmente. Augustine, a pesar de su terquedad, era hombre de honor.

«Así pues, ¿por qué estás tan nervioso?»

Henri advirtió que Francine le miraba con ojos tan duros y cortantes como los diamantes que le colgaban de las orejas, sin duda regalo de su amante. Era extraña su manera de conservar tan secreta esa parte de su vida. ¡*Mon Dieu*, cualquiera diría que estaba liada con un agente de la KGB! Hacía seis años que Henri se había ido del apartamento de Marais, y el único cambio dispuesto por Francine consistió en reconvertir su antiguo despacho en una pequeña capilla. Sin embargo, tanto rezo extra no parecía haber hecho nada por atenuar el resentimiento que seguía sintiendo hacia él. Todo era y había sido siempre culpa suya, desde los dolores de cabeza e hígado que la atormentaban hasta la naturaleza «torcida» de Jean-Paul, e incluso la triste muerte de su perro de aguas, que poco después de la partida de Henri se había metido bajo las ruedas de un taxi en marcha.

Francine era capaz de obligar a todo el mundo –amigos, amantes, hijos, incluso a su terco y viejo padre– a satisfacer sus deseos. Él, su marido, era la única excepción, *lo cual*, pensaba Henri, tenía que ser la causa profunda de su resentimiento, odio incluso.

Francine probablemente preferiría que él también la odiase, porque el odio era algo que ella entendía y con lo que podía llegar a un acuerdo. Lo que más la frustraba era que Henri le tuviese pena. Pero, ¿cómo no tenérsela? A pesar de lo dura y amarga que se había vuelto, Henri seguía recordando a la joven con quien otrora solía pasear por la playa de La Trinité-sur-Mer, tan joven, por cierto, que aún no había cumplido los diecinueve años, y que se había metido en el agua helada hasta la cintura para recobrar unas gafas que se le habían caído de la nariz a una vieja que iba en una lancha.

Aquella chica le recordaba a la mujer impulsiva y generosa que tanto añoraba ahora. A Dolly. *Dieu*, cuánto la echaba de menos...

Henri fijó sus ojos en Gallais, que había encendido la pipa y acababa de exhalar una nube de apestoso humo en el aire ya muy cargado. Y ahora, con la pipa bien cogida entre los dientes y las gafas de media luna bien ajustadas sobre la nariz, Gallais empezó a hojear los papeles que tenía sobre la carpeta.

–Bien, ¿dónde estábamos?... Ah, sí..., aquí.

Terminó de leer en voz alta los legados menores, a sobrinos, a un primo favorito, a una hermana vieja, y a su criado y chófer, Mohammed al-Taib, que le había servido fielmente durante más de veinte años.

–*Pardon*, monsieur Gallais –interrumpió Francine–, pero lo que mi padre ha dejado a su criado no nos interesa en absoluto. –Movió imperiosamente un dedo. Lástima, pensó Henri. A los cincuenta años, Francine todavía tenía la cara muy tersa, pero sus manos eran de una vieja de ochenta–. Tenga la bondad de pasar a lo que nos concierne.

Al grano, oyó Henri mentalmente a Dolly, y, fingiendo rascarse la barbilla, se pasó la mano por la boca para ocultar una sonrisa.

Gallais se interrumpió, perplejo.

–Oh, sí..., claro..., era sólo que..., humm..., por supuesto, madame Baptiste, si es ése su deseo...

Gallais rellenó un poco más la pipa, la volvió a encender, esparciendo hebras de tabaco sobre el documento que tenía delante, hasta que a Henri le dieron ganas de quitárselo de las manos cubiertas de manchas hepáticas. Finalmente, Gallais carraspeó y volvió a leer en voz alta, con un tono tan solemne que Henri pensó que era un actor provinciano leyendo un pasaje de Racine.

–Ah, sí... aquí estamos... «A mi nieto Jean-Paul dejo mi biblioteca de libros raros, excepto mi primera edición del *Cromwell* de Víctor Hugo, que... dejo a mi estimado amigo el profesor Cottard, de la *Biblioteca Nacional*...

¿Libros? Bueno, muy bien. Henri observó que los estrechos hombros de Jean-Paul se erguían y sus ojos de pesados párpados se animaban. Recordó que, de niño, su hijo estaba siempre entre aquellos libros de bella encuadernación, y no quería abandonar la biblioteca ni para comer. Y ahora, igual: Jean-Paul seguía prefiriendo los libros a la gente y, desde luego, a los gastronómicos placeres de Girod. El chocolate le daba urticaria.

Observó a su hijo, un hombre con aire deportivo, hombros encogidos, grandes manos húmedas, cabello oscuro, calva incipiente y frente pálida y lustrosa como de porcelana. Jean-Paul no se parecía en nada ni a él ni a Francine. Cuando Gaby le presentaba como hermano suyo, la gente sonreía, incrédula. Sólo la nariz de Jean-Paul, estrecha y recta, sus ventanillas, marcadas de un rojo asmático, recordaban a Francine. Todo lo demás parecía una colección de orejas de primos lejanos, la boca de una tía y la barbilla de una bisabuela.

Sin embargo, Henri quería a su hijo, profesor y entomólogo que vivía obsesionado por las arañas y prefería hombres a mujeres. ¿Era ésa la razón de que le quisiese?, ¿lo extraño que era? Henri recordó a Dolly, que en una ocasión, mirando una trufa, dijo: «Yo las prefiero mazacotas, porque me recuerdan a la gente, me recuerdan cómo debiéramos llevarnos los unos con los otros, cuidar unos de otros, por antipáticos o raros que seamos.» Lástima que Jean-Paul no supiera enfrentarse con su madre, en lugar de estar siempre con sus amantes como un estudiante que hace novillos.

«¿Pero qué derecho tengo yo de predicarle?, ¿qué clase de ejemplo le he dado?» Debería haberse divorciado de Francine hacía años, fueran cuales fuesen las consecuencias. Y entonces Dolly y él estarían ya casados.

—Papá, ¿te encuentras bien? Estás pálido. ¿Quieres que vaya por un poco de coñac? —le susurró Gabrielle, inclinándose hacia él—. Sé dónde lo guarda, detrás de los libros marrones —añadió con una sonrisa de complicidad.

Henri cogió la mano de su hija y la apretó. Gabrielle, la niña de sus ojos. Cetrina y suave como su madre, pero sin la frialdad de Francine. Todavía algo regordeta, desde el nacimiento de su cuarto hijo, una niña, Gaby le hacía pensar en melocotones y luz del sol, en el huerto de la casa de campo de Deauville, donde hacía siglos solía él perseguir a una niñita gorda y risueña entre los árboles moteados por el sol.

—Estaba pensando en melocotones —susurró Henri al oído de su hija.

Gaby le miró con perplejidad y se alisó la chaqueta. Henri se imaginó a sí mismo viejo y solo en su pequeño apartamento de la rue Murille, cuidado solamente por su hija, Gaby, que iba a verle de vez en cuando para cerciorarse de que comía lo debido, salía a pasear y tomaba sus medicinas. Se estremeció, pensando en lo distinto que sería todo si estuviera con Dolly.

Henri fijó su mirada en los labios agrietados de Gallais, ordenándoles mentalmente que pronunciasen de una vez las palabras que él necesitaba oír.

—«...en lo referente a Girod —proseguía el viejo—, dejo a cada uno de mis nietos, Jean-Paul Baptiste y Gabrielle

Baptiste Rameau, el diez por ciento de mis acciones. Y, en fideicomiso, en beneficio de mi fiel yerno Henri Baptiste, el treinta y cinco por ciento»...

A Henri le dio un vuelco el corazón, y el júbilo se extendió por su interior como un fuego de gasolina. Sintió deseos de brincar de la silla, coger en brazos a Gaby y bailar con ella por el despacho. ¡El viejo había cumplido su promesa! Treinta y cinco por ciento, además del veinte que ya poseía, le convertía en accionista mayoritario. Ahora podría comprar maquinaria nueva, contratar más personal, mejorar los envases y, reorganizar el negocio, sin que nadie pudiese impedírselo. Y, lo más importante, podría divorciarse de Francine sin temor a nada.

Pero Gallais seguía leyendo:

«...este capital será administrado por los depositarios en beneficio de Henri y de mi hija, Francine Girod Baptiste. En el caso de que Francine o Henri muriesen, la totalidad pasará al cónyuge superviviente, y el fideicomiso quedará disuelto. Pero, en caso de que Francine y Henri se divorcien, la totalidad pasará a Francine.»

Henri sintió que un ladrillo le caía en la cabeza. ¿Había oído bien? Se forzó a mirar a Francine, y vio su expresión de complacencia, prueba de que había oído bien. Padre e hija lo habían planeado meticulosamente, forjando la cadena eslabón a eslabón, para tenerle bien amarrado a Francine para el resto de su vida. Todo fuese por la Iglesia, y por las apariencias. Era estúpido, una locura. *Merde!*

¿Cómo era posible *dejarse* tomar el pelo de esa manera? Debiera haber obligado al viejo bribón a entregarle las acciones en vida. Girod le apreciaba y confiaba en él más que en ninguna otra persona, Augustine no era actor. No podía haber estado fingiendo, pero al parecer los vínculos de sangre con su hija eran más importantes. ¡*Sacré Dieu*, debió imaginarlo!

Henri, con la cabeza hirviendo de ira, hizo grandes esfuerzos para no ponerse en pie de un salto y gritar que no estaba dispuesto a aceptar aquello. ¡Era monstruoso! Quería estrangular a Francine, sentir su cuello escuálido romperse entre sus manos.

«¡Apelaré! –se dijo–. Buscaré un abogado, un tigre, no

un viejo chapucero y chocho. Acudiré a los tribunales. Mostraré el testamento original para demostrar que Girod, en estado senil, fue manipulado por la víbora de su hija.»

Luego, sintiendo la mano de Gaby sobre su brazo, su ira comenzó a calmarse, como un viento violento que acaba agotándose por sí solo. No, no podía ni quería someter a sus hijos y a sus nietos a tan desagradable espectáculo. Un divorcio sin problemas era otra cosa, porque pasaría inadvertido, pero una batalla judicial, un espectáculo público, riñendo los dos como campesinos embrutecidos en plena plaza... La idea le resultó repulsiva. Además, si se lanzaba, a pesar de todo, a la batalla, siempre cabía la posibilidad de perder.

–Bien, eso es todo –terminó Gallais, mirando por encima de sus gafas de media luna, como una caricatura de Daumier–. Si tienen ustedes algo que preguntar, tengan la bondad...

Henri se puso en pie y se acercó a la gran planta de caucho que había junto a la ventana. Tocó una de sus grandes hojas, y preguntó:

–Abogado, ¿qué clase de abono usa usted para conservarla tan verde? Hay quien dice que no hay como la boñiga de caballo, otros prefieren el guano, o los excrementos de pájaro, que es más corriente. –Echó una ojeada a Francine y vio sus ojos entrecerrarse, su sonrisa nerviosa vacilar–. ¿Qué es lo que prefiere usted, monsieur Gallais?

El viejo abogado enrojeció y masculló:

–Nunca lo he pensado, la verdad... La horticultura no es uno de mis... –Carraspeó, con un ruido de flema–. Francamente, pienso que la persona más adecuada para contestar a esa pregunta habría sido su difunto suegro...

–Sí, por supuesto –replicó Henri, asintiendo–, estoy convencido de que Augustine se ocupará de tener el cielo verde.

Francine se sonrojó y sus orejas adquirieron un tono rosa. Miró a Henri con ojos asesinos. El sarcasmo, evidentemente, había dado en el blanco, pero a Henri apenas le satisfizo. Seguía sintiéndose como entumecido. El corazón le latía apresuradamente, necesitaba ir a algún sitio donde pudiera echarse y reposar en silencio.

—Monsieur, le ruego que me excuse —dijo Henri—, pero tengo una cita urgente. —Se volvió hacia su hijo—. Jean-Paul, ¿me harías el favor de dejarme en un lugar camino de la Sorbona?

Jean-Paul le miró desconcertado, luego apartó los ojos de él:

—Papá, es que no..., que voy en dirección contraria —vaciló.

«Está claro, tienes otro tipo de cita», pensó Henri con tristeza, pero se limitó a asentir.

—No te preocupes, cogeré un taxi.

Gaby se levantó, angustiada y más desaliñada que antes, con el pelo despegándose de las horquillas que lo sujetaban y una mancha en la hombrera de su vestido que Henri no había notado: escupitiña de niño, sin duda. Henri se fijó en que Francine miraba a Gaby con evidente desaprobación.

—Yo te llevo, papá —sugirió—. Me pilla de camino.... Le prometí a Marie que le compraría unas zapatillas de ballet... ¿Te dije que el ballet del colegio de Marie va a representar partes de *Giselle*?

En la calle, mientras se metía en su diminuto Citroën, Gaby le preguntó:

—¿Tienes para mucho en tu cita? Pensé que quizá, si tienes tiempo..., podríamos tomar un café. Mi compra es cosa de media hora, y tengo mi *au pair* cuidando del bebé hasta las dos.

Henri vio que sus ojos relucían de lágrimas, aunque Gaby bajó los ojos rápidamente con pretexto de buscar el bolso donde guardaba las llaves.

—No tienes necesidad de consolarme —le dijo.

—¡Papá! —Gabrielle, gimiendo, se cubrió el rostro con las manos—. ¡Es terrible! Sé lo mucho que querías... no es *justo*. *Maman* no tiene la menor idea de cómo hay que llevar Girod, lo único que quiere es usarla contra ti. —Echó los brazos al cuello de Henri, y se puso a gemir en su hombro—. ¿Qué vas a hacer?

—Lo primero, llegar a tiempo a mi cita. Y luego —le acarició la desaliñada cabellera que abultaba sobre el cuello rosado— te llevaré a comer a Fouquet.

–Quédate mis acciones –dijo ella, con firmeza–. No las quiero.

Henri la abrazó fuertemente por un momento. Bello gesto, pero no suficiente para hacerle accionista mayoritario. Besó a su hija en el cuello:

–*Merci, ma petite*, pero acabas de darme algo más valioso que todas las acciones del mundo.

–Papá...

–*Alors*! Date prisa, si no llegaremos tarde los dos.

–¿A dónde?

–A la tienda. Alguien me espera.

No tenía cita; lo único que necesitaba era irse, quedarse solo, pensar.

Enjugándose la nariz con la manga, Gaby encendió el coche y arrancó, pasando por encima de una ramilla caída de uno de los árboles que flanqueaban la avenida.

Gaby conducía con precaución, pero Henri tuvo la impresión de que iba aumentando la velocidad, de que estaba a punto de caer por algún precipicio. ¿Sería capaz de salir a pie ahora, a su edad, y recomenzar a partir de cero?

«Al menos no vivo con Francine. Ni tendré necesidad de verla siquiera.»

La cuestión era que sin divorcio nunca sería un hombre verdaderamente libre. Y no tendría la menor esperanza de recuperar a Dolly. Henri sintió una astilla de hielo hincársele en el corazón. Mientras Gabrielle conducía con sorprendente habilidad entre el caótico tráfico de la Place de la Concorde, en medio de un enjambre de coches cada uno por su lado, Henri se imaginó el cuerpo suave y aromático de Dolly apretado contra él, su boca... ¡oh, *mon Dieu*!

Quizás era ya demasiado tarde. Pero sus sueños, sus esperanzas... a eso no podía renunciar. ¿Como enfrentarse con el espejo todas las mañanas sabiendo que había *elegido* verse encadenado a Francine para siempre?

«Dos días –pensó–, dentro de dos días veré a Dolly, y entonces lo sabré.»

Henri, con un hondo suspiro, trató de estirar las piernas entre el desorden de juguetes y biberones que había a sus pies, retrepándose contra el respaldo del asiento. Y así, entre sacudidas y movimientos bruscos, Henri cerró los ojos y se aferró mentalmente a la última imagen que tenía de Dolly: subiendo al avión con su vestido de lunares y su gran sombrero de paja, ocultando sus lágrimas, casi pero no del todo, con ayuda de unas enormes gafas de sol con montura tachonada de diamantes de imitación.

Dolly llamó al timbre y esperó. Nadie contestó, pero ella sabía que Laurel estaba en casa. No sabía cómo, pero lo cierto era que... lo sabía. ¿Serían quizá las petunias y los claveles de China que bordeaban el camino y parecían tan frescos como si acabasen de ser regados?, ¿o acaso los cortinajes de la ventana de la fachada, que estaban entreabiertos lo bastante para permitir a Laurel atisbar quién llamaba?

Dolly volvió a llamar, pero esta vez no esperó a que abrieran. Dio la vuelta a la casa, con sus tacones altos hincándose en la hierba húmeda de rocío y el dobladillo de la larga falda de su vestido escocés cogiéndose a las ramitas de un rosal, y, en la parte trasera, trató de abrir la puerta de cristal. No estaba cerrada. Dolly se dirigió a la corredera que conducía al cuarto de estar.

–Laurel –llamó–, querida, soy yo... Dolly.

Silencio. ¿Estaría Laurel acostada todavía? No era probable. Eran las nueve menos cuarto, pero Dolly sabía que su sobrina madrugaba los días laborables para llevar a Adam al colegio. Lo más probable era que *no quisiese* que nadie supiese que estaba en casa. Después de todo, ni al teléfono respondía.

No era Laurel quien le había hablado de Joe. Dolly había oído la triste noticia de boca del mismo Joe. Después de dos días de telefonear a su casa sin conseguir respuesta, Dolly había acabado yendo a ver a Joe al restaurante, donde él, con voz tensa, le contó lo ocurrido. Joe esperaba que la separación sería temporal. No le dio ninguna explicación, pero, a ojos de Dolly, parecía muy dolido.

Dolly llegó a la conclusión de que no tenía otro remedio que ver a Laurel. Invitada o sin invitar, tenía que consolar a su sobrina.

–Querida..., ¿estás ahí?

A la luz débil que se filtraba por las cortinas ligeramente entreabiertas, Dolly vio los juguetes esparcidos sobre la alfombra del cuarto de estar, y esto le dio cierta extraña sensación de seguridad. Mientras Adam estuviese con Laurel, ésta podría sobrevivir a su desgracia.

–Hola, tía Dolly.

La voz de Laurel, que parecía llegar de ningún sitio, sobresaltó a Dolly, que casi dejó caer su bolso de charol negro.

Se volvió y vio a Laurel en el vano de la puerta de la cocina. Llevaba una bata arrugada de felpilla y daba la impresión de haber dormido con ella puesta. Su larga cabellera recogida en una trenza mal hecha. Al parecer, Laurel acababa de levantar la cabeza de la almohada, e incluso Dolly vio su rostro enrojecido e hinchado. Dolly sintió una oleada de pena en el pecho.

«¡Como si yo no supiera lo que es sentir dolor por un hombre ausente! ¿Acaso no he despertado muchas mañanas con la cabeza sobre una almohada empapada en lágrimas y un dolor de cabeza pesado como el plomo?»

–Llamé a la puerta, pero no me oíste –dijo Dolly.

–Estaba en... en el baño –le dijo Laurel con un débil ademán señalando a la parte trasera de la casa.

–Bueno, pues en este momento pareces necesitar un litro de café –le dijo Dolly, acercándose a ella–. ¿Por qué no te sientas un poco mientras yo voy y lo hago?

En la cocina, Dolly descorrió bruscamente las cortinas, dejando entrar un torrente de luz solar. Laurel cerró los ojos un momento y se dejó caer, como encogiéndose, sobre una de las sillas que había en torno de la mesa del desayuno. Dolly encontró café en el aparador que había junto a la cocinilla y, mientras hervía, fue reuniendo huevos, mantequilla y pan. Husmeó la leche: olía algo agria, pero serviría.

–¿Cuánto hace que no comes como es debido?

–No tienes que tomarte tantas molestias –le dijo Laurel con voz nasal, como si tuviera un fuerte resfriado–. La verdad es que no tengo hambre.

–Pero no es eso lo que te he preguntado. –Dolly, con los

brazos en jarras, miró severamente a su sobrina–. Esta mañana no has dormido nada. Estás de pena, para tirarte a la basura.

Laurel suspiró:

–Es que últimamente no me he sentido muy bien.

–Eso *no* hace falta que lo digas. –Dolly se dejó caer sobre la silla que estaba enfrente de la de su sobrina y preguntó–: ¿Te apetece hablar, querida?

Laurel meneó la cabeza. Sus ojos relucían, sus labios estaban muy apretados, como si temiera que escapara por ellos un río de lágrimas. A la luz del sol, que entraba en la estancia espesa como miel, Dolly se fijó en la cabellera despeinada. La trenza que se hacía para acostarse parecía una soga deshilachada.

–Joe me dijo que se había ido de casa –dijo Dolly suavemente, y cogió la mano de Laurel entre las suyas.

Laurel palideció aún más de lo que estaba:

–¿Qué fue lo que... lo que te dijo?

–Poca cosa. Lo único que sé es que parecía muy triste por todo este asunto. No daba la impresión de un hombre que ha dejado a su mujer y a su hijo por cualquier tontería.

–Fui yo quien le dijo que se fuera. –Su voz pareció desgarrarse, y Laurel respiró hondo, esforzándose por dominarse.

–Sé que tendrás tus razones, y no pienso preguntarte por ellas –dijo Dolly, frotando los dedos de Laurel entre los suyos–, pero es importante que estés segura de lo que quieres, porque una cosa así... en fin, una cosa así podría separaros más todavía. Los problemas conyugales son para resolverlos, y cuando los dos están separados no resulta nada fácil.

–No sé..., la verdad..., cómo vamos a resolver esto.

–Piensa. Quiero que pienses ahora mismo... ¿Crees que tú y Joe vais a estar mejor cada uno por su lado?

Laurel retiró la mano, bajó los ojos y se llevó las manos a las sienes. Dolly esperaba, tensa, forzándose a seguir en silencio, aunque quería gritar: «¡No tienes la menor idea de lo difícil que puede llegar a ser esto! ¡Dormir en una cama solitaria noche tras noche! ¡No sabes lo angustioso que es eso!» ¿Había algo peor que lo que ella había sufrido durante aquellos años, sin Henri?

–Es Annie –dijo Laurel, pero tan bajo que Dolly apenas la entendió–. Joe quiere a Annie. Siempre la ha querido.

Dolly se estremeció, pero no se escandalizó, al menos no mucho. ¿Lo sabía ella en el fondo?

–¿Fue él quien te lo dijo?

–No. Pero lo sé. Créeme, no son imaginaciones mías.

–No, me lo figuro.

–Bueno, vamos a ver, supongamos que es verdad. Dime, ¿qué piensas hacer?

Laurel levantó una mano, parpadeando, sorprendida:

–¿Qué quieres decir? Ya he hecho algo. Le dije que se fuera.

–Bueno, si lo que quieres es divorciarte, muy bien, vas por buen camino. Pero si piensas que tu matrimonio vale la pena, entonces no, nada de eso. Tienes que hacer algo.

–¿Por ejemplo?

–Para empezar, te prepararé algo de comer, y luego podrías quitarte esa espantosa bata y ponerte algo más bonito, ¿no te parece? Luego te arreglarás un poco el pelo y te pintarás los labios. Un poco de perfume tampoco te vendría mal, no creas.

–¿Perfume? Tía Dolly, sé que lo dices con buena intención... pero ¿crees que con un poco de lápiz de labios y perfume se va a arreglar todo?

–No he dicho eso, pero por algo hay que empezar, ¿no te parece? Y si no estás satisfecha de ti misma, no sé cómo vas a estarlo de lo que te rodea. –Dolly se levantó y fue a preparar el desayuno–. Bien..., ¿qué quieres? ¿Mermelada con la tostada o sólo mantequilla?

–Mermelada, por favor. Hay en la nevera.

Laurel parecía tan triste como antes, pero por algo había que empezar.

Unos minutos después, cuando Dolly puso un plato delante de ella, Laurel llegó incluso a sonreír desvaídamente. Contemplando los huevos, tan fritos que parecían crujientes, y la tostada, que estaba más negra que parda, dijo:

–¡Huy!, ¡qué buen aspecto tiene!

Laurel lo decía por pura cortesía, y ambas lo sabían perfectamente.

–Bueno –dijo Dolly–, nunca me he considerado un genio de la cocina, pero por lo menos está caliente.

–Gracias, tía Dolly. –Laurel le tocó el brazo–. ¿Te puedo preguntar una cosa?, ¿una cosa sobre tú y Henri?

–Sí, claro, adelante.

Dolly sonrió, aun cuando no sentía el menor deseo de sonreír, y mordisqueó un poco de bacon.

–¿Por qué no os casasteis?

–Chica, eso es bastante fácil de contestar, y tú misma sabes la respuesta. ¿Cómo iba a casarse Henri conmigo si ya está casado? –La voz de Dolly sonó divertida, pero su corazón latía como loco.

–Eso ya lo sé, pero si tanto te quería, ¿por qué no se divorció?

Dolly suspiró:

–Pues por toda una serie de razones, querida mía.

–¿Le sigues viendo?

–Muy de vez en cuando, y casi siempre por cosas de trabajo. Convenciones, ferias, ese tipo de cosas. Y alguna que otra vez nos hablamos por teléfono.

Dolly seguía sonriendo. Tanto tiempo llevaba ocultando el dolor de su corazón que ya lo hacía muy bien.

–Me acabas de decir que para resolver esa clase de problemas hay que seguir juntos, ¿por qué no seguisteis juntos Henri y tú?

Dolly, durante un largo momento, permaneció inmóvil, con la taza de café en la mano, mirando a una ardilla roja que estaba robando semillas del plato de comida de los pájaros que colgaba de una rama baja del árbol que había junto a la ventana. ¿Cómo se aprende a echar de menos a alguien, se preguntó, cuando se le tiene siempre presente, al acecho desde todos los pensamientos, agazapado detrás de cada sonrisa?

–No fue por falta de amor –dijo, finalmente, escogiendo con cuidado sus palabras–. Es posible que desde el principio estuviéramos demasiado lejos el uno del otro, pero de una cosa puedes estar segura: si Henri hubiera estado casado *conmigo*, yo no le habría dejado escapar jamás.

–Quizá te parezca una tontería, porque de lo vuestro ya han pasado años, pero, ¿piensas que volveréis a juntaros alguna vez?

–Pienso en ello –respondió Dolly con sinceridad. ¡Santo cielo, y tanto que pensaba en ello! Pero con desear una cosa no basta para conseguirla, de eso ya se había dado cuenta hacía tiempo–. ¿Quieres otra tostada?

Laurel rehusó, pero Dolly se fijó en que había comido casi todo lo que había en el plato. Tenía un poco de mermelada de frambuesa en el labio superior. Dolly alargó la mano y se la limpió con su servilleta, y Laurel le cogió la mano y se la apretó fuerte.

En aquel momento Dolly no se sentía triste por lo que había perdido, porque lo que había recibido a cambio la hacía sentir muy feliz: tenía una familia a la que querer, y que correspondía a su cariño.

–Limpiaré todo esto mientras tú te vistes –le dijo a Laurel–, y luego nos vamos de compras.

–¿De compras? –Laurel se la quedó mirando–, ¿y qué es lo que vamos a comprar?

–Pues un vestido, chica, el vestido más bonito de Bendel's, para que tengas algo que ponerte para ir mañana a la feria del chocolate.

–Pero si no...

–Claro que vas a ir. –Dolly la interrumpió con un ademán, haciendo tintinear su brazalete–. Te sentará de maravilla y, además, nunca se sabe lo que puede pasar.

CAPÍTULO XXXI

Emmett, en uno de los puntos de producción, junto a la entrada del segundo piso de la fábrica de Tout de Suite, aspiró el fuerte y denso aroma del chocolate. Es curioso, pensó, hasta qué punto un olor determinado puede suscitar un recuerdo. A él solía pasarle que una brisa marina le hacía sentirse en la cubierta de un barco ballenero de Boston, y con la áspera red camaronera cortándole la palma de las manos. O bien se veía al volante por un campo de trigo en lo más duro del verano, a los diecisiete años, o haciendo el amor con Cora Bigsby bajo una bóveda de verde susurrante, con el sol penetrando por los resquicios y calentándole la espalda.

Pero, ¿qué recuerdo le traía el olor a chocolate desde hacía unos años? ¿Recordaba a Annie dejándose caer en su cama a la una de la madrugada después de una larga noche en la fábrica, con el olor a chocolate en la piel, en el cabello, en los labios? ¿O le atascaba la garganta, como una ola de añoranza? ¿Le haría quizá pensar en esta noche... en que pensaba despedirse de ella?

«Para –se dijo con dureza–. Todavía no la has dejado, todavía no le has dado la oportunidad de cambiar de opinión.» Le hablaría de la oferta que acababa de recibir: director de ventas de Fountain Valley, casas de lujo, bellamente diseñadas, por valor de noventa millones de dólares, en las afueras de La Jolla. Una de esas oportunidades que no suelen repetirse. Le diría que había llegado el momento de tomar una decisión. Él la necesitaba, pero ella tenía que decidirse de una vez a casarse con él. De lo contrario, lo mejor sería olvidarla y seguir adelante.

La estaba observando: Annie trabajaba con Dough y Louise; tenía el pelo húmedo y revuelto por el calor húmedo de la fábrica, y sus manos y su delantal estaban cubiertos de chocolate. Los tres estaban empapando hojas de plástico en *couverture* fundida para el árbol de chocolate, hecho enteramente de chocolate, que iba a ser el centro del pabellón de Tout de Suite en la feria del día siguiente. El mostrador sobre el que trabajaba Annie estaba cubierto de cazuelas llenas de chocolate fundido, losas de mármol cubiertas de chocolate, para empapar en él las hojas, y bandejas de metal en las que estaban puestas a secar las hojas empapadas. Emmett observó a Louise, que con el dorso de la mano, lo único que no tenía manchado de chocolate, se despejaba la cara de mechones de pelo rubio, y seguía empapando hojas en la pasta parda y viscosa que tenía delante. Emmett sabía que cuando la *couverture* que cubría la hoja se secaba, se podía despegar de ella y, con ayuda de pasta caliente de chocolate, «pegarla» a una rama del árbol que ya estaba a medio terminar sobre un tajo de carnicero que había en el centro de la estancia. De más de un metro veinte de altura, con el tronco y las ramas talladas en chocolate macizo, era algo más que una muestra comercial ambiciosa: era, realmente, una obra maestra.

–Es la primera vez que sé de alguien capaz de hacer un árbol entero, desde la raíz hasta la copa, excepción hecha, por supuesto, de Dios –bromeó Emmett, sintiendo un dolor sordo en el vientre.

«¿Qué podría yo decir para convencer a una mujer, que se cree capaz de hacer el papel de Dios, de que estaría mejor conmigo?»

–Sí, por supuesto –suspiró Annie, secándose las manos en el delantal–, sólo que Dios creó el mundo en seis días, y nosotros tendremos suerte si terminamos esto en veinticuatro horas. Si calculase el tiempo que llevo con este asunto, seguro que me desmayaba.

–Pues quizá ya es hora de que te desmayes *de una vez* –dijo Dough con una sonrisita, levantando los ojos de la capa de chocolate escarchado que estaba aplicando a una rama.

Emmett le miró con agradecimiento. Dough, un hombre bajo y fornido, con un gran mechón de pelo y cejas muy tupidas, era un buen elemento, porque siempre estaba cortándole las alas a Annie, impidiéndole tomarse a sí misma y a Tout de Suite demasiado en serio. Ahora Dough estaba consultando el cronómetro que llevaba en su velluda muñeca:

–Empezamos esta mañana a las seis y media, y ahora son las doce y cuarto, de modo que, ¿cuándo crees que nos convertiremos en calabazas?

–Eres muy amable, Douglas. –Annie le miró con ojos venenosos, al tiempo que una sonrisa afloraba a sus labios–. La verdad es que no sé cómo podría arreglármelas sin ti.

Emmett, mirando los hombros caídos de Annie y las marcadas ojeras que tenía, sintió súbitos anhelos de salvarla, de cogerla en brazos como un *sheriff* bondadoso del

Lejano Oeste y llevársela a lomo de caballo hacia el crepúsculo...

«Entérate –se recordó–, no se casará contigo, ni siquiera irá a vivir contigo... De modo que, ya sabes: para ti es como si el sol se hubiera puesto ya.»

«Por favor, Emm, en este momento no puedo, ¿no podríamos hablar de eso en otro momento?» ¿Cuántas veces había oído a Annie decirle eso? Y luego lo de siempre: con un programa de trabajo como el suyo, tan complicado como el de Annie, ¿cuándo era momento apropiado para hablar? Esta semana, por ejemplo, él había tenido que pasarse tres días en un bufete de abogado, tratando de hacer el papel de hombre bueno en la preparación del contrato de venta de un viejo palacete neoyorquino, contrato, por cierto, que llegó a creer que nunca acabaría por firmarse. Y había tenido tres sesiones con inversores de fuera de la ciudad que querían comprar edificios de segunda clase para oficinas, y, entre medio, una entrevista con un contable sobre un negocio cuyo objeto era evadir impuestos legalmente.

Y aquella misma noche había tenido que cenar con el viejo y solitario Haberman, y alargó la cena lo más posible con cafés y coñacs para que el viejo pudiera pontificar que lo que necesitaba el mercado inmobiliario norteamericano era que Ronald Reagan redujese los impuestos. ¿Qué sabía un cacahuetero georgiano como Carter sobre gobernar un país? Emmett se había pasado la velada impaciente por acabar de una vez e ir a visitar a Annie, a la que llevaba días sin ver. Además, se decía Emmett, hoy no pasaba sin que hablase con ella muy seriamente.

Y ahora, observándola agotarse para tener lista su exposición de chocolate para la feria del día siguiente, Emmett empezó a pensárselo mejor, porque la chica parecía verdaderamente agotada. Pero, en fin, ya que estaba allí, lo menos que podía hacer era ofrecerse a echar una mano.

–¿Puedo ayudaros? –preguntó, quitándose la chaqueta.

–Sí, quitándote de en medio –bromeó Louise, y le sonrió–. En serio, sí *hay* algo que podrías hacer. –Miró a Annie con ojos preocupados–: Sacarla de aquí, aunque sólo sea media hora. Llévala a algún sitio a comer algo. Lleva aquí más tiempo que ninguno de nosotros y no quiere parar ni siquiera cinco minutos para tomarse un café.

–¡Que lo intente! –gritó Annie por encima del zumbido de la máquina, pasando a Dough una bandeja llena de hojas de chocolate terminadas.

Debió de tropezar con algo, porque se inclinó hacia delante hasta casi caer de bruces, y soltando casi la bandeja.

Dough cogió la bandeja y Annie, exhalando un gran suspiro, recuperó el equilibrio. Llevándose las manos a las caderas, miró, furiosa, a Louise:

–Si no terminamos esto para mañana, y lo dejamos que dé gusto verlo y ganamos el primer premio, me dará igual coger un billete de avión para Tahití o para el infierno, porque podéis creerme que si no hago negocio con Felder ya no habrá ningún motivo para seguir matándome de trabajo.

Con su delantal y sus tejanos cubiertos de chocolate y la frente perlada de sudor, Annie parecía al borde del colapso.

–Diablos, Cobb, ¿todo eso es para mañana? –le dijo Emmett.

Sentía deseos de rodearle el cuello con los brazos, a pesar de lo manchada de chocolate que estaba de pies a cabeza, y, al mismo tiempo, de darle una buena patada en el trasero por ser tan terca.

–La verdad es que ya casi no hay nada que hacer –le dijo Dough–, Lou y yo podemos encargarnos de lo que queda... puedes fiarte de nosotros.

–No sé... –Annie se sentía débil, pero aún se resistía–. Ni siquiera hemos empezado a hacer las peras de mazapán.

–Lise viene al amanecer para hacerlas –insistió Dough–, la masa ya está lisa en la nevera.

–Pero...

–O te vas o... ¡o nos declaramos en huelga! –amenazó Louise, cuyo rostro de elfo estaba ahora contraído en una sombría mueca.

Emmett cogió a Annie por la cintura, la levantó en vilo y se la echó al hombro. Este acto le sorprendió tanto como a ella, y se dijo que Annie, para ser tan alta, resultaba bastante liviana, era como levantar en vilo a una ternera de un día de edad.

–¡Emm! ¡Para! ¡Bájame!

Annie forcejeaba débilmente para liberarse, mientras Emmett la llevaba hacia la puerta.

–Lo siento, señorita Kitty, pero esto lo hacemos por su bien –dijo Emmet con su acento tejano, pasando entre mostradores, carritos y bloques amontonados de *ganache* frío. Miró por encima del hombro y vio a Louise, que les miraba boquiabierta.

–¡Emm..., en serio..., estás empezando a fastidiarme! ¡Esto es ridículo! ¡No estoy dispuesta a tolerar que me lleven en hombros como a un saco de patatas! ¡Te ordeno que me dejes en el suelo! ¡Tengo que...! –Annie dejó de forcejear y se echó a reír–. ¡Dios mío, si Felder entrara aquí en este momento...!

–Al diablo con Felder.

Emmett soslayó una alta estantería metálica cargada de envases de cartón para transporte. Al llegar a la puerta, trató de abrirla de un puntapié, pero su bota chocó con una superficie de metal. La puerta no se movió. ¿Por qué en las películas del Oeste no había puertas provistas de una cosa tan corriente como un picaporte?

Gruñendo, Emmett dejó a Annie en el suelo junto a la puerta, apretándola contra ella con su corpachón:

–¿Puedo fiarme de ti? ¿O tendré que maniatarte?

–¡Estás... estás loco!

Annie se llevó la mano a la boca para contener la risa.

–Sí, loco... loco por ti.

Emmett apartó la mano de Annie y la besó en la boca, sintiéndola ceder y suavizarse, y la punta de su lengua serpentear en torno a la suya. Annie olía bien, y sabía aún mejor, como a mantequilla, irresistible. Emmett sintió que la puntada de su vientre crecía. ¿Cómo iba a poder separarse de ella?

Annie dio unos pasos atrás:

–Dough y Louise... –comenzó a protestar.

–Desde donde están no nos ven, y aunque nos vieran, ¿qué? Tú y yo a estas alturas somos un secreto a voces.

–Bueno, de acuerdo. –Annie suspiró y apoyó la cabeza

sobre el hombro de Emmett–. Pero, oye, si accedo, ¿me prometes una cosa?

–Prometido.

–Dejarás de hablar como un vaquero; estás empezando a ponerme nerviosa.

–¿De veras?

–Sí; me recuerdas a un actor de televisión que siempre estaba hablando de tomar decisiones irrevocables.

¿Se refería Annie a la terrible competición que le esperaba el día siguiente, o acaso intuía que había llegado el momento de tomar una decisión irrevocable sobre Emmett?

Unos minutos más tarde iban por Washington Street camino de una pizzería de West Houston que no cerraba por la noche. «Al diablo –se dijo Emmett–, será mejor que se lo diga de una puñetera vez, antes de que me perfore el estómago.»

«Mira, Annie, tengo treinta y seis años y estoy harto de esperar. Estoy harto de estar de reserva. Gano mucho dinero vendiendo apartamentos y casas y todavía no tengo guarida propia. Como cualquier vagabundo con más sueños que cabeza, sigo esperando el día en que tú y yo compremos uno a medias...»

Recordó el palacete medio destartalado que tanto le había gustado cuando lo vio en Turtle Bay. Lo habría podido comprar por casi nada, y había soñado con que Annie y él podrían arreglarlo y renovarlo juntos. Pero fue Annie quien desbarató sus esperanzas. No estaba lista aún para un cambio de vida tan importante. Le quería, le dijo, pero si decidiese vivir con él ahora, no estaba segura de poder resistirlo mucho tiempo, y separarse de él después de haber vivido juntos una temporada sería peor que negarse a vivir con él. Y Emmett tuvo que reconocer que tenía razón, que *sería* mucho peor. Pero, ¡por Dios!, ¿qué la hacía pensar que no sería capaz de resistir mucho tiempo una cosa tan sencilla como vivir con él?

Aquello había ocurrido hacía un año, y entonces Emmett decidió desentenderse de ella de una vez. Después de todo, si Annie no acababa de tomar una decisión con respecto a él, lo mejor era buscarse una chica más comprensiva.

Recordó aquellos meses pasados sin ella, sin dormir apenas, con dolores de estómago casi constantes. Había llegado a la conclusión de que tenía que quitarse a Annie de encima: dejar de llamarla, dejar de verla, e incluso evitar ir a sitios donde pudiera encontrarla. Y luego, como la primavera, que aparece de pronto después de un invierno que parecía interminable, topó de pronto con Susan. Tan distinta de Annie como un botón de rosa prietamente cerrado pueda serlo de una margarita abierta. Susan enseñaba en el colegio de Saint Luke, en Greenwich Village, pero no estaba consumida ni absorbida por su trabajo, como Annie, sino que, por el contrario, era una verdadera amiga de casa, y amantísima con él. Cuando Emmett le propuso matrimonio, Susan tardó menos de un segundo en contestar que sí.

Pues, entonces, ¿por qué no seguir adelante y consumar la empresa?

Ahora, mirando a Annie, que iba a su lado con una gabardina amarilla muy ceñida a causa del frío vespertino, y el pelo corto defendiéndose del viento que lo erizaba, Emmett comprendió por qué no se había casado con Susan: «Porque Susan no era Annie.»

Así de sencillo. Susan era buena, lista, bonita, divertida..., pero no era la mujer que él quería. De modo que, muy bien, también podía comprender lo que Annie sentía por Joe Daugherty, porque se había pasado la mitad de su vida, o tal tenía entendido Emmett, enamorada de él, aunque Joe y Annie nunca habían tenido la oportunidad de darse un revolcón juntos. Emmett, en el fondo, deseaba que lo hubieran hecho. Los grandes enamorados obsesivos, los Romeos y Julietas, eran siempre los que nunca acababan de acostarse juntos. Y, la verdad, ¿cómo iba él, Emmett, con su pie deforme, sus ronquidos y su tendencia a tirar de las mantas por la noche, a aspirar siquiera a competir con una obsesión?

Lo había intentado. Lo había intentado denodadamente. Esperando que algún día Annie, espontáneamente, recapacitase y se diese cuenta de que todas las cosas tontas que hacían juntos, como leer el *Times* de los domingos en la cama en su apartamento o en el de ella, enjabonarse el uno al otro en la ducha y pelearse luego por la toalla seca, volver a casa tarde de ver una película, medio muertos de hambre, y comerse todo lo que encontraban en la nevera mientras la doctora Ruth pontificaba por la radio, y reírse como locos, que Annie comprendiese que esas cosas tan tontas son el verdadero amor, la mejor clase de amor, el único amor que importa.

Annie se daba cuenta de cosas en los demás, y para los negocios era lista como un rayo, pero en lo referente a comprender lo que era bueno para ella misma, tenía tan buen sentido como una mula bizca.

Emmett la tocó en el codo:

–¿Qué? ¿Nerviosa por lo de mañana?

–Ahora me siento mejor –dijo ella, sonriéndole–, pero haz el favor de no volver a levantarme en vilo.

A la luz de una farola, Emmett vio su mirada severa.

–No lo haré.

–¡Nunca sabré si me hablas en serio!

–Mira, si estuviera hablándote en serio ahora, diría que donde mejor estás es en la cama, a ser posible la mía.

Se acercó a ella, le cogió la mano y se la apretó, esperando que no reparase en que le temblaba el pulso y el brazo le vibraba.

–Tienes que perdonarme, Emm... sé que últimamente te he visto poco, pero ya ves lo ocupadísima que he estado, entre la feria y los pedidos a los que he tenido que atender, y... –Suspiró, exhalando una nubecilla de vapor en el aire frío. Luego, realizando en apariencia un gran esfuerzo, se irguió–: Oye, ¿qué derecho tienes tú a hablar, si apenas se te ha visto el pelo en las últimas semanas? Por cierto, ¿cerrasteis el trato sobre aquel edificio de Mercer?

–No, todavía no, pero estamos a punto. Precisamente esta noche, fíjate qué coincidencia, he cenado con Haberman, el sujeto que está organizando la nueva sociedad, y ya tiene seis inversores dispuestos a seguir adelante con el negocio, aunque no puedan echar con dinero a los pocos inquilinos que quedan.

Annie, sorprendida en pleno bostezo, miró a Emmett con aire de excusa:

–Perdona, chico, pero anoche tampoco pude dormir.

–¿Trabajando?

–Pues la verdad es que no. Me pasé todo el tiempo al teléfono, hablando con mi tía, que está preocupadísima por mi hermana.

–¿Laurel?, ¿qué le pasa?, ¿está enferma?

Annie movió la cabeza y apartó la mirada, fijándose en un taxi que había parado en la esquina y del que bajaban tres chicos de pelo al rape, todos con idénticas chaquetas de cuero negro:

–No, no enferma. Pero Dolly está destrozada. Joe... se ha ido... a su antiguo apartamento. Laurey le echó.

Emmett aminoró el paso, sintiendo la necesidad de moverse con cautela, como si estuviera bajando por una pendiente resbaladiza.

–No sabía que tuvieran problemas. Parecían llevarse bien. –A Emmett le caía bien Laurel, Joe también, y los dos le *habían* parecido siempre bastante felices, de modo que, ¿cómo no le sorprendía la noticia de que podrían estar a punto de separarse?–. Imagino que esto se habrá gestado durante mucho tiempo.

Emmett, intuyó que allí había más de lo que Annie le contaba, pero no la acosó. En cuestiones relacionadas con Joe Daugherty, Emmett prefería no hacer demasiadas preguntas.

–¿Piensas que acabarán arreglándose?

–No lo sé.

¿Quería decir Annie que realmente no tenía la menor idea... o que *esperaba* que no se arreglasen? Emmett pensó en Joe y en Annie intentando lo que él, Emmett, deseaba desde hacía tanto tiempo, y sintió que el estómago se le revolvía.

–Hay otra cosa que te preocupa –tanteó, mientras sus botas resonaban contra el pavimento, evocándole súbitamente a un caminante que va por una autopista solitaria tratando de hacer autostop–. ¿Por qué no me hablas de ello?

–El otro día, estando en casa de Laurel, la encontré muy

desazonada. Parecía pensar que Joe tenía una especie de lío con otra mujer. Traté de disuadirla, y ella perdió el dominio de sí misma y me gritó. Me dijo... me culpa de... –se le quebró la voz–, de muchas cosas... La verdad, no sé, tal vez tiene razón en parte.

–Annie, mira, lo que ha ocurrido entre ellos, lo que sea, es eso... una cosa entre *ellos*.

–No, no es... –Annie metió las manos en los bolsillos y se inclinó un poco hacia delante–, no es tan sencillo como piensas.

–Nada es nunca sencillo.

Annie, incluso cuando le mantenía a distancia, distanciando de él su afecto, su amor, si es que amor podía llamarse, era más recia y sólida, más sustancial para él que Susan, a pesar de la absoluta devoción y fidelidad de ésta. Y eso era lo que le había dado energías para seguir adelante, ¿no era así?, lo que le había impedido rendirse, una y otra vez, pero ahora... ahora se sentía agotado.

–Annie, hay algo...

Pero antes de poder decir lo que quería decir, antes de poder hablarle sobre California y sobre el asunto del Fountain Valley, sobre el increíble empleo que acababan de ofrecerle, Emmett vio que estaban llegando a Arturo's. Un policromo rótulo luminoso sobre la empañada puerta acristalada anunciaba abigarradamente «*calzones, pizza, falafel*».

–¿Qué?

Annie se había vuelto hacia él, con una sonrisa expectante.

No, se dijo Emmett, mejor esperar. En aquel momento lo que Annie necesitaba era relajarse, comer algo, y Arturo's, en opinión de Emmett, servía los mejores *calzones* de toda Nueva York.

–No te preocupes, puede esperar –le contestó–, te lo digo en otro momento.

Después de la feria, pensó, mañana o al día siguiente. Cuando Annie no se sintiese tan agobiada, le explicaría que Nueva York estaba empezando a darle claustrofobia, y, en cierto modo, también agorafobia, como si en el centro más importante de negocios inmobiliarios del mundo, él nunca pudiese aspirar a ser otra cosa que un comparsa. Por lo cual, a menos que ella le sugiriese alguna buena razón para seguir allí, lo mejor que podía hacer era ahuecar el ala; si, después de volver a proponerle matrimonio, Annie le respondía que no, Emmett sabía que iba a necesitar poner mucha distancia entre los dos, porque, ¿de qué otra manera podría impedirse a sí mismo volver a la carga y hacer una vez más el ridículo más absoluto?

CAPÍTULO XXXII

Rudy abrió de un empujón la empañada puerta acristalada del Club de Salud Venecia, donde trabajaba Val. Mirando alrededor en el cochambroso vestíbulo, con su alfombra verdosa desgastada y sus paredes mohosas, se preguntó si Val estaría allí o ya se habría ido a su casa. ¡Menudo tugurio!, se dijo. ¿A esto había llegado su apuesto hermano, éste era el mejor empleo que había podido encontrar, enseñar karate a maricones en un lastimoso club suburbano de Washington?

Hacía seis años que no veía a Val ni hablaba con él. «Hay cosas que nunca cambian», pensó Rudy. ¿Le guardaría rencor Val todavía? ¿Y qué pasaría si Val le mandaba a paseo aun después de saber el motivo de su visita?

Rudy sintió náuseas, gotitas de sudor le punteaban la frente. Allí dentro el aire era pesado, pero él sabía que no era ésa la razón de tanto sudor ni de que el estómago se le revolviese. Haciendo un esfuerzo consiguió dominar la sensación de mareo que le invadía, y se forzó a centrar su atención en el chico que estaba al otro lado del mostrador de recepción.

–¿En qué puedo servirle?

Rudy miró al joven granujiento y rollizo que estaba sentado detrás del mostrador metálico y tenía una revista de homosexuales abierta de par en par sobre su superficie de imitación de madera.

–Busco a alguien –dijo Rudy.

–¿Es usted socio?

–No.

–Me lo suponía.

El chico se pasaba de listo, tratando de burlarse de lo bajo que era Rudy y de su tripa, tan abultada que la chaqueta cara que llevaba no conseguía disimularla.

–¿Y por qué está usted tan seguro?

–No, nada... que no le había visto nunca por aquí.

El chico regordete parpadeó y se echó atrás en su silla, perplejo por la agria reacción de Rudy.

«Cuidado, no lo estropees antes de haber entrado del todo.» Rudy respiró hondo y se forzó a sonreír, pero sin conseguir en absoluto una sonrisa natural.

–Bueno, como le he dicho, busco a una persona –dijo sin alzar la voz–. Val Carrera. Tengo entendido que trabaja aquí.

–¿Val? Sí, claro, anda por aquí. No creo que esté dando clase ahora. Es posible que esté en la sala de las pesas.

Rudy se dirigió a la puerta que conducía a la sala de gimnasia.

–¡Eh, sólo pueden pasar los socios! –El chico se levantó. Era alto, por lo menos un metro ochenta.

Parecía irritado, como si Rudy estuviera distrayéndole de su trabajo, que obviamente consistía en no hacer nada.

A Rudy empezaba a dolerle la cabeza. Le habría gustado ir sin más en busca de Val y arrinconarle sin darle ocasión de reparar en lo que se le echaba encima. Si Rudy hubiera ido al apartamento de Val, éste le habría dado con la puerta en las narices, por eso había ido al club. Pero ahora aquel idiota con cara de pizza le iba a estropear el plan.

Rudy sacó la cartera de piel de cocodrilo y cantoneras de oro, valía casi tanto como los billetes que llevaba en ella; sacó uno de veinte dólares y se lo puso en la mano al muchacho.

–Ten, para que te suenes los mocos, y con la vuelta te compras más revistas como la que tienes ahí.

El rollizo joven tuvo que doblarse hacia atrás para meterse el billete en el bolsillo trasero de sus prietísimos tejanos. En su cara de hamburguesa cruda sus ojillos negros relucieron de súbito interés:

–¿Es que Val se ha metido en algún lío?

Aquel chico había visto demasiadas películas de buenos y malos, quizá no había sido una buena idea darle aquel billete.

–No, nada de eso. Soy un amigo suyo..., un amigo. Me dijeron que trabajaba aquí y he venido a saludarle.

–Bueno, si no tiene carné de socio no debería dejarle entrar... –Sus ojos echaron una rápida y nerviosa ojeada a una puerta con un letrero que decía «Administración»–. Pero me figuro que por una vez no importa. La sala de gimnasia está al fondo del pasillo, no tiene pérdida.

Rudy fue por el pasillo, que apestaba a moho, y cuyas paredes y techo estaban llenos de grietas a causa de la humedad que reinaba en aquel ambiente cerrado. Asomando la cabeza por la primera puerta abierta que vio a la derecha, llena de bicicletas de gimnasia y de máquinas de remar y de toda clase de aparatos por el estilo, Rudy vio a una docena de hombres, la mayoría jóvenes y musculosos, pero Val no estaba allí. ¿Podría ser que se hubiese ido sin que le viera el paleto de la entrada?

–¿Han visto ustedes a Carrera? –gritó Rudy por encima del ruido de las bicicletas y las pesas.

–Mire en la sauna –jadeó un chico fornido que estaba levantando con un brazo una pesa que parecía enorme, y señaló con la otra mano una puerta más allá de una hilera de bicicletas de gimnasia.

Rudy fue hacia allí y se encontró en una habitación pequeña y maloliente cuyas paredes estaban cubiertas de armarios empotrados, con hileras de pequeñas puertas numeradas llenas de raspaduras. Entre los armarios había bancos de madera. Rudy vio a una docena de hombres vistiéndose o desnudándose, algunos desnudos, o con toallas en torno a la cintura, otros afeitándose o secándose el pelo delante de una hilera de lavabos y espejos. En la pared de la derecha Rudy vio una placa metálica con una gran asa. Parecía la puerta de una cámara frigorífica de carnicero, y sobre ella había un letrero que decía: SAUNA. Se encaminó hacia allí, cuando se dio cuenta de que estaba vestido. Estaría bastante ridículo, pensó, entrando en un sitio así vestido de pies a cabeza.

Se quitó los pantalones y se dijo que tal vez estaba cometiendo un error: no era que le importase que le viesen desnudo, junto a Val se iba a sentir como una cucaracha en espera del pisotón que le haría papilla.

El corazón de Rudy empezó a agitarse.

Luego se recordó que no había motivo de alarma: no iba a estar solo allí dentro, habría otros hombres, y Val no podría meterse con él. Además, pensándolo mejor, ¿tenía él algo que perder?

Cogió una toalla húmeda de un banco que estaba junto a la puerta, y se la ciñó en torno a la cintura. Desde fuera se sentía un calor tremendo, y Rudy, sudando a mares, se dijo que le horrorizaba verse tan... tan vulnerable.

Pero, todo –Laurel, el pequeño Nicky, todo– dependía de Val. Rudy *tenía* que ver a Laurel como fuera, y la clave era Val. Si conseguía convencer a Val de que le ayudase en esto, de que hablase con Laurel, sólo eso: que *hablase* con ella, por Dios, tampoco era mucho pedir, y la convenciera de que él, Rudy, no había querido herirla. Laurel no había contestado a ninguna de sus cartas, y las docenas de veces que la había llamado por teléfono le había colgado al oír su voz. Rudy había esperado mucho tiempo, diciéndose que Laurel acabaría cediendo, pero ya no podía seguir esperando, y si quería hacer algo éste era el momento...

Rudy oyó cerrarse la portezuela de una taquilla y miró el reloj: ¡Maldita sea, si ya eran casi las tres y media! Venga, adelante, tenía que estar en casa del médico dentro de una hora.

Abrió la puerta de la sauna y se vio envuelto en cegadores nubes de vapor. Entrevió el extremo de un banco, luego un pie, y una mano. ¿Sería Val? Respiró hondo para sosegar su corazón enloquecido, y una ola de vapor le atascó los pulmones. Tosió, como a punto de ahogarse. El calor, ya casi insoportable, parecía ir en aumento. ¡Maldición!, ¿hacía esto la gente por *divertirse*? Nunca había estado en una sauna, y se hizo el propósito de no repetir la experiencia.

–¿Eres tú, O'Brien?

La voz profunda de Val llegó a sus oídos, extrañamente amortiguada. Rudy se envaró. ¿Estarían él y Val a solas en aquel lugar?

Sus ojos empezaban a acostumbrarse al ambiente. A través de la neblina distinguió una figura echada en el banco. Un hombre musculoso y cano, completamente desnudo, apoyado sobre un codo, con una pierna estirada y la otra doblada. A Rudy le dio un vuelco el estómago, y sintió deseos de escapar de allí antes de que Val le reconociera.

Pero su mente evocó la imagen de Laurel: Laurel, en una acera, embarazada de ocho meses, diciéndole adiós con una mano enguantada. *Tenía* que verla, aunque sólo fuese una vez más. Y el niñito que tan cerca había estado de ser suyo.

Rudy se acercó a Val:

–Hola, Val.

Val le miró con el rostro empapado de sudor y contraído en una mueca de asombro. Sus fríos ojos negros se fijaron en Rudy con mirada de serpiente:

–¡Pero bueno! ¿Qué haces aquí? ¿Qué cojones quieres?

Rudy, tragándose la ira que le invadía, se quedó mirando a su hermano. A los cincuenta y dos años, una edad en la que la mayoría de los hombres empieza a perder el pelo y ganar kilos, Val parecía haber mejorado de tipo, y su cuerpo parecía más duro, mejor cincelado. Al verle allí echado, envuelto en neblina, con los músculos atezados relucientes, Rudy se sintió más pequeño y más feo aún que al entrar allí. Hasta la *polla* de Val, ¡la polla, joder!, era tan grande como una manguera de bombero.

–Quiero hablar contigo –dijo Rudy, esforzándose por ocultar su amargura–. Sólo hablar, nada más.

–No me digas. Bueno, pues la verdad es que cada vez que hablamos tú y yo, soy yo el que acaba *jodido*.

Val se incorporó, poniendo los pies en los azulejos del suelo, mientras los músculos de sus brazos se tensaban y sus puños se cerraban. Su rostro se ensombrecía. Peligro inminente.

–Espera, Val, por lo que más quieras. Hace años que no nos vemos. ¿No crees que ya me has castigado bastante?

—¿Bastante? *¿A ti?* —rugió Val y se puso en pie de un salto, elevándose sobre Rudy como una montaña, con la cabeza nevada oculta en una nube de humedad—. ¿Que te *castigo*, dices? *¿Castigo* llamas a esto? ¿Después de lo que me hiciste? ¡Lo que debí hacer fue retorcerte ese cuello de serpiente que tienes!

Y dio a Rudy un golpe en el pecho con el dedo índice.

Rudy retrocedió, sintiendo un dolor sordo donde su hermano le había hincado el dedo, y chocó con la espalda con la pared de frescos azulejos.

—Escucha, yo...

—Eres tú, cabrón, el que me va a escuchar a *mí*...

La mano de Val hendió la neblina de vapor y alcanzó a Rudy en plena cara, una bofetada que le lanzó contra la pared. Al chocar la cabeza contra los azulejos, Rudy oyó un crujido, como de un pedazo de hielo que se parte en dos. Detrás de sus ojos reventó un rayo y su boca se llenó de un sabor cálido, como de cobre. Estaba sangrando.

En el pecho de Rudy surgió el odio, un odio negro, asfixiante. Una bofetada, una miserable bofetada. Si Val le hubiera dado un puñetazo, lo habría aceptado, podría incluso olvidarlo, porque el puñetazo no denigra, pero la bofetada es distinta, una bofetada es lo que se da a una mujer.

Rudy prorrumpió en una risa estridente, como un rebuzno:

—No te detengas, pégame, pégame, retuérceme el cuello, me harás un favor.

—¿Qué cojones estás diciendo?

—Pues estoy diciendo que de todas formas voy a morir, de modo que ya me da igual morirme en esta sauna, con las manos de mi querido hermano alrededor de mi cuello. —Riendo entre dientes, Rudy sintió una especie de histeria—. ¿Te agrada lo que acabo de decirte?

—¿Pero qué memeces estás diciendo, Rudy? ¿Es otra de tus bromas pesadas?

—La pura verdad, chico, y si te paras a pensarlo, de pura no tiene nada, porque es una puta mierda. —Se tocó el vientre—. Cáncer. Un tema del que no suele hablarse entre gente bien educada.

–Pues yo no te noto enfermo.

Pero Rudy se dio cuenta de que Val se sentía inseguro, la duda se abría camino en su cerebro de pájaro.

–Bueno –prosiguió Rudy–, la mayor parte del tiempo me siento bien. El médico me ha dado una medicina, algo así como Maalox, y píldoras. Trago tantas píldoras que me voy a convertir en una especie de Elvis Presley.

–Pues *no* te pareces nada a él.

Los dos sonrieron tontamente.

Val fue el primero en reponerse y sus ojos se entrecerraron, amenazadores:

–Oye, Rudy, si me *estás* tomando el pelo, te haré picadillo.

–Pues adelante, pero ¿no quieres oír antes lo que tenía que decirte?

–O sea que tienes algo *más* que decirme. ¡Menudo bribón eres tú!

–No he venido aquí a decirte que estoy enfermo, si a eso te refieres –dijo con precaución, porque no quería convertir aquella conversación en un melodrama–, eso habrías podido saberlo leyendo mi nota necrológica. ¿Te importa que me siente?

Con el dorso de la mano se secó la sangre que le goteaba de la barbilla, mezclada con sudor. Se sentía frágil y asustado, pero no de Val, sino de lo que le esperaba.

Val le hizo ademán de que se sentara en el banco, mientras él seguía en pie.

–Tiene gracia –comenzó Rudy, manteniendo la voz ligera, incluso divertida–, las cosas que le pasan a uno por la cabeza cuando sabe que se está muriendo. Por ejemplo, recordar la vez que Shirley tuvo un ataque de ternura maternal y nos llevó a los dos a Coney Island, y a la vuelta tú te pusiste malo por la cantidad de salchichas que comiste.

–No me acuerdo de eso.

–No, claro, fue a mí al que pegaron por culpa tuya.

–¿Y por qué razón?

–Porque debí vigilarte mejor, me dijo Shirley, debí haber tenido cuidado de que no comieses tanto. Pero siempre estabas comiendo demasiado. –Rudy se echó a reír, y el esfuerzo que le costó empezó a formarle bilis en la garganta–. La verdad, chico, en eso de la comida siempre fuiste insaciable.

–No me digas. Bueno, ¿y qué tiene eso que ver con lo que te trae aquí?

–Nada, excepto que estaba pensando en cuando éramos niños, y yo tenía que cuidar de ti. Con el tiempo se convierte en una especie de costumbre. –Rudy se lamió los labios, que estaban secos como si fueran de cartón–. Cuando di por primera vez con Annie y Laurel tenía intención de decírtelo, como me llamo Rudy que fue lo primero que pensé, y precisamente por eso, porque siempre había cuidado de ti. –Hizo una pausa, para que Val asimilase sus palabras–. Pero luego fue Laurel y me dijo que si se me ocurría revelarte su paradero, Annie te mataría, y me lo dijo de tal manera que le creí, entre otras razones porque yo sabía lo que te había hecho Annie. Annie es dura de pelar, te lo aseguro.

–Esa zorra... No sabes lo que lamento no haberle dado una buena patada en el culo, pero desaproveché la oportunidad.

Val soltó un puñetazo contra uno de los azulejos, a pocas pulgadas de la dolorida cabeza de Rudy.

–En fin, ya ves. Pero lo hice por tu bien, como siempre. Bueno, en fin, quizá me equivoqué y debí habértelo dicho a pesar de todo, pero ya sabes cómo son esas cosas, que acaban abrumándole a uno. Mira, Val, lo que estoy tratando de decirte es que lo siento, lo siento de verdad.

–¿Y por qué me lo dices ahora?

–¡Porque antes tú no me dejabas!

En el rostro de Val estaba librándose una batalla: su recelo instintivo contra su hermano mayor, más listo y más rico que él; y el afecto biológico por una persona de su propia sangre. Finalmente se dejó caer sobre el banco junto a Rudy, y Rudy sintió una intensa punzada de triunfo.

–De acuerdo –dijo, mirando recelosamente a Rudy–, ¿tan enfermo estás?

Rudy se encogió de hombros:

–Prefiero ahorrarte los detalles.

–En México hay unas clínicas...

—Sí, lo sé. Laetrile. A lo mejor voy. Cualquier cosa vale la pena, nunca se sabe. —Tocó a Val en el brazo—. Mira, dicen que cuando estás a punto de morir tu vida pasa ante tus ojos como una película. Claro que si estás a punto de tirarte de un precipicio o de recibir una puñalada en la tripa, dispones de mucho tiempo. De modo que tengo suerte, porque no es ése mi caso... todavía me queda tiempo para reparar mis faltas. Y pienso comenzar contigo.

—Me emocionas, Rudy. La verdad, no lo esperaba de ti.

Val lo dijo de tal manera que a Rudy no le quedó claro si hablaba en serio o no. Se sentía al borde del desmayo; bajó la cabeza y vio que sus piernas estaban tan enrojecidas como camarones hervidos. ¡Maldita sea, si no salía de allí en seguida se iba a desmayar!

—Laurel —dijo, pero no pudo seguir, porque sólo de pronunciar su nombre la garganta se le cerraba. Tragó saliva, finalmente consiguió proseguir—: Tengo necesidad de verla, pero no quiero que sepa... esto. —Se tocó el estómago.

Pero Val, maldita sea, meneó la cabeza.

—Ni hablar. No haría caso. ¿Por qué no le dices que estás enfermo, sin más? Es un alma cándida... bueno, quiero decir que si supiera que estás al borde de palmarla, seguro que se apenaría y decidiría olvidarlo todo.

¿Pero es que Val era tonto del culo? Él no quería que Laurel le tuviera *pena*, por Dios, lo que quería era... verla por última vez, explicarse con ella.

—Tengo mis razones —dijo.

—Sí, lo sé, siempre has tenido *tus* razones —dijo Val con amargura.

Así pues, no estaba dispuesto a ayudar a su hermano moribundo. «Que te den por el culo, Val, y que le den por el culo al burro que te lleva a cuestas.» Pero también era cierto que Val jamás se había preocupado por nadie, excepto de sí mismo.

—¿Me harías ese favor? ¿Hablarás con ella?

Rudy trataba de no dar la impresión de estar mendigando, pero realmente sentía una gran necesidad de ver a Laurel.

–No lo sé –se escabulló Val–. Mira, ahora tengo entre manos un buen asunto y no quiero que se me complique. A lo mejor me entiende mal, y cree que intento meterte en su vida.

«Dicho de otra forma, no quieres que deje de darte dinero.» Conocía muy bien aquella expresión ladina, quería decir que Val había estado pidiendo dinero a Laurel. No tenía necesidad de mirar en la cartera de Val para darse cuenta de que era ésa la razón de sus vacilaciones.

Rudy, de pronto, vio el futuro tan claramente como si lo tuviera escrito en un gran cartel delante de sus ojos. Mientras Val estuviese sin blanca, seguiría sableando a Laurel. Y un buen día, dentro de años, cuando fuese un viejo arruinado y demasiado débil o enfermo para trabajar, comenzaría a sablear *de verdad* a Laurel, apelando a sus sentimientos, induciéndola a sentir pena de él, a cuidar de él. Y él, Rudy, no podría hacer nada para impedirlo.

Rudy contuvo un estremecimiento.

–¿Cuánto? –gruñó–. ¿Cuánto necesitarías? Te lo daré.

–¿Pero quién te has creído que soy? ¿Piensas que soy un monstruo, capaz de abrumar a mi hermano enfermo con mis problemas?

Val trató de poner cara de ofendido, pero a Rudy le parecía oír todos los circuitos de su cerebro funcionando a tope.

–No, no quiero decir eso. –Rudy se sintió cansado, demasiado cansado para pararle los pies–. Mira, imagínate una herencia, por ejemplo. Después de todo, cuando muera pienso dejarlo todo a Laurel y a su hijo, pero también podría dejarte algo a ti.

«*Y espero que así Laurel, de paso, se libre de ti.*»

–Por lo que más quieras, Rudy...

–¿Por ejemplo, trescientos mil dólares?

Val quedó tan lívido que estuvo a punto de caerse del banco.

–¿Pero hablas en serio? ¿Trescientos mil, dices?

A través de la nube de vapor, Rudy vio los ojos de su hermano agrandarse de ávida incredulidad.

–Naturalmente, no te los daría de una vez. Lo tengo invertido, pero da buenas rentas.

—¿Cuánto?
—¿Más o menos? Alrededor de mil pavos al mes. No es una fortuna, pero si te abstienes de apostar en las carreras o de jugar, mira, es bastante para vivir con cierto desahogo.
Val se levantó y empezó a pasearse por la estancia. Sus pasos resonaban suavemente contra los azulejos húmedos... pero había tomado una decisión.
—No creo que acepte verte en su casa... —dijo—, no le gustaría que te encontrases con su hijo. Pero el otro día la llamé y me dijo que iría a una fiesta en el hotel Plaza esta misma semana. Si quieres puedo volver a llamarla..., ponerla de buen ánimo... y decirle que acepte encontrarse contigo en el hotel mismo, en el bar, tomando una copa juntos.
—Sí, muy bien, gracias, Val.
Rudy lo dijo como quien escupe cristal, pero sabía que sin la ayuda de Val, que después de todo era el progenitor, Laurel no se avendría nunca a verle.
Val no tenía importancia. La mente de Rudy ya estaba lanzada al futuro. Se imaginaba lo que diría a Laurel... y esperaba que esta vez le escuchase. Tendría que escucharle. Él lo *necesitaba* muchísimo.
—¿No estás harto de este calor? —preguntó Val.
Rudy, a través de la neblina que le embebía el cráneo, vio que Val se había levantado y se dirigía a la puerta, con una toalla ceñida a la cintura.
Emitió una risita forzada que resonó en su pecho como un graznido. Pero no quería que su hermano viese lo ansioso que estaba. Nunca daría esa satisfacción a su hermano.
—Tienes razón. Si sigo aquí un minuto más —bromeó Rudy, levantándose. Las piernas le temblaban como si fuesen de goma—, tendré que legar mis órganos a un basurero en lugar de a un hospital.

CAPÍTULO XXXIII

Annie se detuvo delante del edificio en que ella y Laurel habían vivido en otro tiempo. Había estado dando vueltas, perdida en sus pensamientos, y no tenía la menor idea de cómo había llegado allí. La acera estaba desierta, serían las tres o las cuatro de la madrugada. Se quedó mirando la sombría fachada de ladrillo, sintiéndose como una sonámbula, o como una persona hipnotizada de pronto despertada por un chasquear de dedos.

Recordó que había estado en Arturo's, donde había devorado dos pizzas de *calzone* de espinaca, y que luego Emmett la había obligado a meterse en un taxi, ordenándole ir a casa a dormir. Agotado, Emmett había dejado que el taxista la llevase a su confortable pero desordenado domicilio de West Tenth. Tenía un vago recuerdo de haber abierto la puerta de hierro forjado que daba a la calle, y también de haber ido por la calzada privada que flanqueaba su casa y otras cuatro, tropezando varias veces contra los guijarros del pavimento cubiertos de hielo. Y, finalmente, recordaba haber buscado durante un tiempo que ahora le parecía muy largo, las tres llaves de su puerta, y, una vez dentro, había andado a tientas por las habitaciones. Demasiado fatigada incluso para encender la luz, sin duda se derrumbó sobre la cama sin desnudarse. Recordaba vagamente haber despertado horas más tarde con la boca seca y el corazón muy agitado, sintiéndose febril y acosada, cogida en una trampa. Impaciente por salir... en busca de aire libre.

Y luego, como en una niebla, sin ver siquiera por dónde iba, andar... andar... andar.

Delante de su vieja casa, tiritando en la chaqueta de ante demasiado fina que se había puesto distraídamente, Annie pensó que en alguna parte de su ser tenía que saber perfectamente que dirigía sus pasos hacia aquel lugar.

Hacia Joe.

Vio las luces encendidas en el segundo piso, y esto, por alguna razón, no la sorprendió.

Era preciso verle, averiguar si Laurel tenía razón... si

ella, Annie, tenía algo que ver con la separación de Joe y Laurel. ¡Dios mío! ¿Y si era verdad? ¿*Deseaba* ella acaso que fuese verdad? Se llevó una mano a la boca y empezó a mordisquearse una uña cuidadosamente bruñida.

Pensó en Emmett, que la había levantado en brazos, sacándola de la fábrica. Y ahora se sentía como arrastrada hasta allí por una fuerza exterior, sobre la que no tenía control alguno. Subió el agrietado escalón de piedra que conducía a la casa, abrió la pesada puerta de cristal que la separaba del estrecho vestíbulo, con su zócalo de sucios azulejos. Su mano fue casi automáticamente al botón del apartamento de Joe, y su pulgar lo pulsó con fuerza.

El interfono crujió y una voz deformada resonó en el frío silencio. Era Joe, pero ni atontado por el sueño ni borracho. Parecía haber estado esperándola a ella... o a alguien.

Annie subió las escaleras, iluminadas por bombillas desnudas, y la cabeza empezó a aclarársele «Esto es una locura –pensó–. No tengo por qué estar aquí. Probablemente lo único que conseguiré será complicar aún más la situación de Laurel.»

Pensó en Emmett, en lo mal que lo había pasado ella el año anterior, cuando los dos habían estado separados. No deprimida hasta el punto de no poder levantarse de la cama, sino vacía, como una casa de estancias vacías, sin muebles, cuya bulliciosa y animada familia se hubiese marchado. Hasta que Emmett se fue, Annie no comprendió lo mucho que le quería, de lo unidas que estaban sus vidas. Pero, así y todo, no se había sentido capaz de dar el paso final: un anillo, un compromiso para toda la vida. Lo había deseado, pero algo la retenía. Algún laberinto interior cuya salida tenía que encontrar antes. ¿Estaba ella allí ahora porque Joe era el único capaz de enseñarle la salida?

Llegó al descansillo de Joe y le vio esperándola en el vano de la puerta de su apartamento, cuyo vestíbulo estaba iluminado. Era un hombre alto, de pelo castaño despeinado, y su larga sombra cruzaba el descansillo y subía hasta la mitad de la pared de enfrente. Llevaba un par de tejanos descoloridos y un viejo jersey con las mangas remangadas hasta los codos. Iba descalzo, como si no sintiese el frío, o le diese igual.

Le besó en la mejilla, fría como el hielo. Annie se sentía como bajo el agua, moviéndose muy despacio, aunque su corazón latía muy de prisa. Y ahora pasaba nadando a su lado, por la puerta abierta, entraba en el vestíbulo, iluminado a medias, y en su cuarto de estar.

Volviéndose, vio a Joe frente a ella. Parecía algo desconcertado, como si no acabase de convencerse de que ella era de carne y hueso, como si creyese que había soñado que entraba flotando en su apartamento.

–Annie, por Dios, ¿qué haces aquí?

Se frotó la cara con la mano. La piel de la mandíbula parecía descolorida, como en carne viva, y como con ronchas.

–¿Me creerías si te dijese que pasé por aquí por pura casualidad? Vi que tenías la luz encendida y pensé que quizá te venía bien un poco de compañía.

–¿A las cuatro de la madrugada?

–Es que no conseguía dormir.

–Yo tampoco.

–¿Puedo sentarme?

–Claro, por supuesto –pestañeó, moviendo la cabeza como para aclararse la mente–. ¿Te apetece un café? He hecho suficiente para mantener en vela a toda la ciudad.

–No, gracias.

Annie miró alrededor. Hacía años que no veía aquel apartamento, pero seguía exactamente igual que como ella lo recordaba. El suelo de madera, con su estera de artesanía navajo, sus paredes de ladrillo enjalbegado, su canapé y sus sillas, todo muy austero. Sobre la mesita baja vio un ejemplar atrasado de *Newsweek* con una fotografía de Elvis Presley en la portada. Tres o cuatro años después de la muerte de Elvis, a Joe no se le había ocurrido todavía tirarlo. Aquel sitio era como un museo, como remontarse en la historia, en su historia, todo lo que miraba le traía recuerdos, muchos recuerdos.

–Resulta extraño –le dijo– estar aquí de nuevo, ver tu apartamento, es como si nunca te hubieras ido de él.

–Yo no lo siento así –respondió él, mirando alrededor

como si esperase descubrir que había entrado por error en un sitio que no era el suyo–. No sé por qué, pero vivir aquí no acaba de parecerme natural. Es como si estuviera tratando de meterme en un traje que me está demasiado pequeño.

Annie le tocó el antebrazo:

–Joe, ¿qué os pasa a Laurey y a ti? El otro día, cuando estuve en vuestra casa, Laurey parecía muy agitada. Pero nunca pensé...

–¿Qué te dijo?

–Parecía creer que estabas liado con alguien, te había visto en el restaurante con esa mujer... ya sabes, la asesora, pero cuando le dije que se equivocaba... bueno, se enfadó de verdad y me dijo tales disparates que estoy segura de que no hablaba en serio. Sobre mí... y sobre ti.

–Pues quizá no iba tan descaminada. Quizá los descaminados *somos* nosotros.

Joe estaba mirando el reflejo de los dos en la ventana, y su expresión era extraña y distante. No llevaba gafas, y parecía un muchachito vulnerable. La piel en torno de sus ojos era rosácea, como si hubiera estado frotándosela. Ojos de rompecorazones.

–¿Se te ha ocurrido alguna vez escuchar al silencio? –prosiguió en voz baja, casi como hablando consigo mismo–, ¿escucharlo *de verdad*? No me refiero a música, ni a la televisión, ni siquiera a los ruidos habituales, no, sino al latido de tu propio corazón. Da miedo, y acabas pensando que quizás... deje de latir. Como el tic-tac de un reloj, se lo oye hasta que se acaba la cuerda.

Se volvió y pareció verla por primera vez. También ella le veía ahora más claramente que desde hacía muchos años. Estaba ojeroso y macilento, pero su rostro, aquellas facciones que, cuando era más joven, no parecían encajar unas con otras, habían acabado por formar un conjunto homogéneo, como costuras que se rematan y ángulos que se suavizan.

Eso era obra de Laurel, pensó Annie. En aquellos primeros años, Joe, sin duda, no estaba todavía ardientemente enamorado de Laurel... pero Laurel había sabido darle algo que ella, Annie, quizá no habría sabido. Un hogar, una familia, un lugar seguro contra las presiones y las dificultades que produce la dirección de un negocio. Y, si era así, ¿por qué estaban distanciándose ahora?

–Haz el favor de escucharme –dijo Joe, moviendo la cabeza como si quisiera despejar la mente–. Debe de ser que estoy volviéndome morboso con la vejez, o que he tomado demasiados cafés.

–¿Has hablado con Laurel? He intentado hablar con ella, pero el teléfono está siempre ocupado. Pienso que lo ha descolgado.

Él suspiró:

–Tampoco quiere hablar conmigo. Le dije a Adam que me llame. –Se pasó las manos por la frente, aplanándose el pelo y dejándolo luego esponjarse–. ¡Dios mío, no tienes idea de lo que es decirle a tu propio hijo que no vas a volver a casa!

Annie se sintió débil de pronto, como si no pudiera ya fiarse de que sus piernas la seguirían sosteniendo. Se dejó caer sobre el sofá de cuero; el corazón le latía con agitados saltitos que sonaban a hueco.

–Joe, no querrás decir que Laurey y tú estáis pensando en...

–¿Divorciarnos? –Joe la miró con ojos sombríos y labios prietos–. No, nada de eso, Laurey sólo quiere estar sola una temporada para pensar. Ya ves a lo que hemos llegado. –Su boca se torció en amarga sonrisa–. Eufemismos, lo que en realidad me está diciendo es: «Me traicionaste, maldito bastardo.»

«Y a lo mejor es verdad. Pero la culpa es también mía, en parte.»

Annie había abandonado a Joe en apariencia, pero no en realidad. En su corazòn seguía asida a su amor, cuidándolo en secreto, protegiéndolo como una vela cuya llamita vacilante podría apagarse. Usaba ese amor para mantener a Emmett a distancia, quizá también castigar a Laurel por haberla privado de Joe.

Pero, aunque esto fuera verdad, no había sido deliberado.

–Laurel está ofendida, eso es todo. Se le pasará –dijo Annie rápidamente, tratando de soltar aquellas palabras para oírlas con sus propios oídos, y quizás incluso creerlas.

—No, es algo más. —Joe se dejó caer sobre el sofá, al lado de ella, con los antebrazos sobre las rodillas y la cabeza caída hacia delante. Annie veía los pelillos de su nuca, como el suave vello de Adam, y contuvo un impulso de alargar la mano y acariciarlos—. Laurel es... distinta. Me casé con una niña, pero la niña ha crecido. Me quiere, pero ya no me necesita verdaderamente como solía. Y eso está bien, aunque la cuestión es que ahora soy yo el que... *la necesita a ella.*

Su voz se atascó, angustiada, en estas últimas palabras.

—¿Y qué piensas hacer?

—Pensé escribirle una carta.

Joe señaló un bloc de papel y unas cuantas hojas estrujadas que había sobre la mesa.

—¿Y qué piensas escribir?

—Que la quiero.

—Eso ya tiene que saberlo ella.

—Sí que lo sabe, o por lo menos eso creo.

—Pues, entonces, ¿a qué viene todo esto?, ¿a *qué*?

—A que también sabe que ella no es la única. A que sabe lo que siento por ti.

Annie oyó ruido de pasos en el piso de arriba. Afuera, una paloma arrullaba en el alféizar de la ventana; y ella se preguntó si el alba estaría cerca. Sentía frío en lo más hondo de los huesos, y en su propio corazón... ¿Qué pasaría si acababa quedándose poco a poco sin cuerda, como un reloj?

—No hemos hecho nada malo —dijo Annie, sintiéndose como una niña tonta en el colegio, que no sabe qué decir, cómo responder.

Joe respiró entre dientes con un ruido como de silbido:

—Dios mío —dijo—, a veces pienso que *todo* lo que hemos hecho ha sido malo. Todo este fingir.

Annie quiso taparse los oídos, cerrar la voz de Joe. Al mismo tiempo, sintió algo acuciante en su interior, un calor que crecía.

—¡No! —gritó—. ¡No fue así! Yo quería... quería *sinceramente* que tú y Laurey fueseis felices.

Su mente examinaba sus propias palabras como una persona que inspecciona cuidadosamente la ropa que acaba de comprar para ver si tiene alguna mancha o alguna falta, como un botón suelto o una costura descosida. Se serenó un poco. Sí, había dicho la verdad. Naturalmente, ella quería que su hermana fuese feliz, que su matrimonio fuese bien. Naturalmente.

–Lo mismo me pasó a mí. –Joe se apretó los pulgares contra los párpados cerrados–. Lo mismo me pasó a mí.

–Dile eso. Dile...

Joe la miró, y el dolor que expresaban sus ojos era insoportable. ¡Dios santo!, ¿cómo podía soportarlo?, ¿y cómo podía *ella*?

–A veces pienso –dijo él despacio, con los ojos fijos en el rostro de Annie– que si tú y yo hiciésemos el amor una vez, una sola vez, yo no me sentiría tan... tan defraudado.

El silencio parecía tragarles. Sólo se oía el murmullo gutural de la paloma al otro lado de la ventana. Y el tictac constante del radiador al refrescarse.

–¿Quieres hacer el amor conmigo ahora?

La pregunta salió de Annie antes de que ésta se diera cuenta de haberla hecho. Se quedó anonadada, sin aliento, y se retrepó en su asiento con el corazón desbocado.

Pero al mismo tiempo se sentía extrañamente tranquila, como si estuviera penetrando en un estanque profundo y fresco, en el que su reflejo rielase oscuramente. Había viajado eternamente para llegar hasta allí y quizás ahora, por fin, terminase el viaje. ¿No era esto lo que había venido buscando?, ¿la satisfacción de un deseo tan antiguo que había acabado por convertirse en una parte de ella, en sus huesos, en su carne? Cuando estaba con Joe, el deseo que sentía por él palpitaba en cada palabra que decía, en el corazón de cada pensamiento. Y, sin embargo, siempre se contenía, cuidando de formar cada palabra, cada contacto, cada beso público como una exquisita miniatura. Siempre circunspecta, siempre dentro de los límites de lo fraterno.

Joe la miró, y sus ojos tenían toda la ternura de un abrazo. Sus ojos, en aquella luz, parecían más castaños que verdes. ¡Qué bello color! ¿Cómo podía pensar nadie que el castaño era un color monótono? Los ojos de Joe eran del color de la tierra, de las edades. Hasta el diminuto calado de líneas que salía de las comisuras de los ojos la emocionaba, infundiéndole deseos de estrecharle en sus brazos.

Joe, con un movimiento espasmódico que sobresaltó a Annie, se puso en pie, sin tocarla, sin volverse siquiera, y abandonó la estancia.

Y Annie, como hipnotizada, le siguió.

El dormitorio de Joe era más pequeño de lo que ella recordaba, con una gran ventana que daba a un patio diminuto, iluminado por una bombilla amarilla que difundía una luz cerosa sobre plantas bajas de hoja perenne y otras plantas que quedaban del verano. La habitación estaba en penumbras, sólo la luz que llegaba del patio le daba una extraña luz, como de una vieja película en blanco y negro. Una película sin comienzo ni final... sin otra escena que la que estaba desarrollándose allí en aquel instante.

Joe no dijo nada mientras Annie se desnudaba, sus ojos estaban fijos en ella, y eran indescifrables. Luego se quitó el jersey y quedó sólo con los tejanos, su largo torso punteado por la sombra de un árbol que se mecía de tal manera que parecía respirar al mismo ritmo que ellos.

Annie le observó al quitarse el resto de su ropa.

Annie temblaba, pero no de frío. Era la imagen de Joe, desnudo y bello, un hombre alto y reluciente como una hoja, cuyo rostro parecía componerse solamente de luz y sombra.

Estuvieron así, el uno frente al otro, desnudos, sin tocarse. Annie, por su parte, se sentía cogida en un campo eléctrico, el aire que la rodeaba estaba empapado de electricidad estática que centelleaba contra su piel desnuda, llegando hasta la raíz misma de su pelo. Se veían diminutas estrellas lejanas reluciendo en el borde de su campo visual, y en su cabeza oía un zumbido estridente. Se sentía asustada, débil y temblorosa, apenas capaz de sostenerse en pie.

Si no se elejaba ahora de él, se vería arrebatada y quizá no se detuviese nunca más.

Pero se sentía incapaz de moverse, ni siquiera con un tren a toda marcha en su interior se habría movido.

Joe empezó a tocarla. El cabello, el rostro, las puntas de sus dedos rozaban suavamente sus párpados, su nariz, sus labios, sus orejas. Eran contactos suaves, delicados, que la calmaban, excitándola a la vez. Como si Joe estuviera explorándola. Estaban unidos en numerosísimos puntos, y, al tiempo, era sorprendente lo muchísimo que aún les quedaba por descubrir de sí mismos. Un universo.

Palmas suaves, frescas ahora, casi hirvientes en el instante siguiente, resbalando, deslizándose por el cuello, los hombros, los brazos ya cubriendo sus pechos, mientras él se inclinaba para besárselos uno a uno. Annie se desmayaba, puntitos de luz azul bailaban detrás de sus párpados.

–Oh... oh... Joe...

Él se estremeció, exhalando un ruido sordo y gutural, entre suspiro y gemido. La atrajo hacia sí, comunicándole su propia emoción, su calor. Finalmente, la besó. No fue un simple beso... fue más, sí, muchísimo más. Si la hubiese penetrado en aquel momento, Annie no habría podido sentir más júbilo que él sentía ahora, llena como estaba de un calor brillante, como si toda ella resplandeciese y brillara. ¡Dios!, ¿cómo era posible haber postergado esto durante tanto tiempo?, ¿cómo?

Ella le tocó. Aquí y allá. ¡Qué bello era! Le encantaba la economía de sus líneas, no había en él nada sobrante, nada que no encajase perfectamente con el resto de su cuerpo. Huesos largos, músculos como los de un gato. Piernas largas, modeladas como cucharas de sauce. Y aquí, donde estaba tocándole ahora... estrecho y suave... un poco de humedad en la punta, caliente y pegajosa.

La habitación vaciló, se ladeó. Ahora Annie estaba echada en la cama, y Joe de rodillas sobre ella. La besó en los pechos, en el ombligo... y más abajo. Annie gritó, el tierno impacto de la boca de él la dejaba sin aliento, la sensación era tan aguda como una agonía. Cogió la cabeza de Joe con ambas manos, apretándole las sienes, en las que se notaba un pulso precipitado.

Annie empezó a llorar silenciosamente, lágrimas que se

derramaban por su frente, humedeciéndole el pelo. Le deseaba... Sí, ¡cuánto le deseaba! Pero, al mismo tiempo, no quería que acabase, ansiaba que durase eternamente.

Se sentía ascender hacia un punto más alto y más bello. Lo oía en el apresuramiento de su aliento y el de Joe. Sentía que se intensificaba, que florecía con cada latido... en las muñecas, la garganta, las sienes. Sentía lo que se acercaba...

Ahora, ahora...

—Dentro de ti —jadeó él—. Siéntelo. Siénteme. Qué maravilla. Annie. Tu nombre. ¡Dios mío, cuánto amo tu nombre! Annie, Annie, Annie. ¡Oh, Dios mío, me corro...!

—¡Sí! —gritó ella.

Era un torrente desbocado y ardiente, blanco, cegador, más dulce que ninguna cosa de las que había sentido en toda su vida. «¡Oh..., sí!»

Luego, los dos exhaustos y reposando, Annie pensó: «¿Pero puedo prescindir de esto?, ¿sería posible prescindir de esto y seguir viviendo?»

Sin embargo, incluso si prescindiese de él, Annie se decía que ya no sería la misma. Sentía como si un círculo en su interior por fin se hubiese cerrado. Aunque imaginarse la vida sin Joe siempre había sido una agonía para ella, ahora se sentía llena de extraña paz.

El mundo exterior comenzó a penetrar en ella. Voces amortiguadas llegaban a sus oídos desde el piso de abajo, oyó el ruido de un retrete en el apartamento de arriba. Afuera, el maullido quejumbroso de un gato, el ruido metálico del cubo de la basura. A lo lejos, el largo silbido de una sirena.

La mañana.

Se volvió hacia Joe, que estaba echado a su lado, hecho un ovillo, con una de sus largas piernas cruzada sobre la suya y un brazo ciñéndola por la cintura.

—Te quiero.

Estas dos palabras le salieron con naturalidad, como una frase ensayada incontables veces en su cabeza.

Joe le apartó el pelo de la frente; Annie acababa de cortárselo no haría ni una semana, más corto que antes, como una capucha ajustada, de un reluciente castaño oscuro.

Ahora se decía que habría estado mejor más largo, quería tener largas trenzas de esas que llegan hasta la cintura para que Joe las enrollase en torno a sus dedos y hundiese su rostro en ellas.

Pero Joe no miraba su pelo; sus suaves ojos castaños estaban fijos en su rostro:

–Gracias –dijo–. Por esto. Por ti.

–Ha sido más fácil de lo que pensaba.

–No digas eso. –Joe le puso un dedo sobre los labios–. No consigo sentirme culpable. A lo mejor debiera... No lo sé. Pero yo diría que, tratando de comportarnos honorable y dignamente, hemos causado más daño que otra cosa.

–Joe, ¿piensas que si hubiéramos...?

Annie trató de incorporarse, pero Joe la mantuvo echada con delicada fuerza.

–Annie, somos nosotros, sólo nosotros dos los que estamos aquí, en la cama, ahora. No sé lo que pueda pasar mañana o pasado mañana, o el año que viene, pero, aquí y ahora, en este preciso instante, sólo sé una cosa: que te quiero.

La imagen de Laurel cabrilleó ante sus ojos, luego se extinguió. Mañana se enfrentaría con ella. Y con la sensación de culpabilidad. Quería que este momento, por lo menos este momento, fuese solamente suyo.

–Otra vez –susurró, apretándole contra sí–, haz el amor conmigo otra vez.

Pero cuando la hubo penetrado de nuevo, Annie sintió pasar el momento con demasiada rapidez, abandonándola incluso mientras él la abrazaba, como si estuviera bebiendo de una copa que tenía un agujero en el fondo y ella tratase desesperadamente de apagar su sed antes de que las últimas gotas se le escapasen.

CAPÍTULO XXXIV

Dolly entró como un torbellino en el vestíbulo de la sala de baile y en seguida se vio envuelta en una nube de humo de tabaco. ¡Cuánta gente había allí! La estrecha estancia de techo alto estaba abarrotada de hombres con esmoquin y mujeres con vestidos largos de crujiente seda, rígido brocado, relucientes lentejuelas, todos juntos en grupos, alargando el brazo para coger una copa de champán o un canapé de bandejas de platas que circulaban en manos de camareros de chaqueta marrón. Todas las sillas, tapizadas de carmesí, estaban ocupadas, y las palmeras y mesas, con sus lámparas rematadas por pantallas fruncidas color rosa, habían sido puestas contra la pared para hacer más sitio.

Un cuarteto de cuerda, cuya música apenas se oía, tocaba en un rincón bajo un dosel dorado. Los músicos recordaron a Dolly las figuras mecánicas de una complicada caja de música. Mirando las bellas puertas cubiertas de espejo, las molduras doradas que bordeaban el techo y las paredes, Dolly recordó otros años, otras ferias del chocolate, cuando ella y Henri se cogían la mano bajo la mesa, contando casi los minutos que faltaban para poder volver al apartamento y apretarse el uno contra el otro.

Sentía un dolor sordo en el pecho, y se llevó la mano al hondo escote de su vestido de satén verde esmeralda. Y también se sentía algo mareada, vacilando sobre sus tacones altos como si estuviera tratando de conservar el equilibrio sobre el borde mismo de un abismo. Se asió al gran *pendant* de zafiro que llevaba en la hendidura de su pecho, como si quisiera reafirmarse.

Henri. ¿Dónde estaría ahora? Había dicho que asistiría a la feria, pero el recado que encontró en su contestador automático estaba muy confuso, lleno de ruido de fondo. La había llamado desde el aeropuerto Charles de Gaulle, eso por lo menos estaba claro. Su avión despegaba dentro de unos minutos, y decía que estaría en Nueva York con tiempo para asistir a la feria. Y en aquel momento, cuando el corazón de Dolly parecía congelarse, Henri añadía que tenía que hablar con ella de algo muy importante...

Había decidido esperar hasta última hora de la tarde antes de probar a ver si daba con él en el Regency, donde paraba siempre. Sí, el señor Baptiste había reservado habitación, le dijeron, pero todavía no había llegado. Dolly dejó recado de que había llamado. ¿Acaso había ocurrido algo al avión? Y, otra cosa: ¿qué significaba tan lacónico mensaje?

Dolly cerró los ojos. «¿Estaré perdiendo la cabeza? ¿O será que con el cambio de vida todo se me vuelve confuso? Pero lo cierto es que estoy convencida de que Henri quiere hablarme de algo más que simples negocios. Y si no me quito esta estúpida obsesión de la cabeza antes de que aparezca por esa puerta, voy a hacer el más completo de los ridículos...»

Hizo memoria. Hacía cuatro años que Henri no venía a Nueva York para la feria del *Gourmand*. Normalmente, enviaba a Pompeau, junto con Maurice o Thierry. De modo que, ¿por qué venía, así, de pronto, este año?

Le parecía haber oído la palabra «funeral» entre los ruidos de electricidad estática. ¿Habría muerto el viejo Girod? Y, entonces, ¿por fin Henri era libre?

No, probablablemente Henri portaba malas noticias. Por ejemplo, que Francine había ganado, e iba a desbancar por completo a Dolly. Sí, eso era lo bastante importante como para inducir a Henri a venir a decírselo a ella en persona. Dolly se quedó sin aliento.

Tenía que dar con Henri. Tenía que *saberlo*.

Dolly pasó junto a un camarero que le ofrecía una bandeja de esbeltas copas burbujeantes de champán. Levantándose sobre la punta de sus zapatos de satén color esmeralda, Dolly se esforzó por mirar por encima de aquel mar de cabezas, pero no vio a Henri. Sus ojos se cubrieron de lágrimas, desdibujándolo todo.

Parpadeó, su vista volvía a aclararse y comenzó a reconocer rostros. Junto al bar, charlando como amigos de toda la vida, vio a los jefes de las dos principales empresas chocolateras de Bélgica: Kron y Neuhaus. Rivales, y cada uno probablemente deseándole al otro que le cayese una araña de cristal encima. En el otro extremo de la estancia Dolly vio a un hombre alto y apuesto: Teddy McCleod, un viejo amigo suyo de Perugina. Le envió un beso con los dedos, y él respondió guiñando un ojo. Y junto a la mesa donde ya estaban distribuyendo las papeletas con la designación de los asientos, le pareció ver a Robert Linxe, de La Maison du Chocolat. Reconoció también a Maurice Bernachon y al hijo de éste, Jean-Jacques, y a Marie Biard, de Debauve & Gallais.

Había otros cuyos rostros reconoció, pero cuyos nombres no recordaba. El sujeto fornido de Charleston Chocolates, que se ufanaba de producir los bombones favoritos de Elizabeth Taylor. La señora rubia de Li-Lac. Y el hombre apuesto y de rostro rubicundo de Leonides.

Pero, ¿dónde diablos estaba Henri?

De pronto tuvo una idea: tal vez estaba dentro, pasando revista a la exposición de Girod.

Dolly se dirigía ya hacia las puertas de espejo que se abrían al salón de baile cuando vio a alguien que le hacía seña de que se acercase. Era un hombre impresionante, rubio, que parecía salido directamente de una ópera de Wagner. Fumaba un fino cigarrillo.

Dolly había olvidado su nombre, y lo único que recordaba era que tenía algo que ver con Tobler-Suchard. Le hizo un ademán de saludo, pero siguió su camino.

Entró en el salón de baile, que estaba en silencio y sin más gente que el personal del hotel que daba los últimos toques a las mesas, y los miembros del jurado del *Gourmand*, tomando nota sobre los pabellones. Más tarde, durante la cena, los miembros del jurado probarían y juzgarían las muestras comestibles. En la categoría de trufas y bombones, lo importante era el sabor y el aroma, eso Dolly lo sabía, pero también la calidad del chocolate tenía la misma, si no más, importancia. El chocolate se juzgaba según varios criterios: *presentación*, es decir, que tuviese una superficie bien lustrosa; *chasquido*, es decir, que se rompiese con facilidad, sin desmigajarse o deshacerse como la cera; *degustatividad*, que era lo mismo que textura, es decir, que no fuese arenoso ni estuviese demasiado húmedo; y *sabor*, es decir, su dulzor, el porcentaje de licor y el aroma.

Dolly, después de comprobar que el chocolate que exponía Girod estaba a la altura de las circunstancias, se detuvo bajo el largo pórtico de mármol que limitaba la parte del salón donde tendría lugar la cena. Los camareros pasaban a su lado con bandejas de canapés vacías, desapareciendo por las puertas de vaivén de la cocina para reaparecer inmediatamente con bandejas llenas.

Más allá de las columnas de mármol, Dolly vio el principal salón de baile, iluminado por dos enormes arañas de cristal. Sus paredes eran color crema, con bordes de oro, y el techo abovedado estaba adornado con camafeos de escenas pastoriles rodeadas de molduras de filigrana. En un extremo estaba el escenario, con grandes cortinajes de terciopelo rosa, y a lo largo de la pared opuesta, cuatro nichos altos y arqueados que parecían palcos de ópera. En el centro había grupos de mesa, todas con mantel de damasco y adornos florales de diminutas rosas rojas y frisias.

Dolly recordó aquella misma mañana, cuando había ayudado a Pompeau a preparar el pabellón de Girod. Todo aquel salón parecía entonces una colmena febril, con mocetones que traían envases de todos los tamaños, personal del hotel disponiendo las mesas de la cena, chocolateros con grandes mandiles blancos sacando con gran esmero sus frágiles construcciones, poniendo en orden sus muestras en las largas mesas enmanteladas de blanco que había en la parte delantera del escenario, y dando los últimos toques a sus obras maestras de chocolate.

Ahora ya todo estaba en su sitio y a punto, y todo parecía tan exquisito, representaba tal triunfo de la inteligencia y el arte, que Dolly se quedó parada, como embrujada.

Cada pabellón estaba algo separado de los otros, con una tarjetita dorada en la que constaba el nombre del *chocolatier* que representaba. Bandejas de plata con complicadas exposiciones de trufas y chocolate con crema, opulentos pasteles y *tortes* y pastas, dispuestos como joyas en el escaparate de Cartier; una enorme ponchera de chocolate al estilo inglés del siglo XVIII estaba llena de fresas cubiertas, mitad por mitad, de chocolate blanco y chocolate negro.

Dolly vio un juego de ajedrez cuyo tablero y piezas estaban hechos enteramente de chocolate blanco y negro, y, a su lado, una copia exacta de un galeón español, y junto a él, en tamaño natural, un cuaderno de bitácora, un catalejo y una bolsa de «doblones» envueltos en papel de oro. Dolly sonrió al ver el tren de juguete hecho de chocolate, con vagones abiertos llenos de bombones de crema de chocolate en forma de soldados, muñecas y letras. Apoyado en un caballete, detrás del tren, había un rompecabezas de una escena campestre hecho de chocolate negro pintado sobre fondo de chocolate blanco, y, a su lado, una estupenda copia de la Monna Lisa sobre «lienzo» de chocolate blanco y pinturas que Dolly sabía perfectamente que estaban hechas de polvo de cacao mezclado con extracto de café. Su fastuoso marco tallado estaba también hecho de chocolate y adornado con pedacitos de pan de oro.

Había una cabaña rústica hecha con troncos bastamente cortados y cepillados, espolvoreados de cacao y con un diminuto pozo de piedra junto a la entrada hecho a base de toscos pedazos de chocolate. Había también un águila tallada en un enorme pedrusco de chocolate negro, delicadamente matizadas sus líneas, rostro y plumas de las patas pintados con chocolate blanco, y el conjunto era tan natural que daba la impresión de estar a punto de levantar el vuelo.

En el centro de la gran mesa Dolly vio algo que le hizo aplaudir y reír: un castillo de hadas del tamaño de una casa de muñecas, hecho de hojaldre de chocolate, con sus muros almenados, sus torres y torrecillas, y rodeado de un foso de nata batida. Al lado había un hombre con una cámara fotográfica, y Dolly observó a un jefe de cocina con chaqueta blanca levantar con gran cuidado el tejado de la torre de homenaje para que el fotógrafo tomase una foto del interior: una sedeña nube de crema color café moteada de frambuesas frescas y avellanas tostadas. A Dolly se le hizo la boca agua.

Fue entonces cuando vio el árbol.

Estaba en el centro de la exposición de Tout de Suite, sobre un plinto bajo, en una de las mesas largas, rodeado de pasteles de exquisito aspecto en rústicos platos de madera, y trufas que se desbordaban de cestos hechos con ramillas de chocolate. ¡Una «merienda campestre»! ¡Qué brillante idea había tenido Annie! Acercándose fascinada, Dolly se fijó en que las ramas y el tronco del árbol estaban moldeados con el chocolate dulciamargo más oscuro, moteados con nuez molida y «punteados» con un cuchillo muy cortante a fin de darles aspecto de corteza áspera. Las hojas eran tan delicadas que casi parecían susurrar a la brisa de los acondicionadores de aire. Y, colgando de sus ramas de finos hilos de oro, había docenas de pequeñas y exquisitas peras de mazapán.

Aquello era un triunfo, obra de Annie, de su propia Annie. Dolly se sintió orgullosa. Recordó que su sobrina la había llamado hacía unos días para hablarle del árbol, de lo complicado que era hacerlo. Pero, la verdad, esto... esto sobrepasaba todo cuanto Dolly se había imaginado. Y era seguro que iba a impresionar profundamente a los miembros del jurado.

Primer premio. Annie le había dicho que tenía necesidad de ganar, y Dolly, ahora, estaba segura de que ganaría. Aquella chica tenía la energía inteligente de su madre, pero sin la fragilidad de Evie. Lo único que le faltaba era casarse con aquel hombre tan encantador. Emmett era de oro macizo, pero Annie no acababa de darse cuenta de ello. A Dolly le habría gustado decírselo, y coger a Emmett y atarle bien atado antes de que fuera demasiado tarde y escapase.

«¿Pero qué derecho tengo yo de aconsejar a otras sobre los hombres?»

Dolly volvió a pensar en Henri mientras miraba la exposición de Girod, que consistía en un surtido de pequeñas *tortes*, bombones y trufas, dispuestas a distintas alturas, como un jardín florecido. ¿Le gustaría a Henri? Desde luego no era el más llamativo de todos, pero, por otra parte, Girod podía permitirse el lujo de comportarse con el aplomo del que ha llegado a la cima. Así y todo, Dolly se sintió inquieta. ¿Estaba en su punto la *marquise* de chocolate?, ¿y era posible que Pompeau no hubiese notado la grieta diminuta que había en el escarchado de la *boule de neige*? El *Saint Honoré au Chocolat*, sin embargo, era la perfección misma: un círculo de buñuelos de caramelo rellenos de chocolate a la crema, flotando sobre una nube de crema batida de moca encajada en una concha de *pâte brisée*. «Esto sí le gustará a Henri...»

Y entonces se fijó en que el centro de la parte acotada para la exposición de Girod se había despejado un trozo del tamaño de una bandeja, como si en el último momento Pompeau hubiera decidido dejar sitio para una muestra nueva. Pero, ¿qué sería? Dolly había pasado revista con él a todas las muestras que tenían, sin olvidar siquiera un pedazo de jengibre escarchado, de modo que, si su intención era añadir alguna otra cosa, se lo hubiese dicho. A menos que...

Dolly abordó a uno de los miembros del jurado, conocido suyo, Clark Nevelson, que estaba tomando notas en un bloc de taquigrafía:

–¿Conoce usted a monsieur Baptiste, de Girod?, ¿le ha visto?

Nevelson, alto y delgado, pero con una abultada tripa que le daba aspecto de canguro, era redactor jefe de la revista *Gourmand*, y probablemente conocía a todo el mundo que participaba en la feria.

–¿Henri?, claro que le conozco, le vi hace unos minutos. Está en la cocina preparando algo.

«Está aquí.» El corazón de Dolly se desbocó, y la sala entera le pareció de pronto caliente. ¿Qué estaría haciendo?

Se dio cuenta de que Nevelson estaba mirando su escote, casi como alguien en el borde de una piscina con idea de zambullirse en ella.

Dolly, contenta de que un gastrónomo como aquél siguiera todavía interesado en otras cosas, fingió no darse cuenta.

–Gracias –le dijo a Nevelson, dirigiéndose apresuradamente a la cocina.

Pero en aquel mismo momento se abrieron las puertas del salón contiguo y la gente empezó a entrar. Dolly encontró el camino cortado por tres hombres de esmoquin y una mujer gorda con vestido de brocado. Maldiciendo entre dientes, dio la vuelta en torno a ellas, pero ahora la muchedumbre parecía la de la estación de Metro de Times Square en hora punta.

Pasando con esfuerzo junto a un hombre que, evidentemente, había bebido más de la cuenta, y preguntándose cómo era posible que un hombre de esmoquin pudiera emborracharse como una cuba sin dejar de parecer tan elegante como Cary Grant, mientras que el bebedor de tejanos y gorra siempre parece desagradable, Dolly divisó a Annie junto a una de las columnas de mármol rojo.

Su sobrina estaba conversando con un hombre mayor, fornido, de rostro sonrosado y cabello gris cortado al rape. Hyman Felder. Dolly le reconoció por haber visto su foto en el *Business Week*. Annie llevaba un vestido largo de terciopelo color cobre batido y con un escote posterior como el que Marlene Dietrich llevaría para *El ángel azul*. Cada vez que Annie hacía un ademán o se inclinaba para subrayar sus palabras, el vestido se tornasolaba sutilmente de azul, rielando como si estuviera incendiado. Su piel olivácea relucía, y su lisa capucha de pelo castaño exhalaba pícaros parpadeos. De sus orejas colgaban largos pendientes de oro en forma de puñales.

Dolly se dio cuenta de la tensión que comenzaba a crispar los hombros de Annie y a ladear su cabeza mientras escuchaba lo que estaba diciéndole Felder. Ganar el primer premio, y, con él, un contrato de Felder, era importantísimo para ella. «Por favor, que lo gane...»

A Girod's no le importaría mucho quedar el segundo, o incluso el quinto. Su reputación era muy sólida, y nada se perdería si no ganaba el primer premio. Pero Dolly sabía que Tout de Suite lo necesitaba para seguir a flote.

«Si yo pudiera convencer a Felder personalmente.» Ya se acercaba a él, dispuesta a ensayar todas sus artes de encantamiento... y probablemente también su escote, cuando un hombre de esmoquin subió al escenario y habló a través del micrófono:

–Señoras y caballeros, por favor, ocupen sus respectivos asientos... La cena está servida.

Dolly sintió una honda decepción. Ahora iba a tener que esperar, y abrigar la esperanza de que a Henri le hubiese tocado sentarse a la misma mesa que ella.

Y entonces reparó en que tampoco había visto a Laurel. Su sobrina le había dicho que quizá llegaría un poco tarde, pero ya eran más de las ocho y seguía sin aparecer. ¿Habría decidido no venir? ¿La habría disuadido la posibilidad de encontrarse con Joe? Si era así, resultaba irónico, ya que, en la medida en que Dolly había podido comprobarlo, tampoco Joe estaba allí.

Dolly sintió un brazo en torno a su cintura y se volvió mientras su corazón se desbocaba. ¿Sería Henri? Pero no, no era Henri, sino su viejo amigo Seth Hathaway, presidente de la Asociación de Confiteros.

—¡Dolly! —exclamó, con cara de perro pachón surcada de venillas rojas sonriendo de oreja a oreja—, ¿pero dónde te habías escondido?

—Pues justo delante de sus narices —replicó Dolly.

Él miró la tarjeta que tenía en la mano:

—Vaya, qué suerte, estamos en la misma mesa. —Y con cortesana solemnidad y ojos regocijados, le ofreció su brazo—. ¿Me concede usted el honor de llevar a su asiento a la dama más guapa de esta reunión?

Dolly cogió su brazo, sonriendo también para ocultar la frustración que la invadía y apagar los violentos latidos de su corazón.

«Henri, pero ¿dónde diablos te has metido?»

—Tienes valor —le dijo Felder—. Corres un buen riesgo con una cosa tan original como un árbol de chocolate, ¿a quién se le habría ocurrido?

Felder movió la cabeza con admiración.

—De eso se trata, de correr riesgos, ¿no?

Annie bebió un sorbito de champán, mirando a Felder de reojo y tratando de aparentar serenidad, aunque por dentro estaba tan nerviosa como un gato enjaulado. «¿Y si considera que soy demasiado osada, que voy demasiado lejos?»

Pero su exposición era algo más que un simple espectáculo. De sobra sabía ella que sus muestras sabían a gloria, sobre todo su *Torte L'Aveline*, su preferida. La veía por el rabillo del ojo, absurdamente elegante contra el telón de fondo del mantel cuadriculado de merienda campestre: capas de *genoise* de chocolate y crema de chocolate a la avellana cubiertas de un fino escarchado dulciamargo, moteada de pan de oro y atada con una cinta de «satén» carmesí hecha de sirope de frambuesa almibarado. Un mordisco solamente, y cualquier persona quedaba prendada.

Pero, ¿y si a los cinco miembros del jurado, entre los que estaban Nan Weatherby, del *Metropolitan*, y la nueva redactora de postres del *Gourmand*, no les gustaba el ron o la crema de avellana? ¿Cómo había imaginado que ella, *ella*, iba a superar a Manon, Teuscher o Neuchatel? Quedar en segundo o en tercer lugar sería un triunfo, desde luego, excepto que la dejaría exactamente donde estaba en aquel preciso instante en su negocio con Felder: en cero.

«*Tengo* que hacer que esto funcione –pensó–. Tengo que convencerle, incluso si no gano, de que le conviene llegar a un acuerdo conmigo. Quizás engatusándole durante la cena, antes de que se anuncien los premios.»

Y entonces, *si* sacaba el primer premio, Felder se consideraría un genio por haberla fichado antes que los demás.

De pronto Annie notó que no quería seguir sonriendo, ni hablando, ni permanecer más tiempo entre aquella gente. No había dormido la noche anterior, y estaba viviendo de pura energía nerviosa.

Pasaban por su cabeza imágenes de la noche anterior, con Joe, como escenas de una película muy antigua. El rostro de Joe, cerniéndose sobre el de ella a la luz lechosa del alba, sus cuerpos, un *intaglio* de brazos, piernas y sábanas, todo entrelazado. Era como si hubiese ocurrido hacía años y años. Se dio cuenta de que aquello no era el comienzo de una relación amorosa, sino algo remoto, como de otra época.

¿Pues qué era, entonces?, ¿una despedida?

La invadió una sensación de dulce tristeza.

Los dos probablemente sabían que aquello era el fin, y ésta era la razón de que ninguno de los dos sintiese la necesidad de decirlo con palabras. Pasara lo que pasase entre Joe y Laurel, ella y Joe nunca serían más que lo que siempre habían sido: amigos que se querían, amantes que amaban más a otros.

Annie se sintió triste, pero en cierto modo satisfecha...,

como si hubiera llegado al final de un largo viaje y encontrado, no ya lo que buscaba, sino un lugar en el que reposar.

Al otro lado de la explanada llena de gente, Annie vio a Emmett, cerca de las puertas de espejos, hablando con un grupo de belgas, y sintió que en su pecho algo se detenía vacilantemente, como una peonza sin cuerda. En aquel preciso instante debiera estar en compañía de Emmett, organizando cosas con él, y no con Felder. Recordó que al volver a casa aquella mañana, al amanecer, había encontrado sobre la mesa de la cocina una extraña nota de Emmett: «Espero que encontrases lo que buscabas.»

¿Qué quería decir con esto? ¿Había adivinado o averiguado de alguna manera que ella había pasado la noche con Joe? Había estado febrilmente ocupada el día entero, y llegado a la feria temprano, más de una hora antes que Emmett, para ver si su exposición estaba como debía, pero, así y todo, aún no había tenido ocasión de hablar con él. Y ahora, de pronto, la invadía una intensa necesidad de estar con él, de averiguar qué había querido decir.

Él no se había acercado a ella durante la recepción. Pero, buscando su mirada y encontrándola, le indujo a acercarse adonde ella estaba con Felder. Y Annie notó que no sonreía.

Annie, mientras Emmett se acercaba, se forzó a seguir prestando atención a Felder.

—...California es esencial para mí —decía—, luego, con instalaciones de primera, en Pasadena y en Century City, centros comerciales y de recreo en torno a un gran almacén Felder's, algo verdaderamente elegante, ya me entiendes, con cataratas interiores, y vegetación, y música, pero nada de música enlatada de esa que se oye en todas partes, sino Mozart...

Annie, esforzándose en aparentar interés, iba a preguntar a Felder de dónde pensaba sacar el dinero para sus planes, pero de pronto sintió la recia presencia de Emmett a sus espaldas.

—Prométeme que te sentarás junto a mí en la cena, así podré oír todos los detalles —le dijo a Felder, tocándole ligeramente en el brazo y dedicándole su más brillante sonrisa–. ¿Me disculpas un momento?, tengo que hablar con alguien.

Felder asintió, despidiéndola con un afable ademán de su áspera mano, en cuyo dedo meñique llevaba un anillo de diamantes:

–Sí, ve, ocúpate de tus cosas.

Annie se volvió y vio a Emmett de esmoquin azul, camisa de seda fruncida y pajarita sujeta con una ágata pulida. Sus ojos azules se fijaron en ella con extraña intensidad.

–Annie –le dijo, sin sonreír–, ¿puedo hablar contigo a solas?

Ella asintió, al tiempo que el corazón le daba un fuerte vuelco. «Algo malo ha pasado, algo muy malo.»

Emmett la condujo rápidamente. Salieron por la doble puerta de espejo al salón de la recepción, en el que ahora sólo quedaban unos pocos invitados. Andaba con largos y firmes pasos, sin apenas cojear. Se paró poco más allá del guardarropía, donde el pasillo se ampliaba, formando una especie de glorieta a la entrada de los retretes.

Al volverse hacia ella, sus ojos la miraron fríos e inexpresivos como guijarros en el fondo de un arroyo. ¿Por qué la miraba así?, ¿y por qué sentía de pronto tanto frío?

Annie se asustó. Ansiaba que Emmett la abrazase, la apretase contra sí, la amase, le tomase el pelo, incluso que la reprendiese. *Cualquier* cosa menos aquella mirada dura e implacable, la mirada de un hombre que ha tomado una decisión.

«Lo sabe –pensó–. No sé cómo, pero sabe dónde estuve anoche. Cómo decirle que todo ha terminado entre Joe y yo sin que me diga él todo lo que acaba de ocurrir?»

Quería decirle muchas cosas, cosas que hubiera debido decirle hacía años, pero, ¡Dios mío, aquella mirada...!

«Em, he sido muy estúpida al no ver lo que tenía al alcance de la mano, me refiero a ti, por supuesto. Pensaba que siempre te tendría a mi disposición. No me daba cuenta de lo mucho que significabas para mí, de la misma manera que no piensa uno en lo esencial que es el comer o el dormir... Pero ahora lo comprendo, y si me das una nueva oportunidad, te prometo que te compensaré...»

–Annie...

–Emm, sé lo que vas a decir –le interrumpió ella, jadeante como si acabara de correr un kilómetro para alcanzarle; el corazón le latía violentamente contra las costillas–, pero, por favor, no lo digas, quiero decir, todavía no. Hablaremos más tarde, cuando volvamos a casa, cuando termine todo esto.

–Oye, se acabó. Punto final. Lo nuestro se acabó. –Annie no captó cólera en su voz, sólo pena y tristeza–. No creas que te culpo a ti. Yo sabía a lo que me exponía, y como uno de esos vaqueros que van de rodeo en rodeo, me dije que el que aguanta más tiempo a lomos del potro cerril es el que acaba ganando. Pero está claro que en la vida las cosas no son así de sencillas.

Annie le veía mover los labios, y recordó la primera vez que había encontrado fascinadores y extraños sus labios pecosos. Y atractivos también, físicamente atractivos. Deseaba a Emmett. Le deseaba tan ansiosa y apasionadamente como anoche había deseado a Joe.

–Te quiero –le dijo, y por primera vez se dio cuenta de que lo decía de verdad.

Los ojos azules de Emmett, centelleantes como luces de neón, la penetraban:

–Me quedé preocupado anoche, después de despedirnos. Parecías realmente agotada. No quise despertarte llamándote por teléfono, de modo que esta mañana fui a verte, a ver cómo estabas. A las cinco de la madrugada no estabas en casa, de modo que llamé a la fábrica, y hasta llamé a Louise a su casa, la desperté. Me dijo que irías a las seis y media. Y fue entonces cuando me acordé de Joe. ¿Fue a casa de Joe adonde fuiste anoche? –Emmett abría y cerraba sus manazas contra las caderas–. No, no me contestes... No quiero saberlo... O, mejor dicho, no quiero oírlo. –Levantó un puño, describiendo sobre ella un rápido, furioso arco, hasta casi tocarla, y luego, con los nudillos tensos, la acarició tiernamente en la mejilla.

Annie quería decirle que se equivocaba, que era a *él* a quien ella quería..., pero, ¿cómo explicarlo?

Emmett movió la cabeza, abriendo los brazos en ademán de impotencia:

–Anoche comprendí una cosa. Siempre pensé que el amor era algo infinito, como las estrellas, o como Dios. Pero ahora veo que no es así, que se puede acabar el amor como a un coche se le acaba la gasolina, o como se gasta una llanta después de kilómetros de carretera con baches. Estoy cansado, Annie. Ya no me queda nada.

Annie se sentía aturdida, como quien se ha zambullido en agua demasiado somera. Le dolía todo: el pecho, la cabeza, el estómago. Las lágrimas se agolpaban en sus ojos, y comenzaron a surcarle las mejillas. Tenía que hacerle comprender. Tenía que hacerle *saber*. Comprender y saber lo mucho que le deseaba ahora... y mañana... y siempre.

–Emm...

La voz de Annie se entrecortó, se extinguió entre sus labios. Quería rogarle, suplicarle, pero había algo que la contenía. Se dio cuenta de que si lo conseguía, toda su vida cambiaría... pero estaba como atascada con su espina dorsal dolorida, igual que Emmett con su pie tullido.

–En fin –prosiguió él–, quería decirte que no me quedo a la cena. Quería despedirme de ti.

–¿Así?, ¿de esmoquin? –bromeó Annie, esforzándose por sonreír a través de sus lágrimas.

Una comisura de la ancha y pecosa boca de Emmett se contrajo en sonrisa:

–No esperarás que me lance a la carretera en plena puesta del sol con aire de vagabundo, ¿verdad?

–¿Lanzarte a la carretera?, ¿a dónde vas?

Él se encogió de hombros:

–Me voy de aquí. Me voy al Oeste. –Sonrió, y sus ojos contrastaron de pronto con el atezado pecoso de su rostro grande–. ¡Voy a la frontera! ¡Otra vez hablo como un vaquero a la deriva!

–Los vaqueros, a la deriva o no, no viven de negocios inmobiliarios. –Annie suspiró hondo, secándose las lágrimas con el dorso de la mano, irritada consigo misma e irritada con él. Aquello no era justo. Emmett no tenía derecho a irse. No era justo que todo el mundo la abandonase–. No quiero que te vayas... Eso lo sabes, ¿no?

Emmett la miró un largo rato, y, por un momento, al ver

un relucir en sus ojos, una sombra en su rostro, Annie se dijo que quizá cambiase de idea. Pero él la besó someramente, y dijo:

–Una cosa es no querer que alguien se vaya, y otra muy distinta querer que se quede.

Siguió mirándola, serena y largamente. Sus ojos azules daban la impresión de ser ligeramente bizcos, como si tuviesen que desviarse para seguir los de ella hacia algún horizonte lejano, o quizás estaban tratando desesperadamente de no llorar. Annie sintió un súbito y acuciante deseo de tocarle, de tranquilizarle, aunque bien sabía Dios que era ella la que se sentía como si toda su vida estuviese desintegrándose. Levantó la mano y tocó humedad en la comisura del ojo de Emmett; la secó con el dedo pulgar. La boca de Emmett se contrajo en una sardónica sonrisa, y Annie sintió un desgarrador dolor interior.

Emmett le tocó la mejilla, breve y tristemente, y se apartó de ella.

Annie, viendo irse a aquel hombrón de pelo rojizo, con un pie tullido y con más corazón del que ella merecía, se sintió a punto de derrumbarse sobre la alfombra, bajo el techo dorado del Plaza Hotel, y llorar y llorar hasta que no le quedasen lágrimas.

Pero no, no era posible. Por lo menos ahora. Más tarde, cuando estuviese sola, sí lloraría.

Sintiéndose fría y entumecida, Annie se volvió y se dirigió al salón de baile.

«Me queda Tout de Suite», se dijo. Y, aunque anhelaba ir en busca de Emmett, sabía que si no se quedaba allí y conquistaba a Felder, no sólo perdería a Emmett, sino también su negocio.

Y entonces lo perdería todo.

Annie, irguiéndose y enjuagándose las lágrimas, entró por las puertas de espejo, con la cabeza bien alta, como una reina que se dispone a ser coronada.

–*Merde*!

Henri profirió un juramento al ver que la hoja de chocolate que estaba cortando con el cuchillo se partía en dos.

Acababa de sacarla de la cámara frigorífica, y, con el frío, se había vuelto demasiado quebradiza. Debería haberla dejado fuera unos minutos para que se pusiese a la temperatura ambiente. Pero en la cocina del Plaza, donde estaba inclinado sobre una pequeña mesa de esquina, el aire le había parecido bastante caliente para fundir mantequilla. Y si el chocolate se calentaba demasiado, su modelo tridimensional, ya casi terminado, y hecho enteramente de chocolate, se reblandecería y comenzaría a derramarse por los sitios donde las piezas estaban pegadas.

Las manos le temblaban, pero se forzó a seguir trabajando despacio. Se acabaron los errores. Puso un papel grueso en forma de cisne sobre el rectángulo de *couverture* que tenía delante, y, con una serie de cortes, rasgó la hoja de un par de centímetros de grosor. La obra tenía que ser perfecta, impecable, tenía que demostrarle lo mucho que la amaba todavía.

Unas pocas piezas más bien encajadas y todo estaría terminado: el lago del Bois de Boulogne, adonde había llevado a Dolly, hacía ya tantos años, la primera vez que salieron juntos en París.

El lago era una lámina oval de chocolate, muy fina y cepillada y moteada de chocolate blanco para dar la impresión de olitas. En torno a las orillas del lago había cuñas finas y en forma de daga, hincadas perpendicularmente a fin de que pareciesen juncos altos, algunos de ellos espolvoreados de cacao para darles contextura. Había pequeñas matas de lirios hechas de chocolate con leche, con flores de chocolate blanco, cuyos pétalos curvos eran finos como cáscara de huevo. Y, en el centro, una lancha de remos modelada con una mezcla maleable de *couverture* y glucosa denominada «chocolate plástico». Alrededor de la lancha había cisnes y gansos, y en un extremo se veía una pequeña cascada hecha con raspaduras de chocolate con leche, chocolate blanco y chocolate negro.

¿Lo reconocería Dolly? ¿Se acordaría? Pero, incluso si lo reconocía y se acordaba, quizá ya no le quisiese... «Cuántos años desperdiciados...»

¿Por qué había sido tan terco?, ¿por qué había insistido tanto en que Dolly fuese a vivir con él a París?

«*Non.*» Si Dolly aún le quería, empezarían de nuevo. Y aquí en Nueva York. Juntos. Él tenía algún dinero ahorrado, menos mal, y además tenía las acciones de Girod, por las que Francine, si no quería que saliesen de la familia, tendría que pagarle un buen precio.

«Girod.» La idea de no volver a ver su bella y amada tienda, de no volver a probar la última creación de Pompeau, de no volver a bromear con los aprendices y los empleados, le resultaba casi impensable.

Pero se acostumbraría. Toda aquella gente seguiría adelante sin él, como él sin ellos. Había entrado en el pequeño negocio de su suegro y, gracias a su trabajo, su pericia con el chocolate y su capacidad para seleccionar personal apropiado, lo había convertido en una empresa de gran prestigio. Y ese talento suyo podía llevarlo ahora a cualquier otro sitio. Incluso si intentaba comenzar de nuevo a partir de cero a la absurda edad de sesenta y dos años.

De modo que, estaba claro que esta copia exacta de un lago, como Girod, era algo más que simples pedazos de chocolate recortados y pegados: representaba todo su saber, todo su haber. ¿Y qué mejor manera de expresar sus sentimientos a Dolly? Con palabras, seguro que quedaría como un tonto. Mejor era hacerle ver... y saber que su corazón estaba en cada uno de aquellos lirios, en cada uno de aquellos juncos.

Henri mojó el extremo más ancho del ala del cisne en un cuenco de chocolate fundido, que se conservaba caliente al *bain marie*, y apretó suavemente el ala contra el cuerpo del cisne hasta que se hubo endurecido.

Pero ¡cuánto tardaba en terminar! Henri ardía de impaciencia por ir en busca de Dolly, pero se forzó a ir despacio. Todo tenía que quedar perfecto. En torno de él, los jefes de cocina daban órdenes como ladridos, pasando rápidamente cazuelas salteadas sobre las llamas. Las puertas se abrían y cerraban sin pausa y por ellas entraban y salían camareros apresurados con bandejas. De una larga hilera de calientaplatos salían nubes de vapor.

¡*Mon dieu*, si por lo menos pudiera mantener su mano

firme! Habían pasado ya muchos años desde sus tiempos de jefe de pastelería en Fouquet's, cuando solía esculpir cosas en chocolate. Y no era que hubiese perdido la pericia, sino que ahora tenía que ir despacio, en lugar de manejar cepillo y cuchillo con el certero abandono de antes. Sentía una extraña tensión en el pecho, y se preguntó si estaría a punto de tener problemas cardíacos. No, era miedo, sólo miedo. Miedo de que ya fuese demasiado tarde.

Después de poner en su sitio la última hoja y de rociar toda la obra con glaseado de confitería, Henri se quitó el delantal y dio unos pasos atrás para contemplar mejor su obra. Sí, Dolly la reconocería, se daría cuenta de que era el Bois de Boulogne: la cascada, los cisnes, incluso la lanchita que tanto le había gustado.

Henri miró en su reloj de pulsera. ¡*Mon Dieu*, si ya eran las ocho y media! No quedaba tiempo para mudarse de ropa. Llevaba el mismo traje con que había llegado en el avión, de modo que, a pesar de lo arrugado que estaba, con él iría a la cena.

Con cuidado, con gran cuidado, Henri levantó su obra maestra, que descansaba sobre una lámina de acrílico como una isla mágica de cuentos de hadas y despacio, muy despacio, fue hacia la puerta de doble hoja.

Haciéndose a un lado para evitar a un camarero que llevaba una enorme bandeja con cuencos humeantes de sopa, Henri sintió un pánico súbito.

«¡Ya están en el primer plato! ¡Si no encuentro a Dolly ahora, ahora mismo, antes de que se siente, antes de que comiencen los interminables discursos, no me quedará más remedio que esperar hasta después de la cena!»

¿Por qué no había pensado en hablar con alguien para que le ubicasen al lado de ella en la mesa? Así, por lo menos, podría respirar su perfume, tocarla.

Henri recordó de pronto la primera vez que había visto a Dolly, entrando en la cocina del sótano de Girod enfundada en una gabardina y con un gran pañolón brillante en la cabeza. Le cogía en un mal momento: algo que había pasado con el *ganache* le había puesto de pésimo humor, pero ella se había limitado a reírse de sus gruñidos: «¡No me haga caso!», había gorjeado aquella mujer encantadora a la que no conocía de nada, pero que le había interesado por su audacia y lo natural de su trato. «¡Usted siga con su trabajo, yo no me ofendo!»

Y, al cabo de tantos años, ¿seguiría queriéndole después de todas sus, cómo diría Dolly, de todas sus demoras?

Henri, con la garganta empapada en anhelo, llevaba su gran ofrenda en equilibrio sobre una mano mientras con la otra abría la puerta acolchada de la cocina.

Rudy estaba sentado en el Oak Bar, en el primer piso del Plaza Hotel, bebiendo su agua tónica a sorbitos. Nada de ginebra, prescripción médica. Pero entonces, ¿por qué se sentía como si acabase de tomarse media docena de martinis? Aquella sala sombría, con sus zócalos de roble oscuro y su techo de yeso con molduras parecía girar en torno de su cabeza, y el estómago se le revolvía. Sentía en la boca un sabor desagradable, como de leche agria. Desde su mesa, que estaba contra la pared, Rudy dominaba la entrada, y se forzaba a sí mismo a estarse quieto en la silla, pasándose de una mano a otra una bolita de cristal que le servía de amuleto contra la impaciencia.

Las ocho y media, y Laurel seguía sin aparecer. Hacía una hora que tenía que haber llegado. ¡Maldita sea! Val se lo había asegurado. Se lo había *prometido*. Pero, ¿y si Val le había tomado el pelo? ¿O si Laurel había cambiado de idea? Podría haberlo pensado mejor y llegado a la conclusión de que ella no debía nada a Rudy, ni siquiera unos minutos de su tiempo.

Pero *tenía* que verla. Ésta podía ser su última oportunidad.

El día anterior, le habían llevado casi a la fuerza a un hospital. Cirugía exploratoria, nada más, le habían dicho..., pero Rudy sabía perfectamente lo que iban a encontrar. Lo *sentía*, lo *saboreaba* casi, sus entrañas se pudrían. Cáncer de colon. ¡Mierda, eso no tenía la menor dignidad! Pero ¿cuándo había sido Dios, si es que realmente había un Dios, otra cosa que un bromista pesado?

Muy bien, a morir y sanseacabó. Pero todavía le quedaba

un poco de tiempo. Todavía tenía que ver a Laurel y decirle lo que llevaba tantos años llenándole de amargura. ¿Cáncer?, ¡qué broma de los cojones! No era el cáncer lo que le llevaba a la tumba... era Laurel.

Rudy, distraídamente, cogió un cacahuete del cuenco que había en la mesa y se lo llevó a la boca. Al tragarlo, una punzada ácida le cruzó el estómago, forzándole a doblarse de dolor, un dolor que le martilleaba los intestinos. Por el rabillo del ojo vio al barman mirarle con curiosidad e hizo un gran esfuerzo para enderezarse de nuevo.

«Concéntrate. Concéntrate. Que no se note que estás enfermo.»

—Tío Rudy.

El dolor del estómago no era nada en comparación con el golpe que recibió la espina dorsal de Rudy: era la voz de Laurel. Se enderezó bruscamente, empujando su vaso y cogiéndolo casi en el aire.

Laurel estaba a pocos metros de distancia de él, y andaba sobre tacones a los que, evidentemente, no estaba acostumbrada. Llevaba un vestido de gasa de cuello alto, color marfil pálido, que le flotaba en torno a los tobillos como sostenido por alguna fuerza invisible que le impedía tocar el suelo. Se había recogido el pelo en un moño suelto sobre la nuca, dejando caer largos mechones en torno al cuello. En los lóbulos de sus orejas brillaban pendientes de perlas, y en el cuello un broche rematado por un camafeo antiguo; ella misma parecía un camafeo.

«¡Por Dios, qué bella es!»

Rudy experimentó una extraña sensación visual: cada paso de Laurel la alejaba de él, en lugar de acercarla. Quiso levantarse de un salto y cogerla en el aire, pero estaba seguro de que si trataba de levantarse sus piernas no le sostendrían.

—Laur...

El nombre se le atascó en la garganta, que sentía llena de herrumbre.

La vio de pronto delante de él, al otro lado de la mesa, apoyando las manos en el respaldo de una silla, como para protegerse de algo. Parecía nerviosa, sus ojos echaban rápidas ojeadas al bar, sobre el que colgaba un gran cuadro de la fuente del Plaza. Pero, por Dios, Laurel estaba allí, enfrente de él, y eso era lo único importante, ¿verdad?

—Vaya, has venido —dijo Rudy.

Sus palabras sonaron monocordes, todo lo contrario de lo que él había querido; por dentro, se sentía a punto de estallar.

—Estuve a punto de no venir.

—Bueno, pero ya que estás aquí, ¿por qué no te sientas? —Rudy señaló la silla sobre cuyo respaldo se apoyaba Laurel; tenía miedo de que, si se levantaba, Laurel escapase de allí—. Este sitio es estupendo, ¿no te parece? ¿Has visto más molduras en tu vida? Da la impresión de que uno está en el Vaticano o en algún sitio por el estilo. ¿Quieres algo de beber?

—No, gracias, y sólo puedo quedarme un minuto, ya llego tarde. No sabes cómo estaba el tráfico.

—No te entretendré mucho. Te lo prometo. —Suspiró hondo—. De modo que..., ¿cómo te va?

—Muy bien, trabajando mucho.

Laurel hablaba con la voz mecánica de un empleado de banco o de tienda de comestible que da los buenos días a un cliente.

—Sí, ya he visto tus libros. Son estupendos. —No le dijo que tenía los siete libros ilustrados por ella, que los guardaba en un cajón especial de su escritorio—. ¿Estás trabajando en algo nuevo?

—Sí, tengo un par de cosas. —Se movió nerviosamente en el asiento, como si se sintiese incómoda y tratase, en vano, de sonreír—. Me encanta mi trabajo. Lo malo es que el dinero se va como viene. No es como tener un sueldo fijo. Pero, Joe, mi marido...

Se interrumpió, pero Rudy captó un ligero desgarrón en su voz.

—Sí, tengo entendido que te casaste.

—Joe y yo estamos separados. —Laurel levantó la vista, y en la milésima de segundo que tardó en reponerse, Rudy captó algo oscuro y crudo en sus ojos. Rudy ansiaba saber más sobre aquello, pero no se atrevió a preguntar, porque Laurel tamborileaba la mesa con impaciencia—. Val me dijo que querías decirme algo. —Le miró fijo y sus bellos ojos se entrecerraron ligeramente–. Te seré franca. No habría venido si Val no me llega a persuadir. Está claro que ha olvidado todo aquello.

–¿Y tú?

–No sé qué pensar. Lo único que sé es que me fié de ti, y tú... –suspiró–. En fin, ¿de qué vale remover esas cosas?

Rudy sintió el sonido sordo de estas palabras como piedras cayendo en su estómago. Lo sabía. ¡Maldita sea, claro que *sabía* que Laurel no le había perdonado! Pero, entonces, ¿por qué le dolía tanto oírlo?

–No te hice venir aquí para que me perdonases –le dijo, en voz baja y con una leve sonrisa, aunque sentía que su máscara de serenidad empezaba a ceder–. Me imagino que tienes derecho a sentir lo que sientes, de modo que no voy a pedir nada, lo único que quería era verte.

Laurel no sonreía, pero tampoco se levantaba y se iba. Menos mal. Rudy sintió que la sala se quedaba quieta, dejaba de girar y su mareo desaparecía.

Laurel estaba jugueteando con el cierre de madreperla de su bolso.

–Mira –dijo–, ya no estoy enfadada contigo. Quiero decir que no voy por ahí pensando en ti todo el tiempo ni nada por el estilo. De modo que si era eso lo que te preocupaba... –Rudy se dio cuenta de que Laurel no decía esto para herirle, pero, así y todo, sus palabras le herían, y mucho. *No importar* era tan malo como ser odiado, peor incluso–. Espero que ahora te sientas mejor –prosiguió Laurel–. Por lo demás, no tengo necesidad de que me vengas ahora con grandes explicaciones.

–No, nada de grandes explicaciones, te lo prometo. –Rudy abrió las manos, sonriendo como un prestidigitador que quiere mostrar que no guarda ningún truco en la manga. Laurel no tenía por qué saber lo muchísimo que le costaba no desintegrarse en un millón de pedacitos–. Sólo quiero decirte una cosa. Sigo queriéndote. Siempre te quise. Eso tienes que saberlo.

–Pues, entonces, ¿por qué hiciste lo que hiciste?

Laurel apoyó los codos sobre la mesa y reposó la barbilla entre sus manos juntas, mirando a Rudy con sincera curiosidad.

Rudy se echó a temblar, y tuvo que inclinarse sobre la mesa y cogerse las rodillas para que se estuviesen quietos sus brazos.

«¿Quieres saberlo?, ¿quieres saberlo de verdad?, ¿quieres que te diga que tú eres la única persona a la que he amado en toda mi vida... y que ha correspondido a mi amor... por poco que fuese?»

Pero, no, no quería que le tuviese compasión. Prefería que le odiase. Rudy jugueteó con una servilleta de papel, rompiéndola en pedacitos mientras hablaba:

–Una vez tuve un caso... un cliente mío pierde la batalla de la custodia de su hija, y tan desesperado está que un buen día coge a la niña y desaparece con ella. La niña tiene cinco años, nunca ha pasado más de un día fuera de casa; la policía detiene a mi cliente antes de que llegue a cruzar la frontera del Estado. ¿Por qué lo hiciste?, le pregunto. Es un tipo inteligente, te lo advierto, un interventor. Y él se queda mirándome con sus grandes ojos bovinos y me dice: No tuve otro remedio. –Rudy hizo una pausa, cogiendo todos los pedazos de servilleta y reuniéndolos alrededor de la base de su vaso como un remolino de copos de nieve–. Ahora comprendo perfectamente lo que sentía aquel hombre. Había hecho algo que sabía que no estaba bien, pero no tenía más remedio que hacerlo.

La miró, buscando en sus ojos azules algún indicio de que le había comprendido. Pero Laurel no estaba mirándole. Su mirada estaba fija en una cabeza de muchacha tallada en una de las columnas de roble.

–Lo siento –dijo Rudy con esfuerzo–, no tienes idea de lo muchísimo que lo siento. Cada vez que pienso en ti y en el chico...

Se calló, porque la garganta se le atascaba.

Laurel seguía inmóvil, mirando a la lejanía, y siguió así un tiempo tan largo que a Rudy le pareció una eternidad. Finalmente volvió a mirarle a él, y Rudy creyó ver en sus ojos un destello de comprensión. ¿Sería real, o imaginaciones suyas?

–Se llama Adam –dijo Laurel–. ¿Quieres ver una foto suya?

Rudy asintió. Laurel sacó una cartera muy fina de su

bolso y extrajo de ella una pequeña foto, como de carnet, obra de algún fotógrafo del colegio. En ella se veía a un niño con camiseta a rayas, sonriendo con toda la boca medio desdentada y la frente cubierta de pelo revuelto. A Rudy le dio un vuelco el corazón. Contempló la foto largo rato y, finalmente, con esfuerzo, se la devolvió a Laurel.

—Quédatela —dijo ella—, tengo copias en casa.

—Gracias —respondió Rudy, hosco, demasiado hosco quizá, pero no quería que Laurel notase lo profundamente que le agradecía aquel gesto.

Rudy quería saber muchas cosas. ¿Podría arreglárselas bien Laurel viviendo sola?, ¿necesitaba algo?, ¿echaba de menos el chico, Adam, a su padre? Pero ya era demasiado tarde. Laurel se levantaba, y su vestido ondeaba como abriéndose en suaves olitas.

—He de irme —dijo.

No añadió que se alegraba de haberle visto, ni ninguna de esas cosas agradables que dice la gente en tales ocasiones. Se limitó a alargar la mano, pero brevemente, tan brevemente que Rudy temió que no fuese verdad, y le tocó la muñeca con un dedo.

—Bueno —le dijo—, adiós.

Se dirigió hacia la puerta, pero se volvió de pronto hacia él. Tan brusco fue el movimiento que a Rudy le pareció que las paredes de la sala se habían desencajado y se le caían encima. Al ver lágrimas en los ojos de Laurel, Rudy se sintió como si acabase de recibir un regalo inapreciable.

—Me hiciste un gran favor —le dijo Laurel—. Adam ha resultado ser lo más importante y lo mejor que me ha ocurrido en toda la vida.

Sonrió al volverle la espalda de nuevo, y hasta le hizo un pequeño ademán de despedida, muy pequeño, pero lo suficiente para arrebatar el corazón de Rudy.

Al verla irse, Rudy levantó la mano en que tenía la foto del niño y la apretó contra su plexo solar. Y sintió que su calor le caldeaba, calmando el oscuro y sordo dolor de sus intestinos.

Laurel entró en el salón de baile y se dio cuenta de que había llegado demasiado tarde para poder entrar inadvertidamente. La cena ya había comenzado, y todo el mundo estaba sentado en torno a mesas enmanteladas de azul, comiendo, riendo y charlando. Los camareros iban de un lado a otro con grandes bandejas en las que llevaban platos ya preparados, o escanciaban vino, o distribuían cestillos de pan. Laurel se quedó en el fondo del pórtico, arrepintiéndose de haber aceptado la invitación, deseando dar media vuelta y volverse a su casa.

«Esto no tiene nada que ver conmigo.»

Su conversación con el tío Rudy la había impresionado profundamente. Había sentido compasión por él, muy contra su voluntad. Había intuido que en ese encuentro Rudy quería decirle algo, y esto atormentaba su conciencia. Era la sensación de haberle fallado en algo. Pero eso no tenía sentido, ella no debía nada a Rudy.

Por lo demás, Rudy no era la causa de que el corazón le latiese ahora tan violentamente a Laurel. Ni de que, en lugar de dar media vuelta e irse de allí, siguiese escrutando las caras de la amplia sala, en busca de una, una sola: la de Joe. ¿Dónde estaba Joe? Annie le había invitado... bueno, había invitado a los dos, pero la cuestión era si Joe habría aceptado venir aquí sólo. «Seguro que Dolly le dijo que yo vendría.» Con lo bocazas que era Dolly, y el gran corazón que tenía, era más que probable que fuese ella la que había organizado ese encuentro, para tratar de reconciliarles. Y seguro que también se las había arreglado para que a los dos les tocase la misma mesa.

Por un momento Laurel sintió una mareante ingravidez, como si alguien la hubiese levantado en el aire. ¿Qué haría Joe al verla? ¿La había echado de menos tanto como ella a él? ¿Quería volver a casa tanto como ella quería que volviese?

Pero a Laurel se le encogió el corazón al comprobar que Joe no estaba entre los comensales. *No había ido*. No quería verla. No la echaba de menos en absoluto.

Un camarero pasó junto a ella y la bandeja exhaló una tenue ráfaga de aire caliente. Laurel dio un paso atrás, cogiéndose a una de las columnas cubiertas de espejos. En el escenario de cortinajes de terciopelo, un hombre fornido y de esmoquin estaba diciendo unas palabras. Dentro de unos instantes, decía, se anunciarían los premios, y luego todo el mundo podría dedicarse a los postres.

—Y si ustedes piensan que los miembros del jurado han tenido que trabajar duro para elegir al ganador —su voz de hombre habituado a hablar en público resonó, divertida, por toda la sala—, ya verán lo que es bueno cuando tengan que elegir sus postres entre toda esta maravilla de chocolate que nos rodea...

Hubo algunos aplausos, y algún que otro jocoso gemido.

Laurel vio a su hermana, sentada a una mesa cerca del escenario, entre la tía Dolly y un hombre de aspecto tosco, con el pelo gris cortado al rape. Annie estaba hablando, sin duda contando alguna anécdota o broma, y todos los que estaban en la mesa la escuchaban con atención, mirándola fijamente y sonriendo. Annie, como de costumbre, era el centro de la atención general, y llevaba la voz cantante a la perfección. Incluso con aquel vestido que tanto trabajo le había costado a Luarel, y que, a pesar de lo desasosegada que se había sentido, terminó y envió a tiempo a su hermana, Annie se las arreglaba como si no necesitase ayuda de nadie y como si pudiese enfrentarse con el mundo entero.

Laurel sintió de pronto, dolorosa y absurdamente, que ella nunca había encajado en el mundillo de Annie, ese mundillo que Joe tanto amaba y en el que tan a gusto se sentía. ¿Sería ésa la razón de que Joe no hubiese asistido esa noche, que sabía que no iba a servir de nada; que Laurel no era, ni podía ser, lo que él realmente necesitaba?

«A quien él quiere es a Annie. Y yo nunca podré llegar a ser como Annie.»

Pero, ¿acaso quería ella ser como Annie? ¿Había hecho bien Joe en casarse con ella, en esperar que Laurel encajase en un ideal que no tenía nada que ver con ella?

«Yo no deseaba el mundillo de Annie», pensó Laurel observando a su hermana en el momento de contar el desenlace de su anécdota con un gran ademán de sus esbeltos brazos oliváceos, mientras sus oyentes prorrumpían en carcajadas. En aquel momento, Laurel deseó estar en su casa, arropando a Adam en la cama, leyéndole un cuento que le adormeciera. No quería muchedumbres de gente admirándola, sólo quería un marido que la amase, un niño que se metiese a veces en su cama, cuando se asustaba por la noche y necesitaba el apoyo de un abrazo.

«Y si Joe no se da cuenta de esto, pues tampoco le quiero a él.»

Ella podría sobrevivir perfectamente sin Joe.

Pero, en aquel momento, lo único que podía hacer era liberarse de las fuerzas invisibles que la retenían y dirigirse en silencio, inadvertida, en dirección a la puerta.

Annie, con los puños cerrados sobre el regazo, donde nadie los veía, observó a Seth Hathaway acercarse al micrófono:

–Estoy encantado de poder anunciar el primer premio del jurado en la categoría de Excelencia General...

Annie contuvo el aliento: «Por favor, por favor, que sea yo, lo necesito de verdad.»

–...¡Le Chocolatier Manon!...

Annie sintió que le asestaban un bofetón, que sus mejillas se encendían y una escociente punzada en la nariz.

La sala entera prorrumpió en aplausos, apagando casi las palabras siguientes:

–Y el segundo premio... y les aseguro, señoras y señores, que ha sido por los mismísimos pelos... ¡Tout de Suite!

Dolly miró a Annie y se le encogió el corazón. «A esta chica sólo la satisface lo mejor. Nada más.» No era suficiente que Tout de Suite fuese la envidia de los chocolateros de toda Norteamérica, de todo el mundo, o que en sólo seis años hubiese conseguido lo que muchos no consiguen en décadas.

No. Al levantarse Annie para recibir los aplausos, la expresión tensa de su rostro parecía decir: «Quiero más.» Annie quería, *necesitaba*, ser la primera. Todo lo demás lo consideraría puro fracaso.

Eve era igual, recordó Dolly. Más que talento, lo que tenía era fuego en el vientre. Cuando Eve entraba en una habitación, la gente reparaba en ella. Eve les *forzaba* a reparar en ella. Los ensayos, en los que casi nadie se fijaba en nada, eran para Eve como estrenos: se lanzaba a hacer sus papeles como si hubiese nacido única y exclusivamente con ese objeto, y luego, incluso fuera del plató, se *transformaba* realmente en el papel que hacía. Como Billy, en *La calleja de las tormentas*, Eve se teñía el pelo de rojo, fumaba y escuchaba música *country*, a pesar de que no le gustaba nada porque le recordaba sus años de Elemscott.

Y entonces Dolly se dijo: «También yo pude haber sido estrella pero, no me apetecía lo suficiente.» Todos aquellos años sintiendo celos de su hermana, cuando no era realmente el talento o la falta de talento de Evie lo que le cerraba el paso. El bribón de Syd llevaba razón cuando le decía que ella tenía energía, pero no un hambre insaciable e inapagable de éxito. Dolly quería aparecer como estrella en las carteleras de la misma manera que un niño sediento quiere un refresco un día de mucho calor, pero Eve era distinta: ella lo necesitaba como una persona que se ahoga necesita aire.

Escuchando el aplauso, viendo a la hija de su hermana dirigirse al escenario, Dolly sintió un súbito anhelo:

«Era Eve quien tenía derecho a estar sentada aquí ahora, no yo. ¡Qué orgullosa se habría sentido de Annie...!»

A Dolly se le llenaron los ojos de lágrimas. La sala entera se borró de la misma manera que se borra una película, y a Annie le pareció de pronto estar rodeada de un halo de estrellas, con chispas rojas centelleando en su cabello y los pliegues de su vestido lanzando destellos a su paso, con la cabeza bien alta, por la sala, camino de recibir su premio.

Y luego, al otro extremo de la sala, sentado en la mesa más cercana al escenario, Dolly vio a Henri. Estaba allí. ¡Estaba allí! Sintió deseos de levantarse de un salto, subirse a la silla y hacerle un gesto de saludo. Hasta desde aquella distancia, Dolly se dio cuenta de que había envejecido: su pelo, hasta su bigote estaban más grises que la última vez que se habían visto, pero, ¡Dios santo!, qué alegría verle. Dolly sintió que todo su ser se elevaba, como en un sueño en que uno rompe a volar como un pájaro. Con la diferencia de que, en aquel momento, era real.

Sus ojos se encontraron. Henri ni sonrió ni la saludó. Se la quedó mirando, y, aunque no le vio mover un solo músculo, Dolly sintió que corría hacia ella. Entonces se dio cuenta de que Henri le señalaba la exposición de Girod, que estaba muy cerca de ella. ¿Por qué? Miró, y vio... un complicado modelo de algo que antes no había visto. Se levantó a medias para ver mejor y... ¡oh, Dios mío!, juncos, lirios, un lago, una lancha, una cascada, ¿qué era aquello?... pues era el Bois de Boulogne. El primer día que habían remado juntos. ¡Henri se había acordado!

Dolly sintió una exquisita calidez en todo su ser.

«Todavía me quiere.», pensó.

Luego se volvió y vio que Felder se había levantado e iba hacia la salida. Un momento antes le había visto ir al servicio de caballeros, de modo que esta vez era que se iba. ¡Annie se iba a quedar desolada!

«A mí no me conoce de nada, pero a lo mejor consigo persuadirlo con encanto y verborrea... explicándole lo estupenda que es Annie, lo ventajoso que sería para Felder's...»

Dolly, dividida entre su amor por Henri y sus deseos de ayudar a su sobrina, sólo vaciló un momento. Se levantó de su silla y corrió detrás de Felder. En el vestíbulo tuvo la suerte de verle antes de que desapareciera en las profundidades de la amplia escalinata de mármol que conducía a la calle.

Impaciente, Dolly corrió tras él, asiéndose al balaustre de mármol, saltando los escalones, maldiciéndose por llevar tacones tan altos. Se imaginaba el momento de alcanzar a Felder. Y ¿qué haría entonces?, ¿qué le diría exactamente?

Bah, ya pensaría algo. Alguna manera de convencerle de que cometía un grave error si perdía esta oportunidad.

Dolly iba ya casi jadeando cuando llegó al vestíbulo del hotel, con su gran araña de cristal reluciente como una cascada de agua fresca y su inmensa bañera china llena de lirios, gladiolos y consólidas reales... Pero, ¿dónde se había metido Felder?

Sin esperar al portero, Dolly abrió la pesada puerta de cristal y salió a la calle. Y allí volvió a ver a Felder. Cruzaba la calle hacia un gran coche que esperaba junto a la acera de enfrente. Sin mirar a un lado o a otro, Dolly salió corriendo en pos de él.

–¡Señor Felder...!

Oyó demasiado tarde el chillido de los frenos, y vio los cegadores faros cuando ya se le echaban encima.

Algo penetró en ella, se derrumbó, el cielo cayó sobre su cabeza como cubo de agua sucia... una manta gris a través de la cual se vislumbraban apenas unas pocas estrellas tenues.

Y pensó, fragmentaria, e inconexamente: «Qué estúpida he sido.»

Cruzar la calle sin mirar, ¿cuántas veces la había advertido Henri que no lo hiciera?

¡Dios mío!, ¡cuánto... cuánto dolía!

De pronto penetró en su cabeza una brillante lucecita blanca que desdibujó todo lo demás, expulsando de ella todo el dolor, y hasta los ruidos del tráfico. Y, por raro que resulte, Dolly dejó de sentir miedo, y le pareció que era allí adonde siempre había querido ir... desde el momento mismo en que dejó caer aquel fatídico sobre en el buzón, y lo único que la entristecía era no haber tenido tiempo de decir a Henri lo muchísimo que le quería... y le querría siempre...

Tendida sobre la acera, con las piernas dobladas en extraños ángulos imposibles de enderezar, Dolly levantó la vista, mirando al confuso mar de rostros que se congregaba alrededor de ella. Algunos parecían gritar pidiendo ayuda, pero ella no distinguía sus palabras, lo único que veía eran sus bocas abriéndose y cerrándose entre una cacofonía de silbatos de la policía, ruidos del tráfico y ululantes sirenas.

Penetró en sus huesos un frío como los posos que se acumulan en el cauce de un torrente. Se sentía deslizar... alejarse poco a poco de tan estridentes ruidos... sus ojos miraban hacia arriba, atraídos por una extraña luz que había roto de pronto la zumbante oscuridad.

El sol, reluciente sobre una ola a punto de romperse contra la orilla.

La ola se rompió. Una risa fresca de muchacha resonó en sus oídos. Dolly olía sal, aire, oía gaviotas.

Vio a su hermana: corría por la playa de Santa Mónica, su cuerpo ágil se recortaba en oro contra el sol poniente, su cabello se agitaba, el agua caracoleaba en torno a sus largas y esbeltas piernas.

¡Evie, so tonta, se te olvidó quitarte las medias!

–¡Me da igual, Dor, haz el favor de no ser tan anticuada! ¡Fíjate, hemos llegado! ¡Estamos en Ca-li-for-ni-a!, ¿verdad que es increíble? ¡Dios mío, es como si me hubiera muerto anoche en pleno sueño!, ¿no es esto el cielo?

–Pues es el único par que tienes; si las echas a perder, yo no te dejo las mías, te lo advierto.

–Doris Burdock, hablas igual que Mamá-Jo. ¡Mira lo que nos rodea!, ¡arena!, ¿has visto tanta arena en tu vida? Tan contenta estoy que me desnudaría aquí mismo y haría un gran hoyo en la arena para meterme en él.

–Bueno, pues no pensarás que voy a sacarte yo de él. No he viajado en autobús desde Kentucky hasta aquí para ponerme a hacer castillos de arena. Y haz el favor de fijarte: ya tienes una carrera, ¡y cuestan a ochenta y nueve centavos el par! Bueno, dime, ¿cómo piensas que vas a convertirte en una gran estrella de cine con ese aspecto de gato mojado que tienes?

–¡Anda, Dor, no me amargues la vida! ¡Hemos llegado! ¡Hemos llegado! ¿Es que no lo notas en la punta de la lengua?, ¿no lo sientes? ¡Todo lo demás es puro pasado! ¡Clemscott no es más que una pesadilla! ¡Y no pienso volver nunca jamás!, ¿me oyes?, ¡nunca jamás!, ¡ni siquiera con el recuerdo! A partir de este momento ya soy alguien, soy una...

–...estrella –susurró Dolly, sintiendo que se hundía, que la arena caliente se cerraba sobre su cabeza.

CAPÍTULO XXXV

¿Lirios?

Un enorme ramo de lirios, rígidos y blancos como velas, entró en su campo visual, y, a la luz que se filtraba por las persianas corridas, parecían relucir de pronto. Dulce... olían demasiado dulcemente, artificialmente dulces, como rosas azucaradas en un pastel de bodas. Pero los lirios eran para los funerales...

Dolly trató de abrir más los ojos, pero era como si tuviese sacos de arena sobre los párpados. Apenas conseguía entreabrirlos un poco. Todo su cuerpo estaba como después de un día entero al sol en la playa, caliente de pies a cabeza, con arena por todas partes.

–No estoy...

Iba a decir que no estaba muerta, por lo menos todavía, que no había por qué traerle lirios, pero sólo consiguió emitir una especie de graznido gangoso.

Por uno de sus ojos entreabiertos Dolly vio una forma indefinida abrirse ante ella desde un rincón oscuro. Luego vio brazos que la ceñían, labios que se apretaban contra su mejilla y contra su frente. Cerró los ojos; el esfuerzo de tenerlos abiertos era demasiado grande, y, de todas formas, no le hacían falta ojos para darse cuenta de que era Henri. Le sentía, su calor, su firmeza, lo áspero de su mejilla, el picor de su bigote. Su ropa apestaba a ropa que no se ha mudado de un día para otro, y a demasiados Gauloises, pero, por Dios, ¿cuánto tiempo hacía que no sentía un olor tan maravilloso? Se habría muerto... y estaba en el cielo.

–¿Henri? –graznó.

–Dolly... ¡Oh, *ma poupée*!

También su voz sonaba ronca.

Dolly trató de levantar los brazos, pero uno de ellos parecía estar enganchado a una especie de cable intravenoso, y el esfuerzo que acababa de hacer le provocó una punzada de dolor por todo su torso. Sólo podía hacer movimientos mínimos, y, aun así, el dolor, como una serie de sordos martillazos, le subía por las muñecas y se esparcía por todo su ser.

—*Non*... —Sintió la mano de Henri, forzando suavemente a sus hombros a volver a echarse sobre el colchón—. No debes moverte, lo mejor es que te quedes quieta.

—¿Dónde...?

Dolly abrió los ojos, y su mirada enfocó a Henri. Vio un par de ojos color pizarra inyectados de sangre por la fatiga, y centelleantes de lágrimas.

—Lenox Hill. Tengo entendido que es un buen hospital. Ahora lo que tienes que hacer es no preocuparte.

—¿Cuánto tiempo llevo aquí?

—Desde ayer por la noche.

—¿Y ahora?, ¿qué hora es ahora?

Le vio echar una ojeada a su reloj de pulsera:

—Las cinco y media. El sol ya está poniéndose.

—¿Y todo este tiempo lo he pasado sin sentido?

—¿No recuerdas, anoche, la visita de tu sobrina?

—¿Annie?

—Sí. Y Laurel también... Le telefoneamos dos veces anoche, y vino a verte esta mañana. Abriste los ojos, pero no pudimos darnos cuenta de si la veías. He estado muy asustado, muchísimo, pero los médicos me han tranquilizado. Dicen que te pueden arreglar.

—Al ver todas esas flores pensé que a lo mejor me había muerto. —Dolly se esforzó por sonreír débilmente—. Pero los muertos no tienen tantos dolores.

—Tuviste suerte. Cuatro costillas rotas y una conmoción terrible. Menos mal que eres muy fuerte. Te repondrás.

—Pero entonces ¿por qué me siento como si me hubieran apaleado con postes de telégrafos?

Henri rió:

—Bien. Si eres capaz de bromear, ése es el mejor síntoma.

—Bueno, déjalo. *¡Aaaaaaaaaaay!* —Al tratar de mover las piernas, Dolly sintió un dolor espantoso.

Aferró la mano de Henri como defensa contra las sucesivas olas de mareo que la embargaban. Las flores que había en la mesita de noche parecían oscilar, como movidas por una fuerte brisa.

—Lirios —dijo, arrastrando las sílabas, consciente de que los sedantes le hacían sentirse tan atontada como si su cabeza se hubiera despegado del resto de su cuerpo–, no tienen color, me repelen los lirios.

–Ay, *ma poupée*, el señor Felder no te conoce tan bien como yo. Cuando nos casemos tendremos rosas, rojas y blancas... y tú irás de rojo... –Se le quebró la voz y sus ojos se humedecieron–. Un vestido rojo como el que llevabas el primer día que entraste en mi tienda.

¿Pero qué estaba diciendo Henri? ¿Eran las drogas y el dolor que la atontaban hasta el punto de no oír con claridad? ¿Estaba realmente proponiéndole matrimonio?

–¡Henri!, ¿estás...?

–No, por favor..., deja que te diga... Sé que he esperado demasiado tiempo, y que tal vez tú ya no quieres saber nada de mí. Pero, sí, quiero que seas mi mujer. He dejado Girod, y eso quiere decir que también tú tendrás que dejarlo. ¿Te parece que tú y yo podríamos empezar de nuevo, juntos, desde el principio?

Henri estaba demacrado. Las arrugas alrededor de sus ojos y su boca eran ahora más profundas que la última vez que se habían visto. Parecía fatigado, y bastante asustado. Como si no acabara de tener fe en el gran don que estaba ofreciendo a Dolly.

Ahora Dolly luchaba contra el mareo que la amenazaba, y por decir a Henri que llevaba seis años deseando decirlo. Y era mucho. Quería decirle que ningún otro hombre de los que conocía, que no eran pocos, podía compararse con él. Y que no tenía la menor importancia volver a empezar, incluso desde cero. A ella le encantaría. Y, desde luego que le quería en su apartamento, en su cama, con su cepillo de dientes junto al de ella, con su bata colgando junto a la de ella al otro lado de la puerta del cuarto de baño, por mucho que oliese a Gauloises.

El corazón de Dolly se volvía loco, cada latido era un fuerte golpe con su secuela de dolor, pero tampoco importaba. Su cuerpo acabaría por curarse. Su cabeza acabaría por dejar de dar vueltas. Lo importante ahora era aclarar las cosas, pronunciar las palabras...

Lo único que quería decir Dolly era: «Por mí, adelante.»

Tres días después, Dolly estaba sentada en la cama, tomando una cerveza de jengibre y preguntándose si su impaciencia por abandonar de una vez aquel lugar deprimente significaba que estaba mejorando, cuando vio entrar a Annie.

–Hola –la saludó su sobrina, dejando sobre la mesita de noche de Dolly un montón de revistas ilustradas antes de darle un beso en la frente. Llevaba pantalones largos de gabardina color crema y un jersey color turquesa.

–Supuse que te apetecería algo más que leer los periódicos sensacionalistas que vi repartir en el pasillo. Cualquier cosa es mejor que barbaridades como «Mamá violada por extraterrestres da a luz bebé de dos cabezas».

–Bueno, ya conoces el refrán: dos cabezas es mejor que ninguna –replicó Dolly.

Annie suspiró, frunciendo los ojos en un comienzo de sonrisa:

–Da la impresión de que estás mejor.

–Muchísimo mejor –le dijo Dolly.

Annie la visitaba todos los días, a veces dos veces al día, y siempre le llevaba algo con que alegrar sus horas: un ramillete de crisantemos amarillos, un cestillo de frambuesas, una barra de su lápiz de labios favorito, Jungle Fever. Una de las pocas cosas agradables de estar allí encerrada era precisamente el tiempo que podía pasar en compañía de su sobrina.

No obstante, había algo en el interior de Dolly que se rebelaba constantemente como un durmiente inquieto que buscaba en vano una postura cómoda sobre el colchón. Y ella sabía lo que era, y lo temía. Pero, ahora que Henri estaba a su lado, se atrevía, por fin, a enfrentarse con ello, a expresarlo con palabras, y quizás así terminase de una vez el eterno reconcomio que sentía, la sensación de culpa que la atormentaba. Sí, la necesidad de decir a Annie la verdad sobre su enemistad con Eve. El poder recomenzar de nuevo con Henri era un verdadero milagro. Dolly se imaginaba a sí misma, e imaginaba su propia vida, como una vieja casa que hay que limpiar de telarañas y porquería y trastos, para que puedan entrar a vivir en ella inquilinos nuevos. Era preciso, absolutamente *necesario*, comenzar su nueva vida sin trastos en el desván.

A pesar de su decisión, vacilaba. «¿Qué pasará si, cuando sepa la verdad, decide romper para siempre conmigo?»

Con el corazón encogido, Dolly se refugió en un tema menos temible:

–¿Qué tal fueron tus conversaciones con Felder?

Annie, que había estado hablando con el empresario aquella misma mañana, parecía casi entusiasmada:

–Está interesado. Dice que si mi tía tiene tal opinión de mí que es capaz de tirarse bajo un taxi en marcha para convencerle de lo ventajoso que sería para él ponerse de acuerdo conmigo, tiene que ser porque soy una mujer excepcional. –Sonrió–. ¿Sabes lo que pienso?

–¿Qué?

–Que aquí la excepcional eres tú. –Los ojos de Annie se animaron de pronto–. La verdad, no sé si debería darte las gracias por estar a punto de matarte por causa mía, pero te diré algo: que te quiero mucho.

Dolly sintió una sacudida, como si el taxi volviese a echarse encima de ella. ¿Habría oído mal? Aquélla era la primera vez, en todos los años que la conocía, que oía a Annie decirle una cosa así: *te quiero mucho*. Sus ojos se llenaron de lágrimas, que se enjugó rápidamente con una punta de la sábana antes de que le estropeasen el maquillaje.

–Querida, no sabes lo feliz que me haces diciéndome una cosa así. Pero...

Había llegado el momento. Y había que aprovecharlo. La verdad sobre la querida y sacrificada tía Dolly.

–A propósito, esperaba ver aquí a Henri, como de costumbre –la interrumpió Annie, que era poco amiga de sentimentalismos, y quería cambiar de tema antes de que la situación se hiciese demasiado incómoda. Se echó a reír, y añadió–: No me irás a decir que ya está encargando las invitaciones para la boda.

–No, no tan de prisa. Todavía tardará seis meses en conseguir el divorcio, a lo mejor más. –Dolly trató de cambiar de postura, pero el esfuerzo le dejó todo el torso dolorido. Hizo una mueca, mientras Annie se apresuraba a mullirle las almohadas–. Pero después de tanto esperar, no me importan unos meses más o menos.

–Tienes razón. Henri vale la pena sin el menor género de dudas.

Los ojos azul oscuro de Annie parecieron ensombrecerse, y Dolly se preguntó si estaría pensando en Emmett. Ella sabía por Annie que Emmett se había ido a vivir a California, y lo que ella quería decirle, pero no sabía cómo era: «Anda, ve a buscarle, no dejes que se te escape.»

Aunque, la verdad, la última vez que había intentado echar una mano a Annie, casi había muerto en la empresa...

–Annie –empezó, cogiendo la mano húmeda de su sobrina entre las suyas y tirando suavemente de ella para hacerla sentarse en la cama, a su lado–, hay algo que llevo mucho tiempo queriendo contarte, y si no lo hago ahora que me mimáis y protegéis, nunca volveré a tener la resolución necesaria para intentarlo.

–Es sobre Dearie, ¿no?

–Tu madre era una buena persona –comenzó Dolly–, y no quiero que pienses que lo que le ocurrió fue culpa suya... porque no lo fue. Fui yo la causante de todas sus cuitas... las suyas y las tuyas, y las de tu hermana. Dios sabe que no estoy pidiendo perdón, porque ni yo misma puedo perdonarme. Verás, hice una cosa terrible... algo que acabó con la carrera de tu madre y destrozó su corazón. Y quiero que sepas...

–No tienes que decir nada –la interrumpió Annie, apretando la mano de Dolly de tal manera que le produjo punzadas de dolor en las muñecas–. Durante mucho, mucho tiempo me pregunté qué había pasado entre tú y Dearie, tenía que ser algo muy terrible para que dejaseis de hablaros durante todos esos años. Y ahora... –Annie hizo una pausa, y prosiguió, como quien escoge sus palabras con cuidado–, ahora sé que nada, por malo que sea, puede cambiar lo que siento por ti. Yo no soy mi madre, y lo que pasó entre vosotras... en fin, no soy yo quien debe juzgarlo. Y sea lo que sea lo que te hace pensar que eres responsable de lo que ocurrió a Dearie... bueno, mira, también ella tenía sus defectos. Yo la quería. Era mi madre. Pero no era perfecta.

Dolly sintió un gran alivio, como una vasta ola que la envolvía. Fue como si durante años y años hubiese tratado de limpiar una mancha que no acababa de desaparecer, y un buen día miró y ya no estaba allí.

—Yo también la quería —dijo.

Era maravilloso poder decir estas palabras en voz alta sin sentirse soberanamente hipócrita.

—Ya lo sé —dijo Annie—; de lo contrario, no estaría yo aquí.

CAPÍTULO XXXVI

Laurel miró las flores que Dolly tenía en la mano. Dolly, resplandeciente de carmesí, avanzó por la nave de la apacible iglesia de la Resurrección, en la Calle 74.

Su tía no llevaba el tradicional ramillete nupcial..., sólo unas orquídeas de color púrpura listado amarillo. Y su vestido de novia tampoco era de encaje blanco, sino un traje de seda roja con chaqueta holgada como un plepo bordeado de seda fruncida color crema. Se tocaba con un sombrero de enorme ala, adornado con una cinta color crema y ladeado sobre su cabello platino, recogido sobre la cabeza con una redecilla moteada de perlas que le caía sobre los ojos, dándole aire de sirena de película de los años cuarenta. La mirada de Dolly estaba fija en el altar, cubierto con abundancia de rosas, y donde Henri la esperaba, de sobrio chaqué gris perla.

Pero Laurel se dio cuenta de que no era el reluciente traje o el peculiar sombrero o las orquídeas lo que tanto resplandecía; era la expresión del rostro de Dolly, su sonrisa, lo que iluminaba el sombrío santuario: era como si Dolly se hubiera desayunado el sol.

Laurel, sentada en el duro banco de la iglesia justo enfrente, a pocos metros del altar, sintió encogérsele la garganta. Se sentía realmente feliz por Dolly. Nadie merecía tanto la felicidad. Pero la razón de su súbita angustia no era Dolly.

Miró a Joe, que estaba sentado enfrente, al otro lado de la nave. Junto a ella, Adam acababa de susurrarle al oído:

—¿Por qué no se sienta papá con nosotros?

—Pues porque... —replicó ella, también en un susurro.

No era aquél el momento de repetirle las cosas a Adam, y, además, Laurel se sentía demasiado acongojada. Ver a Joe allí, precisamente allí, ya le resultaba bastante doloroso. Quizá por ello Dolly había preferido no tener damas de hornor, porque se había dado cuenta de lo mal que se habría sentido Laurel al participar en una boda estando su propia familia en tal situación.

Mirando a Joe por el rabillo del ojo, Laurel sintió una punzada en el corazón, y pensó: «Se ha cortado el pelo.» Siempre había alguna pequeña cosa que la desconcertaba. Se pasaba días o semanas sin verle y, entonces, de pronto, en lugar de limitarse a parar el coche en la calzada y hacer sonar el claxon para avisar a Adam, llamaba al timbre y ella abría la puerta y se quedaba desconcertada, abrumada, ante el más insignificante cambio en su aspecto, como una patilla más corta que la otra, un botón que faltaba de su chaqueta favorita de piel de oveja, o una camisa o unos pantalones que veía por primera vez.

«Once meses y medio, y todavía se me pone la carne de gallina cada vez que te veo, u oigo tu voz por teléfono. Me sorprendo a mí misma soñando despierta, y me encuentro con que he puesto un cubierto para ti en la mesa... o voy a llamar a Annie o a Dolly y resulta que marco tu número. Y luego, esa vieja camiseta tuya de béisbol, que ya te dije que no acababa de encontrarla, bueno, pues ya sé dónde está. La tengo en mi ropero, y a veces, de noche, cuando no consigo conciliar el sueño, me levanto y la cojo y la pongo en la cama a mi lado, para aspirar tu olor...»

Anda, para de una vez. Deja eso. Tenía que dejar de pensar en él, si quería seguir tranquila lo que quedaba de día.

Laurel sintió que los ojos empezaban a escocerle y tomó la decisión de no llorar. ¡Dios santo, si empezaba, no pararía nunca! Daría la impresión de estar llorando de felicidad por su tía Dolly, pero lloraría por ella misma, acongojada de ver a su marido sentado enfrente de ella, al otro lado de la nave, con un extraño traje azul marino y corbata de listas. Lo bastante cerca de ella para alargar la mano y casi tocarla, pero también tan lejos que casi podía decirse que se encontraban en distintos continentes.

«¿Podré seguir así?, ¿podré seguir viviendo sin él?»

Bueno, hasta ahora sí había podido, ya llevaba casi un año.

Había sobrellevado las primeras semanas de angustia imaginando que su vida era un cuadro que estaba cubriendo de *gesso*, para dejar la superficie completamente en blanco y pintar encima algo nuevo, algo que a lo mejor hasta resultaba preferible. Le iba a costar mucho trabajo, porque es agotador recomenzar a partir de cero, pero lo haría. Otros lo hacían. Además, ella tenía la firme voluntad de hacerlo. Tenía que demostrarse a sí misma que era capaz de salir adelante por sus propios esfuerzos.

Y lo había conseguido, ¿no? Tenía más encargos de los que podía atender, y ahora había un libro escrito e ilustrado por ella en la lista de *bestsellers* para jóvenes del *Publishers Weekly*. Desde que se publicara en junio, este libro sobre una niñita que, ayudando a su abuela a hacer una colcha de petachos, aprende a asumir el divorcio de sus padres, ya iba por la tercera edición y había tenido críticas estupendas. Pero lo mejor de todo era que a los niños les encantaba. Había visto grupos de niños, entusiasmados, sentados en círculo, oyendo leer su libro en la biblioteca pública de Bayside.

Como la heroína del libro, Laurel estaba enfrentándose mal que bien con su separación. Laurel había comprobado que se trataba, más que nada, de dar con pequeñas tretas para convencerse a sí misma de que no estaba sola. Concertar citas para comer o cenar con algunos de sus amigos de las editoriales so pretexto de santos y cumpleaños, y así no tenía que estar en casa reconcomiéndose; por la noche se obligaba a ir a una reunión o una fiesta o una inauguración, aunque realmente habría preferido meterse en la cama con un buen libro. Otro recurso era engañar al tiempo, poniéndose a arreglarse el pelo o maquillarse, todo ello completamente innecesario porque no esperaba ninguna visita, como no fuera la de Adam, o la del cartero.

Pero, si tan fuerte se había vuelto, ¿cómo su independencia, tan cuidadosamente cultivada, se desintegraba por completo en cuanto veía a Joe?

Laurel, tratando de tragar saliva contra el nudo que sentía en la garganta, se fijó en Annie, que estaba sentada a su izquierda, al lado de Adam. Llevaba una falda a cuadros blancos y negros y una chaqueta roja ceñida. «¡Dios mío, por favor te lo pido, dame un poco de la fuerza de Annie!»

Laurel se fijó entonces en que Annie estaba llorando y las lágrimas le estropeaban el maquillaje. Ya lo tenía todo embadurnado bajo los ojos, y de su mandíbula goteaban sobre sus manos juntas lágrimas negras como la tinta. Y se había estado mordiendo las uñas, Laurel lo notó en seguida. ¿Estaría pensando en Emmett, echándole de menos... o quizá en Joe?

Laurel se fijó en que Adam miraba a Annie con cierta divertida extrañeza, y se dio cuenta de que aquélla era la primera vez que la veía llorar. Ver llorar a su madre, en cambio, era cosa corriente. En lo referente a las lágrimas, Laurel tenía tanto dominio sobre sí misma como un grifo estropeado. Vio a su hijo de ocho años tirar de la manga a Annie y ofrecerle el juguete que tenía en la manecita sudorosa; Annie aceptó el pequeño superhombre de plástico con respeto, pasó la mano por los hombros de Adam y le apretó contra sí.

Laurel, sintiendo que no iba a poder contener las lágrimas, trató de fijar su atención en lo que decía el sacerdote, calvo y narigudo. Pero sus palabras, aunque animadoras y edificantes, sonaban en los oídos de Laurel como ruidos carentes de sentido. ¿Estaría comportándose como una egoísta al añorar de tal forma a Joe en la boda de su tía Dolly?

Laurel experimentó de manera angustiosa la distancia que la separaba de Joe: dos o tres metros, lo suficiente para hacerle sentir todo su costado derecho tenso y cosquilleante. Sentía un ansia dolorosa de verse a su lado, de sentir su brazo en torno a su cuello, su mano en la suya, pero sabía que si hacía un solo movimiento en dirección a

Joe, luego no podría contenerse y acabaría suplicándole que volviese a casa.

«No –se dijo Laurel–, he luchado demasiado por conseguir esto. No permitiré que él me lo arrebate todo.»

Joe, naturalmente, no lo haría *a propósito*. Pero el resultado sería el mismo. Con un solo gesto, un beso descarriado, un simple tacto, Joe destruiría toda su independencia recién conquistada, con la misma facilidad con que un niño destruye de un puntapié su castillo de arena. Amándola, aunque no lo suficiente, haciendo que ella *le* necesitase más de lo que se necesitaba a sí misma.

Sonó una campanilla, parte de la ceremonia, y Laurel, de pronto, pensó en el tío Rudy y en aquel abogado de Los Ángeles que le telefoneó para decirle: «Su tío ha muerto.» Eso ocurrió dos o tres meses atrás. Se había quedado muy triste, muy conmocionada. Y Rudy le había dejado una fortuna: la casa que tenía en Malibú, y la de Brentwood, y los cheques que recibía todos los meses de sus dividendos, dinero invertido en centros comerciales y edificios para oficinas, cheques extendidos a nombre de ella y de Adam. El tío Rudy, además, le había dado algo más precioso que el dinero: seguridad económica, de tal modo que ahora Laurel ya no necesitaba el dinero de Joe, ni el de ningún hombre.

«Pero esto no es cuestión de dinero, ¿verdad?»

¡Cuánto envidiaba a Dolly! Incluso a aquella distancia bastaba con una mirada para darse cuenta de que Joe sólo miraba a Dolly, sólo pensaba en Dolly: su corazón y sus ojos eran para Dolly, sólo para Dolly.

Laurel miró en derredor y reconoció a algunos invitados, en su mayoría amigos de Dolly. Colegas suyos de la Asociación de Confiteros, su ama de casa, su mecánico. Gloria de Witt, que había sido en otro tiempo apoderada de la tienda de Dolly, estaba allí con un chaquetón bordado de lentejuelas sobre un vestido ceñido y de sutil color púrpura. Y aquel tipo feo que estaba en el fondo, ¿no era el sujeto a quien Dolly había prestado dinero para que abriese una floristería? La señora negra que estaba junto a Bill, el portero amigo de Laurel, era la fundadora de la

Coalición de Harlem. Laurel la reconoció por las fotos suyas que había visto. Dolly la había ayudado a reunir dinero con el que pagar becas para niños de los guetos negros. Y la negra, se fijó Laurel, estaba empapando de lágrimas su pañuelo.

Rivka, con un recatado vestido azul y su mejor *shaytl*, estaba también allí, a pesar de que los judíos devotos no debían entrar en iglesias cristianas. Por tratarse de Dolly, Rivka había hecho una excepción. Laurel se acordó de cuando Channa, la nieta más pequeña de Rivka, estaba en el hospital restableciéndose de una meningitis y Dolly apareció allí con un payaso, que dio una función ante la camita de la niña con globos y un saco lleno de trucos mágicos. Rivka había reñido a Dolly: era demasiado dispendioso y completamente innecesario, pero, al tiempo que la reñía, la abrazaba, admitiendo que nunca había visto contenta a Channa.

En el momento clave de la ceremonia, Laurel se prometió a sí misma no mirar a Joe. Pero ahora, como una alcohólica que no puede resistir la tentación de tomar una copa más, le miró de reojo un momento.

Joe no miraba al altar, sino que estaba mirándola a ella. Laurel se sintió culpable, como si la hubieran pillado copiando en un examen. Sintió encenderse su rostro.

Y Joe no se conformaba con mirar. Era su manera de mirarla: perplejo, quizá desconcertado, como si Laurel fuese una persona extraña y él tratara de recordar si la había visto, y dónde.

«Perdóneme, madame, pero su cara me resulta conocida. ¿Está segura de que usted y yo no hemos estado casados en alguna ocasión?»

Laurel, al borde de una risita histérica, tuvo que cogerse la punta de la lengua con los dientes. Las lágrimas se le agolpaban en las comisuras de los ojos. «No le necesitas –se recordó–, crees que le necesitas, pero no es verdad.»

Recordó el copioso aguacero que había caído la semana después de irse Joe de casa. El agua había roto una de las ramas del sicomoro, que cayó sobre el tejado del garaje. Éste era el tipo de accidente que Joe normalmente se encargaba de arreglar, pero ahora era *ella* la encargada de todo. Y esto, en cierto modo, había sido positivo, porque la obligaba a salir del estado de apatía estúpida en que estaba sumida, a quitarse la vieja bata y las zapatillas que llevaba desde hacía días y salir a enfrentarse con el temporal. Con el barro hasta los tobillos, Laurel tuvo que bregar para apoyar una escalera de aluminio contra el tronco del árbol: se le resbaló de las manos y le cayó dolorosamente sobre el trasero. Al cabo de un rato de lloriquear y gemir se dio cuenta de lo ridícula que debía de estar, embarrada y llorando como una niña demasiado crecida.

¡Dios, qué idiota! No era de extrañar que Joe se hubiese hartado de ella.

Este desprecio de sí misma la animó a levantarse y subir por la escalera hasta alcanzar la copa del árbol, y allí, con una pequeña hacha, cortó suficientes ramillas para poder coger la rama y quitarla del tejado del garaje. Luego, agotada, entró en casa y estuvo un largo rato duchándose, la primera ducha que tomaba en varios días. Luego preparó un buen desayuno para Adam y ella, a base de zumo de naranja natural, huevos revueltos con champiñones y tostadas a la inglesa.

Fue así como llegó a la conclusión de que sería capaz de arreglárselas sola. Por mal que le fuesen las cosas, tenía a Adam... y se tenía a sí misma. Y tenía a Annie. Sí, a Annie. Por insoportable que Annie le resultase a veces, seguían estando unidas para siempre, seguían siendo hermanas.

Aun así, pensando en la posibilidad de que Joe se casase con otra mujer, Laurel sintió una especie de debilidad nauseabunda. ¿Sería por ello que evitaba hablar de divorcio con Joe?, ¿por temor a que se casara con Annie? ¿Qué pasaría si así fuese?

No, no era posible. Haría lo que fuera por intentarlo nuevamente con Joe. Pero era preciso que también Joe lo desease. Ella no podía inducirle a quererla. Ya lo había intentado, y a la vista estaba el resultado.

Al llegar al apartamento de Dolly, un poco tarde porque había quedado atascada detrás de un camión de reparto que ocupaba toda la calle, Laurel encontró el banquete de bodas en pleno auge. Bill Watley, el nuevo presidente de la sección de Alcohólicos Anónimos de Chelsea, estaba brindando por la novia con Pepsi-Cola, y hablando a la concurrencia del día en que había entrado como un energúmeno en la tienda de Dolly disfrazado de Santa Claus, borracho como una cuba, y ella, en lugar de echarle de allí con cajas destempladas, le había dado una botella de licor de cerezas «para que se le quitase el resfriado». Bill explicó que, en lugar de beberse la botella, al día siguiente había ido al local de Alcóholicos Anónimos y desde entonces no probaba el alcohol. Conservaba la botella que le había dado Dolly en el aparador de la cocina de su casa, como recuerdo de otros tiempos.

–Ten cuidado, Henri –bramó Bill–. Si te descuidas también te reformará a ti.

–*Mais oui* –replicó Henri, riendo–, lo malo es que a mí ya me ha reformado.

Laurel dejó a Adam con los dos nietos gemelos de Henri, de ocho años, y vio que su hijo llevaba a los dos niños al dormitorio principal de la casa, donde Dolly guardaba una caja de juguetes y juegos. Luego, arreglándoselas con el francés aprendido en el instituto, se puso a dar palique a la hija de Henri, una chica bonita y regordeta, con un vestido rosa muy holgado que le sentaba muy mal. Se sirvió una copa en el bar: un vodka ruso, solo. Quería sentirse animada para no dejar mal a Dolly, pero también quería, y con más intensidad aún, entumecerse, atontarse.

–Laurel.

Al oír la voz de Joe, Laurel se volvió bruscamente, salpicándose de vodka los nudillos. Joe llevaba unas gafas de montura redonda de acero en cuyos cristales Laurel se vio reflejada.

Fue como si hiciera cien años que no se hablaban, aunque él solía telefonear una vez al día para hablar con Adam. Pero su voz ahora sonaba distinta, más suave. ¿O serían imaginaciones suyas?

–Tenemos que hablar –dijo Joe–. Vamos a la terraza. Allí no nos interrumpirá nadie. Pero ponte el abrigo, hace un poco de frío.

¿Frío? ¿Qué sabía él de frío?, ¿qué sabía él del verdadero

frío, el que se te mete por los huesos al despertar y alargar la mano para tocar a tu marido en la cama, y darte cuenta de que no está allí? ¿Qué pasa cuando no puedes dejar de tiritar, por mucho calor que haga y con tres mantas gruesas encima?

Pero ahora Laurel se sentía demasiado febril, y el corazón le latía violentamente. Una especie de marea ensombrecía sus pensamientos, sus racionalizaciones tan cuidadosamente ensambladas. ¡Maldita sea!, ¿por qué tenía que hacerle esto a ella?

Pero se limitó a asentir y esperar en silencio a que Joe fuera a buscar los abrigos.

«Me dirá que ha hablado con un abogado, que ya es hora de que nos divorciemos. Y tiene razón, naturalmente... pero, ¡Dios mío!, *¿podré resistirlo?*»

Salieron, y Laurel no pensó siquiera en abotonarse el abrigo. El viento de octubre azotaba su vestido, pero ella no sentía frío. Se preguntó si tendría fiebre. Se sentía el rostro caliente y tenso, y le dolía la garganta.

En la gran terraza trasera, que daba al oeste y desde la que se veían todos los matices otoñales de Central Park, Laurel se imaginó con Joe, solos los dos en una balsa, surcando el océano azul. Quería seguir así para siempre, sin llegar a ninguna orilla, juntos, los dos solos. La lechuza y el gatito a solas en su bote color guisante.

«Odio los finales –pensó–. Hasta en los libros odio llegar a la última página. Es como si los personajes que tanto te gustaban se hubiesen muerto de pronto. O te hubiesen abandonado.

»No esperes a que sea él el que lo diga. Adelántate, todavía te queda un poco de dignidad.»

–Me parece que sé lo que vas a decir, Joe, y no... –Se detuvo, la garganta se le atascaba; carraspeó–. No quiero poner esto peor de lo que ya está. Ya sabes, parejas que acaban peleándose por tonterías como a quién le corresponde la coctelera.

Joe sonrió. Sobre el traje azul marino, el mejor que tenía, llevaba un abrigo de la Armada, viejo pero muy bien conservado, con el cuello levantado hasta las orejas. Los botones metálicos relucían.

–En casa no tenemos coctelera –dijo.
–Bueno, ya me entiendes.
–Sí, creo que sí.
–Quiero decir que aquí, entre nosotros, el problema no son las cosas, ¿verdad? Naturalmente, tendremos que hacer alguna especie de... de reparto. Ya sabes, por ejemplo, con Adam. Aún me pregunta todas las noches cuándo volverás a casa. Para él esto ya es duro, y si encima nos peleamos... –Respiró hondo y sintió que en lugar de aire aspiraba agua salada–. Menos mal que perdí los otros embarazos.
–No digas eso. –Joe la cogió por los hombros y la obligó a mirarle a los ojos. Al resplandor del crepúsculo Laurel no veía los ojos de Joe, pero sentía sus fuertes dedos en su grueso abrigo, asiéndola con violencia–. No se te ocurra volver a decir eso.
Parecía enfadado.
–¿Y por qué no? –Le miró con ira; sin proponérselo, su propio dolor salía de pronto a la superficie–. Es verdad, ¿no? Un hijo más habría sido un obstáculo más entre tú y lo que tú querías.
El calor estaba dándole nuevas fuerzas. No quería dejarse intimidar. A fin de cuentas, la clave de todo era Adam. Adam era la razón de que Joe no hubiese pedido el divorcio hasta entonces.
–¿Por qué estás tan segura de saber lo que quiero?
–¿Cómo quieres que lo sepa si nunca me cuentas nada? ¡Diablos, Joe, debiste habérmelo dicho!, quiero decir lo de tu padre, y lo de Annie, y todo. ¡Debiste haberme dicho el primer día que te casabas conmigo sólo por Adam!
–Eso no es verdad.
–¿Por qué me haces esto?, ¡claro que es verdad! Yo ya lo sabía, pero te quería tanto que aun así me casé contigo. Pensaba que podía hacer que me quisieses. Pero no es posible forzar a nadie a amar, ¿no te parece?
–La verdad es que debí haber sido más sincero contigo. Lo siento.
–Yo solía tener esa fantasía... ¡sí, sé que es infantil!, pero solía imaginarme que tú te despertabas una buena mañana y, como en los cuentos de hadas, me veías echada a tu lado

y... y me veías por primera vez como realmente soy, como si se hubiera levantado de pronto un sortilegio que me desfiguraba, y te enamorabas de mí, como si nunca hubieses querido... –su voz se entrecortó, fundiéndose en un tenue gritito jadeante, y Laurel sintió el escozor de lágrimas calientes contra sus mejillas heladas– a mi hermana.

–No era una competición. Créeme, nunca fue nada de eso.

–Lo sé.

«¿Cómo podría yo competir, ni de lejos, con la inteligencia y el encanto de Annie?»

El resplandor del sol se suavizó de pronto, sin duda por una nube que se interpuso un instante, y Laurel volvió a ver los ojos de Joe, suaves en el marco de planos y ángulos de su rostro, y empapados de ternura.

–Laurey...

«Dilo –suplicó ella–, anda, dilo de una vez y acabemos.»

–...te quiero.

¡Dios santo, estaba acabando con ella! ¡Maldito bribón! Se apartó de él, dio unos pasos atrás, temblorosa:

–¡No es justo!

–Laurel, espera. Sé muy bien que no ha sido siempre...

–¡No! –le interrumpió ella–, ¡no quiero oírlo! ¡Imagínate que estoy muerta! ¡Eso es lo que quiero sentir por ti!, ¡como si estuvieras muerto dentro de mí! –Las mejillas se le arrasaron de lágrimas–. ¡Joe, por favor te lo pido, si me quieres, por poco que sea, para! ¡Sólo eso, *para*!

Laurel, desesperada, se alejó de él dando la vuelta a la terraza hacia la parte que daba a Park Avenue. Tenía necesidad de encontrar una manera, alguna forma de salvarse de aquella nueva y vana esperanza que ya bullía en su interior. Ciega y violentamente se arrancó del dedo el anillo de compromiso y lo tiró contra la baranda de hierro forjado. Lo vio curvarse en el aire, hacia la calle, doce pisos más abajo, cada vez más y más pequeño, cayendo despacio, como una moneda tirada en un pozo para pedir un deseo. Se imaginó el anillo disolviéndose en el aire, como rompiendo para siempre el conjuro que la tenía aherrojada.

Volvió la vista hacia Joe y le vio con el rostro exangüe.

Tenía manchones rojos donde el viento le azotaba las mejillas. Pensó que ahora le diría que sentía mucho aquello, que esperaba que a partir de ahora serían buenos amigos... aunque sólo fuese por Adam.

Pero Joe no dijo nada de eso; al contrario, cruzó la terraza a grandes pasos, abrió la puerta corredera de cristal y desapareció.

Laurel, como atontada, siguió allí un momento sin saber qué hacer, como si de pronto, al intentar poner en su sitio la última pieza del rompecabezas, se encontrara con que no encajaba. ¿Adónde había ido Joe?, ¿qué quería decir esto?

Y de pronto se dio cuenta, fue como un golpe asestado en plena cara: el anillo. Había ido a buscarlo. Como Jasón en busca del vellocino de oro.

Sus pulmones parecieron quedar sin aire, sus piernas vacilaron. Se inclinó sobre la baranda de hierro forjado, mirando a la calle. Al principio no vio más que el vacío... luego empezó a distinguir aceras que parecían de juguete, coches del tamaño de los de Adam corriendo en distintas direcciones por Park Avenue. Esperando, comenzó a sentir frío, hasta que vio a Joe, una figura diminuta que salía del dosel verde y blanco del portal del edificio. Al llegar al borde de la acera pareció vacilar, luego intentó cruzar la calzada, atestada de coches en marcha. Laurel, aterrorizada, sintió que descendía por el aire hacia la acera gris, mientras el ruido del tráfico resonaba en sus oídos.

Parpadeó y miró en torno de sí: seguía allí, en la terraza. La sangre le golpeaba los oídos, viendo la figura diminuta de Joe correr hacia los coches con los brazos abiertos como un policía, hasta conseguir que algunos frenasen estridente y chillonamente, mientras otros se desviaban para no atropellarle. Hasta sus oídos, a tal altura, llegó una cacofonía de cláxones irritados.

Joe, como un obseso, haciendo caso omiso de ellos, siguió calle abajo, justo por el centro de la caótica avenida.

—¡Joe! ¡Vuelve! ¡Vuelve aquí!

Laurel sabía que no podía oírle, pero siguió gritando, no podía dejar de gritar.

El tráfico siguió circulando en torno a Joe, y Laurel le

perdió de vista. Todo esto ocurrió en unos segundos, pero a ella le parecieron horas. Y luego volvió a verle: de pie en medio de Park Avenue, con las piernas muy separadas, los brazos en alto, el abrigo de la armada aleteando a sus espaldas, y con una mano levantaba en alto algo que tenía que ser el condenado anillo con el orgullo de quien muestra al mundo una medalla de oro ganada en los juegos olímpicos.

–¡Joe! ¡So idiota! –aulló Laurel.

Unos minutos más tarde, cuando Joe estaba ya de nuevo junto a ella, con el anillo bien cogido en la mano y el rostro rojo de frío y los ojos relucientes de triunfo, Laurel le dijo a la cara lo que pensaba de él:

–¡Pudiste haberte matado! ¡Y por nada!

–No, por nada, no –jadeó él, el aliento le salía de la boca en nubecillas blancas–. Laurel, no puedo cambiar lo que ha pasado, y es posible que cuando nos casamos no apreciara tu real valía, ¡diablos!, ¿cómo recordar una cosa así? Lo único que puedo decirte es que ahora sí la aprecio, y que te quiero. No puedo dormir por la noche si no estás a mi lado, ni consigo pasar una hora sin pensar en ti, sin echarte de menos. Y no creas que no lo he intentado. Todos estos meses he estado esperando que me dijeses que me echabas de menos, que querías que volviese... –Se interrumpió y le cogió la mano–. ¿Qué más da ahora quién empezó esto o lo otro o lo de más allá? Lo único que puedo decirte es lo que quiero... y lo que quiero eres tú. Laurel Daugherty. Dime: ¿quieres casarte conmigo?

Laurel le miró anonadada, desconcertada, demasiado llena de felicidad para comprender por completo lo que quería decir Joe, o lo que ella debía contestar.

–Venga, di que sí.

–Joe...

–Comenzaremos de nuevo, aquí mismo, a partir de ahora mismo.

–¿Estás seguro de que es a mí a quien quieres y no a Annie?

–Te quiero a ti, dulce Laurel. –Le tocó la mejilla–. Sólo a ti.

Joe, respirando fuerte, con el pelo desgreñado en torno

al rostro mordido por el frío, alargó la mano izquierda y le puso el anillo a Laurel en el dedo. Laurel sintió el frío del metal que la ceñía... y luego Joe se inclinó y le besó la mano llevándosela a los labios. Laurel sintió su aliento cálido.

–Di que sí –murmuró Joe, estrechándola en sus brazos, curvando los labios en una sonrisa burlona–, dilo en seguida, de lo contrario me arrojaré al vacío...

Laurel suspiró muy hondo, el aire helado sabía a humo y a hollín y a gases de petróleo. Diminutas chispas le rozaban las mejillas, punzándolas. Pero interiormente se sentía nueva, limpia, fulgurante. Como si en aquel momento hubiese vuelto a nacer.

–¡¡Sí!! –gritó muy fuerte, porque quería que su grito se oyese en toda Park Avenue.

Volvieron a entrar en el apartamento, donde la gente se congregaba en torno al piano en el que uno de los vecinos estaba tocando *Some Enchanted Evening*, la canción favorita de Dolly. Una dama pechugona del coro de la Ópera Metropolitana, con un vestido de lana color crema rematado en visón, dejó su copa sobre la superficie de ébano del piano y comenzó cantar la canción con su voz fuerte, cálida y achispada.

–¿Dónde está Adam? –preguntó Joe, con ojos relucientes de gozo–. Quiero decirle que hoy ceno en casa.

–Está haciendo relaciones públicas con los nietos de Henri –le dijo Laurel.

Mientras Joe iba a buscar a Adam, Dolly se acercó a Laurel y le envolvió el cuello con un brazo:

–Esa canción nunca deja de emocionarme.

Laurel asintió, también ella se sentía demasiado emocionada para hablar.

–Pero cualquiera que tenga ojos en la cara se tiene que dar cuenta de que no es ésa la razón de que tú estés tan abrumada.

–Es de lo feliz que me siento.

–Bueno, supongo que no soy la única con derecho a felicidad..., aunque a mí sí me lo parece.

—Joe y yo...
—No hace falta que lo digas. Lo llevas escrito en la cara. —Dolly abrazó muy fuerte a Laurel y su perfume con intenso aroma a flores la envolvió—. ¡Oh, querida, acabas de darme el mejor regalo de bodas que podía imaginarme!
—De verdad que no pensaba que iba a acabar así... ni para mí ni para él.
—Es cosa rara el amor —observó Dolly con una sonrisita torcida—. Es como las mulas: cuando te cansas de tirar de ellas y te sientas a descansar un poco, se te echan encima y te dan una coz en la tripa. —Dolly dio un empujoncito a Laurel—. Venga, vete de aquí de una vez. Vete a casa, allí podréis celebrarlo como es debido.
—¡Pero si todavía no hemos cortado la tarta!
—Mira, querida, no estaba diciendo que celebrarais mi boda. Tú y ese marido tan guapo que tienes... tenéis vuestra propia boda que celebrar. —Guiñó un ojo a Laurel y le dio otro empujoncito—. Y por Adam no te preocupes. Acabo de ir a verle, y está con los gemelos pasándolo en grande. Ya le diré a Felipe que le lleve a casa más tarde, después de que tú y Joe hayáis tenido tiempo de volveros a conocer.
—Pero, ¿y vuestra luna de miel? ¿No iba a llevaros Felipe al aeropuerto en el coche?
Dolly sonrió.
—Henri y yo hemos cambiado de idea. Ahora vamos a pasar nuestra luna de miel aquí mismo. Después de tanto como hemos ido y venido creo que ya es hora de que nos quedemos quietos una temporada, ¿no te parece?
Laurel besó a su tía y se despidió de Henri y de los invitados que conocía, pero no vio a Annie. Probablemente estaría en el cuarto de baño o en el comedor, dando los últimos toques a la tarta de tres pisos de chocolate blanco que había preparado para la boda de su tía. Laurel se sintió ligerísimamente aliviada. No sentía verdaderos deseos de hablar con Annie en aquel momento. Desde que Joe se había ido de casa las relaciones entre ella y su hermana habían sido algo tirantes. En apariencia ambas se habían comportado como si no pasase nada, pero cada vez que Laurel hablaba con Annie sentía la punta de algo cortante

y dentado bajo la superficie de sus palabras, y se preguntaba: «¿Estará esperando que llegue el momento en que le parezca que Joe ya no me importa?»

Joe había bajado a buscar su Volvo, que estaba aparcado a unas manzanas de distancia, y la esperaría en Bayside. Laurel se sentía impaciente por volver a casa.

Una vez fuera, Laurel fue a buen paso hacia el garaje, situado cerca de la Tercera Avenida, donde tenía aparcado su propio coche. De pronto se dio cuenta de un golpeteo de tacones que sonaba a sus espaldas y se acercaba rápidamente a ella.

Se volvió y vio a Annie que corría a su alcance. Llevaba una gabardina color azafrán, de un tejido sedoso ligero, y a la luz crepuscular parecía relucir, mientras los movimientos de sus largas piernas cortaban el aire como tijeras, levantando el borde inferior de la prenda e hinchándola como un paracaídas. Y vio a Annie, que estaba haciéndole señal de que esperase, agitando el brazo tan aparatosamente que un taxista pensó que le llamaba y frenó bruscamente.

Laurel esperó. Ver a su hermana le producía siempre una mezcla de sentimientos. Amor, afecto, resentimiento, culpabilidad. Bueno, se dijo Laurel, ¿y ahora qué? Sin proponérselo, se asió a su alegría, guardándola en lo más hondo de sí más o menos como un niño guarda celosamente un juguete especial que no quiere compartir con nadie. ¿Por qué se sentía inquieta, como si Annie de alguna manera fuera a tratar de quitárselo?

Laurel habría preferido que Annie aguardase a otro momento para decirle lo que parecía tener tanta prisa por comunicarle. Lo único que deseaba era seguir su camino, sin esperar a nada, flotando en aquella maravillosa nube que la levantaba por el aire.

Pero no podía dejar plantada allí a Annie. Le debía, por lo menos, esa mínima atención.

–Dolly me ha contado... –dijo Annie, jadeante, al llegar junto a ella– lo vuestro, lo tuyo y de Joe, y quería decirte que me alegro mucho por vosotros dos...

Laurel escrutó el rostro de Annie, y su expresión era sincera.

–Gracias –dijo, incómoda, sin saber qué más añadir–. ¿Tú te vas también?

–No, lo único que quería era alcanzarte antes de que te marcharas. Tengo que volver para ayudar a servir la tarta.

–La vi, y es preciosa. Parece el techo de una sala victoriana, con todos esos rosetones y guirnaldas y adornos.

–Pues eso precisamente me dio la idea –sonrió Annie–, el techo de una casa grande de Newport. ¿Quieres que te diga una cosa realmente graciosa? Enseñé una foto de una tarta exactamente igual a Hy Felder... y me encargó una para la boda de su hija. Le voy a cobrar una fortuna por ella.

–¿Cómo van tus cosas con Felder?

–Yo diría que todavía faltan unos meses para la solemne inauguración, pero estoy empezando a preparar la producción.

–Al paso que vas, pronto echarás en falta una fábrica tan grande como Brooklyn.

Laurel estaba impaciente, quería seguir su camino.

–Eso que se dice de los segundones es cierto... Ponemos más interés.

–Tú nunca has sido segundona en nada –observó Laurel con una risita. Echó una ojeada a Annie, que de pronto pareció sumirse en sus pensamientos–. Por cierto, ¿sabes algo de Emmett?

Annie apartó la vista, pero Laurel tuvo tiempo de captar el dolor que reflejaron sus ojos.

–Ni palabra. Ya sabes, no hay como romper del todo para sentirse como nuevo.

–Yo pensaba que, quizá, vosotros...

«Reconócelo, lo que esperabas es que los dos se juntaran para que Annie dejase en paz a Joe.»

Pero, no, era algo más. A Laurel le gustaba de veras Emmett, y le echaba de menos. Su sentido del humor, su manera de tratar a Annie, manteniéndola, por así decirlo, *centrada*.

–No, no hay nada de eso –dijo Annie con demasiada aspereza, y luego, conteniéndose, añadió con voz indiferente–: Tal vez no estoy hecha para el matrimonio, quién sabe si acabaré como Dolly, subiendo al altar cuando todos mis amigos ya tengan nietos.

–¿No quieres hijos? –preguntó Laurel–. ¿No quieres por lo menos un hijo?

Annie permaneció silenciosa un largo momento, siguiendo con la mirada el paso de un autobús. Luego dijo:

–Mira, ahora precisamente estaba acordándome de aquellas primeras semanas que pasamos tú y yo en Nueva York, cuando tú no hacías más que llorar, y yo me sentía culpable, como si hubiese hecho realmente aquella cosa tan terrible, y tú me odiaras por ello. Bueno, pues creo que las madres tienen que sentirse así la mayor parte del tiempo.

–No, no te odiaba –dijo Laurel–, me sentía como... desarraigada. Como Dorothy en *El mago de Oz*. Como si un ciclón me hubiera levantado de la tierra, llevándome a un país extraño donde no conocía a nadie. Por eso estaba asustada todo el tiempo.

–¿Por qué no dices la verdad? –Annie levantó la cabeza y miró a Laurel con ojos cortantes y heridos–. Me culpas por haberte sacado de allí. Y por todo lo demás, ¿no?

Laurel conservó la serenidad. Quizá por primera vez en su vida se sentía dueña de la situación, sentía que su papel consistía en proteger y consolar a su hermana:

–No, Annie, no te culpo. Tú hiciste lo que tenías que hacer. Y yo me limité a seguirte... como he hecho siempre.

–Pudiste haberte quedado.

–¿Qué podía hacer? Sin ti, aquella casa habría sido espantosa. Si culpo a alguien, es a Dearie, que nos abandonó. Pienso que la querías más de lo que se merecía.

–Fue todo lo buena madre que pudo.

–Para ti, quizá. Pero nosotras somos dos, y eso es lo que realmente importa.

–Somos hermanas –dijo Annie como la cosa más natural del mundo–. Dos hermanas que se protegen la una a la otra.

–¿No te das cuenta? Siempre eras tú la que me protegía a mí. Y ahora es al revés. Y en parte era culpa mía, porque te dejé coger las riendas. –Tocó el brazo de Annie–. Mira, siento mucho el sesgo que tomaron las cosas, pero al irse

Joe de casa... –Se detuvo, sin saber a ciencia cierta lo que quería decir.

–Lo sé. –Los ojos de Annie, relucientes de emoción, buscaron los de Laurel, que sintió que las dos acababan de concluir un pacto sin palabras.

Laurel se fijó en una mujer con un abrigo escocés que pasaba delante de ellas y se había parado a que su perrito bajase la pata. La acera estaba cubierta de hojas; sin que ella lo notase, el invierno se había puesto ya a desnudar los árboles.

–Vendrás a nuestra fiesta de Acción de Gracias, ¿no?

–Por supuesto.

–Tú cortas el pavo.

Laurel recordó la primera fiesta de Acción de Gracias que celebraron las dos en Nueva York, y no tenían otra cosa que pavo congelado en bandeja de plástico. Annie, quitándole al suyo la envoltura transparente, había dicho: «Yo no sé, la verdad, por qué habla tanto la gente de lo difícil que es cortar el pavo. Mira lo fácil que es.» Y esta frase, desde entonces, se había convertido en una especie de broma anual entre ambas.

Annie abrió mucho los ojos:

–Pues no lo pasamos tan mal entonces, ¿no te parece?

–No –respondió Laurel–, desde luego que no.

–Pero hay una cosa que siempre me ha intrigado. ¿Te acuerdas de que Joe y yo te tomábamos el pelo con tu misterioso novio?, ¿por qué te comportabas de aquella manera tan rara?

Laurel pensó en tío Rudy, y se preguntó si habría llegado el momento de contar a Annie que no había sido ella la única que había tenido el valor de proteger a sus seres queridos. Pero, ¿de qué serviría? Laurel no sentía necesidad de demostrar su valor. Ya no le hacía falta.

–Te diré una cosa –contestó Laurel, y la mentira le resultó facilísima de contar–: Ni siquiera me acuerdo. Seguramente estaba haciendo novillos y quería despistaros.

Annie se encogió de hombros, no muy convencida pero dispuesta a no insistir.

–Bueno, tengo que irme –añadió Laurel–. Joe estará preguntándose dónde me he metido.

—¿Joe...?, Sí, claro. Bien...

Se despidieron y Laurel vio a su hermana dar media vuelta y regresar al apartamento de Dolly; de pronto le pareció una pizca torpe y solitaria, como si fuera de nuevo una quinceañera, sólo que sin nadie a quien cuidar... y quizá sin nadie que la cuidase a ella. Distraída, Annie se pilló el tacón en una honda grieta de la acera, perdió el equilibrio y estuvo a punto de caer.

Laurel corrió a ayudarle, y alcanzó a cogerla por el brazo, pero también perdió el equilibrio y las dos cayeron por tierra, con Annie encima.

Tras el desconcierto inicial, Laurel consiguió sentarse sobre la acera e incorporar a Annie. Al verse allí con su hermana, cuya gabardina amarilla que parecía un paracaídas estaba encharcada, Laurel se sintió abrumada y comprendió de pronto lo mucho que quería a su hermana, lo mucho que la necesitaba de mil maneras insignificantes.

Y, sin darse cuenta de lo que hacía, se echó a reír.

Annie, riendo también un poco y enjugándose los ojos con la manga, dijo como entre dientes:

—No mires, pero la mujer del perro... piensa que me estás atracando.

Levantándose del todo, Laurel ayudó a su hermana a ponerse en pie, y le quitó las hojas que se le habían pegado a la gabardina.

La mujer del perro las miraba boquiabierta, y Laurel le gritó:

—¡No se preocupe, señora! ¡Somos hermanas!

EPÍLOGO

Los Ángeles, 1983

Annie entregó las llaves del coche al encargado del aparcamiento y entró en el portal endoselado del hotel Beverly Hills. Por el camino, desde el aeropuerto de Los Ángeles, en medio de un tráfico muy denso la mayor parte del tiempo, se había sentido muy tensa y nerviosa. Echó una ojeada al reloj de pulsera. Las doce y cuarenta minutos; todavía faltaban horas para la cita. Tenía tiempo de dormir un poco, quizás hasta de tomar un baño en la piscina.

Saludó al portero del hotel, uniformado de verde y oro, que le había abierto la pesada puerta de cristal, y, al entrar en el vestíbulo, Annie pensó en la persona con quien iba a entrevistarse, y sintió que se le encogía el estómago.

Emmett.

Hacía más de año y medio que no se veían, y en todo aquel tiempo no había recibido una sola carta o llamada telefónica suya, ni una tarjeta postal siquiera. Y, así las cosas, un buen día oyó su voz perezosa en el teléfono: «Eh, qué tal», como si sólo hiciera días, no siglos, que no se veían.

Le dijo que ahora tenía su propia agencia inmobiliaria, en Westwood, y «le iban bien las cosas», lo cual, dicho por Emmett, tan reticente cuando hablaba de sus asuntos, podía significar que tenía un cuchitril con un contestador automático o que estaba al frente de una docena de empleados en una oficina de primera. Pero no la había llamado para darse coba, sino porque tenía algo que pensaba podría interesarle.

Bel Jardin. Estaba a la venta, y la tenía a ella en su lista de clientes preferenciales.

A Annie se le desbocaba el corazón ante la perspectiva de volver a ver la casa donde había pasado su niñez. La posibilidad de volver a vivir en Bel Jardín le parecía un cuento de hadas demasiado bello para ser realidad...

«Supongamos que cuesta mucho más de lo que puedes pagar. ¿Por qué no le preguntaste el precio cuando hablaste por teléfono? ¿Qué sentido tiene llegar aquí en avión si no es más que para darte una vuelta por el lugar de tus recuerdos?»

La verdad, naturalmente, era que volver a ver Bel Jardín no era la verdadera razón de su viaje.

Se imaginaba los ojos de Emmett, de un azul penetrante, observando sus uñas, reveladoramente mordisqueadas hasta la carne misma del dedo, y contrayéndose en una sonrisa de maligno regocijo. ¿La habría llamado poniendo aquello de Bel Jardín de simple pretexto para verla? ¿Cómo iba a saber Emmett que Annie se sentía excitadísima... tan excitada que, en pleno calor de julio, había tenido que tomar un baño caliente para dejar de tiritar?

No, no era posible que lo supiera. Ni siquiera podía imaginárselo. Sin duda ya estaba casado, y quizás hasta tenía un hijo. No había mencionado a su mujer, aunque tampoco hubiera venido a cuento. La llamada había sido puramente de negocios.

Trató de imaginarse a la mujer de Emmett. Brazos y piernas muy largos, pelo rubio oscurecido por el sol, piel cetrina, figura esbelta y ágil, sonrisa de dentífrico. Probablemente jugaba al boleivol en la playa con un biquini de lo más escueto, como los que salen en los anuncios de televisión.

Sólo que Emmett no era ese tipo de hombre. Ni mucho menos. ¿Seguiría usando sus viejas botas de vaquero? ¿O se habría pasado a huaraches? ¿Seguiría teniendo aquel mechón tan gracioso cuando se le mojaba el pelo? ¿Se habría olvidado ya de que la había amado?

–¿En qué puedo servirla, señora?

Alguien le estaba hablando, un joven de chaqueta que la miraba desde el otro lado del mostrador.

–Hay una reserva a nombre de Annie Cobb –le dijo con su voz segura de mujer de negocios.

–¿Lleva usted equipaje? –preguntó el joven después de que Annie firmase en el registro. Éste sí se parecía a la mujer de Emmett en versión masculina, pensó Annie: pelo rubio cortado al rape, piel bronceada y dientes blanquísimos.

–No; sólo esto.

Annie, que prefería viajar con poca impedimenta, le mostró su maletín de cuero de oveja, color canela, con correas color chocolate y sus iniciales: AMC. Era suficiente para viajes cortos como aquél, y tenía en el forro ocho nichos elásticos para zapatos, donde también se podía guardar dentífrico, crema para las manos, champú y cosméticos.

–Lo subo yo misma a la habitación –añadió Annie.

Pero el botones, que parecía un ex atleta olímpico, se lo cogió diestramente de la mano y la guió por el amplio pasillo, un mar de rosa y verde con reluciente enrejado blanco y alfombra verde musgo con dibujo de diamantes. A Annie todo aquello le parecía irreal, como una visión de voluptuosidad tropical en la mente de algún diseñador de Hollywood, una mezcla de *Casablanca* y *La carretera de Río*.

Arriba, por el pasillo rosa, decorado con un *trompe l'oeil* de hojas de plátano, Annie llegó a su habitación, que daba a un serpenteante sendero de guijarros bordeado por islotes de hierba verde esmeralda, trepadoras y matas floridas. La cama era del tamaño de un pequeño atolón tropical. Y, por si acaso le entraba hambre, un cesto lleno de fruta descansaba sobre un escritorio de imitación estilo inglés antiguo.

Annie se quitó los zapatos y se dejó caer sobre la cama. A pesar del aire acondicionado, se sentía tan incómoda con su traje de seda e hilo como si estuviera arropada de lana. La verdad, si algún día venía a vivir a esta tierra, se dijo, tendría que comprarse un vestuario nuevo.

Pero, ¿quién hablaba de cambiar de casa? Cierto que había estado jugando con la idea, y no sólo al oír que Bel Jardín estaba a la venta. En todo caso, siempre podía conservar su apartamento de Nueva York y pasar allí parte del año. Y, ahora que proyectaba abrir un Tout de Suite en Rodeo Drive, iba a tener mucho quehacer por estas tierras. Y con Dolly y Henri supervisando la producción, sus tiendas, y las boutiques que tenía en los locales de Felder, ella tendría por fin algún tiempo libre para otear el horizonte y ver la posibilidad de abrir más tiendas. ¿Por qué no un Tout de Suite en La Jolla, en Sausalito, en Carmel...?

Pero ella sabía perfectamente que si venía a vivir a estas tierras no sería por razones de negocios.

Era verdaderamente extraño, pero Annie suponía que instalarse en estas tierras de manera permanente sería como una fuga. Pero no sería fugarse de Tout de Suite, porque ella, de todas formas, seguiría trabajando aquí tanto como en cualquier otro sitio, aunque su negocio era ahora más próspero de lo que jamás había soñado.

Ni tampoco sería fugarse de Laurel, al contrario, ahora se sentía más unida que nunca a su hermana. Y Laurel, en el sexto mes de embarazo y tan voluminosa como una casa, pero, al tiempo, radiante y entusiasmada, ya no la necesitaba a ella para nada.

¿Sería, entonces, como fugarse de sí misma?

¿O no sería una fuga *de* algo, sino *hacia* algo..., por ejemplo, hacia la paz, la dicha y la felicidad que siempre parecían fuera de su alcance? ¿Cuántas veces le había dicho Rivka que tenía que casarse? En el mundillo de Rivka, seguir soltera a los treinta y cuatro años era como estar ya para vestir santos.

Pero los hombres que había conocido desde que dejó de ver a Emmett estaban atados a sus madres, a sus psiquiatras, a sus trabajos, a sus manías (Russ, por ejemplo, con su obsesión por las antigüedades), a sus alergias (David, con un humidificador y un expulsor de polvo en cada habitación de su casa), a sus propios egos. La mayoría de ellos era buena gente, algunos incluso eran divertidos, y valían para una tarde o un fin de semana. Pero, ¿para toda una vida?

¿Por qué no habría apreciado más a Emmett cuando todavía estaba a tiempo? ¿Por qué no le había suplicado que se quedase, que le diese otra oportunidad?

¿Y qué sentiría ahora, al reencontrarse después de año y

medio? ¿Sentiría cierta agradable nostalgia, como cuando se vuelve a ver a una compañera del colegio? ¿O se sentiría sudorosa, con el corazón desbocado, las palmas cosquilleantes, como cuando la llamó por teléfono? Parecía absurdo sólo pensarlo, pero ¿sería posible que estuviese todavía enamorada de Emmett?

«Anda, olvídalo.»

«Lo que tienes que hacer es pensar en Bel Jardín», se dijo. ¡Qué maravilloso sería poder comprarlo! Laurel y Joe podrían usarlo también. Y Adam y su hermanito, o hermanita, jugarían en el mismo prado donde ella y Laurel habían jugado al escondite. Daba igual si la casa y el jardín estaban muy abandonados, porque ella estaba decidida a restaurarlo como estaba antes de que Dearie cayese enferma.

Mentalmente se vio de nuevo en la larga calzada curva, entre las palmeras que susurraban sobre su cabeza, mientras las sombras de sus largas hojas se desbordaban sobre la hierba. Y luego aparecía ante sus ojos la casa, color toronja pelada, con su tejado de tejas curvas y sus ventanas y balcones adornados de filigrana de hierro forjado. En el jardín que se extendía ante la fachada florecían las rosas y a lo largo del portal había parterres con arbustos floridos y naranjillas chinas. Alrededor de las ventanas divididas por columnitas trepaban las buganvillas, derramando cascadas de flores purpúreas...

¡Santo cielo, adelantándose a los acontecimientos, como siempre! Ya estaba *viviendo* en Bel Jardin, y todavía ni siquiera lo había visto.

Pero pronto lo vería, y pensando en ello su corazón volvió a desbocarse.

Annie, sentada en la mesa de pino californiano del patio del restaurante Crow's Nest, en Santa Mónica, de cara al Pacífico, bebía su *Zinfadel* blanco, esperando a Emmett. Una sombrilla con un anuncio de Cinzano la protegía del fuerte sol. Del interior del restaurante llegaba a sus oídos la música de una guitarra que interpretaba variaciones de blues, una música que a Annie le recordaba la de Muddy

Waters. Sin embargo, a pesar del telón de fondo sonoro de charlas, risas y tintineo de hielo en las copas, Annie se sentía tensa y nerviosa.

Las mesas que había en torno estaban llenas de gente más joven que ella. Típica juventud californiana. Annie se fijó en una chica rubia, con el pelo recogido en coleta, llevaba un *sarong* hawaiano estampado, anudado bajo los pechos, mostrando un torso tan suave y liso y uniformemente bronceado que parecía artificial, como el de una muñeca. Su compañero, un muchacho con enormes gafas de sol, pantalones cortos holgados y el pelo cortado al rape, parecía a punto de posar para un anuncio de crema bronceadora. Los dos se miraban a los ojos, o, mejor dicho, al reflejo de sí mismos en sus respectivas gafas de sol.

Annie, con sus pantalones largos perfectamente planchados, su blusa de seda dorada, sus tacones altos y sus perlas, se sentía demasiado engalanada, fuera de lugar. De pronto recordó que, a su llegada a Nueva York, hacía ya tantos años, también se había sentido fuera de lugar, y ahora, en cambio, estaba hecha toda una elegante dama neoyorquina.

Quizá también Emmett le echaba una ojeada y se daba cuenta de que ella no encajaba allí. ¡Santo cielo!, ¿por qué tardaba tanto en llegar? Parecía que habían pasado horas desde que el camarero, con su camisa hawaiana, le había llevado una copa de vino. Pero, mirando el reloj de pulsera, se dio cuenta de que aún no eran las tres, hora a la que Emmett le había dicho que llegaría. Como siempre, se dijo Annie, adelantándose a los acontecimientos.

Una sombra cayó sobre ella, haciéndola levantar los ojos y protegiéndoselos del sol. Emmett estaba allí, al contraluz. Un hombre grande y fornido, el rostro oculto en la sombra. Pero el cabello, nunca le habría reconocido con aquel cabello. Encendido por el sol, el cabello de Emmett relucía ahora con el color de la ceniza mortecina. Emmett se inclinó hacia ella, rozando sus mejillas con sus labios cálidos y secos. Su olor, el olor familiar a cuero viejo, dominó el aroma a mar y a piña colada que la rodeaba.

—¡Vaya belleza, vaya! —Emmett se dejó caer sobre la silla de pino californiano que estaba frente a ella—. Has sido más puntual que yo. Y eso que había pensado tener lista una botella de champán añejo bien helado para cuando llegases.

—Me parece que aquí a la gente no le interesa nada lo añejo, vamos, que lo más añejo aquí es la previsión del tiempo para hoy. —Annie sonrió, diciéndose que no debía perder la serenidad; no se sentía nada bien, su corazón latía más de prisa que de costumbre y le faltaba el aliento, en aquel aire marino tan limpio—. Hola, Emm, no sabes lo que me alegro de verte.

—Estás más guapa que nunca, está visto que el éxito te sienta bien. Leí el artículo sobre Tout de Suite que salió en el suplemento del *Times* la semana pasada. A ti te ponían como una mezcla de Horatio Alger y Gloria Steinhem, pero la foto no te hacía justicia. —Se arrellanó en su asiento, montando una pierna sobre la otra—. Pero, en fin, felicidades, lo que no sé es a qué esperas para abrir aquí una tienda.

—¿Es por eso que pensaste que me interesaría comprar Bel Jardín?

—No, qué va, te habría llamado aunque me hubieran dicho que pensabas irte a vivir a Borneo. Sé lo mucho que significa para ti esa casa.

—¿Pero quién te ha dicho que voy a mudarme a ningún sitio? —dijo Annie, notando en su voz un deje defensivo y sintiendo ganas de darse una patada en el trasero por ser tan estúpida.

Emmett pareció endurecerse, y su sonrisa, tan natural hasta hacía un momento, se hizo un poco menos cálida. ¿Por qué había dicho aquello?, ¿a quién quería convencer... a Emmett o a sí misma? ¿Y qué pasaría si Emmett se daba cuenta de que ella había ido allí más por Emmett que por Bel Jardín? «Pues pasaría —se dijo Annie—, que me moriría del apuro.»

—Bueno, digamos que, por ciertas razones, me dije que quizá te interesaba —dijo Emmett, mirando hacia el muelle de Santa Mónica contra la intensa luz del sol.

Sus ojos azules parecían más claros, como si en el año que hacía que no le veía se hubiesen aclarado como consecuencia del continuo contacto con el sol. Annie notó pequeñas arrugas, como surcos solares, irradiando de las comisuras de los ojos.

Pero, aparte de estos detalles, era el Emmett de siempre. No se había vuelto californiano, menos mal. Con su chaqueta *sport*, parecía tranquilo e indiferente a todo. Pero, ¿no era ése su aspecto de siempre? Annie bajó la vista y vio que llevaba las mismas botas viejas de vaquero. Más viejas, posiblemente, pero muy bien cuidadas, el cuero gastado recién limpiado con jabón de silla de montar, los tacones nuevos. Al ver aquellas botas Annie sintió una absurda ola de felicidad.

Bajó la cabeza para que Emmett no viera la tonta sonrisa que estaba segura había esbozado, y fingió buscar sus gafas de sol en el bolso. Poniéndoselas, observó la mano ancha y pecosa de Emmett. No llevaba alianza. Pero eso no demostraba nada, porque los hombres casados no solían llevar alianza. Y además podía tener novia, o vivir con una mujer.

–Supongo que tendré que darte la enhorabuena –dijo, para cambiar de tema–. Llamé a tu oficina para confirmar nuestra cita, y una señorita muy simpática me dijo que estabas enseñando una casa, pero que podía ponerme con algún otro vendedor. ¿Cuántos tienes en tu empresa?

–En nómina, sólo dos –dijo–, pero trabajan a comisión, de modo que no suponen un gran gasto. Pero las cosas me van bien, y esto me gusta. No es París, desde luego –sonrió con toda la cara, mientras a ella se le tensaba la piel del cuello, poniéndosele de gallina–, pero es mejor que El Paso, eso desde luego.

«¿Estás enamorado?», ansiaba preguntarle. Pero lo único que se atrevió a decir fue:

–No me sorprende.

Emmett señaló su copa:

–¿Otro vino?

–No, gracias, me quedaría dormida. ¿Y tú...?, ¿no tomas nada?

Annie se dijo que ojalá no pidiese una de aquellas monstruosidades californianas, con trozos de fruta sin pelar ensartados en largas pajas.

–Una Lowenbräu –pidió Emmett al joven de pelo recogido en coleta.

El mismo Emmett de siempre. Annie se sintió absurdamente aliviada, y extrañamente excitada.

–Seguro que te preguntas por qué te hice venir hasta Santa Mónica –dijo Emmett–, cuando Bel Jardín está a cuatro pasos de tu hotel.

–Sí, la verdad es que lo pensé. –Annie vio a gente jugando al boleivol en la playa, jóvenes de pantalón corto y de bañador lanzando el balón sobre una red colgada de pértigas de hierro; en realidad parecían dedicarse a levantar nubes de arena–. Pero no me importa. Aquí se está bien, se me había olvidado lo que era el sol.

–Yo vivo cerca de aquí –dijo él–, al otro extremo de la calle. Pensé que podríamos ir allí antes. ¿Te gustaría verla?

Annie sintió que algo se contraía en su interior, como un sedal de pescar que se tensa de pronto, después de una larga mañana de inactividad. Cualquier cosa, lo que fuese, con tal de liberarse de aquella desagradable sensación de tensión.

–Sí, muy bien –dijo.

–Pues vámonos. –Emmett se levantó–. Adelante.

–¿Y tu cerveza?

–Olvídala. Además, soy el que conduce.

Annie vio el balón saltar sobre la baranda y caer en manos de Emmett, que lo devolvió a la playa con toda naturalidad, como si fuera un jugador más.

En aquel momento, con sólo que Emmett se lo hubiera pedido, Annie le habría seguido a la luna.

–Es más bien pequeña –dijo él–, tengo en proyecto algo más grande, pero todavía no es seguro –añadió, encogiéndose de hombros.

Annie cruzó el umbral, y se vio en una casa que, sin saber por qué, le pareció más luminosa y resplandeciente que el aire libre. Cristal por todas partes, como si la casa entera no fuese otra cosa que grandes hojas de cristal unidas por unas vigas de madera. Cruzando la estancia para mirar por el ventanal, que iba del suelo al techo, y que cubría toda la pared del fondo, Annie sintió un extraño y casi abrumador mareo. La casa, que estaba situada en un lugar algo más alto que las demás, dominaba la playa y una gran perspectiva de océano. ¿Pequeña? Quizá, pero a ella le pareció que, con esa casa, Emmett había conseguido apoderarse no sólo de la tierra, sino también del cielo, del sol y del mar.

–Tú eres Annie, ¿no?

Annie se volvió y vio a una mujer descalza que se acercaba con la mano tendida. No se parecía nada a la rubia de piel suave que Annie se había imaginado como esposa de Emmett. Para empezar, no era joven, tendría más o menos la misma edad de Annie. Un rostro agradable, redondo, con ojos castaños de cuyas comisuras irradiaban arruguitas; no era guapa, pero su sonrisa era tan cálida y sugestiva que daba impresión de belleza. Su cabello, color de sirope de arce, era una maraña de rizos. No estaba muy bronceada. Llevaba pantalones bastos de algodón cortados a la altura de las rodillas y una camisa vieja manchada de pintura de diversos colores. Pintora, se dijo Annie. Y esto le pareció que encajaba en el ambiente. Ella siempre había sospechado que Emmett no se dejaría seducir por cualquier belleza al uso, llamativa y estúpida. Era estupendo, perfecto, ver que Emmett había encontrado a una mujer que parecía hecha a la medida para él.

Pero su brazo, al alargarlo para estrechar la mano de la mujer, le pareció a Annie que pesaba una tonelada. Su corazón parecía hundirse en su pecho, sus miembros se hacían más y más pesados, como si se encontrase en un planeta donde la fuerza de la gravedad era mucho más intensa que en la Tierra.

–Hola.

¿Era demasiado normal, demasiado de mujer de negocios su voz? Se forzó a sonreír, pero a ella misma la sonrisa le pareció insincera.

–Me llamo Phoebe. –Annie vio que dirigía a Emmett una sonrisa de fingida irritación–. Pudiste haberme advertido, mira cómo estoy, parezco una pordiosera. –Con el dorso de la mano salpicada de pintura se despejó la frente de pelo y se echó a reír–. En fin, aunque me hubieses advertido, probablemente tampoco me habría mudado de ropa, porque cuando me pongo a pintar pierdo la noción de todo, hasta de mí misma.

¡Qué natural, qué simpática y natural era! Lástima, se dijo Annie, que no la pudiese despreciar como se desprecia a una tonta muñequita rubia platino.

—¿Te apetece un té? —sugirió Emmett.

Phoebe miró alrededor suyo con aire angustiado, como pidiendo a Dios que apareciese por arte de magia una bandeja con una tetera.

Annie miró los canapés y las sillas tapizadas de algodón haitiano y cubiertas de almohadas todas distintas. Había una cocinilla de hierro forjado con un montón de leña al lado y un gran cesto desbordante de piñas secas. En el centro del cuarto Annie vio una enorme mesa que parecía ensamblada con extrañas piezas de madera nudosa recogidas en la playa y estaba cubierta de números atrasados del *National Geographic Magazine* y el *Architectural Digest*, conchas salpicadas de arena, un par de gafas de bucear, cartas sin abrir y un tazón de café. Aquél era exactamente el lugar donde Emmett se sentiría cómodo.

Annie vio en la pared del fondo una buena marina, con olas rompiendo contra las rocas. ¿La había pintado Phoebe? Había captado muy bien la violencia del océano. Annie sintió un impulso de dar un salto y golpear algo, o a alguien, y al tiempo deseó desaparecer. Allí no tenía nada que hacer.

«Dieciocho meses sin escribir, ni telefonear ni nada... ¿Cómo pude ser tan idiota de pensar que aún podía tener la menor oportunidad con Emmett? ¿A quién podría ocurrírsele una estupidez así?»

—Me encantaría, pero no me puedo quedar. En otra ocasión, quizás. —Annie echó una significativa mirada a su reloj de pulsera—. Emmett, olvidé decirte que tenga una cita a las cinco y media, de modo que será mejor que nos vayamos lo antes posible.

La verdad era que iba a cenar, pero mucho más tarde, con una vieja amiga de Dolly, que solía tener una boutique de diseño y que podría ser la encargada de una próxima tienda de Tout de Suite en Rodeo Drive.

Phoebe se encogió de hombros: la gente viene y la gente se va, cada cual a lo suyo.

–De acuerdo. –Emmett estaba ya buscando las llaves en el bolsillo–. Ésta es la mejor parte de la casa, la vista, ¿a que es estupenda?

–Fantástica. –Annie volvió a mirar el océano, que se extendía, pestañeante, en la distancia, y la playa moteada de bañistas y gente que tomaba el sol–. Os envidio.

Annie se dio cuenta de que no estaba mirando a Emmett, sino a Phoebe. «Sí, envidio lo que tienes, y lo querría para mí, ojalá hubiese aprovechado la oportunidad cuando se me presentó...»

–Bueno, pues *a ver* si volvemos a vernos, de veras que me gustaría. –Phoebe acompañó a Annie hacia la puerta–. De verdad, Emmett me ha hablado mucho de ti. Annie, Annie, Annie, sólo sabía hablar de Annie.

«Claro, ¿y piensas que me lo creo?» Annie, la que lo trataba como algo siempre a su disposición; Annie, que solía usarle como sustituto de otro hombre; Annie, que lo engañó.

–Sí, también a mí me gustaría –dijo Annie a Phoebe al llegar a la puerta–. En fin, me alegro de haberte conocido.

–¡Cuidado con la trementina! –gritó Emmett, con voz de marido satisfecho.

Annie subió de nuevo al Ford alquilado. Sería capaz de ir sola y con los ojos vendados a Bel Jardín, y había insistido en que Emmett dejara su propio coche, un BMW, en casa. Poniendo el Ford en marcha, Annie se sentía ardiendo. Su rostro ardía, sentía olas de calor lamer su cabeza, y su pelo crepitaba. Se imaginó yendo a toda velocidad por la autopista de la costa del Pacífico con el viento en contra, refrescándola. ¿Cómo fingir serenidad, cuando tenía a Emmett en el asiento contiguo? ¿Cómo hablar de cosas inconsecuentes cuando lo que quería era gritar: «¡Fui una estúpida, estuve ciega al no darme cuenta de lo maravilloso que eres!»?

–Todavía no me has dicho nada. –Annie estaba saliéndose de Sunset Boulevard para entrar en Bellagio, una carretera más estrecha, flanqueada de árboles, que conducía a Bel Air. Ya casi habían llegado, sólo faltaban unos minutos, y Annie sentía que el estómago se le encogía–. Claro que si piden una fortuna, pues ni siquiera vale la pena mirarlo. Aun cuando el precio sea razonable, dudo mucho que lo pueda pagar.

–No te costará un céntimo –dijo Emmett.

Annie, pasando ante el terreno suavemente ondulado del campo de golf de Bel Air, casi frenó en seco:

–¿Cómo dices?

–Lo que oyes.

–Emm, si estás de broma...

–Hablo absolutamente en serio.

–Pues repítelo.

–Annie, no quería decírtelo... pero Bel Jardín ya está vendido.

Esta vez Annie frenó tan bruscamente que el coche se salió de la carretera y rozó unos arbustos. ¿Qué clase de broma cruel era aquélla? Primero, Emmett; y ahora, Bel Jardín... Y ambos tentadoramente expuestos ante sus ojos, para serle arrebatados repentinamente. Sintió ganas de chillar.

Su pecho estaba tenso, a fuerza de contenerse. Se volvió hacia Emmett, que seguía sentado apaciblemente, como si la cosa no tuviese la menor importancia. Y para él, sin duda, no la tenía.

–Así pues, ¿me has hecho venir hasta aquí para decirme que Bel Jardín está *vendido*?

–Lo lamento, Annie. –Annie sintió la mano de Emmett en su brazo y la apartó bruscamente–. Ahora mismo. Esta mañana, por cierto.

–¿Pero no me dijiste que me habías puesto en una lista especial...?

–Sí... pero una pareja amiga de los dueños hizo una buena oferta, y yo no me enteré hasta después. A veces pasan cosas así. Mira, por si te sirve de consuelo, tenías razón al pensar que no podrías comprarla, ese tío ha pagado más de tres millones por la casa.

–Emmett. –Annie se volvió hacia él, con actitud casi amenazadora–. ¿Quieres hacerme el favor de decirme qué estamos haciendo aquí tú y yo? Si Bel Jardín está vendido, ¿de qué me sirve verlo?

–Ya estamos aquí, ¿no?, ¿qué más da? Como te dije, mirarlo no cuesta dinero, y cuando les dije a los dueños que solías vivir aquí me dijeron que podías pasearte por el jardín. Bueno, ¿seguimos en coche o prefieres que demos un paseo?

Emmett sonrió; Annie se sentía cada vez más irritada. ¿Cómo era posible desear besar a un hombre y querer darle una paliza un minuto después?

–Yo te haría ir andando hasta Santa Mónica.

–Casi había olvidado el mal genio que tienes –rió Emmett–. Diablos, Cobb, cuando se te mete una cosa en la cabeza no hay quien te apee de ella.

–Gracias a eso he acabado triunfando.

Annie empezaba a sentirse mejor. El pecho se le distendía, dejando entrar aire en los pulmones. Y más fuerte, como si ya estuviera llegando a Bel Jardín a pie. La sangre le hervía, el corazón le latía precipitadamente.

–¿Quién dice que tu manera de ser es mala? –preguntó Emmett.

–¡Yo lo digo! Debería haberme conformado con lo que tenía. He sido una perfecta idiota al no darme cuenta de lo que me esperaba. –Sentía presión en los ojos y boca–. ¡Y fíjate en las consecuencias!

–¿Te refieres a Bel Jardín?

La voz de Emmett era imperturbable, pero pareció despertar un eco en la mente de Annie.

–No –replicó Annie–, no estamos hablando de Bel Jardín.

Giró el volante y volvió a llevar al coche a la carretera, sabiendo que si no se ponía en marcha sería capaz de hacer una tontería, como decir a aquel hombre casado que estaba enamorada de él.

Se lanzaron por Chantilly Drive, hasta que de detrás de un seto de adelfas, apareció de pronto Bel Jardín. Los portones de hierro forjado del jardín, la fachada rosa, fulgurante al sol poniente, de la casa, al final de una larga calzada cubierta de conchas pulverizadas y flanqueada de altas palmeras. ¿Rosa? ¿Habían pintado Bel Jardín de rosa? ¡Menudo disparate!, casi hubiera sido mejor no venir.

¡Pero, así y todo, era estupendo verlo! Annie sintió que la irritación que le había provocado Emmett se suavizaba y la invadió una ola de emoción que no tenía relación con comprar o no comprar Bel Jardín. Se dijo que ya era suyo. En su corazón, Bel Jardín siempre había sido suyo.

Detuvo el coche en un recodo de la calzada, se bajó y suspiró hondo. Flores de limonero, sí, captaba su aroma. Y jazmín. Y las buganvillas, que trepaban en torno del portal, no rosas... peonías, con flores como repollos pequeños, rosas, blancas y carmesí. Y matas bajas de alisón, y violetas. Annie se quedó mirando la puerta de estilo español, pesada y tallada, que la invitaba a entrar bajo el alero del portal.

El corazón le dio un vuelco. Estaba en casa.

Lo único que tenía que hacer era subir por la calzada y levantar el picaporte... y ya estaba dentro.

Annie se volvió a Emmett, que estaba a su lado. Le preguntó:

–¿Están dentro los... Baxter?

–No, pero tengo las llaves. ¿Quieres entrar?

–Lo dices como si fuera la cosa más fácil del mundo. Vas y entras, así, sin más... Emm, no sé, es así como... pues como, no sé...

–¿Porque no están los dueños, quieres decir?

–No, es por mí. Me siento como si me engañase a mí misma. Verlo como es ahora, y no como lo recordaba hasta hace poco.

–¿Pues por qué no me lo describes... mientras damos una vuelta y lo vemos? ¿Quién sabe?, quizás al nuevo dueño le vienen bien algunos consejos para decorar el interior.

–¿Por qué?

–No sé, pregúntaselo tú. –Emmet pasó un brazo por el hombro de Annie–. Aquí mismo le tienes.

Annie dio unos pasos atrás, las rodillas le temblaron un poco, y miró a Emmett como quien ve una aparición. Como un sueño. O quizás una pesadilla. No estaba segura. ¿Estaba tratando de provocarla..., de devolverle el mal trato de que ella le había hecho objeto? ¿O estaba diciéndole que...? No, eso no podía ser...

–¿Tú? –jadeó–. *¿Tú* has comprado Bel Jardín? Pero, ¿por qué?, ¿y para qué traerme a mí hasta aquí en ese caso?

Los ojos azules de Emmett, a la luz decreciente, parecieron adquirir un brillo casi sobrenatural, tan intemporal como el de las estrellas del cielo. Una suave brisa levantó su pelo, ocultando el mechón que tanta gracia le hacía a Annie, que sintió un deseo perentorio de alisárselo.

–Pues, te diré, porque las cosas no me van tan bien como piensas. Bueno, los negocios sí me van bien, pero es a *ti* a quien me refiero, Annie Cobb, a ti, la chica más dulce y terca que he conocido. Llevo casi dos años tratando de olvidarte, y no he tenido mucha suerte. Cuando se presentó esta oportunidad, me dije que era una especie de milagro, y pensé: Vaya, si lo compro, ser dueño de Bel Jardín sería como tener una parte de ti, y luego, después de hablar con Laurel...

–¿Llamaste a Laurel? Pero...

–Pura precaución. –Emmett se encogió de hombros–. No quería recibir otro sofión, por lo menos de manera directa y personal. Fue tu amante hermana la que me dio ánimos.

–¿Y qué te dijo?

–Que no estabas casada. Y que recientemente le habías dicho a ella que no casarte conmigo fue el mayor error de tu vida. De modo que me dije que tal vez te interesaría compartir Bel Jardín con un haragán reformado como yo.

–¿Y tu mujer? –preguntó Annie.

La frente de Emmett se arrugó, lleno de confusión, pero en seguida apareció en su rostro una sonrisa divertida:

–¿Phoebe, dices? No me extraña que preguntes. Tiempo hubo... –se encogió de hombros–, pero ya pasó. Ahora somos buenos amigos. Usa el dormitorio de invitados como estudio. –Emmett dio un paso hacia delante, cogió la barbilla de Annie con su cálida manaza–. Es por la luz. Dice que allí la luz es mejor para pintar. Todas esas ventanas...

Se inclinaba ya para besarla, pero ella se apartó un poco:

–¿No seguís...?

–¿Durmiendo juntos? –Emmett se echó a reír–. No, ni

hablar, somos demasiado buenos amigos para hacer una tontería así. Además Phoebe tiene novio. Un tipo simpático. A veces salimos juntos, jugamos a las cartas en su casa.

–Esto es lo mejor que me has dicho en toda tu vida. –Las lágrimas cegaban a Annie. Tan inmenso era su júbilo que no sabía cómo expresarlo–. Y ahora haz el favor de cerrar el pico y besarme.

Emmett así lo hizo. Un beso que recordó a Annie todas las cosas buenas que había anhelado en toda su vida.

Se sintió invadida por una calidez dulce y dorado. Éxtasis. Hasta aquel instante «éxtasis» no había sido para ella más que una palabra... Algo oído pero nunca sentido. El éxtasis era algo de lo que disfrutaban los fanáticos religiosos, los poetas bohemios y las heroínas de novelas románticas. Pero no encontraba otra palabra para describir lo que sentía, la levitante levedad que la aturdía, una sensación de felicidad plena. Precisamente eso: éxtasis.

Oyó mentalmente a Deaire: «No lo sueltes, chica, que quizá no se te presente otra oportunidad...»

–Ven, entremos –dijo Annie, cogiendo a Emmett de la mano–, te enseñaré dónde pienso poner el Oscar de mi madre.

FIN